Torben Heise

ZEHN BRIEFE DER RACHE

BLACK TEATIME
PUBLISHING

BLACK TEATIME PUBLISHING

www.blackteatimepublishing.com

Editorial:	Becky Wallace
Cover design:	Torben Heise

Haftungsausschluss

Dieser Roman ist fiktiv. Auch wenn bestimmte historische Orte wie das KZ Neuengamme real sind, entspringen alle Charaktere, Dialoge und Handlungsstränge der Fantasie des Autors. Ähnlichkeiten mit lebenden oder verstorbenen Personen sind rein zufällig.

ISBN 978-3-912348-10-1

Prolog

In der Hölle

Als Judy einen Atemzug nahm, wusste sie, dass es einer ihrer letzten war. Einer von nicht einmal hundert.

Die kalte Luft strömte durch ihre Nase und hinterließ einen unangenehmen Blutgeruch, bevor sie ihre Lungen füllte. Langsam atmete sie aus und nutzte eine ihrer letzten, kostbaren Sekunden, um ihre Panik zu unterdrücken. Obwohl sie sich der Sinnlosigkeit bewusst war, kniff sie die Augen zusammen. Die Dunkelheit schützte sie weder vor dem kreischenden Geräusch, das ihren Schädel durchbohrte, noch konnte sie die Angst stoppen, die in ihrem Magen aufstieg. Als sie die Augen wieder öffnete, war der rotierende Bohrer kaum mehr als einen Fingerbreit von der verletzlichen Pupille entfernt.

Judy zerrte mit aller Kraft an ihren Fesseln. Der raue Stoff kratzte über die verletzte Haut, jede Bewegung löste einen neuen Schmerz aus. Doch die Bänder, die ihre Arme an die Stuhllehne fesselten, bewegten sich nicht, ebenso wenig wie die am Boden festgeschraubte Sitzfläche.

Bald würde die Spitze des Bohrers in das weiche Gewebe eindringen und das Auge zerstören.

In genau hundert Sekunden.

So jedenfalls interpretierte Judy die rückwärtslaufende Uhr an der Wand. Wie alles andere in dieser Folterkammer diente die Uhr nur dazu, ihre Angst zu verstärken. Langsam kroch der Bohrer vorwärts.

Neunzig Sekunden. Wieder einmal warf sie sich gegen die Fesseln und schrie wütend über ihre eigene Machtlosigkeit. Ihre Panik konnte das kaum lindern. Der Schrei hallte von den gefliesten Wänden wider. Mit hasserfülltem Blick fixierte sie den glühend roten Punkt. Das Licht der Kamera, die ihre letzten Sekunden gnadenlos einfangen sollte.

Ohnehin konnte sie sich ihr Blickfeld nicht aussuchen. Sie versuchte, den Kopf zur Seite zu drehen, doch der Riemen, der eng an ihrer Stirn ruhte, machte jede Bewegung unmöglich, und der zweite Riemen um ihren Hals schnürte ihr bereits die Luft ab. Ein Schweißtropfen rann ihr ins Ohr. Ein unangenehmes Gefühl, doch ihre Fesseln hinderten sie daran, ihn wegzuwischen.

Achtzig Sekunden. Anfangs hatte sie geglaubt, das Monster wolle das Spiel hinauszögern, um weiter ihre Panik auszukosten, aber diesmal würde es keine Verzögerung geben. Der Mörder hatte bereits bewiesen, dass er keine leeren Drohungen aussprach. Es würde keine Gnade, keine Botschaft, keine theatralische Rede geben. Nur das Geräusch des Bohrers und der Uhr, die ihre letzte Minute einläutete.

Siebzig Sekunden. Hinter ihr knackte etwas. Die Stuhllehne! Das Geräusch war leise gewesen, doch es durchdrang den Lärm wie ein Versprechen. Vielleicht war der Stuhl zerbrochen oder verbogen.

Sechzig Sekunden. Trotz der Schmerzen warf sie sich gegen die Kopfstütze. Nichts. Sie blieb fest an ihrem Platz.

Fünfzig Sekunden. Ihr Herz hämmerte schmerzhaft in ihrer Brust, während sie verzweifelt versuchte, das schrille Geräusch des Bohrers zu ignorieren und sich wieder auf ihre Arme zu konzentrieren. Es gelang ihr zwar nicht, ihre Handgelenke freizubekommen, aber immerhin bewegten sich die Armlehnen ein kleines Stück nach außen.

Die Vibrationen des Bohrers drangen durch den Boden zu ihr durch, ein stetiges Zittern, das sie die Zähne zusammenbeißen ließ.

Vierzig Sekunden. Schweiß lief ihr in die Augen und brannte in ihren vielen Wunden. Sie durfte jetzt nicht aufgeben. Die Armlehne ließ sich weiter bewegen, etwas musste sich gelöst haben.

Dreißig Sekunden. Die Fesseln schnitten tief in ihren Unterarm. Mit einem lauten Knacken löste sich die rechte Armlehne vom Sitz. Ein Teilerfolg. Doch sie war noch lange nicht frei. Die Metallstrebe der Armlehne war zu einem spitzen Metallstück zersplittert, das aber noch immer an ihrem Arm festgebunden war.

Zwanzig Sekunden. Wenn sie doch nur ihren Kopf befreien könnte! Doch das scharfkantige Metallstück reichte nicht so weit. Mit jedem Muskel, der ihr wehtat, zwang sie sich, mit dem Stück Metall am Riemen ihres Arms zu sägen. Ihr stockte der Atem vor Schmerz. Es dauerte ewig.

Zehn Sekunden. Sie war ihrem Ziel so nahe, und doch spürte sie, wie ihre Lebenszeit verrann. In ihrer Ungeduld schnitt sie sich mit der Metallkante in die Haut, doch das war nicht wichtig. Der erste Riemen begann unter der Belastung zu reißen.

Zu spät. Mit einem unnatürlichen Knirschen traf der Bohrer die Iris und durchbohrte mühelos den Augapfel. Das schnell rotierende Metall fraß sich in Sekundenschnelle durch die Hornhaut, durchtrennte die Linse und sprengte den Glaskörper. Judy schrie auf, als die schnelle Rotation die gelartige Füllung samt den Blutgefäßen des Auges durch den Kellerraum schleuderte. Der Geruch traf sie sofort. Metallisch. Sauer. Unverkennbar echt.

Ihr wurde übel. Sie konnte nicht anders, als sich vorzustellen, was passiert wäre, wenn es ihr eigenes Auge gewesen wäre.

Das war der Zweck dieser grausamen Demonstration. Sie sollte den Schrecken zweimal erleben, um ihn in die Länge zu ziehen. Jeden Augenblick würde der Verrückte hereinplatzen und ihr das Gleiche antun.

Die Uhr war stehen geblieben. Warum war der Mörder noch nicht in ihrer Zelle? Einen Moment lang war die Ungewissheit schlimmer als die Bedrohung selbst. Was auch immer der Grund für seine Verspätung war, sie würde alles tun, um sie auszunutzen. Mit einem Ruck durchtrennte sie die letzte Fessel. Ihre Hand war frei.

Sie zerrte verzweifelt an den Fesseln ihrer rechten Hand, bevor sie versuchte, ihren Kopf zu befreien. Waren das Schritte? Sie hatte keine Zeit mehr zu verlieren. Schnell löste sie den Riemen um ihren Hals. Das rot glühende Auge der Kamera ließ ihr keine Illusionen, den Täter überraschen zu können. Aber vielleicht, nur vielleicht, könnte sie schnell genug sein, um zu entkommen.

Sie hätte es fast geschafft. Vielleicht hätte sie sich in ein oder zwei Sekunden von den letzten Fesseln um ihre Taille befreien können, doch leider verließ sie das Glück. Als sich die Schlinge um ihren Hals löste, wurde die Tür aufgeschlossen.

Der Meister der Arena war hier.

Kapitel Eins

Zwei Tage vorher

Ihre Hand streckte sich nach dem Ziel. So sehr sie es auch versuchte, es blieb außer Reichweite. Judy senkte den Arm und suchte nach einer besseren Position – eine Aufgabe, die hier, fast zwanzig Meter über dem Boden, keine leichte war.

Ihr linker Fuß wirbelte eine Wolke aus Kreidestaub auf, als er schließlich auf einem kleinen schwarzen Vorsprung Halt fand. Judys Blick war auf den schwarzen Griff oben an der Wand gerichtet. Der Fußwechsel hatte sie ein Stück nähergebracht. Trotzdem würde sie sich das letzte Stück einhändig hochziehen müssen. Ihr Arm zitterte, die Muskeln bebten unter ihrer Haut. Wenn sie sich nicht beeilte, würde ihre Erschöpfung den Aufstieg beenden.

Vielleicht ein Sprung? Sie beugte die Knie, um Schwung zu holen, doch ein leichter Zug am Sicherungsseil ließ sie innehalten. Mit einer Hand an die Wand gestützt, blickte sie nach unten.

„Judy, du hast Besuch!“, rief Christine zu ihr hoch.

Seltsam. Wer um alles in der Welt sollte sie in der Kletterhalle besuchen? Der Blick nach unten war nicht viel aufschlussreicher. Sie erkannte den Mann nicht, der neben Christine in einem für die Sporthalle völlig ungeeignetem Anzug stand.

Wie ein Tausendfüßler kroch die Angst durch ihre Eingeweide, und jedes der unzähligen Beine kratzte über ihre Nerven.

„Reiß dich zusammen, Judy!“, flüsterte sie wütend zu sich selbst. Sie hatte so hart daran gearbeitet, ihre Ängste hinter sich zu lassen.

Trotzdem war das Gefühl, beobachtet zu werden, im letzten Monat stärker geworden. „Verlier dich nicht in deiner Paranoia."

Sicherlich gab es für den Besucher eine harmlose Erklärung, und sie war dem Ziel ihrer Kletterroute viel zu nahe, um sich ablenken zu lassen.

Den letzten schwarzen Griff fest im Blick, holte sie Schwung und sprang. Ihre Finger streiften das Ziel, rutschten aber ab. Einen Moment lang spürte sie den Nervenkitzel des freien Falls, dann spannte sich die Sicherheitsleine und brachte sie ruckartig zum Halt.

Hilflos wie ein Fisch am Haken hing sie in der Luft, während Christine sie abseilte. Der langsame Abstieg gab ihr Zeit, den Besucher genauer zu betrachten. Er kam ihr jetzt bekannt vor, aber wo hatte sie ihn schon einmal gesehen?

Der junge Mann, nur wenig größer als Christine, trug aus unerfindlichen Gründen eine Sonnenbrille und hielt eine Tasche in der Hand. Seine strubbeligen Haare waren zu einem rebellischen out-of-bed-Style frisiert, die Art von Frisur, bei der man lange Zeit vor dem Spiegel verbrachte, um am Ende so auszusehen, als wäre man gerade erst aufgestanden.

Noch vor einem Jahr hätte sie in dieser Situation nach einem Ausgang gesucht. Jetzt widerstand sie dem Drang, sich zurückzuziehen, obwohl sie dafür die Zähne zusammenbeißen musste. Das Seil ließ sie direkt vor dem Fremden Boden – viel näher, als ihr lieb gewesen wäre.

„Er sagte, er arbeitet mit dir." Christines Worte klangen fast wie eine Entschuldigung.

„Dr. Link? Enchanté. Es ist mir eine ganz besondere Freude, Sie endlich persönlich kennenzulernen!“

Louis! Jetzt, wo er sprach, erkannte sie plötzlich den Mann, dem sie so oft in Online-Meetings, aber nie im wirklichen Leben begegnet war.

Er verbeugte sich, mit einer Bewegung so förmlich und altmodisch wie seine Sprache.

Den wichtigsten Sponsor ihrer Forschung in der Kletterhalle zu treffen, fühlte sich an, als würden zwei Welten aufeinandertreffen, die einfach nicht zusammenpassten.

Reflexartig griff Judy nach der ihr entgegengestreckten Hand und vergaß dabei den Kalk auf ihrer Handfläche. Eine Wolke aus weißem Pulver hinterließ auf dem teuren Maßanzug ihre Spur.

Louis zog galant ein Seidentaschentuch vom Revers und tupfte über den Kalkstaub. Endlich setzte er auch seine Sonnenbrille ab.

„Entschuldigen Sie, Madame, ich habe mich noch nicht vorgestellt.“ Er streckte Christine die Hand entgegen. „Mein Name ist Louis-Maximilian Theobald von Aaken, aber in der Kletterhalle bestehe ich auf Louis.“

„Moment mal, sind Sie der Typ, der Judys Bücher finanziert hat?“ Christine runzelte nachdenklich die Stirn.

Louis hob eine Augenbraue. Vermutlich war er es nicht gewohnt, als ‚der Typ‘ bezeichnet zu werden.

„Die von Aaken-Stiftung finanziert mehrere psychologische Studien und Institute.“ Louis lächelte, bevor er fortfuhr. „Man könnte sagen, ich bin einer von Dr. Links größten Bewunderern. Ihre Theorien über die fragile menschliche Moral sind brillant. Ich habe ihr Buch über das Böse im Menschen mit großer Begeisterung gelesen und war erfreut, es zu veröffentlichen."

„Danke, aber was machen Sie hier?" Louis hier zu sehen und nicht irgendwo auf einer Yacht oder bei einer teuren Wohltätigkeitsgala, fühlte sich einfach falsch an.

„War es nicht Ihr Vorschlag, zur Entspannung etwas Sport zu machen? Ich meine mich zu erinnern, dass Sie eine Studie der Universität Hongkong erwähnten, die besagt, dass regelmäßige Bewegung genauso stimmungsaufhellend sei wie Antidepressiva." Er hob demonstrativ seine Sporttasche.

Das klang tatsächlich nach ihr. Und jetzt, wo Judy darüber nachdachte, war ihr vielleicht auch herausgerutscht, dass sie jeden Sonntag kletterte. Aber wer hätte ahnen können, dass der Freiherr von Aaken in ihrer Kletterhalle auftauchen würde?

„Ich freue mich auf jeden Fall, Sie hier getroffen zu haben. Ich hatte mir vor einiger Zeit erlaubt, Ihnen eine Einladung zu schicken, in der Hoffnung, dass wir uns einmal außerhalb des beruflichen Rahmens treffen könnten – einfach, um Ihre Gesellschaft zu genießen. Bedauerlicherweise geschah dies, nachdem die Presse bereits über Ihren… Vorfall berichtet hatte, und es wundert mich nicht, dass die Nachricht in der darauffolgenden Flut von Anfragen unterging."

Das hätte sie wohl erwarten können. Also nicht die Einladung, aber sehr wohl, dass Louis von ihr in den Medien gelesen hatte. Der bekannte Aristokrat war nicht nur Leiter einer Stiftung, sondern hatte auch immer großes persönliches Interesse an ihrer Arbeit gezeigt. Sie hatten unzählige E-Mails über psychologische Theorien und neue

Experimente ausgetauscht. Worüber sie geschwiegen hatte, waren ihre Erlebnisse in der alten Villa im vergangenen Jahr.

Während das Massaker zunächst nur als Randnotiz in den Nachrichten aufgetaucht war, getarnt als Brand mit Todesfolge, mussten die Informationen irgendwie an einen bislang unbekannten Journalisten namens Michael Holm gelangt sein. Im Gegensatz zu Polizei und Staatsanwaltschaft, die ihre Identität geheim hielten, berichtete der Autor der ihr bis dahin unbekannten Zeitung *Explorer* jedes Detail. Diese Zeitschrift hatte nicht die Absicht, ihre Privatsphäre zu schützen. Was Holm an Informationen fehlte, erfand er stattdessen einfach.

Seitdem war ihr privater Posteingang mit Nachrichten überflutet. Bei ihrer Arbeitsadresse sah es besser aus, und natürlich hätte Louis ihr auch dort schreiben können, aber sie war froh, dass er Privates und Arbeit nicht vermischt hatte.

„Tut mir leid, dass ich Ihre Nachricht –"

„Deine – ich bin mir sicher, dass wir auf die Förmlichkeit verzichten können."

„Also gut, klar können wir uns duzen..." Judy holte tief Luft. Es fiel ihr schwer genug, ihren Satz zu formulieren, aber jetzt hatte sie Louis auch noch aus dem Konzept gebracht. „Ich fürchte, ich habe deine Nachricht verpasst. Ich glaube aber leider auch nicht, dass ein Treffen eine gute Idee wäre, zumindest nicht jetzt."

Christine warf ihr einen Blick zu, der deutlich sagte: „*Warum nicht*?"

Louis war sicherlich nett, selbst attraktiv – allerdings auch etwas eigenartig. Alles, was sie wollte, war, in Ruhe gelassen zu werden und zu hoffen, dass die öffentliche Aufmerksamkeit nachließ. „Ich schätze, du verstehst, warum ich so vorsichtig bin, wen ich treffe." Es klang in ihren eigenen Ohren unbeholfen.

Louis nickte allerdings eifrig. „Natürlich, überhaupt kein Problem. Normalerweise hätte ich dich in Ruhe gelassen und einfach meinen Kletterkurs besucht. Aber als sich diese Gelegenheit bot, dachte ich, es wäre dumm, nicht zumindest zu versuchen, mit dir zu plaudern."

„Moment mal", sagte Judy. „Welche Gelegenheit meinst du? Woher wusstest du, dass ich hier sein würde?"

„Oh, wie dumm von mir." Er schlug sich theatralisch an die Stirn und verteilte Kreidestaub in seinem Gesicht. Mit der anderen Hand, angelte er etwas aus seiner Jackentasche. „Ich habe die Sache wirklich vermasselt und versäumt, dir den Grund zu nennen, der mich zu dir geführt hat." Er holte einen Umschlag heraus und hielt ihn ihr nun hin. „Ich traf zufällig auf Professor Hoffmann und er bat mich, dir das hier zu geben."

Judy starrte ihn mit gerunzelter Stirn an. Christines Gesicht spiegelte ihre Besorgnis.

„Professor Konrad Hoffmann?"

Louis hielt ihr immer noch den Umschlag hin und wirkte dabei etwas hilflos. „Ja, ich kannte ihn nicht persönlich, deshalb wäre ich heute fast an ihm vorbeigelaufen. Aber mein Ruf als Unterstützer der psychologischen Gesellschaft muss mir vorausgeeilt sein, und er hat mich erkannt. Oder vielleicht kannte er mich nur aus einer Zeitschrift – schließlich bin ich unter Klatschreportern ziemlich berühmt."

„War Hoffmann, der Typ…“ Christine beendete ihren Satz nicht, aber Judy nickte.

„Ja, er war viele Jahre lang mein Mentor, und wir haben eng zusammengearbeitet.“ Ein kalter Schauer der Furcht durchströmte sie, ein Gefühl, das sie lange nicht mehr gespürt hatte. Judy ballte unbewusst die Fäuste. Sie wusste, dass sie belogen wurde. Die einzige Frage war: Warum? „Was ist genau passiert? Warum hat er dich geschickt?“

Louis dachte angestrengt nach, als versuchte er, sich an jedes Detail zu erinnern. „Er hat mich gefragt, ob ich nicht Freiherr von Aaken sei. Ich erkannte ihn nicht, aber als ich das bejahte, stellte er sich als Konrad Hoffmann, Professor für Psychologie, vor. Der Name sagte mir dann natürlich sofort etwas und ich drückte meine Bewunderung für seinen Artikel über den Halo-Effekt aus. Er wirkte etwas abgelenkt und fragte nur, ob ich in die Kletterhalle gehe. Als ich sagte, dass ich mich für den Anfängerkurs angemeldet habe, gab er mir diesen Umschlag für dich.“ Louis zögerte einen Moment und betrachtete den Umschlag. „Ich muss zugeben, ich fand die Situation auch etwas seltsam. Warum hatte er ihn dir nicht direkt gegeben? Aber er schien es eilig zu haben, deshalb habe ich nicht nachgefragt.“

Judy schüttelte den Kopf. Nicht, weil sie Louis nicht glaubte, sondern, weil seine Worte die beunruhigende Wahrheit bestätigten: Etwas stimmte ganz und gar nicht. „Louis,“ setzte sie an und holte tief Luft. „Professor Hoffmann ist vor drei Monaten gestorben.“

Kapitel Zwei

66 Stunden bis zur Abrechnung

Judy konzentrierte sich auf das Wichtigste – die offenen Fragen würden sich später klären. „In welche Richtung ist der Mann verschwunden?“

„Als ich ging, stand er an der Bushaltestelle. Warum öffnest du nicht einfach den Umschlag? Vielleicht erklärt das die ganze Geschichte.“

„Auf gar keinen Fall!“ Sie löste die Sicherheitsleine, wollte losrennen, hielt sich dann aber zurück. Wie sollte sie die Person erkennen? Da es nicht der echte Hoffmann sein konnte, brauchte sie Louis. „Komm! Vielleicht finden wir ihn noch.“

Sie eilte voraus und verließ die Halle, immer noch in ihrer Kletterausrüstung. Die Karabiner klirrten bei jedem Schritt. Einen Moment lang wurde sie vom hellen Sonnenlicht geblendet, was Louis und Christine Zeit gab, sie einzuholen.

„Da drüben.“ Er deutete auf eine leere Bushaltestelle unweit des Eingangs des großen Einkaufszentrums. „Wir sind zu spät. Der Bus ist schon abgefahren.“

Ihr Blick fiel auf einen kleinen Kasten auf dem Dach der Bushaltestelle. „Da ist eine Kamera.“ Die Überwachungskamera war auf das Einkaufszentrum gerichtet, aber jeder, der in den Bus stieg, musste zwangsläufig in den Sichtbereich treten. „Wir können fragen, aber ich bezweifle, dass man uns die Aufnahmen zeigen wird.“

Etwas unschlüssig ging sie zum Sicherheitsbüro neben dem Eingang. Die geschlossene Tür wirkte alles andere als einladend und der Gedanke, mit Fremden diskutieren zu müssen, machte es nicht besser. Aber gab es eine andere Möglichkeit? Sie musste es versuchen. Die Polizei um das Filmmaterial zu bitten, würde Monate dauern.

Louis' energisches Klopfen unterbrach ihre Gedanken. Die Tür war noch nicht ganz geöffnet, als er den Wachmann bereits ansprach. „Guten Tag, wir brauchen das Überwachungsvideo von der Bushaltestelle. Es ist dringend!"

„Wer zum Teufel sind Sie? Glauben Sie, jeder Idiot kann einfach…"

Die Tirade des Wachmanns wurde dadurch unterbrochen, dass Louis ihm ein Bündel Geldscheine gegen die Brust drückte und sich an ihm vorbeischob.

Judy starrte sprachlos auf die Scheine. Das mussten mindestens tausend Euro sein!

„Die Videoaufnahme!", erinnerte von Aaken, setzte sich unaufgefordert auf einen der Bürostühle und musterte missbilligend den unaufgeräumten Schreibtisch. „Falls Sie mich nicht erkennen, ich bin Louis-Maximilian Theobald von Aaken. Bieten Sie den beiden Damen doch bitte einen Kaffee an, während wir auf die Aufnahmen warten."

Was Judy am meisten beeindruckte, war die unglaubliche Selbstsicherheit, die von Aaken ausstrahlte. Es war, als würde ihm gar nicht in den Sinn kommen, dass sich jemand seinen Befehlen widersetzen könnte. Und es funktionierte.

Der Wachmann öffnete einen kleinen Schrank, holte eine Tasse heraus und stellte sie unter die Kaffeemaschine.

Sie hasste Kaffee, wagte jedoch nicht, etwas zu sagen, aus Angst, es könnte die seltsame Magie zerstören, die hier vor sich ging. Während die Maschine dröhnte, saß der Wachmann vor den altmodisch aussehenden Bildschirmen und tippte auf ein paar Tasten.

Sein Blick wanderte immer wieder zu ihr zurück und er runzelte die Stirn. „Kenne ich Sie nicht von irgendwoher?"

Bestimmt nicht. Es war eher unwahrscheinlich, dass ein Sicherheitsbeamter wissenschaftliche Literatur las. Andererseits, vielleicht hatte er im *Explorer* von ihr gelesen?

Sein Gesichtsausdruck hellte sich auf, bevor sie antworten konnte. „Jetzt erinnere ich mich. Sie sind Judy Link! Ich kenne Sie aus dem Internet."

„Wie – " Sie beendete ihren Satz nicht. Seine Worte ergaben einfach keinen Sinn.

„Oh, keine Sorge. Ich habe den ganzen Unsinn nicht geglaubt. Im Internet wird viel Hass verbreitet und es gibt immer Verschwörungstheorien. Das sind nur ein paar Idioten, die es auf Sie abgesehen haben."

„Ich fürchte, ich habe keine Ahnung, wovon Sie reden." Judy tauschte einen hilflosen Blick mit Christine, die nur mit den Achseln zuckte.

Die Augen des Wachmanns weiteten sich überrascht. „Das wissen Sie nicht?" Er wandte sich den Bildschirmen zu und öffnete eine Website. Judy starrte ungläubig auf ein Foto von sich, das sie definitiv nicht selbst gemacht hatte. Jemand musste das Foto von ihr beim Joggen im Park geschossen haben.

Der Wachmann scrollte nach unten zu einem typischen Forum mit zahlreichen Beiträgen. „Die Kommentare scheinen in den letzten Tagen explodiert zu sein. Als ich es gesehen hab', waren es nur eine Handvoll Leute. Wie dem auch sei, im ersten Eintrag wurden Sie für den Tod einiger Menschen verantwortlich gemacht und die haben behauptet, die Polizei würde Ihre Beteiligung vertuschen. Der typische Unsinn von Verschwörungsheinis, aber leider wurden davon andere aufgehetzt. An Ihrer Stelle würde ich die Polizei informieren. Es gibt einige wirklich ernste Drohungen."

Sie war zu überrascht, um zu antworten.

Louis, der nicht vergessen hatte, warum sie hier waren, tippte ungeduldig auf dem Computerbildschirm herum. „Das Filmmaterial?"

Der Wachmann rief schnell einen weiteren Bildschirm auf. Die Aufnahme der Bushaltestellenkamera wurde größer, und ein paar Passanten gingen rückwärts an ihnen vorbei.

„Halt! Das ist der Mann!" Louis sprang vom Stuhl auf und zeigte auf ein verpixeltes Bild eines älteren Mannes.

Auch wenn die Auflösung viele Details nur schwer erkennen lässt, handelte es sich bei dem Mann sicher nicht um einen wiederauferstandenen Professor Hoffmann.

„Oh, der hat Ihnen etwas gestohlen?" Der Wachmann hob überrascht die Augenbraue.

Louis ignorierte ihn, während sie zusahen, wie der vermeintliche Professor das Bild verließ.

„Wir haben ihn verloren." Christine trat vom Bildschirm zurück und verschränkte enttäuscht die Arme.

„Edgar?", fragte der Wachmann. „Nee, weit ist er sicher nicht gekommen."

„Sie kennen diesen Mann?"

Der Wachmann lächelte Christine an und schaltete auf eine andere Kamera um. Sie zeigte einen älteren Mann, der auf einer schmutzigen Decke vor einer Mülltonne saß, mehrere Flaschen vor sich ausgebreitet.

„Wir nennen ihn Edgar. Er hat bisher nie Ärger gemacht. Sicher hat er auch nichts mit der Website zu tun. Ich bezweifle, dass er jemals das Internet benutzt hat."

Sollte sie die Polizei rufen? Den Namen eines Verstorbenen zu verwenden, war zwar geschmacklos, aber die Polizei würde sich vermutlich nicht um einen schlechten Scherz kümmern. Dann war da auch noch das neue Problem mit der Website, das sie unbedingt untersuchen musste, auch wenn es nichts mit diesem Mann zu tun hatte. *Aber ein Problem nach dem anderen.*

Zuerst mussten sie diesen Edgar befragen. „Danke, Sie haben uns sehr geholfen." Sie nickte dem Wachmann zu und versuchte, das Bild von Edgar in ihrem Gedächtnis einzuprägen. Es gab keine Ähnlichkeit mit ihrem alten Kollegen.

Von plötzlicher Unruhe getrieben, eilte sie in Richtung des Mannes, der ihr hoffentlich bei der Aufklärung dieser seltsamen Vorkommnisse helfen konnte. Vielleicht rannte sie auch vor dem Gedanken davon, den Umschlag genauer unter die Lupe nehmen zu müssen.

Vor einem halben Jahr war sie durch einen einfachen Brief in die Hölle auf Erden geschickt worden. Das würde sie nicht noch einmal riskieren.

„Einen Moment bitte!“, rief Louis, als er versuchte, sie einzuholen. „Ich kann nicht glauben, dass ich einen Obdachlosen mit deinem Kollegen verwechselt habe. Ich muss wissen, wer hinter diesem Scherz steckt.“

„Ich glaube nicht, dass das ein Scherz ist.“ Judy wartete, bis Christine und Louis sie eingeholt hatten. Ihre Hände zitterten. Sie glaubte, Blicke in ihrem Rücken zu spüren, widerstand aber dem Drang, sich umzudrehen. *Keine Panik. Es gab sicher eine harmlose Erklärung für all das.*

Schließlich blickte sie doch noch im Gehen über die Schulter. Eine Gruppe junger Männer starrte sie an – erstaunt, ungläubig und offensichtlich feindselig. Oder bildete sie sich das ein? Die Männer unterhielten sich hastig und warfen immer wieder Blicke in ihre Richtung, bis einer von ihnen etwas auf seinem Handy gefunden zu haben schien, das die ganze Gruppe faszinierte.

Louis’ Stimme holte sie in die Realität zurück. „Ich hoffe, wir erfahren bald mehr. Die Gasse ist da drüben.“

Der Obdachlose namens Edgar befand sich tatsächlich an seinem gewohnten Platz. Dem Kamerabild nach, hatte sie ihn sich anders vorgestellt. Der Einkaufswagen und die zerfetzte Decke passten zwar zu einem Obdachlosen, doch die sorgfältig geschnittenen Haare und der gestutzte Bart entsprachen nicht dem typischen Bild, ebenso wenig wie das Hemd und der einigermaßen knitterfreie Anzug. Als Edgar sie bemerkte, sammelte er seine Flaschen ein und verstaute sie in einer Tasche hinter sich, als fürchtete er, jemand könnte versuchen, sie zu stehlen.

Edgar sah ihnen nicht in die Augen. Als Louis näher trat, murmelte er: „Ich habe nur getan, was der Mann gesagt hat, Herr von Aaken."

„Da Sie bereits wissen, wer ich bin, komme ich gleich zur Sache. Wer steckt dahinter und warum haben Sie mir den Umschlag gegeben?"

„Ich kannte ihn nicht. Er gab mir den Anzug und etwas Geld, damit ich tue, was er wollte." Er durchwühlte seine Taschen und zog ein zerknittertes Foto heraus. „Er sagte mir, ich solle mich als Professor Hoffmann ausgeben und dem Mann auf dem Foto den Umschlag für Professor Link geben."

Judy warf einen Blick auf das Foto, das offensichtlich aus einer Zeitung ausgeschnitten war und einen breit grinsenden Louis bei einer Spendengala zeigte. „Wie sah der Mann aus?"

„Er fuhr mit dem Auto vor und kurbelte das Fenster runter. Ich konnt' nicht viel von ihm sehen. Trug 'ne Sonnenbrille. Der Typ war weiß, normale Statur, und ich glaube, er hatte dunkle Haare."

Louis schüttelte den Kopf. „Das ist alles? Diese Beschreibung könnte auf fast jeden zutreffen."

„Er sah einfach normal aus. Nichts Ungewöhnliches. Er war vielleicht fünfzig und ein wenig schwer, ohne dick zu sein."

Judy hockte sich hin und versuchte, seinen Blick einzufangen. „Wie haben Sie es geschafft, meinen Kollegen auszutricksen?" Sie zwang sich zu sanfter Stimme und lächelte Edgar freundlich an, als hätte er ihnen einen harmlosen Streich gespielt.

Der Obdachlose blickte schließlich auf und grinste mit einer Zahnlücke. Lange hätte er von Aaken nicht täuschen können, aber das war wohl auch nicht nötig gewesen.

„Ich war früher Amateurschauspieler“, sagte Edgar mit Stolz in der Stimme.

„Hat der mysteriöse Mann Ihnen auch einen neuen Haarschnitt verpasst?“, fragte Louis.

„Das musste er nicht.“ Edgar deutete auf ein Haus auf der anderen Straßenseite. „Der Friseur im Einkaufszentrum gehört zu den Barber Angels. Die schneiden Leuten wie mir kostenlos die Haare. Sehen Sie, ich habe ein paar Scheine verdient, aber ansonsten habe ich damit nichts zu tun. Ich weiß sonst wirklich nichts und hab’ bei dem leicht verdienten Geld auch nicht nachgefragt.“

„Sagen Sie mal“, sagte Louis und warf Edgar einen nachdenklichen Blick zu. „Hier in der Nähe gibt es diese neuen Sozialwohnungen. Ich glaube, es sind noch Plätze frei. Würden Sie nicht lieber dort wohnen als hier draußen? Ich bin sicher, das könnte ich arrangieren.“

Vielleicht würde dieser Tag zumindest für einen von ihnen eine positive Wendung nehmen. Leider erwies sich ihre Hoffnung als verfrüht.

„Das sind schon schicke Buden“, gab Edgar zu und ließ seinen Blick durch die Gegend irren, als erwarte er, von jemandem beobachtet zu werden. „Die locken Leute an, um ihnen Chips zu implantieren. Dann werden sie von der Regierung kontrolliert, so wie mit den Impfungen. Aber darauf fall ich nicht rein.“

„Ah." Louis zögerte, offensichtlich ratlos, was er noch sagen sollte. „Dann trotzdem danke."

Nachdem sie ein paar Schritte zwischen sich und Edgar gebracht hatten, zog von Aaken den Umschlag erneut hervor. „Da mich dieses ganze Rätsel mittlerweile genauso beschäftigt wie dich, schlage ich vor, dass wir uns das gemeinsam ansehen. Vielleicht klärt sich dadurch das Rätsel."

Judy spürte, wie sich ihr Magen zusammenzog.

„Ich bin nicht unbedingt ein Fan von Briefen." Allein der Gedanke daran ließ sie zittern. „Ein Drohbrief hat vor nicht allzu langer Zeit mein Leben auf den Kopf gestellt."

„Ach ja!" Er klatschte sich die Hand gegen die Stirn. „Ich bin so ein Idiot! Natürlich – in der Zeitung stand etwas von einem Drohbrief am Tatort des ersten Opfers. Das hatte ich völlig vergessen."

Hatte der *Explorer* die Briefe erwähnt? *Vielleicht nicht.* Die Zeitschrift enthielt so viel Unsinn, dass die wichtigsten Fakten unterschlagen wurden. „Ich wünschte, ich könnte es auch vergessen." Sie beäugte den Umschlag. „Jeder im Spiel hat einen Brief bekommen. Zumindest ist dieser Umschlag hier zu dick für einen einfachen Brief. Es könnte etwas ganz anderes sein."

Trotz ihrer Worte traute sie sich nicht, ihn zu öffnen. Schließlich war es Christine, die den Umschlag nahm und ihn wortlos öffnete.

„Oh nein." Judy schloss die Augen, doch das Bild hatte sich bereits in ihr Gedächtnis eingebrannt. Auf den ersten Blick sah der Brief genauso aus wie der, der sie vor weniger als einem Jahr zum Tode verurteilt hatte.

Christine begann, ihn laut vorzulesen.

„An Judy, die Überlebende,

Glaubst du an Happy Ends?

Vielleicht hast du gehofft, wieder in dein altes Leben zu flüchten.

Du warst überzeugt, den Schrecken hinter dir gelassen zu haben. Vielleicht bildetest du dir sogar ein, das Recht zu haben, als Held gefeiert zu werden.

Du hast dich geirrt. Es ist noch nicht vorbei."

Christine warf ihr einen erschrockenen Blick zu, und Judy schloss schmerzerfüllt die Augen. Genau deshalb hatte sie alles geheim halten wollen. Sie wollte nicht nur die Aufmerksamkeit vermeiden, sondern fürchtete auch Nachahmer. Jedes Verbrechen, das in den Medien ausgeschlachtet wurde, inspirierte andere Verrückte. Hoffentlich versuchte der Verfasser nur, ihr Angst einzujagen, und war kein Psychopath, der ihr wirklich etwas antun wollte.

Ihre Bitte erfüllte sich nicht. Ein einziger Blick auf Christine, die noch immer in ihre Lektüre vertieft war, ließ Judy den Schrecken begreifen, der sich hinter diesem einfachen Blatt Papier verbarg.

„Nein!", rief Christine. Ihr Gesicht war vor Panik und Tränen verzerrt. „Bitte nicht!", flüsterte sie und ließ den Brief fallen, während sie nach ihrem Telefon tastete.

Louis sah sie verwirrt an. „Was ist los?"

Ihre Kehle schnürte sich zusammen, als sie das verfluchte Papier aufhob und Louis über ihre Schulter hinweg mitlesen ließ. Beim letzten Absatz wurde ihr übel.

Kapitel Drei

65 Stunden bis zur Abrechnung

Sie zitterte so stark, dass Louis den Brief festhalten musste.

Wenn du dein Leben zurückhaben willst, musst du es dir verdienen und mich dabei reich machen. Du kehrst in die Arena zurück und trittst gegen einige zwielichtige Gestalten an. Halte erneut sechsundsechzig Stunden durch. Ich bin sicher, du kannst das schaffen. Ich weiß, wozu du fähig bist.

Du fragst dich wahrscheinlich, warum du nicht zur Polizei gehen und andere für dich kämpfen lassen sollst. Doch vertraust du den Polizisten nach allem, was passiert ist? Tue es nicht. Ich würde es merken, wenn du sie informierst.

Ich habe jedoch noch einen anderen Grund. Ich habe etwas, oder vielmehr jemanden, in meinem Besitz, der dir sehr am Herzen liegt. Wenn du dich weigerst, meinen Anweisungen zu folgen, oder jemanden um Hilfe bittest, werde ich sie töten. Ich halte immer mein Wort. Es wäre nicht das erste Kind, das durch meine Hand stirbt.

Kommt dir der Name Emma bekannt vor? Warte auf meine weiteren Anweisungen.

Der Meister der Arena.

Im ersten Moment weigerte sich ihr Verstand, zu begreifen, was der Brief bedeutete, dann traf sie die Erkenntnis. *Emma!* Der Verrückte hatte Christines Tochter entführt.

„Ich kann die Babysitterin nicht erreichen!“, rief Christine verzweifelt, während sie erneut auf ihr Handy drückte.

„Mon Dieu“, murmelte Louis, der langsam die Situation zu erfassen schien, während Judy noch immer unter Schock stand. Verständnislos starrte sie auf das kleine Handy, das er ihr hinhielt. „Das war auch in dem Umschlag.“

Eine Welle des Misstrauens erfasste sie. Was wusste sie wirklich über Louis? War es wirklich ein Zufall, dass er genau heute aufgetaucht war?

Ihre Gedanken ließen ihr einen Schauer über den Rücken laufen, aber nur für wenige Herzschläge. Dann übernahm ihr analytischer Verstand wieder die Kontrolle. Von allen Menschen, die sie kannte, war Louis der letzte, der Geld benötigte. Sie sollte den Fakten vertrauen und nicht vagen Gefühlen. Es war eine Tatsache, dass ihr gesamtes Geld nicht mehr als ein Rundungsfehler auf seinem Bankkonto wäre. Außerdem hatten all ihre Gespräche das Bild eines nachdenklichen, intelligenten und etwas unbeholfenen Mannes gezeichnet. Wahrscheinlich war er einer der wenigen Menschen, denen sie vertrauen konnte.

Judy nahm das Wegwerfhandy aus seiner Hand und versuchte, es einzuschalten. Der kleine Bildschirm verlangte eine PIN. Jemand hatte mit einem Filzstift vier Nullen darauf geschrieben. Da ihr nichts Besseres einfiel, versuchte sie es.

„Ich vermute, der Erpresser möchte mit dir in Kontakt bleiben.“ Louis faltete mit nachdenklicher Miene die Hände. „Könnte die Polizei ihn nicht über das Telefon ausfindig machen?“

Im Hintergrund ging Christine auf und ab. Ihr liefen die Tränen über die Wangen, während sie immer wieder dieselbe Nummer wählte.

„Wahrscheinlich", antwortete Judy schließlich, als der Bildschirm aufleuchtete und ihre Eingabe bestätigte. „Aber ich werde nichts riskieren, was Emma in Gefahr bringen könnte."

Sie erwähnte nicht, wie wenig sie der Polizei vertraute. Was, wenn der Entführer die Wahrheit sagte? Vielleicht hatte er Kontakte zur Polizei oder, noch schlimmer, war selbst Polizist.

Auf dem Telefon wurden mehrere eingehende Nachrichten angezeigt, alle von derselben Nummer.

„Wir sollten trotzdem die Polizei kontaktieren."

Als sie leicht den Kopf schüttelte, starrte sie Louis mit großen Augen an. „Du kannst doch nicht ernsthaft daran denken, seinen Forderungen nachzugeben!"

Judy tippte einen Satz auf ihrem Handy und hielt Louis das Display hin. *Er beobachtet uns vielleicht.* Wer wusste schon, ob das stimmte, aber sie wollte kein Risiko eingehen. Es war durchaus möglich, dass der Entführer sie gerade im Blick hatte. Dieses Handy konnte dazu dienen, sie heimlich abzuhören.

„Ich muss nach Hause und nach Emma sehen!" Christines Stimme zitterte vor Panik. Sie hatte verzweifelt versucht, die Babysitterin zu erreichen, immer wieder angerufen, aber keine Antwort bekommen.

„Ich komme mit!" Während Judy das sagte, bemerkte sie, dass sie noch immer ihre Kletterausrüstung trug. „Verdammt, ich habe meinen Fahrradschlüssel im Schließfach vergessen. Fahr lieber voraus, aber tu nichts, bevor ich da bin! Ich hole dich ein."

„Wie weit ist das?" Louis sah besorgt aus.

„Etwa zehn Kilometer, auf der Landstraße."

Louis schüttelte den Kopf. „Das dauert ewig! Ich kann euch fahren. Es wird zwar etwas eng im Auto, aber wir sind auf jeden Fall schneller."

„Wir?" Judy biss sich auf die Lippe. Er wollte ihnen offensichtlich nur helfen, doch statt Dankbarkeit war ihr natürliches Misstrauen wieder erwacht.

„Natürlich helfe ich!"

Christine nickte dankbar und damit war es abgemacht. Sie folgten Louis zum Parkhaus.

„Es ist der schwarze McLaren 720S. Ein Cabrio mit roten Zierleisten und offenem Verdeck", sagte Louis, als die Türen aufschwangen. Der Name sagte Judy nichts, aber auch ohne seine Hilfe hätte sie das Auto sofort gefunden. Es war genau die Art von Auto, die sie von Louis erwartet hatte, und leider für drei Personen ziemlich ungeeignet, wie Christine feststellte.

„Es gibt nur zwei Sitze."

Louis, der bereits am Steuer saß, machte eine abwehrende Geste. „Es ist nicht für lange, und, wenn ich das so sagen darf, Sie sind beide sehr schlanke Damen."

Es war ein Zeichen ihrer Sorge um Emma, dass Christine, die sich sonst an die Regeln hielt, ohne ein weiteres Wort des Protests einstieg.

Judy ließ sich auf ihrem Schoß nieder und schnallte den Sicherheitsgurt fest. Kaum war die Tür geschlossen, schoss der

Wagen mit quietschenden Reifen nach vorne und drückte sie in die Sitze. Gleichzeitig erklang aus den Lautsprechern ein lautes Hardrock-Gitarrensolo. Schon bei der ersten Kurve bereute Judy die Höllenfahrt. Sie klammerte sich an die Tür, während Louis weiter beschleunigte, bis die Tachonadel in der Kurve hundert erreichte. Der donnernde Motor flog auf die leere Landstraße, vorbei an vereinzelten Häusern.

„Du fährst wie ein Verrückter!“, schrie Judy über den Lärm des Autos und der Musik hinweg.

„Was?“, brüllte Louis fröhlich grinsend zurück, den Ernst der Lage für einen Moment vergessen.

„Mal abgesehen von der Gefahr, hast du keine Angst vor Strafzetteln?“ Sie brauchte nicht auf den Tacho zu schauen, um zu wissen, dass sie zu schnell fuhren.

Louis winkte ab. „Ist alles eingepreist. Ich kann mir die höhere Geschwindigkeit leisten.“

„Und wie viele Punkte hast du schon?“

„Keine, mein Anwalt hat mir geraten, den Wagen in Luxemburg zu registrieren, was –“

„Anhalten!“, unterbrach Christine die Erklärung. Ihr Gesicht war kreidebleich, entweder aus Angst um Emma oder wegen der rasanten Fahrt.

„Keine Sorge. Ich habe das Auto unter Kontrolle“, behauptete Louis.

„Das mein ich nicht, wir sind da!“

Die plötzliche Vollbremsung war schlimmer als die Beschleunigung. Judy wurde in den Sicherheitsgurt gepresst, als der

Wagen vor einer Reihe von Reihenhäusern anhielt. Louis folgte Christines Anweisungen und setzte in die richtige Einfahrt zurück.

Waren sie im Begriff, einen Fehler zu machen? Ihre Nerven waren zum Zerreißen gespannt, als ihr Blick die Umgebung des Hauses absuchte. *Kein Hinweis auf einen Einbrecher.*

Christine versuchte, die Tür zu öffnen, doch ihre Hände zitterten so sehr, dass Louis ihr den Schlüssel abnahm. „Erst einmal tief durchatmen. Voilà! Die Tür ist offen!“

Christine rannte an ihm vorbei ins Haus und rief dabei abwechselnd nach Emma und der Babysitterin.

Judy wollte ihr gerade folgen, als sie ein seltsames Gefühl innehalten ließ. Das Gefühl, beobachtet zu werden. Sie ließ ihren Blick erneut schweifen. Spielten ihr ihre Nerven einen Streich?

In diesem Moment hörte sie Christine schreien.

Kapitel Vier

65 Stunden bis zur Abrechnung

„Christine?“

Obwohl die Geräusche aus dem Wohnzimmer kamen, machte Judy einen Umweg über die Küche und entnahm einem Holzblock das größte Messer. Das Gewicht in ihrer Hand hatte etwas Beruhigendes. „Alles in Ordnung?“ Ihre Stimme klang ungewöhnlich hoch in ihren Ohren. Natürlich war nichts in Ordnung.

Das zerbrochene Glas auf dem Boden, die heruntergefallenen Gegenstände auf der Anrichte und die schmutzigen Fußabdrücke auf dem Teppich – all das wirkte in Christines geradezu pedantisch akkurater Wohnung so fehl am Platz, wie ein Fisch in der Wüste. Judy wappnete sich, holte tief Luft und ging weiter in Richtung der Stimmen, die nun zu leise waren, um sie zu verstehen.

Christine sah aus, als stünde sie kurz vor dem Zusammenbruch, oder vielleicht war sie auch schon einen Schritt darüber hinaus, denn Louis musste sie stützen. „Ich habe überall gesucht. Sie ist nicht hier!“, schluchzte sie.

„Und die Babysitterin?“, fragte Judy, während sie sich durch ein Chaos aus Glasscherben bewegte. Offenbar hatte jemand ein Loch in die Glastür zum Garten geschlagen.

Christine zuckte hilflos mit den Schultern und ihre Augen füllten sich mit Tränen. „Laura, ich habe versucht, sie zu erreichen.“

Ein Telefon summte. *Der Entführer!* Judy wurde heiß. Sie hatte das Handy aus dem Umschlag ganz vergessen. Schnell öffnete sie die

Nachrichten. Es waren mehrere, die die wachsende Ungeduld des Entführers dokumentierten.

„Ruf diese Nummer an, sobald du den Brief erhältst."

„Du hast noch 66 Stunden. Denk nicht mal daran, die Polizei einzuschalten. Wenn ich auch nur den geringsten Hinweis darauf bekomme, dass mir die Bullen auf den Fersen sind, ist die kleine Geschichte."

"Ruf an!!!"

„Ich weiß, dass du den Brief bekommen hast. Wenn du dich nicht in der nächsten halben Stunde meldest, stech ich das Blag ab!"

Sie warf einen Blick auf die Uhr. Die letzte Nachricht war vor zehn Minuten eingetroffen. So sehr sie sich auch vor dem Anruf fürchtete, sie konnte den Entführer nicht länger warten lassen.

„Hier!" Sie zeigte den anderen die erste Nachricht. „Er möchte, dass ich ihn anrufe."

„Soll ich es machen?", bot Louis an.

Sie hätte nichts lieber getan, als ihm das Handy in die Hand zu drücken, schüttelte aber den Kopf. „Nein. Er weiß vielleicht nicht, dass du noch bei uns bist. Außerdem stand in dem Brief, dass ich niemanden um Hilfe bitten darf."

„Ich will mit diesem Bastard reden!", verlangte Christine, schien aber nicht in der Verfassung, ein Gespräch zu führen.

„Lass mich zuerst reden. Ich versuche, Emma ans Telefon zu bekommen", sagte Judy sanft und drückte die Wähltaste, bevor sie es sich anders überlegen konnte. Das Freizeichen ließ ihr Herz rasen. Sie schaltete den Lautsprecher ein, froh, in diesem Moment nicht allein zu sein.

„Das wurde auch Zeit!“ Die Stimme war durch einen Stimmverzerrer verfremdet und erinnerte sie an den Horrorfilm *Scream*. Die Grausamkeit in diesem unmenschlichen Tonfall jagte ihr einen Schauer über den Rücken.

„Was haben Sie mit Emma gemacht?“

„Nichts“, behauptete die Stimme. „Zumindest noch nicht. Aber das kann sich ganz schnell ändern. Ich habe kein Interesse an einem schreienden Kleinkind. Du hingegen bist wertvoll.“

„Gib mir mein Baby zurück!“, rief Christine.

Die Stimme lachte kehlig, obwohl das an der Verzerrung liegen mochte. „Noch nicht. Schließlich braucht Judy etwas Motivation, damit sie ihre Aufgaben erledigt.“

Judy versuchte, sich an den Wortlaut des Briefes zu erinnern. „Was willst du von uns? Geld? Wir bezahlen dich dafür, dass du Emma gehen lässt!“

Die Roboterstimme lachte. „Du hast nicht genug Geld, um mir ein Angebot zu machen.“

„Aber ich.“

Judys Herz machte einen schmerzhaften Satz. Louis’ Stimme klang ruhig und entschlossen. Eine Stimme, die ihr unter anderen Umständen Mut gemacht hätte. Doch wie würde der Meister der Arena darauf reagieren?“

Sie hielt den Atem an. Am anderen Ende der Leitung blieb es einen Augenblick still. War er überrascht?

Schließlich meldete sich die verzerrte Stimme erneut. „Von Aaken… ein interessantes Angebot... nein, wir machen es auf meine Art.“

Hatte der Entführer gezögert, weil er über das Angebot nachgedacht hatte? Sie wusste, wie wichtig es war, einem Geiselnehmer das Gefühl zu geben, in Kontrolle zu sein, und ihn nicht zu reizen. „Ich stelle mich Ihrer Arena. Sagen Sie mir nur, wo ich hingehen und Emma befreien soll. Das war der Deal.“ Obwohl Erpressung kaum als Deal durchgehen konnte.

Diesmal antwortete die Stimme sofort. „Ich mag deine Begeisterung! Lass uns mit dem Spiel beginnen.“

Judy schüttelte automatisch den Kopf, obwohl er sie nicht sehen konnte. „Sie verstehen, dass ich nichts tun kann, bevor ich den Beweis habe, dass es Emma gut geht. Geben Sie ihr das Telefon.“

Das Telefon war still. Hatte sie den Entführer verärgert? Was, wenn es ihre Schuld war, dass er Emma verletzte? Sie hielt erneut den Atem an, während sich die Stille schmerzhaft in die Länge zog.

Sie konnte einen Seufzer der Erleichterung nicht unterdrücken, als sie endlich eine Stimme hörte. Es war das erste Mal, dass sie erleichtert war, jemanden weinen zu hören, aber immerhin bedeutete es, dass Emma noch lebte.

Christine riss ihr das Handy aus der Hand. Offenbar hatte sie dabei versehentlich den Lautsprecher ausgeschaltet, denn Judy konnte nur hören, wie sie beruhigend auf Emma einredete.

Nach einer Weile hielt Christine ihr das Handy wieder hin. „Er möchte noch einmal mit dir sprechen.“

Judy schaltete den Lautsprecher wieder ein.

„Nach diesem rührenden Wiedersehen, lasst uns zur Sache kommen. Die Heulsuse kann zurück zu ihrer Mutter, sobald ich dich in Gewahrsam habe. Ich habe kein Interesse an ihr. Bis dahin gibt es noch ein paar Aufgaben zu erledigen. Zunächst einmal brauchen wir mindestens ein kurzes Video, schließlich wollen wir unser Publikum unterhalten."

„Welches Publikum?", fragt Judy.

Ein weiteres Lachen folgte. „Nun, ich mache das nicht nur zu meinem eigenen Vergnügen. Es gibt viele andere Leute, die an deinen Abenteuern interessiert sind. Du hast mehr Fans und Feinde, als du denkst. Was die Videos angeht, sieh mich als eine Art Regisseur. Ich werde dich in Szene setzen. Mach dir über den Inhalt keine Gedanken. Den habe ich schon vorbereitet. Hier ist der Text. Sprich ihn direkt in die Kamera und schick mir das Video. Wenn ich zufrieden bin, bekommst du weitere Anweisungen."

Das Gespräch wurde so abrupt unterbrochen, dass Judy zunächst an eine technische Störung glaubte, doch einen Moment später erhielt sie eine weitere SMS.

„Text: Ich bin Judy Link, die Mörderin von Thomas, Mark, Jonathan und vielen anderen, die letztes Jahr die berühmten Briefe des Todes erhalten haben. Auch dieses Jahr werde ich in der neuen Arena siegen. Versucht nur, mich aufzuhalten, wenn ihr euch traut!"

„Ich habe Jonathan nicht umgebracht", protestierte Judy, während Louis über ihre Schulter hinweg mitlas und Christine nervös wie ein Tiger im Käfig vor dem großen Wohnzimmerfenster auf und ab ging.

„Und ich hoffe, die anderen auch nicht!“, sagte Louis und fügte nachdenklich hinzu: „Es ist dein Buch…“

"Was?"

„In deiner Forschung und deinen Thesen geht es immer darum, was Menschen in Extremsituationen bereit sind, einander anzutun. Der Entführer hat eine Extremsituation geschaffen, um zu sehen, wozu er uns treiben kann!“

Eine neue Nachricht traf ein.

„Weich nicht vom Text ab! Ich brauche das Video in einer halben Stunde, sonst kannst du dir die Konsequenzen vorstellen.“

„Es sieht so aus, als hätten wir keine andere Wahl. Außerdem richtet das Video selbst keinen Schaden an.“

„Da wäre ich mir nicht so sicher“, sagte Louis. „Ich weiß nicht, an wen der Entführer es schicken wird, aber die Anfrage könnte potenzielle Gewaltverbrecher aufstacheln.“

„Christine, kannst du uns mit deinem Telefon aufnehmen, während Louis mich aufnimmt?“

„Warum–“

„Weil ich später einen Beweis haben will, dass ich das Video nicht aus freien Stücken gemacht habe.“

Sie schnappte sich eine Seite aus einem Wandkalender und schrieb eine kurze Notiz. Sie hielt sie vor Christines Kamera und hoffte, dass sie lesbar sein würde. *„Ich werde gezwungen, diese Nachricht aufzuzeichnen. Weder habe ich die Worte gewählt, noch sind sie wahr. Die Tochter meiner Freundin wird als Geisel gehalten,* *und ich komme nur den Forderungen des Entführers nach.*" Sie drehte sich Louis zu und legte die Notiz ab, sodass sie nur aus Christines Perspektive zu sehen war.

„Ich denke immer noch, dass es keine gute Idee –"

„Louis!", unterbrach sie ihn. „Ich bin bereit, und wir haben keine Zeit mehr." Während er mit dem Handy des Entführers filmte, sagte sie die Sätze, die man ihr gegeben hatte.

Die Sorgenfalten auf Louis' Stirn passten zu seinem ernsten Blick. „Sollten wir es nicht doch der Polizei sagen?"

„Nein, wir sollten ihn nicht aufregen und nach seinen Regeln spielen." Sie, trat näher an Louis heran und flüsterte. „Er hat sich nicht aufgeregt, als er deine Stimme hörte. Das heißt, er wusste, dass du bei mir bist. Wir müssen sicher sein, dass er uns nicht beobachtet, wenn wir die Polizei rufen."

Schon seit ihrer Ankunft bei Christine wurde sie das Gefühl nicht los, beobachtet zu werden. Sie vergewisserte sich, dass beide Videos, mit und ohne ihre Nachricht, aufgenommen waren. Vielleicht konnte es ihr später helfen, ihre Unschuld zu beweisen. Dann schickte sie das Video an den Entführer und hoffte, dass sie keinen Fehler gemacht hatte. Die Antwort kam in weniger als einer Minute.

„Ausgezeichnet! Jetzt brauche ich ein zweites Video von dir. Sei überzeugend, schlechtes Schauspiel oder irgendwelche Tricks haben Konsequenzen. Ich habe nichts dagegen, ihr einen Finger abzuschneiden, wenn ich mit deiner Leistung nicht zufrieden bin. Ich rate dir, mich nicht warten zu lassen!"

Es folgten einige Zeilen.

„Er sagt, ich solle es allein aufnehmen, außer Hörweite meiner Begleiter. Ich gehe davon aus, dass er uns hier sehen und vielleicht hören kann."

Christine nickte langsam und warf einen aufmerksamen Blick durch die Glasscheibe auf die Terrasse.

„Ich gehe sicherheitshalber ins Nebenzimmer", sagte Judy und nahm das Telefon. „Es dauert nicht lange."

Sie ging ins Badezimmer und legte das Handy auf die Ablage vor dem Spiegel. Es fühlte sich wie ein Fehler an, aber jetzt musste sie es durchziehen, für Emma.

„Du fragst dich, wer dir das angetan hat und wer hinter allem steckt", las sie die Zeilen, die der Meister der Arena ihr geschrieben hatte. „Du wolltest dich vorzeitig aus der Arena schleichen, dich ich gegen die Regeln stellen. Das kann ich nicht zulassen. Ich hoffe, du hast aus deiner Strafe gelernt. Niemand wird glauben, dass ich es war. Du weißt, was du tun musst, um zu überleben."

Sie stoppte das Video und drückte auf Senden, bevor sie zu den anderen zurückkehrte.

Christine starrte immer noch aus dem Fenster. „Ich glaube, da ist jemand", flüsterte sie mit zitternder Stimme. „Die Sonne spiegelte sich in den Bäumen links, vielleicht in einem Kameraobjektiv."

Judy trat aus dem Blickfeld des Fensters. „Bist du sicher? Wo?"

„Ich bin sicher", murmelte Christine. „Zweiter Baum von links, etwa zehn Meter hinter der Veranda."

Judy zögerte gerade lange genug, damit Christine eine Flasche vom Tisch, schnappen konnte. Christine packte sie wie eine Keule.

Jetzt oder nie. Judy sprang auf und rannte auf den Fremden zu.

Kapitel Fünf

64 Stunden bis zur Abrechnung

Judy stürmte durch die Glastür. Von der Veranda aus erkannte sie die Silhouette eines Mannes, der sich jetzt in Richtung Straße bewegte. So leicht würde er ihr nicht entkommen.

Als sie ihn einholte, wirbelte er herum und schlug mit einem Kamerastativ nach ihr. Judy duckte sich unter dem Schlag hinweg und rammte ihn mit ihrer Schulter. Fluchend fiel ihr Gegner zu Boden.

Seine Hand griff nach hinten. *Hatte er eine Waffe?* Judy war schneller. Ihre Klinge an seiner Kehle ließ den Mann augenblicklich erstarren.

Seltsamerweise wollte der Mann zu ihren Füßen so gar nicht zu dem Bild passen, das sie sich von dem Entführer gemacht hatte. Natürlich war es Unsinn, sich aufgrund einer verzerrten Stimme überhaupt jemanden vorzustellen. Trotzdem wirkte dieser Mann jünger, als sie erwartet hatte, etwas pummelig, und hatte ein rundliches Gesicht, das unter anderen Umständen vertrauenserweckend gewirkt hätte.

„Wo ist Emma?“, schrie Christine den Mann an, der erschrocken zusammenzuckte und sie dann mit aufgerissenen Augen anstarrte.

„Wer?“ Er machte Anstalten aufzustehen, aber Judy drückte ihn sofort wieder nach unten.

„Das ist Körperverletzung!“, zischte er. „Machen Sie sich auf eine heftige Anklage gefasst. Ich setze dieses Spektakel hier auf die Liste der Dinge, für die man Sie wegsperren sollte!“

„Ich will wissen, wohin Sie mein Kind gebracht haben!“

„Welches Kind?“ Der Mann hob die Augenbrauen. „Ich habe nur Fotos gemacht.“

Louis, der von allen Beteiligten am entspanntesten wirkte, griff zur Kamera. „Diese Typen sind wirklich eine Plage. Ich würde Ihnen eine Mauer oder zumindest einen größeren Zaun um Ihr Grundstück empfehlen.“

Diese Typen? Wovon sprach Louis?

Im Gegensatz zu ihr und Christine wirkte Louis weder überrascht noch besorgt, als er fortfuhr: „Na, Paparazzi – eine echte Pest. Ich kenne dieses spezielle Subjekt zwar nicht, aber er hat sich zweifelsohne ausreichend über mich informiert.“ Er wandte sich an Christine. „Wissen Sie, ich habe exzellente Erfahrungen mit Hunden und einem dauerhaften Sicherheitsdienst gemacht. Ich kann Ihnen gerne den Kontakt zu einer Firma vermitteln.“

„Was macht von Aaken bei Ihnen?“, fragte der Mann.

Judy entschied, dass sie ihr Messer nicht brauchte. Dieses „Subjekt“, wie Louis ihn nannte, wirkte eher verwirrt als aggressiv.

„Als ob mich eine langweilige Klatschgeschichte über Superreiche interessieren würde“, schnaubte der vermeintliche Paparazzo abfällig. „Ihr seid alle krank! Vor allem diese durchgeknallte Psychologin.“

„Erstens finde ich Ihr Verhalten gegenüber den Damen zutiefst beschämend. Und zweitens“, Louis zählte an seinen Fingern ab, „ist Professorin Link im Gegensatz zu Ihnen eine sehr bekannte und angesehene Forscherin. Drittens ist sie Psychiaterin und keine Psychologin.“

„Was?“ Der Mann wirkte aus dem Konzept gebracht.

Louis warf dem Paparazzo einen mitleidigen Blick zu und sagte in einem Tonfall, als würde er es einem Kind erklären: „Das heißt, sie hat neben Psychologie auch Medizin studiert.“, bevor er die Kamera vom Boden aufhob.

„Das ist privat, von Aaken! Sie haben kein Recht, sich das anzusehen.“

„Ach wirklich?“ Louis schaffte es irgendwie, in seinem ruhigen, fast amüsierten Ton eine gewisse Drohung mitschwingen zu lassen, während er die Aufnahmen durchsah. „Ich bin sicher, mein Anwalt wird Ihre Anschuldigung gerne entkräften. Gleichzeitig wäre ich an Ihrer Stelle etwas besorgt, weil Sie unbefugt Privatgrundstück betreten und unzählige Fotos gemacht haben. Da Sie Ihre gute Kinderstube - falls Sie jemals eine genossen haben - vergessen zu haben scheinen, schlage ich vor, dass Sie sich endlich vorstellen.“

„Mein Name ist Michael Holm, Chefredakteur und Herausgeber des *Explorer.*“ Er reichte ihnen eine Visitenkarte.

Louis hob eine Augenbraue, sagte aber nichts.

Judy erkannte den Namen sofort. Das war also der Typ, der ihr Privatleben an die Öffentlichkeit gezerrt und Lügen über sie verbreitet hatte. Wut kochte in ihr hoch, als sie sich an die Artikel erinnerte. Als Holm nach der Kamera greifen wollte, stellte sie sich ihm drohend in den Weg.

„Sie haben keine Ahnung, mit was für einer Psychopatin Sie hier zusammenarbeiten, von Aaken“, sagte Holm. „Sehen Sie nicht, dass mich diese Verrückte nicht einmal aufstehen lässt?“

Louis warf ihm einen flüchtigen Blick zu, bevor er sich wieder der Kamera zuwandte. „Nun, das war mir tatsächlich nicht aufgefallen, aber ich bin es auch gewohnt, dass mir die Leute zu Füßen liegen. Es ist bedauerlich, dass Sie sich über diese Position beschweren, obwohl sie doch so gut zu Ihrem moralischen Niveau und Ihrem persönlichen Wert für die Gesellschaft passt."

Er drehte sich zu Judy um und hielt ihr die Kamera hin. „Dieser Mann beobachtet Sie schon seit einiger Zeit. Hier sind nicht nur Fotos von der Wohnung, sondern auch von dir beim Klettern."

„Ich musste recherchieren, was sie vorhatte, um mich zu schützen!" Holm versuchte, Judy die Kamera aus der Hand zu reißen, aber sie zog sie einfach weg.

„Recherchieren? Ich glaube, das Wort, das Sie suchen, ist ‚Stalking'", belehrte ihn Louis.

Eines wurde anhand der Bilder schnell klar: Der Journalist interessierte sich wenig für von Aaken, dafür aber sehr für sie selbst. Es war erschreckend zu sehen, wie lange Holm sie schon ausspioniert haben musste. Die Bilder zeigten sie bei alltäglichen Dingen, sei es beim Einkaufen oder Spazierengehen. Kein Wunder, dass sie sich beobachtet gefühlt hatte.

Holm zeigte mit dem Finger auf sie. „Diese Frau hat letztes Jahr Leute umgebracht und auch mich mit dem Tod bedroht! Ich musste herausfinden, was sie plant." Er suchte in seiner Tasche. „Hier!" Er warf von Aaken etwas zu, das bei Judy sofort die Alarmglocken schrillen ließ.

Louis fischte den Brief aus dem Gras.

„Da! Sehen Sie? Ich musste ihr folgen, um Beweise zu finden, dass sie ihn mir geschickt hat. Jetzt lassen Sie mich los", verlangte Holm.

„Ich denke, meine Damen", sagte Louis langsam, „wir haben einen neuen Hinweis, den wir besprechen sollten."

„Was machen wir mit ihm?", fragte Christine.

„Ich würde vorschlagen, dass Sie mir meine Kamera zurückgeben", sagte Holm. „Ich gebe zu, mein Auftauchen hier war vermutlich etwas überraschend für Sie. Aber lesen Sie den Brief, den Link mir geschickt hat, dann werden Sie es besser verstehen."

„Wir müssen Emma finden!" Christine konnte nicht länger stillhalten. „Mir ist egal, wer dieser Kerl ist, aber meine Tochter wird vermisst, und wir verschwenden unsere Zeit, während jemand anderes sie als Geisel hält!" Die letzten Worte schrie sie so laut, dass Holm erschrocken zurückwich.

Er blinzelte verwirrt. „Meinen Sie das ernst oder ist das irgendeine Form von geschmacklosem Scherz? Also mit einer Entführung habe ich nichts zu tun!"

Judy wandte sich an den Journalisten. „Okay, vielleicht sind Sie nicht der Entführer, aber Sie stecken in der Angelegenheit mit drin. Ich habe diesen Brief nicht geschrieben, aber die Drohung ist echt. Sie wissen ja, was aus den Empfängern der letzten Briefe geworden ist."

„Sie haben sie umgebracht."

„Jemand hat sie umgebracht, aber ich war Opfer, nicht Täter. Und nochmal, ich habe Ihnen keinen Brief geschickt! Genau genommen habe ich heute auch so einen Brief bekommen."

Holm lachte laut auf. „Was soll das beweisen? Sie haben sich selbst einen Brief geschrieben, um keinen Verdacht zu erregen."

„Nehmen wir einmal an, wir hätten wirklich beide einen Drohbrief bekommen. Sollten wir dann nicht zusammenarbeiten, um den Schreiber der Briefe zu finden."

„Hören Sie, Prof. Link, ich weiß, warum Sie mich hassen. Sie haben mir den Brief aus Rache geschickt, weil meine Artikel Ihren Ruf zerstört haben", sagte Holm.

„Und Sie glauben wirklich, ich wäre so dumm, Ihnen einen Brief zu schreiben, den Sie dann gleich veröffentlichen könnten?"

Holm schien über eine Antwort nachzudenken, allerdings unterbrach Louis den Streit.

„Verzeihung, aber meine Kollegen und ich müssen unser weiteres Vorgehen besprechen." Von Aaken deutete auf eine Gartenbank und fragte Holm allen Ernstes: „Würden Sie bis dahin irgendwo dort drüben Platz nehmen?"

Holm stand schließlich auf. „Zuerst will ich meine Kamera zurück und dann möchte ich Ihren angeblichen Brief sehen."

Nach kurzem Zögern nickte Judy und reichte Holms beides, bevor sie seinen Brief öffnete.

Kapitel Sechs

64 Stunden bis zur Abrechnung

„An Michael, den Parasiten,

Du bist durch etwas berühmt geworden, das dir nicht gehört, und hast deine gesamte Karriere auf billigen Lügen aufgebaut. Du hast dir meinen Ekel ebenso, wie den bevorstehenden Tod verdient.

Dachtest du, du könntest in Sicherheit und ohne Risiko am Spielfeldrand stehen und Gewinne erzielen? Nein, nichts in diesem Leben ist ohne Preis. Die Arena ist wieder geöffnet, und du bist einer ihrer Spieler.

Oh, und versuch nicht wegzulaufen oder gar die Polizei zu informieren. Ich habe genug gegen dich in Erfahrung gebracht, und gebe es gerne an die Beamten weiter, wenn du dich weigerst, mein Spiel mitzuspielen. Ich kann dich in einem sehr schlechten Licht erscheinen lassen. Du weißt, wovon ich rede.

Der Meister der Arena"

„Das würde bedeuten, dass derselbe Entführer auch ihn bedroht." Christine zeigte auf Holm, der gerade Judys Brief zu Ende gelesen hatte.

„Warum dachten Sie, dass ich den Brief geschrieben hätte? Und was sollte ich in Erfahrung gebracht haben?", fragte Judy.

Holm zögerte mit seiner Antwort. „Ich weiß nicht genau, mit was für einem Material sie mich erpressen wollten." Seine unsichere Stimme verriet einen schlechten Lügner. Dann fasste er jedoch wieder

Selbstvertrauen und ging zum Angriff über. „Aber die Drohung ist ja eindeutig! Sie erwähnen meine Artikel über Sie und es gibt keinen anderen, der sich derart daran stören würde, was ich über Sie geschrieben habe."

Judy wollte etwas entgegnen, aber Holm wandte sich an Christine. „Sind Sie wirklich sicher, dass Ihre Tochter entführt wurde und nicht einfach von Verwandten abgeholt wurde oder sowas?"

Christine nickte, und Holm biss die Zähne zusammen, bevor er langsam zu Judy sprach. „Warum haben Sie nicht die Polizei informiert?"

„Weil der Entführer Emma dann etwas antun wird", antwortete Christine.

Holm sah immer noch in Judys Richtung. „Eigentlich war ich mir sicher, dass Sie den Brief geschrieben haben. Andererseits muss ich zugeben, dass ich nie und nimmer glaube, dass Sie das Kind Ihrer Freundin entführen würden."

„Natürlich nicht!" Das Telefon vibrierte erneut, bevor Judy mehr sagen konnte. Es war eine neue Nachricht des Entführers.

Das Video ist gut genug. Behalte dieses Telefon immer bei dir. Komm zum folgenden Ort, damit wir den Austausch vornehmen können.

Holm schüttelte noch immer fassungslos den Kopf. „Das heißt, dass sie auch nichts mit der Website zu tun hatten, richtig?" Er kratzte sich am Hinterkopf. „Jetzt wird mir einiges klar. Natürlich glauben Sie, ich wäre dafür verantwortlich. Nur um das klarzustellen: Ich habe die Artikel für den *Explorer* geschrieben, aber ich hatte nichts mit der Website zu tun. Ich habe sie auch erst vor nicht allzu langer Zeit gefunden."

Alle starrten ihn verständnislos an.

Louis fand als Erstes die Sprache wieder. „Von welcher Seite reden Sie? Die des *Explorers*?"

Anstatt etwas zu erklären, zückte Holm sein Handy und öffnete einen Browser.

In großen roten Buchstaben stand dort *„Arena Game"* mit dem Untertitel *„Der höchste Einsatz – der höchste Preis"*. Sie hatte die Website noch nie gesehen.

„Ich fürchte, ich kann Ihnen nicht folgen." Louis griff nach dem Telefon. „Was hat es mit dieser Website auf sich? Ein grässliches Design, wenn Sie mich fragen. Sie –"

Holm riss das Gerät wieder an sich und tippte wie wild auf dem Bildschirm herum. „Sehen Sie sich das an!" Er drückte Louis das Handy beinah ins Gesicht.

„Eine Karte?" Louis wich ein wenig zurück. „Warten Sie, ist das diese Adresse?"

„Das ist es!" Christine schauderte. „Warum steht meine Adresse auf dieser Website?"

„Seit heute Morgen zeigt diese Arena-Website Dr. Links Position mehr oder weniger in Echtzeit an. So habe ich Sie gefunden, aber ich weiß nicht, wie die Website das macht." Holm zuckte die Achseln. „Ich dachte, die Website hätte etwas mit Link zu tun. Irgendein verrückter Plan, um Rache zu nehmen."

„Das heißt, wir wissen weder, wer diese Website erstellt hat, noch warum. Wie haben sie diese Seite überhaupt gefunden?“ Judy schaffte es nicht, den Argwohn in ihrer Stimme zu verbergen.

Holm seufzte. „Ich hatte nach weiteren Informationen über Sie gesucht. Sie sind quasi der Star in vielen Foren, und manchmal gab es dort gute Ideen für meine Zeitschrift. Ich habe ein Rechercheprogramm, mit dem ich das Internet automatisch nach ihrem Namen durchsuche. Quasi eine klassische Suchmaschine, nur etwas professioneller, und man findet mehr versteckte Informationen. Dabei fand ich diese sogenannte Arena.“

„Ich kann die Arena nicht öffnen.“ Christine, die offenbar versucht hatte, die Website zu erreichen, zeigte Holm eine Fehlermeldung.

„Natürlich nicht, Sie müssen einen Tor-Browser verwenden.“

„Einen was?“

Michael murmelte etwas über die Betreuung digital Behinderter. „Das ist eine Darknet-Website, man kann sie nicht einfach mit Google finden oder ohne die richtigen Tools öffnen.“ Er wollte Christine gerade das Telefon geben, als er eine Augenbraue hochzog. „Warten Sie, da ist ein neuer Beitrag.“

„Und Sie haben mit Ihrer Suchmaschine einfach so eine versteckte Website im Darknet gefunden?“, fragte Judy.

„Ich habe ein Programm geschrieben, das jede textbasierte Website im Darknet nach deinem Namen durchsucht. Selbst wenn ihr Name nur in einem Bild oder irgendeinem Forum vorkommt, finde ich die Seite.“ Holm hielt inne. „Moment, jemand hat gerade ein Video mit Ihrem Namen und Foto hochgeladen.“

Eine Sekunde später konnte Judy ihre eigene Stimme aus dem Telefon hören.

„Was für ein Spiel spielen Sie hier?“ Holms Stimme klang düster und drohend. „Sie haben also ein Video auf eine Website hochgeladen, die Sie angeblich nicht kennen.“

„Das habe ich nicht!“ Selbst in ihren eigenen Ohren klang diese Verteidigung schwach. „Der Entführer hat mich gezwungen, das aufzunehmen. Christine hat ein Video davon.“

Holm kaute auf seiner Lippe, während er die Wand anstarrte. „Ich habe keinen Grund, Ihnen zu glauben, aber es ist ziemlich unwahrscheinlich, dass Sie alle drei verrückt sind.“

„Ist das eine Art Reality- oder Gaming-Show?“ Christine hatte die Website überflogen und sah Holm jetzt fragend an, aber der zuckte nur mit den Schultern.

„Es scheint so.“

„Hier laufen gerade unterschiedliche Dinge durcheinander: ein Brief, eine Website, verschiedene Foren und eine Kindesentführung, die irgendetwas miteinander zu tun haben sollen. Ich kann dem Ganzen nicht mehr folgen“, sagte Louis. „Wie wäre es, wenn Sie anfangen und uns der Reihe nach alles zu erzählen, was Sie wissen.

„Ich erzähle Ihnen alles, was ich weiß, unter einer Bedingung.“ Er hob zur Betonung einen Finger. „Wenn das alles vorbei ist, bekomme ich ein Exklusivinterview mit Judy Link.“

Judy schnaubte abfällig, überlegte es sich dann aber anders. So ungern sie Holm auch mit einem Exklusivinterview belohnen wollte – es war ein geringer Preis für Emmas Rettung. Sie streckte ihm ihre Hand entgegen. „Abgemacht.“

„Na gut", er nahm ihre Hand. „Nennen Sie mich Michael." Nach kurzem Nachdenken begann er, im Garten auf und abzugehen. „Also zunächst einmal habe ich selbst noch nicht alles herausgefunden. Ich gebe zu, dass ich Dr. Link ausspioniert habe, um noch mehr Informationen für meine Zeitschrift zu bekommen. Als ich dann diesen Brief bekam, dachte ich, sie wollte sich an mir rächen. Soweit konnte ich alles verstehen. Unabhängig davon habe ich einige Internetforen gefunden, bei denen Ihr Fall diskutiert wurde. Jetzt kommt der Teil, den ich mir noch nicht zusammenreimen kann, und das ist diese Website, das *Arenaspiel.*" Er blickte in die Runde, als erwarte er Zwischenfragen.

Louis winkte ungeduldig mit der Hand und drängte Holm, weiterzuerzählen.

„Zuerst dachte ich, es wäre ein klassischer Betrug, aber vielleicht steckt mehr dahinter. Wer gewinnt, bekommt angeblich eine Million Euro. Jeder kann sich bewerben, aber es werden nur zehn Kandidaten ausgewählt. Niemand weiß, wer dahintersteckt, wo genau das Spiel stattfindet, oder was die genauen Regeln sind. Die Kandidatenprofile werden veröffentlicht, und man kann darauf wetten, wer gewinnt. Manche Leute sind überzeugt, dass es echt ist. Zumindest gibt es auf der Seite ein sehr aktives Forum. Das ist alles, was ich weiß. Moment, noch etwas. Alle Kandidaten werden irgendwann zu Beginn des Spiels veröffentlicht und vorgestellt. Bisher ist aber nur eine einzige bekannt. Judy Link."

„Und die Leute fallen darauf herein?" Louis schüttelte ungläubig den Kopf.

„Was, wenn der Meister der Arena es selbst glaubt?" Judy dachte über den Satz in ihrem Brief nach. „Was, wenn er das Spiel manipuliert hat, um mich reinzuholen? Aus irgendeinem Grund glaubt er, ich könnte diese Arena gewinnen und ihn reich machen. Für die Aussicht auf eine Million begehen Menschen sehr dumme Sachen. *Oder Verbrechen.* Der Entführer hat gezögert, als Louis ihm Geld bot, aber vielleicht hat er geglaubt, bei diesem Spiel mit weniger Risiko oder einfach mehr Geld gewinnen zu können."

Seltsamerweise war das Gefühl, beobachtet zu werden, immer noch da. Sie blickte hinter die Baumreihe, konnte aber nichts Verdächtiges entdecken.

„Aber ein Kind entführen?" Louis verzog angewidert das Gesicht. „Für eine Million ist das so ein Risiko definitiv nicht wert."

Holm blickte immer wieder über die Schulter. „Wir sollten nicht hierbleiben. Auf der Website gab es einige wirklich böse Kommentare und diese Adresse wurde veröffentlicht. Hier ist es gefährlich."

„Und wohin sollen wir gehen? Wir wissen nicht, wo Emma ist!", klang Christine frustriert.

„Wir sollten wenigstens hineingehen und uns darauf vorbereiten, schnell abzuhauen." Holm trat nervös von einem Bein auf das andere.

„Warum? Was macht dich so –"

Das Telefon summte erneut und alle starrten Judy an.

Nur Holm schien abgelenkt. „Jemand kommt, wir müssen los!" Seine Stimme überschlug sich, schrill, fast panisch.

„Was sagt er? Wo ist Emma?" Christine deutete eindringlich auf das Telefon des Entführers.

Judy zeigte die Nachricht, auf die einige Zahlen folgten. „*Wenn ich du wäre, würde ich verschwinden. Jetzt!*"

Kapitel Sieben

64 Stunden bis zur Abrechnung

„Los, rein!“

Sie folgten Louis’ Ruf. Als Judy die beschädigte Glastür schloss, entdeckte sie einige maskierte Personen hinter der Baumreihe.

„Das Forum sagt, sie würden versuchen, Judy zu erwischen!“ Holm kramte seinen Autoschlüssel zusammen mit einer Visitenkarte aus der Tasche. „Schicken Sie mir die Koordinaten. Wir treffen uns dort.“

„Wer sind diese Leute?“, fragte Judy verwirrt.

„Ein Internet-Mob.“

Die Art, wie Holms das sagte, klang, als wäre es etwas Normales.

„Was wollen sie?“

„Deinen Kopf auf einem Spieß.“

Als sie ihn verwirrt ansah, hielt er sein Handy hoch. Es war dieselbe Website, diesmal jedoch nicht die Hauptseite, sondern ein Forum, in dem jemand einen Kommentar gepostet hatte.

Ich verlose 100 Euro für das beste Foto mit Judy! Für Verletzungen gibt es 100 extra. Schreibt mir.

Fast noch gruseliger als die Worte war das Symbol eines Messers und ein Smiley daneben.

Michael steckte das Handy mit ernster Miene ein. „Stell dir vor, diese Website hat fünfzig- bis hunderttausend Besucher. Wenn nur ein Prozent davon verrückt ist…“ Michael beendete seinen Satz nicht und ging an ihr vorbei. Er öffnete die Haustür einen Spalt breit. „Dort sind bereits welche."

Er hatte recht. Eine kleine Gruppe hatte sich versammelt, um Louis' Auto genauer unter die Lupe zu nehmen. Weitere Personen schienen von der Straße herbeizueilen. Sie schauten auf ihre Handys, blieben stehen und zeigten auf Christines Haus. Mittlerweile mussten es zehn bis zwanzig Schaulustige sein. War es wirklich das Arenaspiel gewesen, das sie angelockt hatte? Schaudernd erinnerte sie sich an die ähnlichen Kommentare, die sie auf der Website gesehen hatte, die der Wachmann ihr gezeigt hatte. Möglicherweise gab es Hunderte Foren, auf denen man gegen sie hetzte.

„Ich denke, wir sollten –" Weiter kam sie nicht. Das Klirren der Fensterscheibe und die darauf folgenden Schreie übertönten jede weitere Warnung. Ein Stein traf die zweite Hälfte der Verandatür und erzeugte ein Spinnennetz aus Rissen in dem Glas.

Louis starrte ungläubig. „Haben diese Leute den Verstand verloren?", fragte er laut. „So ein Stein könnte jemanden ernsthaft verletzen!"

Beim nächsten Aufprall zersplitterte das Glas völlig. Christine schrie.

Louis schien endlich die Gefahr ihrer Lage zu erkennen. „Wir müssen zu meinem Auto!"

Er bedeutete Christine, ihm zu folgen, doch diese schüttelte den Kopf. „Warte, um dein Auto herum stehen schon ein paar Kerle. Außerdem hast du nur zwei Sitzplätze!"

„Dann fahren Sie mit ihm!", sagte Louis und nickte in Richtung Holm, der bereits zur Haustür hinausgegangen war.

Judy folgte Louis zu seinem Auto.

„Halten Sie bitte Abstand zu meinem Auto!“, rief er den vier Männern entgegen, die den McLaren umstellten.

Mittlerweile hatten sich sicher zwanzig Menschen vor dem Haus versammelt, auch wenn die meisten Abstand hielten und filmten.

Judy sah das Unheil kommen. Louis mochte selbstsicher auftreten, aber körperlich war er nicht gerade furchteinflößend. Vielleicht war ihm gar nicht in den Sinn gekommen, dass diese Männer gewalttätig werden könnten. Jemand wie Louis hatte sich sicherlich nie prügeln müssen. Judy hingegen war sich sicher, dass sie nur auf eine Gelegenheit zur Gewalt warteten.

Für einen Moment war die Gruppe durch Louis' kühnes Auftreten überrascht genug, wirklich einen Schritt zurückzugehen. Nur der Größte, ein kahlköpfiger Mann mit tätowiertem Gesicht, schien von Louis' Worten eher angespornt zu werden.

„Und was, wenn nicht?“, fragte er grinsend.

Sie versuchte, Louis wegzuziehen. „Sei vorsichtig, die sind gefährlich!“ Wie konnte er nur so blind in die Gefahr laufen?

Von Aaken hingegen hatte nicht die Absicht, nachzugeben. „Ich gebe Ihnen, Ihnen und Ihnen…“, rief er, wobei er nacheinander auf die drei Männer zeigte, die sich mit einem erwartungsvollen Grinsen zu ihm drehten und dabei Muskeln spielen ließen. „…je zweihundert Euro, wenn Sie diesen Glatzkopf von meinem Auto entfernen!“, beendete Louis den Satz.

Der siegesgewisse Ausdruck des tätowierten Gesichts verwandelte sich zunächst in Verwirrung, dann in Wut, als die drei Männer den Glatzkopf grob packten und zu Boden stießen.

Louis sprang in sein Auto und warf ein Bündel Geldscheine auf die Straße.

Da das Verdeck noch offen war, tat Judy es ihm nach und landete auf dem Beifahrersitz. Die durchdrehenden Reifen ließen die übrigen Passanten zur Seite springen, während sich die meisten Zuschauer ohnehin auf die Banknoten konzentrierten. Christine und Holm hatten es über die Straße in Holms unscheinbaren, älteren Van geschafft und fuhren ebenfalls los.

„Wohin?", fragte Louis und war schon wieder auf der Landstraße. Irgendwo in der Ferne heulte eine Polizeisirene.

Judy gab die Koordinaten in das Navigationssystem ein.

„Das klingt für mich nach einer Falle." Louis zoomte auf dem Bildschirm des Navigationssystems heraus, um zu sehen, wohin der Entführer sie schickte.

„Ich weiß", stimmte Judy zu, „aber ich bin bereit, in eine Falle zu tappen, solange wir Emma dadurch befreien."

„Du vertraust doch nicht dem Wort des Entführers, oder?"

Judy schüttelte den Kopf. „Natürlich nicht, aber zumindest könnte er die Wahrheit sagen, dass er Emma nicht will. Sie ist nur sein Mittel, um an mich heranzukommen. Ich weiß nicht, ob wir alles noch länger vor der Polizei geheimhalten können." Sie zeigte auf Christines Haus, das hinter ihnen verschwand. „Selbst wenn wir wollten, wird diese Aktion sicher nicht unbemerkt bleiben."

In diesem Moment klingelte ihr Handy. Sie warf einen Blick auf das Display. War es Zufall, dass der Entführer gerade jetzt anrief?

„Sieht aus, als ob ihr alle noch lebt." Die Stimme des Entführers klang beinahe belustigt, doch der Stimmenverzerrer machte es schwer, das zu erkennen. „Eure erschrockenen Gesichter, als die Steine flogen, waren wirklich köstlich." Die Stimme lachte blechern.

Jetzt hatten sie den Beweis, dass er sie beobachtete. Wie gut der Entführer informiert war, merkte sie, als die verzerrte Stimme fortfuhr: „Denkt nicht einmal daran, die Polizei zu rufen. Der Mob wird nicht unbemerkt bleiben, aber sie werden eine Weile im Dunkeln tappen. Wir sollten den Austausch abschließen, bevor die Polizei nach mir sucht. Sonst verschwinde ich und ihr werdet die kleine Emma nie wiedersehen."

„Wir haben bisher allen Ihren Forderungen zugestimmt", erinnerte ihn Judy.

„Und doch reagierst du langsam und strapazierst meine Geduld! Ihr hättet das Haus schon früher verlassen und am Treffpunkt sein können. Das Schlimmste ist, dass ihr entgegen meiner ausdrücklichen Anweisung darüber nachgedacht habt, die Polizei zu rufen."

„Wir haben die Polizei nicht eingeschaltet."

„Ich weiß, ich weiß", gab die Stimme zu. „Sonst würden wir nicht reden. Außerdem waren die Filmclips gar nicht schlecht. Ich habe ein Geschenk für dich." Damit legte der Entführer wieder auf.

Wie konnte sie Louis etwas mitteilen, ohne dass es der Entführer bemerkte? Judy nutzte den Bildschirm des Navigationssystems und schrieb in die Adresszeile: *„Melde alles der Polizei, sobald du mich abgesetzt hast!"*

Louis las den Text und nickte.

Sie musste etwas dagegen unternehmen, dass der Entführer jedes Wort von ihnen mitbekam. Wahrscheinlich hörte er sie über das

Handy. Ihr war längst klar, dass es hauptsächlich dazu diente, ihren Aufenthaltsort zu orten. Aber wie konnte sie etwas dagegen unternehmen, ohne den Entführer zu provozieren?

Die Zuversicht des Entführers beunruhigte sie immer noch. Was, wenn er selbst Polizist war? Sie konnte der Polizei nicht trauen, zumindest nicht, bevor Emma in Sicherheit war. Ein Anruf bei der Polizei könnte für Emma ein Todesurteil bedeuten. Ein Psychopath, dessen Plan vereitelt wurde, konnte zu Racheakten greifen.

Das verdammte Telefon summte wieder. Die Nachricht war kurz. „*Schau ins Handschuhfach.*"

Kapitel Acht

64 Stunden bis zur Abrechnung

„Hast du das Handschuhfach nicht abgeschlossen, als du geparkt hast?“, fragte Judy.

„Ich habe vergessen, das Verdeck zu schließen, aber das Handschuhfach verriegelt automatisch. Warum? Ich bewahre da sowieso nicht viel Wertvolles auf.“

Mit etwas Geduld könnte jemand durchaus einen sehr flachen Gegenstand durch die schmale Ritze in das verschlossene Handschuhfach schieben. Sie zog an der hervorstehenden Ecke aus Papier. Louis schloss das Handschuhfach auf, und sie nahm einen Brief heraus.

„An Louis, die ehrlose Aristokratenbrut,

Du denkst, du wärst besser als ich, weil du mit einem silbernen Löffel im Mund geboren wurdest. Vielleicht hast du gedacht, dein Geld würde dich schützen, aber du hast dich geirrt. Du bist in meiner Arena genauso gefangen wie die anderen armen Teufel.“

„Warte“, unterbrach Louis.

„Soll ich es nicht vorlesen?“

„Doch“, flüsterte er, „aber ich habe eine Idee.“ Er öffnete ein eingebautes Fach hinter der Mittelkonsole und legte das Handy des Entführers hinein.

„Was war das?“, fragte Judy.

„Das ist der Sektkühlschrank. Ich benutze ihn nicht, weil ich beim Autofahren nie Alkohol dabeihabe. Die Box sollte ziemlich gut isoliert sein, und selbst wenn nicht, fliegt das kleine Handy darin herum und macht wahrscheinlich viel Lärm. Das heißt, dass uns der Entführer nicht hören kann, er aber sieht, wie wir weiterhin auf der richtigen Strecke fahren.“

„Also gut, soll ich weiterlesen?“ Als Louis nickte, nahm sie den Brief wieder auf.

„Jetzt fragst du dich vielleicht, was du mit all dem zu tun hast, schließlich bist du nicht der Hellste, wenn es um das praktische Leben geht.

Bei meiner Beobachtung von Judy fiel mir auf, dass ich nicht der Einzige war, der sie ausspionierte. Unsere Motive könnten unterschiedlicher nicht sein, aber letztendlich bist du selbst schuld, dass du meine Aufmerksamkeit erregt hast. Was wäre ein wahrer Fan, wenn er seinem Idol nicht in der schwersten Stunde zur Seite stehen würde?

Ich möchte, dass du ihr in diesem Spiel hilfst. So nutzlos du auch sein magst, ich muss die Plätze besetzen.

Du fragst dich wahrscheinlich, warum du mitmachen solltest, da Geld für dich nichts bedeutet. Nun, ich habe mich erkundigt. Dachtest du, dein Geheimnis sei sicher? Ich weiß, was du getan hast. Widersetz dich nicht, sonst wird dein dunkles Geheimnis bald im grellen Licht der Öffentlichkeit auftauchen.

Der Meister der Arena"

Louis war blass geworden, als sie die Zeilen las. Wollte der Entführer sie gegeneinander ausspielen oder hatte Louis wirklich ein dunkles Geheimnis? Und was meinte er mit Spionage?

„Stimmt es, dass du mich ausspioniert hast?“

Louis schüttelte den Kopf und antwortete sofort. „Nein.“

Bildete sie sich das nur ein, oder hielt er den Blick auf die Straße gerichtet, um ihr nicht in die Augen zu sehen? Louis umklammerte das Lenkrad so fest, dass seine Knöchel weiß hervortraten.

„Du hast also keine persönlichen Informationen über mich gesammelt, auf die sich der Entführer beziehen könnte?“

„Natürlich. Ich habe viel Material über dich von der Arbeit aufgehoben. Artikel, Bücher… und alle Gespräche, die wir geführt haben.“

„Ich glaube nicht, dass er etwas Arbeitsbezogenes meint. Du wirst auch kaum mein Telefon abgehört haben. Hast du Fotos gemacht?“

„Nein.“ Diesmal kam die Antwort langsamer. „Nun, ich gebe zu, ich habe noch Bilder aus deinem Profil gespeichert.“

„Was? Ich nutze keine sozialen Medien und habe dir bestimmt keine Bilder geschickt.“

Er holte tief Luft, als müsse er seine Kräfte sammeln. „Du hattest aber ein Dating-Profil auf einer App. Ich habe dich dort gesehen. Leider haben wir nicht gematcht.“

Das erinnerte sie nur daran, dass sie definitiv nie wieder eine Dating-App benutzen würde. Sie wollte ihn schon fragen, warum er ihr Foto behalten hatte, aber die Art und Weise, wie er es gesagt hatte, ließ sie zögern. So sehr sie den Gedanken auch hasste, dass Fremde ihre Fotos besaßen, die Profile waren öffentlich. Dagegen konnte sie wenig tun. Es war besser, sich auf den Entführer zu konzentrieren.

„Hat das alles etwas mit dem Geheimnis zu tun?“

Louis antwortete zunächst nicht und starrte nur auf die Straße. Judy dachte fast, er würde ihre Frage ignorieren. Dann sprach er langsam und betont.

„Nein, und ich wäre dir dankbar, wenn wir nicht darüber reden würden. Ich versichere, es hat weder mit dir noch mit dem Entführer etwas zu tun. Ich sehe keinen Zusammenhang. Es ist über fünfzehn Jahre her.“

Die Stille wurde immer länger und unangenehmer. Judy warf einen Blick auf das Navigationssystem. „Wir sind fast da. Es sieht so aus, als müssten wir den kleinen Berg hinauf. Ich schaue mal, ob wir eine neue Nachricht haben.“

Als sie das Handy aus dem Kühlfach holte, hatte sie glücklicherweise keinen verpassten Anruf.

Das Auto fuhr eine steile, von Bäumen gesäumte Straße hinauf, passierte eine friedliche Landschaft mit grünen Feldern und wurde dann auf einem Plateau langsamer.

„Vielleicht sollten wir hier parken und den Rest zu Fuß gehen.“ Louis deutete auf einen schmalen Weg vor ihnen. Ein Serpentinenweg, der durch einen hölzernen Schlagbaum blockiert wurde. „Ich bin nicht sicher, ob wir da durchkommen.“

Ein Handy klingelte.

Diesmal war es ihr eigenes und auf dem Display erschien Christines Name. Judy nahm an, doch die Worte ihrer Freundin gingen im dröhnenden Motor und Louis’ Ruf unter.

„Er hat eine Waffe!“

Kapitel Neun

63 Stunden bis zur Abrechnung

Was zur Hölle meinte Louis? Erst als sie über die Schulter blickte, sah sie den Mann, der aus dem Wald kam und ein Gewehr auf sie richtete.

„Duck dich!“ Louis sank tiefer in den Sitz und trat aufs Gaspedal. Der Wagen machte einen Satz. Nicht nach vorne, wo die Barriere nach wenigen Metern den Weg versperrte, sondern nach hinten, direkt auf den Schützen zu. Der Mann machte einen erschrockenen Satz, um dem Wagen auszuweichen, der kaum langsamer als eine Gewehrkugel auf ihn zuraste.

„Vorsicht!“, rief Judy reflexartig, als der Mann hinter ihnen zu Boden ging.

Louis hatte bereits das Lenkrad eingeschlagen und zog die Handbremse an. Räder blockierten quietschend, und das Heck brach nach links aus. Sie verfehlten den am Boden liegenden Mann nur knapp. Wieder in Richtung Zugangsweg trat Louis erneut aufs Gaspedal.

Sie wären beinahe entkommen.

Leider mussten sie nur eine Sekunde später erneut stark bremsen, als ihnen ein anderes Auto auf der schmalen Straße entgegenkam. *Oh nein!* Es war Michaels Van. Holm und Christine hatten sich wirklich den denkbar ungünstigsten Zeitpunkt für ihre Ankunft ausgesucht und blockierten nun ihre Flucht.

„Verdammt“, fasste Louis die Situation in nur einem Wort zusammen.

„Hände hoch, sodass ich sie sehen kann!“ Die Stimme war trocken und rau, wie Steine, die über rostigen Stahl gezogen wurden – jedes Wort ein Befehl, jeder Atemzug eine Drohung. „Und versucht gar nicht erst, mich auszutricksen. Sobald ich den Motor höre, schieße ich.“

Judy machte sich klein, doch sie wusste, dass es sinnlos war. Die Straße war abschüssig, und von seiner erhöhten Position aus hatte der Schütze leichtes Spiel. „Was wollen Sie von uns?“, rief sie.

„Mich interessiert nur Judy Link. Sind Sie das?“

„Wir haben Ihnen nichts getan!“ Ihr fiel nichts anderes ein, was sie hätte sagen können.

Im Rückspiegel zeigte sich ein hagerer, älterer Mann, dessen kurze graue Haare unter einem Hut hervorlugten. Vielleicht war er jünger, als er aussah, denn er schritt zügig durch das schwierige Gelände auf sie zu, ohne auch nur eine Sekunde lang sein Gewehr vom Ziel abzuwenden. *Wahrscheinlich ein Jäger.*

„Zuerst will ich wissen, was es mit dem Brief auf sich hat.“ Sein krächzendes Bellen ließ sie mit jedem Wort zusammenzucken.

Wenigstens hatte er gesprochen, anstatt zu schießen. Das war ein Anfang. „Haben Sie auch einen Brief bekommen? Jemand zwingt uns, ein wahnsinniges Spiel zu spielen.“

„Kein Penner zwingt mich zu irgendetwas!“, behauptete der Mann, obwohl seine Anwesenheit das Gegenteil bewies. „Wer hat den Brief geschrieben?“

Also hatte er auch einen bekommen. „Wir wissen es nicht! Wenn wir es gewusst hätten, hätten wir die Polizei gerufen und ihn verhaften lassen.“

Der Mann spuckte auf den Boden, ohne das Gewehr auch nur einen Millimeter zu bewegen. „Ich brauche keine verdammte Polizei. Wenn er mir Schwierigkeiten macht, werde ich ihn mir selbst vornehmen, und dann gnade ihm Gott."

Sie hatten einen gemeinsamen Feind. Vielleicht würde ihn das auf ihre Seite ziehen? Der Van bremste ab und hielt wenige Meter vor dem Plateau. Wie lange würde Michael brauchen, um zu verstehen, was vor sich ging? Solange sein Van die Straße blockierte, saßen sie in der Falle. Vielleicht rief er sogar die Polizei und gefährdete damit den Geiselaustausch. Eine der Türen des Vans öffnete sich. Was machte er bloß? Er musste flüchten!

Judy drehte sich um und versuchte, den Schützen anzusehen, obwohl sie vor Angst zitterte. Augenkontakt war wichtig. Er konnte über Leben und Tod entscheiden. Es war einfacher, eine anonyme Gestalt zu erschießen, als jemanden, der einem in die Augen sah. „Helfen Sie uns, dieses Monster zu finden! Wir haben einen gemeinsamen Feind."

„Sind Sie Judy Link?", fragte er, ohne auf ihr Angebot zu reagieren.

„Ich weiß nicht, was in dem Brief stand, aber wahrscheinlich sind es Lügen", sagte sie. „Das Monster, das uns zusammengebracht hat, will uns gegeneinander aufhetzen. Ich habe Ihnen nichts getan, ich kenne Sie ja nicht einmal. Wie heißen Sie?"

Er fixierte sie mit seinem starren Blick. Fast eine Minute lang herrschte angespanntes Schweigen und er schien nicht ein einziges Mal zu blinzeln. Ihre Nerven waren zum Zerreißen gespannt. Als der Mann endlich wieder sprach, wusste sie, dass sie verloren war.

„Mein Name ist Peter Thomas Bolt. Sie haben meinen Jungen ermordet. Dafür werde ich Sie jetzt töten.“

Kapitel Zehn

63 Stunden bis zur Abrechnung

Der Schuss durchzuckte die Stille. Bolt hatte nicht sofort abgedrückt, sondern seine Worte verklingen lassen, als wolle er ihr genügend Zeit geben, die Bedeutung seiner Worte zu begreifen.

Diese Verzögerung rettete ihr vermutlich das Leben. Etwas flog auf Bolt zu, der mit einem überraschten Schrei zusammenzuckte, und die Waffe verriss. *Ein Kieselstein?* Michaels hatte etwas nach Bolt geworfen, das offenbar deutlich zu klein war, um irgendeine Verletzung hervorzurufen. Die Ablenkung ließ den Schuss allerdings harmlos über ihren Kopf hinwegfliegen und in einen Baum krachen.

Der Motor heulte auf, als Louis zurücksetzte. Sie sah noch, wie Michael die Tür zuschlug. Dann wendete der McLaren, und sie verlor Holm und den Van aus den Augen.

„Bleib unten!", rief Louis und beschleunigte den Wagen in Richtung Waldweg. „Das wird wehtun."

Noch bevor sie verstand, was Louis meinte, drückte die Beschleunigung sie in den Sitz. Instinktiv klammerte sie sich an die Tür, als der Schlagbaum ihnen entgegenraste. Mit einem lauten Knall prallte der Wagen wie ein Rammbock gegen die Schranke. Holz splitterte. Der Aufprall schüttelte sie, doch schon im nächsten Moment lag der zerbrochene Balken hinter ihnen, und der Weg war frei.

Es klingelte. Das Handy des Entführers verlangte ihre Aufmerksamkeit. „Hallo?"

„Ich würde sagen, du lässt mich warten, und ich hasse es, zu warten", hörte sie die verzerrte Stimme aus dem Handy, „aber andererseits sorgst du auch für jede Menge Unterhaltung."

Hatte er seine Augen überall?

„So gern ich auch mit dir plaudere, uns läuft die Zeit davon. Genauer gesagt, euch läuft die Zeit davon."

Sie hatte genug davon, von dieser verzerrten Stimme unter Druck gesetzt zu werden! „Wo ist Emma? Wir erreichen den Treffpunkt jeden Moment."

„Sie wird da sein. Du findest eine Metallklappe am Berghang. Das ist der Eingang. Emma ist unten und du kannst sie nach draußen zu Christine bringen."

„Warte", sagte Judy, „Christine und die anderen kommen nicht durch. Ein Verrückter jagt mich."

„Das ist dein Problem", ertönte die erbarmungslose Stimme, und die Verbindung wurde unterbrochen.

Louis bremste ab. „Unser Ziel sollte da vorne liegen. Ich glaube nicht, dass wir mit dem Auto weiterkommen."

Der schmale Waldweg zwang sie zum Anhalten. Immerhin zeigte das Navigationssystem, dass sie wenige Minuten von den Koordinaten entfernt waren. Judy versuchte, Christine zu erreichen, die mit einer Frage abnahm: „Hast du Emmas Versteck gefunden?"

„Mehr oder weniger", sagte Judy. „Das letzte Stück ist nicht für Autos geeignet. Von Emma fehlt bisher jede Spur, aber der Entführer hat versprochen, dass sie hier sein würde." Judy stieg aus und drängte Louis, ihr zu folgen. „Bist du Bolt entkommen? Ich meine dem alten Mann? Wo bist du jetzt?"

„Es gibt eine zweite Straße. Wir fahren so weit wie möglich den Berg hinauf und kommen dann von der anderen Seite."

Der Wind schlug ihr ins Gesicht und Judy musste das Telefon an ihr Ohr drücken, um Christine zu verstehen.

„Der Alte schien sich nicht um uns zu kümmern. Er ist direkt hinter euch her. Sei vorsichtig, ich bin sicher, es wird nicht lange dauern, bis er euch findet."

Judy beschleunigte ihre Schritte und warf Louis einen drängenden Blick zu. „Ich sehe schon die Klappe im Felsen. Vielleicht können wir Emma befreien. Bis gleich!"

Sie rannte zur Luke. Es war eine alte, rostige Metallplatte, die nicht gut in die natürliche Umgebung zu passen schien. „Emma?"

Niemand antwortete, aber die Klappe dämpfte möglicherweise alle Geräusche. Sie packte den Eisengriff und entdeckte eine rostige Kette im Gebüsch neben der Luke. Jemand musste sie kürzlich durchgesägt haben. Das ansonsten korrodierte Metall glänzte an der Bruchstelle im Sonnenlicht. Die Klappe saß fest oder war einfach nur sehr schwer. „Schnell, hilf mir, sie zu öffnen!"

Einen Moment später kam Louis atemlos an und half ihr beim Ziehen. „Ich glaube, sie bewegt sich!"

Er hatte recht. Gemeinsam gelang es ihnen, die Luke zu öffnen und einen dunklen Schacht freizugeben, der in den Tiefen des Berges verschwand.

„Wie kommen wir da runter?" In Louis' Stimme lag ein angespannter Unterton, der ihre eigenen Sorgen widerspiegelte.

„Ich schätze, ich könnte hinunterklettern." Die rauen Steinwände des Schachts waren voller Risse und Vertiefungen, die sie als Halt nutzen konnte. Moos und Grasbüschel klebten an uraltem Fels und machten den Abstieg rutschig, aber es schien möglich.

„Du weißt nicht einmal, wie tief das ist. Außerdem, wie willst du Emma da herausholen?

Da hatte er recht. Sie schaltete die Taschenlampenfunktion ihres Handys ein und beugte sich in den Schacht.

„Hallo?", rief eine Frauenstimme schwach, unsicher und nervös. „Ist da jemand?"

Unten im Schacht leuchtete eine Lampe auf.

„Wer sind Sie? Ist Emma bei Ihnen?" Ihre Stimme hallte von den Wänden des Schachts wider. Bei dem Licht am Boden schien er gar nicht mehr so tief zu sein. Vielleicht fünf oder sechs Meter?

„Ich bin Laura Edgeman. Wir wurden entführt! Emma ist hier." Sie deutete nach links. „Können Sie uns hier rausholen?"

Judy tauschte einen Blick mit Louis. „Könntest du sie vielleicht packen, wenn ich runterklettere und sie hochhebe?"

Louis schüttelte den Kopf. „Das ist viel zu tief."

„Was ist, wenn jemand auf meinen Schultern stände? Der Schacht ist nicht sehr breit, man kann sich immer an den Wänden abstützen."

„Vielleicht." Louis klang nicht überzeugt. „Ich habe eine bessere Idee. Wir brauchen ein Seil. Ich glaube, ich kann mir eins aus meinem Auto improvisieren."

Judy beugte sich wieder über den Schacht. „Wir helfen euch da raus, Laura. Wir brauchen nur ein Seil."

„Ich traue diesem Ort nicht", sagte Louis, als Judy ihn eingeholt hatte. „Es ist wie eine Mausefalle. Der Köder ist in Sichtweite und man kann ihn erreichen, nur kann man nicht wieder herauskommen."

„Vielleicht, aber wir müssen es versuchen, und wir sollten uns beeilen. Ich will diesen Jäger nicht wiedersehen. Er muss jetzt schon ganz nah sein." Sie blickte auf den hügeligen Wald zu ihrer Linken. Konnte Bolt sie von dort sehen? Womöglich könnte er sie einfach aus dem Wald heraus erschießen.

Als er am Auto ankam, schnappte sich Louis den Erste-Hilfe-Kasten.

„Warte, sag mir, dass du nicht vorhast, die Verbände als Seile zu benutzen." *Bitte erzähl mir nicht, dass du damit unsere Zeit verschwendet hast.* „Die halten nie!"

„Ich weiß." Louis holte eine Schere heraus und begann, den Sicherheitsgurt durchzuschneiden. „Hilf mir mit dem anderen."

Trotz ihrer eigenen Worte nahm sie vorsichtshalber auch die Verbände mit. Dann nahm sie ihr Messer, um das zähe Material durchzuschneiden. Sie sägte und riss, aber es dauerte lange, bis der Gurt nachgab. Sofort setzte sie die Klinge am anderen Ende erneut an.

„Hast du es?", fragte Louis und hielt seinen Gürtel hoch. „Wir sollten uns beeilen, ich glaube, ich habe etwas gesehen!"

Etwas? Bolt? Sie suchte den Waldrand unterhalb der kleinen Klippe ab und fluchte, als sie den Jäger zu entdecken glaubte. Jemand kletterte langsam, aber stetig zu ihnen hinauf.

„Renn schon vor!", keuchte sie zwischen zusammengebissenen Zähnen und sägte weiter. „Es hat keinen Sinn zu warten. Ich kann schneller rennen als du. Versuch schon mal, Emma mit dem kürzeren Seil zu retten“, fügte sie hinzu, als Louis noch zögerte. Der Gurt hing an einem seidenen Faden, leistete aber immer noch Widerstand.

Sie schnitt mit dem Messer hin und her und zog. Warum riss er nicht? Ein kurzer Blick über die Schulter zeigte, dass Bolt sie tatsächlich eingeholt hatte.

Er blickte zu ihr hoch, war aber etwa dreihundert Meter entfernt. Zumindest gab es keinen direkten Weg. Wie beim Auto musste jeder, der zu Fuß unterwegs war, den langen Weg um die Klippe herum nehmen. Als sie ihren Fehler bemerkte, war es fast zu spät.

Sie warf sich zu Boden, gerade als Bolt auf sie zielte. Konnte er sie aus dieser Entfernung noch treffen? Der Schuss knallte und schlug ein Loch in die rechte Autotür. *Verdammt nah dran.* Immer noch am Boden gepresst, schlug Judy auf den straff gespannten Gurt ein. Die letzten Fasern rissen. Zielte er noch immer auf sie? Die Deckung zu verlassen, bedeutete, ihr Leben zu riskieren, Abwarten gab Bolt dagegen Zeit, näher zu kommen.

Sie sprang auf und rannte in Richtung Schacht in den Berg. Es fielen keine weiteren Schüsse. Doch es war nur eine Frage der Zeit, bis der Verrückte sie einholen würde.

Ihr Atem ging stoßweise, teils aus Angst, teils vom schnellen Sprint. Als sie die Metallklappe wieder erreichte, stand Christine am Rand des Schachts. „Ich habe einen Schuss gehört, alles in Ordnung?“

Judy nickte und gab ihr den Gurt. „Lass uns die beiden zusammenknoten. Wo ist Michael?“

„Ich bin hier unten.“

Ein Blick über die Kante zeigte, dass Michael versuchte, Louis dabei zu helfen, auf seine Schultern zu klettern.

„Warte, ich komme runter!“ Als sie die beiden kämpfen sah, war sie sich sicher, dass sie das Gleichgewicht besser halten konnte. „Lass mich das machen, ich bin leichter.“ Sie kletterte den Schacht hinunter und sah endlich Emma.

„Schläft sie?“, fragte Judy verwirrt.

„Der Entführer hat ihr etwas zur Beruhigung gegeben“, sagte Laura.

In diesem Fall erwies es sich als praktisch, dass Judy noch ihre Kletterausrüstung trug. Sie legte Emma den Gürtel mit den vielen Kletterhaken um. Natürlich war er ihr viel zu groß, aber immerhin schien er zu halten.

Sie befestigte das improvisierte Seil mit einem ihrer Kletterhaken an Emma und stellte sich auf Louis’ Schultern. „Wenn du sie hochhebst, übernehme ich und Christine kann sie herausziehen!“

Emma hochzuheben war kein Problem, aber würde Christine die letzten Meter schaffen?

Judys Sorgen erwiesen sich als unnötig. Emma wurde über die Kante gerissen und verschwand aus ihrem Blickfeld.

Das alles ging viel zu einfach.

Michael beäugte die Schachtwände misstrauisch. „Okay, jetzt lass uns raus, bevor dieser Jäger zurückkommt.“ Seine Augen verrieten seine Unsicherheit. Als er versuchte, sich mit dem Rücken gegen die Wand zu drücken, blieb er hängen. „Ich schaffe es so nicht, ich brauche das Seil.“

Sie hatte nur ihr Messer und die Verbände. Beides war in dieser Situation eher nutzlos. Sie nutzte die Verbände als improvisierten Gürtel, um ihr Messer einzustecken.

Warum brauchte Christine so lange?

Von oben hallten Schritte, eine Bewegung. Vielleicht kämpfte sie immer noch mit Emmas Seilen?

„Christine?“

Die vier blickten auf, als ein metallisches Quietschen durch den Schacht hallte. Als würden viel zu große Fingernägel über eine Kreidetafel gezogen. Einen Moment lang schien das helle Quadrat über ihnen zu schrumpfen, dann schlug die Luke mit einem lauten Krachen zu.

Kapitel Elf

62 Stunden bis zur Abrechnung

„Christine!“ Es war an der Zeit, aufzugeben. Sie hatte geschrien und gehofft, doch die einzige Antwort, die durch die geschlossene Luke drang, war ein Schaben von etwas Schwerem, das auf ihre Mausefalle geschoben wurde. Im schwachen Licht ihrer Handys sah sie ihre eigenen Ängste in den Gesichtern der anderen gespiegelt.

Der Schacht endete in einem fast kreisförmigen Raum mit drei Korridoren, die tiefer in den Berg hineinführten.

„Ich habe mein ganzes Leben in dieser Gegend verbracht und noch nie von Höhlen gehört.“ Michaels Licht wanderte über den natürlichen Fels. „Wo um alles in der Welt sind wir?“

„Ich auch nicht.“ Laura schüttelte den Kopf und ließ ihr langes, schwarzes Haar wehen. Die Babysitterin war älter, als sie gedacht hatte. Vielleicht eine Studentin? Sie hätte Christine fragen können, doch jetzt war es zu spät dafür.

Lauras Gesicht war hübsch, mit dunkelgrünen Augen, die bezaubernd gewesen wären, hätte nicht ein deutlicher Ausdruck von Panik in ihnen gelegen. Die Art, wie Laura sie anstarrte und dann nervös zur Seite blickte, wirkte wie jemand, der bereits am Ende seiner Kräfte angekommen war. Wie lange sie wohl schon hier eingesperrt war?

„Was ist bei Christine passiert? Wie sind Sie hierhergekommen?“

Lauras Augen verengten sich, als sie den Blick hob, ein Ausdruck der Wut. War es eine ohnmächtige Wut auf den Entführer?

„Der Entführer hat die Verandatür eingeschlagen und mich mit vorgehaltener Waffe gezwungen, ihm zu folgen."

„Sind Sie durch den Schacht hierhergekommen oder gibt es einen anderen Ausgang?"

Laura zögerte und blickte noch einmal über die Schulter, bevor sie antwortete: „Ich weiß nicht, ich musste eine Leiter herunterklettern."

„Wie ist Emma dann runtergekommen?"

„Ich hatte die Augen verbunden und konnte nicht viel sehen. Er hat mich in einen Lieferwagen gestoßen, und danach musste ich laufen. Also ja, vielleicht gab es noch einen anderen Eingang."

„Er? Also war es ein Mann?" Louis leuchtete in ihre Richtung. „Vielleicht können Sie uns später helfen, ihn zu identifizieren.

Laura schüttelte den Kopf. „Nein, er trug eine seltsame Maske und seine Stimme war verzerrt. Ich nehme wegen der Statur an, dass es ein Mann war, aber selbst da bin ich mir nicht sicher."

„Interessant, und bitte verzeihen Sie mir, wenn das zu positiv klingt. Ich sollte mich zunächst vorstellen. Ich bin Louis-Maximilian Theobald von Aaken. Selbst wenn Sie den Entführer nur teilweise gesehen haben, kann uns das dennoch helfen. Das Positive ist, dass es hier keine Leiter gibt und es demnach einen zweiten Ausgang geben muss.

„Also los", sagte Judy. „Wir sollten nach dem anderen Ausgang suchen."

In einem der Tunnel flackerte plötzlich ein Licht auf. Judys Instinkt drängte sie, in den entgegengesetzten Tunnel wegzulaufen. Jemand hatte sie in eine Falle gesperrt, und jetzt lockte er sie nur tiefer in den Käfig.

Michael teilte ihre Gedanken offenbar nicht und verschwand in dem erleuchteten Tunnel.

Judy warf Louis einen Blick zu. Der zuckte jedoch nur mit den Schultern.

„Das solltet ihr euch ansehen!" Michaels Stimme klang weit entfernt, was aber auch eine Täuschung durch den Nachhall sein konnte. Laura ging als Erste und schließlich folgten sie alle dem Licht, wie Motten, die vom Feuer angezogen wurden.

Das Licht kam von einer einzelnen, aber starken Glühbirne, die von der Decke baumelte. Eine natürliche Felsformation, diente als Haken für das Kabel, bevor es dann über den Boden in der Dunkelheit verschwand. Direkt unter der Lampe stand ein billiger Campingstuhl.

Michael hielt ein aufgerolltes Blatt Papier hoch. „Schaut, da sind neue Briefe. Sie sind an uns alle adressiert."

Judy griff wahllos nach einem. „Sie sehen sich sehr ähnlich." Es war nicht nur ein Brief. Jedes Blatt war mit einer Schnur zusammengebunden, an der ein Namensschild und ein Schlüssel hingen. Sie entdeckte ihr Namensschild und entrollte das an sie adressierte Blatt.

Liebe Judy,

Du wurdest als einer von zehn Kandidaten für dieses außergewöhnliche Spiel ausgewählt! Dieser Brief dient als

Eintrittskarte zur Arena und du solltest ihn stets bei dir tragen. Pass gut auf deinen persönlichen Schlüssel auf, der dieser Einladung beiliegt. Er hilft dir, persönliche Gegenstände freizuschalten, deine Versorgung zu sichern und Türen zu öffnen, die anderen verschlossen bleiben.

Bitte halte dich an die Spielregeln und gib keine Informationen an Dritte weiter. Die Missachtung der Regeln führt zum Ausschluss vom Wettbewerb.

Wenn du es nicht mehr aushältst und das Spiel verlassen willst, sage laut: „Ich will die Arena verlassen!" Aber sei dir bewusst: Es gibt kein Zurück. Sobald du diesen Satz ausgesprochen hast, verspielst du die Chance auf eine Million Euro.

Viel Glück!

Der Meister der Arena

„Das ist seltsam." Michael versuchte, einen Blick auf ihren Brief zu werfen. „Der Ton ist ganz anders als bei dem ersten Brief."

„Ja, ich denke, das ist eine Standardeinladung. Ich bin mir immer noch nicht sicher, was hier vor sich geht. Vielleicht ist es ein Wettbewerb, den der Meister der Arena gekapert hat, um über uns an den Gewinn zu kommen. In meinem Brief steht nichts Persönliches."

„Sie sind alle genau gleich, nur die Namen sind anders." Michael gab ihr zum Vergleich seinen Brief.

„Na dann", räusperte sich Judy. „Ich will die Arena verlassen!"

Nichts passierte. Sie zuckte mit den Achseln. „Welch Überraschung." Sie steckte den Brief ein, nahm die Glühbirne und schleifte das Kabel über den Boden hinter sich her. „Lass uns dem

Kabel bis zu seinem Ursprung folgen. Ich weiß nicht, wo wir sind, aber der Strom muss ja irgendwoher kommen."

Louis folgte ihr dicht auf den Fersen. „Es könnte eine Mine gewesen sein. Solche Höhlen sind oft zu gefährlich, um sie der Öffentlichkeit zugänglich zu machen."

„Ganz sicher nicht", sagte Michael. „Schauen Sie sich diesen Tunnel an. Er ist viel zu eng und unregelmäßig. Hier könnte man nichts transportieren. In dieser Gegend wird sowieso kein Bergbau betrieben. Zumindest seit Jahrhunderten nicht. Diese Höhle ist natürlichen Ursprungs."

„Na ja, der Schacht war nicht natürlich, oder?" Es war das erste Mal, dass Laura sich in die Diskussion einmischte. „Jemand muss gedacht haben, dass es sich lohnt, einen Eingang zu diesen Höhlen zu bauen."

An einer Gabelung angekommen, fand Judy das vorläufige Ende ihres Kabels. Es entsprang einer Verlängerungstrommel, von der aus ein weiteres Kabel tiefer in die Höhle lief. Immerhin konnte das nicht ewig so weitergehen, irgendwann würden sie wieder in der Zivilisation ankommen.

Michael folgte ihr dicht auf den Fersen und musste sich ducken, um nicht mit dem Kopf gegen tiefhängende Felsen zu stoßen. „Dieser Jemand muss dann so reich sein wie unser Freiherr, wenn es ihm egal ist, jahrhundertelang die Stromrechnung zu bezahlen."

„Pssst, hast du das gehört?"

„Was gehört?"

Laura bedeutete Michael, still zu sein, und zeigte auf den rechten Tunnel.

Tatsächlich war da ein seltsames Geräusch, fast wie ein Aufheulen.

„In diesen Höhlen gibt es keine Wölfe, oder?“ Lauras Augen weiteten sich vor Angst.

„Das bezweifle ich.“ Es gab zwar Berichte von Wölfen in den nahen Wäldern, aber das bereitete Judy am wenigsten Sorgen. „Es könnte bedeuten, dass es dort einen Ausgang gibt.“

Lauras Augen zuckten nervös und wirkten nicht überzeugt. Sie ließ Judy passieren. Die dem Kabel weiter folgte.

„Selbst wenn es hier Wölfe geben sollte, greifen sie keine Menschen an.“

Laura starrte sie in stillem Protest an. Ihre Augenbrauen zogen sich schräg nach oben und bildeten ein tiefes V über ihrem Nasenrücken. Es brachte nichts, über den Sinn oder Unsinn von diffusen Ängsten zu diskutieren. Laura wollte sich offensichtlich nicht beruhigen lassen.

Der Tunnel wurde enger, und der beißende Geruch von Zigarettenrauch stieg ihr in die Nase. War dieses Zeichen menschlicher Anwesenheit gut oder schlecht? Zumindest führte dieses Kabel irgendwohin. Sie bog erneut ab und folgte dem Tunnel.

„Halt!“, rief Laura wütend. „Du musst warten, bis wir aufgeholt haben, oder willst du uns im Dunkeln zurücklassen?“

Mit der Glühbirne in der Hand war es leicht zu vergessen, wie hilflos sie alle ohne die Lichtquelle wären. Vielleicht war es einfach nur der Stress, aber sie wurde den Eindruck nicht los, dass Laura sie nicht ausstehen konnte. Immerhin hatte sie die Förmlichkeit abgelegt und war zum Du gewechselt. „Kennen wir uns irgendwoher?“

Lauras Blick wirkte – nervös? Ängstlich? Die Mundwinkel verzogen sich zu einer harten, blutleeren Linie.

„Nein, das tun wir ganz sicher nicht." Laura zögerte. „Aber ich habe von dir gelesen."

Natürlich. Wahrscheinlich hatte sie die schrecklichen Artikel im *Explorer* gesehen.

Judy warf Michael einen wütenden Blick zu, der vorgab, es nicht zu bemerken.

Ein Bellen unterbrach ihre Gedanken. *Ein Hund!* Sie folgte der Kurve und der Tunnel weitete sich hier zu einer breiteren Höhle. Sie registrierte den stärker werdenden Zigarettengeruch, als ein vierbeiniger Schatten auf sie zulief. Für einen Moment stockte ihr das Herz vor Schreck, doch es war nur ein Golden Retriever, der ihr Bein hochsprang und fröhlich mit dem Schwanz wedelte.

„Ich hätte fast einen Herzinfarkt bekommen! Wer bist du?" Sie kniete nieder und legte die Lampe auf einen Stein. Der Hund bellte einmal, bevor er versuchte, ihr Gesicht zu lecken.

„Er scheint dich zu mögen." Ein einzelner roter Punkt leuchtete im Dunkeln auf, und sie griff erneut nach der Lampe. Das Licht enthüllte einen dickbäuchigen Mann in den Fünfzigern mit einem imposanten Schnurrbart und einem altmodischen Hut. „Gustav, komm her!"

Gustav, wenn er denn so hieß, hörte nicht auf ihn und blieb hechelnd zu Judys Füßen sitzen. Sie hatte nie herausgefunden, warum, aber die meisten Tiere mochten sie.

„Wie sind Sie hierhergekommen?" Judy hob ihre Lampe höher, um nicht von ihrem eigenen Licht geblendet zu werden.

Der Mann zuckte mit den Achseln. „Wie alle anderen auch, schätze ich. Ich musste mir die Augen verbinden, wurde dann mit einem Auto irgendwohin gefahren und schließlich in diesen Tunnel geführt."

„Haben Sie schon einen Ausgang gefunden?"

„Oh, darum geht es in dem Spiel?" Er deutete vage in die Richtung hinter sich. „Hier gibt es noch mehr Tunnel, aber es war zu dunkel. Ich war mir noch nicht sicher, ob das Spiel schon losgeht, und habe diesen Anfangsraum noch nicht verlassen."

„Okay, dann lassen Sie uns gemeinsam nach einem Ausgang suchen. Ich bin Judy und das sind Michael, Louis und Laura." In seinen Augen war kein Wiedererkennen. Endlich hatte sie mal jemanden gefunden, der keinen Artikel über sie gelesen hatte.

„Ich bin Paul Koslowski. Also Paul. Gustav kennst du ja bereits." Er zeigte auf den Hund, der ihr immer noch nicht von der Seite gewichen war.

Judy zog am Kabel, um zu sehen, welchem Tunnel sie folgen mussten, und entdeckte eine Box, die halb unter Sand und einigen Steinen auf dem Boden verborgen war.

„Ist das eine Batterie?" Michael hob die Kiste hoch und nickte zustimmend. „Das dachte ich mir. In diese tragbaren Akkus lässt sich locker genug Energie speichern, um ein paar Lampen zu versorgen."

„Das heißt, das Kabel führt uns nicht zu einem Ausgang." Sie konnte die Enttäuschung nicht ganz aus ihrer Stimme heraushalten.

„Nein, aber da liegt noch ein zweites Kabel, das zu dem Tunnel dort vorn führt." Michael grub einen Stecker aus dem Sand. „Warte, es ist gar nicht eingesteckt." Als er das Kabel anschloss, leuchtete in einem der beiden Tunnel ein Licht auf. Es war offensichtlich, wohin sie gehen sollten. Dabei gefiel es ihr ganz und gar nicht, so kontrolliert zu werden.

Erinnerungen an die Geistergeschichten ihrer Jugend über die Moore unweit dieser Berge kamen in ihr hoch. Dort waren es Irrlichter, die Reisende in ihr Verderben lockten.

„Da wir keine andere Richtung kennen, sollten wir wohl dem Leuchten folgen." Michael hob den tragbaren Akku hoch. Es war wahrscheinlich eine kluge Entscheidung, ihn mitzunehmen, um eine Stromquelle zu haben.

Das Licht kam von einer weiteren Lampe, die über mehreren kleinen Metallkästen hing. Jeder hatte ein Schloss.

Louis versuchte, einen davon mit seinem Schlüssel zu öffnen. „Mein Schlüssel passt nicht. Ich vermute, dass jede Kiste nur von einem von uns geöffnet werden kann."

„Nicht unbedingt", sagte Paul. „Diese Schlösser sind ziemlich billig. Es ist nicht ungewöhnlich, dass ein Schlüssel in mehrere Schlösser passt. Ich muss es wissen. Ich bin Schlosser."

„Na ja, wenigstens bei diesem funktioniert mein Schlüssel." Louis versuchte es bei einem anderen Kasten, der sich öffnete. „Es ist nur ein weiterer Brief."

„Was steht da?"

Louis trat zurück und las im Licht seines Handys. Er antwortete nicht. Judy versuchte, seinen Blick einzufangen, aber er starrte mit angespannten Kiefermuskeln auf die Nachricht.

Paul sah es nicht, da er zu sehr damit beschäftigt war, seinen Schlüssel auszuprobieren. „Wie gesagt!" Mit einem breiten Grinsen zeigte er auf einen geöffneten Kasten. „Billige Schlösser! Ich wette, das wusste der Spielleiter nicht. Hier ist ein Brief für Judy. Vielleicht ist das unsere erste Aufgabe?"

„Aufgabe?" Laura blickte ihn verwirrt an, aber Paul schien es nicht zu bemerken.

„Du weißt doch, wie diese Fernsehsendungen funktionieren, oder? Ich bin sicher, wir müssen die Zuschauer mit Herausforderungen unterhalten. Halt wie Dschungelcamp oder solche Sendungen. Man kann nicht einfach so eine Million kriegen."

„Sind wir die einzigen Spieler oder gibt es noch mehr?"

Wenn Laura weiterhin solche Fragen stellte, konnte sie Paul genauso gut direkt sagen, dass sie keine legalen Kandidaten für dieses Spiel waren. Zum Glück probierte Paul noch die anderen Schlösser aus und klang nicht im Geringsten misstrauisch. „Ich weiß nicht, aber ich nehme an, es gibt noch mehr Spieler. Vielleicht sind wir in einer Gruppe und sie bilden eine andere." Er gab das Schloss auf und runzelte nachdenklich die Stirn. „Es ist auch möglich, dass wir alle gegeneinander spielen oder es sogar noch mehr Gruppen gibt, wer weiß?"

Es machte Klick, als Michael eine weitere Kiste öffnete. „Ihr solltet eure Kisten unbedingt öffnen. In meiner war eine Flasche Wasser."

Judy bemerkte den Brief, den er aus der Schachtel nahm und in seiner Tasche versteckte. Schnell nahm sie auch ihren eigenen an sich, bevor jemand anderes daran dachte, ihn zu lesen.

„An Judy,

Jetzt, wo du in meiner Falle sitzt, wird es mir ein Vergnügen sein, dich sterben zu sehen. Glaubtest du, es wäre nur ein dummes Spiel um Geld? Nein, ich werde es lieben, die Angst in deinen Augen zu sehen, während deine Feinde dich jagen.

Der Jäger und die Schlange. Beide sind tödlich und beide sind auf dem Weg.

Einen, der beiden hast du bereits kennengelernt und er ist in der Nähe!

Falls er versagt, wird sich die Schlange später anschließen. Wenn sie ihr Opfer einmal ins Visier genommen hat, wird sie es nicht mehr loslassen.

Der Meister der Arena"

„Und?" Paul sah sie interessiert an. Seine Wangen waren vor Aufregung oder vielleicht Anstrengung gerötet. „Ist es eine Aufgabe?"

Judy dachte schnell nach. „Ja, wir müssen einen Ausgang aus diesen Höhlen finden. Die Nachricht warnt uns auch vor Agenten, die versuchen werden, uns an der Flucht zu hindern und unsere Chance auf den Gewinn zerstören. Wir sollen uns beeilen."

„Dann lasst uns dem Tunnel folgen!" Paul ging voran, was ihr die Gelegenheit gab, unbemerkt zu Louis zu flüstern.

„Was stand in deinem Brief?"

Louis warf Paul einen vorsichtigen Blick zu, als er stehen geblieben war und darauf wartete, dass Judy den Weg erleuchtete. „Nicht hier und nicht jetzt. Wir müssen später reden."

Judy ging wieder voran und trug die Glühbirne. „Vorsicht! Da ist eine Klippe." Der Tunnel teilte sich in Form einer T-Kreuzung. Vor ihnen lag eine steile Klippe, und mit je einem Weg nach links und nach rechts. Das Kabel führte jedoch geradewegs über die Klippe, die sich in der Dunkelheit erstreckte.

„Ich kann nicht sehen, wohin es geht.“ Michael war neben sie getreten und hatte die Batterie auf den Boden gestellt. „Glaubst du, auf der anderen Seite gibt es noch mehr Tunnel?“

„Da ist ein Licht. Ich glaube, es kommt näher.“ Louis hatte recht. Auf der anderen Seite der Klippe erschien ein schwaches Leuchten, und nun hörte sie Schritte näher kommen.

Gustav bellte und sie streichelte seinen Kopf. Der Hund war wahrscheinlich genauso nervös wie sie selbst. Automatisch suchte sie nach einem Fluchtweg, aber mit ihrer unpraktischen Lampe würde sie nicht weit kommen.

Als das Licht nahe genug kam, um die Silhouette eines Mannes zu erkennen, hörte sie eine bellende Stimme, rau wie Sandpapier. „Du kannst vielleicht weglaufen, aber du kannst mir nicht entkommen!“

Kapitel Zwölf

61 Stunden bis zur Abrechnung

Bolt hatte sie gefunden. Als er einen Fuß in die Schlucht setzte, schnappte Laura ungläubig nach Luft.

Eine Illusion! Was wie ein tiefer Krater wirkte, stellte sich in Wirklichkeit nur als flache, vom Schatten verdeckte Senke heraus. Da sie den Boden nicht sehen konnte, hatte ihr Gehirn daraus einen bodenlosen Abgrund gemacht. Das Licht der Glühbirne spiegelte sich im blanken Metall des Gewehrs, als er langsam auf sie zuging.

„Ich will nur Judy. Der Rest von euch interessiert mich nicht." Bolt hatte seine Stimme nicht erhoben. Das musste er auch nicht. In seinen ruhigen Worten lag das Gewicht der Entschlossenheit, und die Drohung war unmissverständlich.

Würde er auf die Gruppe schießen und dabei riskieren, einen der anderen zu töten? *Ja.* Er hatte sehr deutlich gemacht, wie wenig sie ihm bedeuteten. Es ging um seine Rache.

Sie schleuderte die Lampe in Richtung des Kraters. Mit einem spröden Knall schlug die Glühbirne auf Stein und zersplitterte in tausend Scherben.

Verwirrte Schreie hallten durch die Höhle, als die Dunkelheit sie verschluckte. Bolts Licht war noch zu weit entfernt, um ihre Umgebung zu erhellen. Sie wartete nicht, bis sich das Chaos gelegt hatte, sondern kniete nieder und tastete sich nach rechts, wo sich nach ihrer Erinnerung der nächste Tunnel befinden musste.

„Bitte nicht schießen!", schrillte Lauras verängstigte Stimme zu ihrer Linken. „Ich bin Laura, ich habe nichts zu tun mit..."

„Keiner bewegt sich!" Bolts scharfer Befehl übertönte die anderen Stimmen.

Judy blickte zum nächsten Tunnel, der von der sich nähernden Lampe schwach erleuchtet wurde. Es war zu spät. Ihr Fluchtweg war zu lang und es gab keinerlei Deckung. Bolt musste sie zumindest schemenhaft erkennen können und er war ein ausgezeichneter Schütze. Statt zu fliehen, versteckte sie sich hinter Pauls breitem Rücken und wartete auf den richtigen Moment.

Noch hatte niemand ein Wort gesagt. Alle schienen vor Schreck wie erstarrt. Judy fluchte leise. Wie hatte sie nur so dumm sein können, dem Kabel zu folgen? Es war eine offensichtliche Falle gewesen. Ein grausamer Scherz, sie und Bolt buchstäblich aneinanderzuketten.

„Ich weiß, dass sie hier sein muss. Ich lasse euch gehen, aber nicht, bevor ich dieser Schlampe eine Kugel ins Herz gejagt habe!"

Allein diese Stimme. Schlimmer als Fingernägel auf einer Tafel, ließ sie ihr einen Schauer über den Rücken laufen. Ihre Gedanken rasten auf der verzweifelten Suche nach einem Plan. Vielleicht könnte sie auch Bolts Lampe zerstören? Aber wie? Er würde sie erschießen, bevor sie ihn erreichen konnte. Ihr Blick fiel auf den Akku in Michaels Händen. Ein einziger Schnitt mit ihrem Messer könnte das Kabel durchtrennen, das Bolts Lampe mit Strom versorgte.

„Beruhigen Sie sich", begann Paul, hielt aber inne, als die Waffe auf ihn gerichtet wurde.

Judy hockte sich tief hinter seinen Rücken und versuchte, etwas näher an Michael und die Batterie heranzukommen. Noch ein bisschen weiter, und vielleicht könnte sie das Kabel erreichen.

„Ich kann euch alle einfach alle erschießen, wenn es sein muss!", brüllte Bolt und trat einen Schritt auf Paul zu. „Und ich fange mit dir an, Fettwanst."

Paul trat zurück und gab dadurch den Blick auf sie frei.

Als sich ihr Blick mit Bolts traf, zuckte sein Gesicht erst vor Wut, dann vor Triumph. Judy warf sich ganz zu Boden. Es war ein vergeblicher Versuch. Aus dieser Entfernung hätte selbst ein schlechter Schütze nicht verfehlt. Doch es war kein Schuss, der ihr Ohr erreichte, sondern ein Knurren. Plötzlich stand Gustav zwischen ihnen, bellte laut und fletschte die Zähne. Bolt taumelte überrascht zurück.

Ohne eine Sekunde zu zögern, sprang Judy auf und rannte los. Sie verwarf den Plan, das Kabel zu durchtrennen, und versuchte, so schnell wie möglich in die Dunkelheit zu entkommen.

Sie war nicht die Einzige. Die Gruppe zerstreute sich bereits wie ein Fischschwarm bei einem Haiangriff. Aus den Augenwinkeln konnte sie noch sehen, wie Bolt versuchte, auf sie zu zielen, doch Gustav sprang ihn an.

Der Jäger zögerte nicht.

Gustavs Jaulen ging in dem Echo des Schusses unter, der dröhnend von den Höhlenwänden widerhallte. Ein vielstimmiger Aufschrei des Entsetzens, folgte Judy, als sie in den Tunnel schlüpfte.

Kapitel Dreizehn

61 Stunden bis zur Abrechnung

„Weglaufen, verlängert nur dein Elend!“, hallte die raue Stimme des Jägers hinter ihr her.

Im Moment war sie außer Reichweite. Sie verließ sich auf das schwache Licht ihres Telefons und ging vorsichtig, um allen Stalagmiten und scharfen Felsformationen auszuweichen, die ihr den Weg versperrten. *Zu langsam.* Bolt musste bereits aufholen, aber sie schaffte es einfach nicht, schneller voranzukommen. Als sie es versuchte, stieß sie beinahe mit dem Kopf gegen einen scharfen, hervorstehenden Felsbrocken.

Die Gefahr im Nacken ließ sie einen Blick zum Tunneleingang zurückwerfen. Ihr Verfolger brauchte nur den Eingang erreichen, um sie zu erschießen. Hinter ihr, blitzte etwas auf. *Bolt?* Sie duckte sich sofort hinter einen Stein und löschte ihr Licht.

„Louis!“

Er drehte sich verwirrt um, sah sie aber erst, als sie ihr Handy wieder aktivierte.

„Beeil dich!“ Sie deutete tiefer in den Tunnel und wartete nicht, ob er ihr folgte. Hoffentlich machte der Tunnel hinter all den Stalagmiten bald eine Biegung.

Ihr Herz erstarrte, als der Strahl ihrer Lampe auf eine nasse, glatte Wand traf. *Eine Sackgasse.* Die aufsteigende Angst umklammerte ihren Magen wie eine eisige Hand.

„Keine Panik“, flüsterte sie und versuchte, sich auf den Rhythmus ihres Herzschlags zu konzentrieren, um ihr Halt zu geben.

Ein Luftzug.

Sie richtete ihre Handylampe nach oben und entdeckte ein Loch in der Wand, vielleicht doppelt so breit wie ihre Schultern. Sie kletterte auf einen Felsbrocken, um hineinzuschauen. „Hier ist ein Tunnel.“

„Das kann nicht dein Ernst sein!“ Louis starrte sie mit großen Augen an. „Du hast keine Ahnung, wohin der uns führt!“

„Ich hoffe, weg vom Jäger“, sagte sie und zog sich hoch und in das Loch hinein.

Stein umschloss sie. Das schwache Leuchten ihres Handys verschwand nur wenige Armlängen vor ihr und überließ alles, was in der Dunkelheit lauern konnte, ihrer Fantasie. Ein kalter, erdiger Geruch, vermischt mit Staub, stieg ihr in die Nase.

„Siehst du einen Ausgang?“ Obwohl er sich direkt hinter ihr befand, klangen Louis’ Worte gedämpft, der enge Raum verschluckte seine Stimme.

„Nein, wir können nur hoffen.“

Auf allen Vieren schob sie sich tiefer in die Eingeweide des Berges. Ihr Haar streifte die Decke und löste dort groben Staub und kalte Wassertropfen. Es war so eng, dass sie nur noch kriechend vorwärtskamen. Das Schleifen ihrer Kleidung über den harten Boden, vermischte sich mit Louis’ schwerem Atmen.

„Judy!“ Zum ersten Mal klang seine Stimme ungewöhnlich hoch, fast schrill, als wäre er der Panik nahe. Sie erstarrte. Das Licht hinter ihr flackerte. Sein Arm musste zittern. „Ich kann das nicht!“, flüsterte er und dann noch eindringlicher: „Ich stecke fest!“

Judy versuchte, den Kopf zu drehen und Louis in die Augen zu sehen. Es gelang ihr aber nicht. Der Tunnel war zu eng, um zurückzublicken.

„Wenn ich zurückgehe, bringt Bolt mich um.“ Selbst in ihren eigenen Ohren klang ihre Stimme seltsam, hallend, aber irgendwie gedämpft. „Er ist nicht hinter dir her. Du kannst zurückgehen.“

Louis antwortete nicht, aber sie hörte ihn noch atmen. Sein Widerwille war deutlich spürbar. „Louis, du kannst mir hier nicht helfen. Wenn du steckenbleibst, versperrst du vielleicht sogar den einzigen Weg nach draußen. Wenn du Bolt siehst, versuch, ihn abzulenken.“ Hoffentlich war sie außer Reichweite seiner Waffe, falls der Verrückte in dem engen Tunnel schießen sollte.

„Viel Glück!“ Es war kaum mehr als ein Hauchen, das beim Zurückrutschen fast vom Rascheln seiner Kleidung übertönt wurde.

Sie waren noch nicht weit gekommen, und dennoch brauchte er lange, um zurückzukriechen.

Als Louis’ Licht verschwand, verdunkelten sich die Schatten. Der Tunnel um sie herum schrumpfte. Es war nicht nur die Sicht, die ihre Angst verstärkte. Ein Gefühl der Einsamkeit stieg in ihr auf. Die Dunkelheit hatte sich in ihren Geist eingegraben, und mit jedem Zentimeter, den sie vorwärts kroch, lastete die Stille schwerer auf ihren Schultern. War es wirklich klug, sich weiter durch diesen Weg zu zwängen?

Ein Schuss donnerte durch den Tunnel. Ihr Herz setzte einen Moment aus, hämmerte dann aber wild in ihrer Brust, als wolle es die verpassten Schläge wieder aufholen. *Louis!* Hatte Bolt ihn erschossen? Eines war klar, sie konnte nicht mehr zurück. Langsam schleppte sie sich weiter.

Immer wieder stießen ihre Ellbogen und Schultern gegen den Fels, bis sie nicht weiterkriechen konnte. Die Arme nach vorne ausgestreckt, robbte sie durch den Tunnel. Doch auch hier kollidierte sie mit dem Fels und ein scharfer Schmerz durchzuckte ihren Nervus ulnaris – oder auch Musikantenknochen.

Es war einfach nicht genug Platz, um sich richtig vorwärts zu bewegen, und immer noch wurde der Gang enger. Als der Schmerz endlich abebbte, gab sie das Kriechen auf, schob die Hand mit dem Handy nach vorn, während sie den anderen Arm nach hinten streckte.

Mit diesem Arm und ihren Beinen gelang es ihr, sich von den Wänden abzustoßen und wie eine Schlange weiterzugleiten. Der Stein unter ihr wurde etwas glatter, was das Rutschen erleichterte. Feuchte Tropfen klebten an der Decke, jetzt so tief, dass sie die Berührung nicht vermeiden konnte. Bei jedem Atemzug drückte ihr Rücken gegen die Decke, während sie sich beim Ausatmen wieder eine Handbreit weiterschob. Wie die Faust eines Titanen, schloss sich der Fels um sie und drohte, sie zu zerquetschen.

Kaltes Wasser rann über ihre Stirn, vermischte sich mit Schweiß und lief ihr in die Augen. Sie versuchte, mit der Hand über ihr Gesicht zu wischen, aber es gelang ihr nicht. Ihr Arm steckte in dem engen Tunnel fest und konnte ihr Gesicht nicht erreichen. Bemüht, das Wasser zu ignorieren, schob sie sich weiter, und achtete nicht auf ihren Arm, der über den Boden schrammte.

Ihre ausgestreckte Hand stieß auf ein Hindernis. *Das konnte nicht wahr sein!* Eine schleichende Erkenntnis machte sich in ihrem Kopf breit, kalt und unerbittlich, wie das Wasser auf ihrer Haut.

Sie tastete die Barriere ab, die den Weg versperrte. Der Tunnel wurde noch schmaler. So eng, dass es unmöglich schien, hindurchzukommen. Es gab nur eine Möglichkeit, sie musste doch umkehren.

Sie versuchte, zurückzukriechen, doch sofort stieß sie mit den Knien gegen die Wand. Der Schmerz ließ sie die Zähne zusammenbeißen. Bei einem zweiten Versuch schrammte sie mit den Hüften über scharfen Fels. Sie ignorierte ihn so gut es ging und doch schaffte sie es nur eine Handbreite zurück. Langsam wuchs die Gewissheit: Sie würde den Tunnel nicht verlassen können. Es würde Tage dauern, um so den Eingang zu erreichen. Sie wäre schon lange vorher tot.

Grauen zerquetschte ihr Herz. Sie war gefangen. Plötzlich glaubte sie, das Gewicht des massiven Fels über sich zu spüren. Sie kämpfte gegen die aufsteigende Panikattacke an und tastete die Engstelle erneut ab. Ja, da war eine Erhebung, aber auch die Decke stieg leicht an. Vielleicht konnte sie sich doch durchzwängen.

Der harte Steinvorsprung lag unter ihrem Bauch. Mit jedem Atemzug drückte der Fels in ihre Eingeweide. Doch ihr vorderer Arm hatte etwas Platz. Das musste bedeuten, dass sich der Tunnel dahinter vergrößerte, vielleicht genug, um sich umzudrehen und dann zurückzukriechen? Dass Bolt vielleicht auf sie wartete, war ihr mittlerweile egal. Alles war besser, als hier festzustecken.

Sie zwängte sich bis zur Taille durch, dann verkrampfte sich ihre Hüfte. Was für ihren schmalen Bauch schwer gewesen war, wurde für ihre Hüfte unmöglich. Sie passte nicht hindurch. Verzweifelt drehte sie sich, soweit es möglich war, um ihr Becken zu befreien. *Zwecklos.* Plötzlich rutschte sie seitwärts und befreite damit ein Bein. Doch nun steckte ihr Bauch in einem Schraubstock aus Fels. Sie konnte nicht atmen. Panik trieb sie dazu, sich hochzudrücken, doch das machte es nur noch schlimmer. Der unnachgiebige Stein bohrte sich in ihre Brust und ihren Bauch, während die niedrige Decke ihre Wirbelsäule nach unten drückte.

Sie schnappte nach Atem. Die abgestandene Luft brannte in ihren Lungen und ihre sich ausdehnende Brust drückte gegen den Felsen unter ihr.

Die Wände schienen näher zu kommen. Der massive Stein packte sie noch fester und begann, sie zu zerquetschen.

Nein, das konnte nicht wahr sein. Trotz ihrer Panik meldete sich ihr Verstand zu Wort. „Du hast eine Panikattacke. Das ist nicht real." Ihre eigene Stimme klang schwach und atemlos. „Du bist Therapeutin, verdammt noch mal. Was würdest du deinen Patienten sagen?" In der Einsamkeit laut zu sprechen, kam ihr seltsam vor, aber es half ihr, etwas besser Luft zu bekommen, obwohl jeder Atemzug noch immer schmerzte.

Sie schloss die Augen und visualisierte etwas, das ihr schon oft geholfen hatte. Sie stellte sich vor, wie Licht durch sie hindurchströmte und bei jedem Atemzug ein- und ausströmte. Die Schmerzen blieben, aber ihre Atmung verlangsamte sich. Nach ein paar Sekunden öffnete sie wieder die Augen und versuchte, das Problem logisch anzugehen.

Ihr Bauch war durch den Vorsprung wie in einer Schere eingeklemmt. Sie war auf die schräge, schmalere Seite des Tunnels gerutscht, wo ihr eigenes Gewicht sie nun tiefer hineinpresste. Es schmerzte und raubte ihr die Luft, aber wenn sie hineingekommen war, konnte sie auch wieder hinaus. Sie widerstand dem Drang, einzuatmen, und atmete so stark aus, wie sie konnte. Sie spürte, wie sich ihr Bauch so weit einzog, dass er nicht mehr eingeklemmt war.

Der erste Versuch, sich zu befreien, misslang. Sie schnappte nach Luft, wodurch sie erneut in der Schere eingeklemmt wurde. Beim zweiten Mal blieb sie ruhiger und konnte sich teilweise befreien. Durch ihre Drehung hatte sich ihre Hüfte zumindest durch die engste Stelle gezwängt. Sie stemmte einen Fuß gegen die Wand und stieß sich vorwärts. Ihre Hose blieb an einem zerklüfteten Felsgrat hängen. Noch einmal flammte Panik auf, aber nur kurz. Sie stieß sich ab, spürte, wie der Stoff riss, dann rutschte sie endlich aus der Engstelle.

Der Tunnel war zwar noch nicht breit genug, um umzudrehen, aber immerhin konnte sie wieder Luft bekommen. Eine Weile lag sie da und versuchte, ihren Atem zu beruhigen. Wäre sie religiös gewesen, hätte sie für einen Ausgang auf dieser Seite der Engstelle gebetet.

Sie stemmte sich etwas hoch und kroch durch den engen Gang. Jede Bewegung schrammte über den rauen Stein, doch sie robbte weiter. Dann, endlich, glaubte sie, einen schwachen Lichtschimmer zu sehen. Konnte es da wirklich einen Ausweg geben? Sie hatte es sich nicht eingebildet. Das Licht am Ende ihres Tunnels erschien erneut und verschwand dann wieder.

„Dieser Ort ist unheimlich." Die Frauenstimme aus der Richtung des Lichts war angespannt und leicht schrill. „Ich schwöre, ich habe etwas in den Wänden gehört."

Eine andere Frau antwortete etwas leiser, ruhiger. „Es überrascht mich nicht, dass sie sich für die Arena einen solchen Ort ausgesucht haben. Es geht doch nur darum, uns so viel Angst einzujagen, dass wir aufgeben."

Es entstand eine Pause. Judy kroch weiter auf die Stimmen zu.

„Vielleicht gibt es in diesen Tunneln Ratten?" Die Worte kamen gleichmäßig und emotionslos, doch die Antwort war ein sofortiges, angewidertes Quieken, unverkennbar von der ersten Stimme.

Ein frischer Lufthauch strich ihr übers Gesicht und deutete auf eine Verbindung zur Außenwelt hin. Der Ausgang war nah! Judy holte tief Luft, bevor sie sich das letzte Stück zum Ausgang schleppte.

Kapitel Vierzehn

60 Stunden bis zur Abrechnung

Kurz bevor sie ihren Kopf aus dem Tunnel strecken konnte, flammte direkt vor ihrem Gesicht eine Taschenlampe auf.

Ein Schrei folgte dem Licht wie Donner dem Blitz. Nah. Schmerzhaft schrill in ihren Ohren.

Die Frau sprang zurück und wäre beinahe gestürzt. Judys Augen hatten Mühe, sich an das helle Licht zu gewöhnen. Die winzige, unregelmäßig geformte Höhle wurde von drei flackernden Kerzen erhellt, gerade genug, um die Schatten zu verdrängen. Eine einzelne Metalltür schloss sie vom Rest des Höhlensystems ab. Nach dem stickigen Tunnel erschien ihr die Kammer so geräumig wie eine Lagerhalle. Sie holte tief Luft und fühlte eine schwere Last von der Brust fallen.

„Jumpscares! Was für ein billiger Trick, um uns Angst zu machen!“

Judy schloss die Augen, als der Strahl der Taschenlampe erneut über ihr Gesicht wanderte. Sie versuchte, sich weiter aus dem Tunnel herauszuziehen. Was jedoch alles andere als einfach war. Ihr Tunnel mündete nämlich nicht am Boden, sondern nahe der Decke der Höhle.

„Könnten Sie mir beim Runterkommen helfen?“

"Wie?"

Es war das erste Wort der zweiten Frau. Ihr ruhiger, melodischer Klang bildete einen angenehmen Kontrast zu der zittrigen, schrillen Stimme zuvor.

Judy konnte ihre Gesichter kaum erkennen, aber ihr fielen die Haare auf: Beide hatten blondes Haar. Die Frau mit der festen Stimme, langes, das zu einem Pferdeschwanz zusammengebunden war, während das leicht gewellte Haar der anderen durch dunkle Haarwurzeln ihre natürliche Farbe verriet. Judy schaffte es, beide Arme vor sich auszustrecken. „Wenn ich meine Arme auf Ihre Schultern stütze, kann ich vielleicht meine Beine aus dieser Spalte ziehen."

Sie stimmte zu und Judy kletterte vorsichtig herunter. Die nervöse Frau starrte sie noch immer verwirrt an, bis ihr Gesicht plötzlich aufleuchtete.

„Ich glaube, ich kenne Sie!"

„Ich Sie zwar nicht, aber Sie können mich Judy nennen."

Die Frau nickte eifrig. „Ja, ich weiß. Sie sind Judy Link."

„Warte." Auch der Pferdeschwanz beugte sich näher, um besser sehen zu können. „Du hast recht!"

Judy seufzte. Sie hatte wahrscheinlich mehr Leserinnen des Explorers gefunden. „Da Sie anscheinend wissen, wer ich bin – wer sind Sie?"

„Das ist Marie", sagte die Frau mit den längeren Haaren und zeigte auf ihre wellige Begleiterin. „Und ich bin Sina."

Judy hatte die beiden noch nie zuvor gesehen. Wurden sie zufällig ausgewählt oder gab es eine Verbindung zum Entführer? „Kanntet ihr euch schon vorher?"

„Ja“, sagte Sina.

„Nein“, kam gleichzeitig die Stimme von Marie.

Sina blinzelte und drehte sich zu ihr um. „Warte… habe ich dich nicht einmal in meinem Kickbox-Kurs gesehen?“

„Das glaube ich nicht.“ Marie lächelte gequält. „Du verwechselst mich wohl mit jemand anderem. Ich habe dich erst gesehen, als wir hier ankamen.“ Sie drehte sich zu Judy um und hielt ihr einen Brief hin, der bis auf den Namen identisch mit ihrem eigenen war. „Wir sind beide Kandidaten.“

Vielleicht log Marie. Andererseits, wie ehrlich war sie selbst gewesen? „Dann sind wir schon zu siebt. Ich bin auch eine Kandidatin.“

„Ja, klar.“ Sinas Stimme triefte vor Sarkasmus. Anstatt sich zu erklären, schulterte sie einen Rucksack und verursachte damit einen Luftzug, der die Kerzen zum Flackern brachte.

Marie lächelte sie entschuldigend an. „Nichts für ungut. Ich finde es toll, was du machst. Die Teilnahme von Prominenten erhöht die Reichweite des Spiels enorm. Nichts gegen dich, aber es ist ein bisschen zu offensichtlich, dass du für die Veranstalter arbeitest.“

„Ich bin nicht…“

„Oh bitte!“ Sina fixierte sie mit ihren stahlblauen Augen und winkte ab. „Aber du kannst uns unsere nächste Aufgabe nennen oder uns eine grobe Vorstellung davon geben, wie das Ganze hier funktionieren soll.“

Sie spürte die gespannten Blicke auf sich.

„Ihr müsst einen Ausgang finden.“

„Das war's?" Sinas Augen verengten sich, das Misstrauen war ihrer Stimme deutlich anzuhören. „Gibt es eine Art Abstimmungssystem? Entscheidet ihr oder die Zuschauer, wer weitermacht? Oder müssen wir einfach die Zeit in den Höhlen aushalten?"

„Es ist viel schwieriger und gefährlicher, als du vielleicht denkst." Judy zögerte einen Moment. Zu viel zu verraten würde sie nur verdächtig machen. *Stell dir vor, es wäre wirklich nur ein Spiel.* „Wir müssen zusammenarbeiten. Es gibt Leute, die euch jagen, und wenn sie euch finden, seid ihr raus und bekommt kein Geld."

„Nun, der zweite Teil klingt glaubwürdig, aber ich glaube nicht, dass wir uns mit dir zusammentun sollten." Marie brachte erneut ein Lächeln zustande und zuckte mit den Achseln. „Wir haben gerade einen Brief gefunden, in dem wir darauf hingewiesen werden, vorsichtig zu sein, wem wir vertrauen. Aber nichts für ungut. Mir gefällt sehr, wie kreativ du aus deiner Bekanntheit ein Business machst. Die Webseiten zu nutzen und am Spiel teilzunehmen, ergibt absolut Sinn. Ich möchte auch Influencer werden, weißt du? Es ist unglaublich, wie du es geschafft hast, in den Foren so präsent zu bleiben. Ich würde mich freuen, nach dem Spiel mit dir zu chatten und mit dir zusammenzuarbeiten."

Glaubte Marie ernsthaft, sie *wollte* berühmt werden? Das war verrückt.

Eine verzerrte, blecherne Stimme aus der Höhlenwand ließ ihr einen Schauer über den Rücken laufen. Es war die Stimme des Entführers, die sie am Telefon gehört hatte.

Willkommen in der Arena! Alle Kandidaten sind eingetroffen und die Türen zu den inneren Höhlen werden geöffnet. Vorsicht,

Nahrung und Wasser sind in dieser Arena Mangelware. Ihr könnt zwar spezielle Ressourcen finden, die euch einen Vorteil gegenüber den anderen verschaffen, aber diese sind noch schwieriger zu finden. Mal sehen, wer bis zum Ende überlebt!

Nach einem Moment der Stille brach Marie in Gelächter aus.

Judy starrte sie perplex an. Hatte sie nicht gehört, was die Stimme gesagt hatte?

„So übertrieben!" Sie strich sich eine platinblonde Haarsträhne aus dem Gesicht und rang immer noch nach Luft. „Ziemlich klischeehaft, aber ich mag es. Es ist ein bisschen wie ein Geisterhaus auf einem Jahrmarkt. Man weiß, dass es nicht echt ist, aber sie geben ihr Bestes, um einem Angst einzujagen."

Sina zog eine schwarze Kiste aus einem kleinen Loch in der Wand. „Die war mir vorher gar nicht aufgefallen."

Neugierig betrachtete Marie die Schachtel und griff danach. „Können wir damit dem Spielleiter Fragen stellen?"

Sina entzog die Schachtel Maries Reichweite und klappte sie mit konzentriertem Blick auf. „Nein, ich glaube nicht." Sie holte einen Lautsprecher heraus, der an ein paar kleine elektronische Geräte geklebt war, die Judy nicht erkannte.

Marie schürzte die Lippen, doch statt zu protestieren, versuchte sie, die Tür zu öffnen. „Sie ist immer noch verschlossen! Hat er nicht gesagt, sie wäre jetzt offen?"

Sina blickte nicht einmal auf. „Es gibt einen Lautsprecher und einen Timer, der die Aufnahme zu einer bestimmten Zeit auslöst. Ich glaube nicht, dass es jemand live steuert."

Judy machte sich nicht die Mühe, genauer hinzusehen. Sie hatte sich noch nie besonders für Elektronik interessiert, und es bestand keine Chance, dass sie die Funktion dieses Geräts erahnen könnte.

Ein schwaches Lächeln huschte über Sinas Lippen, als sie einen Schlüssel aus der Schachtel holte. „Seht euch das an!"

Die Tür öffnete sich mit einem hörbaren Klicken, als sie den Schlüssel umdrehte. „Lass uns weitergehen."

Judy trat etwas näher. „Kennt ihr denn den Weg zum Ausgang?"

Sina wandte sich mit strengem Blick an Judy. „Ich habe mit Marie gesprochen. Du kannst gehen, wohin du willst, aber du gehörst nicht zu unserem Team."

„Aber im Moment gibt es nur einen Weg, oder?", sagte Marie leise. „Ich schätze, wir können genauso gut zusammen gehen."

„Gut." Sina seufzte und ging dann durch die Tür, ohne sich umzudrehen.

Judy zögerte, aber wenn sie nicht wieder durch den Tunnel kriechen wollte, hatte sie wirklich keine andere Wahl.

Kapitel Fünfzehn

60 Stunden bis zur Abrechnung

Die Luft, die sie empfing, war schwer und feucht. Bis auf einen fingerbreiten Riss an der Decke war der schmale Tunnel dunkel. Schwaches Sonnenlicht fiel durch den Riss und ließ die sich dort sammelnden Wassertropfen schimmern. Das Licht reichte gerade, um schemenhafte Silhouetten zu erkennen.

Sina hielt inne und schaltete die Taschenlampe ihres Handys ein. Judy tat es ihr nach und untersuchte den Riss in der Decke. Dieser Spalt im Gestein war kaum groß genug für eine Maus oder ein Insekt. Um den Riss herum klebte Moos in unregelmäßigen Flecken am Fels. Es war weich unter ihren Fingern, kalt, aber lebendig in diesen sonst so sterilen Höhlen.

Marie rutschte leicht auf dem nassen Stein aus und kam stolpernd neben ihr zum Stehen. Ein dünner, glitschiger Algenfilm bedeckte den Boden, und sie stützte sich mit einer Hand an der Wand ab. „Sieht wunderschön aus, nicht wahr?“, murmelte sie, während ihre Finger über das hellgrüne Moos auf dem fast schwarzen Fels strichen. Stein und Moos glitzerten nass im dünnen Lichtstrahl ihres Handys. Ihr Licht wanderte weiter und wurde von einer Reihe winziger Quarzkristalle reflektiert, die im Fels gefangen waren.

Es sah zwar schön aus, aber Judys düstere Gedanken ließen keinen Raum für Bewunderung. Sie sah auf ihr Handy, in der schwachen Hoffnung, ein Signal zu finden. Nichts. Sie waren viel zu tief unter dicken Steinschichten begraben.

„Kommst du?“, rief Sina. Ihr Pferdeschwanz peitschte ungeduldig, während sie mit ihrer Taschenlampe winkte. Sie war schon ein paar Schritte weiter im Tunnel.

Judy folgte und passierte das grüne Leuchten. Die Farbenpracht der Moose wurde mehr und mehr von einem feinen grauen Film verdeckt, der an verrottenden Pflanzenfasern klebte. Ein geduldiger Baum hatte sich mit seinem Wurzelwerk einen Weg in den Riss gebahnt und mehrere Schichten massiven Gesteins durchbrochen. Als sie die Wurzel streifte, zerbröckelte das Holz.

Sie ließen den Riss hinter sich und gingen in die absolute Dunkelheit, die nur vom Licht ihrer Handys durchbrochen wurde. Die Wände fühlten sich glatt und kalt an. Nach ein paar Schritten war alles Grün verschwunden. Keine Spur von Moos und Algen. Keine Wurzeln. Keine Blätter. Zurück blieb nur endloser toter Fels und ein schwacher, staubiger Geruch.

Sina, immer noch vorn, richtete ihre Taschenlampe auf die Gruppe. „Wir sollten die Augen nach Vorräten offenhalten. Wenn ich das Spiel richtig verstanden habe, geht es um den Kampf um Wasser und Nahrung. Sie rechnen damit, dass die meisten von uns aufgeben, sobald wir hungrig werden. Wir müssen schneller sein als unsere Konkurrenz.“

„Sie haben nicht gesagt, dass wir nicht alle gemeinsam gewinnen können“, sagte Marie leise.

„Nein, haben sie nicht“, antwortete Sina ungeduldig. „Sie haben uns auch nicht gesagt, dass die Erde rund ist. Glaubst du wirklich, sie würden jedem von uns eine Million geben, Marie?“

„Ich sage nicht, dass sie das wollen.“ Marie balancierte auf dem unebenen Boden und stützte sich auf dem dunkelgelben Sandstein ab.

Ein bisschen Sand löste sich, als sie sich wieder von der Mauer abstieß. „Aber vielleicht sind wir widerstandsfähiger, als sie erwarten. Der wahre Kampf richtet sich immer gegen die eigenen Ängste."

Judy war etwas zurückgefallen und ließ das Gespräch an ihr vorbeiziehen.

Ein Leuchten riss sie aus ihren Gedanken. Für einen Moment sah sie nur Umrisse und wappnete sich für die Bedrohung.

Marie hingegen trat vor und winkte der Silhouette mit ihrem Handy zu.

„Hallo! Sind Sie auch ein Kandidat?"

„Pst! Es könnte der Jäger sein", flüsterte Judy, aber Marie war zu weit weg und hörte sie nicht, oder ignorierte die Warnung.

„Ich bin Marie."

„Hallo, ich bin Sylvia."

Judys Muskeln entspannten sich etwas, hinterließen aber ein seltsames Unbehagen. Etwas in ihr war bereit, zu kämpfen und zu töten. Man sagte, alle Wunden heilen mit der Zeit, doch ihre waren zu Narben geworden, die sie misstrauisch gemacht hatten. Sie hatte gelernt, jeden Fremden als Bedrohung zu betrachten. Trotzdem folgte sie Marie, hielt jedoch etwas Abstand.

Sylvias braunes Haar war unter einem leuchtend orangefarbenen Helm mit einer starken Stirnlampe verborgen. Ihre Weste und Hose hatten Taschen, deren Ausbeulungen verrieten, dass sie mit Vorräten vollgestopft waren. An ihrem Gürtel baumelte eine Metallflasche, und zu ihren Füßen stand ein großer Rucksack.

Sylvia war vorbereitet, vielleicht sogar zu gut für jemanden, der nicht wusste, was in diesen Tunneln auf sie wartete. Neben ihr standen eine leere Holzkiste und drei verschlossene Kästchen, wie jene, die Judy im ersten Raum gesehen hatte.

Sina kniff die Augen zusammen und runzelte nachdenklich die Stirn. Vielleicht ging ihr Verdacht in die gleiche Richtung. „Wo hast du das alles her? War in der Kiste auch etwas für uns?“

Sylvia dehnte ihre Antwort. „Ich habe meine Sachen dabei, denn ich glaube, ich werde sie in diesen Höhlen brauchen. Und was die Kiste betrifft, ja, da waren drei Flaschen Wasser. Die hättest du haben können, wenn du schneller gewesen wärst.“

„Warte, willst du uns etwa sagen, dass du drei Flaschen gefunden hast und sie einfach für dich behältst?“ Sina trat vor, die Zähne vor Wut zusammengepresst.

Sylvia wich einen Schritt zurück, aber nicht, ohne ihren Rucksack wie einen Schutzschild hochzuheben. „Ich sage nicht, dass wir nicht zusammenarbeiten können, aber wer zuerst kommt, mahlt zuerst. Das sind die Regeln dieses Spiels.“ Sylvias Hand wanderte zu einer ihrer Taschen.

Vielleicht hatte sie ein Messer? *Unsinn.* Niemand würde hier eine Messerstecherei anfangen. Zumindest nicht jetzt. In ein, zwei Tagen würde es vielleicht anders aussehen, wenn ihnen klar würde, dass sie dieses Spiel nicht verlassen konnten. Sina sah nur wütend aus, und Sylvia versuchte, sie mit einem Lächeln zu beruhigen.

„Schau, es ist ein Spiel, und wir müssen schnell sein, um unsere Vorräte selbst zu finden. Das heißt aber nicht, dass wir nicht zusammenarbeiten können. Ich bin bereit zu handeln, wenn du etwas hast, das ich brauche.“

„Aber ich habe Durst und das Wasser war für uns alle gedacht!" Marie sah sich die leere Kiste an und probierte dann ihren Schlüssel an den Schlössern der kleineren Kisten aus.

Sina gab auf. „Ich habe nichts zu tauschen."

Judys Kehle fühlte sich trocken an. Vielleicht war sie es die ganze Zeit gewesen, aber erst jetzt wurde ihr klar, wie durstig sie war. Was hatte Sina denn in ihrem Rucksack? Offenbar kein Wasser. „Wie wär's, wenn wir Informationen austauschen?"

Sylvia richtete den Blick auf sie. „Ich weiß im Vorhinein nicht, ob eure Informationen wertvoll sind. Also kann ich das Risiko nicht eingehen."

„Dann müssen wir uns vielleicht gegenseitig vertrauen. Ich erzähle dir etwas, das ich herausgefunden habe, und du gibst mir eine Flasche Wasser, wenn du sie für wertvoll hältst." Das Gespräch über Wasser verstärkte das Gefühl in ihrem Hals nur noch.

Sylvia dachte einen Moment lang nach und nickte dann. „Sieht so aus, als könnte ich nur gewinnen."

Was konnte sie ihr sagen? Sicher nicht die ganze Wahrheit. Wenn sie ihr die Wahrheit über die Arena erzählte, würde Sylvia ihr keinen Tropfen abgeben. „Ich kann dir von den anderen Kandidaten erzählen. Es gibt eine Frau namens Laura und drei Männer namens Michael, Paul und Louis. Alle sind harmlos und könnten wahrscheinlich mit dir handeln."

Sylvia schüttelte den Kopf. „Ich habe Louis von Aaken bereits direkt nach dem Aufschließen meiner Tür getroffen. Das ist nichts Neues. Er hat mir sogar angeboten, mit mir zusammenzuarbeiten, aber ich bin mir ziemlich sicher, dass er ein Agent des Arenameisters ist, also habe ich abgelehnt."

Ihre Angst löste sich etwas. Wenigstens war Louis am Leben! „Wie kommst du darauf, dass Louis für ihn arbeiten würde?"

„Ist das nicht offensichtlich? Er ist so stinkreich. Ich weiß aus erster Hand, dass die von Aaken-Stiftung Millionen für verschiedene Forschungsprojekte ausgegeben hat. Und weißt du, was der größte Hinweis ist? Eines dieser Forschungsprojekte war die Erkundung dieses Höhlensystems."

Judy war zu verblüfft, um ein Wort zu sagen. Sogar Sina und Marie hatten aufgehört, mit ihren Schlüsseln zu klappern, und sahen sich schweigend an.

Sylvia fuhr fort: „Warum bitte, sollte ein Typ wie er, an einem harten Wettbewerb teilnehmen, bei dem es um eine Million Euro geht? Ich kann mir vorstellen, dass reiche Leute einen Nervenkitzel brauchen, etwas, um ihrem langweiligen Leben zu entfliehen. Er braucht das Geld nicht. Ich glaube, er hat das Ganze organisiert." Sie zuckte die Achseln. „Was mir ehrlich gesagt recht ist. Wenn reiche Leute sich langweilen, können wir Normalsterblichen manchmal um die Reste kämpfen. Wie auch immer, ich habe dir im Gegenzug ein paar Informationen gegeben, und ich denke, sie waren mindestens genauso wertvoll wie die, die du mir gegeben hast. Ich glaube nicht, dass du das Wasser verdienst."

„Natürlich nicht", murmelte Sina sarkastisch.

Mach sie nicht zum Feind, sondern zum Verbündeten. „Du hast recht, das war interessant. Ich habe noch etwas: Einer der Kandidaten ist verrückt und sehr gefährlich. Sein Name ist Peter Bolt und er hat eine Waffe mitgebracht."

„Warte, was?“ Sina stand abrupt auf und blickte über ihre Schulter, als ob Bolt hinter ihr stehen könnte. „Wieso ist das legal?“

„Wenn das wahr wäre, würden sie das Spiel abbrechen und die Polizei rufen, oder?“ Marie klang unsicher und sah alle drei zur Bestätigung an.

„Louis hat etwas Ähnliches gesagt“, gab Sylvia zu. „Ich dachte allerdings, er wollte mir nur Angst machen.“

„Oh, natürlich!“ Maries Gesicht hellte sich auf. „Du hast mich kurz erwischt, aber das ergibt absolut Sinn! Natürlich muss es den Zuschauern Spaß machen. Sie müssen zumindest einigen Kandidaten so viel Angst einjagen, dass sie das Spiel abbrechen. Das ist ein genialer Schachzug, um es spannender zu machen. Einige der Kandidaten arbeiten für den Meister der Arena und versuchen, uns Angst einzujagen.“

„Das heißt, sie spielen gegen uns.“ Im Gegensatz zu Marie wirkte Sina immer noch besorgt und runzelte die Stirn. „Wir dürfen nicht vergessen, dass Judy hier wahrscheinlich auch eine Agentin des Veranstalters der Arena ist.“

„Ach wirklich?“ Sylvia warf ihr einen Blick zu und legte ihre Stirn in Falten. „Das bedeutet, dass wir möglicherweise einen Verräter unter uns haben, der uns zum Aufgeben bewegen will.“ Sie zögerte einen Moment, dann holte sie eine kleine Flasche Wasser hervor und warf sie Sina zu. „Ich würde sagen, diese Information ist wertvoll.“

Sina fing die Flasche geschickt auf und nahm einen Schluck, bevor sie sie Marie weiterreichte.

„Also, was machen wir mit Betrügern?“ Sylvias Frage klang wie eine Drohung.

Judy verschwendete keine Energie, um den Vorwurf zu bestreiten. „Egal, was du von mir hältst. Du musst den Ausgang aus diesen Höhlen finden und Bolt, dem Jäger, aus dem Weg gehen. Und außerdem gibt es noch eine weitere Bedrohung –“

„Hey, nicht alles!“

Marie hatte die Flasche schon zur Hälfte geleert, bevor Sina sie ihr aus den Fingern riss.

„Aber ich habe Durst!“, beschwerte sich Marie.

„Wir auch!“ Sina nahm einen weiteren Schluck und reichte Judy zu ihrer Überraschung die Flasche. „Ob Betrüger oder nicht, du musst auch genug trinken. Es ist nicht gesund, ohne etwas zu trinken, herumzulaufen.“

Eine Welle der Dankbarkeit durchströmte ihren Körper, als sie spürte, wie die Flüssigkeit ihre Kehle hinunterlief. „Danke.“ Sie reichte die Flasche an Sina weiter, die sie leerte.

Eine Flasche geleert, aber sie hatte immer noch das trockene Gefühl in ihrem Hals. Es war nicht mehr als ein Tropfen auf einem heißen Stein. Sie würden mehr brauchen, viel mehr, und zwar bald.

„In meiner Box ist nur noch ein Brief.“ Marie ließ die Schultern sinken. Mit einem Seufzer faltete sie das Papier auseinander. Ihre Haltung veränderte sich fast augenblicklich, ihre Finger klammerten sich an die Seite, ihre Knöchel wurden weiß.

Hatte der Meister der Arena das Geheimnis ihres Spiels preisgegeben? „Alles in Ordnung, Marie?“, flüsterte sie, als könnte sie Marie mit lauten Worten verschrecken.

Als Marie nicht antwortete, drehte sich Judy zu Sina um. Diese schenkte jedoch weder ihr noch Marie Beachtung.

Sina kaute auf ihrer Lippe, die Finger um einen eigenen Brief geklammert und die Augen auf die Worte geheftet. Ihre zitternde Linke mit dem Handy ließ die Schatten über den rauen Fels des Tunnels tanzen.

Judys Kehle war nicht nur trocken, sondern schnürte sich vor Angst zu, als würde ihr jemand die Luft abdrücken.

Die Stille schien bedrückender zu werden. Sie musste wissen, was in diesen Briefen stand, selbst wenn jedes Wort ein neues Grauen aufdecken würde.

Ein lautes Geräusch hallte durch den Tunnel und riss alle aus ihrer unruhigen Stille.

„Was war das? Ein Steinschlag?", flüsterte Marie.

Es mochte ein Schuss gewesen sein. Niemand konnte es mit Sicherheit sagen.

Sina steckte den Brief in die Tasche und wandte sich einem der dunklen Gänge zu. „Wir sollten gehen… getrennt."

Judy hielt sie am Arm fest. „Was stand in deinem Brief?"

„Eine Warnung, niemandem zu vertrauen." Sina schob ihre Hand weg und warf Marie einen kurzen Blick zu. „Mehr werde ich darüber nicht sagen. Falls du recht hast und wir den Ausgang finden müssen, haben wir ohnehin getrennt die höchste Chance."

Natürlich hatte Sinas Entscheidung zur Trennung nichts mit Wahrscheinlichkeiten zu tun, sondern einzig mit dem, was in ihrem Brief stand. Nur leider wusste sie nicht, was das war.

„Ich denke, wir sollten nicht allein sein. Was ist, wenn jemand verletzt wird und Hilfe braucht?"

Sina ignorierte ihren Einwand, doch Marie nickte und richtete ihren Blick auf die Dunkelheit vor ihnen. „Ich gehe mit dir."

„Dann ist es geklärt." Sylvia tippte mit dem Finger an ihren Helm. „Jeder hat einen Tunnel."

Sina blickte nicht zurück, als sie den linken Tunnel betrat. Judy richtete ihr Licht auf Sylvia.

„Was weißt du über diesen Ort?"

Sylvia zögerte, dann zuckte sie mit den Achseln. „Vieles. Aber im Moment hast du nichts zu tauschen, und wie ich schon sagte, das ist kein Mannschaftsspiel."

Sie schlüpfte in den rechten Tunnel und ließ Marie und Judy allein im Dunkeln zurück.

Kapitel Sechzehn

59 Stunden bis zur Abrechnung

Judy wich den scharfkantigen Felsformationen aus, die ihren Weg säumten. Nach ein paar Schritten hielt sie an und drehte sich zu Marie um, die etwas langsamer aufschloss. „Was stand in deinem Brief, dass dir solche Angst gemacht hat?“

Marie zuckte nur mit den Schultern und ging an ihr vorbei. „Ich bin leicht zu erschrecken, und der Brief war wirklich gemein. Er hat mich einfach unvorbereitet getroffen. Ich hätte nicht gedacht, dass sie so tief sinken würden, um uns Angst einzujagen.“

„Kann ich es lesen? Er könnte etwas Wichtiges enthalten.“

„Er ist privat. Ich behalte es lieber für mich.“

„Ich verstehe, aber es könnte sein –“

„Ich habe Nein gesagt, okay?“, blaffte Marie. Ihr Blick wanderte zu den Tunnelwänden, und Judy bemerkte ein leichtes Zittern in ihrer Stimme. „Es ist nicht fair, mich so unter Druck zu setzen. Du musst meine Grenzen respektieren.“

Das war eine seltsame Formulierung. Ihre Worte klangen auswendig gelernt.

Marie wandte sich ab, um weiteren Fragen auszuweichen. Als sie weiterging, waren ihre Schultern wie ein Schild hochgezogen. Judy kannte die Haltung. Sie hatte sie bei Patienten gesehen, die versuchten, sich zusammenzureißen.

„Leidest du an Klaustrophobie?“, fragte sie sanft.

Der Tunnel war nicht einmal besonders niedrig, aber mit dem wenigen Licht der Handys, schienen die Wände förmlich näher zu rücken.

Maries Stimme war tonlos. „Nein. Ich… mag Höhlen und Dunkelheit einfach nicht besonders."

Judy ging langsam und achtete auf die Zeichen, die sie so gut kannte. Maries kontrollierte Atmung, wie sie leise vor sich hin zählte. Das waren Bewältigungsstrategien. Judy hatte sie vielen Patienten beigebracht.

Jedes Mal, wenn Marie die Konzentration verlor, stockte ihr Atem und drohte, in Panik umzuschlagen, bevor sie die Augen schloss und von vorne begann.

„Mir ist schwindelig", sagte Marie plötzlich und sank zu Boden. Ihr Gesicht war blass und schweißnass.

Als sie sich neben Marie hockte, stießen ihre Knie gegen einen scharfkantigen Stein. Die Spitze traf genau auf eines der Löcher ihrer zerrissenen Hose und jagte ihr einen kalten Schauer über die Schienbeine. „Ich weiß, dass du Angst hast. Ich sehe, wie du atmest und wie sich deine Schultern anspannen."

„Was weißt du schon davon?", rief Marie wütend.

Wahrscheinlich Klaustrophobie oder vielleicht Nyktophobie. „Schon gut. Zähl einfach weiter, und wenn es dir leichter fällt, versuchen wir zusammen zu atmen. Wir nehmen uns so viel Zeit, wie du brauchst. Bevor ich Bücher geschrieben habe, habe ich als Psychotherapeutin gearbeitet."

Was um alles in der Welt hatte Marie dazu getrieben, bei diesem Spiel mitzumachen? Trotz ihrer projizierten Wut hörte Marie ihr zu und beruhigte sich ein wenig.

„Warum hast du deine Tätigkeit als Therapeutin aufgegeben? Warst du schlecht darin oder hattest du mit deinen Büchern zu viel Geld verdient, um weiterzuarbeiten?" In Maries Worten schwang immer noch Wut mit, und vielleicht auch Eifersucht.

„Ich hatte eine schwere Zeit, nachdem meine Mutter Selbstmord begangen hatte." Ihre Direktheit brachte Marie aus dem Konzept, und Judy fuhr fort: „Ängste sind mir selbst nicht fremd. Eine Zeit lang konnte ich meine Wohnung kaum verlassen. Ich weiß, du glaubst es vielleicht nicht, aber es ist immer möglich, Ängste zu bekämpfen. Jedes Mal, wenn wir es tun, werden sie ein bisschen weniger beängstigend."

Marie starrte sie mit großen Augen an. Dann drehte sie sich zur Seite und schwieg eine Weile. Als sie sich schließlich wieder umdrehte, war ihr Ärger verflogen.

„Mein Ex wird mir das nie glauben." Marie brachte ein grimmiges Lächeln zustande. „Dieser Idiot hat immer gesagt, ich sei nutzlos, und hat mich immer fertiggemacht. Ich will sein Gesicht sehen, wenn ich hier mit einer Million rausgehe."

Trotz ihrer entschlossenen Worte sah Judy, wie ein paar Tränen über Maries Wangen liefen. „Ich hoffe allerdings, er kann mich im Moment nicht sehen."

„Hast du dich deshalb für das Spiel angemeldet? Um ihm zu beweisen, wozu du fähig bist?"

Marie schniefte und wischte sich mit dem Ärmel über das Gesicht. „Ben hat immer nur die Augen verdreht, wenn ich von meinem Traum sprach, Influencerin zu werden, und er wurde gewalttätig, wenn er wütend war." Sie wischte sich eine Träne weg. „Einmal waren wir bei einem Freund, und er nannte mich eine wertlose Schlampe, die es nie alleine schaffen würde. Sie hatten diese komische Türklingel mit Touchscreen, bei der man erst den Namen eingeben musste, und er kam nicht dahinter. Als ich ihm zeigte, wie es geht, explodierte er förmlich. Er drückte meinen Finger so lange auf den Knopf, bis er brach."

Sie schniefte erneut. Judy wartete, da sie ihre Geschichte nicht unterbrechen wollte.

„Ich wollte nach Hause, aber er war immer noch wütend. Ich stand vor seinem Auto, als er versuchte, den Parkplatz zu verlassen. Plötzlich beschleunigte er und fuhr mich an."

„Warte, er hat dich überfahren?" Judy wollte schweigen, konnte ihren Schock jedoch nicht zurückhalten.

Marie zuckte mit den Achseln. „Nicht wirklich. Das Auto hat mich nur leicht getroffen, weil er auf die Bremse getreten ist, und ich habe mir nur die Knie angeschlagen. Er wollte mich einschüchtern und lachte, als ich vor Angst weinte. Am schlimmsten schmerzte allerdings mein Finger. Später sagte er, es sei egal, ob ich ihn benutzen könne oder nicht, da ich mit oder ohne Finger gleichermaßen nutzlos wäre."

„Ich verstehe, warum du ihm das Gegenteil beweisen willst", sagte Judy leise. „Aber wie hast du die Website überhaupt gefunden? Soweit ich weiß, war diese Arena-Site im Darknet vergraben."

„Oh, das habe ich nicht. Er schon.“ Marie zitterte und schlang die Arme um ihre angewinkelten Beine. „Ben liebte diese abartige Website, auf der man Menschen dabei beobachten konnte, wie sie sich verletzen. Er war besessen von einem Typen namens Snake, der heimlich gefilmte Autounfälle postete. Schlimmer noch, es gibt sogar Videos von Folterungen.“

Das Wort traf sie wie ein Schlag in die Magengrube. Gänsehaut lief ihr über die Arme. *Snake – die Schlange!* Hatte der Meister der Arena dieselbe Person gemeint? Das war eine neue Spur im Mysterium der Arena, aber es war nicht der richtige Zeitpunkt, Marie noch mehr zu erschrecken. Sie zwang sich, sich auf Maries Worte zu konzentrieren.

„… habe ihm von der Arena erzählt, oder vielleicht gab es sogar eine Verbindung. Jedenfalls hat Ben mich für dieses Spiel angemeldet und gesagt, ich würde es nie schaffen. Wir haben uns kurz darauf getrennt, aber als ich die Einladung bekam, musste ich ihm zeigen, dass er Unrecht hat.“

Judy stand auf und streckte ihre Hand aus. „Nun, allein durch deine Anwesenheit beweist du ihm schon, dass er Unrecht hat. Dass du so weit gekommen bist, ist Beweis genug. Gib ihm zu deinem eigenen Wohl keinen Raum mehr in deinen Gedanken. Interessiert dich wirklich, was er denkt? Er ist nur ein Schrecken aus der Vergangenheit und spielt in deinem jetzigen Leben keine Rolle.“

Zumindest hoffte sie das. Marie hatte offensichtlich eine missbräuchliche Beziehung hinter sich, und Judys Erfahrung nach fielen zu viele Überlebende wieder in die Hände solcher Männer.

Marie nahm ihre Hand und stand auf. „Es ist nicht nur er. Alle halten mich für nutzlos. Meine Eltern, meine Freunde … sie haben nie an mich geglaubt. Wenn ich dieses Spiel gewinne, bin ich berühmt, und sie können alle zur Hölle fahren."

„Genau! Lass uns einen Ausgang finden, dann gewinnst du." Vielleicht nicht eine Million, aber immerhin würde sie ihr Leben gewinnen.

„Da bin ich mir nicht so sicher, zumindest nicht nach dem letzten Brief." Marie warf Judy einen prüfenden Blick zu. „Ich fange an zu glauben, dass du nur eine weitere Kandidatin bist. Entweder das oder du machst einen furchtbar schlechten Job für den Meister der Arena." Sie hielt inne. „Ich verstehe, warum du dich für so etwas anmeldest, aber wie hast du die Website überhaupt gefunden?"

Judy schüttelte den Kopf. „Habe ich nicht. Jemand anderes muss meinen Namen eingegeben haben. Es gibt viele Leute im Internet, die mich hassen. Leute, die besessen sind."

„Oh ja, ich habe die Kommentare gesehen! Du hast einen ganzen Fanclub voller Hasser." Marie klang nicht schockiert. „Es überrascht mich nicht, dass du ausgewählt wurdest. Dem Meister gefiel die Idee, jemand Berühmtes an Bord zu haben, wahrscheinlich sehr gut."

„Ich bin wirklich keine Berühmtheit."

Marie winkte ab. „Du bist berühmt genug. Heutzutage ist es manchmal besser, Hater als Fans zu haben. Hater sind viel engagierter und ziehen andere mit. Darüber habe ich auch nachgedacht. Wenn ich Influencerin sein will, sollte ich mir vielleicht weniger Gedanken darüber machen, Fans zu finden, als mehr darüber, Hass zu schüren. So verbreitet man seine Inhalte online."

Sie zog den Brief aus ihrer Tasche. „Wie dem auch sei, ich schätze, du kannst meinen Brief lesen, wenn du willst."

An Marie, das verängstigte Häschen,

Du rückgratloses Wesen! Du hast nie etwas von Bedeutung getan.

Glaubst du immer noch, dass es sich hier nur um einen Test deiner Widerstandsfähigkeit handelt? Da liegst du falsch. Hier musst du um dein Leben kämpfen.

Ignoriere die Lügen. Das sind die wahren Regeln. Nur einer von euch kann gewinnen. Eliminiere die anderen und gehe als Held aus dem Blutbad hervor, oder verrotte im Dunkeln und gerate in Vergessenheit.

Nutz, was du findest. Werkzeuge, Waffen, alles, was dir zum Überleben hilft. Die Uhr tickt. Die Abrechnung rückt mit jeder Minute näher. In weniger als 66 Stunden werdet ihr alle lebendig begraben sein, wenn mehr als einer von euch noch atmet.

Der Meister der Arena

Jede Zeile des Briefes triefte vor Hass und jagte Judy einen Schauer über den Rücken, nicht zum ersten Mal heute. Sie straffte die Schultern und holte tief Luft, um ihren Puls zu beruhigen. Wahrscheinlich hatten alle Kandidaten einen solchen Brief erhalten. Jeder sorgfältig darauf angelegt, den Verstand zu schwächen. Der Meister der Arena hatte aus ihrer Vergangenheit gelernt, als ein Brief sie zum ersten Mal gezwungen hatte, um ihr Leben zu kämpfen. Aber sie selbst hatte das auch.

Das Küchenmesser in ihrem improvisierten Gürtel schien schwerer zu werden, eine Last, die von brutalen Erinnerungen herrührte, die sie zu vergessen versucht hatte. Sie brauchte

Verbündete und musste verhindern, dass sie auf die Lügen des Spielleiters hereinfielen.

„Es gibt immer einen anderen Weg." Judy gab Marie den Brief zurück. „Wir können einfach einen Ausgang finden und das alles hinter uns lassen. Und das ist einfacher, wenn wir zusammenarbeiten."

Marie stand auf, streckte den Rücken und blickte stirnrunzelnd auf den Brief. „Ich glaube, das war ein schlechter Schachzug der Spielleiter. Ich weiß, es soll ein Horrorspiel sein, aber es ist gefährlich. Manche Leute könnten es ernst nehmen und sich gegenseitig verletzen."

Glaubte Marie das wirklich? Oder war es Teil einer Strategie, um ihr ein Gefühl der Sicherheit zu vermitteln? *Schwer zu sagen.* Judy presste die Lippen aufeinander und spürte die Anspannung in ihren Schultern. „Unser Ziel bleibt dasselbe. Wir finden einen Ausgang und sammeln Vorräte ein, wenn wir unterwegs welche sehen. Bist du bereit?"

Marie nickte kurz und ging weiter, blieb aber nach wenigen Schritten stehen.

Sie hatten eine Kreuzung erreicht. „Ich schätze, das sind tatsächlich dieselben Tunnel, die Sylvia und Sina genommen haben. Wir sind nur parallel gelaufen."

„Psst!" Marie zeigte nach links.

Judy verfluchte ihre eigene Unachtsamkeit – zu spät. Sie waren entdeckt worden. Ein Licht ging an.

„Judy, bist du das?"

„Louis!“ Erleichterung durchströmte sie. Es hätte genauso gut Bolt sein können. „Alles in Ordnung?“

Marie stand wie angewurzelt da, entspannte sich aber ein wenig, als sie sah, wie Judy Louis begrüßte. „Ist er der reiche Kerl, der die Erkundung dieser Höhlen finanziert hat?“

Stimmt. Sie hätte es fast vergessen. Wie passte dieses Detail ins Gesamtbild?

Obwohl Marie vor fast allem anderen Angst hatte, scheute sie sich nicht, neue Leute kennenzulernen. „Hallo! Sie sind Louis von Aaken, nicht wahr?“

„Das bin ich, und wen habe ich das Vergnügen hier zu treffen?“ Louis trat näher an das Licht heran. Sein Mantel war staubig, und graue Strähnen klebten in seinem Haar. Sein mitgenommenes Aussehen verriet deutlich, dass die Zeit seit der Trennung von Judy nicht leicht gewesen war.

„Marie.“ Sie richtete ihr Licht direkt auf Louis’ Gesicht.

Er kniff die Augen zusammen. „Ich wäre Ihnen sehr verbunden, wenn Sie damit woanders hinleuchten könnten, danke.“

„Sind Sie derjenige, der die Forschung zu diesen Höhlen finanziert hat?“

Louis klopfte sich den Steinstaub von der Jacke und versuchte vergeblich, sein ramponiertes Aussehen zu verbessern. „Zu Ihrer Frage: Ich bin der Leiter der von Aaken-Stiftung, die viele Forschungsbereiche fördert. Meine besonderen Interessen liegen in Psychologie, Medizin und Geschichte. Mir sind keine geologischen Expeditionen bekannt, obwohl ich mich nicht an jedes Projekt im Detail erinnere. Es gibt mehrere Studien zur Geschichte dieser

Region. Wenn dies beispielsweise einmal ein Bergwerk war, ist es durchaus möglich, dass Gelder hierher flossen."

„Das erklärt aber nicht, warum Sie hier sind." Marie senkte immer noch nicht ihr Licht, ihre Augen blickten misstrauisch. „Ich bezweifle stark, dass Sie es auf eine Million Euro abgesehen haben."

„Ich versichere Ihnen, Madame, solche finanziellen Belohnungen interessieren mich nicht besonders. Mein einziger Ehrgeiz ist es, diesen ziemlich unangenehmen Ort so schnell wie möglich zu verlassen." Louis zog eine Sonnenbrille aus der Tasche, die in der Dunkelheit völlig absurd wirkte, ihn aber vor Maries Licht schützte. „Als ich Judy in diesen Schacht folgte, hatte ich nicht die Absicht, länger als nötig hier zu verweilen."

„Du kanntest ihn schon vor all dem?", fragte Marie und wandte sich an Judy.

„Ja, wir kennen uns von der Arbeit. Bitte, Marie, lass uns gehen. Wir können später darüber reden, aber wir machen zu viel Lärm. Der Jäger könnte uns hören."

Das reichte, um Marie wieder in Bewegung zu bringen.

Judy folgte ihr, wandte sich aber noch einmal an Louis. „Wie bist du Bolt entkommen? Hat er den kleinen Tunnel verpasst?"

Louis schüttelte den Kopf, nahm mit derselben fließenden Bewegung seine Sonnenbrille ab und stieg vorsichtig über den Schutt, der den Boden des Tunnels übersäte. „Im Gegenteil, er hat auf mich gewartet, als ich aus diesem schrecklichen Loch kam. Wir hatten ein recht produktives Gespräch."

„Was soll das heißen?"

Waren das Schrittgeräusche?

Ihr Körper reagierte, bevor ihr Verstand Zeit hatte, die Information zu verarbeiten. Sie schaltete das Licht aus und kauerte sich hinter die Trümmer. Ein schrecklicher Gedanke durchfuhr sie. „Hat er dich gehen lassen, damit du ihn zu mir führst?“, flüsterte sie. Wäre das nicht die Logik eines Jägers? Köder benutzen, um die Beute anzulocken?

Marie schaltete das Licht nicht aus, sondern drehte sich um und rannte den Weg zurück, den sie gekommen waren.

„Marie!“ Es bestand die sehr reale Gefahr, dass sie ausrutschte und sich das Genick brach, aber ihre Panik trieb sie weiter.

Einen kurzen Augenblick lang erhaschte Judy einen Blick auf Louis’ erschrockenes Gesicht, dann verschluckte ihn die Dunkelheit, als auch er das Licht seines Handys ausschaltete.

„Ich würde niemals –“, begann Louis.

„Psst!“ Sie versuchte, ihm einen Finger auf die Lippen zu legen, erwischte aber nur seine Nase. Mit der anderen Hand zog sie das Messer aus ihrem Gürtel und lauschte. Schritte hallten im Tunnel wider, stolpernd, unsicher.

Sie hatte es sich nicht eingebildet. Mit einer schnellen Bewegung nahm sie das Messer in die linke Hand. Erinnerungen, die sie zu verdrängen versucht hatte, brachen hervor. *Ein Messer. Blut an ihren Händen.*

Sie schüttelte den Kopf, schob die Bilder beiseite und richtete ihren Blick auf die Dunkelheit vor ihr.

Metall klirrte gegen Fels. Die Schritte verstummten, und das Display eines Handys erwachte flackernd zum Leben.

Kapitel Siebzehn

58 Stunden bis zur Abrechnung

Judy sprang vom Boden hoch und prallte gegen die Gestalt. Einen Augenblick lang erhellte das Leuchten eine Klinge. Einen Herzschlag später prallte der Körper mit einem erschrockenen Schrei gegen die Wand.

Das Handy, die einzige Lichtquelle, rutschte zu Boden.

Judy bewegte sich leicht zurück, ließ die Gestalt jedoch nicht los, die sie gegen den Felsen gedrückt hatte. Im schwachen Licht erschien Sylvias entsetztes Gesicht mit dem Messer an ihrer Kehle.

„Was machst du, Judy?", ertönte Louis' schockierte Stimme durch die Dunkelheit. Sie ignorierte ihn.

„Lass deine Waffe fallen!" Es war nicht ihre Klinge, die das Licht eingefangen hatte.

Sylvias Hand öffnete sich und etwas Langes, Metallisches fiel klirrend zu Boden.

Judy nahm das Messer von Sylvias Hals.

Louis hatte inzwischen sein Handy wieder hervorgeholt und beleuchtete die Szene.

Marie war nicht weit gekommen und tatsächlich ausgerutscht. Glücklicherweise schien sie allerdings nicht verletzt zu sein und kam langsam zu ihnen zurück.

„Was ist das?", fragte Judy und warf einen Blick auf das bizarre Gerät aus Holz und Metall.

„Ein Klappspaten, wahrscheinlich achtzig bis neunzig Jahre alt“, antwortete Sylvia mechanisch.

Louis fuhr mit dem Finger über die Kante. „Diese Seite ist so scharf wie eine Axt.“

„Manchmal wurden sie wie Spitzhacken verwendet.“

Judy kniff die Augen zusammen. „Du scheinst dich mit diesen Dingen auszukennen.“

„Ich bin Historikerin.“

„Und wo hast du diese… Waffe gefunden?“

Sylvias Blick huschte zurück in den Korridor. „Ich wurde angegriffen. Ich habe einfach alles genommen, was zur Hand war, um mich zu verteidigen.“

Louis blickte in ihr verständnisloses Gesicht. „Von wem? Bolt?“

„Gewalt kommt nie aus dem Nichts. Sie ist schlechte Energie!“, zitierte Marie mit beunruhigender Überzeugung irgendeinen Unsinn aus einem Selbsthilfebuch. „Das sagt immer mehr über das Opfer aus als über den Täter. Glaubst du, du hast deinen Angreifer irgendwie provoziert?“

"Was?"

Sylvias Verwirrung mochte sich auf Louis’ Frage beziehen, oder Marie gelten, die gerade Luft holte, um eine weitere ihrer Pseudoweisheiten abzugeben.

Doch Louis war schneller. „War der Angreifer alt und trug er eine Waffe?“, fragte er.

„Nein, es war dieser Reporter“, sagte Sylvia mit angespannter Stimme. „Ich bin ihm schon begegnet, bevor ich dich kennengelernt habe. Ich kann mich allerdings nicht an seinen Namen erinnern.“

Louis und Judy tauschten einen kurzen Blick.

Marie legte Sylvia die Hand auf die Schulter und sah sie eindringlich an. „Du hast überlebt. Das ist, was zählt. Lass nicht zu, dass die Dunkelheit dieses Ortes deine Gedanken beherrscht. Das würde nur zu noch mehr Gewalt führen."

Vermutlich versuchte Marie nur, hilfreich zu sein, aber im Moment wünschte sich Judy einfach nur, sie würde den Mund halten.

Louis' Augenbrauen schossen hoch. „Michael Holm hat Sie angegriffen? Was genau hat er getan?"

Sylvia stieß einen scharfen Seufzer aus und rutschte die Wand hinunter, bis sie in der Hocke saß. „Das ist alles ein einziger Albtraum hier. Ich rannte und landete in einem Raum voller Ersatzteile für alte Maschinen. Ich dachte, es gäbe vielleicht einen anderen Ausgang, denn ich fand eine Tür. Und dann packte er mich. Ich wollte schreien, aber ich konnte nicht, er drückte mir die Luftröhre zu. Ich glaube… ich glaube, er wollte mich umbringen."

„Aber warum um Himmels willen sollte er das tun?" Louis' Stimme klang ungläubig.

„Nein, nein. Sag so etwas nicht!"

Es war nicht klar, ob Marie einfach nur schockiert war oder ob sie glaubte, dass das Aussprechen dieser Worte nur noch mehr negative Energie erzeugen würde.

Judy hob eine Hand und signalisierte, Sylvia sprechen zu lassen.

„Ich weiß es nicht", sagte Sylvia und ließ ihren Blick zwischen ihnen hin und her wandern. „Ich konnte ihn nicht direkt fragen. Ich griff hinter mich und ertastete die Schaufel. Ich habe sie zur Verteidigung benutzt und bin dann gerannt."

Ein Stück Papier fiel zwischen ihnen zu Boden. Judy hielt ihren Blick fest auf Sylvia gerichtet, während sie sich bückte, um es aufzuheben.

„Das gehört mir", sagte Sylvia schnell und streckte die Hand aus.

Judy kickte den Klappspaten mit dem Fuß außer Reichweite. „Und der gehört auch mir", blaffte Sylvia. „Ich hoffe, das hast du nicht vor, mit all meinen Sachen vor."

Judys Finger schlossen sich fester um das Papier. Ihr Blick huschte zu Sylvias Rucksack. Könnte er eine weitere Waffe enthalten? *Wahrscheinlich nicht.* Sylvia würde sie sowieso nicht schnell genug ziehen können. Sie zwang sich, ruhig zu sprechen. „Ich habe ein paar Fragen. Du sagtest, Holm hätte dich gewürgt und du hättest ihn mit dem Ding geschlagen. Danach bist du hierhergerannt?"

Sylvia nickte steif.

Irgendetwas stimmte nicht. Judys Gedanken rasten. Warum sollte Holm sie angreifen? Er hatte vielleicht auch einen aufstachelnden Brief bekommen, aber jemanden zu töten – das klang nicht nach ihm.

„Ich hoffe, du hast ihn nicht schwer verletzt", sagte sie in bewusst neutralem Ton. „Welche Hand hast du benutzt?"

„Mein Rechte."

„Und wo war die Schaufel? Hinter dir? Neben dir?"

Sylvia runzelte die Stirn, Ärger blitzte in ihren Augen auf. „Hinter mir. Rechts."

„Und Holm hatte keine Waffe?"

Sylvias Blick wanderte zu Louis, dann wieder zurück. „Ich dachte, ich hätte ein Messer gesehen." Ihre Stimme zitterte ein wenig.

„In seiner Hand?“

„Ich denke schon“, sagte sie, aber Judy gab ihr keine Zeit, sich zu sammeln.

„Er hat dich also mit den Händen gewürgt, obwohl er ein Messer hatte? Bist du sicher, dass er sich nicht einfach erschreckt und eine Abwehrbewegung in deine Richtung gemacht hat?“

Sylvias Gesicht verzog sich vor Wut. „Ich weiß, was ich gesehen habe! Er muss das Messer weggesteckt haben. Ich bin hier das verdammte Opfer! Wer hat dich überhaupt zum Richter ernannt? Ich habe genug von diesem dummen Verhör.“ Sie verschränkte die Arme, ihr Körper vor Trotz angespannt.

Louis trat ungeschickt von einem Fuß auf den anderen. Die Stille zwischen ihnen war bedrückend.

Schließlich richtete sich Sylvia wieder auf und funkelte sie an. „Und ich will den Spaten zurück. Ich habe ihn gefunden!“

Judy rührte sich nicht. Nach diesem kurzen Wortwechsel hatte sie keinen Zweifel mehr daran, dass Sylvia eine Lügnerin war.

„Auf keinen Fall“, sagte sie rundheraus.

Sylvias Mund verzog sich. „Und den Brief will ich auch zurück! Der ist privat.“

Judy hielt ihren Blick stand und überlegte, was sie sagen sollte. „Wir alle haben so einen Brief bekommen. Normalerweise würde ich ihn als privat ansehen, aber in diesem Fall geht es darum, zu verstehen, warum wir hier sind und wem wir vertrauen können.“

Sylvias Lippen verzogen sich. „Oh, und das rechtfertigt, dass du meinen Brief liest? Was kommt als Nächstes? Mein Tagebuch? Meine privaten Gedanken?“

Judy erwiderte ihren Blick unerschütterlich. „Ich war schon einmal in einer ähnlichen Situation. Die Briefe und der Hintergrund der Beteiligten waren entscheidend, um herauszufinden, wer die wahre Bedrohung war. Vielleicht steht in deinem Brief etwas drin, das dir entgangen ist.“ Sie trat einen Schritt zurück und faltete den Brief im Licht von Louis’ Handy auseinander. Marie stellte sich auf die Zehenspitzen, um über ihre Schultern hinweg mitzulesen.

An Sylvia, die käufliche Historikerin,

Du hast wirklich geglaubt, das wäre nur ein harmloses Spiel, oder? Dachtest, du würdest leicht gewinnen, da du die Umgebung kennst. Wie dumm fühlst du dich jetzt, weil du mir geholfen hast? Stattdessen musst du jetzt um dein Leben kämpfen. Wie viel mehr Angst wirst du haben, wenn ich dir sage, dass deine einzige Überlebenschance darin besteht, in die inneren Höhlen zu gehen?

Vielleicht bist du umso besorgter, weil du um die Gefahren dieses verfluchten Ortes weißt. Zu viele Menschen sind hier gestorben. Spürst du den Hauch des Bösen, der durch die Dunkelheit weht? Es gibt nur wenige Orte auf dieser Erde, die der Hölle so nahkommen wie der unter euren Füßen.

Ich weiß nicht, ob es dein schlechtes Gewissen oder die Aussicht auf Reichtum war, die dich hierher getrieben hat. Aber ich weiß sehr wohl, dass du es bereits bereust.

Wie deine Mitgefangenen kannst auch du dir deinen Weg freikämpfen. Ich bin mir sicher, dass diese Arena das Böse in ihren Gästen zum Vorschein bringen wird. Es gibt noch einen

Hoffnungsschimmer. Der letzte Überlebende wird freigelassen. Alle müssen sterben, damit einer leben kann.

Ich werde es genießen, dir beim Verzweifeln zuzusehen. Oh, und da du gerade an unserem Ausgang stehst und mich an alles erinnerst, was du für mich getan hast – mach dir keine Hoffnung. Dieser Weg ist bis zum Ende des Spiels gesperrt.

Der Meister der Arena

Judy schauderte bei diesen Worten, die mehr Fragen als Antworten aufwarfen. Was war das für ein Ort? Was hatte Sylvia für den Entführer gemacht?

„Was meint er damit, dass Sie ihm geholfen haben?", fragte Louis. „Kennen Sie den Meister der Arena?"

„Nein, das tue ich nicht", antwortete Sylvia, doch unter Judys strengem Blick fuhr sie fort: „Ich kann mir nur vorstellen, dass er denkt, meine Recherchen hätten ihm geholfen."

„Wie das?", fragte Louis.

„Ich habe die Geschichte dieses Ortes erforscht und ihn kartografiert."

„Warten Sie, das heißt, Sie wissen, wie wir hier herauskommen?"

Sylvia nickte, seufzte dann aber und schüttelte den Kopf. „Theoretisch ja, aber das hilft uns nicht weiter. Ich habe alle Türen im oberen Stockwerk überprüft, die wir kartografiert hatten, und diese Ausgänge sind blockiert."

Hatte sie nicht gerade angedeutet, dass sie zufällig über die Tür gestolpert war? Sylvia schien in jedem zweiten Satz zu lügen! Sie behielt den Gedanken allerdings vorerst für sich und ließ Sylvia weiterreden.

„Der Ausgang ist von außen durch eine massive Bunkertür verschlossen. Selbst mit Werkzeug würden wir diese nicht öffnen. Nur der Meister der Arena kann sie von außen öffnen."

Sylvia kannte ihre Arena in- und auswendig. Judy fluchte leise. Sie war die Letzte, der sie vertrauen würde, und doch auch die Einzige, die ihnen helfen konnte. Sie hatten keine andere Wahl.

„Wie wäre es mit einem Deal?", schlug Judy vor. „Du hilfst uns, und wir helfen dir. Solange wir zusammenhalten, wird dich weder Holm noch sonst jemand aus unserer Gruppe angreifen. Vielleicht Bolt, aber selbst gegen ihn haben wir gemeinsam eine viel bessere Chance. Im Gegenzug brauchen wir dein Wissen, um hier rauszukommen."

Louis versuchte, ihren Blick zu erhaschen. *Richtig – Bolt.* Er hatte ihr erklären wollen, was er mit dem Jäger besprochen hatte. Es häuften sich so viele Geheimnisse. Sie hatte nicht einmal Zeit gehabt, ihn nach dem Brief zu fragen, den er zuvor gefunden hatte.

Sylvia sah sie trotzig an. „Habe ich eine andere Wahl?"

Sie ignorierte Sylvias trotzige Antwort. „Was kannst du uns über diese Höhlen erzählen?"

„Nichts, es sei denn, ich bekomme meine Waffe zurück."

Judy zögerte. Dieser Spaten war eine furchtbare Waffe. Es war schrecklich, sich vorzustellen, wie sich die Soldaten in den Schützengräben mit genau solchen Werkzeugen gegenseitig erschlagen hatten.

Louis räusperte sich. „Ich bin sicher, es besteht kein Grund für Gewalt. Wir sollten zusammenarbeiten."

Hatte sie eine andere Wahl? Die Zusammenarbeit mit Sylvia würde schwierig werden. *Imitiere sie. Sprich die Sprache, die sie versteht.* „Wir können wieder handeln. Erzähl uns etwas Nützliches, und du bekommst deine Waffe zurück."

Sylvia zögerte nur kurz, bevor sie antwortete. „Diese Ebene wurde gut erforscht, und es war geplant, sie nach Abschluss der Arbeiten der Öffentlichkeit zugänglich zu machen. Im Moment wurde sie als zu gefährlich angesehen."

„Zu gefährlich?" Louis runzelte die Stirn.

„Es gibt steile Schluchten und Löcher im Fels, die ohne Vorwarnung auftauchen. Hier könnten Maschinen sein, die Sie verletzen können, oder sogar herumliegende Munition, die–"

„Moment mal", unterbrach Louis, „warum ist hier Munition?"

Sylvia warf ihm einen abfälligen Blick zu, bevor sie sich zu einer Antwort herabließ. „Sie wissen nicht viel über die Geschichte dieser Gegend, oder? Gegen Ende des Krieges wurden die Waffenfabriken wiederholt von alliierten Bomben angegriffen und deshalb an sichere Orte verlegt. Dazu gehörten natürliche Tunnel, die weiterentwickelt wurden, und Höhlen. Im frühen Mittelalter gab es hier eine Silbermine, daher gab es bereits einen Schacht und Tunnel."

„Ich wusste nicht einmal, dass es hier früher Minen gab", murmelte Louis.

„Ach ja? Noch nie ein Märchen gelesen?" Als Louis sie verwirrt anstarrte, fuhr Sylvia fort. „Die sieben Zwerge, die in den Minen arbeiten? Ein Rattenfänger, der Kinder in einen Berg entführt? Sagt

Ihnen das etwas? Bevor Disney diese Märchen gestohlen hat, spielten einige davon wahrscheinlich in dieser Gegend. Unzählige Märchen, Volkssagen und alte Geschichten enthalten Hinweise auf Kinderarbeit in den Minen. Das war das Thema meiner Bachelorarbeit."

„Und ist das das Böse, von dem der Brief spricht?"

Sylvia winkte ab, hielt die Hand dann offen und deutete auf den Spaten. „Wenn du es nicht weißt, vergiss es am besten. Ich hatte gehofft, sie würden den Ort von den gefährlichsten Dingen säubern, bevor sie uns hierherbringen, aber ich glaube nicht, dass sie das getan haben."

„Das ist zwar alles interessant", sagte Judy, „aber im Moment hilft es uns nicht viel."

„Wenn du meinst, eine Warnung vor Sprengstoff oder gefährlichen Klippen sei wertlos, dann hättest du eine konkretere Frage stellen oder mir etwas anderes zum Tausch geben sollen. Ich habe meinen Teil erfüllt!"

Judy reichte ihr schweren Herzens den Spaten. „Du sagtest, diese Höhlen seien Teil eines Forschungsprojekts. Heißt das, sie werden regelmäßig besucht?"

Sylvia zuckte mit den Achseln. „Mindestens einmal im Monat, ja. Allerdings würde ich nicht darauf hoffen, dass uns jemand rausholt, nur ein kleiner Teil der Höhlen wird erforscht. Wenn der Eingang versperrt oder mit einem neuen Schloss versehen wurde, wird es Wochen dauern. Wäre die Tür verschlossen gewesen, hätte ich einfach angenommen, dass es wegen Einsturzgefahr gesperrt wäre."

„Du sagtest, das Spiel endet in nur drei Tagen." Marie sah besorgt aus. „Das stimmt doch immer noch, oder?"

„Nun, das könnte sein. Die Leute, die das organisieren, müssen viel Geld haben." Sylvia deutete auf die Tunnelwände, obwohl dort nichts zu sehen war. „Die Vorbereitung dieses Ortes und die Ausrüstung müssen teuer gewesen sein. Wer das alles bezahlen kann, kann es sich vielleicht leisten, dem Gewinner eine Million Euro zu zahlen. Ich hoffe, diese Briefe sollen uns nur Angst machen und uns zum Aufgeben bewegen. Falls nicht, dann ist das hier ein Spiel, um einen gelangweilten, reichen Psychopathen zu unterhalten."

Ohne Vorwarnung hallte ein Gong durch die Dunkelheit. Es erinnerte sie an eine große Kirchenglocke, tief, beunruhigend und so fehl am Platz, als käme er direkt aus einem Albtraum und nicht aus diesen Höhlen.

Sie verstummten, während der Ton nachhallte.

„Es kam aus dieser Richtung." Louis deutete den linken Korridor entlang, seine Stimme war kaum mehr als ein Flüstern.

Sie schlichen vorwärts, jeder Schritt bedächtig. Judys Nacken kribbelte bei dem Gedanken an Sylvia hinter ihr, mit einer scharfen Waffe in der Hand.

Louis ließ seinen Blick immer noch verwirrt durch die Dunkelheit schweifen. „Es klang nach einer riesigen Glocke, wie in einer Kathedrale", murmelte er.

Maries Flüstern war so leise, dass es fast in der Dunkelheit verschwand. „Eine Totenglocke."

Kapitel Achtzehn

58 Stunden bis zur Abrechnung

Louis blieb ruhig. Nur das leichte Zittern in seiner Stimme ließ seine Nervosität erahnen. „Wenigstens sind wir auf dem richtigen Weg."

Judy war sich nicht so sicher. Ja, sie folgten dem Geräusch, aber war das wirklich die beste Entscheidung?

Der Korridor weitete sich abrupt. Wo vorher noch eine niedrige, steinerne Decke gewesen war, blieb nur Schwärze. Es sah aus, als würde man auf den Fenstersims eines Wolkenkratzers treten. Unter ihnen gähnte eine endlose Leere, und jenseits des Abgrunds erhob sich eine steile Felswand. Der schmale Fenstersims, führte links und rechts am Rand des Abgrunds entlang.

Louis, der vorausging, hob warnend die Hand. „*Und wenn du lange in einen Abgrund blickst, blickt der Abgrund auch in dich hinein*", murmelte er und zitierte Nietzsche. Sein Blick war auf die Schlucht gerichtet. „Passt auf, es ist ein tiefer Sturz."

Marie reckte den Hals und starrte in die Dunkelheit. „Glaubst du wirklich, dass da unten jemand eine riesige Glocke gebaut hat? Wie? Und warum?"

„Da", unterbrach Sylvias Flüstern ihre Gedanken. „Seht ihr das Licht, wo der Gang sich wieder weitet? Da ist jemand."

Judy sah nicht viel, aber der Fenstersims weitete sich tatsächlich zur Rechten in eine Höhle. Sie konzentrierte sich auf ihre Füße. Jeder

Schritt war ein Risiko. Schließlich schwebte ein winziges rotes Leuchten in der Dunkelheit.

Der schwache Rauchgeruch verriet den Mann in der Dunkelheit. Es musste Paul sein.

Louis kam anscheinend zu dem Schluss, dass der Mann keine Gefahr darstellte, und ging auf ihn zu.

Der Rauch wurde dichter und kratzte in ihrer Nase, bevor sie ihn endlich sah. Paul, bleich im Gesicht, hielt eine Zigarette zwischen den zitternden Fingern.

Das sah nach schlechten Nachrichten aus. „Was ist passiert?" Ihr Magen verkrampfte sich, während sie auf seine Antwort wartete, aber sie musste es wissen.

Er zog an der Zigarette und atmete kopfschüttelnd aus. „Es ist alles Scheiße. Ich habe ihr gesagt, sie soll aufpassen, aber sie ist zu schnell gerannt."

"Wer?"

„Das Mädchen am Eingang, Laura, glaube ich."

Sie versuchte, sich das Gesicht der Babysitterin vorzustellen. Etwas jünger als sie selbst, schlank und wahrscheinlich verrückt vor Angst. Es schien eine Ewigkeit her zu sein, dass sie auf der Flucht vor dem Jäger getrennt worden waren.

„Halt meine Beine fest." Louis kniete an dem Rand der Schlucht und klemmte sein Handy zwischen die Zähne. Judy stemmte ihre Füße gegen einen Felsvorsprung und umklammerte seine Knöchel.

Als er sich schließlich zurückzog und das Licht den Schweiß auf seiner Stirn reflektierte, blickte er zu Boden und dann zu ihr auf. „Ich fürchte, sie ist tot. Es tut mir leid. Der Boden ist zu weit weg, aber ich habe die rote Jacke gesehen."

„Scheiße", sagte Paul noch einmal mit Nachdruck.

„Das bedeutet, dass wir noch zu acht im Spiel sind." Sylvias ruhiger Ton stand im Kontrast zu der Anspannung in ihren Augen.

Louis warf ihr einen Blick zu. „Wenn Sie glauben, der tragische Tod dieser jungen Frau würde Ihre Überlebenschancen erhöhen oder, noch schlimmer, die Chance Geld zu gewinnen, wäre das nicht nur zynisch, sondern auch falsch. Freuen Sie sich lieber nicht zu früh, wenn unsere Gruppe schrumpft. Ein Verrückter mit einer Waffe rennt durch die Tunnel, und wer weiß, wer sonst noch versuchen könnte, uns anzugreifen. Jeder Verbündete wäre hilfreich."

Sylvia zuckte nur mit den Schultern.

„Sie müssen das Spiel sofort beenden!" Maries Gesicht war kreidebleich, die Augen immer noch starr auf die Dunkelheit der Schlucht gerichtet. „Das ist ein schrecklicher Unfall! Ich meine, sie müssen es einfach beenden und uns sofort rausholen!"

„Na, du kennst ja den Text. Sag ihn, dann kannst du gehen." Sylvia entfaltete demonstrativ ihre Einladung.

Marie schob den Brief weg. „Wenn du ihn vor dir hast, warum sagst du ihn nicht?"

Taten sie nur so? Nein, die Frauen waren sich wahrscheinlich immer noch nicht sicher, ob es nur ein Spiel war oder nicht. Sie selbst zweifelte nicht daran, dass die Gefahr real war. Wer ein Kind entführte, würde nicht zögern, anderen Schaden zuzufügen. Es hatte keinen Sinn mehr, so zu tun. Vielleicht würden sie sich verbünden, wenn sie die Wahrheit erfuhren. „Wie wäre es, wenn ich es sage?"

Marie und Sylvia drehten sich um, als Judy den Brief nahm und den Satz laut vorlas. „Ich will die Arena verlassen!“ Erwartungsvoll blickte sie auf. „Hört mich jemand? Ich will die Arena verlassen, und das Geld ist mir völlig egal.“

Die Stille war greifbar. Marie starrte mit weit aufgerissenen Augen und drehte erwartungsvoll den Kopf in alle Richtungen. Sylvias Haltung war etwas weniger auffällig, aber sie hörte immer noch aufmerksam zu. Sie schien sogar den Atem anzuhalten. Nur Paul wirkte desinteressiert bis apathisch.

Nach einigen Sekunden Stille, die sich wie eine Ewigkeit anfühlten, war es Sylvia, die sich als Erste erholte und sich räusperte. „Das ist ein Trick.“

„Ein Trick?“ Marie kniff verständnislos die Augen zusammen.

„Es tut mir leid, aber das ist es nicht.“ Louis’ ruhiger Tonfall klang wie der eines Lehrers, der einem Kind eine ernste Angelegenheit erklärt. „Wir spielen kein harmloses Spiel. Wenn Sie wollen, kann ich es auch sagen, aber es wird nichts ändern.“ Er holte tief Luft. „Ich, Louis-Maximilian Theobald von Aaken, möchte die Arena sofort verlassen!“

Die Worte bleiben unbeantwortet.

„Natürlich!“ Sylvias Stimme wurde kräftiger, sie begann, ihrer eigenen Argumentation Glauben zu schenken. „Das beweist nur, was ich vorher schon vermutete.“ Sie zeigte auf Louis und Judy. „Keiner von euch beiden ist ein Kandidat des Spiels!“

Marie verschränkte trotzig die Arme und hob eine Augenbraue. Selbst etwas zu sagen, sah sie aus wie ein menschliches Fragezeichen.

„Verstehst du das nicht? Es ergibt alles Sinn!“ Sylvia erhob ihre Stimme so laut, dass sie fast brüllte. „Der Gewinner dieses Spiels gewinnt eine Million, oder? Und in den Briefen stand viel Blödsinn, aber das sollte uns nur Angst machen. Der eigentliche Punkt ist, dass wir gegeneinander kämpfen. Nur ein Kandidat wird die Million bekommen. Diese beiden wollen uns nur zum Aufgeben bringen. Wie sonst sollte es für die Zuschauer einen interessanten Wettbewerb geben?“

„Ich glaube dir nicht.“ Maries Stimme war fest, aber ihr Blick huschte in die Dunkelheit dahinter.

„Gut. Wenn du dir so sicher bist, solltest du vielleicht versuchen zu sagen, dass du die Arena verlassen willst.“

Es war erstaunlich und erschreckend, wie die Aussicht auf Reichtum den gesunden Menschenverstand und sogar die Angst überwältigen konnte. Trotz ihrer eigenen Worte zögerte Marie.

„Siehst du?“ Sylvia klang fast triumphierend. „Judy ist eine Berühmtheit, die offensichtlich angeheuert wurde, um dieser Arena mehr Flair zu verleihen, und Louis ist entweder für die ganze Sache verantwortlich oder hat kein Interesse daran, sie zu gewinnen.“

„Wie erklärst du dir dann Lauras Unfall? Sie sollten uns nach sowas rausholen!“ Maries zittrige Stimme erinnerte Judy an ein verängstigtes Kind.

„Ich weiß es nicht, aber entweder ist das inszeniert, oder es ist ihnen egal, wenn jemand einen Unfall hat.“

Paul schien den Streit um ihn herum nicht zu bemerken und starrte geistesabwesend in die Schlucht.

Judy drehte sich zu ihm um. „Paul?“

„Mmmh?“ Er blickte blinzelnd auf.

„Hältst du es für möglich, dass der Unfall nur inszeniert wurde?“

Er sah sie einen Moment lang verständnislos an und schüttelte dann langsam den Kopf, als hätten die Worte zu lange gebraucht, um ihn zu erreichen.

Stand er unter Schock? Erst hatte sie nicht den Eindruck gehabt, denn er hatte zunächst schnell und flüssig geantwortet. Das passte nicht zu dem, was sie über Schockpatienten gelernt hatte. Andererseits war verlangsamte Sprache zwar ein häufiges Symptom, aber jeder reagierte anders.

„Ich habe beobachtet, wie sie fiel. Ich habe sie schreien gehört. Ich habe die Panik in ihren Augen gesehen.“ Er nahm einen langsamen Zug von seiner Zigarette. „Als sie auf den Felsen aufschlug, gab es ein Geräusch, das ich nie vergessen werde. Ein leises Knacken, als ihr Schädel auf den Steinen aufschlug und zerbrach. Dann… nichts.“ Er schüttelte den Kopf und nahm noch einen Zug. „Du fragst mich also, ob das inszeniert sein könnte? Ich wünschte, es wäre so, aber nein. Das war echt.“

Sie zitterte, aber nicht vor Kälte. Um sie herum sprach niemand. Marie starrte zu Boden. Sylvias Blick huschte nervös zwischen Paul und der Schlucht hin und her. Sogar Louis, der bisher einen gefassten Gesichtsausdruck bewahrt hatte, wirkte nun blass.

Die Stille zog sich erneut in die Länge, zäh und schwer. Dann kam ihr ein Gedanke.

„Hast du eigentlich auch einen Brief bekommen?“

Paul reagierte zunächst nicht. Sie wollte ihre Frage gerade wiederholen, als er leicht nickte. „Ach ja. Du meinst die Einladung? Ich dachte, du hättest die gleiche."

„Hast du einen zweiten Brief erhalten? Einen persönlicheren? Ich frage, weil diese Briefe Hinweise enthalten könnten, wie man hier rauskommt."

Während sie sprach, spürte sie, wie ein gefaltetes Blatt Papier in ihre Handfläche glitt. *Louis.* Sie drehte sich nicht zu ihm um. Ihr Blick blieb auf Paul gerichtet. „Die anderen beiden wollen es trotz allem weiter durchziehen. Aber was ist mit dir? Willst du hier nicht weg?"

Wenn sie Paul dazu bringen konnte, sich herauszuwünschen, würden die anderen sehen, dass es kein Spiel war. Nachdem sie es nun laut ausgesprochen hatte, fragte sie sich, warum ihr diese Frage nicht schon früher gekommen war. Paul hatte nicht nur jemanden sterben sehen, sondern auch seinen Hund Gustav verloren. Das hätte für sie längst gereicht, um ihre Motivation zum Bleiben zu zerstören.

Paul kramte in seinen Jackentaschen, bevor er eine Lesebrille aufsetzte, eine Taschenlampe und seine Einladung hervorholte. Ein ziemlich unsinniges Unterfangen für einen einfachen Satz, den sie alle inzwischen schon zweimal gehört hatten. Schließlich knipste er die Taschenlampe an. Judy war fast neidisch, dass Paul sie offenbar in den Höhlen gefunden haben musste.

„Okay, ich werde es Wort für Wort so sagen, wie es in der Einladung steht." Er räusperte sich. „Ich, Paul Koslowski, will die Arena verlassen. Ich will raus! Ich will nicht mehr die Million gewinnen, ich will nur noch weg von hier." Seine Stimme klang laut, aber tonlos, und hallte aus der Schlucht.

Wieder hielt die Gruppe den Atem an, nur Judy trat ein paar Schritte zurück.

Nichts passierte und Paul seufzte und setzte theatralisch seine Brille ab. „Glaubst du wirklich, ich hätte das nicht schon versucht?"

Judy hörte nicht auf den Aufschrei und den Streit, der zwischen dem Rest der Gruppe folgte, sondern trat zurück, um sich das Papier anzusehen, das Louis ihr gegeben hatte.

An Paul, den nutzlosen Verlierer,

Arbeiten, mit dem Hund Gassi gehen und die restliche Zeit vor dem Fernseher verschwenden. Menschen mit so wenig Ehrgeiz ekeln mich an.

Es gab da jemanden, um den du dich hättest kümmern sollen. Sagt dir das etwas? Ich weiß nicht, ob dir dein elendes Leben etwas wert ist, aber wir werden es bald herausfinden. Vielleicht kannst du endlich etwas Sinnvolles tun. Jahrelang hast du diejenigen vernachlässigt, die deine Hilfe brauchten, und du bemitleidest dich selbst. Mein Vater war genauso ein faules Stück Scheiße wie du.

Ich wünschte, ich hätte ihm das antun können, was ich Dir antun werde. Aber vielleicht bekomme ich hier eine zweite Chance, ihn stellvertretend hinzurichten.

Auch für dich ist es eine zweite Chance. Wirst du endlich handeln? Von nun an bist du Teil eines tödlichen Spiels und nur du kannst dich daraus befreien. Versuche nicht, die Verantwortung auf deine Mitspieler abzuwälzen, denn einer von ihnen wird dich töten. Ja, du hast richtig gelesen. Die Abrechnung kommt. Nur einer kommt lebend davon. Sorge dafür, dass du es bist.

Louis' Stimme durchdrang den Lärm und versuchte, die anderen zu übertönen. „Wir sollten aufhören, in Panik zu geraten und umherzuirren. Stattdessen müssen wir einen Plan schmieden, wie wir hier herauskommen. Bevor es noch mehr tragische Unfälle gibt."

War es überhaupt ein Unfall? Hatte Louis den Brief in die Hände bekommen, bevor Paul ihn lesen konnte? Wenn nicht, hatte Paul dem Inhalt vielleicht geglaubt und gehandelt. Es wäre ein Leichtes, Laura mit einem Stoß aus dem Spiel und dem Leben zu befördern.

„Ich weiß, wir haben allen Grund, einander zu misstrauen", sprach Louis ihre Gedanken aus. „Und genau das will der Meister der Arena. Stattdessen sollten wir zusammenbleiben und aufeinander aufpassen."

Als sie zur Seite blickte, entdeckte sie einen schmalen Pfad, der um die Schlucht herumführte und in einem weiteren Tunnel endete. Er war leicht geneigt. Führte er vielleicht zu einem anderen Ausgang? Sie steckte den Brief weg und folgte ihm. Sie konnte immer noch die Diskussion zwischen Sylvia und Louis hören.

„Wenn wir zusammen herumlaufen, kann der Jäger uns alle auf einmal erledigen."

„Wenn ich das sagen darf, haben wir immer noch eine bessere Chance gegen ihn, wenn wir als Gruppe zusammenhalten."

Als sie sich noch weiter von der Gruppe entfernten, wurden die Stimmen leiser.

„Und wie genau hilft uns unsere rührende Zusammenarbeit im Kampf gegen eine Schusswaffe?"

Judy ignorierte die Diskussion und schlich den schmalen Pfad entlang. Links von ihr verzweigte er sich in einen schmaleren Abschnitt, kaum breiter als ein Fensterbrett. Selbst als erfahrene Kletterin fühlte sie sich auf diesem Weg neben der Schlucht nicht besonders wohl. Vor allem nicht, nachdem Laura hier hineingestürzt war. Der andere Weg zu ihrer Rechten war jedoch deutlich breiter. War dies der Weg, den Paul hierher genommen hatte?

Die Wand war hier nicht so glatt wie zuvor, mit Spuren, die von Werkzeugen stammen mochten.

„Hey“, rief sie den anderen über die Schulter zu. „Hier sind Stufen im Felsen.“

„Na und?“, hallte Sylvia laut durch die Höhle.

Eigentlich sollten sie nicht so viel schreien. „Das bedeutet, dass in diesem Teil der Höhle gearbeitet wurde und es vielleicht in der Nähe einen weiteren Ausgang gibt, einen Lüftungsschacht oder vielleicht nur ein Loch im Fels, wo unsere Handys Empfang haben.“

Louis trat hinter sie, während Paul weiter rauchte und in die Schlucht starrte.

„Was blinkt da oben?“, fragte Louis und leuchtete mit ihrer Taschenlampe die Stufen hinauf.

„Eine Tür!“ Die Eisentür war direkt in den Felsen eingelassen und schimmerte im Licht ihrer Lampe. „Paul? Warum hast du uns nicht gesagt, dass es eine Tür gibt?“

Wenn sie aus dieser Richtung gekommen waren, dann mussten Laura und Paul sie bereits entdeckt haben.

Erst als sie die Stufen zur Tür hinaufstieg, hörte sie Pauls Stimme gedämpft aus der Schlucht widerhallen. „Sie ist verschlossen. Da kannst du nicht weiter."

Die Metallkette und das Schloss bestätigten es. Dennoch war es ein möglicher Ausgang.

Die schwere Kette war sicherlich ein Hindernis, aber vielleicht ließ sie sich durchbrechen.

„Sylvia, gib mir deinen Spaten."

Sylvia starrte sie nur wütend an. „Denk nicht mal dran. Der gehört mir!"

„Dann versuch halt, die Kette selbst zu durchbrechen." Judy trat zur Seite.

Sylvia schlug halbherzig auf die Kette und gab sofort auf. „Das funktioniert so nicht."

Einerseits musste Judy ihr recht geben. Die Kette war zu stark. Andererseits hatte Sylvia es nicht einmal richtig versucht, und vielleicht war es möglich, ein Kettenglied gerade so weit zu biegen, dass man es entfernen konnte. Ein großer Hammer wäre hilfreich.

Schließlich kam der Schlosser zu dem Rest der Gruppe. „Das hat keinen Sinn. Wir kriegen es nie auf."

Sie suchte den Boden ab und fand einen schweren Stein. Ohne große Hoffnung begann sie, auf die Kette zu schlagen. Der Stein hinterließ ein paar Kratzer, mehr aber nicht.

„Wir sind ziemlich laut, fürchte ich", flüsterte Louis. Seine Worte gingen im Lärm ihres Hämmerns unter. Judy hätte beinahe gelacht. Was für eine lächerliche Untertreibung!

„Ehrlich gesagt glaube ich, dass wir Tage brauchen würden, um die Kette auf diese Weise zu zerstören."

Insgeheim musste sie ihm zustimmen. Es sah wirklich nicht so aus, als ob der Stein die Kette oder die Tür beschädigen könnte. Sie hämmerte gegen die Tür, aber diese blieb stabil. „Na gut, wir müssen einen anderen Weg finden. Zumindest bis wir ein paar anständige Werkzeuge oder den Schlüssel gefunden haben."

Überraschenderweise machte Sylvia ihren vielleicht ersten hilfreichen Kommentar des Tages: „In anderen Abschnitten des Tunnels dürften Werkzeuge sein."

„Weißt du, wohin diese Tür führt?"

Sylvia zuckte mit den Achseln. „Ich bin nicht sicher. Es könnte durchaus ein Ausgang sein."

„Ich dachte, du kennst diese Höhlen? Du solltest zumindest wissen, wie viele Eingänge es gibt."

„Wir sind definitiv nie hier durchgekommen." Sylvia neigte nur den Kopf. „Ich denke trotzdem, dass es ein Ausgang sein könnte. Wir haben den Tunnel, hier nicht benutzt. Dieser Weg wäre zu steil gewesen. Vor allem mit der Ausrüstung, die wir transportieren mussten. Ich würde nicht schwören, aber es ist wahrscheinlich, dass diese Tür nach draußen führt."

„Wenigstens ist das ein Anfang." Judy schlug erneut auf die Kette, mehr aus Frustration als aus echter Hoffnung. Natürlich riss die Kette nicht.

„Dann müssen wir einfach nach geeigneten Werkzeugen Ausschau halten."

Ihr Blick fiel zu Boden und erstarrte. Fußspuren hatten sich in die dicke Schicht aus Staub und Sand gegraben. Eine Spur, die direkt zur Tür führte. War jemand hindurchgegangen?

„Louis!“, flüsterte sie und winkte ihn näher.

„Wie kann ich helfen?“, fragte er ebenso leise, obwohl das wahrscheinlich nicht nötig war. Im Hintergrund bombardierte Sylvia Paul mit Fragen, bekam aber nur ein distanziertes, geistesabwesendes Gemurmel als Antwort.

„Siehst du die Fußabdrücke? Mindestens zwei davon haben sehr unterschiedliche Größen.“

Louis nickte. „Hier waren mindestens zwei Leute, vielleicht sogar drei. Siehst du den Fußabdruck dort oben? Er ist kleiner, aber tiefer als dieser hier.“

Judy betrachtete die Spuren und musste Louis zustimmen. Sie zögerte, als sie sich daran erinnerte, wie sie sich in ihrer ersten Arena in Bezug auf die Spuren geirrt hatte.

„Glaubst du, dass jemand durch die Tür gegangen ist?“

„Auf den ersten Blick könnte es so aussehen, aber nein“, sagte Louis nachdenklich. „Schau, hier sind zwei verschiedene Fußspuren, die in entgegengesetzte Richtungen führen. Es waren mindestens zwei Menschen, und eine Spur führt zurück. Sie wären nicht zurückgekehrt, wenn sie den Ausgang gefunden hätten.“

„Vielleicht jemand, der diese Höhlen für unsere Ankunft vorbereitet hat.“

„Du meinst den Meister der Arena?“, fragte Louis.

„Ja, oder er und ein Helfer.“ Plötzlich kam ihr ein anderer Gedanke. „Sag mal, bist du sicher, dass nur eine Person in die Schlucht gefallen ist?“

„Nein“, Louis schüttelte den Kopf. „Es ist unmöglich zu sehen, was tiefer in der Schlucht liegt. Zumindest ohne richtiges Licht. Ich habe die Jacke nur erkannt, weil sie Reflektoren hatte und der rote Stoff leuchtete. Theoretisch hätte der Rest unserer Gruppe in die Schlucht fallen können, ohne dass ich es gesehen hätte.“

„Was wäre, wenn es kein Unfall gewesen wäre?“, sprach sie ihre Gedanken aus.

„Du meinst, Koslowski hat Laura in die Schlucht geworfen?“

„Vielleicht nicht nur Laura. Du hast Lauras Jacke gesehen, aber wir wissen noch nicht, was mit Sina passiert ist.“

Louis dachte einen Moment darüber nach. „Es ist möglich, aber es könnte auch ein Unfall gewesen sein. Ich habe den Brief bekommen, bevor Paul ihn lesen konnte. Ich habe dir noch nicht von Bolt erzählt.“

„Und ich glaube, ich habe vielleicht etwas über diesen Snake herausgefunden–“, begann sie, wurde aber von Sylvias Taschenlampe unterbrochen, die auf sie gerichtet wurde.

„Was flüstert ihr da?“, schnitt Sylvias Stimme durch ihre geflüsterte Unterhaltung. Sie war näher gekommen und blickte neugierig, vielleicht sogar misstrauisch, in ihre Richtung.

„Wir haben Fußabdrücke entdeckt“, antwortete Judy.

„Und?“ Sylvia hob eine Augenbraue, sichtlich unbeeindruckt. „Paul gab zu, die Tür gesehen zu haben. Laura und er werden sicher genauer hingeschaut haben.“

„Eine Spur sieht ein bisschen so aus, als ob sie durch die Tür gegangen wäre.“

"Wo?"

Judy zeigte auf die Spur, und Sylvia hockte sich hin, um sie zu untersuchen. Vorsichtig schwenkte sie ihre Lampe in immer größer werdenden Kreisen über den staubigen Boden, wie ein Archäologe, der wertvolle Funde katalogisiert.

Etwas an dieser methodischen Suche, oder vielleicht auch nur die konzentrierte Anspannung in Sylvias Gesicht, ließ sie den Eindruck erwecken, als täte sie dies nicht zum ersten Mal. War das überraschend? Obwohl die Suche nach Fußabdrücken wahrscheinlich nicht zu Sylvias Beruf gehörte, wirkte sie, als würde sie eine Grabstätte nach verlorenen Artefakten untersuchen. Vermutlich war historische Feldforschung, wie die Untersuchung von Ruinen, nicht viel anders.

Schließlich stand Sylvia auf, wischte sich den Staub von den Handflächen und rückte ihren Helm zurecht. „Es waren definitiv mindestens zwei Leute hier. Oder zumindest eine schwere Person mit großen Füßen und eine kleine, ich schätze Laura und Paul. Der Weg mag etwas seltsam sein, aber niemand ist durch diese Tür gegangen.“

Louis verlagerte sein Gewicht, seine Stimme war ruhig und präzise. „Und was genau gibt Ihnen diese Gewissheit?“

Sylvia drehte sich mit einem dünnen, arroganten Lächeln zu ihm um. „Wie soll jemand durch die Tür gehen und die Kette hinter sich wieder aufhängen?“ Sie klopfte mit ihrem Spaten auf die Kette. Das laute Klirren hallte durch den Tunnel und unterstrich ihre Worte. „Das ist ein ziemlich dummer Gedanke.“

Marie, die still zugehört hatte, verschränkte die Arme. „Das ergibt wirklich nicht viel Sinn."

Leider ließ sich ihre zweite Theorie nicht so leicht von der Hand weisen. Paul könnte Laura in die Schlucht gestoßen haben. Hätte der unscheinbare, etwas tollpatschig wirkende Mann tatsächlich die Gelegenheit zum Mord genutzt? Diesen Brief hatte er nicht gelesen, aber es mochte noch andere gegeben haben. Die Idee war gar nicht so abwegig.

Ihre Gedanken wurden abrupt durch Maries erschrockenes Flüstern unterbrochen. „Er ist hier!"

Kapitel Neunzehn

56 Stunden bis zur Abrechnung

Judy presste ihren Finger auf das Display, aber es schienen Stunden zu vergehen, bevor das Handylicht endlich erstarb. Sie warf sich zu Boden und wirbelte einen Schleier aus Staub und Sand auf.

Um sie herum herrschte hektische Bewegung. Ein Handy nach dem anderen erlosch. Für einen kurzen Augenblick glomm noch das Licht aus dem gegenüberliegenden Tunnel, bevor die Finsternis sie verschlang. Schließlich verstummten die hastigen Bewegungen, nur ein letztes Rascheln von Stoff drang an ihre Ohren.

War es wirklich Bolt, der sie gefunden hatte? Maries ängstliche Stimme hallte ihr noch im Kopf.

Unnatürlich laut näherten sich Schritte, ein bedrohliches Knirschen von Kies auf Fels.

Der feine Höhlenstaub kribbelte in ihrer Nase, und nur mit Mühe unterdrückte sie ein Niesen. Sie musste hier weg. Der Tunnel hinter ihr führte nur zu der verschlossenen Tür. Zu ihrer Linken versperrte eine Wand die Flucht. Also blieb nur der Weg nach vorn oder nach rechts, doch dort lag die Schlucht. Sie saß in der Falle.

Flach auf dem Boden und so nah wie möglich an der linken Wand, hielt sie inne und lauschte. Kein Geräusch drang aus Richtung des Tunnels vor ihr, in dem das Licht erschienen war. Nur hinter ihr atmete jemand. *Vielleicht Louis?*

Wo waren die anderen? Im Dunkeln konnte sie nur Pauls Position ungefähr bestimmen. Als Nichtraucherin war sein Gestank für sie normalerweise kaum zu überriechen. Im Augenblick war der

Zigarettenqualm schwach, kaum mehr als eine Spur. Er musste also weiter entfernt sein, vermutlich in der Nähe der Schlucht. Wo auch immer der Rest der Gruppe war, sie würden ihr kaum zur Hilfe kommen können.

Plötzlich durchbrachen schnelle Schritte die Stille zu ihrer Rechten. Jemand riskierte sein Leben, so nah am Abgrund zu laufen.

Langsam, um kein Geräusch zu machen, zog sie das Messer aus ihrem Gürtel. Die Stille war so tief, dass sie ihren eigenen Puls hören konnte. Oder vielleicht dröhnte ihr Herz einfach nur so laut. Mit festem Griff klammerte sie sich an das Messer. *Wer nicht fliehen kann, muss kämpfen.*

Ihre Hände strichen über rasiermesserscharfe Steinsplitter, während sie vorsichtig auf dem sandigen Boden in Richtung ihres Feindes kroch. Mit einem Ratsch riss ihre Hose an einem Stein weiter auf. Die Kälte der feuchten Steine kroch durch die nackte Haut in ihre Beine, als sie sich vorwärts zog.

Immerhin musste der Eindringling genauso blind sein wie sie selbst, was ein Gewehr nahezu nutzlos machte. Es gab keine Deckung, als sie auf dem Bauch vorrückte. Falls Bolt sein Licht wieder einschaltete, wäre es ein Leichtes, sie zu erschießen. Die Zeit drängte.

Sie streckte die Klinge nach vorn und versuchte, sich so lautlos wie möglich zu bewegen. Aus dem Tunnel direkt vor ihr kam das verräterische Knacken eines Knöchels, dicht gefolgt vom Knirschen einer Schuhsohle auf Kies.

Vorsichtig schlich sie ein Stück weiter. Der sandige Pfad, der ihr Kriechen gedämpft hatte, wich scharfkantigem Fels, der ihr den Ellbogen aufschnitt. Nach ein paar Metern ohne Sicht hatte sie bereits die Orientierung verloren. Er konnte neben ihr sein oder mehrere Schritte entfernt.

Plötzlich ertönte ein leises Kratzen von Stoff auf Stein, direkt vor ihr. Ein ganz schwacher Geruch von männlichem Aftershave stieg ihr in die Nase. Bolt konnte doch nicht so nah sein, oder? Ihre Hand am Messer zitterte leicht, der Griff war bereits schweißnass. Das Geräusch vor ihr war zu nah. Wenn sie noch länger wartete, würde Bolt sie entdecken. *Jetzt!*

Ihre Muskeln spannten sich an, als sie zuschlagen wollte. Dann hielt sie eine Stimme davon ab.

„Hallo?“

Die Stimme kam ihr bekannt vor, auch wenn sie sie zunächst nicht zuordnen konnte.

„Nicht angreifen! Ich will keinem etwas tun. Ich mache jetzt mein Licht an.“

Knapp einen Meter vor ihr flackerte das Display eines Handys auf. *Nicht Bolt.* Es war Michael Holm. Das schwache Leuchten reichte kaum über sein Gesicht hinaus, doch es spiegelte sich in etwas anderem: der scharfen Metallklinge des Spatens.

"Nein!"

Ihr Schrei ließ Michael zusammenzucken, was ihm wahrscheinlich das Leben rettete. Der Spaten streifte seine Schulter und zerriss den Stoff. Sein Handy, und damit die einzige Lichtquelle, rutschte über den steinigen Boden. Sie erhaschte einen Blick auf Sylvias Silhouette, die jetzt von unten angestrahlt, als Schatten hinter Michael zu erkennen war.

Instinktiv stürzte sich Judy nach vorne und riss das Messer hoch, in der Hoffnung, den nächsten Schlag abzuwehren. Metall kreischte auf Metall. Winzige Funken glühten für den Bruchteil einer Sekunde in der Dunkelheit. Kurz darauf durchzuckte ein stechender Schmerz ihren Arm, als das Messer von der Spatenklinge abrutschte. Ihr Handgriff prallte gegen einen harten Widerstand. Ein scharfer Aufschrei folgte, und der Spaten fiel klappernd zu Boden.

Gleichzeitig leuchteten drei Lichter auf und erhellten die Szene. Endlich konnte sie sehen, was passiert war.

„Bist du verrückt geworden?“ Sylvias Stimme klang nasal, Blut lief ihr aus der Nase. Vornübergebeugt hielt sie eine Hand vor ihr Gesicht. „Er will dich genauso sehr töten wie mich!“

Judy stellte einen Fuß auf den Klappspaten, der vor ihr auf den Boden gefallen war. „Bisher bist du die Einzige, die versucht hat, jemanden umzubringen.“

Als sie aufblickte, sah sie, dass außer Michael und Sina niemand sonst verletzt zu sein schien. Obwohl Marie so stark zitterte, dass es aussah, als könnte ihr das Handy jeden Moment aus der Hand fallen.

„Ich habe nur mit der flachen Seite zugeschlagen!“, sagte Sylvia unter Tränen, die wohl an ihrer Nase lagen. „Ich wollte ihn nicht töten, ich wollte ihn bewusstlos schlagen!“

Selbst wenn, hätte es zu schweren Verletzungen geführt. Wenigstens war Sylvia keine Gefahr mehr. Sie kauerte sich auf den steinigen Boden, hielt sich die Nase zu und wimmerte.

„Wie schwer sind Sie verletzt?“, fragte Louis und hockte sich neben sie, bevor er ihr ein weißes Taschentuch aus seinem Mantel reichte.

Alles in allem hätte diese Begegnung viel schlimmer enden können als mit einer blutenden Nase.

Sylvia nahm das Taschentuch, das sich in ihrer Hand sofort rot färbte. „Was hätte ich denn tun sollen?", schniefte sie. „Ich wollte auf Nummer sicher gehen. Ich konnte nicht sehen, ob er eine Waffe trug. Außerdem hat er mich schon einmal angegriffen."

Judy verspürte einen Anflug von Schuld. Es war nicht nur die Nase. Sie musste auch Sylvias Hand geschnitten haben. Aber hätte sie die Situation irgendwie anders entschärfen können?

„Sie hat mich angegriffen und nicht ich sie!" Zum ersten Mal erwachte Michael aus seinem Schockzustand. „Sie lügt!"

Judy musterte ihn misstrauisch. Sylvia hatte ihn angegriffen, doch auch er trug einen Schraubenschlüssel in der Hand. Das war zwar nicht die gefährlichste Waffe, aber sie war auch nicht nur als Werkzeug gedacht.

„Er filmt das Ganze für seine Website!", rief Sylvia und zeigte anklagend mit ihrem blutigen Finger auf Michael. „Darum geht es doch bei diesem kranken Spiel, oder?"

„Ich verstehe nicht, was du meinst."

Sylvia gab keine Erklärung ab und verschränkte lediglich die Arme. Ihr wütender Blick machte deutlich, dass sie nicht die Absicht hatte, mit ihr zu reden.

Louis schritt mit ruhiger Stimme ein. „Nun, die Frage der Schuld können wir später klären. Ich fürchte, Ihre Wunde muss erst einmal versorgt werden, junge Dame. Vielleicht finden wir etwas zum Desinfizieren oder zumindest etwas Wasser."

Judy kam näher, um einen Blick auf die Hand zu werfen, hielt sich aber zurück. Vielleicht war es besser, das Louis zu überlassen. Als sie ihr Messer wieder in den Gürtel steckte, bemerkte sie die Blutflecken auf der Klinge.

„Lasst euch nicht von ihrer Show an der Nase herumführen!", sagte Michael. „Sie wollte mich umbringen und hat mich angegriffen. Selbst schuld, wenn sie sich dabei einen Kratzer zugezogen hat." Immerhin steckte er den Schraubenschlüssel in seinen Gürtel.

„Vergessen wir nicht, dass der Meister der Arena unser wahrer Gegner ist", sagte Louis. „Ich schlage vor, wir schließen einen Pakt und versuchen gemeinsam, von diesem Ort zu entkommen."

„Gemeinsam?", rief Sylvia und stand wieder auf. „Verstehst du nicht? Dieser Kerl hat versucht, mich umzubringen!"

„Es hat keinen Sinn, sich gegenseitig die Schuld zu geben", sagte Judy. „Wir brauchen einander, um hier rauszukommen!"

Sylvia griff nach ihrem Spaten, aber Judy verlagerte ihr Gewicht auf den Griff und drückte ihn fest auf den Boden.

„Wenn ich an einer Infektion sterbe, bist du schuld!", blaffte Sylvia. „Und der Spaten gehört mir. So war die Abmachung. Ich werde niemanden damit angreifen." Sie hob demonstrativ die Hand. Das Taschentuch war bereits blutdurchtränkt. „Dafür hast du ja schon gesorgt."

Zumindest würde sie ihre Waffe nur einhändig benutzen können.

„Sylvia, beruhigen Sie sich einen Moment", drängte Louis, aber sie wandte sich ab, ohne zu antworten.

Mit der linken Hand riss Sylvia den Klappspaten unter Judys Fuß hervor und hielt ihn drohend der Gruppe entgegen. „Ihr werdet es alle bereuen, nicht auf mich gehört zu haben. Ich werde nicht mit euch herumirren, während der wahre Täter seine ach so treuen Verbündeten einen nach dem anderen erledigt."

Sie trat zurück und versuchte mit ihrer verletzten Hand, das Licht am Helm einzuschalten, während sie mit der anderen den Spaten festhielt. Schließlich schaffte sie es und leuchtete in den Korridor, aus dem Michael gekommen war. Dann drehte sie sich noch einmal um.

„Von mir aus könnt ihr alle in diesem Loch verrecken. Ich gehe allein."

Louis versuchte, sie umzustimmen, doch Sylvia wich mit ein paar unsicheren Schritten vor ihm zurück und verschwand schnell im Tunnel.

„Sollen wir ihr nachgehen?", fragte Louis unentschlossen und sah viele verunsicherte Gesichter.

Nur Michael schien froh über Sylvias Verschwinden zu sein. „Nein, ich würde ihr sowieso nicht trauen." Er sah dem letzten Glimmen von Sylvias Lampe nach, die langsam in dem dunklen Tunnel verschwand. „Sie scheint sich hier sehr gut auszukennen. Das ist ziemlich verdächtig, wenn ihr mich fragt."

„Sie hat an einem Forschungsprojekt gearbeitet", sagte Judy. „Was ist denn aus deiner Sicht passiert?"

Michael dachte einen Moment nach und lehnte sich an die Höhlenwand. „Wir haben Bolt getroffen."

Judys Herz machte einen Sprung, als sie an den Jäger dachte, doch sie blieb ruhig und ließ Michael weiterreden.

„Er hat genau wie wir nach einem Ausgang gesucht."

„Du hast mit ihm gesprochen?"

Michael nickte und schüttelte dann den Kopf. „Ich blieb versteckt, aber wir riefen uns ein paar Worte zu. Er stimmte zu, zusammenzuarbeiten. Es war wieder einmal klar, dass er dich absolut hasste.“

„Daran habe ich keinen Zweifel mehr, nachdem er versucht hat, mich umzubringen.“

„Mach dir keine Sorgen um ihn. Er ist wahrscheinlich tot.“

Grauen kroch ihr über den Rücken. Obwohl sie Bolt nicht gemocht hatte, war der Gedanke an einen weiteren Tod schrecklich. Sie wollte nach weiteren Einzelheiten fragen, wurde aber von einem beißenden Gestank abgelenkt. Ihre im Dunkeln geschärften Sinne erkannten Paul an seinem Zigarettengeruch, lange bevor sie ihn hörte. „Wie ist Bolt gestorben?“

„Ich bin nicht sicher, aber Sylvia könnte ihn getötet haben“, sagte Michael.

„Du bist verrückt!“ Marie hatte ihren Schock endlich überwunden. „Ich glaube nicht, dass Sylvia einfach jemanden umbringen würde. Wie hätte sie das überhaupt schaffen sollen?“

„Er stürzte von einer Klippe, und als ich aufblickte, sah ich Sylvia. Ich glaube, sie hat ihn gestoßen“, sagte Michael ruhig. „Ich rannte weg, wusste nicht wohin, und irgendwann sah ich Sylvia dann wieder. Sie bemerkte mich nicht, also folgte ich ihr. Wir kamen von einer natürlichen Höhle in etwas, das eher wie eine Fabrik aussah. Es gab große Maschinen, und der Boden ging in Metallgitter und Brücken über. Es war, als hätte man in einer Höhle ein Gebäude errichtet, nur dass man keine Wände mehr brauchte. Stattdessen stützten Stahlträger die Höhlendecke. In den Fels war eine Tür eingelassen, ähnlich dieser hier.“

Michael deutete auf die verkettete Stahltür am Ende des Ganges. „Aber sie hatte keine Kette. Mir wäre die Tür gar nicht aufgefallen, aber Sylvia rannte schnurstracks darauf zu und rüttelte an der Klinke. Ich blieb versteckt und beobachtete sie. Ich sah, wie sie einen Brief an der Klinke aufhob. Sie las ihn. Ich weiß nicht, was darin stand, aber Sylvia brach nach dem Lesen buchstäblich zusammen."

„Ich nehme an, sie hat wie wir alle einen Drohbrief bekommen."

„Und sie hat dich die ganze Zeit nicht bemerkt?", fragte Paul.

„Nein. Sie war zu sehr auf ihren Plan konzentriert."

Judy runzelte die Stirn. „Welcher Plan? Ehrlich gesagt klingt das Ganze ziemlich chaotisch."

„Ich glaube, sie hatte vor, die Höhlen durch genau diese Tür zu verlassen", antwortete Michael, „zumindest bis sie den Brief las."

„Und danach?"

„Danach beschloss sie, mich und alle anderen zu töten, um das Spiel zu gewinnen", behauptete er. „Nachdem sie sich etwas gefasst hatte, ging sie direkt zu einem Schrank. Ich schaltete das Licht an und sprach sie an, aber sie antwortete nicht, sondern holte den Spaten aus dem Schrank. Ich glaube, sie wusste, dass er dort sein würde."

Er hielt kurz inne.

„Ich habe sie nochmal angesprochen, aber da griff sie mich direkt an. Hätte mich der Schlag richtig getroffen, wäre ich jetzt wahrscheinlich tot. Zum Glück konnte ich rechtzeitig zurückspringen und habe nur einen Kratzer abbekommen."

„Warum hat sie nicht noch einmal zugeschlagen und dich erledigt?", fragte Paul.

„Das hätte sie wohl“, sagte Michael, „aber als ich rückwärts gegen ein Regal stolperte, fiel ein Schraubenschlüssel herunter. Ich schnappte sie mir sofort. Jetzt waren wir beide bewaffnet. Offenbar wollte sie kein Risiko eingehen und rannte weg. Bis sie es hier noch einmal versuchte. Immerhin habe ich dort etwas Interessantes entdeckt.“

„Wie schwer bist du verletzt?“, fragte Judy.

Michael blickte sich an die Schulter. Die Jacke war aufgerissen, ein langer Schnitt quer durch den Stoff. „Die Jacke hat das meiste abbekommen, aber der Kratzer tut richtig weh. Beim ersten Mal hat sie mein Knie getroffen, aber zum Glück mit der flachen, nicht mit der scharfen Kante.“

„Was genau hast du dort entdeckt?“, fügte Judy hinzu.

Michael runzelte die Stirn. „Dasselbe, was ich hier entdeckt habe.“

Kapitel Zwanzig

56 Stunden bis zur Abrechnung

„Wir werden beobachtet."

„Was, hier?" Paul wirbelte herum, als erwarte er, dass jemand hinter ihm stände.

„Ja." Michael deutete auf die Tür. „Wenn man weiß, wonach man sucht, sieht man es. Über dem Rahmen ist eine Kamera. Sie zeichnet wahrscheinlich alles auf, vielleicht sogar mit Ton."

„Wo? Ich sehe keine Kamera", sagte Paul. „Und selbst wenn, gibt es kein Kabel. Wie soll sie denn Strom bekommen oder Aufnahmen irgendwohin senden?"

Michael seufzte. „Willkommen im 21. Jahrhundert, Paul." Er ging zur Tür und zog einen kleinen schwarzen Gegenstand aus einer Ritze.

„Sie haben recht. Das ist eine Kamera", sagte Louis. „Ein winziges Gerät, kann man damit überhaupt etwas sehen?"

„Mehr als man denkt. Diese Kameras sehen im Dunkeln besser als wir. Selbst die Billigmodelle liefern scharfe Bilder."

„Wie hast du sie entdeckt?", fragte Judy. Sie hatte den dunklen Fleck für einen Teil der Wand gehalten. Hatte Michael sie wirklich aus dieser Entfernung gesehen?

„Wenn man mit ihnen gearbeitet hat, fallen sie leichter auf."

„Und wozu brauchst du so eine Kamera?", fragte Marie skeptisch.

„Ich brauchte sie für meine Arbeit."

„Um Leute heimlich zu filmen, als Paparazzo“, sagte Louis.

Michael ignorierte ihn. „Der Punkt ist, wir werden wahrscheinlich die ganze Zeit überwacht.“

Paul verschränkte die Arme. „Es gibt immer noch kein Kabel.“

Michael warf ihm einen mitleidigen Blick zu. „Den Briefen zufolge ist dieses Gladiatorenspiel in zwei Tagen vorbei. Die Batterien dieser Kameras halten ohne Probleme so lange durch. Der Speicherplatz könnte knapp sein, besonders bei hoher Auflösung, aber ich wette, sie werden durch Bewegung ausgelöst, wie Wildfallen.“

„Was für Fallen?“, fragte Paul.

„Ursprünglich wurden diese Modelle verwendet, um Tiere in freier Wildbahn zu filmen. Sie sind wochenlang inaktiv, doch sobald sich etwas bewegt, schalten sie sich ein und nehmen auf. Die Daten können dann an ein Telefon oder einen Computer gesendet werden. Hier unten gibt es allerdings kein Signal, also nehme ich an, dass der selbsternannte Meister sie später abholt.

„Du weißt eine Menge über diese Dinge.“ Maries Stimme troff vor Misstrauen.

„Na ja, es ist keine Überraschung, dass wir aufgenommen werden“, sagte Judy. „Ich habe mich schon gefragt, wie irgendjemand hieraus eine Show machen will.“

„Ich wusste, dass wir gefilmt werden, darum geht es nicht“, antwortete Marie. „Ich dachte, wir würden bei albernen Aufgaben gefilmt. Ich hatte erwartet, dass uns ein Kamerateam Bescheid gibt, wenn wir aufgenommen werden. Das hier ist völlig anders! Wir sterben vor laufender Kamera. Verstehst du das nicht? Das heißt, es gibt Leute, die es genießen, dabei zuzusehen, wie wir gefoltert werden!"

„Du hast recht, das ist schrecklich –"

„Ich war noch nicht fertig!", unterbrach Marie scharf. „Ich glaube langsam, dieses Spiel wird von innen gesteuert. Jemand muss die Kameras bedienen oder die richtigen Knöpfe drücken, um die Aufnahme zu starten und natürlich auch die Daten abzuholen. Bolt war ein schrecklicher Mann, aber jetzt, da er tot ist, wissen wir, dass er nicht unsere größte Bedrohung war. Er hat das Ganze hier sicher nicht inszeniert. Sylvia hielt Michael für verantwortlich für das Spiel.
"

„Ich bin nicht der Meister der Arena!", schrie Michael mit vor Wut lauter werdender Stimme.

„Das hat sie so ja auch nicht gesagt", versuchte Judy, ihn zu beruhigen, doch Maries Blick machte deutlich, wen sie verdächtigte. Und sie hatte recht. Wer sonst in der Gruppe hatte das nötige Wissen über das Darknet, um die Website zu erstellen, und die technischen Fähigkeiten, die Höhlen zu verkabeln?

„Vergiss nicht, wir haben nur seine Aussage darüber, was mit Bolt passiert ist." Marie zeigte anklagend auf Michael. „Vielleicht war er derjenige, der ihn von der Klippe gestoßen hat, und Sylvia hat versucht, ihn aufzuhalten."

„Es hat keinen Sinn, sich zu streiten", warf Louis ein, und sein Tonfall durchbrach die Spannung. „Bolts Tod war nur ein Unfall. Wir müssen uns darauf konzentrieren, einen Ausweg zu finden."

„Wir sollten sie zerstören." Maries Stimme wurde leiser, als sie in die Kamera blickte. „Und alle anderen Kameras in den Höhlen auch.

Ich möchte nicht für das kranke Vergnügen von Psychopathen gefilmt werden, während ich um mein Leben kämpfe."

Es gab ein zustimmendes Gemurmel. Nur Michael schüttelte den Kopf. „Ich glaube nicht, dass das eine gute Idee ist."

„Natürlich nicht", sagte Marie mit beißendem Sarkasmus, doch Michael ignorierte sie. „Wenn wir hier rauskommen, könnten diese Aufnahmen Hinweise auf den Meister der Arena liefern und mögliche Verbrechen dokumentieren. Mehr noch, sie könnten Verbrechen verhindern. Immerhin weiß so jeder, dass er aufgezeichnet wird."

Da Bolt nun keine Gefahr mehr darstellte, war es Zeit, sich in Ruhe ihren nächsten Schritt zu überlegen. „Ich habe tatsächlich eine Theorie darüber, wer der Meister der Arena sein könnte."

Die Augen der Gruppe richteten sich sofort auf sie.

Judy verspürte ein leichtes Unbehagen. Sie hatte es nie gemocht, im Mittelpunkt zu stehen. „Es mag völlig falsch sein, aber vielleicht sind dieser Snake und der Meister der Arena dieselbe Person." Tatsächlich glaubte sie nicht so ganz an ihre eigene Theorie. Es passte nicht zu der Art der Briefe. Doch konnte ein gemeinsamer Feind sie einen, ob real oder nicht.

Maries Augen weiteten sich vor Schreck, ihr Mund klappte herunter. „*Snake?* Der aus dem Internet?" Sie schauderte. „Oh mein Gott, bitte lass das nicht wahr sein!"

Auch Michaels Gesicht wurde blasser. „Diese grausame Folter-Website? Die Leute dort sind einfach nur krank! Sie foltern, vielleicht sogar töten, Menschen zum Spaß. Es gibt alles: Drogenhandel, Prostitution, sogar Kinder…"

„Das ist widerlich", stimmte Louis zu. „Aber woher kennen Sie so eine abscheuliche Seite?"

„Ich bin Journalist. Es war eine Investigation. Ich wollte diese Leute entlarven", sagte Holm.

Louis legte den Kopf leicht in den Nacken und sah Holm mit hochgezogener Augenbraue an. Sein Mund verzog sich, was seinem Gesichtsausdruck einen herablassenden Unterton verlieh. „Soweit ich weiß, haben Sie Ihre Karriere auf Lügen über Judy aufgebaut. Und jetzt wollen Sie ein großartiger Enthüllungsjournalist sein?"

Holm seufzte und lehnte sich an die Wand. „Ich hasse diese weltfremden Geldsäcke, die sich nicht vorstellen können, dass andere Menschen für ihr Geld arbeiten müssen."

„Hört auf zu streiten!", sagte Judy scharf. „Wir haben keine Zeit für den Unsinn. Verstehe ich das richtig, dass Leute Geld dafür bezahlen, sich auf dieser Website Gewaltvideos anzusehen?" Sie erinnerte sich an die Worte aus ihrem Brief: *„Du wirst mich reich machen."* Den Satz hatte sie definitiv missverstanden.

„Ja, Sylvias Angriff auf mich war genau die Art von Video, die man auf Snakes Website sehen könnte. Und es stimmt, ich habe den Fall untersucht." Er wandte sich Louis zu. „Ob Sie es glauben oder nicht, es war nie mein Traum, alberne Klatschgeschichten über Promis zu schreiben."

„Jedenfalls stand in meinem Brief, dass dieser Snake uns jagen würde. Wir sollten vorsichtig sein." Sie schlang ihre Arme um den Oberkörper, als ihr auf einmal kalt wurde. Wie sollte diese Vorsicht aussehen? Wie sollte man sich darauf vorbereiten, von einem Psychopathen gejagt zu werden?

Marie saß schweigend auf einem Felsen, ihre Augen waren vor Schock noch immer weit aufgerissen.

Judy legte ihr sanft eine Hand auf die Schulter. „Alles in Ordnung?“ Ihre eigene Frage kam ihr dumm vor, aber ihr fiel keine bessere Frage ein.

„Ich habe Durst.“

Eigentlich hatte sie auf emotionaler Ebene gemeint, aber Marie hatte recht. Auch ihre Kehle war ausgetrocknet. Von all den Schrecken, die diese Höhle barg, mochte sich so etwas Simples wie Wassermangel als das tödlichste erweisen. „Wir müssen Wasser finden, und am besten etwas zu essen“, sagte sie laut. „Theoretisch können wir ein paar Tage ohne Essen überleben, aber nicht ohne Wasser.“

Louis räusperte sich. „Meine Damen und Herren, ich sehe im Moment nur zwei Möglichkeiten. Wir können versuchen, zu unserem Eingang zurückzukehren, und hoffen, dass wir ihn irgendwie öffnen können. Alternativ können wir dieses Höhlensystem nach einem anderen Ausgang absuchen. Ich fürchte, wir werden nichts zu essen finden, aber mit etwas Glück gibt es irgendwo Wasser.“

„Woher soll das Wasser kommen?“ Marie hob eine Augenbraue. Der Zweifel war deutlich in ihrer Stimme zu hören.

„Wenigstens sind wir auf unserem Weg an einigen feuchten, mit Stalaktiten bedeckten Stellen vorbeigekommen. Kein sauberes Wasser, aber vielleicht sammeln sich die winzigen Tropfen irgendwo in einem unterirdischen See.“

„Ein See, von dem noch nie jemand gehört hat", brummte Marie. „Ich wohne weniger als einen Kilometer von hier entfernt."

„Ach, aber dann hast du schon einmal von ausgedehnten Tunneln in diesen Bergen gehört?" Michael legte den Kopf schief.

„Mir gefällt dein passiv-aggressiver Ton nicht", gab Marie patzig zurück.

Louis breitete die Hände aus. „Ich weiß nicht, warum diese Höhlen erst vor Kurzem entdeckt wurden, oder warum vorher niemand hier hinein durfte. Es könnte hier allerlei Dinge geben, von denen wir noch nichts gehört haben."

„Vielleicht hat Snake uns deshalb noch nicht erwischt", sagte Michael. „Er will uns gar nicht jagen. Wir müssen nur am Ausbrechen gehindert werden. So kann er viel mehr Videomaterial auf seine Website stellen, als wenn er uns schnell umlegt."

„Ist das nur eine Vermutung oder bist du sicher?" Marie kniff die Augen zusammen.

„Ich hatte nichts mit Snakes Website zu tun!" Holm hob protestierend die Hände. „Aber als du dich für das Spiel angemeldet hast, hast du doch sicher gesehen, dass es einen kostenpflichtigen VIP-Bereich gibt."

„Nein. Mein Ex Ben hat mich für das Spiel angemeldet, und er war ein Snake-Fan. Es überrascht mich nicht, dass es eine Verbindung zwischen der Arena und Snakes Website gibt."

Holm sah müde aus, als er die Hände wieder senkte und ihm seine Arme schlaff am Körper herabhingen. „Es gibt auf jeden Fall Leute, die viel dafür zahlen. Ich weiß auch nicht, was sich genau dahinter verbirgt, es war viel zu teuer für mich, und obendrein wollte ich Snake nicht auch noch finanzieren. "

„Und wie viel kostet es, uns sterben zu sehen?" Bitterkeit schlich sich in Maries Stimme.

Michael lachte humorlos auf. „Genug, um das halbe Höhlensystem hier mit nur einem einzigen Vorverkauf mit Kameras zu pflastern. Wir sollten uns auf das konzentrieren, was wir tun können. Ich glaube nicht, dass es Sinn hat, zum Eingang zu gehen, der ist blockiert. Vor allem nicht, da Snake aus derselben Richtung kommen könnte. Wenn Sylvia sich nicht irrte, gibt es hier noch andere Ausgänge, und vielleicht weiß Snake nichts davon."

Sylvia. Obwohl Judy ihr misstraute, wurde sie bereits schmerzlich vermisst. Nur sie hätte ihre Fragen über diesen Ort beantworten können. Stattdessen irrten sie orientierungslos umher. Sylvia hätte sie sicherlich vor weiteren Gefahren warnen können und gewusst, ob es einen unterirdischen See gab.

Ein Blick auf ihr Handy zeigte, dass der Akku auf dreißig Prozent gesunken war, also schaltete sie die Taschenlampen-App aus. Es war Zeit, Energie zu sparen, wenn sie nicht im entscheidenden Moment im Dunkeln steckenbleiben wollte.

„Das heißt, wir sind uns einig, nach anderen Ausgängen zu suchen?"

Ein zustimmendes Gemurmel beantwortete Louis' Frage und die Gruppe machte sich zögernd auf den Weg.

„Vielleicht sollten wir das Licht auf ein Minimum reduzieren, um Energie zu sparen", schlug Judy vor.

„Ich finde es schon so beängstigend genug." Marie schlang fröstelnd die Arme um sich. „Ich habe wirklich nicht die Kraft, zusätzlich noch gegen die Nyktophobie anzukämpfen."

„Wogegen kämpfen?", fragte Paul.

„Sie hat Angst vor Dunkelheit", übersetzte Judy. Die Verwendung des Fachbegriffs war ein Hinweis darauf, dass Marie vermutlich wirklich darunter litt oder sich zumindest damit beschäftigt hatte.

Louis ging voran und war neben Marie der Einzige, der noch die Lampe seines Handys benutzte. Langsam bahnten sie sich ihren Weg.

„Rechts oder links?", fragte Louis an der ersten Kurve.

„Sylvia ist nach links abgebogen", sagte Michael.

„Dann stellt sich die Frage, ob wir ihr folgen oder einen anderen Weg einschlagen sollen."

„Warum sollten wir das tun?", fragte Marie.

„Wir erhöhen die Chancen, dass zumindest eine der beiden Gruppen den Ausgang findet", erklärte Louis.

Marie schnaubte. „Super Plan. Die Einzige, die sich auskennt, nimmt den Ausgang, und wir verirren uns im Tunnellabyrinth."

„Kannst du nicht einmal etwas Konstruktives beitragen, anstatt nur rumzumotzen?", blaffte Michael.

„Es tut mir leid, dass es dich nervt, aber ich übernehme keine Verantwortung für deine Emotionen", entgegnete Marie. „Das hier ist eine extreme Grenzerfahrung für mich. Ich habe ein Recht darauf, meine Gefühle zu äußern!"

Louis ignorierte ihren Streit. „Ich dachte, der Erste von uns, der es nach draußen schafft—"

„Oder die Erste!“, unterbrach Marie.

„Dass die Erste“, setzte Louis noch einmal an, „die es nach draußen schafft, die Polizei informiert und den Rest von uns befreit. Aber von mir aus können wir auch Sylvia folgen.“

Judy nickte und fügte „Nach links“ hinzu, als ihr klar wurde, dass sie in der Dämmerung niemanden sehen konnte. Vielleicht hatte Sylvia nur zufällig den linken Weg gewählt, aber wenn nicht, sollten sie ihr so lange wie möglich folgen.

Sie passierten eine weitere, kleinere Schlucht zu ihrer Linken. Sie war tief, aber zu schmal, um eine echte Gefahr darzustellen. Paul blieb trotzdem stehen und schwenkte seine Taschenlampe. „Vorsicht! Noch eine Schlucht hier. Passt alle auf, wo ihr hintretet!“

Niemand schenkte ihm große Beachtung. Während er mit der Lampe den Rand des Spalts abfuhr, stieß er gegen die Krempe seines Huts. Der Hut rutschte ihm vom Kopf.

Paul griff danach, doch seine Finger schnappten ins Leere.

Der Hut streifte den Rand des Schachts, prallte gegen die Felswand und taumelte weiter nach unten. Noch einmal blitzte der helle Filz im Licht der Taschenlampe auf. Dann verschluckte ihn die Dunkelheit.

Es dauerte nicht lange, bis sie auf weitere Abzweigungen stießen und diesmal dem steileren Weg folgten. Zunächst kamen sie gut voran und erreichten eine breite Höhle mit glitzernden Quarzkristallen an der Decke. Doch der einzige Ausgang, war ein spaltförmiger Tunnel, der auch noch enger zu werden schien.

„Warte!“ Marie war immer weiter zurückgefallen, bis der mittlerweile stark schwitzende Paul sie anrempelte. „Das wird hier zu eng!“

Paul wischte sich den Schweiß von der Stirn. „Wenn die Wände noch näher zusammenrücken, stecke ich hier fest“, brummte er.

Das war nicht einmal übertrieben. Während die zierliche Marie problemlos zwischen den Wänden hindurchgehen konnte, musste Paul sich immer wieder zur Seite drehen oder den Bauch einziehen.

„Da gehe ich nicht rein!“, sagte Marie und zeigte auf die schmale Lücke, wo der Tunnel sich durch eine Ausbuchtung weiter verengte.

„Warum nicht?“, fragte Judy. „Da passt du ohne Probleme durch.“

„Ich leide unter Klaustrophobie.“

„Das kann nicht dein Ernst sein“, stöhnte Michael.

„Ich werde mich nicht dafür rechtfertigen, meine psychische Gesundheit ernst zu nehmen oder auf meinen Körper zu hören!“, gab sie energisch zurück. „Mein Coach sagt immer: ‚Wenn du Widerstand spürst, ist das ein Zeichen, dass das nicht dein Weg ist.’ Und ich spüre gerade großen Widerstand.“

„Apropos Widerstand: Wissen wir denn überhaupt, ob es dort weitergeht?“, fragte Paul.

„Wartet einen Moment, ich schaue nach“, sagte Louis und verschwand in der Lücke.

Es folgte eine angespannte Stille, die nur durch Pauls unregelmäßiges Keuchen unterbrochen wurde.

„Es sind nur ein paar Meter, dann verbreitert es sich zu einer Höhle“, hallte Louis’ Stimme zu ihnen zurück, und Judy atmete erleichtert auf. „Die Wände sind hier etwas feucht. Vielleicht gibt es in der Nähe tatsächlich eine Quelle oder einen Teich."

„Du spinnst, ich gehe da nicht rein!" Maries Augen weiteten sich vor Angst.

„Wenn Louis durchgepasst hat, sollte es für dich erst recht kein Problem sein."

Marie wollte jedoch nicht auf ihre Argumente hören. „Es gibt einen tollen Satz, den ich jedem nur ans Herz legen kann: ‚Deine Angst ist dein Kompass.' Und meiner zeigt gerade ganz klar in die entgegengesetzte Richtung", erklärte Marie ernsthaft. „Nie im Leben zwänge ich mich durch diese Felsröhre!"

Seit der Erwähnung von Snake waren Maries Kommentare immer nerviger geworden. Nicht zum ersten Mal musste Judy eine bissige Bemerkung unterdrücken. Dass Marie immer häufiger ihren Lebens-Coach zitierte, zeigte vermutlich nur ihre wachsende Nervosität.

„Also was mich angeht, können wir uns die Mühe sparen", sagte Paul, „da passe ich garantiert nicht durch."

„Na gut, dann gehen wir zurück zur letzten Abzweigung?", fragte Judy. Hoffentlich war dieser Weg nicht der einzige, der zu einer unterirdischen Wasserquelle führte. Sylvia hätte es zweifellos bis auf die andere Seite geschafft.

„Louis?", rief sie. „Komm zurück!"

Am anderen Ende des Tunnels sah sie, wie sich das Licht von Louis' Handy bewegte.

„Psst, ich glaube, ich habe etwas gehört", flüsterte Michael und deutete in den dunklen Korridor vor ihnen. Er schaltete das Licht aus.

„Marie!“, flüsterte Judy eindringlich. „Mach dein Licht aus!“

„Aber dann ist es stockfinster!“

Michael riss ihr das Handy unsanft aus der Hand und schaltete es aus.

Waren dort Bewegungen? Sie hörte Schritte.

„Hey, ich kann nichts mehr sehen“, hallte Louis’ Stimme viel zu laut durch die Dunkelheit.

„Jemand kommt“, flüsterte Judy.

„Wie bitte? Ich fürchte, in dieser Röhre hört man kaum etwas. Moment mal …“

Louis tat das Schlimmste, was er in dieser Situation tun konnte: Er schaltete sein Handy wieder ein. Sie schloss ihre Augen, als das Licht sie blendete.

Ein Schrei drang an ihre Ohren: „Da vorne ist jemand!“

Im nächsten Moment zerriss ein Schuss die Stille.

Chaos. Ein Mann schrie. Ein weiterer ohrenbetäubender Knall ließ sie panisch auseinandertreiben. Judy warf sich zu Boden. Louis schaltete sein Licht wieder aus. Dunkelheit.

Sollte sie zu ihm in den schmalen Tunnel kriechen? Der Schuss war von der gegenüberliegenden Seite des Raumes gekommen.

Ein schriller Schrei durchdrang die Luft, gefolgt von der Stimme einer Frau: „Bitte nicht!“, und dann ein ersticktes Geräusch, als hätte ihr jemand den Mund zugehalten. Vielleicht Marie? Judys Hand schloss sich um den Griff ihres Messers. Langsam zog sie es Stück für Stück aus ihrem Gürtel.

„Nicht schießen!“ Eine weitere Frauenstimme, diesmal selbstbewusster.

Egal, ob Snake oder jemand anderes auf sie geschossen hatte, mit ihrem Messer würde sie wenig ausrichten können. Sie hatte nicht einmal Zeit gehabt, sich die Höhle einzuprägen.

„Hört zu, niemand muss verletzt werden, okay?“, sagte dieselbe Stimme, die definitiv nicht Marie gehörte. „Das war nur ein Warnschuss.“

Das Handydisplay flackerte auf und zeigte Sinas Gesicht. Marie stand zitternd neben ihr. Judy hätte sich beinahe verraten, erstarrte aber, als sie sah, wer hinter Sina stand. Bildete sie sich das nur ein? Das konnte nicht sein!

Kapitel Einundzwanzig

55 Stunden bis zur Abrechnung

Wieso lebte er noch? Der Mann, der seine Waffe jetzt auf den Boden richtete, war Peter Bolt.

„Warum sollten wir Ihnen vertrauen?“, fragte Michael. Seine Stimme drang irgendwo aus dem Dunkeln, da Sinas Handy nicht viel mehr als ihr Gesicht beleuchtete. „Sie wollten uns umbringen!“

Sinas Stimme klang sachlich. „Nein, er hat nicht versucht, uns zu töten. Er hat versucht, Judy zu töten.“

Judy lief ein kalter Schauer über den Rücken. Plötzlich wurde sie sich ihres Irrtums bewusst. Sie hatte angenommen, eine größere Gruppe wäre sicherer. Selbst wenn der Mörder mitten unter ihnen lauerte, würde der Rest der Gruppe sie beschützen. Wie naiv sie doch gewesen war.

„Was willst du damit sagen?“, fragte Michael, der anscheinend etwas länger brauchte, um die Tragweite von Sinas Worten zu verstehen.

Sina hatte sich mit der Person verbündet, von der die größte Bedrohung ausging. Auch wenn das bedeutete, Judy für ihre Sicherheit zu opfern.

Was nun? Konnte sie durch den engen Tunnel entkommen, den Louis benutzt hatte? Das Risiko, gesehen zu werden, war hoch.

„Das heißt, du brauchst dir keine Sorgen zu machen“, sagte Sina mit ruhiger Stimme. „Bolt hat überreagiert und uns alle erschreckt. Aber er hat nichts gegen den Rest von uns. Außerdem hat er für seinen Versuch bitter bezahlen müssen. Ich denke, wir können alle vernünftig sein und zusammenarbeiten."

„Vernünftig? Der Typ hat auf uns geschossen!"

Sina blickte ungefähr in die Richtung, aus der Michaels Stimme kam. „Er hat einen Fehler gemacht. Wie wir alle, sonst wären wir nicht hier."

„Und was gedenken Sie mit Judy anzustellen, falls Sie ihrer habhaft werden?" Louis' Stimme klang unerwartet nah und ließ sie zusammenzucken.

„Nichts", antwortete Sina für Bolt. „Peter hat guten Grund, sie zu hassen. Aber wir haben im Moment andere Sorgen. Wir müssen hier raus, sonst verdursten wir noch."

Es half nichts, sie musste das Risiko eingehen, gesehen zu werden. Mit vorsichtigen Bewegungen schlich sie auf den Tunnel zu.

„Ich denke, wir sollten unsere Differenzen beilegen und sehen, wie wir hier herauskommen", sagte Louis. „Vielleicht finden wir in der Nähe eine Wasserquelle."

Seiner Stimme zufolge hatte er den schmalen Tunnel verlassen und sich etwas vom Eingang entfernt. In dem Fall wäre der Weg frei. Sie tastete nach dem Loch in der Wand. Mit den Füßen voran rutschte sie rückwärts in den schmalen Spalt und bewegte sich auf ihrem Hintern vorwärts. In dieser Position, mit dem Kopf nach hinten und den Füßen nach vorn, konnte sie noch sehen, was hinter ihr geschah, und sich notfalls mit dem Messer verteidigen.

Im nächsten Moment ging ein weiteres Licht an. Sie erstarrte. Wenn jemand ein Licht in ihre Richtung schien, wäre sie verloren.

„Ich schlage einen Pakt vor“, knurrte Bolts raue Stimme. „Wir vergessen das Missverständnis und konzentrieren uns darauf, einen Ausgang zu finden.“

„Warum sollten wir Ihnen vertrauen?“, fragte Michael.

„Ich habe nichts gegen dich.“ Das Grollen in seiner Stimme klang so gnadenlos wie der Blick, mit dem er die Gruppe musterte. Sein Handylicht reichte nicht weit, und der Lichtfinger wanderte suchend über den Fels, bis er Michael entdeckte. Er stand, halb versteckt, hinter einem großen Stalaktiten. Wo war eigentlich Paul?

„Ich denke, wir können Ihr Angebot leichter akzeptieren, wenn Sie uns Ihre Waffe übergeben“, sagte Louis und erntete ein abfälliges Murren.

„Und kannst du mit einer Waffe umgehen, Junge?“

Das Licht fand nun Louis, der nur wenige Schritte von ihrem Versteck entfernt hinter einem Felsvorsprung kauerte.

Bolt wartete nicht auf Louis’ Antwort. „Wenn ich dir mein Gewehr gebe, haben wir niemanden, der uns gegen jemanden wie Snake verteidigt.“

„Oh, und Sie wollen uns beschützen?“ Michaels Stimme klang skeptisch.

„Niemand hier kann mit einem Gewehr umgehen, und ohne Schusswaffe kann es doch keiner von euch mit einem kampferfahrenen Mörder aufnehmen“, sagte Bolt sachlich.

Judy konnte spüren, wie die Gruppe ihre Chancen abwog und die Stimmung zu Bolts Gunsten umschlug.

„Na gut“, hörte sie Louis sagen, und auch er aktivierte nun sein Licht. „Wir schließen einen Nichtangriffspakt für alle außer Snake.“

Streng genommen schloss dieser Satz auch sie selbst ein. Ob Bolt das so sehen würde, wagte sie jedoch zu bezweifeln. Louis' Licht ermöglichte ihr zum ersten Mal einen direkten Blick auf Bolt. Der Anblick ließ sie erschaudern.

Bolts zerrissene Kleidung ließ nur erahnen, wie schwer seine Verletzungen darunter sein mussten. Sein Kopf war fachmännisch verbunden, doch die roten Verbände zeigten, dass er viel Blut verloren haben musste. Seine Grimasse zeugte von starken Schmerzen. Es war ein Wunder, dass er überhaupt noch stehen konnte.

Ein Bein unnatürlich ausgestreckt, um es möglichst wenig zu belasten, lehnte er mit der Schulter an der Höhlenwand.

Der Alte war zäh wie Leder. Bolt hatte den Sturz offenbar überlebt, wenn auch schwer verletzt. Vielleicht hatte er auch innere Blutungen, deren Folgen sich erst später zeigen würden.

„Arbeitet ihr mit Judy zusammen?“, fragte Bolt. „Ist sie hier?“

Michael drehte sich suchend um, was an sich schon einem Geständnis gleichkam. Doch Louis kam ihm zuvor. „Nein, wir haben sie gesehen, aber wir haben uns getrennt.“

Technisch gesehen stimmte das und die Antwort schien Bolt zu genügen. Marie sah aus, als wolle sie etwas sagen, schloss dann aber wieder den Mund.

„Wo ist Paul?“, stellte Louis genau die Frage, die auch sie beschäftigte.

„Wurde er getroffen?“, fragte Marie.

„Vielleicht“, sagte Louis. „Ich habe einen Schrei gehört. Es könnte Paul gewesen sein.“

Die Lichter ihrer Handys wanderten suchend über den Boden. So lautlos wie möglich zog sie sich tiefer in den Tunnel zurück. Schließlich konnte sie von der Gruppe nur noch den fernen Lichtschein am Tunneleingang sehen. Die Stimmen drangen nur gedämpft an ihr Ohr und waren schwer zu identifizieren.

„Er ist weg, aber hier sind Fußabdrücke."

„Ich habe sein Feuerzeug gefunden!"

Was war mit Paul passiert? War er getroffen worden, als er versuchte, sich in Sicherheit zu bringen? War er am Ende in eine andere Spalte abgestürzt? Oder hatte er sich einfach nur davongeschlichen und jetzt zu viel Angst, um zurückzukommen? Sie konnte es ihm nicht verübeln.

„Ich glaube, neben dem Fußabdruck ist Blut. Er muss einen Streifschuss abbekommen haben", sagte eine Stimme, die Sinas Stimme sein mochte.

In dem Fall steckte Paul jetzt in noch größeren Schwierigkeiten als der Rest der Gruppe. Sie sollten nach ihm suchen.

„Vergiss den Fettsack. Wir brauchen Wasser. Habt ihr eine Quelle gefunden?"

Das war eindeutig Bolts erbarmungslose Stimme, die selbst aus der Ferne in ihrem Tunnel noch zu erkennen war.

„Louis ist durch den Tunnel geklettert und meinte, die Wände auf der anderen Seite wären feucht."

Oh nein… Marie hatte gerade, absichtlich oder unabsichtlich, Bolts Aufmerksamkeit auf ihr Versteck gelenkt.

Sie kroch weiter durch ihre Röhre und bedauerte nun, rückwärts klettern zu müssen. Der Tunnel war zwar deutlich breiter als bei ihrem ersten klaustrophobischen Erlebnis in diesen Höhlen, aber immer noch nicht hoch genug, um die Richtung zu ändern. Was ihr anfangs geholfen hatte, die anderen zu beobachten, wurde nun, da es auf Schnelligkeit ankam, zu einem Hindernis.

„Okay, dann gehen wir durch den Tunnel und sehen uns die andere Seite an", sagte Bolt.

Dass seine Stimme lauter klang, war ein Grund, sich zu beeilen. Ihre Füße stießen gegen Stein. Hatte Louis nicht gesagt, der Tunnel führe zu einem anderen Raum? Langsame Schritte näherten sich ihrem Versteck. Hatte Louis gelogen und es gab überhaupt keinen anderen Raum? Sie unterdrückte ihre aufsteigende Angst und tastete mit dem Fuß nach einem Ausgang.

Ein Lichtpunkt kam näher und wurde langsam größer.

Dort! Ihr Tunnel machte eine kleine Biegung, und sie spürte, wie ihr Fuß den freien Raum dahinter ertastete. Sie drückte sich weiter zurück, bis die schmalen Wände ihres Gefängnisses breiter wurden und sie plötzlich wieder aufrecht stehen konnte. Jemand leuchtete in den Tunnel, doch der Lichtstrahl traf nur auf den Felsen der Kurve im Durchgang.

„Ich habe ein Geräusch gehört", schnarrte Bolts Stimme und hallte aus dem Riss wider.

Judy erstarrte, und alle Geräusche um sie herum verstummten. So unwahrscheinlich es auch war, sie glaubte, das metallische Klackern zu hören, als Bolt sein Gewehr entsicherte. Ihre Gedanken rasten. Sollte sie weglaufen? Sobald sie das Licht anmachte, würde sie sich verraten. Aber sie konnte sich hier nicht ewig verstecken.

„Du", sagte Bolt. „Du gehst zuerst durch den Tunnel!"

„Ich kann nicht“, sagte Marie.

Judy ignorierte die Stimmen und tastete sich über den feuchten Fels ihres unbekannten Raums. Sie versuchte, an der Wand entlangzugehen, um nicht die Orientierung zu verlieren. Vorsichtig setzte sie einen Fuß vor. Das Bild der Schlucht, in die Laura gestürzt war, hatte sie noch immer vor ihrem geistigen Auge eingebrannt. Ohne Licht würde sie hier nicht weit kommen.

„Warum nicht? Wir gehen alle auf die andere Seite“, knurrte Bolt.

„Ich leide unter Klaustrophobie“, fügte Marie etwas leiser hinzu.

„Für so einen Unsinn hab‘ ich keine Zeit!“, ertönte die barsche Stimme ungeduldig. „Reiß dich zusammen und kriech durch den Tunnel, wenn du nicht verdursten willst.“

„Vielleicht sollte ich zuerst gehen. Ich war schon auf der anderen Seite“, schlug Louis vor, und sie konnte jemanden im Tunnel näherkommen hören. Etwas leiser sagte er vermutlich zu Marie: „Ich kann Ihnen von der anderen Seite den Weg leuchten.“

Bolt klang ungeduldig, aber akzeptierte den Vorschlag. „Von mir aus, aber beeil dich. Wir haben nicht den ganzen Tag Zeit.“

Als das Schleifen seiner Kleidung am Ausgang ihres Tunnels erklang, ertönte seine flüsternde Stimme. „Judy?“

Judy tastete sich wieder etwas an der Wand entlang zurück. Im Licht seiner Taschenlampe erschien Louis’ Gestalt und er legte einen Finger auf die Lippen, als er sie erkannte.

„Wie sieht es aus?“, fragte Bolts Stimme hallend aus der Ferne. „Bist du durch?“

„Ich bin angekommen. Marie, Sie können mir jetzt folgen.“

Ungeachtet seiner Worte leuchtete er nicht hinter sich, sondern in die entgegengesetzte Richtung, um den Raum zu erhellen.

Zum ersten Mal wurde die Höhle sichtbar. Der Lichtstrahl enthüllte einen Stalagnat, eine Säule, an der ein Stalaktit und ein Stalagmit zusammengewachsen waren. Um die Säule hatte sich eine Pfütze gebildet. Das trübe Wasser wirkte seltsam verlockend. Doch das würde ihren Durst nicht lindern. Die Wassermenge reichte kaum für ihre Hände und war wahrscheinlich ungenießbar. Dahinter verengte sich der Raum zu einem weiteren Tunnel.

Marie hatte bisher keine Anstalten gemacht, Louis in den Tunnel zu folgen. „Ich habe Platzangst. Ich kann nicht in enge Räume gehen! Ich finde es echt krass, dass Sie mich hier in eine Situation drängen, die mir offensichtlich nicht guttut. Wissen Sie, was das mit meinen Nerven macht?“

„Beweg deinen Arsch!“

„Sie hören mir einfach nicht zu, oder? Ich kann nicht!“

„Ich werde es nicht noch einmal sagen.“

„Und ich werde mich nicht kaputtmachen, nur weil Sie es sagen.“

Im nächsten Moment hörten sie ein lautes Klatschen, gefolgt von aufgeregten Stimmen.

„Hey, was soll das?“, rief Michael, gefolgt von Maries Schluchzen.

„Ich lasse mich von dieser Göre nicht zum Narren halten!“, blaffte Bolt. „Na, wird’s bald? Du schiebst dich jetzt durch diesen Spalt, oder es knallt noch viel lauter!“

Maries Weinen wurde lauter, als sie den Kopf in die Röhre steckte.

Es war an der Zeit, zu verschwinden. Sobald sie den Ausgang auf der anderen Seite des Raumes erreicht hatte, hob Louis noch einmal die Hand zum Abschied. Dann hielt er das Licht in den Tunnel.

„Sie schaffen das, Marie, der Ausgang ist nicht weit und dann wird es schon wieder breiter.“

Auf Louis’ Ermunterung antwortete nur ein weiteres Schluchzen.

Nach ein paar Schritten war Judy schließlich zu weit entfernt, um noch etwas von den anderen zu hören. Endlich wagte sie es, ihr Licht wieder anzuschalten. Nun musste sie allein weiter.

Kapitel Zweiundzwanzig

52 Stunden bis zur Abrechnung

Wie viele Höhlen konnte es unter diesem Berg geben? Die Größe des Labyrinths war wirklich erstaunlich. Judy tastete sich gefühlte Stunden durch die Gänge, immer darauf bedacht, nicht in eine plötzlich auftauchende Schlucht zu fallen. Natürlich kam sie so nur sehr langsam voran und musste auch noch mehrfach umkehren, weil die Tunnel abrupt endeten. Trotzdem war das Gebiet riesig.

Sorgenvoll betrachtete sie die Akkuanzeige ihres Handys, die auf zwanzig Prozent gesunken war. Neben Wasser und Essen würde sie bald eine neue Lichtquelle brauchen, wenn sie hier lebend herauskommen wollte. Die vom Sonnenlicht unberührten Steine strahlten eine Kälte aus, die sich längst durch ihre dünne Kleidung gefressen hatte. Sie atmete durch klappernde Zähne aus, wobei die Luft als milchig weißer Schleier im Licht erstrahlte. Ihre Hand zitterte so sehr, dass der Lichtstrahl über die feucht glitzernden Wände tanzte.

In düstere Gedanken versunken, kollidierte sie beinahe mit dem Gegenstand, der sich plötzlich vor ihren Füßen befand. Mitten auf dem Weg vor ihr stand eine etwa einen Meter lange Holzkiste. Eine weitere Nachricht vom Meister der Arena? Sie sah sich um und näherte sich erst dann vorsichtig der Kiste, bereit, beim leisesten Rascheln zurückzuspringen. Abgesehen von der Kiste war der Korridor jedoch verlassen. Konnte es eine Falle sein?

Mit ausgestrecktem Arm berührte sie die Kiste mit der Messerspitze. Trotz der Entfernung ließ sich der Deckel leicht öffnen.

Erstaunt betrachtete sie den Inhalt. Dosen? Sie warf einen flüchtigen Blick an die Wände. Bestimmt war irgendwo eine weitere Kamera versteckt, die den Fund dokumentierte. Normalerweise gehörten Dosengerichte nicht auf ihren Speiseplan, doch unter diesen Umständen war jede Form von Essen ein unerwarteter Schatz. Es war Nahrung für eine Woche, mehr als genug für die drei Tage, die der Entführer ihr angekündigt hatte. Zumindest, wenn sie nicht teilen musste. Hatte ihr Entführer gehofft, einen Streit um diesen Schatz zu provozieren? *Wahrscheinlich.* Den Gefangenen beim Verhungern zuzusehen, war alles andere als aufregend und würde die Zuschauer dieses Spiels nur langweilen.

Skeptisch inspizierte sie die Konserven. Es waren verschiedene eintopfartige Produkte, und alle waren mit Unmengen an Salz haltbar gemacht. Ihr Hunger ließ selbst diese einfachen Gerichte köstlich erscheinen, doch sie musste sich beherrschen. Ohne Wasser wären diese Gerichte pures Gift und würden sie augenblicklich austrocknen. Trotzdem schulterte sie die Kiste und versuchte, trotz des schweren Gepäcks ihren Weg fortzusetzen.

Der Gang weitete sich, und bis ihr schwaches Licht die Wände nicht mehr erreichte. Ihr Licht verlor sich in der Weite des Raumes. Sie blieb stehen, als sich aus der Dunkelheit vor ihr ein gewaltiger Abgrund auftat. *Das hätte schiefgehen können.*

Plötzlich flammte in der Schwärze ein Licht auf. Der schimmernde Punkt war zu klein, um den Raum merklich zu erhellen, ähnlich ihrer eigenen Handylampe. Instinktiv duckte sie sich, wobei die Holzkiste ihren Fingern entglitt und krachend auf dem Höhlenboden zerschellte. Die Dosen rollten in alle Richtungen. *Verdammt!*

Sie brauchte mehrere Herzschläge, bis ihr zitternder Daumen es endlich schaffte, das Licht zu löschen, das jeden Angreifer wie ein Leuchtturm zu ihrer Position lotste.

Noch immer hallte das Klappern der Dosen durch die Höhle.

Von dem fremden Licht war dagegen nichts mehr zu sehen. Sie musste hier weg.

Auf allen Vieren kroch sie sich vorwärts und tastete nach möglichen Abgründen. Die Kiste hatte sie achtlos am Eingang des Raumes zurückgelassen. Angesichts des Fremden im Raum war der Hunger ihre geringste Sorge. Sie hielt inne und lauschte.

Nichts. Nur das stetige Tropfen von Wasser. Das machte es wahrscheinlicher, dass es sich um eine einzelne Person und nicht um eine Gruppe handelte. Außerdem hatte sie nur ein einziges Licht gesehen. Die Gruppe musste mehrere Lichter haben, besonders in solch einer gefährlichen Umgebung. Ein einzelner Jäger hingegen konnte sich ruhig in der Dunkelheit verstecken und warten, bis sie aus seinem Versteck kam.

Sie versuchte, sich das Bild der Höhle ins Gedächtnis zu rufen. Woran erinnerte sie sich? Unzählige Stalaktiten und ein bodenloser Abgrund vor ihr. Das Licht war noch weiter weg gewesen. Stand die Person vielleicht hinter dieser Schlucht? Ein weiteres Platschen ertönte, als ein Wassertropfen fiel. Wer auch immer es war, ihr Gegenüber gab keinen Laut von sich. Vielleicht übertönten ihr eigener Atem und ihr klopfendes Herz auch einfach jedes Geräusch von der anderen Seite.

Was sollte sie nur tun? Auf jeden Fall nicht stehenbleiben. Sie kroch weiter über den felsigen Untergrund, der jetzt anstieg. Noch immer konnte sie die Höhlenwand an ihrer rechten Seite ertasten.

Plötzlich zuckte ein Schmerz durch ihre linke Schulter. Sie biss die Zähne zusammen, um keinen Laut von sich zu geben. Eine zweite Wand? Sie tastete den Fels rechts und links ab. Auf dem erhöhten Grund musste ein größerer Felsbrocken liegen. War sie hinter den Felsen gekrochen? Falls sie mit ihrer Vermutung recht hatte, so hatte sie vermutlich mit ziemlich viel Glück ein Versteck gefunden, statt auf eine weitere Schlucht zu stoßen. Sie tastete über den Boden und fand ein paar lose Steine. Ihre Finger schlossen sich um einen faustgroßen, während sie sich rückwärts bewegte, bis die Wand zu ihrer Linken verschwand.

Rein theoretisch musste der Weg von hier bis zum Eingang, den sie eben gekrochen war, frei sein. Falls sie sich irrte, würde sie dagegen ihre neue Position verraten. Sie zögerte nicht lange und schleuderte den Stein zu der ungefähren Position, aus der sie gekommen war. Er flog längst nicht so weit wie geplant, aber das war keine Überraschung. Es gab viele Sportarten, die sie beherrschte. Ballsportarten gehörten leider nicht dazu. Bei ihrer miserablen Wurftechnik war Judy schon froh, sich nicht selbst getroffen zu haben.

Ein lautes Platschen antwortete auf ihren Wurf. Der Stein musste in einen Teich gefallen sein! Dabei konnte sie sich an kein Wasser erinnern. Bisher waren ein paar feuchte Steine die einzige Wasserquelle gewesen, auf die sie gestoßen war. Sie hielt den Atem an und lauschte erneut, gespannt auf das leiseste Geräusch. Kein Licht brannte, und noch immer war das einzige Geräusch in der Höhle das Tropfen von Wasser. Langsam zählte sie im Kopf bis hundert. War es möglich, dass Snake die ganze Zeit still in der Dunkelheit gelauert und darauf gewartet hatte, dass sie sich verriet? Ja, das war möglich.

Aber warum hatte er nicht auf ihren Wurf reagiert? Hatte er ihren Trick durchschaut, mit dem sie ihn aus der Deckung gelockt hatte? Oder war es vielleicht gar nicht er, der dort im Dunkeln auf seine Beute wartete?

Im Geiste ging sie die Namen der verbliebenen Gefangenen durch. Louis, Michael, Sina und Marie waren noch immer mit Bolt unterwegs. Selbst wenn sie sich zerstritten und wieder getrennt hätten, war es sehr unwahrscheinlich, dass sie jemand bereits überholt hatte. Viel wahrscheinlicher war, dass die Gruppe irgendwann aufholen und ebenfalls hier landen würde.

Das Licht, das sie gesehen hatte, kam von der anderen Seite des Abgrunds. Das bedeutete, dass es wahrscheinlich mindestens einen weiteren Eingang gab. Vielleicht hatte Paul einen Weg um den Tunnel herum gefunden? Theoretisch hätte er genug Vorsprung gehabt, um vor ihr dort zu sein. Was gegen Paul sprach, war der fehlende Rauchgeruch. So sehr sie sich auch konzentrierte, sie roch, nur feuchte, kalte Luft. Vielleicht Sylvia? Möglicherweise hatte sie von Anfang an gewusst, dass es hier Wasser gab.

Sie konnte jedenfalls nicht ewig hier in der Dunkelheit kauern. Vielleicht wartete auf der anderen Seite der Schlucht eine ebenso verängstigte Person, die sich ebenfalls in der Dunkelheit versteckte. Außerdem wurden die Steine unter ihr langsam unangenehm kalt.

„Sylvia, bist du das?“

Ihr Ruf hallte unheimlich durch die Höhle. Keine Antwort. Gänsehaut kribbelte auf ihren Armen. Vermutlich hatte sie gerade einen großen Fehler gemacht. Was, wenn es doch nicht Sylvia war? Hatte Snake nur darauf gewartet, dass sie sich verriet? Sie schloss ihre steifen Finger erneut um den Griff des Messers. Noch immer gab es eine Chance, Snake zu überraschen. Sie versteckte sich immerhin hinter einem Felsen.

Doch niemand kam. Schweigend hielt sie das Messer vor sich, bis ihr Arm zu zittern begann. Das alles ergab keinen Sinn. Warum machte Snake nicht einfach das Licht an und suchte nach ihr? Und wenn es Sylvia war, warum versteckte sie sich dann weiter? Sie musste selbst in die Offensive gehen und der Quelle des anderen Lichts auf den Grund gehen. Kurzentschlossen nahm sie das Messer in die eine und das Handy in die andere Hand, holte tief Luft und schaltete die Lichtfunktion ein. Im nächsten Moment verstand sie.

Sie hätte beinahe vor Erleichterung gelacht, als die Anspannung langsam nachließ. Das Licht ihres Handys spiegelte sich auf der Oberfläche des unterirdischen Sees. Die zweite Täuschung war weniger offensichtlich. Es gab überhaupt keine tiefe Schlucht. Die hohe Decke spiegelte sich im See und erzeugte die Illusion eines bodenlosen Abgrunds. Sie tauchte ihre Hand in das klare, aber seltsam rötlich gefärbte, kalte Wasser, und die Illusion an der Oberfläche zerfiel in Ringe. Es war verlockend, dieses Wasser zu trinken. Wäre es wirklich sicher, oder würde sie sich vergiften? Andererseits war es auch egal, ob sie verdurstete oder an Gift starb. Sie nahm einen kleinen Schluck. Es schmeckte metallisch. Vielleicht war es besser, erst einmal abzuwarten und die Wirkung zu beobachten.

Ein schneller Rundgang durch die riesige Kammer offenbarte zwei weitere Tunnel und keine Spur von Besuchern. Nun konnte sie auch sehen, dass sich rechts von ihrem Eingang eine Art Hügel mit einer Wand aus Geröll befand, hinter die sie zufällig gekrochen war. Es war ein gutes Versteck, das kaum zufällig entdeckt werden konnte.

Sie ging zurück zu den Resten der Kiste und sammelte so viele Dosen ein, wie sie tragen konnten. Die zerbrochenen Holzbretter würde sie nicht so schnell verschwinden lassen können. Sie balancierte bereits fünf Dosen zu ihrem Versteck, als sie die Geräusche näherkommender Schritte erstarren ließen.

Kapitel Dreiundzwanzig

51 Stunden bis zur Abrechnung

Sollte sie versuchen, sich zum Eingang zu schleichen und die letzten beiden gefährlichen Dosen zu schnappen? Nein, das war zu riskant. Außerdem waren die Reste der Kiste sowieso noch da. Judy duckte sich tiefer in ihr Versteck, als die ersten Lichter aufleuchteten.

An den Rand des Felsens gedrängt, beobachtete sie die sich nähernde Gruppe. Für eine so große Gruppe bewegten sie sich leise. Sina ging mit einer starken Taschenlampe voran. Direkt hinter ihr, ohne Lampe, lief Bolt mit schussbereitem Gewehr. Marie und Louis bewegten sich in der Mitte, während Michael mit einer weiteren Taschenlampe die Nachhut bildete.

„Halt, da ist eine tiefe Schlucht!“, sagte Sina und leuchtete über den See.

„Ich glaube, ich habe noch eine Lampe gesehen!“

„Nein“, korrigierte Bolt Sina, „das sind deine Lampen, die sich im See spiegeln.“

Ärger machte sich in ihr breit, als sie merkte, dass Bolt im Gegensatz zu ihr den Spiegeltrick sofort erkannte.

„Wow, das muss extrem tief sein! Schau dir diesen Abgrund an“, sagte Sina.

Ein lautes Platschen ertönte.

„Nein, das ist eine Illusion“, sagte Louis. „Die Decke spiegelt sich im schwarzen Wasser. Schau dir die Stalaktiten im Wasser an.“

„Du meinst Stalagmiten“, unterbrach Michael. „Wenn sie von unten kommen, sind es Stalagmiten.“

Louis seufzte hörbar. „Ihr Unverständnis ist verständlich, Herr Holm, aber nicht entschuldbar. Hätten Sie mir zugehört, wüssten Sie, dass es sich nur um eine Illusion handelt. Es sind Stalaktiten, die sich im Wasser spiegeln und daher aussehen, als kämen sie von unten.“

„Ruhe!“, knurrte Bolt empört. „Snake könnte hier hinter jedem Schatten lauern und nur auf die Gelegenheit warten, uns zu überfallen.“

Die Lichter entfernten sich suchend vom See und leuchteten an den Wänden entlang. Judy zog sich tiefer in die Schatten zurück und verlor die Gruppe aus den Augen.

„Schau mal!“, sagte Michael. „Hier sind zwei Dosen und etwas Holz.“

„Offenbar sind wir nicht die Ersten“, sagte Sina.

Die Neugier trieb Judy wieder nach vorne und sie spähte zur Gruppe.

Sina hatte sich hingekniet und eine der Dosen aufgehoben. Erst dann bemerkte sie, wie Louis und Michael einen sperrigen Gegenstand hochhoben und ihn mit einem Knall auf den Boden fallen ließen.

„Und warum sollte jemand hier Dosen stehen lassen?“, fragte Marie.

„Vielleicht hatte er schon mehr, als er tragen konnte“, vermutete Sina und kam damit der Wahrheit überraschend nahe.

„Wie alt sind sie eigentlich?“, fragte Marie. „Können wir sie noch essen?“

„Wenn sie unbeschädigt sind, könnten sie theoretisch Jahrzehnte überdauern", sagte Sina. „In diesem Fall brauchen wir uns darüber jedoch keine Sorgen zu machen. Ich bin sicher, dass die Dosen hier nicht von den alten Bewohnern dieser Tunnel stammen, sondern ein Geschenk des Meisters der Arena sind."

„Also genau wie unsere Box", sagte Michael und erntete zustimmendes Gemurmel.

Bolt schaltete eine Taschenlampe ein. War sie die Einzige, die sich auf ihr Handy verließ? Der Strahl wanderte zu ihrer Wand. Das grimmige Gesicht musterte den Felsen, als witterte es jemanden dahinter.

Die stille Hoffnung, dass er am See bleiben würde, erfüllte sich nicht. Stattdessen humpelte er langsam in ihre Richtung.

Ihr Herz schlug ihr erneut bis zum Hals. Sie rannte durch die Gegend. Bolt hatte sie noch nicht gesehen und hielt seine Taschenlampe in der linken Hand. Das Gewehr lag quer über seinem Arm, sodass er leuchten und in die gleiche Richtung schießen konnte. Trotzdem wirkte er jetzt weniger furchteinflößend. Sein Gewehr zitterte, sodass der Lauf öfter auf den Boden als in die richtige Richtung zeigte. Bolt keuchte, hatte offensichtlich Schmerzen und musste sich so sehr auf seine Schritte konzentrieren, dass er kaum zu sehen schien, wohin er ging.

Dennoch wäre es fatal, ihn zu unterschätzen. Er mochte schwach und verletzlich wirken, doch er trug eine tödliche Waffe. Der Jäger musste nur die Waffe in die richtige Richtung richten und abdrücken, sobald er sie sah.

Trotzdem musste Bolt den Hügel hinauf und um den Felsen herumlaufen, bevor er auf sie zielen konnte. Sobald er um die Ecke bog, konnte sie ihn angreifen. Ihr Vorteil war, dass sie ihn bereits sehen konnte und genau wusste, wann er in Reichweite sein würde. Es waren nicht die rationalen Chancen, die ihr Probleme bereiteten. Ihre Chancen, Bolt zu besiegen, würden wahrscheinlich nie besser sein als jetzt. Das Problem war, dass sie keinen Menschen töten wollte. *Nicht schon wieder.*

Eigentlich wollte sie Bolt nicht einmal verletzen, aber Zögern könnte sie das Leben kosten.

Keuchend humpelte Bolt näher. Die Art, wie er sein Bein hinter sich herzog, und sein Stöhnen zeugten von den großen Schmerzen, die er erlitt.

Bitte geh weg! Judy erstarrte und schloss ihre Finger um das Messer. Sie wollte das nicht!

Ein Schmerzensschrei entfuhr Bolt und er sank zu Boden. Judy begriff nicht genau, was passiert war. Wahrscheinlich war er auf seinem verletzten Bein ausgerutscht. Noch immer umklammerte er seine Waffe und versuchte, wieder aufzustehen. Ein weiteres Licht kam schnell näher.

„Alles in Ordnung?“, fragte Sina, als Bolt erneut stöhnte.

„Ich brauche etwas für das Bein.“

„Ich kann im Moment nichts tun“, sagte Sina. „Die Schmerzmittel sind aufgebraucht. Wir brauchen Medikamente, und du musst dein Bein schonen, bis es operiert werden kann.“

Sina hatte Medikamente in die Arena gebracht? Das war ziemlich überraschend für jemanden, der glaubte, an einer harmlosen Show teilzunehmen.

„Ich brauche niemanden, der mich bemuttert", sagte Bolt mürrisch. „Wir müssen hier unser Lager aufschlagen."

Sina nahm Bolts Arm über die Schultern und steuerte ihn, zu Judys Erleichterung, in Richtung See. Judy atmete erst aus, als sie sich in sicherer Entfernung von ihrem Versteck befanden.

„Wir müssen diese Eingänge blockieren. Holt das Zeug aus der Kiste!", brüllte der Jäger.

„Ich fasse diese Kiste nicht noch einmal an!", sagte Marie, wagte es aber nicht, Bolt direkt anzusehen, und konzentrierte sich stattdessen auf den Boden.

„Damit schneidest du dir eh nur die Hände ab", sagte Bolt abweisend. „Michael, du und Sina seid handwerklich nicht ganz so unfähig. Blockiert die Eingänge."

Die Eingänge blockieren? Was meinte Bolt damit?

Michael öffnete die Kiste, die der Holzkiste ähnelte, die sie gefunden hätte, und begann zu fluchen. „Von Aaken, warum machst du dich nicht nützlich und leuchtest uns hier oben!"

Er hatte seine Jacke ausgezogen und sie dann auf links angezogen, wobei die Ärmel seine Hände umhüllten.

Warum sollte er seine Jacke verkehrt herum anziehen?

Mit großer Vorsicht nahm Michael etwas Glitzerndes aus der Schachtel.

„Pass auf!", sagte Marie. „Die Spitzen sind messerscharf, du könntest dich schwer verletzen."

„Ich fürchte, meine Dame, das ist die Absicht dieser grausamen Erfindung", bemerkte Louis und folgte Michael und Sina mit seiner Lampe.

Michael wickelte den glitzernden Draht ab und spannte ihn über den Eingang, den sie benutzt hatte. Endlich wurde ihr klar: Es war Stacheldraht!

„Das sollte reichen“, sagt Michael. „Nehmen wir die anderen Rollen für den anderen Eingang mit.“

„Ist es nicht ziemlich blöd, wenn wir uns hier einschließen?“, fragte Sina. „Ich meine, wie sollen wir vor jemandem weglaufen, wenn die Ausgänge versperrt sind?“

„Na ja, wenn niemand reinkommt, müssen wir ja nicht weglaufen, oder?“

„Es sei denn, derjenige, vor dem wir weglaufen sollen, ist bereits hier bei uns“, antwortete Louis auf Michaels rhetorische Frage.

Angespanntes Schweigen breitete sich aus. Auch ohne ihre Gesichter zu sehen, spürte Judy, wie sie sich misstrauisch beäugten.

„Nun, ich nehme an, wir können einander bis zu einem gewissen Grad vertrauen“, sagte Michael verlegen, und sein Tonfall triefte vor falscher Leichtigkeit.

„Lasst uns die anderen beiden Eingänge blockieren“, sagte Sina. Wenig später verschwanden alle drei lautlos aus Judys Blickfeld.

Die Stille hielt an, bis gedämpfte Stimmen wieder erklangen, zu leise, um sie zu verstehen. Schließlich versammelten sie sich um ein Handylicht am Seeufer.

Verzweiflung kreiste in Judys Gedanken. Sollte sie einfach hier warten, bis die Gruppe irgendwann weiterzog? Die Kälte des Steinbodens drang durch ihre dünne, zerrissene Hose und ließ sie erschauern.

„Ich habe Hunger!“, ertönte Maries Stimme deutlich.

Die Kälte nagte mehr an ihr als der Hunger, und sie spürte, wie ihr Körper seine letzte Energie vergeudete, nur um warm zu bleiben. Natürlich wusste sie, dass ein Mensch unmöglich innerhalb eines Tages verhungern konnte, aber sie fühlte sich bereits schwächer. Was für ein grausamer Scherz, ihr Essen vorzusetzen. Selbst wenn sie es schaffte, die Dose zu öffnen, konnte sie das salzige Essen ohne Wasser nicht essen.

Aus dem Geklapper vor ihnen schloss sie, dass die anderen mit ihren eigenen Dosen rangen.

„Gib mir das", sagte Sina. „So kriegst du die nicht auf."

Metall kratzte. Judy konnte nicht sehen, wie sie die Dosen öffneten. Ein roher, trockener Geruch schnürte ihr die Kehle zu. Ein Tropfen fiel von der Decke auf ihren Handrücken, und sie ließ ihn über ihre Zunge rollen. Natürlich linderte das ihren mörderischen Durst nicht im Geringsten. Der winzige Schluck Wasser aus dem See hatte bei weitem nicht gereicht. Wenigstens hatte das Wasser aus dem See sie nicht sofort krank gemacht, und sie beschloss, eine Vergiftung zu riskieren und mehr aus dem See zu trinken, wenn sie jemals die Gelegenheit dazu bekam. Wie absurd, direkt neben einem See mit Wasser zu verdursten!

„Hier", hörte sie Sina wieder sagen. „Die Kanten sind ziemlich scharf, aber das Loch ist groß genug, um daraus zu essen."

„Was ist das überhaupt?", fragte Michael.

„Pfirsiche aus der Dose", erklärte Sina, offenbar mit vollem Mund.

„Das ist nicht gerade eine richtige Mahlzeit", sagte Marie.

„Das sollte dich freuen", sagte Bolt. „Diese Dose ist zwar ziemlich süß, aber wenigstens enthält sie etwas Flüssigkeit. Die andere ist so salzhaltig, dass du dich praktisch selbst pökelst, wenn du sie ohne ausreichend Wasser isst."

„Können wir das Wasser hier trinken? Ist es giftig?" Panik schwang in ihrer Stimme mit.

„Das glaube ich nicht", sagte Louis. „Wenigstens musst du dir keine Sorgen machen, nur weil du einen Schluck getrunken hast. Es schmeckt allerdings ziemlich komisch. Ich weiß nicht, ob wir es riskieren sollten, noch mehr davon zu trinken."

"Warte!"

Stimmen überschlugen sich in wirrem Geschrei, und Judy konnte nicht mehr genau verstehen, was gesagt wurde und von wem. Endlich drang Maries Stimme wieder an ihr Ohr.

„Glaubst du, du bist der Einzige, der Hunger und Durst hatte?"

Es klang wütend, aber Bolts arroganter Ton ließ keinen Zweifel daran, dass es ihm egal war. „Wenn ich der Einzige wäre, hätte ich es nicht so eilig gehabt, die Dose zu leeren."

„Ihr Egoismus ist abstoßend. Sie sollten sich schämen!", sagte Louis. „Wir müssen zusammenarbeiten, um der Arena zu entkommen. Gier und Egoismus schaden uns allen."

„Und wie genau soll die Zusammenarbeit mit zwei mickrigen Dosen für fünf Personen funktionieren? Dieses Spiel ist nicht als Gruppenaufgabe gedacht."

„Egoistisches Verhalten ist aber auch nicht hilfreich."

„Im Gegensatz zu Marie und dir bin ich verletzt und brauche meine Kraft, wenn ich hier unten nicht sterben will."

„Mein Mitleid hast du nicht", bemerkte Michael. „Die Verletzung hast du dir selbst zuzuschreiben. Hättest du nicht auf uns geschossen, hätten wir alle friedlich zusammen herumspazieren gehen und nach Schluchten Ausschau halten können. Von der zweiten Dose kriegst du nichts."

Die Höhle wurde heller, als mehr Mitglieder der Gruppe ihre Lichter anschalteten.

„Wer sagt das?", fragte Bolt. „So wie ich das sehe, habe ich die zweite Dose in der Hand."

Stimmen überschlugen sich in wirrem Geschrei. Es folgte eine kurze Pause, und sie glaubte, Michael dabei zu erwischen, wie er „Bastard" murmelte.

„Gut", sagte Bolt. „Geh jetzt bitte zurück. Halte mindestens drei Meter Abstand. Ich will ja nicht, dass mir der Finger vom Abzug rutscht. Sina, du kannst jetzt die zweite Dose öffnen. Wir teilen sie uns. Wenn noch etwas übrig ist, bekommt vielleicht noch jemand etwas."

Judy spähte hinter ihrem Felsen hervor. Bolt hatte sich von den anderen entfernt und war ein paar Schritte den Hügel hinaufgegangen. Er richtete das Gewehr mit beiden Händen auf Michael, die Dose lag neben seinen Stiefeln. Während er Michael immer noch anstarrte, ging er in die Hocke und ließ sich mit einem schmerzerfüllten Stöhnen nieder.

Marie starrte sprachlos und Michael presste wütend die Lippen zusammen, unwillig, sich zu bewegen.

Bolt legte die Waffe neben sich, behielt sie in Reichweite und beobachtete die Gruppe feindselig. Nach einem Moment verließ Sina

Maries Seite, nahm die Dose und setzte sich mit dem Rücken zu Judy neben Bolt.

„Diese Feindseligkeit bringt uns nicht weiter", sagte Louis, wurde aber von Bolt unterbrochen.

„Ich will das Geschwafel dieses blaublütigen Snobs nicht mehr hören. Am besten, ihr haltet alle Abstand zu mir."

„Peter", sagte Sina sanft. „Niemand will Ärger machen. Sie haben einfach nur Hunger, das ist alles."

Bolt murmelte leise vor sich hin, während Sina etwas hervorholte, das wie ein Nagel oder ein kleiner Schraubenzieher aussah. Sie stemmte das Werkzeug gegen die Dose und hämmerte mit einem Stein darauf, sodass saubere Löcher in die Dose stachen.

Judy konnte nicht länger untätig herumsitzen. Ihre steifen Glieder schmerzten, und ihr Durst wurde unerträglich. Sie warf alle Vorsicht über Bord, schlüpfte hinter dem Felsen hervor und zog ihr Messer.

Kapitel Vierundzwanzig

50 Stunden bis zur Abrechnung

Tief in der Dunkelheit strahlte Sinas Telefon wie ein Leuchtturm. Es war hell genug, um ihr die Richtung zu weisen, nicht aber, um ihr über den tückischen Boden zu helfen. Judy spürte die großen Steine unter ihren Füßen mehr, als dass sie sie sah. Um sich nicht mit einem Laut zu verraten, passte sie jeden Schritt mit dem Knall von Stein auf Schraubenzieher ab. Immer wieder hämmerte Sina mit dem Stein, um die Dose zu öffnen, und jeder Knall brachte Judy einen Schritt näher. Ein Fehltritt, wie sie aus Lauras Schicksal gelernt hatte, konnte ihr letzter sein.

Fast hatte sie das Lager der Gruppe erreicht, als Bolt plötzlich den Kopf hob. Sie erstarrte, so sehr darauf konzentriert, kein Geräusch zu machen, dass sie nicht einmal zu atmen wagte. Er konnte sie nicht gehört haben. Oder doch? Hatte er sie aus dem Augenwinkel gesehen? Sinas Handylicht reichte nicht weit, aber sie war auch nur noch fünf oder sechs Schritte entfernt. Ihre Hand umklammerte das Messer hinter ihrem Rücken. Ihr Arm verkrampfte sich in dieser seltsamen Haltung und begann zu schmerzen, aber sie konnte nicht riskieren, dass sich ein Licht in der Klinge spiegelte.

Nach einer gefühlten Ewigkeit drehte Bolt den Kopf wieder zurück. Nein, er hatte sie nicht gesehen.

Sinas Werkzeug knallte erneut. Judy schlich näher. Wie weit musste sie noch? Es war schwer zu sagen, wie schnell sie auf diesem Boden rennen konnte. Wie ein Raubtier pirschte sie sich an. Nur, dass ihre Beute schwer bewaffnet war. Sie musste es schaffen, Bolt schneller zu erreichen, als dieser das Gewehr heben konnte.

Mittlerweile war sie so nah, dass sie selbst ein flüchtiger Blick Bolts oder ein falscher Schritt verraten würde.

Sina hebelte die Dose auf und blickte hoch. Einen Herzschlag lang trafen sich ihre Blicke.

Sinas Gesichtsausdruck fror ein und ihre großen Augen starrten wie ein Reh im Scheinwerferlicht.

Judy folgte ihrem Instinkt. Sie sprintete los. Der alte Mann reagierte erstaunlich schnell und griff zu ihrem Entsetzen nach dem Gewehr. Doch er war zu langsam.

Sie rannte ungebremst in ihn hinein, warf ihn dadurch zu Boden und drückte ihm das Messer an die Kehle. Ohne weiteren Widerstand ließ er sich entwaffnen. Mit dem Gewehr in der einen und dem Messer in der anderen Hand trat sie zurück, während das Adrenalin noch immer durch ihre Adern pumpte.

Alles war so schnell gegangen, dass niemand aus der Gruppe Zeit hatte, zu reagieren. Sogar Sina schien gerade erst aus ihrer Starre zu erwachen.

Der Rest der Gruppe blickte sie mit einem Ausdruck des Schocks und der Überraschung an. Dann brach ein Wirrwarr verwirrten Gemurmels aus.

Bolt war der Erste, der die Fassung zurückerlangte.

War es ein grimmiges Lächeln, das über Bolts Gesicht huschte? Vielleicht auch nur eine Grimasse aufgrund seiner Schmerzen. Ausnahmsweise klang sein Tonfall nicht herablassend, als er sprach. „Du hast gewonnen, Judy Link."

„Ich habe keinen Streit mit ihnen", sagte Judy. „Wir werden beide hier in den Höhlen festgehalten und könnten uns gegenseitig helfen, um hier herauszukommen."

„Ich scheiße auf deine Hilfe. Wenn ich nicht bald ins Krankenhaus komme, ist es für mich sowieso vorbei."

„Was machen wir jetzt?", fragte Marie und sah Judy erwartungsvoll an. Nachdem sie ihren ersten Schock überwunden hatte, bemühte sie sich nicht einmal, Mitleid mit Bolt zu zeigen, sondern wirkte erleichtert, seinem Kommando entronnen zu sein.

„Zunächst einmal behalte ich das Gewehr", entschied Judy.

„Und warum sollten wir dir vertrauen?", fragte Sina. „Es macht für uns keinen Unterschied, ob Bolt mit dem Gewehr auf uns zielt oder du."

Es machte schon einen Unterschied. Schon rein, weil sie keine Ahnung hatte, wie man mit einem Gewehr umging. Konnte sie es Louis geben? Michael? Sina? *Vertraue niemandem.* Vielleicht gab es eine andere Möglichkeit.

„Dann kriegt niemand die Waffe", sagte Judy kurzentschlossen und schleuderte das Gewehr in hohem Bogen Richtung See. Besonders weit flog es nicht, aber bei ihren miserablen Wurfkünsten war sie zufrieden, als es im schwarzen Wasser verschwand.

„Bist du verrückt geworden?", schrie Michael. „Das war unsere einzige Chance, uns gegen Snake zu verteidigen!"

„Wie gut kannst du denn mit einem Gewehr umgehen?", gab Judy zurück.

„Ich habe noch nie eins abgefeuert, aber so schwer kann es kaum sein. Ich hätte es definitiv lieber, als diesem Verrückten mit leeren Händen gegenüberzutreten."

Sie hätte ihm die Waffe sowieso nie gegeben. „Es ist zu spät, darüber zu reden. Die Waffe ist weg."

Falls es diesen Snake überhaupt gab, mussten sie halt ohne Schusswaffe mit ihm zurechtkommen. Im Gegensatz zu Michael akzeptierte Marie diese Lösung ohne jeden Protest und setzte sich neben sie.

Jetzt, wo der Adrenalinschub langsam nachließ, kam die Kälte schlagartig zurück und traf sie noch härter als zuvor. Sie begann erneut zu zittern.

Wie wahrscheinlich war es, dass dieses Schreckgespenst namens Snake real war? Oder könnte sich hinter diesem Pseudonym jemand aus der Gruppe verbergen? Plötzlich dachte sie an die naheliegendste Frage, die sie viel früher hätte stellen sollen.

„Da ihr Snakes Website mit den Videos gesehen habt, wisst ihr, wie er aussieht?"

Louis runzelte die Stirn. Wahrscheinlich fragte er sich, warum sie nicht schon früher daran gedacht hatten. Bolts Gesicht war stoisch und unbeteiligt. Marie hingegen wirkte nachdenklich.

„Ich wollte mir diese Videos nie anschauen. Sie sind furchtbar. Manchmal hat Ben mich aber gezwungen, egal wie sehr mich das gequält hat." Maries Stimme war leiser geworden, bis sie die letzten Worte nur noch hauchte.

Wie perfide, durch Foltervideos gefoltert zu werden.

Einen Atemzug lang waren Maries Augen leer. Dann räusperte sie sich zweimal, bevor ihre Stimme wieder fest klang. „Soweit ich weiß, bieten Snake hauptsächlich Videos von anderen Leuten an, also kann man ihn selbst in den Clips nicht sehen. Ich glaube aber, ich habe auf der Website ein Bild von ihm gesehen."

Michael nickte. „Falls wir vom selben Bild sprechen, dann habe ich es auch gesehen. Er trug einen Helm und Motorradkleidung."

Marie nickte. „Ja, genau das Bild. Viel können wir also über ihn nicht sagen, außer, dass er vermutlich etwas größer ist als Louis und etwas dünner als Paul."

Das half nicht viel. Anhand der Beschreibung konnten sie nicht einmal sicher sein, dass es ein Mann war. Die Kälte kroch durch ihre dünne Kleidung und schien selbst ihre Gedanken einzufrieren. „Ihr habt nicht zufällig eine Decke oder irgendetwas zum Aufwärmen gefunden, oder? Hier unten ist es eiskalt."

„Ich habe etwas, um mich von innen zu wärmen", sagte Bolt und nahm einen Schluck aus einem Flachmann.

„Du hast Alkohol mitgebracht?"

„Er hilft gegen die Kälte und die Schmerzen, ist aber mittlerweile ziemlich verdünnt." Bolt deutete mit einem Kopfnicken in Richtung See. „Ich würde dieses Wasser nicht ohne trinken. Der Schnaps tötet alle Bazillen ab."

Normalerweise würde Alkohol ihn vermutlich eher dehydrieren, aber es war gar keine schlechte Idee, die Mikroben im Wasser abzutöten.

„Wir müssten das Wasser abkochen", sagte sie nachdenklich.

„Wir könnten hiermit ein Feuer machen“, schlug Louis vor und begann, die Überreste ihrer zersplitterten Holzkiste zu einem kleinen Haufen neben einer weiteren Kiste aufzustapeln. „Wären Sie so freundlich und würden mir helfen?“

Sina war die Erste, die weitere Holzstücke einsammelte. „Wie willst du sie denn anzünden? Ich glaube, die kannst du noch so lange aneinanderreiben, und die werden kein Feuer fangen.“

Louis hielt inne und nahm etwas aus seinem Mantel. „Ich habe Pauls Feuerzeug gefunden, und wir können das Sägemehl aus unserer Kiste verwenden. Der Butler meiner Eltern hat so den Kamin angezündet.“

Michael und Sina packten mit an und kurze Zeit später brannte ein knisterndes Feuer am Seeufer.

Alle versammelten sich im Kreis um den warmen Schein.

Judy streckte ihre Hände so nah ans Feuer, dass die Hitze ihre Haut fast verbrannte. Es war sehr angenehm, obwohl es die Kälte nur langsam aus ihrem Körper vertrieb. Die Gruppe war so nah zusammengerückt, dass sie sich im Licht der Flammen ausnahmsweise gut sehen konnten. Sie hingen schweigend ihren Gedanken nach, bis Louis vorsichtig eine Dose an den Rand des Feuers stellte.

„Was ist das?“

„Ich habe die leere Pfirsichdose mit Wasser aus dem See gefüllt“, erklärte Louis Marie. „Wenn sie heiß genug wird, könnten wir so das Wasser abkochen.“

Sehnsüchtig starrte Judy auf die mit Wasser gefüllte Dose. Ihr Mund war so trocken, als hätte er einfach aufgehört, Speichel zu produzieren.

Sina stellte die andere Dose dicht an die Flammen. „Das sind Tortellini. Warm schmecken sie bestimmt besser."

„Das ändert leider nichts an der Tatsache, dass wir uns eine Dose mit fünf Leuten teilen müssen", bemerkte Michael, wobei er Bolt offenbar nicht mitzählte.

„Oh! Fast hätte ich es vergessen!" Judy sprang auf. Im ersten Moment drehte sich die Welt im Kreis und beinah wäre sie wieder hingefallen. Offenbar brauchte sie das Wasser noch dringender, als sie gedacht hatte. Sie überspielte den Schwindel, indem sie ein paar schnelle Schritte in Richtung ihres Verstecks ausschritt. *Schwäche zu zeigen, könnte hier tödlich sein.* Mit ihrem Nahrungsvorrat im Arm kam sie zum Lager zurück. „Das sollte für uns alle reichen."

Als sie den Stapel neben das Feuer stellte, erhob sich ein schüchterner, aber aufrichtiger Jubel.

Nach all der Feindseligkeit zuvor, schien die Gruppe sich am Feuer auf einen unausgesprochenen Frieden geeinigt zu haben. Selbst Judy entspannte sich langsam, während sich die anderen über jede neue Dose freuten. Es war erstaunlich, ihre Begeisterung über Dinge zu sehen, die jeder von ihnen bis gestern für selbstverständlich gehalten hatte. Louis, der vermutlich noch nie so billige Lebensmittel gegessen hatte, öffnete grinsend eine Dose Erbsensuppe. Sina lachte laut über einen von Michaels Witzen. Sogar Bolt verzichtete für den Moment auf sarkastische Kommentare. Was wohl daran lag, dass auch er seinen Anteil am Essen erhalten hatte.

Gierig trank Judy das Wasser aus der ersten Dose, obwohl es noch viel zu heiß war. Der metallische Geschmack war noch intensiver, vermischt mit einem leicht süßen Pfirsicharoma. Sie hatte nie etwas Besseres getrunken. Sie trank, bis der brennende Durst endlich nachließ, und füllte den improvisierten Kochtopf im See wieder auf.

„Warum, glaubt ihr, hat der Meister der Arena uns als Kandidaten ausgewählt?“, fragte Michael und holte sie damit in die düstere Realität der Höhle zurück.

„Ich weiß nicht“, sagte Judy und beobachtete die tanzenden Flammen. Das stimmte nicht ganz. Sie hatte einige Vermutungen, aber sie fühlte sich zu erschöpft, um darüber nachzudenken. Das knisternde Feuer beruhigte ihre Nerven und machte sie schläfrig.

„Ich glaube, das ganze Spiel hat mit dir zu tun“, sagte Marie und sah sie an. „Die Briefe und alles andere scheinen dem, was dir passiert ist, sehr ähnlich zu sein. Zumindest nach dem, was ich in den Zeitungsartikeln gelesen habe. Das ganze Spiel ist von dir inspiriert.“

„Nicht von mir – allenfalls von dem, was mir zugestoßen ist. Ich habe dieses Spiel nicht geplant und ich weiß nicht, was der Meister der Arena will.“

„Geld, natürlich. Ist das nicht der Sinn dieser Show?“, fragte Marie.

Judy seufzte. „Es gibt verschiedene, bessere Wege, an Geld zu kommen. Niemand würde diese Methode wählen, wenn es ihm nicht Spaß machen würde, uns leiden zu sehen. Ich weiß nicht mehr über dieses Spiel als ihr.“

Michael stand auf und ging auf sie zu. „Ach ja? Du weißt natürlich überhaupt nicht, was hier los ist“, sagte er sarkastisch.

„Worauf willst du hinaus?“, fragte sie müde.

„Ich habe genug über dich gelesen. Man sagt, du wärst angeblich so brillant, die jüngste Professorin der Fakultät, gelobt für ihren Scharfsinn. Doch in der Realität kann Professorin Judy Link nicht das Geringste darüber herausfinden, was in dem kranken Geist des Arenameisters vor sich geht. Sie weiß nicht mal, wer sie eingesperrt hat. Hast du nur Bücher mit altklugen Sprüchen verkauft, die andere Fachidioten beeindrucken? Ich glaube, du verheimlichst uns etwas!“

„Herr Holm, ich muss doch wirklich sehr bitten“, sagte Louis. „Ich glaube nicht, dass es eine Koryphäe der Psychologie, und einer der klügsten Köpfe, deren Werke ich je lesen durfte, nötig hat, sich vor Ihnen zu rechtfertigen.“

„Vielleicht denkt dieser klügste Kopf endlich darüber nach, wie wir hier rauskommen“, gab Michael zurück.

Louis wollte etwas erwidern, doch Judy hob beruhigend die Hand.

„In Ordnung“, sagte sie und brachte Michael damit zumindest aus dem Konzept. Vermutlich suchte er auch nur ein Ventil für seine Angst, aber in einem hatte er recht, es wurde Zeit, endlich über dieses Rätsel nachzudenken und nicht weiter kopflos durch die Höhlen zu laufen.

„Lasst uns darüber nachdenken, was wir bisher gelernt haben.“

„Du verrätst uns nicht, was du weißt“, behauptete Michael. „Du wusstest irgendwie, wo die Konservendosen waren und wie man zum See kommt, und ich stimme Marie zu, dass das ganze Spiel etwas mit dir zu tun hat.“

Damit hatte er recht. Die Arena war eindeutig von ihren Erlebnissen inspiriert – auch wenn es wie eine Kopie von jemandem wirkte, der nicht alle Details kannte.

Dass sie zufällig vor der Gruppe auf den See gestoßen war, mochte für Michael suspekt wirken. Verdächtigte er sie, die Meisterin der Arena zu sein? Oder wollte er nur jeden Verdacht von sich selbst weglenken?

„In gewisser Weise hat dies sicher mit mir zu tun", gab Judy zu, „aber nur, weil ich schon einmal in eine Arena geworfen wurde. Daran, dass wir alle jetzt etwas Ähnliches durchmachen müssen, bist du alles andere als unschuldig."

„Ich? Warum?", fragte Michael.

„Lies meinen Brief noch einmal", sagte sie und reichte ihm das Papier, das sie immer noch wie eine Fahrkarte in die Hölle bei sich trug. „Der Arenameister missgönnt mir meinen Ruhm, einen Ruhm, den ich ohne deine Artikel nie erlangt hätte. Ich bin mir ziemlich sicher, dass er erst durch deine Zeitschrift von mir erfahren hat."

„Vielleicht ist er auch Polizist und wusste schon vorher von dem Fall", sagte Michael, sah jetzt aber verunsichert aus, als er nochmal ihre Zeilen überflog.

„Das habe ich zunächst auch gedacht und mich deshalb geweigert, die Polizei einzuschalten. Einen wirklichen Zusammenhang sehe ich allerdings nicht."

Michael wollte Einspruch erheben, doch Judy fuhr schnell fort und wandte sich an Bolt: „Ich nehme an, dass der Meister der Arena in dem Brief, den Sie erhalten haben, behauptet hat, ich hätte Thomas getötet.

Bolt starrte sie nur schweigend an, also fuhr sie fort.

„Aber Tatsache ist, dass nicht ich Ihren Sohn getötet habe. Das war Mark Edgeman. Ein Polizist hätte das gewusst."

Louis runzelte die Stirn. „Der Name kommt mir irgendwie bekannt vor. Ich glaube, ich habe ihn schon einmal gehört."

„Er wird auch in seinem Artikel erwähnt", sagte Judy und deutete auf Michael. „In dem schrecklichen Artikel hat Michael behauptet, ich hätte Mark und Thomas getötet. Der Entführer hat Bolt davon erzählt, um Hass zu schüren."

„Er musste es mir nicht sagen", brach Bolt plötzlich sein Schweigen. „Ich habe dieses Schundmagazin gelesen, in dem die letzten Tage meines Sohnes beschrieben wurden."

„Wenn Sie es so sehen", sagte Louis nachdenklich, „dann sind Sie indirekt dafür verantwortlich, dass wir alle hier gelandet sind, Mr. Holm."

„Warum? Nur weil ich einen interessanten Mordfall in die Zeitung gebracht habe?", fragte Holm, doch seine Stimme klang nicht so selbstsicher wie seine Worte.

Louis hob tadelnd den Zeigefinger. „Keineswegs. Vielmehr haben Sie Lügen über Judy verbreitet, um Geld zu machen. Damit haben Sie Herrn Bolt unabsichtlich dazu angestiftet, sich an der Mörderin seines Sohnes zu rächen. Dieser Versuch ging nach hinten los und trieb uns alle in die Höhle."

Holm seufzte. „Es mag Ihnen seltsam vorkommen, Herr von Aaken, aber ich wollte nicht immer für ein Schmutzblatt schreiben. Nicht alles, was ich schrieb, war falsch. Ich bin nicht stolz auf die Art und Weise, wie ich meine Artikel geschrieben habe. Ich habe schon früher versucht, seriöse, gut recherchierte Artikel zu schreiben, aber niemand wollte sie veröffentlichen. Ich schrieb einen Bericht über Menschenhandel, in der Hoffnung, nicht nur bekannt zu werden, sondern auch das Verbrechen aufzudecken, aber die großen Zeitungen interessierten sich nicht dafür. Ich hatte ein Jahr damit verschwendet, diesen Mistkerlen zu folgen und ihre Verbrechen zu dokumentieren. Ich wurde abgelehnt. Stattdessen füllte in der nächsten Ausgabe eine Schundgeschichte über ein paar Prominente die Titelseite der Zeitung. Ich hatte nie eine Chance als seriöser Journalist."

„Und dann hast du einfach die Sensationsgier der Leute ausgenutzt und über mich geschrieben", fasste Judy zusammen.

Holm schüttelte den Kopf, hielt inne und nickte dann. „Mir wurde klar, dass ich den Leuten geben musste, was sie wollten, und gründete mein Online-Journal. Plötzlich bekam ich Angebote von den größten Zeitungen, meine Artikel zu drucken." Er sah Judy direkt an. „Ich kann mich nur für mein Verhalten entschuldigen. Es war nicht richtig, und ich habe es getan, weil es mein letzter Ausweg war, meinen Traumjob zu bekommen. Es gibt nichts zu beschönigen. Trotzdem bin ich ein verdammt guter Journalist. Ich habe hervorragende Arbeit bei der Recherche für Snakes Website und dieses Arenaspiel geleistet, und mit etwas mehr Zeit hätte ich einen großartigen Artikel darüber schreiben können."

„Und Sie haben nicht daran gedacht, die Polizei oder mich zu warnen?", fragte Judy.

Das Knistern des Feuers überbrückte den Moment der Stille, in dem Holm nach einer Antwort suchte. „Ich brauchte erst einmal mehr Beweise, und zur Polizei zu gehen, ist sinnlos, wenn das

Verbrechen ausschließlich im Internet stattfindet. Du selbst hast davon gesprochen, wie sich Online-Feindseligkeit und Hassreden ungehindert verbreiten können. Ich konnte sogar jemanden identifizieren, der auf dieser Seite aktiv war. Er hatte dir im Forum sehr explizite Morddrohungen geschickt. Das Erschreckende war, dass er sich bei meiner Begegnung als völlig normaler, sogar freundlicher Mensch herausstellte."

„Sie haben diese Person getroffen?" Louis beugte sich vor, der Feuerschein flackerte über sein erstauntes Gesicht.

„Zu Forschungszwecken, ja." Holm rieb sich die Hände in der Nähe der Flamme. „Ich lasse diese Leute auch zu Wort kommen."

Marie rutschte auf dem kalten Stein hin und her, eine Blechdose klirrte neben ihrem Fuß. „Aber fühlte er sich nicht schuldig oder ertappt, als du ihn mit seinen Worten konfrontiertest? Schließlich hat er gedroht, Judy umzubringen."

Er hielt den Blick auf eine Stelle am Höhlenboden gerichtet, wo jahrelange Feuchtigkeit sanfte Rillen in den Fels gegraben hatte. „Im Gegenteil, er dachte, er täte etwas Gutes. Diese Gruppe, die Hater, sieht sich als Bürgerwehr, die dort eingreift, wo die Polizei ihrer Meinung nach versagt. In ihren Augen war Judy mehrfachen Mordes schuldig, und es gibt verschiedene Spekulationen darüber, warum sie der Justiz entkam. Was sie wollten, war einfach, eine Mörderin vor Gericht zu bringen."

Obwohl das Feuer so nah brannte, dass es ihre Hände versengte, zitterte ihr Körper noch immer vor der Kälte, oder vielleicht auch vor Anspannung. „Und warum hast du mich nicht vor Leuten gewarnt, die vorhaben, mich zu töten?"

Holm sah sie über das Feuer hinweg an, sein Gesicht flackerte im Schatten auf und ab. „Zuerst dachte ich, du wärst irgendwie an der Planung dieses bizarren Spiels beteiligt. Vielleicht war es nur vorgetäuscht, oder du wolltest mehr Ruhm? Du kannst mich für meine Artikel hassen, aber ich schwöre, ich habe nichts mit diesen Perversen auf der Seite zu tun. Ich weiß nicht, wer die Briefe geschrieben hat oder warum wir ausgewählt wurden."

Judy nahm ihren Brief wieder zurück und ließ ihn in ihren Händen ruhen. „Ich denke, wir werden in den Briefen die Antworten auf einige unserer Fragen finden."

Bolt nahm einen großen Schluck aus seiner Flasche. „Unsinn! In den Briefen steht wohl kaum, wo der andere Ausgang sein könnte."

Ein kalter Luftzug ließ ihre Kleidung rascheln und erinnerte sie daran, dass es selbst hier unten noch eine Verbindung zur Außenwelt geben musste. „Nein." Sie hielt inne, als ein Windstoß feine Tropfen mit sich trug, die zischend im Feuer verstarben. „Aber jeder Brief gibt Hinweise darauf, warum wir ausgewählt wurden und woher der Schreiber uns kennt."

Ein größerer Tropfen löste sich durch den Wind von der Decke. Das Platschen des Sees hallte schwach in der Dunkelheit wider.

Sina zog ihre Jacke enger um die Schultern. „Das ist sicherlich ganz interessant. Aber letztendlich hat Bolt recht. Im Moment nützt es uns nicht viel."

Judy sah Sina zweifelnd an. Verstanden ihre Mitgefangenen etwa nicht, worum es ging? „Ich denke, es ist sehr wichtig, mehr herauszufinden. Warum hasst uns der Verfasser der Briefe so sehr? Ist es etwas Persönliches? Vielleicht arbeitet er gar nicht allein."

„Was willst du damit sagen?“

„Wie kann der Meister der Arena, nehmen wir mal an, es wäre dieser Snake, sicher sein, dass wir seinem Plan folgen und uns gegenseitig an die Kehle gehen? Wir könnten alle friedlich miteinander auskommen. Dann gäbe es keine Gewalt und kein Video für seine Website. Es sei denn, wir hätten einen Verräter in unserer Gruppe, der ihm hilft.“

„Warum sagst du das?“, fragte Michael. „Keiner von uns hat einen Grund, ihm zu helfen. Die Briefe beweisen, dass er uns nicht gerade mag.“

„Ein guter Punkt“, sagte Louis. „Das gilt allerdings nur, wenn alle Briefe die Wahrheit sagen. Ich persönlich habe mich gefragt, warum Snake bisher nicht aufgetaucht ist.“

Judy nickte. „Genau das habe ich mich auch gefragt. Also Snake will offensichtlich, dass wir uns hier gegenseitig umbringen. Aber warum sollten wir das tun?“

„Sylvia war kurz davor, mich umzubringen“, bemerkte Michael.

„Ja, vielleicht“, sagte Judy. „Aber ich glaube trotzdem nicht, dass irgendjemand diese ganze Operation plant und dann einfach abwartet, was passiert.“

„Es klingt, als ob du uns verhören wolltest, ob einer von uns auf der Seite des Meisters steht“, sagte Sina.

„Wie wäre es, wenn wir wenigstens unsere Briefe zeigen?“, schlug Judy vor. „Ich habe meinen schon geteilt.“

Sie sah Louis an, suchte nach einem Verbündeten. Wenn jemand den ersten Schritt machte, würden die anderen eher bereit sein, zu folgen. Louis reagierte nicht, aber Michael antwortete.

„Also, ich habe dir meinen Brief ja schon gezeigt. Den kann sich jeder ansehen. Außer Beleidigungen steht nicht viel Interessantes darin."

Marie nahm den Brief, den Michael ihr gegeben hatte.

„Noch jemand?", fragte Judy. „Louis? Dein Brief als Nächstes?"

„Nein", sagte er und wich ihrem Blick aus. „Ich fürchte, das kann ich nicht machen. Es tut mir leid."

Sie starrte Louis überrascht an, doch er sah nur ins Feuer. „Du hast meinen Brief ja schon gesehen, also gibt es kein großes Geheimnis."

Das stimmte, sie hatte Louis' Brief gesehen. Aber hatte sie etwas übersehen? Vielleicht das dunkle Geheimnis, das er erwähnte?

„Ich zeige meinen Brief auch nicht", fügte Sina hinzu.

„Es ist nicht so, dass ich etwas zu verbergen hätte", sagte Marie ruhig, „aber Achtsamkeit lehrt uns, unsere Privatsphäre nicht aufzugeben."

„Andere haben ihre Briefe auch gezeigt", drängte Judy.

„Ich werde nichts weitergeben, nur weil andere es von mir erwarten. Es ist meine Entscheidung, wann ich bereit bin, diese Informationen zu teilen", antwortete Marie.

Mit so viel Widerstand hatte sie nicht gerechnet. Vor allem machte es die Gruppe noch verdächtiger.

„Was ist mit Ihnen, Bolt?"

„Fahr zur Hölle", sagte Bolt einfach und nahm einen weiteren Schluck aus seiner Flasche.

Sie würde sich hier keine Freunde machen, aber manche Informationen waren zu wichtig, möglicherweise sogar lebenswichtig. „Das ist ziemlich verdächtig“, sagte sie und blickte von einem zum anderen. „Ein Teil von uns hat seinen Brief offengelegt, aber ich frage mich, was die anderen zu verbergen haben.“

„Vielleicht wollen sich manche auch einfach nicht von dir auf der Nase herumtanzen lassen“, sagte Bolt hämisch.“

Die Spannung stieg. Überraschenderweise war es Michael, der ihr zu Hilfe kam. „Wer sagt überhaupt, dass Sie ein Mitspracherecht haben, Bolt? Jemand, der auf uns geschossen hat, sollte doch auch seinen Brief vorzeigen müssen.“

„Was du denkst, interessiert niemanden“, fauchte Bolt und Michael hob drohend seinen Schraubenschlüssel.

„Und? Was willst du damit tun? Du hast doch nicht den Mumm, mich anzugreifen!“

Bolt und Michael starrten einander an, als lieferten sie sich ein stummes Duell. Judy hatte nicht vor abzuwarten, wer gewinnen würde.

„Aber ich“, sagte sie schlicht und legte die Hand auf ihr Messer. „Ich will ihren Brief sehen, Bolt. Sie können ihn freiwillig herausrücken, oder ich hole ihn mir.“

Der Jäger starrte sie hasserfüllt an und griff nach drei Sekunden in seine Jackentasche.

Ihr Herz stockte, sie hatte ihn nicht nach weiteren Waffen durchsucht!

Doch ihre Angst war unbegründet. er holte nur ein gefaltetes Blatt Papier hervor und hielt Judy den Brief hin. „Ihr liegt alle mit euren Vermutungen falsch. Hier ist mein Brief.“

Kapitel Fünfundzwanzig

47 Stunden bis zur Abrechnung

Judy nahm den Brief entgegen. Er war überraschend lang. Hatte Bolt für den Meister der Arena eine besondere Bedeutung? Judy überflog die ersten Zeiten und begann zu ahnen, warum der Brief ihn so getroffen hatte. Dieses Papier voller Bosheit hätte selbst einen ausgeglicheneren Menschen erschüttert. Einen jähzornigen Mann wie Peter Bolt musste es völlig aus der Bahn werfen.

„Wir wollen hören, was drinsteht“, rief Marie so laut, dass ihre Forderung von den Höhlenwänden widerhallte. Etwas ruhiger und im Ton einer Kindergärtnerin fügte sie hinzu: „Gerade wenn es keine guten Neuigkeiten sind, wäre das auch nicht gut für deine emotionale Gesundheit. Achtsamkeit heißt, ehrlich zu sein, und das gilt nicht nur für uns selbst, sondern auch zueinander.“

Judy verkniff sich, Marie darauf hinzuweisen, dass sie keine Belehrungen in Psychologie brauchte. Schon gar nicht auf dem Niveau irgendwelcher pseudopsychologischer Weisheiten, die man zuhauf im Internet fand. Stattdessen räusperte sie sich und las laut vor.

„An Peter Thomas Bolt, das verletzte Scheusal,

Mit dir, und deiner Geschichte, mein lieber Peter, hatte ich meine ganz besondere Freude. Bevor du den Brief jetzt weglegst, solltest du wissen, was wirklich mit deinem Sohn geschehen ist. Ich gebe dir die Gelegenheit, ihn zu rächen.

Zuerst dachte ich, der Verlust deines Nichtsnutz von einem Sohn würde dich nicht stören. Hast du ihn nicht immer selbst so bezeichnet? Aber ich habe dich beobachtet. Natürlich ist es schwierig, Rückschlüsse auf den Gemütszustand eines so verschlossenen Menschen zu ziehen. Hast du vielleicht noch mehr getrunken als ohnehin schon? Hast du deine Frau noch mehr geschlagen als sonst? Hast du noch mehr streunende Katzen erschossen, um deinem Frust Luft zu machen, und dich an den Flugblättern über vermisste Haustiere erfreut? Und hat es dich in letzter Zeit nicht öfter als sonst zu dem Straßenstrich gezogen, bei dem du deine Wut an minderjährigen Mädchen ausgelassen hast?

Oh ja, ich habe dich beobachtet. Ich kenne deine Gewohnheiten und ich habe Beweise für alles, was du getan hast. Du bist menschlicher Abschaum, ein wahres Scheusal – und das begeistert mich.

Ich kann deinen Zorn förmlich spüren, während du diese Zeilen liest. Denk daran, ich habe dich in meinen Händen. Du steckst in einer Zwickmühle, aber ich biete dir einen Ausweg. Ich brauche jemanden wie dich, und es wird nicht zu deinem Schaden sein.

Es ist wirklich erstaunlich, wie sinnlos du so viel Geld verschwendet hast und immer noch in Armut lebst. Tief in deinem Herzen weißt du wahrscheinlich, dass du ein erbärmlicher Idiot bist, der sich und seine Familie durch seine Spielsucht ruiniert hat. Wie tragisch. Aber ich biete dir eine Chance, die du dir nicht entgehen lassen kannst.

Du wirst sehen, dass ich die Wahrheit sage. Deine Schulden sind bereits getilgt, wenn du diese Zeilen liest. Dafür will ich allerdings etwas von dir, und komm besser nicht auf den Gedanken, mich zu hintergehen, ich kann dies jederzeit rückgängig machen.

Doch zunächst zu deiner missratenen Brut. Thomas war stark, aber dumm. Nicht clever genug, um der Falle zu entgehen, die ihm Judy Link gestellt hatte. Er verbrachte seine letzten Tage damit, ihr hinterherzujagen, und tappte letztendlich in eine Falle. Vermutlich war es geradezu eine Erlösung, als sie seinem geschundenen und mit Säure übergossenen Körper ein Messer in den Hals rammte. Glaub nicht der Polizei, es war kein Unfall. Es war ein Spiel auf Leben und Tod, bei dem Judy deine Familie besiegt und gedemütigt hat. Dein Sohn war schwach, eine Schande für dich als seinen Erzeuger.

Ich werde eine zweite Runde veranstalten und dir die Chance geben, deinen Namen reinzuwaschen. Vielleicht schaffst du es in der Arena, gegen Judy zu bestehen, wo dein Sohn versagt hat. Ach, noch etwas – ich werde auch dort sein und jeden Schritt des Spiels überwachen. Ich könnte mir vorstellen, dass du es gar nicht erwarten kannst, mich persönlich zu treffen.

Nun zu deiner Aufgabe, für die du bereits großzügig belohnt wurdest und die dir sehr gefallen wird: Begib dich an die Koordinaten, die ich dir schicke, finde dort Judy und räche dich an ihr!

Der Meister der Arena."

Einen Augenblick herrschte Stille. Schließlich brach Michael das Schweigen. „Sie Mistkerl!"

Bolt zuckte als Antwort nur mit den Schultern. „Das meiste ist natürlich reiner Unsinn. Die Anschuldigungen kann sich der Kerl sonst wohin stecken." Er nahm wieder einen Schluck aus seinem Flachmann, schüttelte ihn dann und warf ihn schließlich missmutig auf den Boden.

Judy hätte die Hand dafür ins Feuer gehalten, dass alle Anschuldigungen gegen Bolt wahr waren. Es passte hundertprozentig zu seinem Charakter und mehr noch, es erklärte, warum sein Sohn Thomas zu einem solchen Monster geworden war. „Immerhin wissen wir jetzt mehr", sagte Judy.

„Und was genau?", wollte Michael wissen.

„Zum Beispiel, dass Bolt kein unschuldiger Zuschauer ist", sagte sie. Außerdem ist es eindeutig, dass der Meister der Arena geplant hat, mich und vermutlich auch euch umzubringen."

„Und warum hat er dann Dosen mit Essen hiergelassen, statt uns einfach unserem Schicksal zu überlassen?", fragte Marie.

„Das, was wir finden, ist gut durchdacht, um uns gegeneinander aufzubringen", sagte Judy. „Es gibt Nahrung, die uns am Leben hält, aber nicht genug für alle. Schon für uns hat es nur für eine Mahlzeit gereicht, mit Sylvia, Paul und Laura wäre es vermutlich zu einem Streit gekommen."

„Wenn das stimmt, was man uns erzählt hat", sagte Michael. „Dann macht er alles, um spektakuläre Clips für seine Website zu produzieren. Die Leute zahlen viel Geld, um echte Verbrechen zu sehen. Ein Video von Menschen, die langsam verhungern oder verdursten, ist einfach nicht aufregend genug."

Judy nickte. „Noch dazu gibt es in der Höhle verschiedene Waffen. Der Klappspaten, der Schraubenschlüssel, der Stacheldraht und Sinas Schraubenzieher wurden alle dafür entwickelt, uns gegenseitig leichter umzubringen."

„Das heißt aber auch, dass er erwartet hat, dass wir genau diesen Weg einschlagen", sagte Marie.

Judy musste zustimmen und erschauderte bei dem Gedanken. Das war erst der Anfang.

„Wenn wir uns nicht aufstacheln lassen, wird uns der Arenameister vermutlich selbst erledigen", sagte Michael. „Dann können wir wohl nur hoffen, dass es unterwegs noch ein anderes Gewehr gibt, nachdem Judy unsere beste Waffe in den See geschmissen hat."

„Das hätte dir ohnehin nichts genutzt", sagte Bolt zu Judys Überraschung. „Es gab noch genau eine Patrone. Das hätte also noch gerade für einen Warnschuss gereicht."

„Vielleicht sind wir sowieso zu sehr auf diesen Meister der Arena fixiert", sagte Louis. „Unsere Aufgabe ist es, hier rauszukommen, nicht, ihn zu bekämpfen. Das ist die Aufgabe der Polizei."

„Was schlägst du also vor?"

„Wir sollten zurückgehen", sagte Louis. „Mit dem Schraubenzieher haben wir vielleicht eine Chance, die Eingangsluke zu öffnen. Ich habe nicht vergessen, was in Sylvias Brief stand. Dies ist ein böser Ort und wir wissen nicht genau, was uns erwartet, aber wenn wir uns weiter in den Schlund der Bestie treiben lassen."

„Wie poetisch", spottete Marie. „Und was genau hindert Snake daran, uns bei dem Versuch zu erschießen?"

„Wir vermuten, dass jemand den Eingang bewacht, aber wir wissen es nicht", sagte Louis. „Ich würde sagen, wir gehen zurück."

„Ich gehe nicht zurück zum Eingang", sagte Marie. „Vor allem werde ich nicht noch einmal durch diesen Felsspalt kriechen."

War es die Angst vor dem engen Tunnel, die Marie davon abhielt, oder wusste sie mehr?

„Marie, was steht in deinem Brief?“, fragte Holm. „Wenn es irgendeine Information gibt, die uns helfen könnte, solltest du ihn uns zu lesen geben.“

„Und wenn sie es nicht tut?“, fragte Sina herausfordernd. „Schickst du dann wieder Judy vor, damit sie ihr den Brief abnimmt?“

„Ihr macht euch schon sehr verdächtig“, schnaubte Michael.

„Na und?“, fragte Sina. „Wenn du glaubst, wir schaffen es als Gruppe hier raus, irrst du dich. Hast du Judys Brief nicht gehört?“

„Worauf willst du hinaus?“

„Zeig mir den Brief noch einmal“, verlangte Sina, und Judy reichte ihr das Papier.

„Mein Brief enthält etwas Persönliches, das ich nicht zeigen möchte und das dir auch nicht weiterhilft. Aber in unseren beiden Briefen steht, dass wir erst nach drei Tagen rauskommen. In meinem Brief steht sogar, dass alle Ausgänge versiegelt sind. Erst nach drei Tagen kann einer von uns hier raus.“

Trotzig sah sie sich im Zimmer um. „Nur ein Einziger.“

„Na schön“, sagte Holm. „Und was willst du damit sagen? Sollen wir aufgeben?“

„Nein.“ Sina schüttelte den Kopf. „Aber ich kann mir nicht vorstellen, dass der Arenameister nach all der Planung so unvorsichtig wäre, den uns bekannten Ausgang unbewacht zu lassen. Sylvia sagte, dass es mehrere Eingänge gäbe. Wir sollten also einen anderen Ausgang finden, den der Arenameister nicht kennt. Es hat keinen Sinn, umzukehren – zumal wir die schwere Eisenluke niemals mit einem einfachen Schraubenzieher öffnen könnten.“

„Wenn ich ihre Ausführungen richtig interpretiere, dann plädieren Sie dafür, weiterzugehen?“, fragte Louis.

„Hör endlich mit dieser gekünstelten Sprache auf!“, fauchte Sina. „Sag ‚Du' wie alle anderen auch. Aber ja, wir sollten so lange weitergehen, bis wir auf einen Ausgang oder besseres Werkzeug stoßen. Ansonsten bringt das Zurückgehen nichts.“

„Vielleicht schon“, widersprach Louis. „Wir wissen immer noch nicht, ob es einen anderen Ausgang gibt. Allerdings hatte ich, bevor wir hier herabgestiegen sind, noch Empfang auf meinem Handy. Wenn wir nah genug an die Tür herankommen, könnten wir vielleicht Hilfe rufen.“

„Ich bin auf der Seite von Marie.“ Sina zuckte mit den Schultern. „Dann werden wir morgen getrennte Wege gehen.“

Ging es hier wirklich nur darum, welcher Plan vielversprechender war, oder wollte Sina die Gruppe aufteilen? Was stand wirklich in ihrem Brief? Es war immer noch möglich, dass Sina mit ihrem Entführer zusammenarbeitete. Oder vielleicht glaubte sie dem Brief, dass nur eine einzige Person überleben konnte. Wenn der Rest der Gruppe zum Eingang ging und umgebracht würde, würde das ihre Überlebenschancen erhöhen.

„Was meinst du mit morgen?“, fragte Michael.

„Also heute werden wir nicht viel weiterkommen, es ist zu spät.“ Sina legte ihre Jacke neben das Feuer auf den Boden und sich darauf. „Für heute haben wir immer noch Frieden. Ich würde sagen, wir schlafen, und wenn uns morgen nichts Besseres einfällt, dann gehen wir eben getrennter Wege. Im Endeffekt erhöhen wir damit vermutlich unsere Chancen.“

Auch Judy war müde. Trotz des harten Steinbodens war es verlockend, sich am Feuer auszustrecken.

Die Müdigkeit machte auch Judy zu schaffen. Trotz der unbequemen Steine schien es verlockend, sich vor dem Feuer auszustrecken. Sie wünschte sich eine Decke und ein Kissen, aber sie legte letztendlich ihren Kopf auf die Arme und spürte, wie sie der Schlaf zu übermannen drohte.

„Sollten wir nicht Wachen aufstellen?“, fragte Michael.

„Glaub mir, wir werden es hören, wenn jemand versucht, im Dunkeln, durch den Stacheldraht zu kommen“, sagte Sina.

Unbewusst tastete Judy nach ihrem Messer und legte es unter ihr Bein. Sich im Schlaf daran zu schneiden, war ein akzeptables Risiko. Zumindest für den Augenblick schien die Gefahr von innerhalb des Raumes mindestens so groß, wie die eines Eindringlings von außerhalb.

Sie konnte niemandem aus der Gruppe vertrauen. Was hatte Sina gesagt? Für heute herrschte ein erzwungener Frieden, aber morgen würde er nicht mehr halten.

Sie fiel in einen tiefen Schlaf, der angesichts ihres Nachtlagers nur durch ihre grenzenlose Erschöpfung zu erklären war. Doch der Frieden hielt nicht an.

Abrupt wurde sie von gequälten Schreien aus ihren Träumen gerissen.

Kapitel Sechsundzwanzig

39 Stunden bis zur Abrechnung

Judy sprang auf. Ihr Kopf schwirrte, als sie sich hektisch umblickte. Der Schein des fast erloschenen Feuers tauchte Michaels Gesicht in ein unheimlich rötliches Licht. Er stand still wie eine Salzsäule, während er in die Dunkelheit starrte. Die Schreie waren verstummt, aber ein schwaches, unregelmäßiges Wimmern drang von irgendwoher in die Höhle.

Jemand blendete sie mit einer Handylampe.

„Was ist los?", fragte sie. „Könnt ihr etwas erkennen?" Michael umklammerte den Schraubenschlüssel fester, als könnte er ihn vor den Geräuschen schützen. „Vielleicht war es Marie?"

„Aua, verdammt!", fluchte Marie. Das Licht verschwand. Offenbar war es ihr Handy gewesen. „Ich bin hier, ich bin nur auf einen Stein getreten."

„Aber irgendjemand hat geschrien."

„Ja", bestätigte Marie Michaels Feststellung. „Deshalb bin ich überhaupt aufgestanden. Das Geräusch kam aus dem Ausgangstunnel." Marie ließ ihren Lichtstrahl über den schwarzen See und auf das dunkle Loch strahlen, das tiefer in die Höhlen hineinführte.

„Hilfe!", ertönte eine Stimme aus der Dunkelheit.

„Das schreit nach einer Falle", knurrte Bolt.

„Bitte helft mir doch!"

„Und was, wenn es keine Falle ist?", flüsterte Sina.

Bolt zuckte mit den Schultern. „Dann klingt es für mich, als käme jede Hilfe ohnehin zu spät."

Die Gruppe hielt den Atem an und lauschte.

Marie senkte die Stimme. „Meint ihr, es ist Paul?"

Louis beugte sich vor und sprach ebenso leise. „Wenn er allein unterwegs war, war er ein leichtes Ziel."

Ein Schauer rann über ihren Rücken. Niemand sagte ein Wort. Es war, als hätte der Schreck sie alle zu Eis erstarren lassen. War Paul der erste, der das Grauen des zweiten Aktes zu spüren bekam? Das stetige Tropfen von der Decke hallte unnatürlich laut in ihren Ohren wider.

Schließlich durchbrach Louis' Stimme die Stille und sprach aus, was sie alle dachten. „Sollen wir nachsehen gehen?"

Die Glut des ersterbenden Feuers knackte und ließ sie zusammenzucken. Einen Augenblick später hallte ein gequälter Schrei durch die Höhle.

„Hast du das nicht gehört?", fragte Sina. „Er bringt Paul um. Bis wir da sind, ist er tot, und wir wären die nächsten."

„Hier sind wir sicherer", sagte Bolt mit einer Stimme ohne jede Empathie, hatte dabei jedoch nicht einmal unrecht.

Ein weiterer, noch qualvollerer Schrei drang zu ihnen.

„Wenn er nur aufhören würde", flüsterte Sina.

„Ich werde nachsehen", entschied Judy, und es klang richtig. Sie konnten Paul nicht einfach seinem Schicksal überlassen. Ihr hämmerndes Herz sagte jedoch etwas anderes.

„Nobel", bemerkte Bolt und schnaubte. „Und dumm."

Ein weiterer Windstoß ließ die letzten Flammen zischend erlöschen. Ihre Worte mochten mutig gewesen sein, doch sie zitterte vor Kälte und Angst. Allein der Gedanke, diesen Schreien in der Dunkelheit gegenüberzutreten, erfüllte sie mit eisigem Grauen.

Louis trat vor. „Ich komme mit dir."

Michael schloss sich mit einem stummen Nicken an.

„Viel Glück." Sina steckte die Flasche, die sie am Vorabend nachgefüllt hatte, in ihre Tasche und nickte knapp. „Ich verschwinde."

„Ich gehe mit Sina", fügte Marie hinzu. „Es tut mir ja auch leid für Paul, aber wir können nicht unsere eigene Sicherheit aufs Spiel setzen."

Bolt ließ sich gar nicht erst zu einer Antwort herab und setzte sich neben das schwindende Lagerfeuer.

Es hatte keinen Sinn, mit den anderen zu streiten. Stattdessen setzte sie sich in Bewegung und umrundete zusammen mit Louis und Michael den See.

Ein weiterer Schrei hallte aus dem Tunnel, der sie von dem See fortführen würde.

Michaels Knöchel traten weiß hervor, so fest hielt er seine klägliche Waffe fest. „Warum ist es so laut?"

„Vielleicht verstärkt der Tunnel den Schall?", vermutete Louis.

„Warte", sagte Michael und drängte sich an Judy vorbei. „Ich habe den Stacheldraht um die Stalagmiten gewickelt." Vorsichtig schob er den Draht mit seinem Schraubenschlüssel nach oben, bis der Weg frei war.

„Es hat aufgehört", sagte Louis. „Sind wir zu spät?"

Ein Teil von ihr, für den sie sich schämte, war einfach nur froh, dass die Schreie verstummt waren. Selbst wenn sie wusste, was dies bedeutete.

„Da!“ Michael richtete seine Lampe auf den Boden.

Judy erkannte ein rundes, schwarzes Objekt. „Was ist das?“

Michael hob es auf. „Ein Lautsprecher.“ Er schleuderte ihn gegen die Wand, wobei er in tausend Teile zersprang. „Wir wurden hereingelegt.“

Louis runzelte die Stirn. „Ich verstehe nicht. Jemand hat uns mit Schreien vom Band in diese Höhle gelockt?“

„Ich fürchte ja“, sagte Michael. „Aber ich bin ganz froh, dass wir Paul nicht über den Weg gelaufen sind.“

Er schien erleichtert, ein Gefühl, das sie nicht teilen konnte.

„Wir sollten uns nicht zu früh freuen“, sagte sie.

„Ich weiß, wir sollten vermutlich eher abhauen, denn er hat uns bestimmt nicht ohne Grund hierhergelockt“, sagte Michael.

Judy nickte und schüttelte dann aber den Kopf. „Das stimmt, aber das meine ich nicht. Ich frage mich, woher er diese Audioaufnahmen hat.“

„Heute kann man alles Mögliche am Computer generieren“, sagte Michael in beruhigendem Ton. Er versuchte es mit einem erzwungenen Lächeln.

„Vielleicht“, gab sie zu. „Aber hat unser Entführer nicht eine Website, bei der er nur reale Schreckensvideos anbietet? Verdient er laut dir nicht sein Geld damit, Foltervideos zu verkaufen? Meinst du wirklich, jemand wie er würde etwas anderes als eine echte Aufnahme abspielen?“

Das ohnehin nicht sehr überzeugende Lächeln auf Michaels Gesicht verschwand schlagartig.

„Falls er uns wirklich in eine Falle locken wollte", sagte Louis. „Wieso sind wir dann noch nicht angegriffen worden?"

Das hatte sie sich auch schon gefragt. Kein Schuss wurde auf sie abgefeuert, keine Fallstricke versperrten den Weg und es blieb still.

„Vielleicht ging es ihm gar nicht um uns", sagte sie. „Er hat immerhin dafür gesorgt, dass sich unsere Gruppe aufteilt. In der Höhle des Sees waren wir relativ sicher, vielleicht wollte er uns nur herauslocken."

Fast hätte sie vorgeschlagen, wieder zurückzugehen, als sie erneut ein Stöhnen hörten. Es war leiser als zuvor, aber nicht weniger eindringlich. Gefolgt von einer Stimme.

„Bitte…"

Erneut fröstelte Judy und ihr Zittern kam sicher nicht nur davon, dass sie das wärmende Lagerfeuer hinter sich gelassen hatten.

„Das ist mit Sicherheit ein weiterer Lautsprecher", sagte Louis. „Wahrscheinlich handelt es sich nur um eine alte Aufnahme."

So gerne sie auch glauben wollte, dass es sich nur um eine Stimme handelte, deren gespielte oder echte Qualen weit in der Vergangenheit lagen, so sicher war sie sich auch, dass Louis falsch lag. Dies war live.

Louis deutete auf einen Seitengang. „Da vorne ist eine T-Kreuzung."

Michael spähte den Korridor entlang. „Sieht aus, als würde dieser Tunnel in einer Schleife zum See zurückführen."

„Nicht direkt bis zum See, sonst hätten wir ihn bereits dort sehen müssen. Vielleicht führt der Tunnel um den See herum“, spekulierte Judy. „Wir müssen weiter in diese Richtung.“ Sie nickte den anderen zu, um sich selbst zu überzeugen, und ging dann tiefer in den Tunnel hinein. Tiefer gehen war mehr als nur eine Redewendung, der Weg war stark abschüssig.

„*Lasciate ogne speranza, voi ch'intrate*“, sagte Louis mit theatralisch tiefer Stimme.

„Was?“, fragte Holm irritiert.

Judy winkte ab. „Er zitiert Dante.“ Allerdings wirkte es wirklich, als würden sie sich der Hölle nähern.

Aus dem Tunnel drang ein weiteres Wimmern. Judys schwaches Licht schien zu flackern, doch das war nur ihre zitternde Hand. „Ich bin sicher, Sie haben es auch schon mal gehört: ‚Lasst, die ihr eintretet, alle Hoffnung fahren!'“

„Sehr aufbauend“, brummte Holm, der seine verkrampfte Hand schüttelte, bevor er wieder den Schraubenschlüssel hob. „Außerdem wollten wir uns nicht eigentlich duzen? So oder so hätte ich jetzt wirklich gern dieses Gewehr.“

„Dort!“

Sie konnte nicht sehen, worauf Louis genau zeigte, aber das brauchte sie auch nicht.

„*Quivi sospiri, pianti e alti guai risonavan per l'aere…*”

„Hör mit dem Mist auf!“, unterbrach Michael ihn harsch.

Was sie sah, machte sie sprachlos. Ein gewaltiger Steinbogen erhob sich aus dem Felsen, stabil genug, um einem Bombardement standzuhalten. Die eigentliche Tür aus Stahlstreben hing schief in den Angeln und lud sie ein, durch das Portal zu treten.

„Dort ist noch ein Lautsprecher." Michael deutete auf einen weiteren schwarzen Gegenstand, der ihr vorher nicht aufgefallen war. „Wir können nicht mehr weit von der Quelle entfernt sein."

„Woher wollen Sie das wissen?", fragte Louis, als Michael die schwarze Box prüfend aufhob.

„Ich kenne diese Lautsprecher. Sie sind absolute Billigware. Selbst mit den besten Geräten käme man nicht viel weiter als fünfhundert Meter. Ich würde schätzen, die Reichweite dieser Dinger liegt dagegen bei ungefähr hundert Metern, und wir haben uns mindestens fünfzig Meter durch diesen Gang vorgetastet."

Michael sprach mit der Selbstverständlichkeit eines Menschen, der jeden Tag mit derartigen Geräten arbeitete. Ein Anflug von Unbehagen stieg in ihr auf. Michael hätte genau gewusst, wie man diese technischen Spielereien installiert.

„Hast du die Inschrift gesehen?", fragte Louis und hob seine Lampe.

Das hatte sie tatsächlich nicht. Dafür hatte sie zwischen den Gitterstäben etwas anderes entdeckt. Mit immer noch zitternder Hand zog sie das Papier, zwischen den Stäben hervor und folgte dann Louis' Lichtschein.

HIC MORTUI VIVUNT stand dort in großen, verwitterten Buchstaben in den Stein gemeißelt.

„*Hic mortui vivunt…*", las Louis andächtig.

„Ich habe bereits gesagt, du sollst das verdammt nochmal lassen!", rief Michael wütend und blendete Louis mit seiner Lampe.

„Sehr wohl, aber ich fürchte, dann müssen Sie Ihre Wünsche etwas spezifischer ausdrücken“, sagte Louis. „Erstens sollte ich es nur unterlassen, auf Italienisch aus Dantes Inferno zu zitieren, und das eben war nicht Dante. Zweitens lese ich nur vor, was auf der Tür steht. Sehen Sie dort oben!“ Er schwenkte seine Lampe erneut über die Buchstaben. „Drittens ist das, wie Sie sehen, Latein und nicht Italienisch.“

„Also letztendlich auch Italien“, brummte Michael. „Und was heißt das nun?“

„Hier leben die Toten…“, hauchte Judy und übersetzte damit die schaurigen Worte.

„Was will uns dieser kranke Bastard damit sagen?“, fragte Michael.

„Das hier hat nicht unser Entführer zu verantworten“, sagte Louis bestimmt. „Was auch immer dies für ein Ort ist, er hat seine ganz eigene Geschichte, die um vieles älter ist als unser Marionettenspieler.“

„Marionettenspieler?“

Louis zuckte bei ihrem Kommentar die Achseln. „Auf die Gefahr, erneut Herrn Holms Zorn zu provozieren, ich dachte an das Zitat von Chesnutt. ‚*We are all puppets in the hands of Fate, and seldom see the strings that move us.*‘ Nun ja, Marionetten- oder auch Puppenspieler. Der Meister der Arena zieht die Fäden und wir tanzen danach, weil wir bisher weder wissen, wer er ist, noch was er vorhat.“

Der Fels des Portals war von einer dünnen Schicht Moos oder Algen überwachsen und die Inschrift wirkte, auf eine Art, die sie nicht beschreiben konnte, alt.

„Was ist denn das hier für eine Scheiße?", Michaels Stimme klang schrill und zitterte. Er schien kurz davor, den Verstand zu verlieren.

„Hey, Michael", sie fasste ihn an den Schultern und versuchte, Blickkontakt herzustellen. „Sieh mich an!"

Sie sah in die weit geöffneten Augen und ihre Hand spürte, wie er hyperventilierte.

„Versuch, ruhig zu atmen", sagte sie so beruhigend, wie sie konnte. Dabei fiel es ihr selbst schwer, sich zu konzentrieren. „Einfach nur langsam ein- und ausatmen und konzentrier dich nur darauf, okay?"

Ein weiteres, näheres Wimmern durchschnitt die Dunkelheit.

Es klang jetzt viel näher, echter und auch verzweifelter.

Michael riss sich los und machte einen Schritt zurück. „Ich will nichts mit dieser ganzen Sache zu tun haben!", schrie er und fuchtelte mit seinem Schraubenschlüssel durch die Luft, sodass sie nach hinten springen musste, um nicht erwischt zu werden. „Verdammt, was ist das hier für ein Ort?"

Schaudernd spähte Judy über den Bogen und erinnerte sich an Sylvias Brief.

„In Sylvias Brief wurde ein verfluchter Ort erwähnt, an dem zu viele Menschen gestorben sind. Das muss etwas damit zu tun haben."

„Ich fürchte, wir haben keine Zeit zum Lesen oder Nachforschen", sagte Louis und trat durch das Tor. „Wohin uns auch immer diese Schreie führen wollen, es ist dringend."

„Das kann nicht euer Ernst sein!", schrie Michael.

„Dann fürchte ich", sagte Louis, „dass Sie hier allein zurückbleiben müssen."

Grausam, aber effektiv. Es half, Michael dazu zu bewegen, weiterzugehen. Dabei wusste sie selbst nicht einmal, ob es eine gute Idee war, in diese offensichtliche Falle zu laufen. Doch welche Wahl hatten sie schon? Sollten sie Paul im Stich lassen? Sie würde sich nie verzeihen, wenn sie nicht wenigstens versuchte, ihm zu helfen. Bereit, bei der kleinsten Gefahr wieder in den Tunnel zu sprinten, trat sie hinter Louis durch das Portal.

Der Raum erhob sich majestätisch wie eine Kathedrale. Ihr Licht verlor sich in der Weite, lange bevor es die Decke erreichte. Direkt vor ihr versperrte eine gemauerte Wand den Blick.

„Ich denke, dass wir sie überqueren müssen", sagte Louis und leuchtete über die groben Ziegel, die ihnen den Weg versperrten.

„Dort ist ein Licht", flüsterte Judy. Sie konnte die Quelle nicht erkennen, doch hinter der Mauer erstrahlte die Höhle in einem diffusen, rötlichen Leuchten.

„Irgendwo auf der anderen Seite ist eine Lampe. Meinst du, es ist einer aus unserer Gruppe? Oder…"

Oder der Meister der Arena.

„Ich sehe nach", flüsterte sie. Michael und Louis warfen nervöse Blicke auf die Mauer und das Portal in ihrem Rücken.

„Räuberleiter?"

Louis runzelte die Stirn, sichtlich verwirrt.

„Verschränk deine Hände", erklärte sie und setzte schließlich einen Fuß in seine Hände, den zweiten auf seine Schulter. Ihre Arme reichten bis zur oberen Kante der Mauer, die sie vorsichtig nach spitzen oder scharfen Bruchstücken absuchte.

„Kannst du etwas erkennen?", flüsterte Michael.

„Noch nicht, ich bin noch nicht auf der Mauer."

Durch jahrelanges Klettern hatte sie gelernt, sich mit kontrollierter Präzision zu bewegen. Lautlos zog sie sich an der Wand hoch. Als sie aufblickte, bereute sie es sofort. Ihr Blick fiel auf eine Szene aus der Hölle.

Kapitel Siebenundzwanzig

38 Stunden bis zur Abrechnung

Das seltsam rote Licht eines Baustrahlers beleuchtete die Absperrung aus ineinandergreifenden Metallzäunen. Es erhellte die dunkel glänzenden Gitterstäbe und fiel schließlich auf etwas, das an einer Kette sanft hin und her schwang.

Das Licht erreichte den Boden nicht und verwandelte die Dunkelheit unter dem Werk des Grauens in einen bodenlosen Abgrund. Sie brauchte einen Moment, um zu begreifen, was im Licht über dem Abgrund schwankte. Erst als die Stimme die Stille durchbrach, verstand sie es wirklich.

„Bitte … hol mich hier raus!“

Der Käfig hatte die Größe eines Aufzugs und hing an einer armdicken Kette. Er bestand aus so groben Metallstreben, dass sich ein kleiner Mensch hindurchzwängen konnte. Was Paul daran hinderte, war nicht nur seine Körperstatur, sondern auch die stählernen Haken.

Judys Gehirn weigerte sich, zu akzeptieren, was sie sah. Selbst als sie sich abwandte, konnte sie das Bild nicht aus ihrem Geist verbannen. Scharfe Widerhaken hatten sich tief in Pauls Bauch gegraben. Seine Kleidung war rot durchtränkt, und selbst die Gitterstäbe unter ihm waren mit Blut bespritzt. Angesichts der Menge grenzte es an ein Wunder, dass Paul noch lebte, wobei das rötliche Licht den blutigen Eindruck noch verstärkte.

„Was siehst du?“, flüsterte Louis.

Sie konnte Paul nicht einfach so hängen lassen. „Eine lebende Leiche“, antwortete sie, unfähig, den Schrecken zu beschreiben, bevor sie sich auf der anderen Seite der Mauer zu Boden fallen ließ.

Ihre Knie federten den Sturz ab. Nach wenigen Schritten war sie neben dem Bauscheinwerfer. Sie sah eine Kamera und ein Mikrofon, beide auf Paul gerichtet. Flüchtig blickte sie nach oben. Neben der Wand führte eine Treppe zu einer Art Balkon, der in den Fels gehauen war. In der Dunkelheit konnte sie jedoch nicht erkennen, wie weit er reichte. Die Kette, die am Käfig befestigt war, führte zu einer uralten Winde an der Decke und dann wieder hinunter in die bodenlose Schlucht. Vielleicht konnte sie hinunterklettern und einen Mechanismus finden, um den Käfig herunterzulassen?

„Bitte“, wimmerte Paul, und sie spürte, wie sich eine eisige Faust um ihr Herz legte.

Nein, den Käfig herunterzulassen, würde Pauls Schicksal besiegeln. Die Haken, die Paul so brutal festhielten, waren nicht am Käfig, sondern an der Wand dahinter befestigt. Würde sich der Käfig nach unten bewegen, würden die Haken Pauls Bauch komplett aufreißen. Es gab nur eine Möglichkeit. Er musste zuerst von dem Haken gehoben werden. Sie rannte die Treppe hinauf und schaltete die Taschenlampe ihres Handys ein, als sie das Licht des Baustrahler hinter sich ließ. Der Balkon entpuppte sich als eine Art Balustrade, die linkerhand des Eingangs fast um die Hälfte des riesigen Raums herumführte. Sie tastete sich vor, bis sie fast über dem Käfig war. Die Kette verlief nur eine Armlänge von ihr entfernt. Gab es keine andere Möglichkeit? Es sah so aus, als müsste sie mit Paul in den Käfig klettern, um ihn zu befreien.

Am Fuß der Treppe erschienen weitere Lichter, aber sie konnte ihnen jetzt keine Beachtung schenken.

Sie griff nach der alten, öligen Kette. Die Kettenglieder waren groß genug, um sich daran festzuhalten, und theoretisch passte sogar ihre Schuhspitze hinein. Langsam zog sie sich auf den Felsen, der die Balustrade bildete, und stand am Rand des Abgrunds. Eine Hand an der Kette, in der anderen ihr Handy, stand sie mit beiden Füßen auf einem schmalen Felsvorsprung.

„Judy, nicht!“, rief Louis, und sie hielt einen Moment erschrocken inne. Doch es gab keinen Angriff, keinen Schuss, und das einzige Geräusch im Raum war das Klirren der Kette. Sie klemmte das Handy zwischen die Zähne, um die Kette mit beiden Händen greifen zu können. Vorsichtig stellte sie einen Fuß auf einen Ring. Ihr Blick fiel auf die Schwärze unter ihr. Völlig ungesichert hing sie über dem Abgrund.

Plötzlich durchfuhr ein Ruck die Kette. Mit nur einem Fuß auf dem Balkon drohte sie zu stürzen. In ihrer Panik klammerte sie sich noch fester an die Kette. Nur das Handy zwischen ihren Zähnen hielt sie davon ab, zu schreien.

Mit einem lauten Knall setzte sich die Kette in Bewegung. Der Boden unter ihrem linken Fuß brach weg. Adrenalin schoss durch ihren Körper, als die Kette sie nach oben zog.

Die Schreie waren fast noch schlimmer.

Sie war dankbar, dass sie aufgrund ihrer Position nicht sehen konnte, was geschah. Sie musste es aber nicht sehen, um es sich vorzustellen. Der Käfig senkte sich mit der gleichen Geschwindigkeit, mit der ihre Kette nach oben gezogen wurde. Und mit jedem

Kettenglied, das über die Rolle klapperte, schnitten die Haken tiefer in Pauls Fleisch.

Wenn die Schreie doch nur aufhören würden! Sie hätte sich am liebsten die Ohren zugehalten, doch sie konnte die Kette nicht loslassen, die sie unerbittlich nach oben zog. Die Schreie verstummten. Die plötzliche Stille erschreckte sie noch mehr.

Erst jetzt wurde ihr die Gefahr für ihr eigenes Leben bewusst. Langsam, aber unaufhaltsam zog die Kette sie direkt auf die Rolle zu. Wenn sie das Ende des Flaschenzugs erreichte, würde sie entweder zerquetscht werden oder in den Abgrund stürzen.

Zuerst vorsichtig, dann immer hastiger, versuchte sie, die Kette hinunterzuklettern. Ihre Füße fanden kaum Halt. Rückwärts die Kette hinunterzuklettern, machte es schwieriger, die Glieder zu finden. Wenn sie danebentrat oder auf der öligen Kette ausrutschte, würde sie den Halt verlieren.

Die Kette klapperte bedrohlich über die Rolle und bewegte sich langsam, aber immer noch schneller, als sie hinunterklettern konnte. Sie hatte bereits wieder an Höhe gewonnen und sah das obere Ende näherkommen.

Noch etwa drei Meter. Sie tastete mit dem Fuß nach dem Kettenglied. Ihr Fuß rutschte aus. Sie spürte den schmerzhaften Ruck in ihren Armen, als sie sich festklammerte, um nicht abzustürzen.

Noch zwei Meter. Ihre Zehen fanden Halt. Sie ließ sich ein Stück weiter hinab. Erst mit der einen Hand, dann mit der anderen, setzte sie ihren Abstieg fort. Schließlich fand ihr Fuß Halt auf dem glitschigen Kettenglied.

Ein Meter. *Zu langsam!* Panisch griff sie noch schneller nach unten und setzte den Fuß in das nächste Kettenglied. Trotzdem hatte sich der Abstand zur Rolle nicht merklich vergrößert. Ihr Fuß tastete erneut nach einem Kettenglied, fand aber keinen Halt. Innerlich fluchte sie, und ihre Panik ließ sie noch tiefer rutschen. *Ruhig bleiben!* Da war die Lücke in der Kette. Ihr Fuß quetschte sich in den nächsten Ring und sie rutschte nach unten, die Hände folgten.

Die Rolle war nur einen halben Meter entfernt. Sie würde dieses Rennen verlieren, daran bestand kein Zweifel. Wenn die Kette nicht zum Stillstand kam, würde sie bald mit den Händen zwischen Kette und Rolle steckenbleiben.

In einem Akt der Verzweiflung nahm sie die Kette wie ein Seil zwischen ihre Beine, schlang ihre Arme darum und ließ sich nach unten gleiten.

Während das Herunterrutschen an einem Turnseil leicht war, wurde ihr nach Sekunden klar, warum das Klettern an einer Kette lebensgefährlich war. Sie ließ gerade so weit los, dass sie hinunterrutschen konnte, und knallte sofort gegen das nächste Kettenglied. Reflexartig ließ sie zu sehr los und stürzte sofort eine Stufe weiter. Beim Versuch, den Sturz abzufangen, trafen die schweren Kettenglieder ihre Arme und Beine wie Hämmer.

Wenigstens bremste es ihren Fall. Sie blieb stehen und stieß einen Schmerzensschrei aus, der durch das Handy in ihrem Mund gedämpft wurde. Erst auf den zweiten Blick bemerkte sie, dass sich die Kette nicht mehr bewegte. Der Balkon war etwa einen Schritt von ihr entfernt. Diesmal stellte sie vorsichtig ihre Füße auf die Kette, bevor sie mit einer Hand den Balkon erreichte.

Es war so weit weg! Ihre Finger kämpften darum, irgendeinen Griff zu finden. Plötzlich war da ein blendendes Licht.

"Hier!"

Sie blinzelte. Die Hand, die sich ihr entgegenstreckte, war ein Rettungsanker in der stürmischen See. Sie griff danach, sprang und erreichte mit der anderen Hand den Sims. Sie spürte, wie sie auf den Balkon gezogen wurde. Michaels Taschenlampe ließ ihre ölverschmierten Kleider glänzen.

„Bist du verletzt?“ Louis half ihr wieder auf die Beine.

Sie schüttelte automatisch den Kopf, obwohl sie sich nicht so sicher war. Ihre Arme und Beine schmerzten, als hätte man sie geschlagen. Sie nahm das Handy aus dem Mund. „Was ist mit Paul?“, fragte sie leise.

Louis schüttelte den Kopf. „Die Haken haben seinen Bauch aufgerissen. Dann verschwand der Käfig mit seinem Körper in der Schlucht.“

Für einen Moment breitete sich eine unangenehme Stille zwischen ihnen aus, die schließlich von Michael unterbrochen wurde, der auf die Wand zeigte

„Hier ist ein Weg.“ Ein Gang führte vom Balkon weiter in den Fels hinein. „Ich möchte nicht länger als nötig in diesem Raum bleiben.“

„Absolut“, stimmte Louis ihm zu. „Vor allem, weil der Marionettenspieler weiß, wo wir sind.“

Wortlos leuchtete Judy in den Tunnel. Das Display ihres Handys meldete, dass der Akku fast leer war. Normalerweise eine nervige

Kleinigkeit, aber hier könnte diese Nachricht ihr Todesurteil bedeuten.

„Wie viel Akku habt ihr noch?“, fragte sie. „Ohne Licht kommen wir nicht weit.“

„Nicht viel“, gab Michael zu. „Ich habe meistens die Taschenlampe statt meines Handys benutzt, aber selbst die Taschenlampe wird langsam schwächer.“

Judy schaltete ihre Lampe aus. „Dann sollten wir so sparsam wie möglich sein. Vielleicht finden wir ja noch irgendwo ein anderes Licht.“

„Was ist mit dem Scheinwerfer neben der Kamera?“, fragte Michael.

„Er ist zu groß, um ihn mitzunehmen“, kam Louis’ Antwort viel zu schnell. Seine Augen waren immer noch vor Angst geweitet. Wahrscheinlich wollte er nicht an diesen schrecklichen Ort zurückkehren, und sie konnte es ihm nicht verdenken. „Außerdem ist er mit einem Kabel verbunden.“

„Genau“, sagte Michael. „Ein Kabel bedeutet, dass es dort eine Steckdose oder eine andere Stromquelle gibt. Wie die tragbaren Batterien, die wir am Anfang gesehen haben.“

„Haben Sie ein Ladekabel dabei?“

„Nein“, sagte Michael. Judy vermutete jedoch, dass er die Idee nur deshalb so schnell aufgab, weil er genauso wenig wie Louis in den Raum zurückkehren wollte.

„Was zum Teufel sind das für Kammern?“

Michael leuchtete mit seiner Lampe in die vielen Abzweigungen, die nicht natürlichen Ursprungs, sondern aus Ziegeln gemauert waren. Die identisch geformten Räume sahen aus wie Zellen mit vergitterten Türen. „Die Zellentüren sind massiv." Louis öffnete vorsichtig eine. „Selbst mit Werkzeug wäre es schwierig gewesen, aus ihnen auszubrechen."

„Was ist da an der Wand?", fragte sie.

Michael betrat die Zelle und leuchtete mit seiner Lampe an die Wand. „Jemand hat Linien an die Wand gezogen. Wie im Gefängnis, wenn man die Tage zählt."

„Hier auf den Ziegeln steht ein Text", sagte Judy.

Michael beugte sich hinunter. „Diesmal ist es auf Deutsch." Er las laut. *„Es gibt Ziele, aber keinen Weg; was wir Weg nennen, ist Zögern."*

Er versuchte, wieder aufzustehen, als hätte ihm der Raum die Kraft geraubt. „Was zum Teufel war das für ein Ort?"

Judy erinnerte sich an Sylvias Brief und zog ihn aus ihrer Tasche.

Im nächsten Moment jedoch zuckten sie alle erschrocken zusammen, als ein neuer Glockenschlag durch die Räume dröhnte. Der Schlag der Totenglocke klang so laut und nah, als würde jemand direkt über ihren Köpfen läuten. Kurz darauf hallte ein zweiter Schlag durch den Raum. Vor Schreck hatte sie den Brief fallen lassen und hob ihn wieder auf.

„Die Totenglocke ist wirklich beängstigend", sagte Louis und sprach damit aus, was sie alle dachten. „Was für ein kranker Geist versucht, uns mit so etwas Angst zu machen?"

„Hier, hör dir diesen Teil von Sylvias Brief an."

Sie räusperte sich.

„Vielleicht bist du umso besorgter, weil du die Geschichte dieses verfluchten Ortes kennst. Zu viele Menschen sind hier gestorben. Spürst du den Hauch des Bösen, der durch die Dunkelheit weht? Es gibt nur wenige Orte auf dieser Erde, die der Hölle so nah sind wie jener unter deinen Füßen …“

Sie ließ den Brief sinken.

„Das Ganze ergibt keinen Sinn.“ Michael kratzte sich am Kopf. „Was ist das für ein ominöser Ort? Diese Räume sehen aus wie ein altes Gefängnis.“

„Vielleicht eine alte Mine. Mich wundert es allerdings, dass Bergleute Kafka lesen.“ Louis deutete auf den Satz an der Steinmauer. „Irgendetwas stimmt da nicht. Wir haben keine Bergbauausrüstung gesehen, und ich verstehe nicht, warum jemand ein Gefängnis tief in der Erde bauen sollte.“

Judy erinnerte sich an den Brief, den sie am Torbogen gefunden hatten, bevor Pauls Schreie alle Aufmerksamkeit auf sich gezogen hatten. „Fast hätte ich die Nachricht vom Tor vergessen! Vielleicht finden wir ja eine Antwort auf unsere Fragen.“

Kapitel Achtundzwanzig

37 Stunden bis zur Abrechnung

Mit zitternden Händen faltete sie das Papier auseinander und war sich nicht sicher, ob sie die Kraft hatte, es zu lesen.

"An die Verdammten,

Glaubt nicht, dass ihr eurer Aufgabe entkommen könnt. Ihr habt gesehen, was mit denen passiert, die versuchen, die Spielregeln zu brechen? Paul hätte nicht sterben müssen, zumindest nicht durch meine Hand. Unglücklicherweise versuchte er, die Höhlen zu verlassen, und so ein Verbrechen, bleibt nicht ungestraft.

Glaubtet ihr wirklich, ich wäre so naiv, euch durch den Eingang nach draußen spazieren zu lassen? Jeder Ausgang ist versperrt. Genau wie die armen Seelen, die einst hier gequält wurden, müsst auch ihr den Befehlen eures Kerkermeisters Folge leisten, sonst werdet ihr bestraft.

Euch bleiben knapp zwei Tage. Tötet eure Mitspieler in meiner Arena und werdet der glorreiche Gladiator, dem ich die Freiheit schenken werde. In diesen zwei Tagen werde ich keinem von euch etwas antun, solange ihr euch an die Regeln haltet. Oder sterbt, wenn ihr gegen die Regeln verstoßt.

Der Meister der Arena"

Judy blickte von dem Brief auf und sah die ernsten Gesichter von Louis und Michael.

Michael blickte immer wieder hastig über die Schulter. „Versteht ihr, was das bedeutet? Wir waren die ganze Zeit nur wenige Meter vom Mörder entfernt! Als wir uns in dem Raum mit dem See verbarrikadiert hatten, sperrte dieser Typ Paul in den Käfig, nur einen Tunnel entfernt. Dann schrieb er in Seelenruhe diesen Brief. Hätten wir uns vorher aufgeteilt und wären in diese Richtung gegangen, wären wir ihm begegnet. Er hat sich sogar die Zeit genommen, Lautsprecher, Mikrofon, Lampe und Kamera aufzubauen, bevor er Paul die Haken in den Bauch rammte –" Er brach schaudernd ab und sagte fast flüsternd. „Ich will gar nicht wissen, wie lange Paul da hing."

Das war ein schrecklicher Gedanke. Wie hatte der Mörder es überhaupt geschafft, Paul in diesen Käfig zu stecken?

Es wäre ein Leichtes, das herauszufinden. Schließlich hatte der Wahnsinnige die gesamte Folter mit Kamera aufgezeichnet. Doch sie wollte die Einzelheiten nicht sehen. Erst jetzt wurde ihr klar, wie perfide die Inszenierung war.

„Ich glaube, ich weiß, warum er die Kamera diesmal nicht versteckt hat", sagte sie. „Pauls Käfig fiel in die Schlucht. Andere Spieler hätten keine Ahnung, was hier passiert ist. Es sei denn, sie finden die Kamera und sehen sich die Aufnahme an."

Sie erkundeten weiter den Gefängniskorridor, der eine noch düstere Geschichte erzählte, als die Höhlen zuvor. Warum hatte man die Menschen hier eingesperrt?

„Wenn der Brief die Wahrheit sagt", begann Louis, „dann wird der Ausgang bewacht. Sina und Marie sind geradewegs dabei, in eine Falle zu tappen."

Michael leuchtete in eine der Gefängniszellen, die ihren Weg säumten. Die verrosteten Überreste eines Metallbetts standen im hinteren Teil des winzigen Raumes, und tiefe Linien waren in die

Wand geritzt. Wie grausam muss es gewesen sein, hier unter der Erde gefangen zu sein, in der Dunkelheit.

„Vielleicht schaffen sie es auch auszubrechen. Ich würde beide nicht unterschätzen", sagte Michael. „Koslowski war langsam, allein und wahrscheinlich verletzt. Die beiden haben dagegen eine deutlich bessere Chance."

Trotz seiner Worte klang seine Stimme kraftlos, als ob er selbst nicht daran glaubte.

„Das hoffe ich." Judy stieg über ein paar halb verrottete Lumpen, die wahrscheinlich einmal Kleidung gewesen waren. „Glaubt ihr wirklich, er lässt uns bis zum Ablauf der Frist in Ruhe?"

„Vielleicht", sagte Louis. „Schließlich haben wir noch nichts von diesem Snake gesehen."

„Ich bin immer noch nicht überzeugt, dass Snake der Meister der Arena ist", sagte Judy. „Als unser Marionettenspieler von ihm sprach, klang es, als spräche er von einer anderen Person."

Das bewies natürlich nichts. Er konnte gelogen haben, um sie in die Irre zu führen, oder sogar eine gespaltene Persönlichkeit haben.

„Was ist das?", fragte Louis und lenkte ihre Aufmerksamkeit auf das Ende des Gefängniskorridors. Dort teilte sich der schmale Gang in vier Richtungen, von denen eine nach nur zwei Schritten in einer Wand endete. Davor jedoch stand ein kleiner Tisch mit einem verstaubten Gerät mit ungewohnten Knöpfen, Schaltern und Kabeln.

Michael hingegen zeigte sich begeistert. „Ich glaube, es ist ein Funkgerät!" Er entfernte ein paar Spinnweben und überprüfte die Kabel auf der Rückseite.

„Es sieht nicht so aus, als würde es noch funktionieren", sagte Louis, und Judy musste ihm zustimmen.

Michael ließ sich von ihrem Einwand jedoch nicht entmutigen. „Natürlich funktioniert es nicht, hier gibt es keinen Strom mehr.“ Er öffnete einen Karton, in dem ein langes Kabel auf einer Rolle aufgerollt war.

„Ist das das Stromkabel?“, fragte Judy, aber Michael schüttelte den Kopf.

„Nein, das ist ein Verbindungskabel zu einer Antenne. Wir sind tief im Berg, umgeben von Felsen. Ich nehme an, das Funkgerät braucht einen speziellen Verstärker, um nach draußen senden zu können.“

„Es hat also keinen Strom und kann nicht von diesem Platz entfernt werden“, fasste sie skeptisch zusammen.

Michaels Begeisterung bremste sie dagegen nicht. „Aber wir haben doch Strom“, beharrte er. „Nur nicht in diesem Raum.“

„Die Kamera“, sagte Judy nachdenklich, und ein weiterer Schauer lief ihr über den Rücken, als sie daran dachte, was dort von ihr aufgenommen wurde.

Michael nickte. „Ja, die Kamera war irgendwo angeschlossen. Der Baustrahler funktioniert auch nicht ohne Strom. Unsere Handys werden wir nicht anschließen können, aber das alte Ding hier“, er tippte auf das Funkgerät, „ist nicht so wählerisch. Solange ich die Kontakte miteinander verbinden kann, sollte es klappen.“

Während ihres kurzen Gesprächs hatte Louis einen der beiden anderen Korridore untersucht. Sie konnte ihn nur schemenhaft erkennen, als er etwas Helles, Weißes zusammenfaltete und in seine Jackentasche steckte – einen Brief.

„Was hast du gefunden?“

Er drehte sich zu ihr um und leuchtete in ihre Richtung, sodass sie einen Moment lang geblendet war. Dann deutete er auf ein Regal an der Wand. „Hier sind Briefkästen.“ Er griff in das Regal und holte einen Brief heraus. „Schau! Dieser ist an Sina adressiert.“

„Lass mich sehen“, sagte Michael, aber Louis zögerte.

„Ich denke, es wäre nicht korrekt, den Brief einer anderen Person zu öffnen.“

„Was meinst du?“, fragte Judy. „Ich verstehe, wie wichtig Privatsphäre ist, aber wenn es irgendetwas gibt, das uns helfen könnte, dann sollten wir es nutzen.“

„Aber vielleicht ist das auch gegen die Regeln. Unser Entführer wollte offensichtlich, dass sie den Brief erhält.“

Wollte er das wirklich? Warum hatte er dann nicht wieder ein spezielles Schloss wie in der Eingangshöhle benutzt?

„Wenn wir Sina wiederfinden, können wir ihr die Nachricht überbringen.“ Sie streckte ihre Hand aus und Louis gab ihr den Brief. „Und was hast du sonst noch gefunden?“

„Nichts“, behauptete Louis.

Sie starrte ihn verwirrt an. „Ich habe gesehen, wie du einen weiteren Brief in deine Tasche gesteckt hast.“ Warum hielt er ihn geheim? Was für ein Spiel trieb Louis hier?

Er öffnete seine leeren Hände. „Es tut mir leid, du musst dich irren. Ich hatte diesen Brief schon einmal in der Hand.“ Er zeigte auf Sinas Brief.

Es war sinnlos, darauf zu bestehen. „Okay, dann schauen wir mal, was er Sina geschrieben hat.“ Sie faltete das Blatt auseinander und las laut vor.

"Liebe Sina,

Ich glaube, ich muss mich für die Unannehmlichkeiten dieser Unterkunft entschuldigen, aber du wolltest dieses Spiel aus der ersten Reihe erleben. Die Kiste am Ende des Korridors enthält ein paar Geschenke.

Der Meister der Arena "

Michael drängte sich an Louis vorbei und suchte mit seiner Lampe den Boden ab. Schließlich zog er eine dünne, staubige Folie beiseite und hob mit einem triumphierenden Laut eine Kiste vom Boden auf. „Wenigstens hat er in diesem Fall nicht gelogen."

„Das sieht genauso aus wie eine der Kisten, in denen wir die Vorräte gefunden haben", sagte Judy.

„Hoffentlich sind es Lebensmittel und ein Ladekabel", sagte Louis.

„Wenn ich es mir wünschen kann, dann ist es ein Schlüssel zum Ausgang", sagte Michael und versuchte, die Kiste zu öffnen. „Sie ist verschlossen." Sie alle versuchten es mit ihren Schlüsseln, aber diesmal funktionierte keiner. Michael nahm seinen Schraubenschlüssel und hämmerte ein paar Mal auf die Kiste, doch es gelang ihm nur, ein paar Holzsplitter hervorzubringen.

„Ich frage mich, warum unser Entführer Sina hilft", sagte sie.

„Vielleicht tut er das nicht", meinte Louis. „Es ist genauso gut möglich, dass er uns nur auf eine falsche Fährte locken will, damit wir einander misstrauen."

„Wir könnten die Kiste vom Balkon in der anderen Höhle herunterwerfen", sagte Judy. „Ich bin sicher, dann würde sie aufbrechen."

„Wahrscheinlich“, gab Louis zu. „Aber es würde auch alles Zerbrechliche in der Kiste zerstören. Es wäre schade, wenn Wasserflaschen verloren gingen.“

„Ich würde sagen, wir kümmern uns später darum und suchen erst einmal nach der Stromquelle“, schlug Michael vor. „Wenn mein Plan funktioniert, könnten wir mit diesem alten Funkgerät einen Notruf absetzen.“

Sie stimmten zu, und Michael trug die Kiste. Je näher sie ihrem Ziel kamen, desto fester schien sich eine eisige Hand um ihr Herz zu legen. Immer wieder traten die Bilder von Paul vor ihr geistiges Auge. Am liebsten wäre sie so weit wie möglich von diesem schrecklichen Ort weggelaufen. Doch bald erreichten sie die Balustrade, von der sie auf die Kette geklettert war. Der Baustrahler leuchtete noch immer, nun aber auf eine leere Wand.

„Wir sollten nach dem Funkspruch zurück in den Raum mit dem See gehen“, schlug sie vor. „Ich bin ziemlich durstig und mit der neuen Kiste können wir vielleicht wieder ein Feuer machen.“

Die Vorstellung, sich an einen zumindest halbwegs sicheren Ort zurückzuziehen und vielleicht den Rest der Gruppe zu treffen, war verlockend.

Michael stellte die Kiste am Fuß der Treppe ab und eilte zur Lichtquelle. Sie hatten den Balkon hinter sich gelassen und gingen am Gitterzaun entlang, der sie von der Schlucht trennte.

Michael erstarrte, wie angewurzelt. „Oh nein…“

„Was ist los?“ Sie konnte nichts Ungewöhnliches erkennen, aber genau das war das Problem.

„Die Kamera ist weg“, sagte Michael.

„Das bedeutet, dass jemand hinter uns her war.“

„Sehr scharfsinnig, Von Aaken“, bemerkte Michael sarkastisch. „Diese Person war nicht nur hier, sondern ist es wahrscheinlich immer noch!“

Judy sah sich um. In jedem Schatten der Höhle konnte ein Angreifer lauern. Der Raum bestand fast ausschließlich aus Verstecken. Hinter der Wand, den vielen Felssäulen, sogar in der Schlucht oder auf dem Balkon, von dem sie gerade heruntergeklettert waren, überall konnte jemand lauern.

„Ich habe etwas aus dieser Richtung kommen hören“, flüsterte Louis und zeigte auf die andere Seite der Höhle, weg vom Balkon.

Unbewusst hatten sie sich Rücken an Rücken positioniert und starrten in die Dunkelheit. Louis hatte recht, etwas bewegte sich im Schatten.

„Der Scheinwerfer!“, rief sie und eilte zu dem Scheinwerfer, wo vorher die Kamera gestanden hatte. Erst jetzt fiel ihr auf, dass das kurze Kabel nicht im Boden vergraben war, sondern in einer Steckdose in einem Kasten steckte. Eigentlich hatte sie den Scheinwerfer einfach umpositionieren wollen, doch nun wurde ihr klar, dass sie das Ding samt Stromquelle einfach mitnehmen konnten. Sie warf sich den Akku über die Schulter. Er war schwer und unhandlich, aber sie konnte ihn tragen.

„Leuchte mal mit der Lampe dort drüben hin!“, sagte Michael.

Der grelle Lichtfinger glitt suchend über den Felsen. Da war noch ein Tunnel! In ihrer Eile, den Raum zu verlassen, hatten sie nicht einmal nach anderen Ausgängen gesucht. Als sie den Scheinwerfer ein wenig bewegte, blickte sie in das bleiche Gesicht eines Geistes.

Kapitel Neunundzwanzig

37 Stunden bis zur Abrechnung

„Wasser…“, stöhnte Sylvia und stand unsicher da, als sie aus ihrer Deckung hervortrat. Sie umklammerte immer noch ihre Schaufel, konnte sie aber kaum halten.

Judy stellte den Scheinwerfer und Akku auf den Boden, um sich Sylvia vorsichtig zu nähern.

„Bist du verletzt?“

Sylvia antwortete nicht und taumelte langsam auf sie zu. Ihre Kleidung hatte Löcher, die Haut darunter war zerrissen. Wo noch Stoff übrig war, war dieser mit getrocknetem Blut getränkt. Sylvia brach mit einem leisen Wimmern wenige Meter vor Judy zusammen. Sie klang, als würde sie weinen, doch ihre Augen blieben so trocken wie ihre aufgesprungenen Lippen.

„Wir haben auch kein Wasser“, sagte Michael und hielt sorgfältig Abstand zu der verletzten Frau.

„Waffe, Dunkelheit… töte sie alle“, murmelte Sylvia.

Michael richtete seinen Schraubenschlüssel auf sie. „Was?“

„Sie ist dehydriert“, sagte Judy und fühlte Sylvias Puls. Zuerst spürte sie gar nichts und legte ihre Finger auf Sylvias Hals. Sylvia reagierte überhaupt nicht mehr und hatte die Augen geschlossen. Ihr Herz raste sichtlich.

„Sie braucht dringend Wasser.“

„Sie will uns umbringen!“ Michael verschränkte die Arme und trat ein Stück zurück.

Michael würde ihr schon mal nicht helfen.

Er nickte in Sylvias Richtung. „Hast du gehört, was sie gesagt hat?"

„Ja, das habe ich. Sylvia ist eindeutig im Delirium."

„Vielleicht", antwortete Michael. „Aber sie hat schon einmal versucht, mich umzubringen. Warum sollten wir ihr helfen?"

„Weil wir keinen Menschen sterben lassen können", sagte Louis. Er beugte sich über Sylvia und nahm etwas aus ihrem Gürtel. „Sie hat eine Flasche dabei."

Sylvia trug einen Gürtel mit gleich zwei Wasserflaschen, einer Taschenlampe, einem Dosenöffner und zwei Beuteln. Judy steckte den Dosenöffner in ihren Gürtel. Leider hatte Sylvia den großen Rucksack mit Vorräten offenbar verloren, den sie bei ihrer ersten Begegnung getragen hatte.

Louis schüttelte kurz beide Wasserflaschen. „Leer- aber sehr nützlich, wenn wir zum See kommen."

Judy öffnete den ersten Beutel des Gürtels. „Chips, Trockenfleisch und Sojasauce."

„Klingt nicht gerade nach einer gesunden Ernährung", bemerkte Michael.

„Man könnte sie sogar als ziemlich tödlich bezeichnen", sagte Louis. „Diese Dinge sind nicht nur ein kulinarisches Verbrechen, sie enthalten auch alle Unmengen an Salz. Das dürfte ihre Dehydrierung enorm beschleunigt haben."

„Der Arenameister hat dieses Essen absichtlich hier platziert", sagte Judy verbittert. „Niemand wäre in drei Tagen verhungert, aber er sorgt dafür, dass wir verdursten. Wir müssen zurück zum See."

„Was ist mit dem Radio?“, fragte Michael.

Warum war er so auf dieses kaputte alte Ding fixiert? Vielleicht war es seine Hoffnung auf Rettung, und so rang sie sich eine diplomatische Antwort ab. „Das können wir später machen. Ich glaube, Sylvia braucht sofort Wasser. Außerdem habe ich auch Durst, und die Flaschen sind hier unten Gold wert.“

„Wir können auch beides gleichzeitig machen.“

Judy sah Michael verwirrt an. Warum? Wollte er die Gruppe ernsthaft aufteilen?

„Ich bin nicht sicher, ob wir hier wirklich allein sind“, sagte Michael. „Ich hatte das Gefühl, dass noch jemand im Raum ist.“

„Ein Grund mehr, sich nicht zu trennen!“ Selbst in ihren eigenen Ohren klang ihre Stimme ungeduldig, aber Michael konnte doch nicht ernsthaft die dümmste Entscheidung in jedem Horrorfilm vorschlagen.

„Wenn wir jetzt zurückgehen, kann jemand das Funkgerät oder unsere einzige und vielleicht lebenswichtige Stromquelle stehlen“, beharrte Michael. „Snake könnte das Funkgerät auch zerstören und unsere letzte Chance, Hilfe zu rufen, zunichtemachen.“

„Ich kann Sylvia nicht allein zum See tragen!“

„Das musst du nicht unbedingt“, sagte Louis. „Du könntest die Flaschen einfach auffüllen und damit zurückkommen.“

Warum fiel Louis ihr jetzt in den Rücken? Sie erinnerte sich an den Brief, den er eingesteckt hatte, und daran, dass sie ihm vielleicht auch nicht trauen konnte. Sie konnte überhaupt keinem vertrauen. Louis führte irgendetwas im Schilde und Michael... Vielleicht zögerte er sogar absichtlich die Hilfe für Sylvia hinaus. Er und Sylvia waren Feinde.

Michael griff nach dem Klappspaten in Sylvias Hand. Judy trat reflexartig auf den Spatenstiel und hinderte ihn daran, die Waffe aufzuheben. „Was machst du?“, fragte sie scharf.

„Ich brauche den Spaten, um das Kabel des Baustrahlers durchzuschneiden“, erklärte er ruhig. „Aber es ist interessant, dass du mir immer noch nicht vertraust.“

„Es wäre durchaus besser, wenn Herr Holm- “

„Michael.“

„Also wenn Michael eine Waffe hätte“, sagte Louis. „Dann könnte er sich notfalls verteidigen, und wir können in der Zwischenzeit Wasser holen.“

Widerwillig nahm sie den Fuß vom Spaten und trat einen Schritt zurück.

„Warum willst du das Scheinwerferkabel überhaupt zerstören?“, fragte sie. „Es ist bei weitem die beste Lichtquelle, die wir haben.“

Michael nahm den Spaten. „Wie soll ich das Radio sonst an die Batterie anschließen? Ich kann das Kabel durchschneiden und dann die Drähte an das Radio anschließen.“

Judy musste zugeben, dass sie keine Ahnung von Elektronik hatte. Was Michael sagte, klang plausibel. Sie nahm der bewusstlosen Sylvia den Gürtel ab, doch Michael hielt sie auch davon ab.

„Die brauche ich“, sagte er und zog die Taschenlampe aus ihrem Gürtel.

„Wir brauchen die Taschenlampe mindestens genauso sehr wie du“, entgegnete sie wütend.

„Wenn ich den Scheinwerfer ausschalte, wird es hier ziemlich dunkel. Ich brauche Licht zum Arbeiten."

Bei dem schwachen Akku ihres Handys lief ihr damit die Zeit davon. In weniger als einer Stunde würde sie in der Dunkelheit feststecken.

In diesem Punkt schien Louis ihrer Meinung. „Wir sollten uns lieber beeilen!"

Das Erklimmen der Wand erwies sich als schwieriger als erwartet. Judy nahm Anlauf und stieß sich von der Wand ab. Sie reichte gerade hoch genug, um die Mauerkrone zu erreichen, und zog sich mit einiger Mühe nach oben. Louis hingegen scheiterte bei seinem Versuch. Er versuchte zweimal, Anlauf zu nehmen, und schaffte es beide Male, die Wand zu greifen, aber er konnte sich nicht hochziehen.

Judy, die rittlings auf der Mauer saß, klammerte sich mit den Beinen fest und streckte ihre Hand aus. "Versuch es nochmal!"

Diesmal bekam Louis ihren Arm zu fassen. Das Gewicht riss sie fast von der Mauer, doch sie schaffte es, sich oben zu halten und Louis auf die Mauer zu ziehen.

Wenigstens der Abstieg auf der anderen Seite gestaltete sich problemlos.

Diesseits der Mauer war es deutlich dunkler. Sie konnte von dem Tunnel vor ihr nur den Eingangsbogen erkennen. Sie brauchte die Inschrift nicht zu sehen, die Schriftzeichen HIC MORTUI VIVUNT tauchten auch so vor ihrem geistigen Auge auf. Plötzlich verschluckte die Dunkelheit auch den Eingang.

Ihr Herz klopfte bis zum Hals, doch Michael hatte wohl nur den Baustrahler ausgeschaltet.

Sie schaltete ihr Handy wieder ein, das sofort den leeren Akku meldete. „Weißt du, was mir gerade aufgefallen ist?“

Louis atmete immer noch schwer und schüttelte nur den Kopf.

„Sylvia hatte die Kamera nicht dabei.“

Sie ließ den Satz ohne weitere Erklärung stehen, aber am schwachen Leuchten ihres Handys konnte sie erkennen, dass Louis verstand, was das bedeutete.

„Sie könnte die Kamera irgendwo liegen gelassen haben“, sagte er. Beide wussten, dass es eine viel wahrscheinlichere Erklärung gab. Sylvia war nicht der einzige unerwartete Gast.

„Sollen wir umkehren?“, fragte Louis.

„Es sind nur ein paar Meter.“ Sie zog zum x-ten Mal in den letzten Tagen das Messer aus ihrem Gürtel. Die Waffe schützte sie zwar nicht vor allen Gefahren, aber sie fühlte sich damit sicherer. „Über die Mauer zu kommen, wird länger dauern, als bis zum See zu laufen. Ich denke, wir sollten uns beeilen, Wasser zu holen, und so schnell wie möglich zu Michael zurückkehren.“

„Außerdem glaube ich nicht, dass Sylvia noch lange durchhält“, stimmte Louis zu und aktivierte ebenfalls das Licht seines Handys.

Er trat als Erster durch den Torbogen.

Die Lampe seines Handys war mindestens doppelt so hell wie ihre. „Wie lange hält deine Batterie?“

„Ich weiß nicht“, Louis schaute auf die Anzeige, während sie den Tunnel entlanggingen. „Ich bin jetzt bei 50 Prozent.“

„Mein Handy ist bald leer. Ich glaube, ich schalte es besser aus“, sagte sie, als der Akku die 10-Prozent-Marke erreichte. „Ich glaube, meins ist auch schon etwas älter als deins.“

„Oh, das ist mein altes Handy“, behauptete Louis. „Ich habe es seit mindestens sechs Monaten.“

„Sechs Monate?“

„Ja, eigentlich wollte ich es ersetzen, weil es langsam aus der Mode kommt, aber die Sonderedition ist schon ganz gut“, sagte Louis, der sie offensichtlich missverstanden hatte. „Ich sage immer, man sollte nicht am falschen Ende sparen. Sonst ärgert man sich hinterher nur für ein paar Tausender.“ Demonstrativ wedelte er mit seinem Handy und ließ damit den Lichtstrahl über glitzerndes Felsgestein tanzen. „Ich hätte nie gedacht, wie sehr ich mich über die zusätzliche Akkuleistung freuen würde!“

„Meins ist über sechs Jahre alt“, murmelte Judy, als etwas anderes ihre Aufmerksamkeit erregte. „Warte, ist hier eine Abzweigung? Die hatte ich ganz vergessen.“

Sie hatten gerade den Seitentunnel erreicht, der vermutlich um den See herumführte.

„Ich weiß“, sagte Louis. „Aber wir wollten schnell zum See, da sollten wir auf keinen Fall Umwege machen.“

„Das meine ich nicht“, sagte Judy. „Bei deiner Bewegung hast du eben dahin geleuchtet. Ich glaube, ich habe etwas gesehen!“

Louis trat einen Schritt zurück und leuchtete in den Seitentunnel. „Da ist nichts.“

„Ich habe etwas gesehen“, murmelte Judy.

„Wir sollten keine Zeit verlieren.“

Natürlich hatte Louis recht. Selbst wenn sich dort etwas bewegt hätte, wäre das nur ein Grund mehr gewesen, so schnell wie möglich von hier zu verschwinden.

Kurz bevor sie den Eingang zur Höhle des Sees erreichten, zog sie Louis an der Schulter zurück.

"Vorsichtig!"

Er blieb stolpernd stehen und leuchtete mit seiner Taschenlampe den Tunnelausgang entlang. „Das hätte schlimm ausgehen können." Die scharfen Spitzen des Stacheldrahts glänzten im Licht der Handylampe.

„Jemand muss den Draht hinter uns neu gespannt haben", sagte Judy mehr zu sich selbst als zu Louis. „Als wir weggingen, war der Draht zur Seite geschoben." Testweise drückte sie ihr Messer gegen den Draht.

„Damit kommen wir nicht weiter", sagte Louis.

„Nein", gab Judy zu, „aber der Draht ist nicht an der Wand festgeschraubt, vielleicht kann ich ihn bewegen. Er ist nur um die Säule dort gewickelt." Sie versuchte, ihn vorsichtig anzuheben.

„Der Stacheldraht hängt fest", sagte Louis. „Du kannst ihn nicht von der Säule schieben."

Leider stimmte das. „Vielleicht können wir es hoch genug heben, um durch die Lücke zu kriechen."

Sie fühlte sich nicht besonders wohl dabei, sich im Halbdunkel durch einen schmalen Spalt zwischen messerscharfen Dornen zu zwängen. Aber gab es eine andere Lösung?

„Ich glaube, ich weiß, was mit Sylvia passiert ist", sagte Louis und versuchte, seine Hände mit den Ärmeln seines Mantels zu schützen.

Schaudernd dachte Judy an Sylvias Verletzungen. Das ergab natürlich Sinn. Sylvia hatte vielleicht von dem See gewusst und versucht, die einzige Wasserquelle zu erreichen. Dass der Eingang mit Stacheldraht versehen war, hatte sie weder ahnen noch im Dunkeln sehen können. Das Schlimmste war, dass sie selbst und nicht der Meister der Arena für Sylvias Verletzungen verantwortlich waren.

„So sollte es funktionieren“, sagte Louis und drückte die Drähte mit den Flaschen auseinander.

„Es wird nicht leicht, aber ich denke, ich schaffe das“, stimmte Judy zu, als plötzlich ein metallisches Klacken ertönte. Sie blieb wie angewurzelt stehen. Louis’ Licht wanderte suchend umher und landete schließlich auf dem Lauf des Gewehrs, der auf sie gerichtet war.

„Die Mühe könnt ihr euch sparen“, knurrte Bolt mit einem boshaften Lächeln.

Kapitel Dreißig

36 Stunden bis zur Abrechnung

„Was haben Sie vor, Bolt?“, fragte Louis entsetzt.

„So sehen wir uns also wieder.“ Der Jäger machte sich nicht die Mühe, auf Louis’ Frage zu antworten.

Sie starrte direkt in den Gewehrlauf, vor Schock unfähig, sich zu rühren.

„Wie haben Sie Ihre Waffe wiedergefunden?“ Die Frage war nicht wirklich wichtig, aber es war die erste, die ihr in den Sinn kam. Sie musste ihn zum Reden bringen.

„Oh, das war nicht besonders schwierig“, sagte Bolt. „Der See ist bei weitem nicht so tief, wie er aussieht.“

„Sie haben nur einen Schuss“, bemerkte Judy. Nicht, dass er für sie mehr gebraucht hätte. Sie klammerte sich an jeden Gedanken, der ihr etwas Zeit verschaffen konnte.

„Es ist beschämend, dass mein Junge gegen so viel Naivität verloren hat.“ Bolt verzog das Gesicht, als hätte er in eine Zitrone gebissen. „Aber es war sicher nicht das erste Mal, dass mich dieser Nichtsnutz von einem Sohn enttäuscht hat.“

Dazu fiel ihr nichts ein. Zumal sie ihm in Bezug auf Thomas nur zustimmen konnte. Er war ein dummes, aggressives Monster gewesen, das seine Frustration über seine eigene Unfähigkeit stets an Schwächeren ausgelassen hatte. Doch je besser sie seinen Vater kennenlernte, desto weniger überraschte sie das. „Wir haben Sie nicht auf weitere Patronen durchsucht", stellte sie tonlos fest, und Bolt grinste hämisch.

„Sobald das Gewehr aus dem Spiel war, hast du dich nicht mehr für die Munition interessiert und niemand hat versucht, das Gewehr wiederzuholen, weil es ja angeblich keine Munition mehr hatte. Du und diese Bande seid wirklich so leichtgläubig."

Trotz der Kälte begannen ihre Finger zu schwitzen. Wie sollte sie ihn dazu bringen, weiterzureden? Sobald Bolt alles gesagt hatte, was er ihr unter die Nase reiben wollte, würde er nicht zögern, sie zu erschießen.

„Herr Bolt, bitte beruhigen Sie sich", versuchte Louis. „Sie sind nicht in Gefahr, also gibt es absolut keinen Grund zu schießen."

„Du irrst dich, es gibt sehr gute Gründe. Mit Judy schalte ich die gefährlichste Konkurrenz aus, gewinne ein paar Vorräte und bekomme gleichzeitig meine Rache. Aber nach Jahrhunderten der Inzucht kann man von einem Adelsspross wohl nichts Klügeres erwarten." Er trat einen weiteren Schritt auf sie zu und brachte die Mündung seines Gewehrs auf Armlänge heran.

„Öffne jetzt ganz langsam die Hand und lass das Messer auf meine Seite des Stacheldrahts fallen."

Wozu? Warum erschoss er sie nicht einfach? Offenbar wollte er sie noch etwas am Leben halten. Doch Bolt überschätzte ihre Chancen, wenn er glaubte, sie könnte ihn durch die Drahtbarriere angreifen. Sie konnte nicht schnell genug weglaufen, und sich ihm nähern, konnte sie sich erst recht nicht. Daran hinderte sie der Stacheldraht, der sich um ihre Arme wie eine Schlange um ihre Beute wand. Seine scharfen Dornen machten jede Bewegung nach vorn unmöglich.

Sollte sie das Messer werfen? Nein, das wäre sinnlos. Kommentarlos öffnete sie ihre verschwitzte Handfläche und ließ das Messer vor Bolts Füße fallen. Es fühlte sich an wie eine Kapitulation.

Bolt senkte die Waffe nicht, als er das Messer zur Seite kickte, sodass es auf der anderen Seite des Stacheldrahts außer Reichweite rutschte.

Sie dachte verzweifelt darüber nach, wie sie Bolt ablenken könnte. Das einzige Thema, das ihn interessierte, war sein Sohn. „Wissen Sie, warum Thomas Marks Drecksarbeit erledigt hat?", fragte Judy. Sie und Thomas waren in der ersten Arena erbitterte Rivalen gewesen.

Bolts Augen zuckten. Für einen Moment hatte sie seine Aufmerksamkeit. „Warum?", knurrte er.

„Weil Mark ihm eine Menge Geld als Belohnung angeboten hatte. Am Ende bekam er keinen Cent."

„Natürlich nicht", sagte Bolt barsch. „Schließlich ist Thomas tot. Willst du mich etwa davon überzeugen, dass ich das Geld von der Familie Edgeman zurückfordern soll? Weil unsere Söhne einen Deal gemacht haben, der nie zustande kam?"

„Nein, sicher nicht", sagte Judy. „Aber wussten Sie, dass Mark Ihren Sohn hintergangen hat? Er hatte nie vor, Thomas zu bezahlen. Er wollte ihn nur als seinen Leibwächter benutzen. Am Ende hat er ihm buchstäblich ein Messer in den Rücken gerammt. Wenn überhaupt, dann habe ich den Tod Ihres Sohnes gerächt."

Bolt schwieg einen Moment. Dann machte er eine scharfe Kopfbewegung zur Seite. „Ich will deine Hände sehen."

Judy hob die Hände und zog sich langsam aus der Schlaufe des Stacheldrahts. Konnte sie wegzulaufen? *Lächerlich.* Vielleicht würde sie es ein paar Meter weit schaffen, aber selbst ein blinder Schütze konnte sie aus dieser Entfernung noch erwischen.

„Immerhin hat die Schlampe dieser dreckigen Familie dafür bezahlt", sagte Bolt grimmig.

„Inwiefern?" Sie hatte keine Ahnung, was Bolt meinte.

„Marks Schwester natürlich", sagte Bolt, als ob das irgendetwas erklären würde. „Unter anderen Umständen könnte man geradezu Mitleid mit dieser Familie haben, die beide Kinder so schnell hintereinander verloren hat. In diesem Fall würde ich dagegen sagen, es ist nicht schade um sie."

Es bestand kein Zweifel, dass Mitgefühl für Bolt ein Fremdwort war. „Kannten Sie seine Schwester?"

„Ich? Nicht wirklich, aber die ganze Familie ist bekannt. Immerhin war ich einmal mit dem alten Mann auf der Jagd. Sie wohnen in meiner Nachbarschaft, und diese stinkreichen, arroganten Dreckskerle vergisst man nur schwer."

Gut, lass ihn weiterreden. Solange er redete, würde er nicht schießen. Judy trat langsam einen weiteren Schritt zurück. Nicht zu schnell, um Bolt nicht zu provozieren. Jeder Schritt bedeutete eine etwas bessere Chance, zu entkommen. Sie musste ihn nur weiter ablenken. „Ich glaube, ich habe noch nie von Marks Schwester gehört."

Bolt schnalzte gereizt mit der Zunge. „Lüg mich nicht an! Ich kenne den Namen der kleinen Schlampe nicht, aber sie war bei dir, bevor sie jemand in die Schlucht gestoßen hat."

Diese Erkenntnis ließ sie beinahe eine unvorsichtige Bewegung machen. Stattdessen beherrschte sie sich und hielt die Hände erhoben. „Laura war Marks Schwester?“

„Natürlich. Dieser Ärzteclan ist bekannt.“ Er machte eine Geste mit dem Gewehrlauf. „Hey! Beweg deinen hübschen Arsch wieder her!“

Sie erstarrte, ertappt.

„Denk nicht mal daran, wegzulaufen, ich bin noch nicht fertig mit dir.“

Sie machte sich keine Illusionen über ihre Lage. Ein paar Schritte Abstand würden bei dem Jagdgewehr sowieso keinen Unterschied machen. Um seinen Zorn nicht zu provozieren, trat sie gehorsam näher an Bolt heran, der Stacheldraht nur noch eine Fingerbreite von ihrem Gesicht entfernt. Die Frage blieb: Warum spielte er mit ihr und hatte sie noch nicht erschossen?

„Erzähl mir jetzt, was du in diesen Höhlen gefunden hast. Gibt es einen anderen Ort für Vorräte oder einen Ausgang?“, knurrte Bolt, ohne den Lauf der Waffe von ihr abzuwenden.

Vielleicht war es das. Er wollte alles über ihr Gefängnis wissen, bevor er sie erschoss. Was konnte sie tun? Ihre Hände spürten einen harten Gegenstand an ihrem Gürtel. *Der Dosenöffner.*

„Hören Sie“, sagte Louis, der bisher kaum ein Wort gewagt hatte. „Ich kann Ihre Schulden bezahlen. Es gibt keinen Grund für weitere Gewalt. Wenn Sie uns helfen, aus diesen Höhlen herauszukommen, werde ich Ihnen ein fürstliches Honorar...“

„Und was nützt mir das, wenn ich tot bin?“, unterbrach Bolt und konzentrierte sich nun auf Louis. „Ich werde definitiv nicht mit einem Messer im Rücken enden.“ Auch wenn seine Augen auf Louis ruhten, zielte er weiter auf Judy.

Der kurze Moment musste reichen.

Judy warf sich zur Seite, um der direkten Schusslinie zu entgehen, und warf den Dosenöffner. Zu ihrer Überraschung traf sie Bolt am Kopf. Leider reichte das nicht, um ihn außer Gefecht zu setzen. Sie griff durch die Lücken im Stacheldraht nach dem Gewehrlauf. Ihre Finger schlossen sich darum, und konnten ihn etwas zur Seite drücken, doch sie wurde nach vorne gerissen. Sie schrie auf, als sich die Dornen in ihre Haut gruben.

Bolt versuchte, das Gewehr an sich zu reißen.

Für einen Augenblick konnte sie den Griff wieder verstärken. Unter anderen Umständen hätte sie ein derartiges Tauziehen gegen Bolt vermutlich sogar gewonnen, doch die winzigen Klingen schnitten mit jedem Ruck weiter in ihre Arme.

Schließlich riss Bolt ihr das Gewehr aus den Händen. Seine gepresste Stimme quoll über vor Hass. „Das war ein Fehler.“

Dieses eine Mal musste sie ihm zustimmen, konnte jetzt aber auch nichts mehr ändern.

Ein Schatten flog über den Draht und verdeckte das Licht von Bolts Lampe. Instinktiv rollte sie sich zur Seite. Die Bewegung schlitzte ihre Haut noch mehr auf.

Louis hatte seinen Mantel über den Draht geworfen, der sich unter dem dicken Stoff bog.

Zumindest hatte er Bolt damit verwirrt, denn sein Gewehr ruckte zu dem Mantel. Ein donnernder Schuss zerriss erst die Stille, dann den Umhang und schließlich den Boden neben ihr. *War das seine einzige Kugel gewesen?*

Mit einem Klacken zog Bolt den Hebel seiner Waffe zurück und machte das Repetiergewehr wieder schussbereit. Seine Lippen verzogen sich zu einem gehässigen Grinsen. „Mach dir keine Hoffnungen. Da sind noch mehr."

Diesmal hatte Bolt leider nicht gelogen.

„Genug von diesem Unsinn", sagte Bolt. „Was weißt du darüber, wie man aus dieser Höhle herauskommt? Ich werde nicht noch einmal fragen!"

Louis antwortete als Erster. „Wir wären wohl kaum noch hier, wenn wir den Ausgang kennen würden."

„Das wäre sehr bedauerlich", sagte Bolt und schwang sein Gewehr von einem zum anderen. Der Mantel über dem Stacheldraht bot leider auch keine Deckung, sondern drückte den Draht nur herunter, wodurch Bolt eine noch bessere Sicht auf sie hatte. „Und wer lebt alles noch?"

Judy schluckte. Die Frage gefiel ihr überhaupt nicht. „Sylvia ist bewusstlos. Wir wissen nicht, ob sie noch lebt. Paul und Laura sind tot."

„Sind Sina und Marie wieder aufgetaucht?", fragte er.

„Nein, wir haben sie nicht mehr gesehen, seit sie zum Ausgang aufgebrochen sind."

„Na, dann haben wir es ja fast geschafft." Bolts Grummeln klang fast zufrieden. „Noch ein paar letzte Worte?"

Sie dachte fieberhaft nach, doch Bolt gab ihr nicht einmal die Zeit für ein einziges Wort. „Ehrlich gesagt, ist es mir sowieso egal."

Sie hörte das Klicken, mit dem er den Abzug betätigte, aber der Schuss blieb aus.

„Was zur Hölle?" Bolt blickte mit einem Auge über den Lauf, während er das andere zusammengekniffen hatte. Sein Auge schien sich in Zeitlupe zu öffnen, als er überrascht die Augenbrauen hochzog. Sein Blick blieb an der stummen Mündung hängen. Er richtete sie auf den Boden und griff nach dem Verschlusshebel. Mit einem scharfen Knall löste sich der verzögerte Schuss. Er traf zuerst den Felsen, prallte ab und musste Bolt zumindest erschreckt, vielleicht sogar gestreift haben, denn er stieß einen Schrei aus, der Judy aus ihrer Starre riss.

Der Mantel hatte den Draht stark nach unten gebogen, doch blieb nur ein schmaler Spalt zwischen der Tunneldecke und den scharfen Dornen, die durch den Stoff stachen. Es war ihre einzige Chance.

Mit dem Mut der Verzweiflung sprang sie mit ausgestreckten Armen durch den Spalt. Ihr T-Shirt blieb irgendwo hängen und riss auf. Vielleicht hatten die Dornen auch ihre Haut darunter erwischt, doch das Adrenalin, das durch ihren Körper schoss, verdrängte jeden Gedanken daran. Sie taumelte nach vorne und kam, fast zu ihrer eigenen Überraschung, sicher auf der anderen Seite des Stacheldrahts zum Stehen.

Bolt reagierte schnell. Obwohl er durch die Fehlzündung kurz abgelenkt war, verschwendete er keine Zeit und drückte den Hebel erneut nach vorne. Die Waffe, nun schussbereit, hob sich wieder in ihre Richtung.

Sie erreichte Bolt einen Herzschlag, bevor er die Waffe auf sie richten konnte.

Mit der linken Hand packte sie die Waffe und schlug Bolt mit der anderen ins Gesicht. Die Wirkung war ernüchternd. Falls er es überhaupt gespürt hatte, ließ er es sich nicht anmerken. Ihre Hand dagegen brannte.

„Judy!“ Louis warf ihr etwas zu, das klappernd neben ihren Füßen auf den Felsboden fiel. *Ihr Messer.*

Bolt entriss ihr erneut das Gewehr, doch warf sich zu Boden und ergriff in der gleichen Bewegung die Klinge. Als sie aufblickte, drückte er erneut ab.

Diesmal donnerte die Waffe sofort, aber anders als bei den vorherigen Schüssen. Das Gewehr explodierte buchstäblich in Bolts Händen.

Glühende Splitter und Metallteile versengten seine Arme und sein Gesicht. Die Wucht der Explosion schleuderte ihn zu Boden.

Ein Blick sagte ihr, dass sie ihr Messer nicht mehr brauchte.

„Ist er tot?“, fragte Louis.

„Entweder das oder bewusstlos.“

Kein Puls. Sie zog ihre Finger von Bolts Hals zurück. Hatte ihn die Explosion getötet? Oder war es der Sturz auf die harten Steine gewesen, der ihm den Todesstoß versetzt hatte? Vorsichtig hob sie seinen Kopf und entdeckte eine tiefe, blutende Wunde an seinem Hinterkopf. Sie konnte ihm nicht mehr helfen. Schnell nahm sie Bolts Handy, die einzige Lichtquelle, an sich.

„Soll ich zu dir herüberkommen?“, fragte Louis, der sichtlich zögerte, über den Stacheldraht zu klettern.

„Warte“, antwortete sie, „ich kann den Draht von dieser Seite entfernen.“

Louis schüttelte den Kopf. Er hatte sein Licht wieder angeschaltet, sodass sie ihn jetzt besser sehen konnte. „Nein, lass uns keine Zeit verlieren. Wir brauchen nur das Wasser."

Judy rannte zum See, um die Flaschen zu füllen. Sie entdeckte die Stelle, an der sie am Abend zuvor ein Lagerfeuer angezündet hatten. Selbst dieser kurze Waffenstillstand wirkte im Nachhinein geradezu idyllisch. Jetzt, zeugte nur noch ein Haufen kalter Asche von dem Moment des Friedens. „Ich fürchte, von dem Feuer ist nichts mehr übrig, wir können das Wasser hier nicht abkochen." In der Asche lag Bolts großer Flachmann. Der Gedanke, aus seiner Flasche zu trinken, widerte sie an, aber er bestand aus hochwertigem Metall, das der Hitze eines Feuers standhielt.

„Ich weiß", sagte Louis, „aber wir können versuchen, mit der anderen Kiste ein weiteres Feuer zu entfachen."

Auf dem Rückweg zum Eingang fragte sie sich, ob es für Sylvia besser wäre, verunreinigtes Wasser zu trinken, oder ganz auf Flüssigkeit zu verzichten. Vermutlich waren beide Optionen gleichermaßen tödlich. Sie kämpfte gegen ihren eigenen Durst an und widerstand dem Drang, einen Schluck Wasser zu trinken. Sie verstaute Flaschen und Messer in ihrem Gürtel und schwang ein Bein vorsichtig über die Drahtbarriere.

„Eigentlich wären wir hier viel sicherer", sagte Louis.

Mit seiner Hilfe überquerte sie den Stacheldraht, diesmal ohne weitere Verletzungen. „Sobald Sylvia wieder auf den Beinen ist, können wir zurückkommen." Doch trotz ihrer Worte graute es ihr davor. Diese Höhle war einst ein Sanktuarium in all diesem Grauen. Nicht nur dank des Wassers, sondern auch wegen des gemeinsamen Lagerfeuers, geschützt durch Stacheldraht. Jetzt hatte Bolt diesen

Rückzugsort entweiht und sie würde immer nur seine Leiche vor ihrem geistigen Auge sehen.

„Wenn …", sagte Louis düster, und sie machten sich auf den Weg durch den Tunnel.

„Glaubst du, Sina und Marie leben noch?", fragte Judy. „Bolt schien überzeugt, dass sie tot sind."

„Bei Marie bin ich mir nicht sicher", sagte Louis. „Sie wirkte so verletzlich. Aber vielleicht liegt es einfach daran, dass sie vor allem Angst hat. Vor Dunkelheit, engen Räumen, Höhen und natürlich vor den echten Gefahren dieser Tunnel. Das ist kein Ort für eine junge Frau."

„Das ist kein Ort für irgendjemanden", korrigierte Judy, als sie die Tunnelkreuzung erreichten.

Louis leuchtete flüchtig in den Seitentunnel, und sie erstarrten. Es war bizarr, wie sehr sie diesen Moment die ganze Zeit gefürchtet hatte, und doch traf er sie jetzt unvorbereitet. Vielleicht war sie mit ihren Gedanken zu sehr bei Sylvia und den Verstorbenen gewesen.

Als Louis' Licht ihren Albtraum erhellte, wusste sie, dass sich das Spiel dem Ende zuneigte.

„Snake!", hauchte sie.

Kapitel Einunddreißig

36 Stunden bis zur Abrechnung

Snake hatte sie endlich eingeholt. Und er war nicht allein. Vor sich hielt er Sina fest im Griff, ein Messer an ihrer Kehle. Obwohl sie sein Gesicht nie gesehen hatte, gab es keinen Zweifel. Er trug Motorradkleidung, wie Marie sie beschrieben hatte. Über den Overall hatte er eine kugelsichere Weste und dazu passende Knie- und Ellbogenschützer geschnallt, die ebenso schwarz waren wie der Rest seiner Ausrüstung. Sein Gesicht war unter einem Helm verborgen, der nicht die weichen, abgerundeten Kurven typischer Motorradkleidung aufwies, sondern stattdessen nur aus scharfen, kantigen Linien zu bestehen schien, die ihm ein aggressives Aussehen verliehen. Das rote Visier war flach und starr und verbarg den Menschen unter der Kleidung vollständig.

Seine martialisch wirkende Kleidung war ramponiert. Alles war mit Höhlenstaub bedeckt, und sowohl die Weste als auch die Schutzkleidung wiesen zahlreiche Schrammen und Löcher auf. Hatte er sich auch im Stacheldraht verfangen? In seinem Griff blieb Sina völlig regungslos und schien in ihrer Haltung erstarrt.

„Mach keine Dummheiten! Wenn du auf mich schießt, dann triffst du auch sie.“

Es war das erste Mal, dass sie Snakes Stimme hörte. Sie klang höher als erwartet, irgendwie jünger, aber auch etwas heiser und zudem durch den Helm gedämpft.

Louis reagierte als Erster. „Was wollen Sie von uns?“ Ohne Gewehr konnten sie ohnehin nicht schießen, aber bei dem

Dämmerlicht der Höhle hatte Snake offenbar noch nicht erkannt, dass sie es verloren hatten. Das Geräusch der Schüsse war sicherlich nicht zu überhören gewesen.

Snake trug eine Schulterlampe, deren blaues Licht zur Decke zeigte, was an dem Griff lag, in dem er Sina hielt. Was er dann sagte, überraschte sie völlig.

„Ich möchte verhandeln."

Judy sah Louis ungläubig an, doch sein Gesichtsausdruck blieb völlig ausdruckslos. „Worüber wollen Sie verhandeln? Im Moment sieht es für mich so aus, als ob Sie eine Geisel festhalten. Ich habe einmal gelernt, dass man mit Geiselnehmern nicht verhandeln sollte."

War das weise oder riskant? Auf jeden Fall musste sie Louis zugutehalten, dass er es überhaupt geschafft hatte zu sprechen, während sie vor Schock wie gelähmt war.

Snake überraschte sie noch mehr. „Okay, ich lasse Sina frei und niemand greift jemanden an. Aber ich habe eine Bedingung."

„Das klingt im Prinzip vernünftig", stimmte Louis zu. „Was ist Ihre Bedingung?"

„Ich will Wasser", sagte Snake, und seine Stimme klang tatsächlich rau, als wären seine Stimmbänder ausgetrocknet. „Ich weiß nicht, wo, aber ich weiß, dass ihr eine Wasserquelle gefunden habt. Gebt mir eine Flasche Wasser oder was auch immer ihr habt, und ich lasse Sina frei."

War es wirklich möglich, dass der große Schrecken, vor dem sie die ganze Zeit geflohen waren, nun nichts weiter verlangte als eine Flasche Wasser? Sina wand sich leicht in seinem Griff und ermahnte

Judy dadurch, ihn nicht zu unterschätzen. Obwohl er verhandlungsbereit klang, bedrohte er Sina immer noch mit einem Messer.

„So wie ich das sehe, handelt es sich hier immer noch um eine Geiselnahme", sagte Louis. „Die Freilassung Ihrer Geisel ist eine Vorbedingung, kein Teil der Verhandlung. Lassen Sie Sina gehen, dann können wir über das Wasser reden."

Snake schien nachzudenken und lockerte seinen Griff ein wenig. Das Messer senkte sich minimal und lag dadurch nicht mehr direkt an Sinas Hals.

Im nächsten Moment schoss ihr ein neuer Gedanke durch den Kopf. Was, wenn Snake und Sina zusammenarbeiteten? Hatten sie nicht gerade erst eine Nachricht gefunden, die Sina bevorzugte? Was, wenn Snake wirklich der Meister der Arena wäre und die Geiselnahme nur vorgetäuscht hätte.

Sie trat einen Schritt zurück und löste das Messer von ihrem Gürtel. Es war ohnehin fahrlässig, die Waffe nicht in der Hand zu haben. Bolts Ende hatte sie zu sehr erschüttert, um klar denken zu können. Doch das war keine Entschuldigung dafür, unachtsam zu sein.

„Lassen Sie Sina gehen, dann können wir reden", sagte Louis.

Snake ließ sein Messer noch etwas weiter sinken und lockerte den Griff. Er hob die linke Hand, als wolle er zeigen, dass er keine andere Waffe darin versteckt hatte.

Sina reagierte so schnell, dass Judys Gehirn einen Moment brauchte, um zu begreifen, was vor sich ging. Der Schlag mit ihrer Rechten traf Snake hart am Kopf und schleuderte ihn zurück gegen die Höhlenwand. Der Helm bewahrte ihn vermutlich vor schwereren Verletzungen.

Irgendwie schaffte es Sina, ihm das Messer zu entwenden. Vielleicht hatte sie auch nur die Hand mit dem Messer gepackt, es ging viel zu schnell, um die einzelnen Schritte nachzuvollziehen.

Fassungslos starrte Judy auf den Griff des Messers, dessen Klinge seine kugelsichere, aber offenbar nicht stichsichere Weste durchbohrt hatte. *Also waren sie doch kein Team.*

Snake sackte mit einem Keuchen zusammen.

„Halt!“, rief Louis, als Sina nach dem Messer langte. Er versuchte, sie zurückzuhalten, kam aber nicht weit. Sinas Fuß schnellte hoch und traf Louis in den Bauch, wodurch er zurückgeworfen wurde. Er presste beide Hände in die Magengegend, während er zusammengekrümmt nach Luft schnappte.

Aus Louis’ Griff befreit, riss Sina das Messer mit einem Ruck heraus und zog eine Spur dunkler Blutspritzer durch die Luft. Im bläulichen Licht der Schulterlampe wirkte das Blut beinahe schwarz. Wie in Zeitlupe erkannte Judy jedes Detail der gezackten, verschmierten Klinge.

„Nein!“ Nicht zum ersten Mal an diesem Tag handelte sie instinktiv. Anders konnte sie nicht erklären, warum sie ausgerechnet Snake verteidigte. Wider besseren Wissens stieß sie Sina zur Seite und rettete damit dem vermeintlichen Meister der Arena das Leben.

Sina taumelte, jedoch nur für einen Herzschlag. Dann wandte sie sich mit einem Wutschrei nach dem neuen Gegner um. Das Messer schnitt durch die Luft. Nur durch einen schnellen Sprung nach hinten schaffte Judy es, der tödlichen Gefahr zu entgehen.

Eigentlich hatte sie gehofft, nie wieder in eine Messerstecherei verwickelt zu werden. Seit dem Schrecken der ersten Briefe hatte sie alles versucht, die grausigen Erinnerungen zu vergessen. Ihr Unterbewusstsein hingegen hatte andere Pläne. Nacht für Nacht und manchmal sogar tagsüber, wenn sich ihre Gedanken selbstständig machten, spielten sich die Kampfszenen in ihrem Kopf ab.

Als ihr Albtraum nun Wirklichkeit wurde, übernahm ihr Instinkt die Kontrolle. Sie fing Sinas Hieb mit dem Griff ihres eigenen Messers ab. Die Erschütterung drang bis in ihre Schulter. Beide Kontrahentinnen prallten zurück, wie zwei Billardkugeln nach dem Aufschlag.

Judy stand mit gespreizten Beinen vor Louis, der immer noch nach Luft schnappte.

Sina hingegen war nur einen Schritt von Snake entfernt. Verwirrt starrte Judy auf den zerschnittenen Stoff der Bluse, der dunkler zu werden schien.

Sina fluchte und hielt sich den Arm. Ihr Gesicht war schmerzverzerrt. Als sie den Ärmel losließ, war die rötliche Verfärbung am Rand des Schnitts deutlich zu erkennen. Mit dem unverletzten Arm riss Sina die Schulterlampe von Snakes Schutzweste und rannte in den Tunnel.

Immer noch zitternd vor Anspannung half sie Louis auf die Beine, der sich noch immer den Bauch hielt. „Wenn sie vorher zusammengearbeitet haben, dann ist die Freundschaft wohl gerade zerbrochen“, keuchte er.

Judy hockte sich vor Snake hin. Er hielt sich die Seite mit der Stichwunde, was zumindest bedeutete, dass er noch lebte.

„Was machen wir jetzt mit ihm?“, fragte sie.

„Ich weiß nicht“, antwortete Louis. „Ich kann Sina nicht einmal vorwerfen, dass sie ihn angegriffen hat.“

„Jetzt haben wir einen Feind besiegt und einen anderen geschaffen“, murmelte Judy und hielt das Messer vor Snakes Helm. Louis hockte sich neben sie. „Vielleicht können wir endlich ein paar Antworten bekommen. Alles in allem hätte es besser laufen können, aber für mich sieht es trotzdem nach einem Sieg aus. Wenn er den Ausgang nicht mehr bewacht, müssen wir nur noch alle Spieler zusammenrufen und können die Höhlen wieder verlassen.“

Judy griff nach dem Helm und zog ihn ab. Das Gesicht, das zum Vorschein kam, war recht unauffällig. Ein Mann von höchstens dreißig Jahren mit blasser Haut und ein paar Sommersprossen.

„Ihr habt den Falschen“, keuchte Snake.

„Den Falschen? Willst du behaupten, du hättest nichts mit diesem Spiel zu tun?“, fragte Judy. „Wir haben uns also nur eingebildet, dass du Sina ein Messer an die Kehle gehalten hast?“

Snake schüttelte den Kopf, stöhnte dann aber auf und legte eine Hand an seine Schläfe. Sinas Schlag hatte ihn offensichtlich härter getroffen als erwartet. Dafür wirkte der Stich in seiner Seite, trotz des Blutes, weniger schlimm.

„Ich habe mit dieser Arena nichts zu tun.“

„Wir haben keine Zeit“, flüsterte Louis ihr zu. „Sylvia braucht dringend etwas zu trinken. Wir können ihn später befragen.“

„Ich habe Durst…“, sagte Snake mit krächzender Stimme.

„Wir haben Wasser, aber so wie es ist, wird es dir nichts nützen“, sagte Judy. „Es kommt aus einem See, wir müssen es erst abkochen.“

„Ich denke, unsere einzige Chance besteht darin, ihn mitzunehmen“, sagte Louis.

„Wie soll das funktionieren?“, fragte Judy. „Wir werden ihn nie über die Mauer bekommen.“

„Die einzige Alternative, die ich sehe, ist, dass einer von uns hierbleibt und ihn bewacht, während der andere Hilfe holt“, sagte Louis. „Das klingt ziemlich gefährlich, besonders wenn Sina zurückkommt.“

Keine der beiden Möglichkeiten war verlockend. Ihre Gedanken wurden abrupt unterbrochen, als aus dem Tunnel hinter ihnen laute Geräusche kamen.

Kapitel Zweiunddreißig

35 Stunden bis zur Abrechnung

„Es kommt aus dem gleichen Tunnel", sagte Judy, konnte aber trotz des Lichts von Bolts Handy nichts erkennen. „Es klingt, als würde jemand kämpfen."

Ein gequälter Ausdruck huschte über Louis' Gesicht. „Wir sind schon viel zu lange fort. Wir müssen das Wasser zu Sylvia bringen."

Jede Verzögerung war ein Risiko, und doch, konnte es sein, dass Sina gerade um ihr Leben kämpfte. „Ich weiß, es wird knapp. Ich renne kurz in den Tunnel und bin in weniger als einer Minute zurück"

„Allein?" Louis schüttelte missbilligend den Kopf.

„Dann komm mit, aber wir müssen wissen, was dort los ist."

Louis zeigte auf Snake. „Wir können ihn hier nicht zurücklassen."

„Ich glaube, ich kann laufen." Snake stemmte sich stöhnend hoch.

Judy musterte Snake flüchtig. Sie hatte keine anderen Waffen gesehen, aber darauf würde sie sich nicht verlassen. „Gib mir den Rucksack." Sie zog am Riemen, und Snake ließ ihn sich abnehmen. Er war schwerer als erwartet, als sie ihn Louis reichte.

Er schulterte den Rucksack und ging als Erster tiefer in den Tunnel, aus dem Snake aufgetaucht und Sina verschwunden war. „Es kam ganz aus der Nähe. Wir werfen einen Blick in den Tunnel, und wenn dort niemand mehr ist, müssen wir zurück zu Sylvia." Judy bedeutete Snake, sich zwischen sie und Louis zu stellen.

Angespannt folgte sie Louis durch den Tunnel. Die Zeit lief. Wahrscheinlich war inzwischen bereits mehr als die angekündigte Minute vergangen. Müssten sie die Quelle des Schreis nicht längst entdeckt haben?

„Hier ist nichts“, erkannte Louis. „Wir müssten längst da sein. Sollen wir zurück?“

Snake lehnte sich an die Wand und presste eine Hand auf das Loch in seiner Weste. „Wer um Hilfe schreien kann, kann vielleicht auch weglaufen.“

„Hier!“ Sie hob den kleinen schwarzen Gegenstand auf. „Ich fürchte, ich habe die Ursache gefunden.“ Sie hatte sich täuschen lassen. Einmal mehr hatte sie sich von einem Lautsprecher lenken lassen und dabei wertvolle Minuten vergeudet.

„Ich glaube, das ist einer der Lautsprecher, die Pauls Schreie übertragen haben.“ Louis’ Gesicht wirkte bleich im Licht ihres Handys.

Es dauerte noch einen weiteren Herzschlag, bevor sie verstand. „Wir haben das Mikrofon, das sie aufgezeichnet hat, nie entfernt.“ Die Geräusche waren nicht vorher aufgezeichnet worden. Diese Lautsprecher sendeten immer noch live!

Louis zog sie am Arm. „Los!“

Im nächsten Moment schallte die Totenglocke. Dreimal mussten sie das unheimliche Geräusch ertragen, doch diesmal gab es keinen Zweifel an der Quelle des Geräusches. Es kam direkt aus dem Lautsprecher.

Judy ließ den Lautsprecher fallen und eilte bereits zurück in den ersten Tunnel.

Ungeduldig zog sie Snake mit sich, der jedoch nicht in der Verfassung war, um zu rennen. Das Messer hatte ihn seitlich am Bauch getroffen und definitiv keines der großen Blutgefäße getroffen, sonst hätte Snake nicht wieder aufstehen können, aber es war schwer zu sagen, wie tief das Messer eingedrungen war. Die Wunde blieb unter der Schutzweste verborgen. War es möglich, dass Snake seine Schwäche nur vortäuschte?

Sie durchquerten den düsteren Torbogen. Nicht zum ersten Mal schien es ihr, als hätte die Inschrift eine prophetische Bedeutung. Tatsächlich waren sie die verdammten Gladiatoren und daher nicht viel mehr als lebende Tote.

„Nach Ihnen, Herr Snake", Louis zeigte auf die Wand.

„Wie soll ich da rüberkommen?", fragte Snake zweifelnd.

„Nicht darüber", sagte Louis. „Es würde nur zu Missverständnissen führen, falls Sie auf der anderen Seite davonrennen. Sie sollten erstmal nur auf die Mauer klettern. Michael und Sylvia wissen schließlich nichts von Ihrer Ankunft."

„Die Mauer ist immer noch zu hoch", protestierte Snake, und Louis faltete die Hände und sah ihn erwartungsvoll an.

Kommentarlos stellte Snake einen Fuß auf die gefalteten Hände und schwang sich die Wand hinauf. Trotz seiner Verletzung schien er damit weniger Schwierigkeiten zu haben als Louis zuvor. Zugegeben, war die Wand von der anderen Seite aber auch deutlich höher.

„Du bist die Nächste", sagte Louis.

„Und wie kommst du hinauf?"

„Ich werde das schon irgendwie hinkriegen", behauptete Louis. „Außerdem musst du dafür sorgen, dass Snake nicht auf dumme Gedanken kommt. Du bist die Einzige, vor der er eventuell Respekt hat."

Ohne das Messer loszulassen, schwang sich Judy auf die Mauer. Sie behielt Snake dabei genau im Auge.

„Wie heißt du überhaupt?"

"Snake."

„Schwachsinn!", fauchte Judy etwas schärfer als beabsichtigt. „Sollen wir dich die ganze Zeit mit diesem albernen Namen ansprechen?"

„Daniel", sagte Snake nach einigem Zögern und starrte sie wütend an. „Es ist nicht meine Schuld, dass meine Eltern mir einen blöden Namen gegeben haben. Deshalb bevorzuge ich Snake."

Unter anderen Umständen hätte ihr der Name gefallen. Allerdings klang er für jemanden, der Videos von Unfällen oder gar Folter im Darknet verkaufte, zu harmlos.

„Also gut, Daniel, lass dich von der Mauer herunter und warte dort auf uns."

Er ließ sich vorsichtig von der Wand herunter. Mit einem Knirschen landeten seine Füße in dem groben Kies, dicht gefolgt von einem Keuchen.

Als sie Louis die Wand hinaufzog, kauerte Daniel noch immer auf dem mit kleinen Steinen übersäten Boden und hielt sich die Seite. Sie folgten ihm nach unten und sahen sich in der großen Höhle um. Ohne den Bauscheinwerfer war nicht viel zu erkennen. Die kleinen Lichter ihrer Handys verloren sich in der Weite des Raumes.

„Michael? Bist du hier?“, rief sie in die Dunkelheit. „Sylvia?“

In der linken Ecke der Höhle, irgendwo in der Nähe der Treppe, flackerte ein Licht auf.

„Judy?“

„Wir kommen“, rief sie, „hab keine Angst!“

Sie hatte heute schon genug unangenehme Überraschungen erlebt und hatte keine Lust, von einem erschrockenen Michael einen Schraubenschlüssel gegen den Kopf zu bekommen.

„Nicht zu fassen!“, sagte Michael und leuchtete dem Neuankömmling mit seiner Taschenlampe ins Gesicht. Daniel hob eine Hand, um sein Gesicht abzuschirmen.

„Das ist eine längere Geschichte“, sagte Judy. „Wir haben Lärm gehört. Gibt es ein Problem?“

Michael zögerte. „Das ist auch eine längere Geschichte.“

„Wo ist Sylvia?“, fragte Judy. „Sie braucht dringend Wasser. Wo ist die Kiste? Wir brauchen sie für ein Lagerfeuer.“

„Die Kiste ist weg“, sagte Michael. „Die gute Nachricht ist, dass ich Brennholz und Papier gefunden habe. Ein Gefangener hat eine alte Bibel versteckt, mit der wir das Feuer anzünden können. Ich habe schon alles da vorn gestapelt.“

„Wo ist Sylvia?“, fragte Judy noch einmal mit mehr Nachdruck. Ein ungutes Gefühl machte sich in ihr breit. Ihre Hand krallte sich um das Messer.

Nervös leckte sich Michael über die Lippe. Sein Blick wanderte von ihrem Gesicht zum Messer und wieder zurück. „Sie ist immer noch da hinten.“ Er deutete in die Richtung, in der sie den

Scheinwerfer gefunden hatten. „Dort habe ich auch die Feuerstelle aufgebaut."

Bevor er zu Ende gesprochen hatte, rannte sie bereits, von ihrem unguten Gefühl angetrieben, in die angegebene Richtung. Sylvia lag unweit der improvisierten Feuerstelle.

„Schnell, mach das Feuer an", sagte sie zu Louis, und hastete weiter zu Sylvia. Sie war bereits bewusstlos gewesen, als sie die Höhle verlassen hatten, aber sie lag nicht mehr am selben Ort. Hatte Michael sie hierhergetragen? Und warum sollte er das tun?

„Es war ihre Schuld", sagte Michael in abwehrendem Ton und zeigte mit dem Klappspaten auf Sylvia.

„Was war ihre Schuld?", fragte Judy scharf und ließ das Licht ihrer Lampe über Sylvia gleiten. Ihr einst hübsches Gesicht war blutüberströmt und ihre Wangen wirkten leichenblass.

Als ihr die Erkenntnis kam, schnappte sie schockiert nach Luft. „Was hast du getan?"

„Sie hat mich angegriffen!", sagte Michael. „Ich wollte ihr nicht wehtun, aber ich musste mich verteidigen."

„Ach wirklich?", sagte Louis. „Und die einzige Möglichkeit, sich gegen eine junge Frau am Rande des körperlichen Zusammenbruchs zu verteidigen, war, ihr mit einer Metallklinge ins Gesicht zu schlagen?"

„Ich wollte sie nicht töten."

„Aber es sieht verdammt noch mal nach Mord aus!", rief Louis scharf. Judy hatte ihn noch nie so laut und wütend erlebt.

Snake grinste. „Zum Glück haben wir es auf Video."

Alle starrten ihn an.

„Was hat er gesagt?“, fragte Michael.

„Oh, du hast mich richtig verstanden“, antwortete Snake. „Alles hier wird aufgezeichnet. So können wir später genau sagen, wer wen getötet hat.“

Judy fühlte Sylvias Puls. „Sie ist nicht tot.“ Dies unterbrach die Diskussion und alle Aufmerksamkeit richtete sich auf sie. Sylvias Herz schlug schwach, aber sie lebte noch. „Sie ist verletzt, aber die Dehydrierung ist wahrscheinlich schlimmer. Beeil dich mit dem Feuer. Ich brauche ein Tuch oder besser Verbandszeug.“

„In meinem Rucksack ist ein Erste-Hilfe-Kasten“, sagte Daniel. „Ich könnte auch etwas Hilfe gebrauchen.“

Judy nickte und deutete auf die Stelle neben sich. „Wir müssen sowieso warten, bis das Wasser kocht.“

Louis stellte den Rucksack neben sie, holte ein Feuerzeug aus der Tasche seines zerschlissenen Mantels und nutzte die zerrissenen Seiten der alten Bibel, um das Feuer zu entfachen. Es war eine pragmatische Entscheidung, aber das Verbrennen des Buches fühlte sich irgendwie falsch an. Immerhin hatte sie dem Gefangenen so viel bedeutet, dass er sie versteckt hatte. Judy stellte alle drei Flaschen auf die Holzscheite.

„Du schuldest mir auch eine Erklärung“, sagte Michael gereizt. „Warum bist du plötzlich mit Snake befreundet? Habe ich etwas nicht mitgekriegt?“

„Sie haben ganz offensichtlich einiges nicht mitbekommen.“ Louis schob das brennende Papier unter den Holzstapel und gab Michael keine weitere Erklärung.

Sylvia begann zu zittern, was ein gutes Zeichen war. Wenigstens konnte sie sich noch bewegen.

„Hilf mir, sie etwas näher ans Feuer zu bringen", sagte Judy. Louis nahm ihre Füße, während sie selbst Sylvias Oberkörper packte.

Das Holz fing an zu brennen und Louis lehnte sich mit zufriedenem Gesichtsausdruck zurück und erzählte jetzt doch, was geschehen war. „Kurz gesagt, wir trafen Bolt am See. Es gab einen Unfall, bei dem er starb. Auf dem Rückweg trafen wir Snake, der Sina bedrohte, aber es gelang ihr, ihn zu überwältigen. Wir hinderten sie daran, ihn zu töten, woraufhin sie wütend davonstürmte. Es ist möglich, dass wir sie damit zu unserer Feindin gemacht haben."

„Ich verstehe nicht, warum jemand dieses Monster schonen sollte." Michael zeigte mit dem Spaten auf Snake. „Dieser Wahnsinnige will uns alle umbringen!"

„Wir schonen dieses Monster, damit wir nicht selbst zu Monstern werden", sagte Louis ruhig. „Ich denke, wir sollten dafür sorgen, dass er vor ein Gericht gestellt wird. Bis seine Verbrechen bewiesen sind, ist er allerdings nur ein Verdächtiger. Wir werden ihn nicht aus den Augen lassen, unseren Gefangenen aber mit aller gebotenen Menschenwürde behandeln."

Michael ignorierte ihn. Mit wutentbranntem Gesicht ging er auf Daniel zu.

Sie brauchte die erhobene Waffe nicht, um zu erraten, was Michael vorhatte.

Daniel schien zu demselben Schluss zu kommen und trat hastig zurück.

„Halt!" Judy sprang auf und packte den Spatenstiel, aber Michael wollte nicht so leicht nachgeben.

„Du Abschaum!", schrie er und trat Daniel gegen das Knie.

Daniel taumelte zurück und spürte den Schlag aufgrund seiner Knieschoner aber wahrscheinlich kaum.

„Beruhige dich!", rief Judy, doch ihre Stimme wurde von Michaels Wutgebrüll übertönt.

Er ließ den Spaten los, woraufhin sie das Gleichgewicht verlor und nach hinten fiel. Zumindest blieb die Waffe neben ihr auf dem Boden liegen.

„Ich werde dafür sorgen, dass er keine Bedrohung mehr für uns darstellt!"

Michael rammte Daniel seinen Fuß in die Seite.

Snake konnte sich gerade noch rechtzeitig wegdrehen, um der vollen Wucht auszuweichen, doch der Tritt ließ ihn trotzdem nach Luft schnappen. Seine Verletzung verstärkte den Effekt.

„Hast du immer noch Spaß an Gewalt?", knurrte Michael und versetzte Snake einen weiteren brutalen Tritt in die Rippen.

„Du wolltest uns alle tot sehen. Jetzt können deine kranken Fans mal zusehen, wie du leidest."

„Das stimmt nicht", rief Daniel und hob die Arme gerade noch rechtzeitig, um den nächsten Tritt auf seinen Kopf mit den Unterarmen abzufangen. Gepanzert wie er war, konnten ihm die meisten Angriffe nicht viel anhaben. Allerdings fehlte ihm sein Helm. Er war gerade dabei, wieder aufzustehen, als Michael ihn wieder zu Boden stieß und neben ihm auf die Knie ging.

Judy verstand nicht, warum. Jedenfalls nicht sofort. Als sie begriff, was Michael vorhatte, drängte sie vorwärts, wusste aber, dass sie zu spät kommen würde.

„Du wolltest uns töten? Dann ist es Zeit, den Spieß umzudrehen." Michael griff nach dem schweren Stein neben seinem Knie und hob ihn hoch, bereit, Daniels Kopf einzuschlagen.

Kapitel Dreiunddreißig

35 Stunden bis zur Abrechnung

Louis sprang vor und packte Michaels rechten Arm. Wenig später kam Judy hinzu und ergriff den linken.

Snakes Augen waren weit aufgerissen. „Ich habe dir nie etwas getan!“

Michael versuchte, sich zu befreien, merkte aber bald, dass es zwecklos war. Stattdessen schrie er Snake erneut an: „Ich habe deine kranke Website gesehen! Du lässt Leute foltern!“

Michael sackte zusammen, als hätte ihm sein Ausbruch alle Energie geraubt.

„Das stimmt nicht“, behauptete Snake, jetzt ruhiger.

„Mit welcher Art von Videos behauptest du dann, dein Geld zu verdienen?“, fragte Judy.

„Genau genommen sind es Motorradvideos“, sagte Daniel. „Als ich den Kanal startete, war ich ein großer Fan der Figur ‚Snake Plissken‘. Daher das Pseudonym.“

Judy verstand die Anspielung nicht und es war ihr ehrlich gesagt auch egal. Seine Behauptung war zu absurd. Versuchte er etwa ernsthaft, so zu tun, als sei er unschuldig?

Selbst Michael sagte kein Wort. Vielleicht war er einfach zu müde, um sich noch einmal aufzuregen.

„Ich kann nichts dafür, dass jemand meinen Kanal gekapert hat.“ Daniel hob die Hände, als würde er sich ergeben. „Okay, nicht alles, was ich gemacht habe, war legal. Die Stunts, die illegalen Rennen, klar, das hätte mich in Schwierigkeiten bringen können. Aber niemand wurde gefoltert. Nicht auf meinem Kanal."

„Wir haben gesehen, wie du Sina als Geisel genommen hast. Willst du das auch leugnen?"

Daniel schüttelte den Kopf. „Ich stecke seit zwei Tagen in diesen Höhlen fest. Da ist Stacheldraht, Leute werden von Klippen gestoßen, ermordet… Meine Nerven waren am Ende."

„Und dann hältst du jemandem ein Messer an die Kehle?", fragte Judy.

Snake grinste und deutete auf ihr eigenes Messer. „Sag du es mir." Er richtete sich leicht auf und hustete. „Ich dachte, es ginge ums Überleben. Vielleicht hat mich der Wassermangel auch durchdrehen lassen. Wie dem auch sei, ich habe ihr nur gedroht, aber sie nicht verletzt. Sie dagegen hat versucht, mich umzubringen."

„Wollen Sie behaupten, dass diese Arena nicht aus Ihrer Fantasie erwachsen ist?", fragte Louis.

„Natürlich nicht."

„Ja, klar", murmelte Michael. „Du bist zufällig in Kampfmontur hier aufgetaucht. Wer soll das glauben?"

„Das trage ich bei all meinen Videos." Er deutete auf etwas an seiner Schulter, das Judy für eine weitere Lampe gehalten hatte. „Das ist meine Kamera, und an meinem Helm ist noch eine."

„Für deine widerlichen Videos."

„Noch einmal: Ich habe nie Foltervideos auf meiner Website gepostet. Sicher, die Zielgruppen überschneiden sich vielleicht, aber es gibt einen großen Unterschied zwischen meinen Inhalten und dem, was in letzter Zeit aufgetaucht ist."

„Aber Sie haben die Videos weder gelöscht noch die Polizei informiert“, stellte Louis sachlich fest.

Daniel schüttelte den Kopf. „Ich habe es versucht! Aber ich konnte nichts tun. Jemand hat meine Website gehackt, und seitdem habe ich keinen Administratorzugriff mehr. Die Website war schon vor dem Auftauchen der krassen Videos nicht legal. Natürlich habe ich der Polizei nichts gesagt. Mein Plan war, neue, spektakuläre Videos zu drehen und eine neue Website zu starten.“

Ob wahr oder nicht, darum würde sich später jemand anderes kümmern. Jetzt kam es darauf an, einen Weg aus den Höhlen zu finden. „Kennst du einen anderen Ausgang?“

„Nein, ich hatte zuerst auch nicht danach gesucht.“

Judy starrte ihn an. „Warum nicht?“

Snake zuckte mit den Schultern. „Zuerst wollte ich gar nicht weg. Ein Verrückter, der so tut, als würde er um sich schießen, eine geheimnisvolle Höhle, verborgene Hinweise und Schätze – das alles ist das krasseste Live-Event, von dem ich je gehört habe! Das wollte ich mir ganz sicher nicht entgehen lassen. Zumal ich gespannt war, worauf alles hinausläuft.“ Er schüttelte heftig den Kopf. „Ich wollte es aufzeichnen. Es hätte der perfekte Neustart für eine Website sein können.“

„In diesem Fall sind Sie der Einzige, der freiwillig geblieben ist“, sagte Louis.

„Zuerst ja, aber ich wurde reingelegt. Ich dachte, es wäre ein cooles Escape Game. Ich wollte dramatische Aufnahmen machen. Mit so einer Scheiße wie echten Morden habe ich nicht gerechnet!“ Frustriert trat er gegen einen Stein. „Jetzt will ich weg, aber ich weiß nicht mal mehr, wo ich reingekommen bin." Sein Blick blieb auf den Flaschen im Feuer hängen. „Was ist mit dem Wasser? Ich glaube, ich verdurste, wenn das so weitergeht."

„Behalte ihn im Auge", sagte Judy und ging zur Feuerstelle. Vorsichtig, um sich nicht zu verbrennen, holte sie die Flaschen mit Hilfe zweier kleiner Steine heraus. Während sie abkühlten, öffnete sie Snakes Rucksack und stieß sofort auf den Erste-Hilfe-Kasten. Die Box mit dem roten Kreuz auf dem Deckel war um einiges größer als die üblichen Kästen für Autos. Neben Verbandszeug, Scheren und den üblichen Gegenständen enthielt er auch eine Reihe von Medikamenten.

„Sollen wir Sylvia Schmerzmittel oder so etwas geben?", schlug Louis vor.

„Nein." Judy schüttelte den Kopf. „Jedenfalls nicht diese. Das sind Blutverdünner. Wir wissen nicht, ob sie innere Blutungen hat."

Sie nahm ein paar Tabletten heraus. Schließlich fand sie auch noch eine Rettungsdecke – ein viel zu gemütlich klingender Name für eine Glitzerfolie – und deckte Sylvia mit der silbernen Seite nach innen zu. „Sylvia, kannst du mich hören?"

Sylvia murmelte etwas Unverständliches und hielt die Augen geschlossen.

Judy saugte mit einem Verband etwas von dem Wasser auf wie mit einem Schwamm. Sylvia gab widerwillige Geräusche von sich, doch Judy öffnete den Mund und tropfte das Wasser hinein. Sie schluckte, hielt aber die Augen geschlossen.

„Hey, was ist mit mir?", protestierte Snake, aber Judy ignorierte ihn.

„Wir sollten ihn fesseln“, sagte Michael.

Das war keine schlechte Idee. Bisher hatte sie nicht beweisen können, dass Daniel für die Verbrechen verantwortlich war, die sie Snake zuschrieben, aber seine Geschichte war auch nicht überzeugend. Vielleicht war er das Monster, für das sie ihn hielten, oder aber jemand hatte ihn getäuscht, so wie sie alle auf die eine oder andere Weise in die Irre geführt worden waren. Aber wer war dann wirklich der Meister der Arena?

„Fesselt ihn mit den Bandagen“, sagte sie.

„Das könnt ihr nicht machen!“, beschwerte sich Snake.

„Doch, das kann ich. Du hattest selbst keine Probleme, eine Geisel zu nehmen, und dieses Mal bin ich die Person mit dem Messer.“

Snake starrte sie wütend an, als sie seine Beine und Hände fesselten.

Die Bandagen waren kein Ersatz für ein richtiges Seil, aber sie würden es ihm schwerer machen, anzugreifen oder wegzulaufen.

„Was ist hier sonst noch passiert?“, fragte Judy und träufelte Sylvia weiter Wasser in den Mund. „Was ist mit dem Funkgerät?“

„Im Prinzip funktioniert es“, sagte Michael. „Ich glaube aber nicht, dass mich jemand gehört hat. Wir müssten in regelmäßigen Abständen einen Hilferuf absetzen und hoffen, dass jemand auf dieser Frequenz ist.“

„Dann besteht immer noch eine Chance.“ Sie versuchte, hoffnungsvoll zu klingen. Niemand antwortete.

„Ich wünschte, wir hätten etwas zu essen“, murmelte sie und nahm einen Schluck aus der Wasserflasche. Das Wasser verbreitete eine angenehme Wärme in ihrer Kehle und ihrem Magen. Sie nahm noch einen Schluck. Leider war die Temperatur das einzig Positive an diesem Getränk. Schon beim ersten Mal hatte sie das Wasser in der Höhle als sehr kalkhaltig in Erinnerung, mit einem widerlichen metallischen Nachgeschmack. Vielleicht hatten die Mineralien diesmal mehr Zeit gehabt, sich anzusammeln. Dieses Wasser schmeckte noch schlimmer, salzig und metallisch zugleich, mit einem bitteren Nachgeschmack, der sie unweigerlich das Gesicht verziehen ließ. Trotzdem spürte sie, wie dringend sie die Flüssigkeit brauchte. Sie gab Michael Bolts Flachmann. „Was ist mit der Kiste passiert? Bekommen wir vielleicht etwas zu essen?"

Er verzog das Gesicht. „Wir wurden ausgeraubt."

„Von wem?"

„Marie", sagte Michael. „Sie hat mich reingelegt."

„Du meinst, dass du die Kiste aus den Augen gelassen hast und Marie sie mitgenommen hat?"

Louis runzelte die Stirn. „Das klingt seltsam. Ich bin überrascht, dass sie die Kiste so wegtragen konnte. Sie ist eine eher zierliche Person."

Michael schüttelte heftig den Kopf. „Sie ist ein Biest! Sie hat mich niedergeschlagen und die Kiste mitgenommen."

„Die kleine Marie?", fragte Louis ungläubig. „Die Marie, die Angst im Dunkeln hat? Und klaustrophobisch ist? Und Höhenangst hat? Diese Marie ist den Balkon hinuntergeklettert oder aus einem engen Spalt gekrochen, hat sich im Dunkeln an Sie herangeschlichen und niedergeschlagen?"

„Sie hat mich hart geschlagen“, sagte Michael und zeigte auf seinen Hinterkopf, wobei er seine Haare nach oben strich. Tatsächlich war die Beule im Licht von Louis’ Lampe jetzt deutlich zu sehen. Jemand hatte ihn dort so hart geschlagen, dass es blutete. Aber wie war das möglich? Es war schwer vorstellbar, dass Marie Michael angreifen würde. Wie konnte sie ihm überhaupt nahe genug kommen?

„Das sieht wirklich schlimm aus“, sagte sie. „Ist dir schwindelig oder übel?“

„Nein“, murmelte Michael.

„Schau mich an.“

Michael gehorchte, und sie leuchtete ihm in beide Augen. Soweit sie es erkennen konnte, waren die Pupillen gleich groß und verengten sich. „Ich glaube nicht, dass du innerlich blutest.“ Sie schaltete die Lampe wieder aus. „Wir haben Schmerzmittel. Ich würde vorschlagen, du nimmst eine Tablette.“

Sie gab Michael die Pillen.

„Danke“, sagte er und nahm sie mit einem großen Schluck aus dem Flachmann.

„Wollt ihr mich hier verdursten lassen?“, fragte Snake.

Louis nahm den Flachmann, trank ein wenig und reichte ihn dann weiter. „Ich glaube, wir müssen bald wieder zum See.“

Er hatte recht. Daniel trank den Rest des Wassers in einem Zug aus und sah sie vorwurfsvoll an.

„Ich hätte nichts dagegen, unser Lager an den See zu verlegen.“ Trotz Bolts Leiche hatte der See immerhin etwas Sicherheit geboten. Doch solange Sylvia bewusstlos war und ihr Lagerfeuer hier brannte, war ein Umzug kaum möglich. Tatsächlich tat Judy die Wärme des Feuers gut, nachdem sie so lange, leicht bekleidet, durch die eisigen Höhlen gewandert war.

„Hier sind wir näher am Radio."

Michael hatte natürlich recht. Nichts davon konnte sie davon abhalten, diesen grausamen Ort verlassen zu wollen. Sie legte ihre Hand auf Sylvias Stirn, die sich trotz der Nähe zum Feuer immer noch kalt anfühlte.

Plötzlich riss Sylvia die Augen auf. Der Übergang von der Bewusstlosigkeit zum Wachzustand war so plötzlich, dass Judy zusammenzuckte.

„Was ist passiert?" Sylvias Stimme klang überraschend klar.

„Du bist wahrscheinlich stark dehydriert." Judy hielt Sylvia die Flasche hin, die sie in einem Zug leerte. Nur noch eine Flasche übrig, und Louis hatte bereits einen Schluck genommen.

„Ich habe höllische Kopfschmerzen", flüsterte Sylvia.

Kein Wunder. Wahrscheinlich hatte sie einen Spatenschlag auf den Kopf überlebt. „Sylvia", sagte sie, „kannst du uns sagen, wo wir hier sind? Was ist hier passiert?"

Sylvia hustete und Judy reichte ihr die letzte Wasserflasche. „Ich glaube nicht, dass du das wissen willst", antwortete sie deutlich, wenn auch mit etwas krächzender Stimme.

Louis hockte sich neben sie. „Wir haben bereits einige Dinge gefunden, die wir nicht erklären können. Ich denke, es könnte uns helfen, zu verstehen, was hier passiert ist." Er machte eine ausladende Handbewegung. „Das ist alles viel zu alt. Trotz seines Namens kann der Meister der Arena nicht derjenige sein, der diese Arena erbaut hat.“ Er blickte zu dem Tunnel mit der Inschrift. „HIC MORTUI VIVUNT. Wer schreibt so etwas?“ Er sah sie wieder an. „Ich glaube, unser Puppenspieler hat diesen Ort gewählt, um uns Angst einzujagen. Vielleicht hofft er sogar, dass wir den Verstand verlieren. So etwas habe ich noch nie gesehen, schon gar nicht in der Nähe meines Zuhauses.“

Sylvia richtete sich auf und rutschte etwas näher ans Feuer. „Oh, das ist nicht der einzige Ort wie dieser, vor allem nicht in Deutschland.“ Sie schien wieder abzudriften und zitterte.

Judy war auch kalt. Das Feuer war angenehm, vertrieb die Kälte jedoch nur langsam aus ihren Knochen.

„Sylvia“, sagte Louis eindringlich. „Was war das für ein Ort?“

Sylvia schwieg nachdenklich. Dann sah sie ihnen nacheinander in die Augen und sagte ein Wort: „Hölle.“

Kapitel Vierunddreißig

33 Stunden bis zur Abrechnung

Einen Moment lang dachte Judy, sie würde wieder fantasieren, aber Sylvias Augen schienen klar.

„Sie sagten, dies sei eine Waffenfabrik?“, half Louis ihr weiter.

Sylvia schnaubte spöttisch. „Wir sind in der Hölle auf Erden. Ich übertreibe nicht.“

„Warum?“ Judy verstand immer noch nicht. „Diese Höhlen ähneln eher einem Gefängnis als einer Fabrik. Wer wurde hier gefangen gehalten?“

„Das kannst du dir wirklich nicht vorstellen?“, fragte Sylvia.

Michael verlor die Geduld, seine Stimme grollte bedrohlich. „Hör auf, Spielchen zu spielen, und erzähl uns endlich, was hier passiert ist!“

„Na gut“, sagte Sylvia. „Dann hör zu...“

Sie hatte keine Gelegenheit, ihre Geschichte fortzusetzen.

„Sie ist da oben!“ Michael war plötzlich aufgesprungen und starrte an Sylvia vorbei. Noch bevor Judy den Schatten über die Balustrade huschen sah, hatte Michel bereits den Spaten in der Hand.

„Sie versucht, das Radio zu zerstören!“, schrie Michael und stürmte in Richtung der Treppe.

Judy tauschte einen Blick mit Louis. Bei dem Schatten konnte es sich nur um Sina oder Marie handeln. Warum sollte einer von beiden das Funkgerät zerstören wollen? Falls es Marie war, würde sie allerdings vor Michael fliehen, wenn er weiter wie ein wütender Stier auf sie zugeprescht kam.

Die Erschöpfung lastete schwer auf ihren Gliedern. Würde dieser Tag nie enden?

Wahrscheinlich hatte sie nicht genug gegessen. Genau genommen, hatte sie gar nichts gegessen. Leicht benommen nahm sie noch einen Schluck aus ihrer Flasche. Sie war fast leer und so hielt sie sich trotz des Durstes zurück. Stattdessen befestigte sie die Flasche neben dem Messer an ihrem Gürtel.

Michael hatte die Treppe inzwischen erreicht, also verdrängte sie noch einmal ihre Müdigkeit und rannte ihm hinterher.

„Hast du gesehen, wer es war?“, rief sie Michael zu, als sie ihn auf der Treppe einholte.

Michael keuchte schwer und schüttelte den Kopf.

„Nein, aber ich schätze Marie.“

Sie erreichten das Funkgerät. Ein schwaches Licht bewies, dass es inzwischen wieder Strom hatte.

„Sieht für mich nicht so aus, als hätte sie versucht, irgendwas zu zerstören.“ *Und warum sollte sie auch?*

„Vielleicht können wir sie noch einholen“, sagte Michael.

„Wozu?“, fragte Judy. „Du wolltest das Gerät schützen, und genau das haben wir jetzt.“

„Marie hat die Kiste!“

Judy deutete auf das Funkgerät. „Sollten wir nicht versuchen, noch eine Funknachricht zu senden? Das scheint sinnvoller, als Marie oder Sina hinterherzujagen.“

„Sie muss die Tür am Ende des Korridors genommen haben“, sagte Michael. „Vielleicht ist das eine Sackgasse und sie sitzt in der Falle.“

Warum war er so besessen davon, sie zu finden? „Und selbst wenn wir sie finden würden, was willst du tun?“, fragte Judy. „Ihr die Kiste mit Gewalt wegnehmen? Ich habe weder Energie noch die Absicht, einen unnötigen Kampf zu führen. Außerdem gehört die Kiste genauso wenig uns wie ihr.“

„Sie hat sie uns gestohlen!“ Michaels Stimme hallte von den Gefängniszellen wieder und er zuckte erschrocken zusammen. Nach einem weiteren Blick in den Korridor setzte er sich vor das Gerät.

„Bist du sicher, dass das Ding überhaupt noch funktioniert?“, fragte Judy skeptisch und betrachtete die seltsam altmodischen Knöpfe und Schalter.

Er wischte etwas Staub vom Metallgehäuse und hielt sich dann einen Kopfhörer ans Ohr. „Der Strom ist definitiv da und die Elektronik ist einfach. Keine Chips, die durchbrennen könnten.“

Er legte einen Schalter um. Aus dem kleinen Lautsprecher kam ein leises, regelmäßiges Knistern.

„Und jetzt?“ Judy beugte sich vor, während Michael das Antennenkabel zurechtrückte.

„Hoffen wir, dass wir jemanden erreichen können.“ Er drehte langsam einen der Knöpfe nach rechts, während ein unregelmäßiges Zischen die Stille durchbrach. Er wechselte die Frequenzen, wobei das Gehäuse leicht unter seiner Hand vibrierte. „Das sollte der Notrufkanal sein.“

Er griff nach dem Mikrofon und drückte den klobigen Knopf an der Seite. Als er sprach, klang seine Stimme fest und schäumte nicht mehr vor Wut. „Hier spricht Michael Holm. Wir haben einen Notfall und brauchen dringend Hilfe. Bitte kommen!"

Sie hielten beide den Atem an, während Michael die Taste losließ und das Gerät wieder auf „Empfangen" stellte. Lärm erfüllte den Raum.

„Es wäre ein Wunder, wenn uns jemand hören würde", murmelte Judy.

Michael hob das Mikrofon ein wenig an, den Blick immer noch auf das Funkgerät gerichtet. Er sprach erneut, diesmal eindringlicher. „Hier spricht Michael Holm. Wir sind in einer Höhle. Der Eingang liegt ungefähr bei den Koordinaten N52.243, W8.924. Wir sind in Lebensgefahr!"

„Woher kennst du die Koordinaten?"

Michael deutete auf sein Handy. „Der Entführer hat uns die Koordinaten gegeben und uns zum Eingang geführt. Ich habe sie aufgeschrieben. Natürlich stimmen sie nicht ganz, aber zumindest haben die Rettungsteams so eine Orientierungshilfe."

Er wiederholte den Notruf noch einmal.

Diesmal klang das Geräusch anders, unterbrochen von einem gedämpften Knacken. Judy und Michael tauschten einen kurzen Blick. „War das…", begann Judy, aber Michael hob das Mikrofon erneut.

„Wir hören Sie schlecht, bitte wiederholen!"

Eine schwache Stimme drang durch das Knistern, undeutlich, kaum verständlich. „Hier … Station … Verbindung …

Wiederholung …" Das Signal brach ab, dann wiederholte sich ein Fragment: „… Hilfe … Position …"

Judy packte Michael am Arm. „Da ist jemand!"

„Wir können Sie nicht deutlich verstehen", rief Michael ins Mikrofon. „Bitte wiederholen! Wir brauchen Hilfe! Wir sind bei N 52.243, W 8.924. Bitte schicken Sie Hilfe!" Er hielt das Mikrofon so fest, dass Judy schon Angst hatte, er könnte es zerbrechen.

Die Antwort war diesmal noch schwächer, ein einzelnes Wort, das wie „verstanden" klang, bevor das Rauschen zu einem anhaltenden Summen wurde.

„Verdammt!" Michael drehte hektisch an den Knöpfen und wechselte zwischen den Frequenzen, doch der Lautsprecher blieb stumm. Nur das gedämpfte Hintergrundrauschen war zu hören.

„Glaubst du, sie haben uns gehört?", fragte Judy leise.

Michael legte das Mikrofon zur Seite und strich sich übers Gesicht. „Wahrscheinlich haben sie etwas gehört, aber ob sie genug mitbekommen, um die Situation zu verstehen?" Er schüttelte den Kopf. „Keine Ahnung."

Das Radio knisterte noch ein paar Sekunden und verstummte dann wieder.

„Wir können es in einer Stunde noch einmal versuchen." Sie war sich nicht sicher, ob sie die Augen so lange offenhalten konnte. Die Müdigkeit ließ bereits ihre Augenlider schwer werden.

Etwas knackte, und diesmal war es nicht das Radio.

Judy wirbelte herum. War dort jemand im Korridor? Als sie es endlich schaffte, die Handylampe zu aktivieren, lag der Gefängnisflur verlassen vor ihr.

„Du hast es auch gehört, nicht wahr?“

Michael nickte stumm.

„Marie?“, rief sie in den Korridor. Natürlich würde sie niemanden sehen. Der Flur enthielt unzählige Zellen, in denen sich Menschen verstecken konnten.

„Niemand will dir wehtun“, sagte Judy. „Louis und Sylvia sind auch in unserem Lager in der anderen Höhle. Es ist sicherer, wenn wir zusammenbleiben.“

Die Dunkelheit blieb still. „Ich glaube nicht, dass sie herauskommt, wenn du hier bist.“

„Glaubst du, sie versteckt sich?“, fragte Michael. „Wir können sie finden. Ich bin sicher, sie ist nicht weit gekommen.“

„Nein.“ Was auch immer zwischen Michael und Marie vorgefallen war, bei seiner Wut traute sie ihm zu, Marie direkt anzugreifen, sobald sie auftauchte. Sie fühlte sich zu erschöpft für eine Auseinandersetzung mit Michael.

„Du könntest schon zurückgehen.“ Vielleicht war sie zu müde, um klar zu denken, aber ihr Bauchgefühl sagte ihr, dass Marie nicht herauskommen würde, wenn sie sich bedroht fühlte.

„Von mir aus.“ Seine murrende Stimme machte deutlich, wie wenig er von ihrem Vorschlag hielt.

Trotzdem stand er vom Funkgerät auf und ging Richtung Balkon, dann drehte er sich wieder zu ihr um. „Sag nicht, ich hätte dich nicht gewarnt. Wenn die Briefe die Wahrheit sagen, bringt uns jeder Tote der Freiheit einen Schritt näher. Ich denke, du solltest lieber mit ins Lager zurückkehren. Wenn du hier bleibst, werde ich dir nicht zu Hilfe kommen.“

Eine kalte Hand legte sich auf ihr Herz bei dem Gedanken, hier allein auf dem Gefängniskorridor auszuharren. Auch Michael wirkte müde und erschöpft, vielleicht sogar apathisch. Doch die Gleichgültigkeit, mit der er über den Tod der Kandidaten sprach, verschlug ihr für einen Moment die Sprache. Sie nickte schwach und wartete, bis er den Korridor verlassen hatte.

Ihr Licht reichte nicht weit. Es beleuchtete gerade mal die nächstgelegenen Zellen und den Eingangsbereich. „Du kannst rauskommen, Michael ist weg", sagte sie und lauschte. Falls Marie sie gehört hatte, blieb sie still.

Auf einmal wurde ihr Licht merklich schwächer. Eine Warnung erschien auf dem Display. Bevor sie sehen konnte, wie viel Akku ihr noch blieb, schaltete sich das Handy ohne weitere Warnung aus.

Ihr Herz blieb fast stehen, als die Schwärze sie einhüllte. Selbst hier, nur einige hundert Schritte von dem Lagerfeuer entfernt, konnte die Dunkelheit den Tod bedeuten. Ein Fehltritt auf dem Balkon oder der Treppe und sie würde in die bodenlose Schlucht stürzen oder zumindest die Stufen hinunterfallen. Dabei war das vielleicht noch nicht einmal die größte Gefahr. Denn nun bewegte sich etwas in der Dunkelheit. *Ein Scharren.*

Das Geräusch eines kleinen Steins, der von einem Fuß beiseitegeschoben wurde und über den Boden glitt. Sie versuchte sich damit zu beruhigen, dass die Person in der Dunkelheit genauso wenig sehen konnte wie sie selbst.

Plötzlich schepperte das Rauschen des Funkgeräts durch die Dunkelheit. Ihr Puls schlug ihr bis zum Hals. Sie ließ Bolts Handy fallen und achtete nicht auf das Geräusch, das sie machte, während sie mit einer Hand nach ihrem eigenen suchte. Mit der anderen streckte sie das Messer in die Dunkelheit. Das Rauschen des Radios verstummte abrupt. War das ein weiterer Funkspruch? Hatte vielleicht jemand versucht zu antworten?

Endlich schaffte sie es, ihr eigenes Handy hervorzuholen. Mit einer Daumenbewegung leuchtete der Bildschirm auf. Nicht sehr hell, aber gerade hell genug, um einen Schatten zu erkennen, der in der Zelle zu ihrer Linken verschwand.

Kapitel Fünfunddreißig

32 Stunden bis zur Abrechnung

„Marie?“, fragte Judy vorsichtig und trat zwei Schritte zurück. Ihr Fuß stieß gegen eine Fliese, die mit einem lauten Klappern über den Boden schlitterte. Das Messer vor sich ausgestreckt, versuchte sie mit der anderen Hand, das Handy zu bedienen. Es wollte ihr aber einfach nicht gelingen, die Taschenlampenfunktion anzuschalten. Zumal sie es nicht wagte, länger als einen Herzschlag die Umgebung aus den Augen zu lassen.

„Vielleicht können wir einen Deal machen?“, sprach sie weiter in die Dunkelheit. „Ich weiß, du musst beinah verdurstet sein. Wir haben Wasser. Im Gegenzug kannst du uns vielleicht ein paar Dinge geben, die in der Kiste waren.“

Endlich fand ihr Daumen die Funktion und es wurde schlagartig heller. Sie zuckte erschrocken zusammen, als eine Gestalt in den Lichtkegel trat.

Marie hatte sich seit ihrer ersten Begegnung körperlich so sehr verändert, dass sie fast nicht wiederzuerkennen war. Der Körper der schlanken Frau war übersät mit blauen Flecken und blutigen Kratzern. Warum sie ihren Pullover verloren hatte und trotz der Kälte bauchfrei herumlief, konnte Judy nur raten.

Der größte Unterschied jedoch waren ihre Augen. Eingefallen, von Schatten umrandet, wirkten sie viel älter als ihre Besitzerin. Es war schwer zu beschreiben, was sich wirklich verändert hatte, aber Marie wirkte nach den letzten zwei Tagen um Jahre gealtert.

Sie trat einen Schritt näher und Judys Blick fiel auf den Baseballschläger, den sie umklammerte.

"Wasser!" Maries Stimme klang krächzend und ausgetrocknet. Mit schnellen, flackernden Bewegungen huschte ihr Blick zwischen ihr und den im Schatten liegenden Zellen hin und her.

„In Ordnung", sagte Judy mit betont ruhiger Stimme. „Ich habe Wasser." Sie nahm ihre Flasche vom Gürtel und rollte sie in Maries Richtung.

Marie reagierte einen Moment nicht, als hätte sie die Flasche gar nicht bemerkt. Ihr im Licht noch bleicher erstrahlender Körper wirkte mehr denn je geisterhaft, ihre starrenden Augen wie die einer Toten. Verwirrt, als hätte sie vergessen, wozu die Flasche diente, ruhte ihr Blick jetzt auf dem Wasser.

Dann ließ sie den Baseballschläger in einer hektischen Bewegung fallen und schnappte sich die Wasserflasche vom Boden. Sie zog sich wieder zwei Schritte zurück und presste die Flasche an sich, als hätte sie Angst, jemand könnte sie ihr wegnehmen. Ohne den Blick von ihr abzuwenden, schraubte Marie den Deckel ab und nahm einen tiefen Schluck. Im nächsten Moment wurde sie von einem Hustenanfall geschüttelt.

„Du musst langsamer trinken", ermahnte sie Judy, doch Marie setzte das Wasser bereits wieder an ihre Lippen. Nach ein paar weiteren Schlücken senkte Marie die Flasche mit enttäuschtem Gesichtsausdruck. Sie war fast leer.

„Mehr", flüsterte sie heiser.

„Du kannst mehr Wasser haben", sagte Judy. „Aber dann musst du zu uns ins Lager kommen." Sie deutete über ihre Schulter zum

Tunnelausgang. „Gemeinsam können wir neues Wasser aus dem See holen. Du erinnerst dich doch an unser Lager dort? Wir haben ein weiteres Feuer gemacht."

Marie verschränkte unbewusst die Arme und rieb sich die Gänsehaut auf den nackten Oberarmen.

Die Kälte der Höhlen war deutlich durch den dünnen Stoff ihrer Sportkleidung zu spüren, also musste es für Marie geradezu eisig sein.

„Hast du die Kiste noch?", fragte Judy. „Wir könnten das Holz verwenden, um das Lagerfeuer am Leben zu halten."

Es dauerte eine Weile, bis sie antwortete. Als fiele es ihr schwer, sich an Worte zu erinnern. Oder Marie vertraute ihr einfach nicht. Schließlich nickte sie jedoch. „Ja." Marie nahm den Baseballschläger wieder auf und richtete ihn in Richtung des Tunnels. „Dort."

Judy fühlte sich nicht wohl dabei, sich noch weiter von den anderen zu entfernen. Der Weg zurück zum Lager war lang genug, diesen unheimlichen Gefängnistunnel mit einer geistig instabilen Marie zu durchqueren, bereitete ihr ein unangenehmes Kribbeln in ihrem Magen. Sie nahm die leere Flasche wieder in die Hand. Hoffentlich waren es nur ein paar Schritte. „Wie weit ist es?"

Marie zuckte hilflos mit den Achseln. „Ich habe sie im Kabinett des Grauens versteckt."

„In dem was?"

Marie schien nachzudenken, oder es war nur die Verzögerung, die jeder ihrer Antworten vorausging, seit sie ihre Sprache wiedergefunden hatte. „Er hat es so genannt. Der Name passt. Du wirst sehen, warum, wenn du dort bist. Es ist wie eine Geisterbahn, nur in echt."

Er hat es so genannt. Hatte Marie verraten, dass sie Kontakt mit dem Entführer gehabt hatte? Zweifellos war Marie ebenfalls dehydriert und weder körperlich noch geistig zurechnungsfähig. Sollte sie ihr wirklich in das sogenannte Kabinett des Grauens folgen?

„Warte, Marie“, sagte sie zögernd. „Vielleicht sollten wir nicht allein dorthin gehen. Lass uns zum Lager zurückgehen.“

Einen Moment lang befürchtete sie, damit Maries Vertrauen verloren zu haben, doch schließlich nickte Marie. „Aber am Ende müssen wir sowieso ins Kabinett.“

„Warum müssen wir dorthin gehen?“, fragte Judy und hielt den Atem an, als Marie antwortete.

„Dort ist der Ausgang.“

Judy starrte sie an. „Du weißt, wo der Ausgang ist?“

„Das hat er gesagt.“ Marie zuckte nur mit den Schultern.

Ein Grund mehr, das „Kabinett des Schreckens“ nicht allein zu betreten.

„Okay, gehen wir zurück“, sagte Judy und schritt zum Tunnelausgang.

Alle paar Sekunden blickte sie zurück. Es zehrte an ihren Nerven, Marie mit dem Baseballschläger hinter sich zu wissen.

Marie folgte ihr nur zögerlich und blieb dadurch immerhin auf Abstand. Endlich erreichten sie den Balkon, und Judy atmete erleichtert auf. Objektiv betrachtet hatte sich nicht viel verändert, doch in der Ferne glomm das schwache Licht des Lagerfeuers, ein kleines Leuchtfeuer der Hoffnung in der tiefen Dunkelheit.

Die Art, wie Marie ihre Waffe umklammerte, machte ihr Sorgen. Was, wenn sie sich wegen irgendetwas erschreckte und in ihrer

Verwirrung um sich schlug? Vielleicht würde der Gedanke, dass andere Leute in der Nähe waren, sie zurückhalten.

„Wir sind zurück!“, rief Judy, obwohl die Gruppe sie sicherlich noch nicht hören konnte.

Als Marie wieder sprach, war klar, dass diese Idee nicht funktioniert hatte. „Es scheint niemand da zu sein.“ Sie streichelte mit einer Hand über ihren Baseballschläger.

War das die Erklärung, wie Michael seine Kopfverletzung bekommen hatte?

„Die anderen sind da“, beharrte Judy und trat auf die erste Treppenstufe, nicht halb so zuversichtlich, wie sie behauptete. Ja, die Gruppe war irgendwo. Wahrscheinlich saßen sie um das Lagerfeuer, aber das würde ihr wenig nützen. Sie konnte nicht erklären, warum, aber Marie wirkte hier draußen viel gefährlicher als im Gefängnistunnel.

„Wie hast du es überhaupt in dem Tunnel ausgehalten?“, fragte Judy, einer plötzlichen Eingebung folgend. „Ich dachte, du hättest Angst vor der Dunkelheit?“

Ein flüchtiges Lächeln erschien auf Maries Gesicht und verschwand sofort wieder.

Judy umklammerte ihr Messer fester. Doch das beruhigte sie diesmal kaum. Was nützte ihr ein Messer, wenn sie eine Keule auf den Hinterkopf traf?

Die schmale Treppe ohne Geländer machte sie nervös. Sie litt keineswegs an Höhenangst, aber ein kleiner Fehltritt oder Stoß konnten hier tödliche Konsequenzen haben. *Höhe.* Hatte Marie nicht angeblich auch Höhenangst? Seit sie wieder etwas getrunken hatte, strahlte Marie mehr Selbstvertrauen aus. Vielleicht war das nur Einbildung.

„Ich glaube, niemand hat uns gehört", sagte Marie und holte ein paar Stufen auf.

Judy wäre gerne schneller die Treppe hinuntergegangen, musste aber gleichzeitig Marie im Auge behalten.

Vielleicht wäre es besser gewesen, mehr auf den Boden zu achten als auf die Frau hinter ihr, denn plötzlich rutschten ein paar kleine Steine unter ihren Füßen weg. Normalerweise hätte sie den Fehltritt ohne Probleme wieder ausbalancieren können, doch die Müdigkeit und eine unbekannte Schwäche ließen sie stolpern. Sie versuchte noch, sich irgendwo festzuhalten, aber da war nichts. Die Treppe hatte kein Geländer, und die Wand war zu glatt.

Sie verlor den Halt und rutschte über die Kante der Treppe. Verzweifelt suchte sie Halt, griff nach oben und hielt sich an den Stufen fest. Ihr Handy klapperte gegen einen Felsvorsprung und verschwand in der Tiefe. Das Licht beleuchtete die Treppenstufen, bevor es hinabstürzte und erlosch.

Die Muskeln ihres Arms spannten sich schmerzhaft. Noch konnte sie sich an der Stufe festhalten, doch es kostete Kraft. Der Fels war glatt und schwer zu greifen. Ihre Beine hingen über dem Abgrund und konnten keinen Halt finden. Mit einer Hand tastete sie den Fels ab und versuchte, einen besseren Griff zu ertasten. Sie fühlte nur lose Steine und ertastete schließlich ihr Messer. Im Augenblick würde ihr die Waffe nicht helfen. Sie schob es leicht zur Seite und versuchte, ihre Finger in die kleinen Löcher des Steins zu krallen.

Ein paar Stufen über ihr flammte ein Licht auf. Offenbar besaß Marie eine Taschenlampe. Judy kniff die Augen zusammen, um trotz des blendenden Lichts etwas zu erkennen. Mit einem lauten Knall hämmerte der Baseballschläger auf die Treppe, als Marie eine Stufe hinunterging und die Holzkeule achtlos hinter sich herzog.

Judys Arme und ihr ganzer Körper fühlten sich unglaublich schwer an. Sie musste sich nur wieder die verdammte Treppe hochziehen, eine Übung, die sie beim Klettern schon tausendmal gemacht hatte. Mit den Zehenspitzen fand sie endlich einen kleinen Halt an der Wand und entlastete damit ihren schmerzenden Arm. Sie zog sich ein Stück nach oben und schaffte es, den Ellbogen auf der Treppe abzustützen. Sie hatte nicht die Kraft, sich weiter hochzuziehen. Ihre Arme gehorchten ihr nicht mehr. Langsam rutschte sie rückwärts und unweigerlich weiter dem Abgrund entgegen.

Der Baseballschläger knallte erneut auf die Treppe und schrammte dann über eine Stufe. Wollte Marie ihr drohen? Oder wurde sie selbst langsam paranoid?

Das dumpfe Geräusch des Baseballschlägers auf der Treppe war nun ganz nah. Als Judy erneut aufblickte, hatte sich Marie auf etwa zwei Armlängen genähert. Selbst wenn sie vorher nicht vorgehabt hatte, sie anzugreifen, wäre jetzt der perfekte Moment, sie loszuwerden.

Niemand würde hinterfragen, dass sie im Dunkeln von der Treppe gestürzt war.

Judy zog sich wieder ein kleines Stück weiter auf die Treppe. Ihr Arm zitterte vor Anstrengung, aber immerhin war sie jetzt mit dem halben Oberkörper auf der Stufe. Ihr fehlte einfach ein Punkt, um ihre Füße besser abzustützen, um sich ganz hochzuziehen.

Selbst wenn sie langsam weiterkam, schützte sie das nicht vor Marie. Ein leichter Stoß des Schlägers würde sie in der Schlucht verschwinden lassen. Judy versuchte, sich wieder die Stufen hinaufzuziehen, und hob dabei ein Bein. Ihr linker Fuß schaffte es bis zu einer niedrigeren Stufe.

Marie ließ sich Zeit und betrachtete Judys Anstrengungen. Zögerlich kam sie etwas näher. Noch einen Schritt weiter, und sie würde Judy mit ihrem Schläger berühren können.

Judys Arme zitterten immer mehr unter der Anstrengung. Die Welt drehte sich. Wann hatte dieses Schwindelgefühl eingesetzt? Was war nur mit ihr los? Ließ ihr Körper sie im entscheidenden Moment im Stich? Noch immer baumelte ihr rechtes Bein über dem Nichts. Nur mit großer Anstrengung zog sie sich ein Stück weiter hoch und schaffte es, auch den anderen Ellenbogen auf die Treppe zu stützen.

Der Lichtschein von Maries Taschenlampe glitt suchend über Judys Körper und fiel schließlich in den Abgrund unter ihr. Einen Augenblick lang blickte Maries blasses, nachdenkliches Gesicht an ihr vorbei in die Schlucht. Es sah aus, als würde Marie ihre Optionen abwägen.

„Das sieht ziemlich hoch aus", sagte Marie mit seltsam ruhiger Stimme. Vielleicht wollte sie nur Zeit schinden.

Marie berührte das Messer mit ihrem Schläger und schob es dabei ein klein wenig von Judy fort. Dann stieß sie es mit voller Wucht die Treppe hinunter. Die Klinge schlug klappernd auf ein paar Stufen auf, bevor sie von der Treppe rutschte und in der Tiefe verschwand.

In diesem Moment wusste Judy, welche Entscheidung Marie getroffen hatte.

Marie richtete ihre Taschenlampe erneut auf Judys Gesicht und kauerte sich in Armeslänge Abstand auf die Stufe. Weit genug entfernt, um außerhalb von Judys Reichweite zu bleiben.

Warum zögerte Marie? Sie hätte entweder angreifen oder ihr hochhelfen können, stattdessen wartete sie ab.

Mit einem Mal begriff Judy. Marie hatte Angst vor ihr. Gefangen zwischen der Furcht, sich Judy zu stellen, und dem Wunsch, sie abstürzen zu sehen, versuchte Marie, sich selbst Mut zuzusprechen. Maries Lippen bewegten sich lautlos, während sie sich selbst mit irgendeinem Mantra ermutigte.

Sie musste es auf die Treppe schaffen, bevor Marie sich ein Herz fasste und ihr den Baseballschläger über den Schädel zog.

Judy streckte den Arm aus und griff nach der höher liegenden Stufe. Sie musste sich sehr strecken, um ihr Ziel zu erreichen, wurde aber mit einem besseren Halt belohnt. Mit einem letzten Kraftakt zog sie sich hoch, bis ihr Oberkörper sich endlich komplett auf der Stufe befand.

Was war nur mit ihr los? Normalerweise wäre es ein Kinderspiel, sich jetzt wieder auf die Treppe hinaufzuziehen. Andererseits wäre sie unter normalen Umständen vermutlich gar nicht erst gestürzt. Irgendetwas stimmte nicht mit ihrem Körper.

Marie beobachtete ihren Versuch skeptisch und wich sogar etwas zurück. Selbst jetzt, in einer eigentlich hoffnungslosen Lage, schien Marie noch Angst vor ihr zu haben.

Marie runzelte die Stirn und sah verwirrt zu, als könne sie nicht verstehen, warum Judy, die starke und fähige Judy, sich nicht einfach wieder hochzog und aufstand. Marie hatte keine Ahnung, wie schwach sie sich fühlte. Vielleicht war das der einzige Grund, warum sie noch lebte.

Sie musste aufstehen, musste sich hochstemmen – doch es gelang ihr nicht. Die Kraft hatte ihren Körper verlassen. Jetzt, wo sie es gerade geschafft hatte, dem Abgrund so weit zu entkommen, dass sie nicht unmittelbar abstürzte, fehlte ihr die Energie, um ihre Beine auf die Treppe zu ziehen und aufzustehen.

„In einem Punkt war er sehr deutlich", sagte Maria und stand auf. Vorsichtig, als könnte sie immer noch nicht glauben, dass Judy ihr hilflos ausgeliefert war, stand sie auf der gleichen Stufe und hielt den Baseballschläger vor sich. „Wir werden nicht alle lebend rauskommen. Ich muss an mich und mein eigenes Wohl denken."

Ihr Monolog klang eher nach Selbstermutigung als nach etwas, das für Judy bestimmt war.

„Du weißt nicht, ob das stimmt", sagte Judy. Ihre Gedanken quälten sich, schleppend und langsam. Die bleierne Müdigkeit erschwerte ihr Denkvermögen. „Der Meister der Arena lügt, um uns gegeneinander aufzubringen."

„Vielleicht", sagte Marie. „Aber eines weiß ich sicher, denn ich habe alles über dich gelesen und dich beobachtet. Wenn wir wirklich in einem fairen Kampf gegeneinander antreten müssen, dann würde ich verlieren. Ich will hier nicht sterben."

Damit hob sie den Baseballschläger.

Kapitel Sechsunddreißig

32 Stunden bis zur Abrechnung

„Judy?“

Der Baseballschläger schwebte in der Luft, während Louis’ Ruf die Treppe hinaufhallte.

Marie hielt mitten in der Bewegung inne. Wie plötzlich versteinert, ragte ihre bedrohliche Gestalt über Judy auf. Doch der tödliche Schlag blieb aus. Zumindest für den Moment. Unter ihnen flammte ein Licht auf. Das Licht von Louis‘ Handylampe ließ sie Hoffnung schöpfen.

Ein Teil der Anspannung wich aus Maries Gesicht. „Ich schätze, wir sollten nicht alles glauben, was der Meister der Arena behauptet.“ Statt zuzuschlagen, streckte sie Judy den Schläger entgegen. „Hier, ich zieh’ dich hoch.“

Der Lichtstrahl des Handys fand ihre Füße, als Judy den Schläger packte und sich das letzte Stück auf die Treppe hochzog. Schaudernd richtete sie sich auf und blickte in den Abgrund hinter ihr.

Zu ihrer Überraschung war dort kein Abgrund. Das Licht enthüllte den festen Boden, der von ihrer Treppenstufe nur ein Katzensprung entfernt lag. Zwar hatte sie sich den Abgrund keineswegs eingebildet, aber der begann erst ein paar Meter hinter den in den Fels gehauenen Stufen, zu weit weg, um versehentlich in diese Schlucht zu fallen. Ihre Füße baumelten die ganze Zeit nur knapp über der Erde. Hatte Marie das in der Dunkelheit erkennen können? Es wäre also doch nicht so leicht gewesen, sich ihrer zu entledigen.

Sie nickte Louis dankend zu.

„Bist du verletzt?“, fragte er und ließ den Lichtstrahl über Judy und dann Marie schweifen.

„Nein, mir geht es gut“, sagte Judy, obwohl sie sich überhaupt nicht gut fühlte. „Ich habe Marie gefunden. Die Kiste hat sie irgendwo tief in den Höhlen versteckt.“

Marie zuckte mit den Schultern. „Ich nehme an, es wird Michael ärgern, dass ich mir im Dunkeln nicht das Genick gebrochen habe.“

Es war leicht zu erraten, warum Michael wütend auf Marie war. Schließlich hatte sie seine Wunde gesehen. Warum Marie andererseits so einen Hass auf Michael hatte, blieb ein Rätsel.

„Vielleicht sollten wir zuerst zum Lager zurückkehren“, sagte Louis.

Judy nickte dankbar. Sie wünschte sich nichts sehnlicher, als sich in die scheinbare Sicherheit der Gruppe zurückzuziehen, auch wenn sie keinem von ihnen voll und ganz vertraute. Sie sehnte sich nach der Wärme des Feuers, und vielleicht könnten sie den verdammten Baseballschläger als Brennholz verwenden.

Trotz ihrer Rettung blieben Erschöpfung und Schwindelgefühl. Der Tag war einfach zu anstrengend gewesen. Als ihre Hand an ihrem Gürtel ins Leere griff, fiel ihr das Messer ein. *Verdammt!* Sie hatte das Messer nicht wieder eingesammelt. Sollte sie Louis bitten, mit ihr zurückzugehen? Nein, es war zu spät dafür. Inzwischen konnte sie die anderen um das Lagerfeuer sitzen sehen. Die Müdigkeit war überwältigend. So sehr sie ihr Messer auch wiederhaben wollte, sie hatte einfach keine Energie mehr, um danach zu suchen.

Snake entdeckte sie zuerst und verzog die Lippen zu einem Grinsen. „Sieh mal einer an. Die Gruppe wächst wieder."

Marie erstarrte mitten in der Bewegung. „Was macht der hier?"

„Keine Sorge", sagte Louis. „Er ist gefesselt. Unser Aufenthalt in dieser Arena ist wahrscheinlich um einiges sicherer geworden, seit Snake in unserer Obhut ist."

Louis mochte recht haben, aber ein Gefühl der Sicherheit wollte sich nicht einstellen. Wenn Snake nicht der Meister der Arena war, dann lauerte das wahre Monster immer noch da draußen. Falls doch, dann fühlte sich seine Gefangennahme zu einfach an. Vermutlich hatte er noch das eine oder andere Ass im Ärmel.

Sie beschloss, im Moment nicht darüber nachzudenken. Ihr Kopf drohte zu explodieren. Stattdessen ließ sie sich auf eine freie Stelle am Lagerfeuer fallen. Das Schwindelgefühl hatte sich noch immer nicht gelegt. In ihrem Zustand wirkte selbst der harte Steinboden geradezu einladend.

Etwas an ihrem Gürtel drückte unangenehm in ihre Seite. Sie tastete nach der Gürteltasche, die sie Sylvia abgenommen hatte. In all dem Chaos hatte sie die Tasche ganz vergessen. Sie kippte den Inhalt achtlos aus.

Salzstangen, Kartoffelchips, gesalzenes Trockenfleisch. Nichts davon war besonders nahrhaft. Obwohl sie davon wieder Durst bekommen würde, öffnete sie eine der zerdrückten Packungen und schüttete eine Handvoll zerbröselter Salzstangen auf ihre Hand. Den Rest gab sie Michael.

„Danke." Er nahm eine der Tüten und reichte den Rest an Louis weiter.

„Hey.“ Sylvia schnappte sich die leere Tüte Kartoffelchips. „Sind das meine Sachen?“

„Wie gewonnen, so zerronnen“, sagte Michael kauend.

Judy durchsuchte den Inhalt der Tasche. *Nichts Essbares.* Überrascht, holte sie eine Blisterpackung hervor. *Diazepam.* In dem Aluminiumgehäuse war Platz für eine ganze Reihe von 10-mg-Tabletten, doch alle Fächer waren leer. Falls Sylvia all diese Beruhigungstabletten genommen hatte, wäre ihr Leben in großer Gefahr! Schon eine kleine Dosis konnte jemanden das Bewusstsein verlieren lassen.

Ein Gedanke tauchte auf, ungeformt, aber dringend. Etwas über ihre Entdeckung. Sie griff danach, doch der Nebel in ihrem Kopf war zu dicht. Der Gedanke löste sich auf, bevor sie ihn greifen konnte. Zurück blieb nur das Gewicht der Erschöpfung, das sie niederdrückte. Sie musste schlafen.

Louis hatte weder ihren Fund noch ihre Erschöpfung bemerkt. „Ich denke, wir sollten mehr Wasser holen und kochen, solange das Lagerfeuer noch brennt. Kommt jemand mit?“

„Ich werde helfen“, sagte Daniel und hob seine noch immer gefesselten Hände.

„Ignorier die falsche Schlange“, sagte Michael. „Ich kann helfen.“

Judy öffnete wieder die Augen. War sie eingeschlafen? Vielleicht für ein paar Sekunden.

Die Erinnerung an das Diazepam kehrte zurück, zusammen mit dem vagen Gefühl, dass Sylvia in Gefahr sein könnte.

Sie sah zu Sylvia hinüber, die überhaupt nicht sediert wirkte. Tatsächlich war etwas Farbe in ihr Gesicht zurückgekehrt. Nur die

Wunde an ihrem Kopf war wieder aufgerissen, und etwas Blut lief ihr über das Gesicht, bevor sie es wegwischte.

Obwohl sie dicht am Feuer saß, fest in die Decke gehüllt, zitterte sie sichtlich.

„Wahrscheinlich wartest du auch auf die Erklärung“, interpretierte Sylvia ihren Blick falsch.

„Das tun wir alle“, behauptete Michael, doch Judy war nicht mehr interessiert. Stattdessen fühlte sie sich seltsam ruhig und schläfrig. Es war ihr egal, was sonst noch passieren würde. Sie wollte nur noch schlafen. Mühsam riss sie sich noch einmal zusammen.

Irgendwo in ihrem Kopf schrillte eine Alarmglocke. Doch das Gefühl der Gefahr kämpfte einen aussichtslosen Kampf gegen ihre Erschöpfung. Ihre Gedanken gingen zäh und wie Honig. Gab es etwas, wovor ihr Unterbewusstsein sie warnen wollte?

„Wir können unseren Gang verschieben, bis du deine Geschichte zu Ende erzählt hast“, sagte Louis zu Sylvia. „Danach holen wir das Wasser, und Marie kann uns zu ihrer Kiste führen. Hoffentlich enthält sie etwas Essbares. Falls nicht, bekommen wir dadurch immerhin mehr Feuerholz.“

„In Ordnung“, begann Sylvia und starrte in das schwindende Lagerfeuer.

Es war offensichtlich, dass es ihr nicht behagte, die Geschichte zu erzählen. Nachdem sie es so lange aufgeschoben hatte, schien sie es jetzt aber hinter sich bringen zu wollen.

„1944 zerstörten alliierte Bomben immer wieder Fabriken, sodass das Reich die Produktion unter die Erde verlagerte“, sagte Sylvia. „Diese Berge, hier und auf der gegenüberliegenden Flussseite, wurden ausgewählt, weil es dort bereits Tunnel und natürliche Höhlen gab. Vermutlich sind die Höhlen auf beiden Flussseiten sogar miteinander verbunden, wenn man bedenkt, wie weit wir in den letzten zwei Tagen gelaufen sind. Unsere Forschungsgruppe war gerade erst am Anfang der Erkundung. Der enorme Arbeitsaufwand für den Bau dieses unterirdischen Komplexes kann nur als unmenschlich bezeichnet werden."

„Okay, sicher kein angenehmer Bürojob." Wie immer, wenn er mit Sylvia sprach, schwankte Michaels Ton zwischen Sarkasmus und Feindseligkeit. Angesichts seiner Abneigung sowohl gegenüber Sylvia als auch Marie kam ihr der Gedanke, ob er ein generelles Problem mit Frauen hatte.

„Von der angeblichen Hölle, ist deine Beschreibung aber noch weit entfernt."

„Ach wirklich, Michael? Hast du die Zellen gesehen?", fragte Sylvia mit ruhiger Stimme. „Glaubst du, hier hat jemand freiwillig gearbeitet?"

„Also wurden die Bergleute gezwungen, hier zu arbeiten?", fragte Michael.

„Bergleute?" Sylvia lachte scharf auf. „Wie viele Arbeiter braucht man wohl, um solche Tunnel zu bauen? Selbst alle Minenarbeiter des Landes würden für so eine Konstruktion nicht ausreichen."

Louis nickte langsam. „Ehrlich gesagt, habe ich mich das Gleiche gefragt. Selbst wenn die meisten Gänge, die wir durchquert haben, natürlich waren, erforderte eine Höhle wie diese dennoch enorme Anstrengungen."

„Tausende haben hier gearbeitet“, fuhr Sylvia fort. „Unzählige Menschen wurden in diese Berge getrieben, um zu sterben.“

„Warte“, sagte Marie. „Du behauptest, hier seien Tausende Menschen getötet worden und niemand wisse davon? Das ist absurd.“

„Eher Zehntausende. Wenn du einen Vergleich willst: Es haben vermutlich genauso viele Sklaven hier gearbeitet wie an den Pyramiden im alten Ägypten. Ja, es ist wirklich absurd, dass du nichts davon weißt. Hier war nur ein Außenlager, daher sind die Zahlen weniger eindeutig. Das Hauptlager hieß Neuengamme und dort waren etwa hunderttausend Menschen inhaftiert, die Hälfte von ihnen starb. KZ, sagt euch das etwas?“, fragte Sylvia sarkastisch.

„Natürlich, aber…“ Maries Stimme verstummte. Ihre Augen verengten sich, suchend. Als sie schließlich wieder sprach, kaum lauter als ein Flüstern, waren Schock und Verwirrung unverkennbar. „Warte, meinst du, wir sind auf dem Gelände eines ehemaligen Konzentrationslagers?“

„Eine Außenlager von einem.“ Sylvia nickte. „Dachtest du, die Verbrechen geschahen nur an den großen Gedenkstätten? Was hast du geglaubt, was Oma und Opa so getrieben haben?“ Sie wandte sich an Louis. „Besonders die Aristokraten unter uns sollten die letzten hundert Jahre ihrer Familiengeschichte ja kennen.“

„Warum ist diese Höhle dann nicht bekannter?“, fragte Louis, ohne auf die Provokation einzugehen. „Ich sehe keine Gedenkstätten oder Führungen.“

„An einem der alten Eingänge befindet sich eine kleine Tafel, aber das ist tatsächlich der einzige Hinweis. Über diesen Ort ist einfach nicht viel bekannt“, begann Sylvia und fuhr mit gesenkter Stimme fort. „Der Geschichte zufolge entdeckten die alliierten Truppen in diesen Tunneln so grausame Schrecken, dass sie nie vollständig dokumentiert wurden. Andere unterirdische Fabriken wurden katalogisiert, fotografiert und archiviert. Diese hier dagegen nicht. Die Soldaten, die am tiefsten vordrangen, beschlossen, dass das, was sie gefunden hatten, niemals an das Licht der Öffentlichkeit dringen sollte. Anstatt die Geheimnisse zu lüften, stopften sie Sprengstoff in die Eingänge und jagten alles in die Luft.

Die Explosion war so gewaltig, dass sie einen Teil des Berges abriss, ein Denkmal auf dem Gipfel beschädigte und alle Räume, Leichen und Instrumente, die man nicht sofort geborgen hatte, darunter verschüttete. Was nicht zerstört werden konnte, wurde für immer unter Tonnen von Steinen begraben."

„Anscheinend waren die Bemühungen erfolgreich. Bis heute wurden die Höhlen versiegelt und vergessen", murmelte Louis.

„Die Einheimischen haben das alles nur allzu gern vergessen. Deshalb wissen wir bis heute nicht, was genau sich in diesen Höhlen befindet. Erst jetzt, mit der neuen historischen Expedition, wurden Teile des Höhlensystems wieder geöffnet."

„Wie sind die Menschen hier gestorben?", fragte Michael.

„In jeder erbärmlichen Weise, die man sich vorstellen kann", antwortete Sylvia. „Die meisten brachen unter der unerbittlichen Arbeit und Krankheiten zusammen. Die Versorgung war miserabel. Unfälle waren an der Tagesordnung, da die Arbeit ohne Sicherheitsvorkehrungen durchgeführt wurde. Und der Lagerkommandant war sadistisch, die Führung bestand aus absoluten Psychopathen. Überlebende berichten von Folter zum

Spaß, von Grausamkeiten, die selbst die üblichen brutalen Strafen für geringfügige Vergehen in den Schatten stellten."

„Wir haben hier schon genug Schreckliches erlebt, daher können wir uns die Einzelheiten ersparen", sagte Louis entschieden. „Ich beginne allerdings zu verstehen, warum unser Psychopath diesen Ort als Schauplatz gewählt hat."

Maries Stimme zitterte. „Ich glaube, ich weiß, wo die alten Folterkammern sind. Und er hat gesagt, wir müssen dorthin."

„Wer hat das gesagt?", fragte Sylvia irritiert.

„Der Meister der Arena", flüsterte Marie. „Unsere Zeit läuft ab. Wenn wir uns nicht bekämpfen, bis nur noch ein Spieler übrig ist, kommt gar keiner raus."

„Und woher willst du das wissen?", fragte Daniel skeptisch.

Judy versuchte, das Gespräch zu verfolgen, aber ihre Gedanken waren wie blockiert.

Trotz ihrer Anstrengung gewann die Erschöpfung schließlich den Kampf. Sie schlief ein, ohne Maries Antwort zu hören.

„Habt ihr die Wasserflaschen gefüllt? Wir sollten endlich die Kiste holen", sagte Michael gerade, als sie die Augen wieder aufschlug. Verwirrt versuchte sie, ihre Gedanken zu ordnen. Wie viel Zeit war vergangen? Jeder Muskel fühlte sich bleiern an. Die Kiste holen? Die Wasserflaschen füllen? Schon das Wort Wasser löste erneut Alarmglocken in ihrem Kopf aus, dringend und lebenswichtig, doch ihre Gedanken schweiften ab, und die Dunkelheit kehrte zurück.

„... wach auf!", rief Michael. Desorientiert kämpfte Judy gegen den Schwindel an. Das Feuer war aus, und in der Asche lagen

Verbände verstreut. Ein tiefer Gong dröhnte durch die Höhlenwände. *Die Totenglocke.*

Sie versuchte aufzustehen, doch ihre Glieder wollten ihr nicht gehorchen. Marie lag bleich und regungslos da, ihr Gesicht war blutverschmiert. Nicht weit von ihr lag Sylvia, ausgestreckt in einer Position, in der niemand schlafen konnte. Judy hob gerade noch rechtzeitig den Kopf, um zu sehen, wie Michael Sylvia den Klappspaten aus den schlaffen Händen riss. Die Totenglocke dröhnte ununterbrochen.

Ihr Blick fiel auf den leeren Platz am Feuer. Das konnte nur eines bedeuten. Snake war entkommen! Diese Erkenntnis war das Letzte, was sie registrierte, bevor alles wieder schwarz wurde.

Kapitel Siebenunddreißig

25 Stunden bis zur Abrechnung

Judy öffnete die Augen und bereute es sofort. Das Bild vor ihren Augen war der Hölle ähnlicher als alles, was sie je gesehen hatte. Eine Kameralinse starrte sie an. Nicht, dass es viel zu sehen gegeben hätte. Sie war an einen Metallstuhl gefesselt. Falls sie sich überhaupt noch in den Höhlen befand, so war sie zumindest in einem gänzlich anderen Abschnitt gelandet. Anders als die Höhlen sah dieser Raum wie der Keller eines gewöhnlichen Hauses aus. Zumindest wie der Keller eines gefährlichen Psychopathen.

Was war passiert? Sie erinnerte sich nur noch an starke Müdigkeit, gefolgt von anhaltenden Kopfschmerzen. Nach den Schmerzen in ihren gefesselten Gelenken zu urteilen mussten seitdem bereits mehrere Stunden vergangen sein. Irgendjemand hatte sich die Mühe gemacht, sie hierherzubringen – wo auch immer hier war – und sie an den Stuhl zu schnallen. Falls es der Meister der Arena war, warum hatte er sie nicht einfach getötet?

Ihr Blick richtete sich wieder auf die Kamera. *Natürlich.* Diese Arena war, ganz wie ihr antikes Vorbild, eine einzige blutige Show zum Vergnügen ihrer sadistischen Zuschauer.

Sie schaffte es nicht, ihren Kopf zu bewegen. Etwas hielt sie fest im Griff, als würde sich die Klaue eines Monsters um ihren Schädel klammern. Maries Worte hallten in ihrem Kopf wider. *Kabinett des Horrors.*

Alles in diesem Raum war darauf ausgelegt, ein Publikum zu unterhalten, das sich nach Angst, Grausamkeit und immer groteskeren Extremen sehnte. Vielleicht hatte auch jeder der Kandidaten sein eigenes Kabinett für das große Finale. Sie würde hier sterben, aber nicht vor dem letzten Akt. In einem Finale, das perfekt für die digitale Leinwand in Szene gesetzt worden war. Ohne Zweifel sollte dieser Akt bald beginnen.

Sie fühlte sich noch immer leicht benommen, doch diesmal gelang es ihr, der Schwäche zu widerstehen. Vielleicht hatte die Panik so viel Adrenalin freigesetzt, dass das Beruhigungsmittel seine Wirkung verlor. Eines war sicher: Ihr Zusammenbruch ließ sich nicht durch gewöhnliche Müdigkeit erklären.

Sie erinnerte sich an die leere Blisterpackung Diazepam in Sylvias Habseligkeiten. Das war wohl kaum ein Zufall. Aber wie genau hatte man sie unter Drogen gesetzt? Und noch wichtiger: wer?

Was war mit den anderen passiert? Bilder von Marie und Snake huschten ihr durch den Kopf. War Marie noch am Leben? War Snake entkommen oder hatte ihm jemand geholfen? Sie hätten Snake nicht unbewacht gelassen. Und warum verdammt nochmal konnte sie sich nicht erinnern, wohin Louis verschwunden war?

Ihre Wut auf ihr unzuverlässiges Gedächtnis brachte auch keine Antworten. Sie musste hier raus.

Das schwache Leuchten einer Uhr war neben dem roten Auge der Kamera die einzige Lichtquelle im Raum. Judy schauderte bei dem Gedanken, dass hier wahrscheinlich bereits vor fast einem Jahrhundert Menschen zu Tode gekommen waren. Gefoltert von einem anderen Psychopathen, der einst Macht über die Gefangenen an diesem Ort gehabt hatte.

Ihr Kopf hämmerte noch von der Narkose. *Denk nach!* Wer hatte das alles geplant? Sie hatte Snake von Anfang an verdächtigt. Ihm würde sie nicht trauen, egal wie oft er seine Unschuld beteuerte. Aber wie hätte er sie unbemerkt unter Drogen setzen können?

Die Zeit in den Höhlen hatte ihn gezeichnet. Entweder war er ein brillanter Schauspieler, oder er war wirklich ziellos umhergeirrt. Auf jeden Fall war er gefesselt und unter Bewachung gewesen. Allein hätte er es also nicht geschafft.

Die Toten, Paul Koslowski, Peter Bolt und Laura Edgeman, konnte sie ausschließen. Peter war vermutlich ein Verbrecher, aber nicht der Meister der Arena gewesen.

Damit blieben fünf Verdächtige übrig. Sie tendierte zu einem männlichen Täter. So viel Gewalt war unter Frauen selten, ebenso wie Psychopathie im Allgemeinen. Selbst der Schreibstil und die verzerrte Stimme am Telefon hatten männlich gewirkt, doch keiner dieser Anhaltspunkte war ein Beweis.

Es konnte also immer noch Sina sein. Sie hatte sie schon lange nicht mehr gesehen. Aber hätte der Meister der Arena wirklich erlaubt, dass man ihn gefangennahm und ein Messer an den Hals hielt?

Blieben noch Sylvia und Marie. Mindestens eine von ihnen war schwer verletzt, oder bereits tot. Der Gedanke, Marie könnte die Täterin sein, klang geradezu lächerlich. Die Briefe des Entführers waren voller Stolz und Arroganz. Marie hingegen hatte sich von Peter demütigen lassen und hatte vor allem Angst. Es war sehr unwahrscheinlich, dass sie so etwas organisiert haben konnte. Es sei denn, ihre Ängste wären nur eine Fassade.

Also blieb nur Michael. Nicht ganz, fast hätte sie Louis vergessen, auch wenn sie zugeben musste, dass sie den exzentrischen Adligen liebgewonnen hatte, vielleicht gerade wegen seiner Eigenartigkeit. Er hatte Geheimnisse, aber er hatte nie Anzeichen von Gewalt gezeigt und scherte sich nicht um Geld.

Michael war anders. Er konnte mit Technik umgehen, war in ihre Privatsphäre eingedrungen und kannte Snakes Website. Außerdem hatte er ein hitziges Gemüt, besonders wenn er in die Enge getrieben wurde. Aber traute sie ihm wirklich zu, diese Arena zu planen?

Ihre Gedanken kehrten in die Gegenwart zurück. Sie musste hier raus. Sonst würde sie bald die Identität des Täters kennen, schlicht und einfach, weil er hereinkam.

Ein leises Knacken neben ihr ließ sie zusammenzucken. War sie überhaupt allein im Raum?

„Hallo?", rief sie in die Dunkelheit.

Es kam keine Antwort. Doch ihr Ruf stellte sich als schwerer Fehler heraus. Sekunden später ging ein Licht an und enthüllte einen Operationstisch mit einer Sammlung von Instrumenten.

Mit einem lauten Schrillen begann ein Bohrkopf zu kreisen. Sie verstand sofort, was das bedeutete. Die Zeit lief ihr davon.

Als Judy einen Atemzug nahm, wusste sie, dass es einer ihrer letzten war. Einer von nicht einmal hundert.

Die kalte Luft strömte durch ihre Nase und hinterließ einen unangenehmen Blutgeruch, bevor sie ihre Lungen füllte. Langsam atmete sie aus und nutzte eine ihrer letzten, kostbaren Sekunden, um ihre Panik zu unterdrücken. Obwohl sie sich der Sinnlosigkeit bewusst war, kniff sie die Augen zusammen. Die Dunkelheit schützte sie weder vor dem kreischenden Geräusch, das ihren Schädel durchbohrte, noch konnte sie die Angst stoppen, die in ihrem Magen aufstieg. Als sie die Augen wieder öffnete, war der rotierende Bohrer kaum mehr als einen Fingerbreit von der verletzlichen Pupille entfernt.

Judy zerrte mit aller Kraft an ihren Fesseln. Der raue Stoff kratzte über die verletzte Haut, jede Bewegung löste einen neuen Schmerz aus. Doch die Bänder, die ihre Arme an die Stuhllehne fesselten, bewegten sich nicht, ebenso wenig wie die am Boden festgeschraubte Sitzfläche.

Bald würde die Spitze des Bohrers in das weiche Gewebe eindringen und das Auge zerstören.

In genau hundert Sekunden.

So jedenfalls interpretierte Judy die rückwärtslaufende Uhr an der Wand. Wie alles andere in dieser Folterkammer diente die Uhr nur dazu, ihre Angst zu verstärken. Langsam kroch der Bohrer vorwärts.

Neunzig Sekunden. Wieder einmal warf sie sich gegen die Fesseln und schrie wütend über ihre eigene Machtlosigkeit. Ihre Panik konnte das kaum lindern. Der Schrei hallte von den gefliesten Wänden wider. Mit hasserfülltem Blick fixierte sie den glühend roten Punkt. Das Licht der Kamera, die ihre letzten Sekunden gnadenlos einfangen sollte.

Ohnehin konnte sie sich ihr Blickfeld nicht aussuchen. Sie versuchte, den Kopf zur Seite zu drehen, doch der Riemen, der eng an ihrer Stirn ruhte, machte jede Bewegung unmöglich, und der zweite Riemen um ihren Hals schnürte ihr bereits die Luft ab. Ein Schweißtropfen rann ihr ins Ohr. Ein unangenehmes Gefühl, doch ihre Fesseln hinderten sie daran, ihn wegzuwischen.

Achtzig Sekunden. Anfangs hatte sie geglaubt, das Monster wolle das Spiel hinauszögern, um weiter ihre Panik auszukosten, aber diesmal würde es keine Verzögerung geben. Der Mörder hatte bereits bewiesen, dass er keine leeren Drohungen aussprach. Es würde keine Gnade, keine Botschaft, keine theatralische Rede geben. Nur das Geräusch des Bohrers und der Uhr, die ihre letzte Minute einläutete.

Siebzig Sekunden. Hinter ihr knackte etwas. Die Stuhllehne! Das Geräusch war leise gewesen, doch es durchdrang den Lärm wie ein Versprechen. Vielleicht war der Stuhl zerbrochen oder verbogen.

Sechzig Sekunden. Trotz der Schmerzen warf sie sich gegen die Kopfstütze. Nichts. Sie blieb fest an ihrem Platz.

Fünfzig Sekunden. Ihr Herz hämmerte schmerzhaft in ihrer Brust, während sie verzweifelt versuchte, das schrille Geräusch des Bohrers zu ignorieren und sich wieder auf ihre Arme zu konzentrieren. Es gelang ihr zwar nicht, ihre Handgelenke freizubekommen, aber immerhin bewegten sich die Armlehnen ein kleines Stück nach außen.

Die Vibrationen des Bohrers drangen durch den Boden zu ihr durch, ein stetiges Zittern, das sie die Zähne zusammenbeißen ließ.

Vierzig Sekunden. Schweiß lief ihr in die Augen und brannte in ihren vielen Wunden. Sie durfte jetzt nicht aufgeben. Die Armlehne ließ sich weiter bewegen, etwas musste sich gelöst haben.

Dreißig Sekunden. Die Fesseln schnitten tief in ihren Unterarm. Mit einem lauten Knacken löste sich die rechte Armlehne vom Sitz. Ein Teilerfolg. Doch sie war noch lange nicht frei. Die Metallstrebe der Armlehne war zu einem spitzen Metallstück zersplittert, das aber noch immer an ihrem Arm festgebunden war.

Zwanzig Sekunden. Wenn sie doch nur ihren Kopf befreien könnte! Doch das scharfkantige Metallstück reichte nicht so weit. Mit jedem Muskel, der ihr wehtat, zwang sie sich, mit dem Stück Metall am Riemen ihres Arms zu sägen. Ihr stockte der Atem vor Schmerz. Es dauerte ewig.

Zehn Sekunden. Sie war ihrem Ziel so nahe, und doch spürte sie, wie ihre Lebenszeit verrann. In ihrer Ungeduld schnitt sie sich mit der Metallkante in die Haut, doch das war nicht wichtig. Der erste Riemen begann unter der Belastung zu reißen.

Zu spät. Mit einem unnatürlichen Knirschen traf der Bohrer die Iris und durchbohrte mühelos den Augapfel. Das schnell rotierende Metall fraß sich in Sekundenschnelle durch die Hornhaut, durchtrennte die Linse und sprengte den Glaskörper. Judy schrie auf, als die schnelle Rotation die gelartige Füllung samt den Blutgefäßen des Auges durch den Kellerraum schleuderte. Der Geruch traf sie sofort. Metallisch. Sauer. Unverkennbar echt.

War es Pauls Auge gewesen, das hier gerade zerfetzt worden war? Nein, es konnte nicht Pauls Auge gewesen sein. Sein Käfig war in eine Schlucht gestürzt. Sie rieb die Fessel an dem scharfen Metall, und ihre Gedanken kreisten widerwillig um den grausamen Anblick. Welche Farbe hatte das Auge gehabt? Blau oder braun? Sina oder Marie?

Ihr wurde übel. Sie konnte nicht anders, als sich vorzustellen, was passiert wäre, wenn es ihr eigenes Auge gewesen wäre.

Das war der Zweck dieser grausamen Demonstration. Sie sollte den Schrecken zweimal erleben, um ihn in die Länge zu ziehen. Jeden Augenblick würde der Verrückte hereinplatzen und ihr das Gleiche antun.

Die Uhr war stehen geblieben. Warum war der Mörder noch nicht in ihrer Zelle? Einen Moment lang war die Ungewissheit schlimmer als die Bedrohung selbst. Was auch immer der Grund für seine Verspätung war, sie würde alles tun, um sie auszunutzen. Mit einem Ruck durchtrennte sie die letzte Fessel. Ihre Hand war frei.

Sie zerrte verzweifelt an den Fesseln ihrer rechten Hand, bevor sie versuchte, ihren Kopf zu befreien. Waren das Schritte? Sie hatte keine Zeit mehr zu verlieren. Schnell löste sie den Riemen um ihren Hals. Das rot glühende Auge der Kamera ließ ihr keine Illusionen, den Täter überraschen zu können. Aber vielleicht, nur vielleicht, könnte sie schnell genug sein, um zu entkommen.

Sie hätte es fast geschafft. Vielleicht hätte sie sich in ein oder zwei Sekunden von den letzten Fesseln um ihre Taille befreien können, doch leider verließ sie das Glück. Als sich die Schlinge um ihren Hals löste, wurde die Tür aufgeschlossen.

Der Meister der Arena war hier.

Wahrscheinlich hatte er einen Alarm erhalten und kam, sobald sie sich bewegte oder rief. Es spielte keine Rolle. Sie würde sich nicht davonschleichen können.

Die Tür öffnete sich, gerade als sie den letzten Riemen um ihre Taille löste. Diesmal zögerte sie nicht.

Ohne nachzudenken, stieß sie sich vom Stuhl ab und rannte zum Ausgang. Doch anstatt zu fliehen, prallte sie gegen den Mann, der in der Tür stand. Bis zum Aufprall hatte sie die Augen geschlossen gehalten und nicht abgebremst.

Vielleicht hatte er unterschätzt, wie schnell sie sich nach dem Anblick der Kameraaufnahmen befreien konnte. Oder vielleicht hatte er angenommen, sie würde beim Anblick einer Waffe erstarren. An den meisten Tagen wäre das wahrscheinlich passiert. Doch dieses Mal sah sie die Waffe erst, als sie bereits auf sie gerichtet war.

Der Schuss explodierte neben ihrem Kopf. Einen Moment lang dachte sie, er hätte sie getroffen, doch es tat nicht weh. Sie spürte nur die Hitze, die ihr Gesicht streifte, und hörte ein ohrenbetäubendes Knallen, das die Welt in gedämpfte Stille hüllte. Im nächsten Moment rollte sie, mit ihrem Angreifer verheddert, über den Flurboden. Sie rappelte sich auf und rannte um die erste Ecke, die sie erreichte, nur getrieben vom Drang zu fliehen.

Doch ein Gedanke ließ sie nicht los. Sie hatte sein Gesicht gesehen, nur für eine Sekunde, aber es hatte gereicht. Sie wusste, wer er war. Keine Maske, keine Verzerrung. Kein Zweifel mehr. Der Mann, der sie alle gequält hatte, hatte endlich seine Tarnung fallen lassen.

Kapitel Achtunddreißig

24 Stunden bis zur Abrechnung

Sie fühlte sich betrogen und, schlimmer noch, naiv. Ihre Füße trommelten auf dem Steinboden, um so viel Abstand wie möglich zwischen sich und den Meister der Arena zu bringen. Trotz des Brennens in ihrer Lunge rannte sie weiter. Nur ab und zu wurde sie langsamer, um ein paar heruntergefallenen Ziegelsteinen auszuweichen. Wie konnte ausgerechnet Louis ihr das antun?

Das dunkle Wasser spritzte, als sie über eine Pfütze sprang. Eine Reihe elektrischer Lampen flackerte zeitweise entlang ihres Weges. Anders als in den natürlichen Höhlen, die sie zuvor durchquert hatte, gab es hier Ziegelwände, an denen durch Nägel an den Wänden angebrachte Stromkabel liefen. Dem Licht folgend, kehrten ihre Gedanken zum Kabinett des Horrors zurück.

Louis hatte die Folterkammer nicht zufällig betreten. Spätestens die Pistole in seiner Hand hatte ihn verraten. Es war reines Glück, dass sie entkommen konnte. Zumindest für den Moment.

Ein dumpfes Dröhnen ertönte aus dem Korridor vor ihr, doch sie hatte keine Zeit, sich darüber Gedanken zu machen. Das Licht reichte nicht weit genug, um das Ende des Korridors zu beleuchten, also wurde sie etwas langsamer, gerade genug, um nicht mit Michael zusammenzustoßen.

Erschrocken sprang er einen Schritt zurück. Er richtete seine Taschenlampe auf ihr Gesicht.

„Judy“, sagte er überrascht. „Ich dachte, du wärst tot.“

Sie hob eine Hand, um ihre Augen zum wiederholten Male vor grellem Licht zu schützen. Der ständige Wechsel von blendendem Licht zu Dunkelheit bereitete ihr langsam Kopfschmerzen. Vielleicht waren es aber auch nur die Nebenwirkungen des Medikaments. Neben Michael entdeckte sie Marie, kreidebleich, mit Verletzungen im Gesicht, aber immerhin noch am Leben. Keiner von beiden hatte ein Auge verloren. War es dann Sinas gewesen? „Noch nicht", sagte sie, „wo sind wir?"

Hinter ihnen lag ein Raum mit einer dröhnenden Maschine, aus dem ein Gestank nach verbranntem Gummi drang. Dafür war die Luft hier etwas wärmer. Über dem dumpfen Brummen der Maschine ertönte das nervenzehrende metallische Rasseln einer Kette.

Michael rieb sich nachdenklich das Kinn. „Keine Ahnung. Ich schätze, es muss Teil der ehemaligen Fabrik sein. Ich habe diesen Dieselgenerator gefunden und nachgefüllt. Nachdem wir ihn eingeschaltet hatten, ging das Licht wieder an."

Da sie sowohl ihr eigenes als auch das Handy von Bolt verloren hatte, musste sie Michael wohl dafür danken, dass er ihr den Weg geleuchtet hatte.

„Woher hattest du den Diesel?"

Als Antwort auf ihre Frage deutete Michael vage auf einen anderen Tunnel. „Irgendwo auf dem Weg. Warum?"

Judy seufzte. „Weil es bedeutet, dass der Meister der Arena wollte, dass du diese Maschine startest!"

„Wo warst du überhaupt?" Michaels Stimme klang ausdruckslos, doch der wachsame Blick, mit dem er sie musterte, wirkte misstrauisch. „Ich dachte zuerst, du wärst tot. Nach unserer Flucht schlossen Marie und ich sowas wie einen Friedensvertrag. Wir kehrten zurück, um dich und die anderen zu suchen, aber du warst weg."

„Ich kann mich kaum an irgendwas erinnern. Ich wurde unter Drogen gesetzt und jemand brachte mich in eine Folterkammer."

„Ich stand auch unter Drogen, aber ich habe mich schneller erholt als du", sagte Marie. „Als ich aufwachte, warst du immer noch bewusstlos."

„Du hast gesagt, du bist geflohen, aber warum? Ich verstehe immer noch nicht, was genau passiert ist."

„Jemand hat auf uns geschossen. Zumindest hat Michael mir das erzählt. Da ich bewusstlos war, habe ich davon auch nichts mitbekommen. Wichtiger ist allerdings: Wie bist du entkommen?" Maries Stimme klang skeptisch.

„Snake ist freigekommen", sagte Michael und ersparte ihr so eine Antwort.

„Snake?" Judy schüttelte den Kopf, weil das jetzt nicht mehr wichtig war. „Snake ist nicht der Meister der Arena." Es tat ihr weh, es auszusprechen. „Ich glaube, Louis ist der Mörder. Außerdem hat er eine Pistole."

So ungern sie es auch zugab, es klang im Nachhinein logisch. Wie hatte sie sich nur so irren können? Trotz seines schrulligen Auftretens war Louis sehr klug. Sein intellektuelles Wissen stand ihrem in nichts nach, und die Art und Weise, wie er seine Stiftung leitete, zeigte, dass er ein Organisationstalent war. Er wäre klug genug, einen so komplizierten Plan wie diese Arena auszuarbeiten. Noch dazu verfügte er über die finanziellen Mittel. Er war auch derjenige gewesen, der ihr den Brief überhaupt erst gegeben hatte. Darüber hinaus hatte er eine gewisse Besessenheit für ihren Fall gezeigt. Warum er jedoch diese Arena veranstaltete, war ihr völlig unklar. Höchstwahrscheinlich hatte es mit seinem Geheimnis zu tun, das sie nie erfahren hatte.

„Das glaube ich nicht“, widersprach Marie und starrte sie feindselig an. „Ich glaube, du bist es, der mit dem Marionettenspieler zusammenarbeitet und im Hintergrund die Fäden zieht.“

„Ich?“, fragte Judy und sah sie ungläubig an. „Wie soll ich das machen? Vor allem, da ich die letzten Stunden bewusstlos war.“

Marie zuckte nur mit den Achseln. „Wie gesagt, du bist nicht Meister der Arena, aber du hilfst ihm. Vielleicht wurdest du erpresst, oder vielleicht warst du einfach nur auf der Suche nach Stoff für ein neues Buch oder noch mehr Ruhm. Was weiß ich.“

„Das ergibt doch keinen Sinn“, widersprach Judy. „Warum sollte ich mir selbst etwas antun?“

„Woher soll ich das wissen? Du hast meine Frage nicht beantwortet“, sagte Marie. „Wie konntest du aus der Gefangenschaft des Meisters entkommen?“

„Ich hatte Glück und konnte ihn überraschen.“

„Unsinn! Das glaube ich nicht“, sagte Marie scharf. „Lüg uns nicht an! Niemand entkommt einer Folterkammer, wenn der Folterknecht es nicht will.“

Auch Michael sah sie besorgt an. Erst dann bemerkte sie Sylvias Klappspaten, den er fest umklammerte. Doch er schwieg und ließ Marie weiterreden.

„Du warst bewusstlos und dein Partner hat uns angegriffen. Vielleicht, um dich vor Snake zu retten, denn der Typ ist auch ein Wahnsinniger, aber vielleicht nicht im gleichen Team."

„Das ergibt keinen Sinn. Warum? Was hat Snake gemacht, während ich bewusstlos war?"

„Versuch nicht, uns abzulenken", sagte Marie. „Es wurde zu heiß, und der Marionettenspieler hat dich aus der Gefahrenzone gezogen, weil du bewusstlos warst und dich nicht wehren konntest."

„So war es nicht!", versicherte Judy. „Er hat mich in einen Raum mit Folterinstrumenten und Eingeweiden gesperrt. Ich lebe nur noch, weil er mir ein besonders spektakuläres Ende bereiten wollte. Es war eine Art Studio für das Finale, mit besserer Kamera und kontrollierter Umgebung für die Aufnahmen. Ich glaube, es war ihm wichtig, meine Panik aufzuzeichnen. Deshalb hat er mich nicht sofort getötet, und ich hatte Glück, zu entkommen."

Michael schüttelte den Kopf. Sein Blick wanderte kurz in die Ferne, bevor er sie wieder ansah. Sein Gesicht war angespannt, sichtlich ungläubig. „Du musst zugeben, das klingt unwahrscheinlich. Der Meister der Arena war bisher nicht besonders leichtsinnig in seinen Planungen. Wenn er dich eingesperrt hat, ist es schwer zu glauben, dass du ohne fremde Hilfe entkommen konntest." Er hob einen Brief hoch, der auf demselben Papier geschrieben war wie alle anderen Nachrichten, die sie bisher erhalten hatten. „Ich denke, du solltest das lesen." Er hielt ihr den Zettel mit ausgestrecktem Arm entgegen, um größtmöglichen Abstand zu wahren. Gleichzeitig zielte die messerscharfe Spitze des Spatens auf sie, als wäre er bereit, sie bei der kleinsten verdächtigen Bewegung zu erstechen.

Sie hob ihre leeren Hände. „Hör zu, ich kann dir nicht beweisen, dass ich unschuldig bin, aber ich habe keine Waffe und war die meiste Zeit nicht einmal bei Bewusstsein!"

Sie nahm den Brief mit zwei Fingern und versuchte, keine hektischen Bewegungen zu machen. Kaum hatte sie ihn gepackt, trat Michael einen Schritt zurück. Sie stellte sich unter eine der elektrischen Lampen an der Wand und begann sie zu lesen.

„An die Überlebenden, die Sünder, deren Seelen bereits vorzeitig in der Hölle brennen,

ich sehe, wie ihr verwirrt und verängstigt durch meine Hölle irrt. Fragt ihr euch, wie ich euch immer einen Schritt voraus sein kann? Lasst mich euch mein kleines Geheimnis verraten, um die Chancen auszugleichen. Ich habe einen Spion. Der Verräter ist mitten unter euch.

Es gibt jedoch Hoffnung. Ihr befindet euch ganz in der Nähe eines Ausgangs. Sobald die Zeit abläuft, wird sich dem letzten Überlebenden der Weg in die Freiheit öffnen.

Der Meister der Arena"

Judy blickte wieder auf. „Das ist nichts Neues. Der Meister der Arena versucht, uns gegeneinander auszuspielen."

„Vielleicht", gab Marie zu. „Aber er spricht von einem Ausgang hier in der Nähe. Außerdem muss ihm irgendjemand geglaubt haben, denn einer von uns hat Sylvia getötet."

Dann war Sylvia wohl wirklich gestorben. Genauer gesagt ermordet worden. Ihr Blick wanderte zu Michael, der bereits einmal versucht hatte, Sylvia zu töten.

Er wich ihrem Blick aus und starrte auf den Boden. „Wir sollten die Räume durchsuchen. Vielleicht gibt es diesen Ausgang wirklich."

Judy nickte. Je schneller sie weitergingen, desto besser.

Die Dimensionen des Raums waren gewaltig. Allerdings war er durch unzählige gemauerte Trennwände in ein künstliches Labyrinth aus kleinen Gängen verwandelt worden. Nur wenige Wege waren beleuchtet, die meisten lagen still und leer im Dunkeln.

„Ich glaube, ich habe etwas gefunden", sagte Michael, der ihr mit seiner Taschenlampe eindeutig im Vorteil war. Unbewaffnet und ohne eigenes Licht fühlte sie sich ebenso schutz- wie nutzlos.

Die Metalltür, die Michael entdeckt hatte, war in einen Betonrahmen in der Höhlenwand eingelassen. Doch was Judys Aufmerksamkeit noch mehr erregte, war der Brief, der an der Tür klebte.

„Vorsicht!", warnte sie. „Unser Entführer würde den Ausgang nicht markieren und uns eine sichere Flucht wünschen."

„Warum nicht?", erwiderte Marie. „Er könnte den richtigen Ausgang markieren, ihn dann aber erst öffnen, wenn die Zeit abgelaufen ist. Schließlich hat er uns hierhergeführt und wollte, dass wir irgendwann rauskommen."

„Nicht wir", korrigierte Judy in Gedanken, *„nur einer von uns."*

„Das werden wir gleich erfahren", sagte Michael und nahm den Brief. Nachdenklich las er die Nachricht im Licht seiner Taschenlampe und blickte dann wortlos zur Tür.

„Was steht da?“, fragte Marie ungeduldig. „Hey, rede mit mir!“

Michael griff nach der Tür.

„Warte!“, rief Judy. „Das ist definitiv eine Falle!“

„Was steht in dem Brief?“, fragte Marie erneut.

Michael schwieg und drückte die Türklinke nach unten.

„Du glaubst doch nicht, dass du einfach so nach draußen spazieren kannst, oder?“, fragte Marie. „Jetzt gib mir das!“ Sie griff nach dem Brief, aber Michael zog ihn weg.

Drohend hob Marie ihren Baseballschläger. „Ich sagte: Gib mir den Brief!“

Mit einem lauten Knall kollidierten Spaten und Baseballschläger. Judy zuckte unwillkürlich zusammen und auch Marie musste trotz ihrer Drohung von dem Schlag überrascht worden sein. Der Schläger wurde aus ihrer Hand geprellt. Perplex starrte sie auf ihre leeren Hände.

„Warte“, sagte Judy und trat einen Schritt auf Michael zu. „Das ist definitiv nicht der Ausweg.“

Michaels Hand bewegte sich. Die scharfe Kante des Klappspatens zeigte drohend in ihre Richtung und ließ sie erschrocken zurückweichen.

Marie hob hektisch den Baseballschläger wieder auf, schien jetzt jedoch unentschlossen, was sie tun sollte.

„Wer weiß“, sagte Michael leise und öffnete die Tür. Keine Falle löste aus, kein Monster sprang aus den Schatten und keine Alarmsirene ertönte. Stattdessen offenbarte sich hinter ihm ein Schacht, in dem eine steile Leiter nach oben führte. Von der Decke, irgendwo außerhalb ihres Sichtfeldes, fiel strahlend helles Licht in den Schacht.

Vorsichtig betrat Michael den Schacht und blickte wachsam, die Leiter hinauf.

„Der Ausgang“, flüsterte Marie, als wäre sie Zeugin eines Wunders geworden. „Das ist Tageslicht!“

Michael drehte sich zu ihnen um und warf ihnen den Brief vor die Füße.

Judy wollte danach greifen, aber Marie schwang ihren Schläger und zwang sie zum Rückzug.

Ohne ein Wort, schnappte sich Marie das Papier vom Boden und sah wieder zu Michael.

„Ist das wirklich der Ausgang?“, fragte sie, immer noch ungläubig.

„Ja, ich denke schon“, sagte Michael mit ernstem Blick. Dann schlug er die Tür zu und schob von außen einen Riegel vor.

Kapitel Neununddreißig

23 Stunden bis zur Abrechnung

Marie hämmerte gegen die Tür. Erst mit den Händen, dann mit dem Baseballschläger. Abgesehen vom Geräuschpegel war das Ergebnis das gleiche. Die Tür blieb verschlossen.

„Michael!“, schrie sie und hämmerte weiter.

Wahrscheinlich war er inzwischen schon die Leiter hochgeklettert. Von der anderen Seite kam kein Laut, oder er wurde von Maries Lärm übertönt.

„Michael, ich bring dich um!“, rief Marie, was die Chance seiner Rückkehr nicht gerade erhöhte.

„Marie, lass uns erst einmal tief durchatmen.“

Doch Marie wollte sich nicht beruhigen. Nach einer weiteren Minute des Schreiens brach sie in Tränen aus, ließ ihre Lampe fallen und setzte sich vor der Tür auf den Boden.

„Marie, der Brief“, erinnerte sie an die Nachricht, die ihre Situation wahrscheinlich erklären könnte. Ihre Worte machten Marie nur noch wütender. Sie sprang wieder auf. Mit tränenüberströmtem Gesicht richtete sie den Baseballschläger in ihre Richtung. „Du wusstest davon!“

„Nein – woher auch?“ Judy hob abwehrend die Hände und wich einen Schritt zurück.

„Das ist alles deine Schuld!“, behauptete Marie.

„Wenn ich von dem Ausgang gewusst hätte, wäre ich wahrscheinlich auf der anderen Seite dieser Tür“, bemerkte Judy.

Marie hob drohend den Baseballschläger und ließ dann erst ihn und anschließend sich selbst kraftlos zu Boden sinken.

Wie viel Stress konnte Marie noch ertragen? Die psychische Belastung schien sie in den Wahnsinn zu treiben. Sie konnte es ihr nicht einmal verdenken. „Hey." Mit betont langsamen Bewegungen näherte sie sich Marie und setzte sich ihr gegenüber. „Versuch erst einmal, tief durchzuatmen. Ich weiß, du hast Angst, und die hab' ich auch. Lass uns zusammen eine Lösung überlegen."

Marie weinte noch immer, aber zumindest drohte sie nicht mehr mit ihrem Schläger.

„Ich weiß, die Lage hier sieht ziemlich schlimm aus, aber wir finden einen Ausweg!"

„Wir hatten einen Ausweg", sagte Marie mit brüchiger Stimme. Sie schniefte, als sie versuchte, die Tränen zurückzuhalten. „Warum hat er das getan? Warum hat Michael uns hier zum Sterben zurückgelassen?"

Judy senkte die Stimme und versuchte, trotz der Last auf ihrer Brust so beruhigend wie möglich zu sprechen. „Ich weiß es nicht." Ihr Blick traf Maries rot geschwollene Augen. Sie konnte nicht erklären, was sie selbst nicht wusste. „Bestenfalls wollte er uns vor einer Falle schützen und das Risiko alleine eingehen. Oder er ist der Verräter unserer Gruppe, der mit dem Meister der Arena zusammenarbeitet."

Marie wischte sich ein paar Tränen weg und rümpfte leicht die Nase. „Glaubst du, Michael ist der Meister der Arena?"

Judy schüttelte den Kopf. „Eigentlich nicht. Vielleicht verrät uns der Brief mehr."

Marie zögerte, dann schob sie Judy das gefaltete Papier zu. Judy begann zu lesen.

"An den Gewinner,

Herzlichen Glückwunsch! Du hast die Arena überlebt. Doch noch fehlt dir etwas, um deinen Sieg einzufahren. Die Leiter hinter dieser Tür ist lang und steil. Nach dieser letzten Anstrengung gelangst du an die Oberfläche. Du bist frei... wenn du diese Reise als Einziger wagst.

Falls du es noch nicht geschafft hast, dich von deinen Gegnern abzusetzen, ist jetzt der Moment der Wahrheit. Versucht nicht, mich zu täuschen, sonst werdet ihr alle sterben. Die Tür kann von innen verschlossen werden. Steige alleine die Leiter hinauf und lass den Rest zurück.

Bevor du glaubst, dein Gewissen beruhigen zu können, sei dir bewusst: Sobald du die Tür hinter dir schließt, hast du die anderen zum Tode verurteilt. Es kann nur einen Gewinner geben. Alle Ausgänge werden versiegelt, und selbst wenn du versuchst, Hilfe zu holen, wird es zu spät sein. Triff deine Entscheidung weise. Fliehe, rette dich selbst und verurteile alle anderen zum Tode. Oder bleib zurück und warte, bis jemand anderes den Sieg für sich beansprucht. Die Entscheidung ist einfach.

Der Meister der Arena."

Judy hatte den Brief kaum zu Ende gelesen, als Marie wieder zu weinen begann.

Ihr selbst ging es nicht viel besser. Andererseits hatte sie nie ernsthaft damit gerechnet, dass ihr Entführer sie freiwillig freilassen würde.

„Wir kommen hier nie raus!“, schluchzte Marie.

„Ich glaube, er hat darauf gehofft, dass wir den Brief gemeinsam lesen und uns gegenseitig umbringen“, sagte Judy.

"Was?"

„All diese Botschaften dienen nur einem Zweck“, erklärte Judy. „Sie sollen uns gegeneinander aufbringen. Ich glaube, er will damit das zeigen, was ich immer in meinen Büchern schreibe. Jeder kann dazu gebracht werden, unmoralische oder unmenschliche Dinge zu tun.“ Zumindest schien ihre Erklärung Marie etwas abzulenken, und sie hörte auf zu weinen.

„Jeder trägt das Böse in sich.“

Judy zögerte. „Das wäre etwas vereinfacht, aber ja, so könnte man es sagen. Ein Mob hat uns aus der Wohnung einer Freundin gejagt, angestachelt durch Lügen im Internet. Es zeigt, dass ganz normale Menschen zu einem mordlustigen Mob aufgehetzt werden können.“ Judy untersuchte die Tür. „Hast du ein Messer?“

„Nein“, antwortete Marie. „Und selbst wenn, würde ich es dir nicht geben!“

„Irgendein anderer flacher Gegenstand dann?“

„Nein, wozu?“

Judy setzte zu einer Antwort an, wurde aber von einem Knall von der anderen Seite der Tür unterbrochen.

„Was war das? Stürzt die Höhle ein?“ Maries Stimme überschlug sich vor Angst.

Der Gedanke war wirklich beunruhigend. Sogar Judy spürte, wie ihr Herz raste, versuchte sich aber zu beruhigen. Vielleicht waren da ein paar lose Steine, die in eine Schlucht gefallen waren? Sie konzentrierte sich auf ihre Aufgabe und deutete auf den Spalt in der Tür. „Zwischen Tür und Rahmen ist etwas Platz. Nicht viel, aber genug, um ein Messer hineinzustecken. Ich sehe den Riegel dahinter. Es ist kein besonders kompliziertes Schloss. Wenn wir den Riegel bewegen können, sollten wir die Tür wieder öffnen können."

„Ich habe kein Messer", sagte Marie, schien aber neuen Mut zu fassen.

Judy betrachtete den Brief in ihrer Hand. Sie faltete das Papier und versuchte damit an den Riegel zu gelangen.

Am Ende war es einfacher als gedacht. Der Riegel öffnete sich schon beim zweiten Versuch.

Als sie die Tür öffneten, war das Licht etwas schwächer geworden, doch die Leiter in die Freiheit stand unverändert vor ihnen.

„Gehen wir nach oben?", fragte Marie.

„Ich habe immer noch das Gefühl, dass es eine Falle sein könnte", sagte Judy. „Andererseits ist es eine Chance, die wir nicht einfach ignorieren können. Halte die Augen offen."

Marie unterbrach sie erneut. „Du weißt, dass wir nie wieder frei sein werden? Selbst wenn wir hier rauskommen."

"Wie meinst du das?"

„Selbst wenn wir es nach draußen schaffen, ist immer noch ein aufgebrachter Mob hinter uns her. Das Internet vergisst nicht. Wir können ihm entkommen, vielleicht können wir uns eine Weile vor ihnen verstecken, aber am Ende werden wir gefunden."

Sie wusste, dass Maries düstere Vorhersage der Wahrheit entsprach. Ein ähnlicher Gedanke war ihr schon mehr als einmal durch den Kopf gegangen. Es würde keinen Frieden geben. Die Gemeinschaft, vereint im Hass, würde sie weiterhin jagen. Aber das war ein Problem für später.

Die Sprossen der Leiter waren rutschig, da sich Moos oder Algen auf ihnen gebildet hatten. Sie hatte gehofft, den Himmel sehen zu können, doch ein dunkler Umriss versperrte ihr die direkte Sicht. Es war trotzdem hell genug, um auf ihre Taschenlampe zu verzichten. Vorsichtig kletterte sie einige Meter hinauf.

„Warte", ertönte Maries Stimme unter ihr, „ich kann da nicht hoch. Ich habe Höhenangst!"

Judy unterdrückte ein Stöhnen. Von all den Dingen, vor denen man in dieser Umgebung berechtigterweise Angst haben konnte, war die schiere Höhe sicherlich nicht die größte Gefahr.

„Schau nicht nach unten, sondern nur auf die Sprosse direkt vor dir. Wenn du Angst bekommst, schließ die Augen und stell dir vor, du ständest auf der ersten Sprosse der Leiter."

Sie zog sich weiter nach oben und musste dann auf Marie warten. Das von oben kommende Licht reichte nicht, um den Boden auszuleuchten, und so wirkte es, als würde die Leiter auf einem dunklen Abgrund stehen. Hoffentlich sah Marie wirklich nicht nach unten.

Bisher war ihre Begleiterin voll und ganz damit beschäftigt, sich an die Leiter zu klammern. Sie hatte ihre Taschenlampe hinten im Gürtel und bisher kaum ein Drittel des Weges zurückgelegt.

„Ich kann nicht“, sagte Marie mit panischer Stimme. „Ich glaube, ich habe eine Panikattacke!“

„Schließ die Augen, halte dich gut fest und bleib, wo du bist“, sagte Judy.

„Aber es wird schlimmer!“, rief Marie. „Ich halte es nicht aus.“

Verdammt. Dafür hatten sie jetzt wirklich keine Zeit! Wenn Michael es inzwischen nach draußen geschafft hätte, würde es nicht lange dauern, bis ihr Marionettenspieler seinen kleinen Fehler bemerkte und den Ausgang verschloss.

„Versuch nicht, dagegen anzukämpfen. Du musst keine Angst vor der Angst haben. Lass es einfach zu und konzentrier dich auf deine Atmung. Mit der Zeit wird die Angst weniger werden.“

„Wenn ich vor Angst ohnmächtig werde, bin ich tot!“

Das war zweifellos möglich. Allerdings war es nicht die Angst selbst, die jemanden bewusstlos werden ließ.

Marie zeigte alle Anzeichen einer Panikattacke. Offenbar war ihre Höhenangst, anders als sie gedacht hatte, nicht nur gespielt. Wie eine Ertrinkende, die verzweifelt nach Luft schnappt, atmete sie viel zu schnell ein. Wenn sie weiter so hyperventilierte, könnte sie tatsächlich ohnmächtig werden.

Judy kannte die physiologischen Folgen. Ein Überangebot an Sauerstoff führte dazu, dass sich die Blutgefäße im Gehirn zusammenzogen, bis nicht mehr genügend Blut und damit auch nicht mehr genügend Sauerstoff ins Gehirn gelangte. Das Blut wurde zwar mit Sauerstoff angereichert, gelangte aber nicht dorthin, wo es gebraucht wurde.

„Hör gut zu, Marie“, sagte sie so ruhig wie möglich. „Konzentriere dich auf meine Stimme. Schließe die Augen und atme langsam und ruhig aus. Ich gebe dir einen Rhythmus vor. Atme ein und wieder aus!“

Für ein paar Atemzüge klappte es ganz gut, dann begann Marie wieder zu keuchen. „Ich kriege keine Luft! Ich ersticke!“

Vielleicht hätten sie den Abstieg versuchen sollen, aber Marie befand sich bereits in gefährlicher Höhe. Eine Leiter hinunterzuklettern war schwieriger, als sie hinaufzuklettern. Wenn sie in ihrer Panik einen Fehltritt beging, würde sie tatsächlich abstürzen.

„Marie, hör mir zu“, versuchte sie es noch einmal. „Es fühlt sich vielleicht nicht so an, aber du bekommst genug Luft. Vertrau mir! Leg eine Hand auf deinen Bauch und spüre, wie er sich hebt. Behalte den Atem dort. Es wird bald besser!“

„Ich kann die Hand doch nicht von der Leiter nehmen!“, schrie Marie.

Technisch gesehen war das falsch. Marie stand fest auf der Leiter und hätte vermutlich selbst beide Hände von der Leiter nehmen können, wenn sie nur nicht so zittern würde. Doch Judy versuchte gar nicht erst, ihr das zu erklären.

„Die Angst steigt einfach immer weiter“, keuchte Marie. „Gleich werde ich ohnmächtig!“

„Nein, sie wird nicht immer weiter steigen“, widersprach Judy. „Angst ist endlich. Sie erreicht ein Plateau, bleibt dort eine Weile und fällt dann langsam wieder ab.“

„Woher willst du das wissen?“

Es war wahrscheinlich ein gutes Zeichen, dass Marie ihre trotzige Seite wiedergefunden hat. Wenigstens hielt sie das Sprechen davon ab, weiter zu hyperventilieren.

„Wenn wir hier raus sind, kann ich eine Therapie für deine Angst organisieren. Es gibt genügend Studien, die belegen, dass sie hilft. Kurz gesagt: Irgendwann ist der Vorrat an Angstmolekülen aufgebraucht und muss wieder aufgefüllt werden.“

„Das ist Unsinn!“, rief Marie.

Obwohl Judy zugeben musste, dass ihre Erklärung etwas verkürzt war, kam sie der Wahrheit doch sehr nahe. Wichtig war, dass der Widerspruch Marie wieder zum Ausatmen gezwungen hatte.

„Versuch es noch einmal. Atme ein und, was noch wichtiger ist, atme wieder aus.“

Sie wiederholte die Übung mit der beruhigendsten Therapeutenstimme, die ihr in diesem Moment möglich war.

„Mir geht es wieder besser“, sagte Marie. „Aber meine Arme tun weh.“

Judy blickte auf. „Ich habe keine Ahnung, wie weit wir noch gehen müssen. Vielleicht wäre es besser, wieder hinunterzuklettern, damit deine Arme sich ausruhen können.“

„Nein!“, sagte Marie entschieden. „Wenn ich wieder unten bin, werde ich mich nie wieder trauen, es nochmal zu versuchen. Wir müssen jetzt raus!“

Hoffentlich war der Schatten, der ihnen die Sicht versperrte, eine Plattform zum Ausruhen. Andernfalls könnte es brenzlig werden. Judy kletterte wieder ein paar Sprossen hinauf. Irgendetwas stimmte hier nicht.

Eine vage Angst breitete sich in ihrer Brust aus, schwer und kalt. Sie konnte nicht sagen, warum, aber irgendetwas an dem Schatten über ihr fühlte sich falsch an. Ihr Atem wurde flach, als sich eine Ahnung in ihr breit machte. Schnell kletterte sie wieder ein paar Sprossen hinunter, bis sie Marie erreichte. Ihre Kehle war wie zugeschnürt und hinderte sie für einen Moment am Sprechen.

„Was machst du?", fragte Marie, als sie Judy näherkommen hörte.

„Kannst du mir die Taschenlampe geben?"

„Wozu?", fragte Marie. „Das Licht hier reicht doch."

„Da oben ist etwas. Ich werde mir das genauer ansehen." Sie wusste noch nicht, was die Leiter blockierte, aber sie würde keinen Fuß weiter nach oben setzen, ohne die Barrikade untersucht zu haben. Vielleicht spielten ihr ihre angespannten Sinne einen Streich und es war völlig harmlos. Trotz ihrer Versuche, sich zu beruhigen, hämmerte der Puls in ihren Ohren. Es war sicherlich besser, Marie nicht noch mehr zu beunruhigen.

„Ich kann dir die Lampe jetzt nicht geben. Sie ist hinten in meinem Gürtel."

Marie umklammerte die Sprossen so fest, dass ihre Arme zu verkrampfen begannen. Nein, sie würde die Leiter auf keinen Fall loslassen und nach der Taschenlampe greifen.

„Na gut“, sagte Judy. „Halt dich einfach an der Sprosse fest, dann hole ich die Taschenlampe. Du musst nur stillhalten.“

„Komm nicht zu mir runter!“, klang Maries Stimme erneut panisch. „Es ist zu schmal und die Leiter hält uns beide nicht. Die Sprosse könnte abbrechen!“

„Michael ist vor uns diese Leiter hinaufgeklettert“, bemerkte Judy. Seltsamerweise gab Maries Panik ihr einen Grund, sich zu konzentrieren, und beruhigte sie. „Er ist ungefähr so schwer wie wir beide zusammen. Außerdem“, fügte sie hinzu, als Marie Einwände erhob, „werde ich nicht auf deine Sprosse treten, versprochen. Du brauchst dir keine Sorgen zu machen.“

Sie stieg noch zwei Sprossen nach unten. Die Leiter war zu schmal, um nebeneinander zu klettern. Unglücklicherweise hing die Taschenlampe an Maries Gürtel und war nur von unten zu erreichen. Kurzerhand schwang sich Judy auf die Unterseite der Leiter und hing nun unter ihr.

„Du brichst dir das Genick!“, sagte Marie.

Ihre Sorge war nicht ganz unbegründet. Judy war schon an viel schwierigeren Stellen geklettert, aber die rutschige Leiter war unberechenbar, und normalerweise war sie beim Klettern gesichert.

„Am besten schließt du kurz die Augen und machst weiter mit der Atemübung“, riet sie. Im Moment fehlte ihr die mentale Kraft, Marie durch eine weitere Panikattacke zu begleiten. Stattdessen kam ihre eigene Angst hoch und ließ ihr den Puls bis zum Hals hämmern. Im Gegensatz zu Marie hatte sie keine Höhenangst, aber der Abgrund unter ihr war eine reale Gefahr. Die Sprossen unter ihren Händen fühlten sich rutschig an, vor allem zerrte die Schwerkraft unerbittlich an ihr. Es war eine Sache, auf einer Leiter zu stehen, wo das Gewicht auf den Beinen ruhte. Es war jedoch eine völlig andere, unter der schrägen Leiter zu hängen. Ihre Arme mussten fast das gesamte Gewicht allein tragen. Vorsichtig setzte sie einen Fuß vor den anderen und tastete sich nach unten.

„Vorsicht! Das ist mein Fuß!“, rief Marie erschrocken, als sich Judy unter ihr entlanghangelte. Schließlich zog sie sich unter Marie wieder auf die richtige Seite der Leiter.

„Keine Angst. Ich nehme jetzt die Taschenlampe“, sagte sie zu Marie. Sie klemmte die Taschenlampe zwischen die Zähne und wagte den Aufstieg. Maries ganzer Körper zitterte, als sie vorbeikletterte. Ob vor Anstrengung oder Angst, konnte Judy nicht sagen. Hoffentlich Letzteres. Schließlich hatten sie noch ein gutes Stück Weg vor sich.

Der Aufstieg war einfacher als der Abstieg. Sie konnte die Sprossen vor sich sehen, anstatt sie nur zu erraten. Trotzdem atmete sie schwer, als sie endlich wieder auf der richtigen Seite der Leiter stand.

„Geht es dir gut, Marie?“, fragte sie.

„Ja“, antwortete diese knapp.

Sie nahm die noch immer ausgeschaltete Taschenlampe erneut zwischen die Zähne und kletterte zu dem dunklen Gegenstand hinauf, der ihr die Sicht versperrte. Er schien sich leicht zu bewegen, als die Leiter wackelte.

Marie folgte ihr. Wahrscheinlich war es besser, wenn sie ihre Arme bewegte, damit sie keinen Krampf bekam. Judy drehte sich zur Seite und sah zu, wie Marie aufholte. Ihre Bewegungen waren langsam, aber sie schien genug Kraft zu haben, um weiterzuklettern.

„Es ist ziemlich feucht hier“, sagte Marie.

„Vielleicht regnet es manchmal in den Schacht“, vermutete Judy. „Schließlich wächst hier Moos auf der Leiter.“

„Ja, aber das meine ich nicht“, sagte Marie. „Ich habe einen großen Tropfen abbekommen“

Ein Tropfen? Judy blickte skeptisch nach oben. Selbst wenn es von oben tropfte, sollte die Blockade in ihrem Weg eigentlich alle Tropfen auffangen. Vielleicht war es ein gutes Zeichen. Schließlich könnte es bedeuten, dass sie nahe genug an der Oberfläche waren, damit Regenwasser in den Schacht gelangen konnte.

„Was ist das?“, fragte Marie, die offenbar die Barrikade auf der Leiter bemerkt hatte.

Genau dafür hatte sie die Taschenlampe gebraucht. Von hier unten war es nur ein schwarzer Schatten, der das Sonnenlicht blockierte. Hoffentlich würde das, was sie entdeckten, nicht zu einer weiteren Panikattacke führen. Einen Moment lang erinnerte sie sich an das grausame Bild, das ihr überreizter Verstand aus den Schatten geformt hatte. Doch von hier unten konnte sie nur ein dunkles Hindernis sehen, das ihnen den Weg versperrte.

Judy schaltete die Taschenlampe ein und leuchtete zunächst nach unten, um Maries Gesicht zu sehen. Ihre Hand, die die Taschenlampe hielt, begann augenblicklich leicht zu zittern.

Marie kniff die Augen zusammen. „Hey, leuchte woanders hin!“

Judy senkte die Taschenlampe leicht, konnte ihren Blick jedoch nicht von Maries Gesicht abwenden.

„Was ist los?“, fragte Marie und griff sich reflexartig ans Gesicht. Glücklicherweise verlor sie dabei nicht das Gleichgewicht. Als sie auf ihre Hand blickte, erstarrte sie. Dann begann auch Marie zu zittern, noch stärker als Judy zuvor.

„Nein, nein – das kann nicht wahr sein, echt!“, rief Marie und wurde mit jedem Wort lauter und panischer.

„Hand wieder auf die Leiter!“, befahl Judy streng. Die verschmierte rote Farbe auf Maries Hand und ihrem Gesicht war eine düstere Prophezeiung dessen, was sie erwartete.

Marie wimmerte weiter und wiederholte unverständliche Worte, doch Judy hatte keine Augen für das, was unter ihr geschah. Ihr Blick war nach oben gerichtet und auf das Grauen, das der Strahl ihrer Taschenlampe enthüllte.

Kapitel Vierzig

23 Stunden bis zur Abrechnung

Der Lichtstrahl traf auf eine blasse Hand, die leicht im Wind des Schachts schwankte. Ein einzelner Blutstropfen folgte der langen roten Spur den Arm hinunter und erreichte den Zeigefinger, der in stummer Anklage direkt auf sie zeigte.

Natürlich war es nur die Totenstarre, die durch die Anstrengung vor dem Ableben schnell eingesetzt hatte.

„Ist er tot?“, fragte Marie, die aus ihrer Position zum Glück nicht alle Einzelheiten erkennen konnte.

„Ja, er ist definitiv tot.“

Aus der linken Wand des Schachts ragten einige verrostete Metallstangen, als hätte jemand mit dem Bau einer Plattform begonnen, die Arbeit aber nie beendet. Die Stangen hatten spitze Enden und waren fingerdick. Eine hatte sich direkt durch Holms Bauch gebohrt.

„Was ist hier passiert?“, fragte Marie.

„Das versuche ich gerade herauszufinden“, antwortete Judy und blickte in Holms weit aufgerissene, starre Augen, die den Unglauben und das Entsetzen des letzten Augenblicks widerspiegelten. Wie war er auf die Metallstange gekommen? Sie holte noch einmal tief Luft, um sich zu beruhigen, und untersuchte den Körper erneut. Die grausige Wunde musste die großen Blutgefäße sofort zerstört haben. War er auf der Leiter ausgerutscht? Die einzige Erklärung war, dass Michael irgendwie beim Aufstieg abgestürzt war. Als er dann auf der schräg nach oben gerichteten Stange landete, wurde er durch die Wucht des Falls regelrecht aufgespießt. Da sich die Metallstangen an der linken Wand des Schachts befanden, musste sein Sturz irgendwo rechts über ihr begonnen haben. Sie blickte nach oben.

„Da ist eine Öffnung an der rechten Schachtwand!“ Von ihrem Standort aus konnte sie nicht viel sehen, aber in der Schachtwand war ein Loch, groß genug, dass eine Person hindurchpasste.

„Wie ist er gestorben?“, flüsterte Marie.

„Er muss versucht haben, den Schacht durch diese Öffnung zu verlassen. Vielleicht war er einfach nur erschöpft vom Aufstieg und wollte sich dort ausruhen. Dann rutschte er aus und stürzte.“

Das war zumindest eine Hypothese, und Marie akzeptierte sie ohne weitere Fragen. Aber war er wirklich ausgerutscht oder hatte ihn jemand gestoßen? Sie erinnerte sich an den Knall, der vorhin durch den Schacht gehallt war.

„Warte einen Moment, Marie. Hast du dein Handy hier?“

„Ja, aber es ist tot.“

Sie hatte eine Idee, doch schon der bloße Gedanke daran ekelte sie. Sie schob ihre Bedenken beiseite und griff in Michaels Jackentasche. Darin war eine Taschenlampe. Leider aber kein Handy. In der anderen Tasche fand sie, was sie suchte.

Sie zögerte und horchte. Hatte dort jemand gehustet? Wenn sie ihre Ohren nicht täuschten, war das Geräusch aus der Öffnung in der Wand des Schachts gekommen.

Als sie auf eine Taste drückte, flackerte Michaels Handy auf und verlangte eine PIN oder Fingerabdruck.

„Was machst du?“, zischte Marie von unten. „Du hast doch schon eine Lampe.“

Judy ignorierte sie. Mit zitternden Händen griff sie nach Holms kaltem Finger. Hoffentlich funktionierte es. Sie wusste, dass moderne Fingerabdrucksensoren nicht mit der Hand eines Toten entsperrt werden konnten. Aber Michael war noch nicht lange tot, und sein Handy hatte vielleicht nicht den modernsten Sensor. Sie drückte seinen Finger auf die Taste. Einige qualvolle Sekunden lang änderte sich nichts, dann geschah plötzlich das Wunder, und das Handy entsperrte sich.

Sie aktivierte die Kamerafunktion und hielt Handy und Taschenlampe vorsichtig über die Kante des Mauerdurchbruchs. Es war besser, ihre Hand als ihren Kopf zu riskieren. Sofort hörte sie ein erneutes Geräusch, diesmal deutlicher. Hastige Schritte drangen von der anderen Seite des Spalts.

„Da ist jemand!“ Offenbar hatte Marie es auch gehört.

Judy öffnete das Video, das sie gerade mit zitternden Händen aufgenommen hatte. Das Loch war ein schmaler, unregelmäßig geformter Tunnel. Auf der anderen Seite stand eine Gestalt. Das Bild war nicht besonders gut, und die Sicht war größtenteils durch einen Felsen verdeckt, aber jemand hatte dort auf sie gewartet. Die Person floh, bevor sie das Gesicht klar erkennen konnte.

„Ich glaube, er ist weggelaufen. Zumindest für den Moment“, sagte Judy und zögerte dann. Marie schien der Panik nahe und gleichzeitig erschöpft. Würde sie es die Leiter hinauf schaffen?

„Marie, fühlst du dich stark genug, um an Michaels Leiche vorbeizuklettern? Oder sollen wir wieder hinuntergehen?“

Das Problem war, dass Michaels Leiche ihnen teilweise den Weg versperrte. Das machte den Aufstieg technisch etwas schwieriger, vor allem aber bedeutete es, sich nah an der Leiche entlangzuhangeln. Sie kannte Marie inzwischen gut genug, um anzunehmen, dass sie bei diesem Anblick in Panik geraten würde.

Marie schüttelte den Kopf. „Ich muss mich übergeben, wenn ich ihm noch näher komme."

Judy konnte es ihr nicht einmal verdenken. Auch ihr war übel, und sie vermied es, Michael noch länger anzusehen. Marie war noch zu weit weg, um alle grausamen Details der Szene zu erkennen, aber sie würde es, wenn sie versuchte, höher zu klettern.

„Wenn es am Ende der Leiter wirklich einen Ausgang gibt, könnte ich rausklettern und Hilfe holen", schlug Judy vor. „Du könntest unten warten, bis ich zurückkomme."

Marie schüttelte noch entschlossener den Kopf. „Nein!"

Ihre Worte hatten etwas Bedrohliches. Würde Marie versuchen, sie aufzuhalten? Hier auf der Leiter konnte sie ohnehin nicht viel tun. Trotzdem fühlte es sich falsch an, sie hier zurückzulassen.

„Ich kann versuchen, den Weg freizumachen." Dieser Satz klang harmloser, als zu sagen, sie wolle Michaels Leiche in die Tiefe werfen.

Marie zögerte. „Schaffst du das?"

„Ich könnte es versuchen."

Sie zog an Michaels massivem Körper, um ihn von der Stange zu lösen, aber er rührte sich nicht. Die Stange sah dagegen aus, als würde sie jeden Moment aus der Wand brechen. Einen Versuch war es wert. Sie rüttelte an der Stange und schaffte es, sie ein klein wenig zu bewegen. Doch alles Drücken und Rütteln half nicht. Die Stange blieb in ihrer Verankerung. Vielleicht konnte sie ihr Gewicht von oben nutzen, um die Stange aus der Verankerung zu brechen?

„Ich muss an ihm vorbeiklettern und ihn von oben losmachen“, sagte sie und erwartete fast, dass Marie protestieren würde, aber diese nickte nur.

Ekel stieg in ihr auf, als sie über Michaels Körper stieg. Die offenen Augen starrten sie noch anklagender an, als sie sich an ihm vorbeizog und ihren Fuß gegen seine Schulter presste. Ihr Tritt traf Michaels Körper seitlich. Die Eisenstange bog sich ein wenig nach hinten. Sie versuchte es erneut, stärker, und diesmal löste sich die Spitze aus ihrer Verankerung.

"Vorsichtig!"

Ihr Schrei war unnötig. Marie hatte sich bereits so nah wie möglich an die gegenüberliegende Wand gepresst.

Die vorwurfsvollen Augen folgten ihr einen Herzschlag lang, dann stürzten Eisenstange und Körper in die Schwärze des Schachts.

„Der Weg ist frei. Wir können weiter nach oben klettern.“

Maries Hände schlossen sich fester um die Sprosse der Leiter. Ihre Lippen bewegten sich. Sie schien sich selbst Mut zuzusprechen.

Judy kletterte weiter und näherte sich dem Licht. Als sie fast das Ende der Leiter erreicht hatte, hätte sie vor Verzweiflung aufschreien können. Plötzlich wurde ihr die wahre Grausamkeit des Schachtes bewusst.

„Was ist los?“, fragte Marie unter ihr. Judy blickte auf das Licht über ihr, das sie für den Ausgang gehalten hatte.

„Es ist eine Lampe“, sagte sie bitter, und die Enttäuschung stach schmerzhaft in ihr Herz.

"Was?"

Sie klopfte gegen die gläserne Oberfläche, die so täuschend echt das Blau eines Himmels mit ein paar Wolken nachahmte. „Der Psychopath hat eine Lampe in Himmelsoptik angebracht, damit es wie ein Ausgang aussieht.“ Noch während sie das sagte, erkannte sie die Kamera, deren spöttisches rotes Auge auf sie gerichtet war. Was für Menschen mochten sich gerade über ihre Enttäuschung amüsieren?

„Das kann nicht sein“, sagte Marie, doch ihre gedämpfte Stimme bewies, dass sie längst wusste, dass Judy die Wahrheit sprach. Ohne ein weiteres Wort begann sie zu weinen.

Kapitel Einundvierzig

22 Stunden bis zur Abrechnung

„Marie, wir können hier nicht bleiben! Wir müssen wieder runter“, drängte Judy.

Maries Bewegungen glichen denen eines Zombies. Langsam schleppte sie sich von Sprosse zu Sprosse, bis sie die Höhe des Mauerdurchbruchs erreichten.

„Warte, lass mich vor. Ich schaue, ob wir durch diesen Spalt in der Wand kommen. Dann müssen wir nicht bis nach unten klettern.“

Marie war zu erschöpft, um zu antworten. Judy schwang sich auf die andere Seite der Leiter, hangelte an Marie vorbei und blieb an dem Spalt in der Wand stehen. Von der Leiter bis zur Öffnung in der Wand war es nur ein kleiner Schritt.

Der Spalt war groß genug, dass sie stehen konnte, aber nicht breit. Der Weg endete nach nur einem Schritt, als etwas Massives den Weg versperrte.

„Was siehst du?“ Marie stand noch auf der Leiter und versuchte, an ihr vorbeizusehen.

„Nicht viel.“ Ohne das Licht am Schachtende war es hier dunkler. Sie schaltete Michaels Taschenlampe ein.

Die Blockade entpuppte sich als ein Grubenwagen, ein Schienenfahrzeug, mit dem Erz oder Steine unter Tage transportiert wurden. In diesem Fall war er mit einfachem Bauschutt gefüllt und steckte in dem Spalt. Seine Schiene führte steil nach oben. Judy versuchte, ihn anzuschieben, war aber nicht stark genug, um ihn zu bewegen.

Hatte Michael versucht, ihm auszuweichen und die Leiter zu erreichen? Selbst für eine deutlich schmalere Person reichte der Platz kaum aus. Vielleicht war Michael sogar in Richtung Leiter gesprungen, um nicht von dem Wagen zerquetscht zu werden. Bei den rutschigen, moosbedeckten Sprossen war das auch für einen athletischeren Menschen kein einfaches Manöver.

„Ich kann nicht mehr lange durchhalten", sagte Marie.

Eigentlich sollte es kaum Kraft kosten, auf einer Leiter zu stehen, wenn sich Marie nur nicht gleichzeitig so fest an den Sprossen klammern würde.

„Du kannst kommen. Ich denke, es ist jetzt sicher", sagte Judy. „Es ist nur sehr eng."

Der Wagen versperrte den Weg nicht vollständig. Eine Lücke links, wo sie die Person auf dem Video gesehen hatte, ließ gerade genug Platz, damit sich jemand wie Marie oder sie selbst hindurchzwängen konnte.

Marie trat vorsichtig in den Spalt und bewies damit, dass der Platz doch für sie beide reichte. Sie zitterte dabei so stark, dass Judy sie am Arm packte, um sicherzugehen, dass sie nicht wieder nach hinten in den Schacht stürzte.

Judy deutete auf den Grubenwagen. „So wie ich das sehe, haben wir zwei Möglichkeiten. Entweder wir versuchen, uns daneben durchzuquetschen, oder wir ruhen uns noch etwas hier aus, bis du dich stark genug fühlst, wieder nach unten zu klettern." Bei dem

Gedanken, am Boden des Schachts auf Michaels vom Sturz zerschmetterten Körper zu treffen, zog sich ihr Magen zusammen.

Marie stand am Rand der Felsspalte und spähte auf die Lücke zwischen Grubenwagen und Felsen. „Ich hasse enge Gänge, aber ich glaube, hinter dem Wagen ist ein breiterer Raum."

Judy ließ Marie los und zwängte sich durch die Öffnung. Verglichen mit ihrem klaustrophobischen Tunnel am ersten Tag war es ein Kinderspiel. Sie landete in einem kleinen, staubigen Raum. Zerbrochene Lehmziegel knackten unter ihren Schuhen. In der Luft lag ein Geruch nach etwas Beißendem, das in ihrer Nase brannte. *Benzin?* Sie schaltete die Taschenlampe wieder ein.

Von der gegenüberliegenden Wand grinste sie der Kopf einer Puppe an. Es war tatsächlich nur der Kopf. Der Rest fehlte. *Gruselig.* Das Grinsen war mit blutroter Farbe aufgemalt. Gehalten wurde das makabre Kunstwerk von einem langen Nagel, der durch die Stirn in die Wand getrieben war. Um sie herum schien der Raum zur Hälfte aus natürlichem Fels und zur anderen aus Ziegelwänden zu bestehen. Die Schiene vom Schachtdurchbruch endete vor einer Tür, die vermutlich tiefer in die Höhlen führte. Dichter Steinstaub hing in der Luft und verschluckte den Strahl ihrer Taschenlampe. Sie musste niesen. Der Staub reizte ihre Nase. Ein seltsamer Geruch lag in der Luft, wie verbranntes Plastik.

„Was für ein kranker Geist baut so etwas?", flüsterte Marie, die hinter ihr in den Raum gekrochen kam. „Wie in einem Horrorfilm."

Sie hatte recht. Ähnlich wie ihre Folterkammer hatte der Meister der Arena diesen Raum für eine besondere Szene vorbereitet. *Ein weiteres Kabinett des Horrors.* Hatte er dies für jeden Raum getan, in dem er einen Mord erwartete? Zweifellos war Michaels Tod in allen Details aufgenommen worden.

Der Strahl der Taschenlampe enthüllte immer mehr Puppenkörperteile. Jedes war mit einem ähnlichen Nagel in die Wand gerammt worden. In der Ecke stand ein Metallstuhl. Ein weiteres Detail, das an ihre Folterkammer erinnerte. Er war mit einer Kette an der Wand befestigt. Rücken- und Armlehne waren mit Industrieklebeband umwickelt.

Sie untersuchte das Klebeband. „Ich glaube, hier wurde jemand gefangen gehalten.“ Das Band war mit Steinstaub bedeckt und an einigen Stellen eingerissen, oder besser gesagt, eingeschnitten oder durch Hitze angesengt. Gegenüber dem Stuhl stand eine Kamera auf einem Stativ, deren rötliches Licht noch immer blinkte.

„Sollen wir sie zerstören?“ Marie zeigte angewidert auf die Kamera.

„Ich habe auch darüber nachgedacht“, gab Judy zu. „Andererseits wäre es vielleicht gut, wenn jemand aufzeichnet, was uns allen hier zugestoßen ist.“ Sie sah sich weiter um.

Im Raum stapelten sich mehrere Tonscherben. Sie nahm eine davon. „Die sind ziemlich scharf. Der Gefangene hätte sie benutzen können, um sich zu befreien.“

„Oder sie sich“, bemerkte Marie. „Du gehst immer noch davon aus, dass es ein Mann war, aber dann müsste es Louis oder Snake gewesen sein. Stehen nicht beide auf deiner Liste der Helfer des Marionettenspielers?“

Das stimmte. Blieb nur noch Sina. Wie klein ihre Gruppe geworden war.

Judy setzte sich auf den Stuhl, auf dem die Gefangene vermutlich gefesselt gewesen war, und blickte dadurch direkt in die Kamera. Vor dem Stuhl bemerkte sie Fußspuren. Eine Vertiefung in der Wand zu ihrer Rechten zeigte Abdrücke im Steinstaub, als hätte sie jemand als Ablage für irgendetwas benutzt. Die Wand der Ablage war rußgeschwärzt. Sie leuchtete mit ihrer Lampe auf die Felswand direkt gegenüber des Stuhls, neben dem Durchbruch zum Schacht. Auch hier waren schwarze Rußstreifen zu sehen. „Der Raum muss mit Kerzen beleuchtet worden sein."

Marie sah sich um. „Und jemand hat sich die Mühe gemacht, sie zu löschen. Hier im Raum stinkt es nach Benzin. Riechst du es auch?"

Judy nickte nur. Sie stand auf und schob den Schutt aus Tonscherben mit dem Fuß beiseite. Ein abgebrochener Kerzenstummel kam zum Vorschein, dessen Wachsflecken am Steinstaub klebten. Darüber stand, ebenfalls in blutroter Farbe, ein Satz an die Wand geschrieben, den sie vorher in der Dunkelheit nicht bemerkt hatte.

„Töten oder getötet werden", las sie laut vor. Die Dekoration dieses Zimmers schien den tiefsten Albträumen entsprungen zu sein. Sie leuchtete etwas höher und erkannte ein glattes, schwarzes Objekt an der Wand über den Rußflecken. Die Digitalanzeige war ausgeschaltet, deshalb war sie ihr vorher nicht aufgefallen. Eindeutig eine Uhr – ein Countdown, wie in ihrer eigenen Folterkammer.

„So etwas habe ich auch in meinem Kabinett des Horrors gesehen", sagte Judy, als ihr etwas einfiel. „Wo hattest du eigentlich die Kiste versteckt?"

„Das war ein anderer Raum", sagte Marie und zuckte mit den Achseln. „Ähnlich dekoriert, mit einer Uhr an der Wand und einer Kamera, aber ohne Kerzen.

Judy untersuchte die elektrische Anzeige. Sie entdeckte ein abgerissenes Kabel. Darunter fand sie ein paar Papierfetzen. Was war hier geschehen? Sie folgte der Spur, und langsam ergab alles einen Sinn.

„Hast du etwas gefunden?", fragte Marie, als sie zum Stuhl zurückging und dabei klappernd mit den Füßen Tonscherben beiseitekickte.

„Ich glaube, ich habe etwas Wichtiges übersehen", murmelte Judy und untersuchte das Klebeband erneut. Ja, das Klebeband an der linken Armlehne war durchgeschnitten. Rechts in einer Nische in der Wand fand sie schließlich die Überreste einer weiteren Kerze. Hier stank es noch stärker nach geschmolzenem Plastik.

„Ich glaube, die Gefangene, möglicherweise Sina, konnte sich nur befreien, indem sie ihre gefesselte Hand über die Flamme hielt."

Marie verzog das Gesicht. „Das muss wehtun."

Judy nickte. „Ja, aber ich glaube, das war noch nicht alles. Siehst du diese Fetzen? Sieht ein bisschen aus wie braunes Papier."

Marie sah genauer hin. „Oh, ich glaube, ich weiß, was das ist. Böller, wie die an Silvester." Sie dachte kurz nach. „Der Psychopath legt der oder dem Gefangenen also einen Haufen Sprengstoff auf den Schoß und befestigt die Zündschnur an einem Stück Klebeband, das sich nur lösen lässt, wenn man es in die Kerzenflamme hält."

„Ich glaube, abgesehen von einer Hand war der Rest des Körpers fest an den Stuhl gefesselt“, sagte Judy und strich mit der Hand über die Reste des Klebebands am Stuhl. „Reine Grausamkeit.“

Sie blickte noch einmal in die Nische, in der die Kerze gestanden hatte, mit der sich das Opfer befreit haben musste. „Ich glaube, hier war mehr als nur die Kerze. Da ist ein größerer, staubfreier Bereich.“

Sie suchte den Boden ab, konnte aber nichts finden.

„Ich habe etwas gefunden“, rief Marie hinter ihr. Sie hielt einen weiteren Brief in der Hand und wartete, bis Judy mit der Taschenlampe neben sie trat.

„An Sina, den gefallenen Engel,

Lächle in die Kamera, mein Liebling. Es ist so ein wundervoller Anblick, dich sterben zu sehen. Schließlich wollen wir diesen schönen Moment nicht vergeuden.

Du bist hier im Fegefeuer. Wir wissen beide, dass du es mehr als verdient hast. Trotzdem gebe ich dir eine unverdiente Chance.

Ich habe eine Schwäche für dich. Man sagt, die Qual der Flammen reinigt die Seele und erlöst von Schulden. Brenne dich frei! Ich weiß nicht, ob deine schwarze Seele noch zu retten ist, aber versuch es. Die kleine Explosion ist eine Strafe für deine Aufsässigkeit. Wenn du dich nicht befreist, bevor die Zeit abläuft, gehst du wie eine Fackel in Flammen auf.

Es gibt eine Chance zu entkommen. Jemand wird die Leiter vor dem Loch in der Wand hochklettern, und wenn diese Person das Ende der Leiter erreicht, ist der Rest von euch verloren.

Ich habe dir hier ein Werkzeug hinterlassen. Verpasse deine Chance nicht. Sobald die Person hochkommt, zieh den Hebel, der die Bremse am Wagen hält. Töte deinen Mitspieler. Wenn du es nicht tust, bist du diejenige, die stirbt. Es ist ein einfaches Spiel, das seit Millionen von Jahren auf unserem Planeten gespielt wird. Jagen oder gejagt werden, töten oder getötet werden. Menschen sind dazu programmiert, du musst nur das Böse in dir wecken. Aber ich weiß, dass du es kannst.

Der Meister der Arena"

Marie hörte auf zu lesen und starrte Judy an. „Das heißt, Sina hat Michael getötet?"

„Wenn die Nachricht wahr ist, dann ja. Unser Spiel neigt sich dem Ende zu", sagte Judy. „Wenn Sina wirklich glaubt, sie könne entkommen, indem sie die anderen tötet, dann ist sie jetzt genauso gefährlich wie Snake oder der Meister der Arena selbst."

Maries Hand tastete unauffällig über den Felsvorsprung hinter ihr. „Es könnte ein Trick sein." Ihre Stimme klang nun kraftvoller, als hätte ihr der feste Boden unter ihren Füßen Selbstvertrauen zurückgegeben.

Judys Blick fiel auf die Tonscherben auf dem Felsvorsprung. Hatte Marie einen der messerscharfen Splitter an sich genommen? Die Art, wie sie ihre Hand auf dem Rücken hielt, bestätigte ihren Verdacht.

„Ein Trick?", fragte sie und täuschte Unwissenheit vor. Sie musste auf der Hut sein, aber es war wahrscheinlich besser, so zu tun, als hätte sie nichts bemerkt.

„Wir wissen nicht, ob es wirklich Sina war, die in diesem Raum gefangen gehalten wurde“, sagte Marie.

Judy deutete auf die Kamera. „Ich denke, das können wir herausfinden.“ Sie hielt etwas Abstand zu Marie, um ihr keine Gelegenheit zu geben, plötzlich zuzustechen, und nahm die Kamera.

Sie verfügte über ein kleines Display, das man ausklappen konnte. Es war nicht schwer, den richtigen Knopf zum Zurückspulen zu finden.

„Und?“, fragte Marie, war aber nicht näher gekommen, sodass sie den Bildschirm nicht sehen konnte.

Ohne Vorwarnung dröhnte die Totenglocke hallend durch den Raum und ließ ihr Herz einen erschrocken Satz machen. Auch Marie zuckte zusammen und stieß einen spitzen Schrei aus. Gleichzeitig flackerten Bilder einer Explosion und einer verängstigt dreinblickenden Person über den Kamerabildschirm. Judy versuchte, das donnernde Geräusch der Glocken zu ignorieren, und konzentrierte sich auf das Video. Es war wirklich Sina, mit Klebeband an den Stuhl gefesselt. Judy hielt die Aufnahme an. Sina, ihr Gesicht schmerzverzerrt, hielt ihre Hand über die Kerzenflamme, die langsam durch das Klebeband brannte. Ihr Schrei wurde vom Klang der Totenglocke übertönt, doch die Bilder zeigten Sinas Qualen auch ohne Ton. Nein, das war kein Trick.

„Sie ist es“, sagte Judy. „Zweifellos wurde Sina hier gefangen gehalten.“ Sie war erleichtert, dass die Kamera Michaels Mord nicht aufgezeichnet hatte, zumindest nicht diese Kamera, denn ohne Zweifel gab es weitere im Schacht. Etwas anderes erregte ihre Aufmerksamkeit. Sie spulte die Aufnahme zurück und drückte erneut auf Play. „Hast du das gesehen?“

Marie schaute auf den Bildschirm. „Was meinst du? Die Flasche?“

„Ja.“ Judy nickte. „Das ist nicht irgendeine Flasche. Ich erkenne sie.“

Marie starrte eine Weile auf den kleinen Bildschirm und kam dann zu demselben Schluss. „Das ist eine von Sylvias Flaschen, richtig? Du wolltest mit ihr tauschen, als wir uns das erste Mal trafen. Sylvia hatte viele Flaschen gesammelt, aber am Ende gab sie uns nur eine.“

Judy spulte weiter zurück, diesmal bis zum Anfang der Aufnahme, wurde aber enttäuscht. „Die Aufnahme beginnt erst, als Sina bereits auf dem Stuhl sitzt.“

„Ja, aber was macht sie? Schläft sie?“

Marie hatte recht. Sina war an den Stuhl gefesselt, rührte sich aber nicht. Als sie schließlich aufwachte, wirkte sie desorientiert. Ihre Bewegungen waren langsam, unbeholfen. *Wie betäubt.* „Mir ist gerade noch etwas anderes aufgefallen.“

„Mir auch“, sagte Marie. „Aber du zuerst.“

Judy deutete auf die Überreste einer Kerze. „Erstens, ich glaube, Sina stand unter Drogen. Zweitens hatte sie Glück, rechtzeitig aufzuwachen. Wären die Kerzen noch weiter heruntergebrannt, hätte sich die Benzinlache auf dem Boden entzündet.“

Marie nickte. „Ja, und hast du gesehen, wo die Schienen des Wagens verlaufen?“

Judy blickte auf den steilen Pfad. „Nicht sehr weit, worauf willst du hinaus?“

„Der Wagen muss ungefähr hier gestanden haben." Marie deutete auf das Ende des Weges. „Er hat also den Ausgang blockiert. Sie konnte den Raum nur verlassen, indem sie den Hebel zog." Maries Blick wurde unangenehm intensiv.

"Was?"

Sie zuckte die Schultern. „Nichts, ich habe mich nur gefragt, wen du töten musstest, um aus deinem Gefängnis zu entkommen. Das scheinen ja die Regeln des Spiels zu sein."

Judy schauderte. „Ich habe niemanden getötet!" Zumindest nicht, um aus ihrem Gefängnis zu entkommen. „Wir wissen nicht einmal, ob Sina den Hebel umlegen musste, um zu entkommen. Vielleicht hätte sie sich auch irgendwie an dem Wagen vorbeiquetschen können." *In Panik, in einem brennenden Raum.*

Marie zuckte nur noch einmal mit den Schultern und kommentierte Judys Aussage nicht.

„Jedenfalls sind wir höchstens noch zu fünft. Sina, Louis, Snake, du und ich. Vier Spieler, denn einer muss der Meister der Arena sein." Marie deutete in den Raum. „Er hat davon gesprochen, dass das Spiel in den Kabinetten des Horrors enden wird. Wenn er Sina vor kurzem hier hereingebracht hat, kann er nicht weit sein."

„Was meinst du mit ‚er hat davon gesprochen'? Hast du ihn gesehen?" Sie erinnerte sich, dass Marie schon einmal etwas Ähnliches erwähnt hatte.

Marie schüttelte den Kopf. „Ich weiß nicht, wer er ist, und ich bin mir nicht einmal sicher, ob es ein Mann ist, da die Stimme verstellt war."

„Da Sina hier gefoltert wurde, ist sie es wahrscheinlich nicht", bemerkte Judy, aber Marie schüttelte den Kopf.

„Das ist überhaupt kein Alibi. Manche Menschen verletzen sich selbst. Sina könnte sich selbst unter Drogen gesetzt haben, um uns zu verwirren. Tatsächlich hat sie eine große Menge Medikamente mit in die Arena gebracht und weiß sehr gut, wie man sie einsetzt. Sina hätte gewusst, wie viel sie nehmen muss. Falls sie nicht ohnehin einfach nur so getan hat, als wäre sie bewusstlos"

Konnte es wirklich Sina sein? Marie hatte einen berechtigten Einwand. Aber es war dennoch sehr unwahrscheinlich. Außerdem konnte Sina es nicht allein getan haben. Niemand konnte sich selbst fesseln. Sie hatte außerdem gesehen, wie Louis ihren Folterraum betrat, und noch immer keine Erklärung dafür gefunden. „Du hast mir immer noch nicht erzählt, wie der Meister der Arena zu dir gesprochen hat."

Marie nickte. „Ich hatte mir das Video auf der anderen Kamera angeschaut. So habe ich Paul sterben sehen. Nach seinem Tod ertönte eine verzerrte Stimme. Der Meister der Arena hat mir vom Ausgang und dem Kabinett des Horrors erzählt. Ich bin mir sicher, dass er mich in einen der präparierten Räume locken wollte, um mich umzubringen. In den Gängen lag Werkzeug, um die Kiste zu öffnen. Ich wäre dort geblieben, wenn du nicht aufgetaucht wärst. Aber wenn ich nicht bald Wasser bekomme, spielt das alles eh keine Rolle mehr und ich verdurste."

Als hätten Maries Worte ihre Kehle daran erinnert, wie ausgetrocknet sie war, verspürte sie plötzlich großen Durst. Tatsächlich würden sie ohne Wasser nicht mehr lange durchhalten.

„Versuchen wir den Weg zurück zum See zu finden. Dort können wir wenigstens eine Weile überleben."

Marie nickte, aber Judy hatte die hinter ihrem Rücken verborgene Scherbe nicht vergessen.

Judy nahm ebenfalls eine der Tonscherben, jedoch ohne sie zu verstecken. Marie sollte wissen, dass sie nicht waffenlos war.

Maries Augen folgten ihr, doch sie sagte kein Wort und folgte ihr aus dem Raum hinaus. Waren sie hier schon einmal gewesen? Wahrscheinlich nicht, der Tunnel kam ihr nicht bekannt vor. Es lag zu viel Schutt auf dem Boden, daran hätte sie sich vermutlich erinnert.

„Warte!" Marie hielt inne und legte den Zeigefinger an die Lippen. „Da ist jemand", flüsterte sie und löschte ihr Licht.

Judy lauschte, konnte aber nichts hören.

„Da war eine Stimme. Ein Mann", behauptete Marie.

Nach einer Weile schalteten sie die Lichter wieder ein und gingen schweigend weiter. Das einzige Geräusch, das sie begleitete, war das Scharren des Steinschutts, unter ihren Füßen.

Die Wände des engen Tunnels waren hier mit Ziegeln verkleidet, und vereinzelt gab es Pfeiler, um die Felsdecke abzustützen. Ob die Decke hier einsturzgefährdet war? Ein unheimlicher Gedanke, dass sie Holzpfeilern vertrauten, die seit beinahe einem Jahrhundert nicht mehr gewartet worden waren. Der Boden bestand größtenteils aus Stein, wurde aber zum ersten Mal auch von Holzflächen unterbrochen. Viele der Holzbretter knackten bedrohlich, als sie darübergingen.

„Glaubst du, dass –“ Maries geflüsterte Frage verhallte, als das Holzbrett unter Judys Füßen krachend zerbrach.

Sie schlug mit einem schmerzhaften Knall auf den Boden und verlor sowohl Taschenlampe als auch Tonscherbe. Es folgte ein weiteres, noch lauteres Krachen, mit dem der gesamte Boden unter ihr nachgab. Verzweifelt griff sie nach oben und bekam etwas zu fassen. Ihre Füße baumelten in der Luft. Einen Moment lang sah sie Maries entsetztes Gesicht über sich, die sich an einer Holzstrebe der zertrümmerten Brücke festklammerte. Wie in Zeitlupe rollte ihre Taschenlampe erst langsam und dann immer schneller an ihr vorbei, bevor sie in der Dunkelheit unter ihr verschwand.

„Marie!“ Sie zog sich mit der linken Hand nach oben. Der abgebrochene Holzpfosten, an dem sie sich festhielt, war zwar wenig vertrauenserweckend, aber im Augenblick der einzige Halt. Mit ihrer Rechten suchte sie nach irgendetwas, um sich festzuhalten, fand jedoch nur glatten Fels. Schließlich spürte sie etwas Warmes und hielt sich daran fest.

„Ich hab dich!“, sagte Marie angespannt. Wie absurd, dass dieselbe Frau vor nicht allzu langer Zeit versucht hatte, sie umzubringen. Jetzt hatte Marie ihre Tonscherbe fallen lassen und umklammerte stattdessen ihre Hand.

Judy ruderte mit den Beinen in der Luft. Ihr Fuß stieß gegen den Fels. Der Schmerz trieb ihr Tränen in die Augen, aber immerhin stabilisierte es ihre Position etwas.

„Hast du gesehen, wie weit es nach unten geht?“

„Ziemlich weit“, antwortete Marie gepresst, und gleich darauf ertönte erneut das Knacken von splitterndem Holz, als würde auch der Rest des Weges unter ihrem Gewicht nachgeben.

„Ich glaube, mein Teil der Brücke stürzt auch gleich ein!“, brachte Marie atemlos hervor. Der Ausdruck in ihren Augen begann sich zu verändern. Der Blick wurde härter, entschlossener. „Ich kann nicht –“

„Warte“, keuchte Judy. „Wenn du mich festhältst, versuche ich, mich hochzuziehen.“

„Tut mir leid..."

Die Bedeutung von Maries geflüsterten Worten wurde Judy in dem Moment klar, als Marie ihren Griff löste und die Schwerkraft sie unerbittlich in die Leere riss.

Kapitel Zweiundvierzig

20 Stunden bis zur Abrechnung

Ihre Füße stießen heftig gegen die Felswand. Sie versuchte, sich irgendwo festzuhalten, und ignorierte den Schmerz, als Hände und Unterarme über Stein schrammten. Gnadenlos wurde sie von ihrem Gewicht nach unten gezogen. Sie krallte sich nur noch stärker an allem fest, was ihren Fall bremsen konnte. Mit einem Knirschen rutschten ihre Schuhe über den Fels. Für den Bruchteil einer Sekunde verlor sie völlig den Kontakt zur Wand. Dann schlug sie hart in Sand und Geröll auf, spürte, wie ihr die Luft aus den Lungen gepresst wurde, und rollte fast ungebremst weiter. Die Welt rotierte vor ihren Augen, während Rücken und Arme immer wieder aufprallten und sie den steilen Hang hinunterkugelte und rutschte.

Als sie endlich zum Stehen kam, hustete sie heftig den eingeatmeten Steinstaub aus. Die Taschenlampe war verschwunden. Sie fand Michaels Handy in ihrer Tasche, konnte es aber nicht mehr entsperren. Immerhin reichte das schwache Licht, um die Umrisse ihrer Umgebung zu erkennen. Vorsichtig richtete sie sich auf. Alles tat weh, aber immerhin schienen keine Knochen gebrochen.

Der kreisrunde Raum hatte nur einen Ausgang. Etwas knackte bedrohlich unter ihren Füßen. Sie erstarrte sofort. In Gedanken sah sie schon weitere Holzbalken unter ihren Füßen wegbrechen, doch der Boden blieb stabil. Sie entspannte sich ein wenig. Aber was hatte das Knacken verursacht?

Suchend beugte sie sich im schwachen Leuchten des gesperrten Handys nach unten. Im nächsten Moment hätte sie beinahe geschrien. Ein menschlicher Totenschädel grinste sie an.

Entsetzt ließ sie das Licht über den Boden streichen.

Wo immer sich die dünne Sandschicht verschoben hatte, kamen menschliche Knochen zum Vorschein. Die sterblichen Überreste Hunderter Menschen mussten unter ihren Füßen liegen. Gelähmt vor Horror, fiel es ihr schwer, durch die knackenden Knochen zu stapfen. Schließlich erreichte sie den Rand des Massengrabes und warf einen Blick zurück in den Raum des Schreckens. Waren das alles Arbeiter aus den Stollen gewesen? Hatte man den Gefangenen nicht einmal ein Begräbnis oder zumindest eine würdige Ruhestätte zuteilwerden lassen? Das Massengrab war eine grausame Erinnerung daran, dass dieser Ort schon lange vor ihrer Zeit von psychopathischen Mördern genutzt worden war.

Im nächsten Moment entdeckte sie etwas noch Schlimmeres als die Ansammlung anonymer Knochen. Das Skelett in ihrem Blickfeld war fast intakt. Es lag etwas abseits von dem großen Knochenhaufen. Eisiger Schauer kroch in ihr Herz.

„Nein, das kann nicht wahr sein“, flüsterte sie. Sie hielt die Lampe näher und es gab keinen Zweifel an dem, was sie sah. Das fast intakte Skelett zeichnete sich durch eine Besonderheit aus. Ein zweites Skelett, klein, fast winzig im Vergleich zum ersten, war zwischen dem Becken und den unteren Rippen der Frau eingeklemmt.

Judy versuchte, den lähmenden Schrecken abzuschütteln. Sie musste hier raus! Mit zitternden Beinen schleppte sie sich aus der Grube.

Eine massive Metalltür versperrte ihr den Weg. Sie griff nach der Klinke, doch die Tür bewegte sich nicht. Eisiges Entsetzen stieg in ihr auf. Auch stärkeres Drücken half nicht. Als die Tür sich immer noch nicht rührte, warf sie sich dagegen. Panik trübte ihre Sinne. Nein, das durfte einfach nicht wahr sein! Sie konnte hier nicht sterben. Nicht so. Das Schicksal würde sie nicht dazu verdammen, in diesem Massengrab zu verrotten. Tränen strömten ihr über das Gesicht, als sie erschöpft zusammenbrach, die Klinke immer noch fest umklammert.

Ein Klicken ertönte. Ungläubig starrte sie auf den Türspalt in der Tür. In ihrer Verzweiflung hatte sie die Klinke einfach nicht weit genug heruntergedrückt.

Müde und beschämt über ihre Überreaktion schleppte sie sich durch einen kleinen Korridor in den nächsten Raum.

Was das schwache Licht des Handydisplays zum Vorschein brachte, reichte aus, um ihr Übelkeit zu bereiten. Auf den ersten Blick wirkten die Gegenstände im Raum unspektakulär. Anders als in den Räumen, die der Meister der Arena geschaffen hatte, war hier nichts blutrot gestrichen, und die grauen Fliesen an den Wänden wirkten in ihrer Schlichtheit geradezu fad und antiseptisch. Doch das machte es nur noch schlimmer.

Dieser Raum war keine billige Nachbildung. Nicht wie die Kabinette des Horrors, die mit Objekten dekoriert waren, um den Zuschauern der Arena-Show einen furchterregenden Anblick zu bieten. Ja, die Blutfarbe und die Puppen in Sinas Raum oder das Auge und der Bohrer in ihrem Folterkeller waren schockierend, aber sie waren bei aller Grausamkeit doch nur billige Showeffekte.

Hier hingegen hatte niemand an Zuschauer gedacht. Die Geschichte selbst machte den Ort grausam. Echte, unschuldige Menschen waren in diesem Raum zu Tode gefoltert worden. Die Beweise lagen nur ein paar Schritte von ihr entfernt.

An den Wänden hingen Metallringe mit daran befestigten Ketten. Sie waren inzwischen rostig und mit Steinstaub bedeckt. Abgesehen von einem umgestürzten Teewagen war der Raum leer. Die Instrumente, die einst darauf gelegen haben mochten, waren längst weggebracht worden. Der geflieste Boden mit einer Abflussrinne zum Ableiten der Flüssigkeiten, wie sie in Schlachthöfen üblich war, sprach Bände. Als sie sich hinhockte und die Rinne genauer untersuchte, glaubte sie, noch Spuren von getrocknetem Blut auf dem Metallgitter des Abflusses zu entdecken. Wie war es möglich, dass Menschen ihre Gräueltaten so effizient und methodisch planten, dass sie in ihrer kalten Logik selbst einen Raum zum Abschlachten von Menschen errichteten? Waren sie sich ihrer Schuld wirklich nicht bewusst gewesen?

Ihre Übelkeit war inzwischen so stark, dass Judy dagegen ankämpfen musste, sich nicht auf der Stelle zu übergeben. Sie musste hier raus! Im Nebenraum wäre sie beinahe gegen einen Tisch gerannt. Stattdessen stieß sie leicht mit der Hand dagegen, doch etwas fiel klirrend zu Boden. *Ein Messer!* Sie wollte es gerade aufheben, als ihr Blick auf das silberne Hakenkreuz im Griff fiel. Ihre Hand zuckte zurück, als wäre es eine Spinne.

Das Licht enthüllte die schwarze, geschwungene Gravur auf der Klinge. „*Meine Ehre heißt…*“ Wie die meisten Deutschen, und damit Enkel von Massenmördern, musste Judy nicht weiterlesen, um das

SS-Motto zu erkennen. Genau wie der Besitzer dieser Waffe stellte es Loyalität und Ideologie über Menschlichkeit.

„Es ist nur ein Gegenstand!“, sagte sie flüsternd zu sich selbst. Doch das stimmte nicht. Es war mehr als ein Artefakt aus einer düsteren Zeit. Das Messer eines hochrangigen SS-Offiziers lag wohl nicht zufällig direkt vor der Folterkammer. Alles in ihr sträubte sich dagegen, eine Waffe an sich zu nehmen, die solche Gräueltaten verursacht hatte.

„Es sind Menschen, die Verbrechen begehen, nicht Gegenstände“, sagte sie sich und schaffte es endlich, das Messer aufzuheben. Zweifellos konnte sie in der Arena eine Waffe gebrauchen, und dieses Messer war von ausgezeichneter Qualität. Durch die trockene Umgebung konserviert, war der rostfreie Stahl auch nach all den Jahren noch scharf. Sie steckte es in ihren Gürtel und wagte sich weiter vor.

Michaels Handy war kaum besser als nichts und leuchtete so schwach, dass sie sich vorwärtstasten musste. Schließlich entdeckte sie eine Leiter, die in einen Schacht führte. Sie war heilfroh, diese Ebene hinter sich zu lassen, und zögerte keine Sekunde, die Leiter hinaufzuklettern.

Als ihr Schacht in einer Höhle endete, die aus natürlichem Felsgestein bestand und nicht an die Folterkammern erinnerte, atmete sie auf. Doch ihre Freude währte nicht lange. Etwas traf ihren Arm und schleuderte das Handy, und damit ihre einzige Lichtquelle, fort.

„Sina?“ Es war nur eine Vermutung, die sich aber bestätigte, als ihre Angreiferin ein Licht anknipste. Die blaue Lampe, die einmal

Snake gehört hatte, hing an ihrer Schulter. Das Licht spiegelte sich in der silbernen Klinge von Judys Messer, das sie intuitiv gezogen hatte.

Sina hielt eine Eisenstange wie einen Speer in der Hand, die Spitze zielte auf Judy. Statt anzugreifen, trat sie zögernd einen Schritt zurück.

„Judy! Ich dachte, du wärst Snake.“

Das mochte stimmen. Allerdings hätte Sina genauso gut versuchen können, eine andere Konkurrentin loszuwerden. Die Feindseligkeit war durchaus nachvollziehbar. Der Ärmel von Sinas Pullover war noch immer mit getrocknetem Blut befleckt, wo Judy sie geschnitten hatte.

„Du hast dir also ein neues Messer besorgt.“ Sina fuhr sich mit der Hand übers Gesicht und strich sich die Haare zurück, wobei eine Brandblase an ihrer Hand zum Vorschein kam. Ihr zitternder Arm ließ auch die Eisenstange schwanken. Sie packte die Stange wieder fest in beide Hände und lehnte sich dann an die moosbedeckte Wand.

"Geht es dir gut?"

Sina holte tief Luft und schüttelte den Kopf. Sie wirkte gehetzt, erschöpft und verletzt. Die Ereignisse hatten sie wahrscheinlich an den Rand des Wahnsinns gebracht. Oder vielleicht sogar noch einen Schritt weiter.

„Sina, es gibt keinen Grund zu kämpfen.“ Trotz ihrer ruhigen Worte richtete sie ihr Messer weiterhin auf Sina. Sie hatte nicht die Absicht, die verwirrte Frau weiter zu verletzen, geschweige denn zu töten. Doch sie blieb vorsichtig, da Sina in ihrem desorientierten Zustand unberechenbar reagieren konnte.

„Ich habe ihn getötet." Sinas Stimme zitterte ebenso sehr wie ihre Arme.

„Ich weiß." Judy trat einen Schritt auf sie zu, während sie Sinas Waffe immer noch aufmerksam im Auge behielt. „Wir stehen alle unter großem Stress. Unser Entführer will uns dazu bringen, uns gegenseitig umzubringen."

Sina schien sie nicht zu hören. „Wenn er nach draußen gelangt wäre, dann wären wir alle gestorben."

„Keiner von uns muss hier sterben", sagte Judy. „Das war ein Trick. Der Weg führte nicht nach draußen."

Sina sackte zusammen und eine Träne lief ihr über die Wange. „Selbst wenn ich hier rauskomme, muss ich trotzdem ins Gefängnis."

„Es war eher ein Unfall", sagte Judy, obwohl sie sich über die Rechtslage keineswegs sicher war. „Der wahre Mörder ist der Meister der Arena."

Sina schüttelte den Kopf, ließ endlich die Eisenstange fallen und vergrub das Gesicht in den Händen. „Nein, ich bin eine Mörderin. Ich bin an allem schuld." Ihre Stimme war trocken und rau, als würde Sandpapier über ihre Stimmbänder schleifen.

„Wie meinst du das?", fragte Judy unsicher.

Ohne ein weiteres Wort griff Sina in ihre Hosentasche und holte den gefalteten Brief heraus. Schweigend reichte sie ihn Judy mit zitternder Hand.

„Für Sina,

Ich weiß, was du getan hast. Leugne es nicht, ich kann dir jedes deiner Verbrechen nachweisen. Natürlich könnte ich damit zur Polizei gehen, aber ich habe eine viel bessere Idee. Ich will dich für mein Arenaspiel gewinnen. Ich weiß, du hast dich schon beworben, zögerst aber vielleicht noch. Du bist mir sehr sympathisch. Ein eiskalter Todesengel, dessen Schönheit nicht verrät, was in ihrer Seele verborgen ist. Ich habe ein Angebot für dich, das du nicht ablehnen kannst. Ich werde dir im Spiel helfen. Du musst mir nur die Hälfte des Geldes geben, nachdem du gewonnen hast. Und glaub nicht, dass du mich ignorieren kannst. Ich gebe der Polizei sonst einen kleinen Hinweis, der dir nicht gefallen wird.

Der Meister der Arena"

Judy ließ den Brief langsam sinken. Sina musste ihn bereits vor dem Spiel bekommen haben. Aber warum?

„War das der Grund, warum du die Arena betreten hast? Weil du erpresst wurdest?"

„Nein, ich brauchte das Geld." Sina hatte sich bereits wieder gefasst. Nur die glitzernde Spur einer Träne verriet, wie verletzlich sie gewesen war. „Das tue ich immer noch… wenn ich überlebe. Hast du etwas zu trinken?" Die Bitte in ihren Augen machte deutlich, wie dringend sie Flüssigkeit brauchte.

„Leider nein. Ich hätte auch gerne etwas Wasser."

Die Höhle hier war deutlich feuchter als das Massengrab, aus dem sie gerade entkommen war. An der Wand prangte ein kleiner Moosfleck, der feucht, aber auch blass und tot aussah, als hätte er nicht genug Licht bekommen. Im Gegensatz dazu, gediehen mehrere Pilze prächtig in der dunklen, feuchten Umgebung.

Sina pflückte einen größeren rötlichen Pilz. „Meinst du, man kann ihn essen?“

„Ich würde sagen nein, und da du mich fragen musstest, scheint keiner von uns ein Experte zu sein.“

„Aber wir brauchen Wasser.“ Sina legte ihre Finger um den dicken, gummiartigen Fruchtkörper und drückte zu. Der Hut gab mit einem leisen, ekelerregenden Plopp nach. Eine dunkle, blutrote Flüssigkeit sickerte zwischen ihren Knöcheln hervor, zäh wie Sirup und leicht nach Eisen riechend.

„Das ist widerlich!“ Sie starrte auf die Flüssigkeit, die in langsamen Fäden über ihre Handfläche rann, die blasse Haut befleckte und schließlich mit dumpfen, nassen Tropfen auf den Felsen landete. „Ich stimme zu, wir brauchen eine andere Wasserquelle.“

Judy deutete nach links. „Ich bin mir nicht sicher, aber ich glaube, ich kenne diesen Tunnel. Wir hatten diese nassen Steine in der Nähe des Sees. Vielleicht sind wir auf dem Weg, der um den See herumführt.“

Hoffnung flackerte in Sinas Augen auf. „Du meinst, wir sind kurz vor unserem ersten Lager? Ich hoffe, du hast recht. Ich würde das Wasser sogar trinken, ohne es zu erhitzen.“

Sina ging mit ihrer Schulterlampe voran. Judy folgte ihr dicht auf den Fersen und dachte über den Brief nach. „Wenn es keinen Grund gab, dich zu bedrohen, warum hast du dann den Brief bekommen? Das ergibt keinen Sinn. Entweder hat der Meister der Arena mehr von dir verlangt, oder er war sich nicht sicher, ob du kommst.“

„Spielst du immer noch Detektiv?“ Für einen kurzen Moment hatte Sina ihren natürlichen Ton wiedergefunden, doch ihre Augen verfinsterten sich schnell wieder. „Du hast recht. Ich habe etwas gesehen, das ich nicht hätte sehen sollen.“

„Du hast den Meister der Arena gesehen?“

„Nein, der hat sich nicht blicken lassen“, sagte Sina. „Ich bekam eine Uhrzeit und die Koordinaten des Eingangs und die Anweisung, eine Strickleiter hinunterzuklettern. Ich kam früh an. Zu früh. Früh genug, um zuerst jemanden aus dem Tunnel kommen zu sehen.“

„Einen von uns?“, fragte Judy angespannt.

Sina nickte erneut. „Ich habe sie nur kurz gesehen, bin mir aber trotzdem ziemlich sicher. Es war Laura.“

Sie hatte so ziemlich alles erwartet, nur nicht das. Verwirrt starrte sie Sina an. „Das Mädchen, das in die Schlucht gefallen ist?“

„Ja, ich glaube, sie war diejenige, die Emma hierhergebracht hat.“

„Emmas Babysitterin?“, fragte Judy erneut, als ihr plötzlich Bolts Worte einfielen. Laura war Marks Schwester gewesen. War es wirklich so überraschend, dass auch sie ein dunkles Geheimnis hütete? Als Emmas Babysitterin wäre es für Laura ein Leichtes gewesen, das Kind zu entführen und hierher zu bringen. Nur warum hatte sie ihrem Marionettenspieler geholfen? „Aber Laura ist tot!“

Der Meister der Arena kannte keine Gnade, nicht einmal gegenüber seinen Helfern.

„Ich sage nur, was ich gesehen habe“, sagte Sina. „Sie wirkte unsicher, ja sogar verängstigt. Außerdem wusste sie nicht, wohin sie gehen musste, und suchte erst bei der falschen Stelle nach ihrem Eingang. Wahrscheinlich kam sie mir deshalb so nah. Sie hatte mich nicht gesehen und muss zum Eingang gegangen sein. Ich glaube, sie arbeitete mit dem Psychopathen zusammen, freiwillig oder unfreiwillig."

„Glaubst du, er hat ihr Geld geboten, um Emma zu entführen?"

„Geld?", schnaubte Sina verächtlich. „Laura Edgeman brauchte bestimmt kein Geld. Die Frau war reich. Außerdem würde kein vernünftiger Mensch ein Kind nur des Geldes wegen entführen."

Vielleicht war sie auch gar nicht mehr reich. Das würde auch erklären, warum sie als Babysitterin arbeitete. Sie behielt diese Gedanken für sich und ließ Sina weiterreden.

„Ich glaube, sie wurde hereingelegt. Vielleicht gab sich der Entführer als Vater des Kindes aus oder so etwas. Bestimmt hat Laura auch ein dunkles Geheimnis, wie die meisten von uns."

Judy nickte. „Und das bringt mich zu deinem dunklen Geheimnis." Sie ließ die unausgesprochene Frage im Raum stehen.

Sina lachte laut auf. Es klang eher bitter als belustigt. „Welchem? Ich habe mittlerweile zu viele. Bist du sicher, dass dieser Tunnel zum See führt?"

Judy versuchte, sich das Bild des Tunnels ins Gedächtnis zu rufen. „Ist das nicht der Tunnel, in dem wir dich und Snake getroffen haben? Wenn ja, dann sollten wir bald an einer Kreuzung ankommen."

Schweigend gingen sie weiter. Sina hatte offenbar nicht die Absicht, über ihre Geheimnisse zu sprechen.

An der nächsten Weggabelung kamen Judy Zweifel. Sie konnte sich nicht daran erinnern. „Warst du schon einmal in diesem Tunnel?"

Sina setzte sich. Die Verzweiflung stand ihr deutlich ins Gesicht geschrieben. „Wir sind im Kreis gelaufen!"

„Du meinst, wir waren schon einmal hier?"

„Ich war schon einmal hier und bin dort, im rechten Tunnel, noch einmal auf Snake gestoßen", sagte Sina.

„Lebt er eigentlich noch?" Judy entschied für den linken Tunnel.

„Er war am Leben, als ich ihn das letzte Mal gesehen habe, aber beim nächsten Mal, kommt der Bastard nicht so einfach davon. Er hat versucht, mir eine Falle zu stellen."

Der Korridor wurde schmaler und die Felswände wurden durch Ziegel ersetzt. In regelmäßigen Abständen ragten Haken aus der Wand. Vielleicht dienten sie als Halterung für ein Kabel oder zum Aufhängen von Lampen.

„Hier ist eine Tür", sagte Sina und öffnete bereits die Metalltür. Judy hatte keine andere Wahl, als ihr zu folgen, wenn sie nicht im Dunkeln zurückbleiben wollte.

„Keine Menschenseele hier, zumindest keine lebende." Sina leuchtete mit ihrer Lampe die Wände entlang.

„Nicht mehr, aber hier sind Fußabdrücke." Judy ging in die Hocke und untersuchte die Fußabdrücke.

Sina hielt inne. „Du hast recht. Sie können nicht alt sein." Sie deutete auf einen offenen Metallschrank, der fast die ganze Wand des Zimmers einnahm.

Judy öffnete den Kleiderschrank. Ein paar Uniformen, von denen der Zahn der Zeit nicht viel übrig gelassen hatte, hingen an Bügeln. Obwohl ihr die Kälte der Höhlen seit ihrer Ankunft zu schaffen machte, konnte sie sich nicht dazu überwinden, eine dieser

Uniformjacken anzuziehen. Zumal ihr vom Kragenabzeichen ein Totenkopf entgegengrinste. Hatten die Träger dieser Uniformen das Böse in sich akzeptiert oder hatten sie es geschafft, sich trotz dieser eindeutigen Symbolik einzureden, auf der richtigen Seite zu stehen?

Sie durchsuchte den Schrank weiter. Auf einem der Regale fand sie Lederholster mit einem Hakenkreuz-Emblem. „Ich glaube, jemand hat die Pistole mitgenommen, die hier drinsteckte", sagte sie.

„Gibt es sonst noch etwas Nützliches?", fragte Sina, nachdem sie den anderen Bereich des Zimmers abgesucht hatte.

„Nein, der Schrank ist leer."

Aber irgendetwas war hier gewesen. Der Staub war eindeutig erst kürzlich aufgewirbelt worden. Im Augenblick wünschte sie sich nichts sehnlicher, als etwas Wasser zu finden. Sie ging zu einem kleinen Schreibtisch und durchsuchte die Fächer.

Darin lagen einige Papiere, aber nichts, was ihnen weiterhelfen könnte. „Kannst du mal hier rüberleuchten? Ich kann nicht entziffern, was hier steht."

Sina trat näher. Da waren Namenslisten. Die nicht enden wollende Liste erstreckte sich über den gesamten Papierstapel. Name, Geburtsdatum und leider auch das Todesdatum vieler Gefangener waren akribisch getippt. Eine handschriftliche Notiz ergänzte das Schicksal der Gefangenen in wenigen Worten. „*Widerspenstig, drei Tage im Gefängnis, an Dehydration gestorben*", stand dort. An anderer Stelle stand „*Arme bei Explosion verloren, arbeitsunfähig, abtransportiert*". Doch nirgends wurde ihr der Schrecken so deutlich wie bei dem dritten Eintrag, der ihr ins Auge fiel. Dem Datum zufolge ein gerade einmal neunjähriges Mädchen. „*Zu schwach zum Arbeiten, im Frauenlager nutzlos, aus Ressourcengründen abtransportiert.*" Entsetzt legte Judy den Papierstapel zurück auf den Schreibtisch.

In einem Punkt hatte Sylvia recht gehabt: Sie waren der Hölle so nah, wie man auf diesem Planeten nur kommen konnte.

„Also, nichts Nützliches?", fragte Sina.

Judy schüttelte nur den Kopf. „Nein, ich glaube nicht, dass es hier irgendetwas gibt, das uns helfen könnte. Wir sollten weitergehen."

Schweigend verließen sie den Raum und gingen müde durch die endlosen Tunnel. Plötzlich, nahe einer Gabelung, hörte Judy ein leises, rhythmisches Tropfen. *Wasser?* „Hast du das gehört?"

Sina hielt inne. „Ja, es kommt aus dem Riss in dieser Wand!"

Es gab einen Spalt, aber er war kaum breit genug, um sich hindurchzuzwängen. Sie wäre gegangen, aber Sinas Licht enthüllte einen steilen, schmalen Schacht.

„Wenn wir uns dort hineinzwängen, kommen wir nicht mehr raus", sagte Sina und warf einen kleinen Stein in den Spalt. Kurz darauf klatschte es.

„Es ist nicht tief, aber ich habe auch keine Lust, in diesem Schacht stecken zu bleiben. Bitte gib mir deinen Pullover!"

„Was?" Sina starrte sie an.

„Pullover, Hemd oder welches Kleidungsstück auch immer du entbehren kannst."

Widerwillig gehorchte Sina. Judy band Hemd und Pullover zu einem Seil zusammen.

„Das wird dich nicht davor bewahren, stecken zu bleiben."

Sina hatte recht, doch Judy warf das improvisierte Seil in den Felsschacht und zog sie wieder hoch. „Komplett nass." Sie wrang das

Wasser aus dem Ärmel des Pullovers und bildete eine kleine Pfütze vor ihren Füßen. „Ich weiß, es ist alles andere als perfekt, aber wir bekommen etwas Wasser."

Sie steckte ihren Arm in den Schacht und ließ die Kleidungsstücke noch tiefer herab. Als sie den Pullover wieder hochzog, reichte das Wasser, um Sinas Hände zu füllen.

Sie tranken nur so viel, bis der brennende Durst etwas nachließ. Hoffentlich war das Wasser hier einigermaßen sauber.

Judy gab Sina ihren Pullover zurück. „Du hast meine Frage immer noch nicht beantwortet, wie der Psychopath dich erpresst hat", sagte Judy.

Sina zitterte in den nassen Kleidern, aber zumindest würde sie nicht so schnell verdursten.

„Ich habe Geld angenommen, um Menschen bestimmte Medikamente zu geben. Ich arbeite als Krankenschwester auf der Intensivstation."

„Das ist zwar illegal, aber nicht das schlimmste Vergehen."

Sina schüttelte den Kopf. „Ich habe es erst sogar kostenlos gemacht. Manche Menschen sind allerdings so krank, dass sie nie geheilt werden können."

Judy verstand, bevor Sina fortfuhr. Das also hatte der Meister der Arena mit „gefallener Engel" angedeutet. „Du hast illegale Sterbehilfe geleistet?"

„Ich schätze, so kann man es nennen."

„Und später hast du Geld genommen? Was hat sich geändert?"

Sina zuckte mit den Schultern. „Ich brauchte Geld." Als die Stille länger wurde, seufzte Sina. „In den letzten Monaten ging es nicht mehr einfach nur um Medikamente für Bedürftige. Ich habe versucht, daraus ein Geschäft zu machen, und Medikamente verkauft. Es war Diebstahl, genau wie du gesagt hast. Ich wollte es nicht, es ist nur …"

„Es ist nur?"

Sina verstummte und starrte einen Moment in die Dunkelheit. Dann wandte sie sich wieder Judy zu. „Ich dachte, ich hätte jemanden gehört", murmelte sie und schüttelte den Kopf. „Mein Leben ist viel komplizierter geworden. Ich bin schwanger."

„Oh…" Judy suchte nach Worten. Sina verteidigte sich in dieser Arena nicht nur selbst, sie kämpfte auch für ihr ungeborenes Kind.

„Als ich Laura mit dem Baby sah, wusste ich, dass etwas nicht stimmte. Ich dachte, ich sollte zurückgehen, aber dann fand ich den Brief. Deshalb habe ich weitergemacht. Ich hätte es besser wissen müssen, als mich erpressen zu lassen. Aber ich hatte keine Wahl. Ich habe einfach kein Geld für ein Kind!"

„Was ist mit dem Vater?", fragte Judy vorsichtig.

Sina schnaubte nur. „Irgendein Arschloch, das abgehauen ist und nichts bezahlen wird." Sie zögerte. „Warte, ich hatte recht. Da ist jemand!"

Im nächsten Moment donnerte ein Schuss durch einen der Korridore. Sie tauschten einen panischen Blick. In der Ferne näherten sich Schritte.

„Wir müssen uns aufteilen", sagte Sina bestimmt und rannte in den rechten Tunnel.

Einen Sekundenbruchteil lang fragte sich Judy, ob das der klügste Plan war, doch dann hörte sie auf Sina und rannte in den linken Korridor. Im nächsten Moment zerriss ein weiterer Schuss die Stille.

Kapitel Dreiundvierzig

19 Stunden bis zur Abrechnung

Das war nah! Alles in ihr wollte so schnell wie möglich wegrennen, aber wie, wenn sie die Hand vor Augen nicht sah?

Mit Sina war auch ihre Lichtquelle verschwunden. Sie erinnerte sich an Michaels Handy und holte es wieder hervor. Das glühende Display reichte kaum, um ihre eigenen Füße zu beleuchten. Sie tastete den Fels ab und griff plötzlich ins Leere. Noch ein Tunnel? Nein, nur ein Riss im Kalkstein. Er war schmal, fast zu schmal, um sich hineinzuquetschen, aber sie hatte keine andere Wahl, als sich zu verstecken.

Die Schritte wurden lauter. Schließlich durchschnitt ein schmaler Lichtstrahl die Dunkelheit des Ganges. Judy quetschte sich so weit wie möglich in den Riss im Fels, doch schon nach einer Armlänge war der Spalt so eng, dass sie einfach nicht mehr weiterkam. Eingeklemmt steckte sie zwischen zwei unförmigen Felsbrocken und versuchte verzweifelt, ihr Zittern zu unterdrücken. Die Schritte näherten sich weiter.

Obwohl sie es erwartet hatte, stockte ihr Herz, als Louis neben ihr auftauchte. Sie wagte nicht zu atmen. Er blieb direkt neben ihrem Versteck stehen und spähte in den Tunnel. Wenn sie ihre Hand ausgestreckt hätte, hätte sie ihn berühren können.

War er wirklich der Strippenzieher, der all das geplant hatte? Ihre Intuition sagte ihr, dass der Meister der Arena ein Mann war. Nach Michaels Tod waren nur noch Snake und Louis übrig. Unter anderen Umständen hätte sie Snake als Erstes verdächtigt, nur, wie hätte er die

Gruppe angreifen sollen? Er hatte gefesselt neben ihnen gelegen, als das Chaos ausbrach, während Louis zur gleichen Zeit angeblich zum See gegangen war. Er hatte nicht nur kein Alibi, sondern war auch derjenige gewesen, der ihr Kabinett des Horrors geöffnet hatte. Mit einer Waffe in der Hand.

Wie zur Bestätigung, tauchte Louis' Hand mit der Pistole in ihrem Sichtfeld auf.

Ihre Finger wanderten zum Griff des Messers. Einen Moment lang fühlte es sich an, als würde die verfluchte Klinge ihr auffordernd zuflüstern. War das nicht der perfekte Moment, um allem ein Ende zu setzen?

Eine leichte Kopfdrehung und er würde ihr erbärmliches Versteck entdecken. Sie würde ihn erstechen müssen.

Doch noch immer hielt sie sich zurück. Welches Motiv sollte Louis gehabt haben? Hatte es alles mit seinem Geheimnis zu tun?

Noch ein Schritt, und das Zeitfenster verstrich. Sie hatte zu lange gezögert. Möglicherweise hatte sie damit nicht nur ihr eigenes, sondern auch das Schicksal von Sina und den anderen besiegelt.

Menschen konzentrierten sich fast immer auf die Fehler, die sie begangen hatten. Dabei war nichts zu tun häufig noch viel schlimmer.

Das Geräusch von Schritten. Diesmal vom Eingang des Tunnels.

Louis drehte sich augenblicklich um, und leuchtete mit seiner Taschenlampe in die Richtung des Geräusches. Sie hielt erneut den Atem an, als er ein zweites Mal an ihrem Versteck vorbeiging. Schließlich verschwand das Licht seiner Taschenlampe. Die Schritte verklangen in der Ferne. Sie wagte es endlich, auszuatmen. Ihr ganzer Körper zitterte vor Angst. Sie musste hier verschwinden.

Nachdem es ihr gelungen war, sich mühsam aus dem Spalt herauszuquälen, folgte sie dem gewundenen Korridor. Bis er in einer Sackgasse endete und ihre Hoffnung auf einen Ausgang zerstörte. Erschöpft blieb sie stehen. Erst als sie ein Klopfen hörte, erkannte sie, dass keine Wand, sondern eine Tür den Weg versperrte.

Hatte sie sich das Klopfen eingebildet? Sie leuchtete mit dem schwachen Licht des Handys über die rostige Tür.

Von der anderen Seite kamen deutliche Geräusche. Dreimal wurde mit einem lauten Knall gegen die Tür geschlagen.

„Wer ist da?“, fragte Judy.

„Alles in Ordnung bei Ihnen? Sind Sie verletzt?“, ertönte eine Männerstimme von der anderen Seite. „Hier spricht die Polizei. Wir haben einen Notruf erhalten.“

Konnte das wirklich wahr sein? War das Ende dieses Albtraums in greifbarer Nähe? Jeder Gedanke an den Meister der Arena oder seine Helfer wurde mit einem Schlag unwichtig.

„Ja, wir haben den Notruf abgesetzt“, rief sie. „Können Sie mich hier rausholen?“

Es gab ein knackendes Geräusch, als ob jemand am Schloss herumhantieren würde.

„Wir holen Sie dort raus. Mein Kollege bringt gerade Werkzeug zum Öffnen“, sagte die Stimme.

„Vielleicht bleibt mir nicht mehr so viel Zeit!“, sagte Judy und blickte hastig in den Korridor hinter sich.

„In Ordnung, warten Sie einen Augenblick. Ich glaube, die Tür ist nicht verschlossen, sondern klemmt nur etwas. Bitte halten Sie Abstand, ich versuche, die Tür zu öffnen.“

Judy trat ein paar Schritte zurück und hörte, wie von draußen etwas auf die Metalltür knallte. Die Tür wurde von einem zweiten heftigen Tritt aufgestoßen.

Ungläubig starrte sie auf den Weg in die Freiheit.

Der Mann, der damit beschäftigt war, die widerspenstige Tür zu öffnen, trug eine Polizeiuniform. Judy schenkte ihm kaum Beachtung. Stattdessen starrte sie auf das Sonnenlicht, das durch die Wolken brach. Echte Sonnenstrahlen. Diesmal war es keine Lampe, kein Bildschirm, nein, sie hatte endlich den Ausgang gefunden.

Kapitel Vierundvierzig

18 Stunden bis zur Abrechnung

„Also, ich glaube nicht, dass ich die Tür weiter aufbekomme“, sagte der Polizist. „Sie klemmt irgendwie. Aber es ist weit genug, ich komme jetzt durch.“ Mit einiger Mühe schob er sich durch den Türspalt. „Sind Sie verletzt? Soll ich einen Arzt rufen?“

Eine metallene Feder drückte gegen die Tür und war zu verrostet, um weiter nachzugeben. Vielleicht waren es auch die Scharniere, die festklemmten. Erst jetzt wurde ihr klar, dass sie seine Frage noch gar nicht beantwortet hatte. „Mir geht es gut, aber ich muss hier raus!“

Er ließ die Tür los und griff nach der Taschenlampe an seinem Gürtel. „Es ist ziemlich dunkel hier“, grummelte er.

Ein Windstoß wehte von draußen in den Tunnel, streifte ihr Gesicht und bestätigte einmal mehr, dass der Ausgang keine Illusion war. Die Tür wurde vom Wind erfasst. Die Feder schnappte zurück und die Tür fiel mit einem lauten Knall ins Schloss.

„Nein!“

Der Polizist zuckte erschrocken zusammen, allerdings eher dank ihres Schreis und nicht wegen der Tür. Er hatte es geschafft, seine Taschenlampe einzuschalten, und leuchtete in ihre Richtung. „Hey, alles in Ordnung, bleiben Sie ruhig!“

„Die Tür!“ Judy hörte die eigene Verzweiflung im Klang ihrer Stimme.

„Wir sind nicht eingesperrt, falls Sie das befürchten", sagte der Polizist. „Ich kann die Tür wieder öffnen. Notfalls nehmen wir einfach die Metallfeder ab. Selbst wenn sie wieder blockiert, sind wir nicht auf uns allein gestellt. Mein Kollege ist wie gesagt ohnehin mit Werkzeug unterwegs und könnte uns in wenigen Minuten rausholen." Er ließ das Licht seiner Taschenlampe über ihren Körper streifen. „Sie sehen ziemlich mitgenommen aus. Gibt es Verletzte, um die wir uns kümmern müssen?"

„Ich glaube nicht", sagte sie, „aber es gibt noch mehr Geiseln in den Höhlen und mindestens einen Mörder. Wir sollten so schnell wie möglich raus!"

Der Mann nickte, zog mit einer Hand an der Tür und suchte mit der anderen etwas an seinem Gürtel. Judy konnte im Licht der Taschenlampe zunächst nicht erkennen, was er tat, doch dann erkannte sie das Walkie-Talkie in seiner Hand. Es knisterte, als er den Knopf drückte. „Schicken Sie Verstärkung zum Nordeingang. Täter noch auf freiem Fuß, möglicherweise bewaffnet und gewaltbereit. Ich habe eine der Geiseln gefunden." Er blickte sie erneut an. „Könnten Sie mir Ihren Namen sagen?"

„Judy Link"

Er hob das Walkie-Talkie wieder hoch. „Ich habe Judy Link gefunden. Sie scheint keinen Krankenwagen zu brauchen."

Irgendwo in den Tiefen des unterirdischen Gewölbes ertönte ein Knall. Das Echo hallte bedrohlich durch den kleinen Korridor.

„Schnell!", sagte Judy zu dem Polizisten, der mit einem Suchscheinwerfer in den Korridor hinter ihr leuchtete.

Er rüttelte an der Tür.

Oh nein! Sie blieb verschlossen.

„Die ist wirklich widerspenstig. Aber bitte geraten Sie nicht in Panik, ich bekomme die schon auf", sagte er und versuchte erneut, die Tür zu öffnen.

„Wie heißen Sie überhaupt?", fragte Judy.

„Was?" Er wirkte etwas gehetzt. „Meier, Kriminalkommissar Andreas Meier."

„Könnte ich Ihren Dienstausweis sehen, Kommissar?"

Wie konnte das Schicksal nur so grausam sein? Anfangs hatte sie keinen klaren Gedanken fassen können, doch nun, da ihre Synapsen wieder funktionierten, erkannte sie die Wahrheit. Unglücklicherweise wusste sie auch genau, was sie zu tun hatte. Wieder einmal schlossen sich ihre Finger fester um den Griff ihres Messers.

Der Mann unternahm keinen Versuch, seinen Ausweis hervorzuholen. Sein Gesicht verzog sich nur zu einem boshaften Grinsen. „Du glaubst wohl, du kannst mich abstechen, wenn ich nach meinem Ausweis greife? Du bist cleverer, als ich dachte." Er griff nach seinem Gürtel.

Judy wartete nicht, bis er seine Waffe zog, sondern ließ ihre Klinge einen Halbkreis durch die Luft schneiden.

Sie war zu weit weg, um ihn wirklich zu erwischen, doch der Angriff traf die Taschenlampe und schlug sie dem falschen Polizisten aus der Hand. Das Licht reichte gerade noch aus, um zu sehen, wie er stolperte und nach seiner Pistole griff. Sie warf das Messer nach ihm, wartete aber nicht ab, ob sie ihn getroffen hatte. Stattdessen schnappte sie sich die Taschenlampe und rannte durch den Korridor zurück.

Hinter sich hörte sie Schreien und Fluchen, als sie ihn in der Dunkelheit zurückließ.

Der Verlust des Messers war schmerzhaft. Andererseits hätte sie gegen die Pistole ohnehin nichts ausrichten können. Für den Moment war sie ihm entkommen. Doch wohin jetzt?

Ohne Plan oder Ziel rannte sie durch die dunklen Tunnel. Etwas Metallisches schimmerte vor ihr. Dünne, senkrechte Linien reflektieren ihren Lichtstrahl. Ein Käfig. Der Gang verbreiterte sich und endete vor einer Klippe. Schwaches Licht drang von oben herein, diesmal jedoch kein Tageslicht. Eine Maschine mit einer Kettenwinde nahm die linke Hälfte des Raumes ein. Der Käfig vor ihr war mit einer Kette verbunden, die nach oben führte, wahrscheinlich dieselbe Kette, deren anderes Ende über die Winde der Maschine gewunden war. Im Licht ihrer Taschenlampe, oder besser gesagt der Taschenlampe des falschen Polizisten, schimmerte das Metall des Käfigs rötlich. Ihr Herz machte einen Sprung. Das war alles Blut!

Endlich begriff sie. Sie musste sich unter der kathedralenartigen Höhle befinden, in der sie ihr zweites Lager errichtet hatten! Der gleiche Ort, an dem Paul gestorben war. Genau in diesem Käfig hatte er vor laufender Kamera sein Ende gefunden, bevor er in die Erde hinabgelassen wurde. Hatte jemand seine Leiche weggetragen? Aus dem Tunnel hinter ihr hörte sie laute Schritte.

Sie steckte die Taschenlampe ein und kletterte auf die alte Maschine, die die Kettenwinde antrieb. Von dort versuchte sie, sich weiter die Felswand hinaufzuziehen. Der rissige Fels bot besseren Halt als erwartet. Von oben, als sie das erste Mal den Käfig gesehen hatte, hatte diese Klippe wie ein bodenloser Abgrund gewirkt. Aber das lag ein weiteres Mal nur an der Dunkelheit. Inzwischen kannte sie die optischen Täuschungen der Höhlen. Niemand hatte sich die Mühe gemacht, an den Rand zu kriechen und hineinzuleuchten. Wenn auch nicht unendlich hoch, so war es für ihren geschundenen Körper doch ein weiter Weg, die Klippe hinaufzuklettern, noch dazu ohne Sicherungsseil. Der letzte Abschnitt, eine fast glatte Wand, würde schwer zu überwinden sein.

Schritte kamen näher. Sie musste sich beeilen. Der falsche Polizist würde ohne Licht eine Weile brauchen, aber sicherlich nicht lange genug, um die Klippe heraufzuklettern.

Ihre rechte Hand griff ins Leere. Zum Glück hatte ihre linke Hand guten Halt, doch sie suchte ängstlich nach dem nächsten Griff, um sich weiter nach oben zu ziehen. Ihr Verfolger würde in wenigen Sekunden eintreffen.

Sie tastete weiter und fand einen Hohlraum. Vielleicht war dieses Loch in der Wand groß genug, um sich zu verstecken? Der ferne Schein einer Lampe nahm ihr die Entscheidung ab. Sie zog sich in die kleine Höhle und hockte sich auf das Plateau. Von hier aus hatte sie einen Blick auf den Schacht und sah gerade noch, wie der falsche Polizist den Zugangstunnel verließ. Fest gegen die Wand gedrückt, hoffte sie verzweifelt, dass ihr Verfolger nicht aufblicken würde. Sie war gefangen.

Kapitel Fünfundvierzig

18 Stunden bis zur Abrechnung

Der falsche Polizist war für seine Aufgabe gut ausgerüstet. Ähnlich wie Snake, trug er eine Schulterlampe. Kein Wunder, dass er ihr so schnell hatte folgen können. Aus ihrem Versteck, etwa zehn Meter über ihrem Verfolger, konnte sie ihn gut beobachten.

„Mann, das ist echt der Wahnsinn", sagte er und leuchtete mit seiner Lampe über den blutigen Käfig. „Ich bin Judy zu einem Folterkäfig gefolgt."

Mit wem sprach er? Er war offensichtlich allein, während er die Höhle untersuchte. Als er sich umdrehte und zur Kettenwinde ging, verstand sie plötzlich. Der Mann hielt eine Kamera vor sich und filmte. Sein vor Aufregung gerötetes Gesicht wurde von dem hellen Display angestrahlt. Er schien den Anblick zu genießen und verzog seine Lippen zu einem beunruhigenden Grinsen.

„Schaut euch das an." Sein Licht glitt über die Kette und dann an der Felswand entlang. „Die Kulisse ist einfach fantastisch."

Als der Lichtstrahl über ihr Versteck wanderte, hielt sie den Atem an und drückte sich auf den Boden.

„Überall ist Blut. Ich wäre gerne bei der Live-Party dabei gewesen."

Offenbar hatte er sie nicht bemerkt. Sie wagte es, ein Stück nach vorne zu gehen und nach unten zu schauen.

Der falsche Polizist untersuchte den Mechanismus der Kettenwinde. „Wahrscheinlich habt ihr es gar nicht so schnell gemerkt, falls die Schulterkamera es nicht gezeigt hat, aber die Schlampe wollte mich aufschlitzen.“

Er lachte einmal, was diesen bizarren Monolog noch absurder werden ließ. Offenbar hielt er sich für eine Art Dokumentarfilmer.

Wer zur Hölle war dieser Typ?

„Na ja, man geht ja nie ohne ein gewisses Risiko auf die Jagd. Es gibt einem das Gefühl, lebendig zu sein.“ Er leuchtete mit seiner Taschenlampe die Kette entlang. „Irgendwie fährt dieser Käfig nach oben, wahrscheinlich ist es eine Art Lastenaufzug. Vielleicht treffe ich die anderen weiter oben. Judy muss sich hier noch irgendwo verstecken. Sie ist schlau. Ich habe keine Ahnung, wie sie meine Tarnung so schnell durchschauen konnte.“

Er blickte auf, und einen Moment lang dachte Judy, er hätte sie gefunden. Doch sein Blick glitt an ihr vorbei zu einem niedrigen Felsvorsprung.

Seine Stimme wurde lauter. „Du bist live, Judy. Erzähl unseren Zuschauern, wie du mich durchschaut hast!“ Ein sadistisches Lächeln huschte über sein Gesicht. „Ich weiß, dass du mich hören kannst.“ Die letzten Worte klangen wie eine Drohung.

Natürlich hätte Judy seine Frage beantworten können. Der Fremde hatte seine Ausrüstung gut für die Rolle vorbereitet, sich selbst jedoch nicht. Der vorgetäuschte Funkspruch war ein dummer Fehler gewesen, der sie sofort alarmiert hatte. Wer würde einen Funkspruch absetzen, ohne auf die Bestätigung zu warten, dass er gehört wurde? Außerdem hatte sie schon zu oft mit der Polizei zu tun gehabt, um auf Filmklischees hereinzufallen. In den meisten Polizeiserien hießen Polizeiermittler Kommissar. Im wirklichen Leben leiteten Kommissare selten eine Suchaktion. Das war Aufgabe von Streifenpolizisten oder Such- und Rettungsteams. Wäre sie aufmerksamer gewesen, hätte sie vielleicht auch bemerkt, dass dieser Polizist eine Kamera bei sich trug, die nicht zur Standardausrüstung gehörte.

Sie war sich fast sicher, dass seine Versuche, die Tür zu öffnen, nur eine Farce gewesen waren. Also musste sie nur diesem Psychopathen entkommen, um den Ausgang in die Freiheit zu erreichen.

Der Mann versuchte derweil, ihr Versteck zu finden. Von oben sahen seine Bemühungen ziemlich lächerlich aus. Die Kamera in seiner linken, schlich er sich mit gezückter Pistole an alle möglichen Verstecke heran, nur um festzustellen, dass sie nicht da war. Besonders viele Verstecke gab es nicht. Abgesehen vom Platz hinter der Maschine und zwei Felsvorsprüngen gab es keinen Ort, der groß genug für einen Menschen gewesen wäre. Das hielt den Mann jedoch nicht davon ab, sich an kleinere Felsen heranzupirschen, in der absurden Vorstellung, sie könne sich dahinter verstecken.

Schließlich musste sogar ihr Verfolger erkennen, dass sie sich unmöglich am Boden aufhalten konnte, und gab seine Suche auf.

Er verkündete der Kamera seinen Misserfolg. „Judy ist weiterhin verschwunden. Vielleicht habe ich eine Abzweigung verpasst oder sie versteckt sich woanders. Ich bleibe wachsam. Allerdings habe ich die Fernbedienung für diesen Käfigaufzug gefunden.“ Er hielt ein Gerät in die Kamera. „Damit müsste ich den Käfig nach oben fahren.“

Judys Magen zog sich zusammen, als sie daran dachte, wie Paul von ebendiesem Mechanismus in Stücke gerissen worden war. Da der falsche Polizist jedoch nicht durch Haken an der Wand festgehalten wurde, konnte er problemlos mit dem Käfig nach oben fahren.

Wieder duckte sie sich, so tief wie möglich, in ihr Versteck. Diesmal war die Gefahr, entdeckt zu werden, noch größer, als der Käfig an ihr vorbeigezogen wurde. Glücklicherweise hatte der Mann mit der Kamera keine Augen für sie und plapperte stattdessen wie ein aufgeregtes Kind, während seine Lampe den Rest des Raumes absuchte.

„Das ist ja unglaublich! Der Raum ist riesig. Eine bessere Kulisse für die Arena hätte ich mir nicht ausdenken können. Ich sehe eine Art Lager mit einer Feuerstelle. Daneben ist ein Scheinwerfer.“ Der Käfig war inzwischen an ihr vorbeigezogen und ließ selbst die Höhe des Lagers hinter sich. Judy fragte sich, wie er aus dem Käfig herauskommen und den Raum betreten wollte. Bisher schien er sich über dieses Problem keine Gedanken zu machen und genoss stattdessen die Aussicht.

„Scheiße, ist das geil! Da ist eine Leiche!“

Judy wurde fast übel, als sie die widerliche Begeisterung in der Stimme des Mannes hörte.

Er lachte wie ein Verrückter, während er sein Gesicht und die Kamera gegen die Gitterstäbe presste. „Eindeutig eine der Frauen. Leider kann ich nicht genau sehen, woran sie gestorben ist“, sagte er in die Kamera, nachdem er sich etwas beruhigt hatte. „Hier ist also die erste Live-Aufnahme von dem, was einer der Kandidatinnen passiert ist. Ich schätze, wir werden mehr wissen, wenn die endgültigen Aufnahmen veröffentlicht werden, aber bis dahin genießt diese Vorschau. Ich werde versuchen, ein paar Nahaufnahmen zu machen.“

Auf der Website der Arena war also noch nichts veröffentlicht. Das ergab Sinn. Der Meister der Arena musste erst alle Kameras einsammeln und die Videos zusammenschneiden. Das bedeutete, dass weder der falsche Polizist, noch sonst irgendein Zuschauer der Website eine Ahnung hatte, was in diesen Höhlen vor sich ging.

„Von hier aus hat man einen guten Blick in den Raum. Ich schaue mal, ob ich den Aufzug jetzt irgendwie vorwärtslenken kann."

Der Kameramann sprach weiter in die Kamera, während er mit der anderen Hand, die Steuerung betätigte. Der Käfig hielt an. Was hatte er vor? Verstand er das Prinzip eines Flaschenzugs nicht? Der Käfig würde ihn nie dorthin bringen, wo er hinwollte. Vielleicht hatte es früher einmal eine Ausstiegsplattform gegeben, denn in die Wand waren Metallstangen gebohrt. Doch wenn, dann war diese bereits vor langer Zeit abgestürzt.

„Scheiße!" Zum ersten Mal seit seiner Ankunft in der Folterkammer stieß der falsche Polizist eine Unmutsäußerung aus.

Wenig später klapperte es unter ihr. *Die Fernbedienung!* Sie war ihm aus der Hand gerutscht. An seiner Stelle würde sie nun versuchen, an der Kette hinunterzuklettern, doch wie sie wusste, war das ein langer und gefährlicher Abstieg.

„Verdammt noch mal." Der Kameramann schien langsam zu erkennen, dass er sich in einer schwierigen Lage befand. Das Licht bewegte sich wilder, und sie hörte das Metall klappern, als er den Käfig absuchte.

Noch immer lag sie bäuchlings auf dem versteckten Plateau und konnte nur hoffen, dass ihr Verfolger sie nicht zufällig bei der Suche nach der Fernbedienung entdeckte.

Etwas bewegte sich unter ihr. Als sie aus ihrem Versteck hervorlugte, sah sie einen Schatten auf die heruntergefallene

Fernbedienung zueilen. Seltsamerweise schwebte das Gerät in der Luft.

Die Situation des falschen Polizisten war nicht so hoffnungslos, wie sie erst gedacht hatte. Anders als bei modernen Geräten war diese uralte Fernbedienung noch durch ein Kabel mit der Maschine verbunden. Ein Ende dieses Kabels musste irgendwie am Käfig befestigt sein, denn der Mann zog sie langsam zu sich hoch.

Der Neuankömmling am Boden reagierte schnell, schnappte sich die Fernbedienung, lange bevor der falsche Polizist sie aus seiner Reichweite ziehen konnte, und drehte einen Schalter auf der Fernbedienung. Die Kette setzte sich wieder in Bewegung.

„Hey!“, rief der falsche Polizist, dessen Käfig weiter hochgezogen wurde. Ein Lichtstrahl traf die dunkel gekleidete Person am Boden. *Snake!*

Sie hörte den Mann im Käfig fluchen, und bald darauf feuerte er einen Schuss nach unten ab, der funken sprühend die Kette traf.

Snake hatte sich bereits hinter einem der Felsvorsprünge in Deckung geworfen.

Nachdem der falsche Polizist noch zweimal sinnlos nach unten geschossen hatte, gab er auf und steckte seine Waffe weg. Stattdessen versuchte er jetzt mit beiden Händen, das Kabel einzuholen.

Judy entging nicht, wie Snake aus seiner Deckung kam und in dem Tunnel verschwand, aus dem er gekommen war.

Der Mann im Käfig zog die Fernbedienung stetig weiter nach oben, in Richtung Käfig. Er beeilte sich, so schnell er konnte, aber er war immer noch langsam. Zumindest langsamer, als die Kette den Käfig nach oben zog.

„Halt!“ Unbeirrt von dem Ruf zog die Kette unaufhaltsam nach oben, bis der Käfig die Winde an ihrem höchsten Punkt erreichte. Fast hatte der falsche Polizist das Kabel eingeholt, aber noch nicht ganz. Die Fernbedienung rutschte ihm aus der Hand, als der Käfig zur Seite kippte. Er begann zu schreien.

Mit einem lauten Knall gab die obere Winde nach. Der Käfig neigte sich zunächst langsam und stürzte dann, begleitet von einem langgezogenen Schrei, in die Tiefe.

Kapitel Sechsundvierzig

17 Stunden bis zur Abrechnung

Nach dem Aufprall war es seltsam still.

Der Schock lähmte ihren Körper, bis sie die Erkenntnis wachrüttelte. *Jetzt oder nie!* Dieser Tunnel war der einzige sichere Weg in die Freiheit. Zumindest, wenn sie es schaffte, Snake aus dem Weg zu gehen, der auch noch irgendwo dort lauerte.

Sie ließ sich vom Sims hängen und kletterte zurück zum Boden. Es dauerte nur wenige Sekunden, bis sie neben dem umgestürzten Käfig ankam. Ein kurzer Blick auf den entstellten Körper des falschen Polizisten machte deutlich, dass hier jede Hilfe zu spät kam. Sie entdeckte aber noch etwas anderes. Die schimmernde Klinge ihres Messers. Offenbar hatte er es mitgenommen.

Sie kämpfte gegen ihren Ekel und die aufsteigende Übelkeit an, als sie versuchte, das Messer aufzuheben. Es steckte nicht nur in seinem Gürtel, sondern hatte sich bei dem Sturz in sein Bein gebohrt. Als es sich endlich löste, drang das Geräusch sich schnell nähernder Schritte aus dem angrenzenden Tunnel. Sie musste sich verstecken.

Die Ecke hinter der Seilwinde war zwar kein ideales Versteck, aber besser als nichts. Mit einem schnellen Sprung brachte sie sich in Sicherheit.

Snake betrat den Raum mit federnden Schritten. Ein Lächeln umspielte seine Lippen, als er auf den leblosen Körper hinunterblickte. Dann drehte er ihn um.

Judy fluchte leise. Wie hatte sie nur so dumm sein können? Der Polizist hatte eine Pistole! Sie hatte nicht einmal daran gedacht, danach zu suchen.

Snake fand die Waffe und hob sie auf. *Großartig, Judy.* Aber gab es überhaupt noch einen Grund zu kämpfen? Vielleicht sollte sie sich einfach Snake offenbaren und ihm den Ausgang zeigen? Schließlich saßen sie im selben Boot.

Jeder Gedanke, ihr Versteck zu verlassen, erlosch, als sie sein Lachen hörte.

Snake lachte laut und manisch, bevor er dem Toten noch einmal ins Gesicht trat. Dann griff auch er zur Kamera und richtete sie auf die Leiche. „Hier, meine geschätzten Zuschauer, sehen Sie das erbärmliche Ende eines Amateurs." Seine Stimme hatte den angenehmen Klang eines geübten Radiomoderators, als würde er täglich Videos nachvertonen.

Weitere Schritte erklangen aus dem Gang. Snake, der sie ebenfalls gehört haben musste, überprüfte die Pistole. Anschließend trat er aus dem Sichtbereich des Eingangs. Wer auch immer dort kam, würde Snake direkt in die Falle tappen, und sie konnte nichts dagegen tun.

Sina rannte in den Raum und blieb abrupt stehen, als sie die Leiche entdeckte. Sie drehte sich schnell um und versuchte wegzulaufen, erstarrte jedoch, als Snake aus dem Schatten trat und die Waffe auf sie richtete. Sinas Blick wanderte zu der Metallstange, die sie wie einen Speer in den Händen hielt.

„So sehen wir uns also wieder", sagte Snake theatralisch. Natürlich filmte er noch immer mit der Kamera. Er hob seine Waffe ein wenig, als Sina ihre Beine leicht anwinkelte, als wolle sie lossprinten. „Das würde ich nicht tun. Ich erschieße dich gerne bei der kleinsten Bewegung."

Sina ließ den Metallspeer sinken, bis die Spitze auf den Boden zeigte.

„Wer ist dieser Typ?", fragte Sina und nickte in Richtung des falschen Polizisten. „Hast du unsere Rettung getötet?"

„Ja, ich habe ihn umgebracht", sagte Snake, während er sich streckte und die Kamera auf Sina richtete. In seiner Stimme klang unüberhörbar Stolz mit.

„Warum? Bist du der sogenannte Meister der Arena?"

Snake lächelte und Judy hielt den Atem an.

„Ich beherrsche diese Arena, also könnte man mich mit einigem Recht als Meister bezeichnen. Allerdings habe ich diese lächerlichen Briefe sicher nicht verschickt. Ich habe meine Vermutungen, wer das alles eingefädelt haben könnte. Ohnehin werde ich es bald erfahren, da alles hier aufgezeichnet wird."

Sina starrte ihn an. Schweißperlen standen auf ihrer Stirn und ihr Blick huschte zwischen Snake und dem Ausgang hin und her.

Tu es nicht. Er würde dich erschießen. Natürlich sprach Judy ihre Gedanken nicht laut aus. Snake hatte seine Fassade fallen gelassen und ihnen gezeigt, was für ein Monster er war. Doch wenn er sich das Spiel nicht ausgedacht hatte, saß er genauso in der Falle wie sie.

„Warum hast du das getan?"

„Was getan?", fragte Snake zurück. „Den vermeintlichen Polizisten umgebracht?"

Sinas gerunzelte Stirn verriet, wie die Gedanken dahinter rasten. „Willst du damit sagen, der Polizist war nicht echt? Wenn du nicht der Meister der Arena bist, welchen Sinn hat es dann, das alles zu filmen?“

Snake seufzte. „So viele Fragen. Der Punkt ist, dass nicht nur ich, sondern viele andere deine Angst genießen wollen. Genau wie dieser tote Fan hier.“ Er grinste und trat dem falschen Polizisten noch einmal ins Gesicht. Dann senkte er seine Waffe leicht. „Außerdem wollte ich eine gute Perspektive haben, bevor ich das hier mache.“

Der Schuss ertönte, Sinas Schrei folgte fast gleichzeitig. Sie brach zusammen, und die Metallstange schlug mit einem scharfen Klirren auf dem Felsen auf.

Nein! Judy zwang sich, nicht aufzuschreien. Sie war nicht nur von der Gewalt schockiert, sondern auch von der Leichtigkeit, mit der Snake abgedrückt hatte.

Ein Schmerzenslaut drang an ihr Ohr. Lebte Sina noch? Ja, sie bewegte und krümmte sich auf dem Boden, wobei sie ihr Bein gepackt hielt.

Ohne Eile kam Snake näher und zielte nun auf ihren Kopf. Sie wand sich weiterhin vor Schmerzen. Obwohl offensichtlich keine Gefahr für ihn bestand, trat Snake den Metallstab beiseite.

„Schade um unsere sexy Krankenschwester, aber ich fürchte, ich komme hier nur raus, wenn ich alle erledige.“

Judy hatte nur einen Sekundenbruchteil Zeit, eine Entscheidung zu treffen. Als sie sah, wie sich Snakes Finger Richtung Abzug bewegte, trat sie aus ihrem Versteck hervor. Es war die falsche Entscheidung.

"Warte!"

Snake wirbelte herum und richtete die Waffe auf sie. Dann erinnerte er sich an den verletzten, aber noch lebenden Gegner zu seinen Füßen und wich hastig ein paar Schritte zurück. „Wie zum Teufel bist du hierhergekommen?“

„Du musst sie nicht töten“, beharrte Judy, ohne seine Frage zu beantworten. „Ich weiß, wie wir hier rauskommen!“

„Versuch nicht, mich zu täuschen! Wenn du es wüsstest, wärst du schon lange weg.“

Trotz seiner Worte hatte er noch nicht geschossen. „Was glaubst du denn, wie der falsche Polizist in die Anlage gekommen ist?“, fragte sie. „Er ist nur hier, weil er mir gefolgt ist. Ich kenne den Weg, und wir können alle problemlos rausgehen und gerettet werden. Es besteht überhaupt kein Grund für Gewalt.“

„Du bist so naiv“, sagte Snake und trat gegen Sinas Bein.

Diese kreischte vor Schmerz auf und Snake verzog die Lippen zu einem erneuten Lächeln. „Natürlich gibt es einen guten Grund für Gewalt! Abgesehen davon, dass dieses Miststück es mehr als verdient hat, brauche ich die Videos.“

Verwirrt starrte Judy ihn an, ohne zu verstehen, was er meinte.

Erneut grinste Snake teuflisch. „Hast du die Geschichte mit dem Videokanal für Motorradstunts wirklich geglaubt?“ Er lachte laut auf. „Ich hätte mir nicht diesen unglaublichen Aufwand gemacht, um meine Identität im Darknet zu verbergen.“

„Du verkaufst Gewaltvideos? Wer schaut sich so etwas überhaupt an?“

„Oh, viele Leute zahlen gutes Geld dafür! Das liegt in der menschlichen Natur. Hattest du das nicht in deinen Büchern erwähnt?“

Sein Nicken hatte etwas Diabolisches an sich, als sie ihn erneut verwirrt anstarrte. „Oh ja“, erriet er ihre Gedanken. „Ich habe eines deiner Bücher gelesen. Es war überraschend kurzweilig. Immerhin konnte ich deine Beschreibung, wie wir Menschen vom Bösen angezogen werden, sehr gut nachvollziehen. Ich habe einige praktische Erfahrungen gemacht, die mit deinen Theorien übereinstimmten.“

Er lachte erneut wie ein Wahnsinniger. „Schau nicht so überrascht, Gewalt gibt es überall und genauso gibt es Menschen, die sie genießen. Bei jedem Feuer, jedem Autounfall und jedem Unglück versammeln sich Hunderte von Menschen. Manche begeben sich selbst in Lebensgefahr, um das grausame Schauspiel ja nicht zu verpassen. Gewalt zieht uns an wie das Feuer die Mücken. Die Menschen sind nun einmal so. Ich liefere ihnen nur die Show, nach der sie sich insgeheim sehnen.“ Er schwenkte die Kamera erst auf den Polizisten, dann auf Sina und schließlich auf sie, als wolle er es beweisen.

„Was hast du mit der Arena zu tun?“, fragte sie.

Er zuckte mit den Schultern. „Nichts. Aber wir, der Meister der Arena und ich, arbeiten im selben Geschäft. Deshalb habe ich auch eine Ahnung, wer hinter diesem Pseudonym stecken könnte. Auch ohne die Videos von unserem Veranstalter habe ich schon so viel Material, dass ich damit reich werde. So etwas ist Gold wert“, sagte er und trat erneut gegen Sinas Schienbein, deren Schreie inzwischen an Kraft verloren und in ein gepeinigtes Wimmern übergegangen waren.

„Wie bist du dazu gekommen, diese Videos zu drehen?“, fragte Judy. Nicht, weil sie besonders daran interessiert war, wie Snake zum Monster geworden war, sondern um Zeit zu gewinnen. Zumindest schien Snake die seltene Gelegenheit zu genießen, über seine geheime Leidenschaft zu sprechen.

„Eigentlich fing es ganz harmlos mit einem Motorradunfall an“, erzählte er im Plauderton. „Damals wusste ich gar nicht, was ich tat. Meine Kamera war während der Fahrt immer eingeschaltet, und ohne es zu wissen, hatte ich eine Nahaufnahme des Verletzten gemacht. Ich war wie gelähmt, wollte helfen, wusste aber nicht wie. Ich wollte den Krankenwagen rufen, aber dann war der Typ tot. Ich rannte weg. Wozu sollte ich mir auch die Schwierigkeiten mit der Polizei holen? Ich hatte den Unfall nicht verursacht.

Später sah ich mir das Video an. Es war beeindruckend gut. Ich meine, wie oft filmt man schon einen echten Sterbenden? Nachdem ich eine Weile darüber nachgedacht hatte, stellte ich es auf meine Website. Dann geschah etwas Seltsames.

Das Video bekam mehr Klicks als alle meine anderen Videos zusammen. Egal wie aufwendig der Stunt war, kein Video wurde so oft geteilt wie dieses. Das war mein Einstieg in die Droge. Ich hatte meine Berufung gefunden. Seitdem spezialisiere ich mich ausschließlich auf solche Videos. Mein Kanal ist unter Kennern berühmt. Normalerweise versuchte ich, als Erster an Unfallorten zu sein, aber das reichte nicht.

Irgendwann habe ich angefangen, mich auch selbst um die Unfälle zu kümmern. Ein Feuer ist leicht gelegt und niemand vermisst einen der vielen Penner unter den Brücken.“ Er machte eine ausladende Geste. „Aber das hier... Das ist ein anderes Level.“

Nach dieser Erklärung wurde ihr klar, dass Snake nicht die Absicht hatte, sie am Leben zu lassen. Sie wusste zu viel. Er wollte nur die Angst in ihren Augen festhalten, um sie seinen Zuschauern zu verkaufen.

Wie zur Bestätigung hob er erneut seine Waffe und richtete sie diesmal auf sie. „Es war nett, mit dir zu plaudern. Ich gebe zu, dass ich eine gewisse Bewunderung für dich entwickelt habe. Schon rein, weil du die letzte Arena überlebt hast, ganz zu schweigen von deinem Talent im Umgang mit Messern. Du bist ein Naturtalent. Deshalb werde ich nicht das Risiko eingehen, dir zu nahe zu kommen. Wobei ich mich immer noch nicht ganz entschieden habe, wie ich dein Leiden möglichst lange aufrechterhalten kann, bevor du stirbst."

Leider hatte er, was ihre Chancen anging, recht. Egal wie schnell sie auch sein mochte, Snake hatte sich in sicherem Abstand positioniert und war viel zu vorsichtig, um sich von ihr ablenken zu lassen.

„Wenn du mich tötest, kommst du hier nicht mehr raus."

„Mmmh?" Snake legte den Kopf schief.

„Ich weiß, wo der Ausgang ist", sagte Judy. „Aber wenn du mich tötest, wirst du es nie erfahren."

„Clever", sagte Snake schlicht und richtete die Waffe auf die immer noch keuchende Sina. „Dann erschieße ich sie, wenn du mir nicht sagst, wo der Ausgang ist."

„Das wirst du nicht." Sie bemühte sich, jeglichen Zweifel aus ihrem Tonfall herauszuhalten.

„Oh nein?"

„Wenn du Sina erschießt, werde ich es dir auch nicht sagen."

„Ich kann dir einfach ins Bein schießen und dich foltern, bis du mir sagst, was ich wissen will“, drohte Snake.

„Nein, das kannst du nicht.“ Gut, ihr Tonfall klang völlig überzeugt. Sie durfte in ihrer Stimme nicht den geringsten Zweifel zeigen. „Auf diese Entfernung, besonders wenn ich mich bewege, kannst du nicht sicher sein, wo genau du mich triffst. Ich könnte sterben oder bewusstlos werden, bevor du die Antwort bekommst. Da du Angst vor mir hast, kannst du wiederum nicht nah genug kommen, um einen sicheren Schuss abzugeben. Natürlich könntest du immer noch Sina erschießen, aber ich würde lieber in diesem Kerker verrotten, als dir den Weg nach draußen zu zeigen. Wir befinden uns in einer Pattsituation.“

Snake zielte noch eine Weile auf Sina, dann senkte er die Waffe. „Sieht so aus, als würdest du vorerst am Leben bleiben. Sina auch, falls sie nicht verblutet. Wo ist der Ausgang?“

„Du glaubst doch nicht ernsthaft, dass ich es dir jetzt einfach erzähle, oder?“

„Du hast mein Wort, dass ich dich am Leben lasse“, behauptete Snake.

Judy schnaubte verächtlich. „Du kannst die Waffe auf den Boden werfen, dann sage ich dir, wo der Ausgang ist.“

„Damit du mich erstechen kannst?“ Snake schüttelte den Kopf. „Sieht aus, als hätten wir wieder eine Pattsituation.“ Er drückte auf den Kamerabildschirm und sagte eine Weile nichts.

„Wir könnten unsere Waffen gleichzeitig ablegen“, schlug Judy vor. Er schien zu überlegen. Würde ihn die Angst, in diesen Höhlen zu enden, vielleicht zu einem Kompromiss zwingen? Als das diabolische Grinsen wieder über sein Gesicht huschte, wusste sie, dass es keine Einigung geben würde.

„Nein", sagte er und richtete die Waffe erneut auf sie. „Du hast gesagt, der falsche Polizist hat alles mit seiner Kamera gefilmt, nicht wahr?" Er hob die Kamera auf und aktivierte das Kameradisplay. Sein Grinsen wurde breiter. „Er hat tatsächlich alles gefilmt - auch den Weg nach draußen. Damit brauche ich dich nicht mehr."

Judy versuchte, der Kugel auszuweichen, indem sie sich zu Boden warf, doch sie wusste bereits, dass es zwecklos war. Niemand war schneller als eine Pistolenkugel. Und selbst wenn er sie verfehlte, würde er einfach ein zweites Mal schießen. Dennoch warf sie sich zu Boden. Als sie auf dem Boden aufschlug, donnerte der Schuss.

Kapitel Siebenundvierzig

17 Stunden bis zur Abrechnung

Sie schrie auf. Seltsamerweise spürte sie keinen Schmerz.

„Judy!“ Jemand beugte sich über sie. „Oh Gott, bist du verletzt?“

Verwirrt blinzelte sie in den Strahl der Taschenlampe.

„Louis?“, hauchte sie verwirrt. Unzählige Fragen kreisten in ihrem Kopf, doch jetzt war nicht die Zeit dafür. Ihr Leben war noch immer in Gefahr.

Sie stemmte sich halb hoch und umklammerte ihr Messer. Louis hatte seine Pistole achtlos fallen lassen und kniete mit dem Rücken zu ihr. Ein kurzer Blick nach links zeigte ihr, dass Sina noch lebte, allerdings waren ihr die starken Schmerzen anzusehen.

Und Snake? Endlich verstand sie, wer vor Louis lag. Ein Ausdruck wachsender Verzweiflung zeichnete sich auf Louis Gesicht ab, während er schwitzend zum wiederholten Male auf Snakes Brust drückte. Atemlos zählte er, bis er erneut die Hände zur Wiederbelebung nach unten presste. Snakes Blick war zur Decke gerichtet. Keine Wiederbelebungsversuche würden hier noch etwas ausrichten können.

„Louis“, sagte Judy leise. „Es ist vorbei.“

„Nein!“, keuchte Louis und drängte weiter, jeder Logik zum Trotz. Erst als der Klang einer Glocke durch die Höhlen hallte, sackte er zusammen und gab auf. „Ich habe ihn getötet“, murmelte er fassungslos.

„Hättest du ihn nicht erschossen, hätte er mich getötet“, stellte Judy sachlich fest. Schuldgefühle nagten an ihr. Louis hatte ihr gerade das Leben gerettet, sollte sie ihm nicht vertrauen? Seine Verzweiflung wirkte nicht gespielt.

Trotzdem hielt sie ihre Klinge in der Hand und zielte auf seinen Rücken. Bereit zuzustechen, falls sie nicht die Antworten bekam, auf die sie hoffte.

„Louis, was ist die Geschichte hinter deinem Brief? Was wolltest du geheim halten?“

„Was?“ Er sah sie verwirrt an. Seine Kopfbewegung brachte ihn gefährlich nahe an die Messerspitze, doch noch hatte er es nicht bemerkt.

„Es gibt einiges, worauf ich noch keine Antwort habe. Warum hast du eine Waffe und bist in meine Folterkammer geplatzt? Ich glaube, das alles könnte mit deinem Geheimnis zu tun haben. Du hast versucht, es für dich zu behalten, aber ich muss die Wahrheit wissen, damit ich dir vertrauen kann.“

„Ich habe dich gesucht. Als ich zurückkam, warst du weg und jemand hatte das Lager angegriffen. Ich habe dein Gefängnis gefunden, aber du warst verwirrt und bist vor mir weggelaufen.“ Louis zögerte. „Das Geheimnis hat nichts mit der Arena zu tun.“

Ihre Finger verkrampften leicht, noch immer um den Griff des Messers geklammert. Sie wollte Louis glauben, aber wie sollte sie das, solange er etwas vor ihr verbarg?

Louis seufzte, als spürte er ihre Skepsis. „Nach allem, was passiert ist, ist es egal, ob ich es dir erzähle. Im Gegenteil, es ist wahrscheinlich sogar besser, wenn es endlich ans Licht kommt.“ Er seufzte noch einmal und straffte die Schultern. „Ich fürchte, ich habe schon einmal jemanden getötet."

Absurderweise entspannte sie sich trotz der Grausamkeit seiner Worte ein wenig. Louis' Verzweiflung war entweder echt oder meisterhaft gespielt.

„Ich weiß nicht, wie der sogenannte Meister der Arena von meinem Geheimnis erfahren hat. Aber er nutzte es, um mich unter Druck zu setzen. Er hat mir diverse Briefe hier hinterlassen, um mich zu bedrohen."

Judy nickte nur. Sie erinnerte sich noch an den Brief, den Louis versteckt hatte. „Wie ist es passiert?"

„Das mag alles unglaublich interessant sein", keuchte Sina. „Aber ich brauche hier Hilfe!"

Auf die Gefahr hin, sich ein weiteres Mal zu irren, steckte Judy ihr Messer wieder weg. Sie konnte und wollte sich einfach nicht vorstellen, dass Louis sie angreifen würde.

Sie untersuchte Sinas Bein. „Ohne Operation können wir hier nichts tun. Die Kugel steckt tief in deinem Bein. Alles, was ich machen kann, ist, einen Druckverband improvisieren."

Sina nickte, ihr Gesicht war kreidebleich.

Während sie versuchte, das Bein mit den Bandagen abzubinden, die sie die ganze Zeit als Gürtel verwendet hatte, fuhr Louis mit seiner Geschichte fort.

Ich hatte gerade meinen Führerschein gemacht und war ebenso jung wie dumm. Ich war auf einer großen Party eingeladen. Natürlich hätte ich überhaupt nichts trinken sollen, aber ich wurde überredet, einen Cocktail zu trinken, und dachte, dass das schon keine großen

Auswirkungen hat. Anstatt mit dem Taxi nach Hause zu fahren, wollte ich lieber mit meinem brandneuen Sportwagen angeben. Da kam dieser Typ auf mich zu. Ich kannte ihn nicht, aber es war ein anderer Gast, und er fragte mich, ob ich ihn mitnehmen könnte.

Louis starrte eine Weile ins Leere. Die Stille wurde nur von Sinas Schmerzensschrei unterbrochen, als Judy den Verband um ihr Bein fester zog. Wenigstens blutete die Wunde nicht mehr so stark. Sie drehte sich wieder zu Louis um.

„Die Straße war nicht beleuchtet, und ich bin wahrscheinlich zu schnell gefahren. Ich weiß es nicht mehr genau. Jedenfalls war es viel zu spät, als ich direkt nach einer Kurve etwas, besser gesagt jemanden, auf der Straße liegen sah. Ich schwöre, dass ich nur diesen einen Cocktail getrunken habe, aber anscheinend war es mehr Alkohol, als ich vertragen konnte. Ich reagierte zu spät und konnte nicht mehr rechtzeitig bremsen. Ich höre noch immer das Quietschen der Bremsen und das dumpfe Geräusch, als die Reifen über ihn rollten. Erst die Vorderräder, dann die Hinterräder, und schließlich kamen wir zum Stehen."

„Hast du einen Schrei gehört?"

Er sah sie verständnislos an. „Nein, ich glaube nicht." Wieder brauchte Louis etwas Zeit, um sich zu sammeln. „Ich glaube, der Mann auf der Straße hat geschlafen. Ich war völlig in Panik. Mein Beifahrer, der Partygast, meinte, ich solle einfach sitzenbleiben, er würde nachsehen. Es dauerte lange, bis er zurückkam. Im Rückspiegel sah ich, dass er die Leiche offenbar von der Straße gezogen hatte. Als er zu mir zurückkam, sagte er mir, der Mann sei tot."

„Und das hast du geglaubt?", fragte Judy.

„Natürlich." Louis nickte. „Ich wünschte, es wäre anders, aber bei der Geschwindigkeit, mit der ich ihn überfahren habe, gab es leider keine Hoffnung mehr."

„Wer war das Opfer?"

„Ausgerechnet ein Cousin meines Beifahrers. Ich kannte ihn nicht und habe die Leiche nicht selbst gesehen. Mein Beifahrer hat ihn allerdings erkannt."

„Und dann?"

„Ich wollte die Polizei rufen, aber er hielt mich davon ab. Er sagte, das würde sich schon klären. Am nächsten Tag rief er mich an und wollte Geld."

„Du hast ihm Schweigegeld gezahlt?"

„Ja", sagte Louis und schüttelte dann aber den Kopf. „Es war nicht nur Schweigegeld. Es war Schmerzensgeld für die Familie, und außerdem hat er die Sache geregelt, ohne dass die Polizei informiert wurde."

"Wie meinst du das?"

Louis zuckte die Achseln. „Er kannte den Vater, den einzigen noch lebenden Verwandten, und erklärte ihm, was passiert war. Er überzeugte mich, dass es niemandem nützt, die Polizei einzuschalten. Stattdessen erhielten er und der Vater eine hohe Entschädigung. Wir einigten uns darauf, die Sache zu vergessen."

„Ich will den Alkohol nicht entschuldigen, aber für mich klingt es trotzdem eher nach einem Unfall. Oder nach fahrlässiger Tötung oder wie man das nennt. Auf jeden Fall war weder das hier", sie zeigte auf Snake, „noch der Autounfall ein kaltblütiger Mord."

„Das Endergebnis ist aber dasselbe. Diese beiden Menschen sind meinetwegen gestorben. Nach allem, was ich hörte, hat der Vater dann einen Neuanfang gewagt. Nach der Beerdigung hat man nichts mehr von ihm gehört oder gesehen. Ich glaube, er ist nach Amerika ausgewandert."

„Warst du auf der Beerdigung?"

„Natürlich nicht! Nach Überweisung des Geldes hatte ich keinen Kontakt zu der Familie."

Irgendetwas stimmte nicht mit der Geschichte. Doch das war jetzt eher nebensächlich. Solange Louis sie glaubte, hatte der Meister der Arena eine Möglichkeit gehabt, ihn zu erpressen. „Wir sollten jetzt so schnell wie möglich fliehen", murmelte Judy.

„Na ja", lächelte Louis gequält. „Wenn es doch nur so einfach wäre."

„Ich meine es ernst", sagte Judy. „Ich kenne den Ausgang!"

„Das bezweifle ich", sagte Sina. „Unser Puppenspieler hat uns inzwischen ziemlich deutlich klargemacht, dass wir nicht rauskommen."

„Marionettenspieler. Vielleicht haben wir endlich die Fäden durchtrennt. Zumindest sollte uns die Drohung nicht daran hindern, es zu probieren", widersprach Louis. „Wenn es einen möglichen Ausgang gibt, dann los! Unser Gegner ist ein sadistischer Mensch und kein allwissendes Wesen. Wir müssen seinen Fehler ausnutzen, wenn er einen Ausweg freigelassen hat."

Sina versuchte, sich hochzudrücken, hielt aber mit einer schmerzverzerrten Grimasse inne. „Warte, willst du damit sagen, dass Snake nicht der Meister der Arena war?"

„Das entzieht sich meiner Erkenntnis." Louis zuckte mit den Achseln. „Und wer hat die Todesglocke geläutet, wenn nicht einer von uns?"

Judy streckte Sina die Hand entgegen. „Du hast recht, es gibt jemanden, der das alles organisiert und die Briefe geschrieben hat. Der Meister der Arena sieht die Kameras und läutet die Glocke, aber er brauchte jemanden in den Höhlen, der seine Drecksarbeit erledigt. Vermutlich war das Snake. Jetzt, wo er besiegt ist, können wir vielleicht rauskommen."

Sina packte ihre Hand und rappelte sich mit einem gequälten Stöhnen auf.

Judy stützte sie. „Ich weiß, dass dieser vermeintliche Polizist von außen reingekommen ist. Ich war an dem Ausgang, er führt eindeutig nach draußen. Ich bin sicher, der Arenameister kannte diesen Kerl nicht. Der falsche Polizist war wahrscheinlich nur ein Fan von der Website, hat die Arena gefunden und einen der Eingänge geöffnet, die unser Puppenspieler von außen versiegelt hatte. Das heißt, wir haben hier eine Chance, mit der er nicht gerechnet hat." Sie sah Sina an. „Kannst du laufen?"

„Mehr oder weniger", sagte Sina mit schmerzverzerrtem Gesicht. „Aber wenn ich hier bleibe, werde ich definitiv sterben."

„Hast du eine Lampe?", fragte Louis.

„Verdammt, ich hätte die von Snake oder dem Polizisten einsammeln sollen. Jetzt haben wir nur Sinas Schulterlampe." Wieder umkehren, wollte sie allerdings auch nicht. Jeder Schritt war für Sina eine Qual und sie mussten sich beeilen. „Geh voran und wir folgen dir einfach."

Louis hielt ihr ein Feuerzeug hin. „Es ist nicht ideal, aber falls wir getrennt werden sollten, ist es besser als nichts."

Wortlos steckte sie es ein und eilte, so schnell es mit Sinas Arm auf ihren Schultern ging, hinter Louis her.

Die kurze Strecke bis zu dem Ausgang, kam ihr auf einmal endlos vor.

„Wie weit ist es noch?", keuchte Sina.

Louis leuchtete mit seiner Lampe in den ansteigenden Korridor. „Ich glaube, ich sehe die Tür!"

„Warte", sagte Judy und löste Sinas Arm von ihrer Schulter. „Das war vorher nicht da!" Sie deutete auf eine Ansammlung grausiger Gegenstände. Jemand hatte Teile von Schaufensterpuppen vor der Tür verstreut und mit Kunstblut beschmiert. Ein widerlicher Gestank schlug ihr entgegen und ließ in ihr Übelkeit aufsteigen.

„Es sind Innereien", stellte Sina sachlich fest, und nun erkannte auch Judy, was auf dem Boden lag.

Jemand hatte Tierkadaver hier abgeladen. Die Knochen und Schlachtabfälle waren in einem großen, abstoßenden Kreis um die Tür angeordnet. Dazwischen lagen Fotos. Judy nahm eines der Bilder, Louis ein anderes.

Das Bild war alt und zeigte wahrscheinlich Gefangene, die im Tunnel gefoltert worden waren. Angewidert ließ sie es fallen.

„Hier ist ein Foto von Laura", sagte Louis. „Ich bin mir nicht ganz sicher, aber ich glaube, es zeigt den Moment ihres Todes."

„Lass mal sehen!" Sina machte das Foto. „Wow, das ist wahrscheinlich exakt der Moment, als sie in die Schlucht stürzte."

„Gestoßen wurde", korrigierte Louis und zeigte auf das Bild.

Endlich konnte Judy einen Blick auf das Foto werfen. Laura stand am Rand einer Schlucht und schien zu stolpern. Die Kamera hatte ihren verängstigten Gesichtsausdruck eingefangen. Doch die Kamera zeigte auch einen weiteren Arm. Er gehörte einem Mann, und entweder hielt er Laura an der Jacke fest oder, was wahrscheinlicher war, stieß sie gerade in die Schlucht.

„Hier sind noch ein paar Bilder", sagte Sylvia und zog ein weiteres Foto unter einem Knochen hervor. „Das ist Paul, wie er aufgespießt an den Haken hängt."

„Und ich habe Peter Bolt gefunden", sagte Louis und hielt ein weiteres Foto hoch. „Das ist er, kurz bevor die Waffe in seinen Händen explodierte."

„Ich denke, wir können davon ausgehen, dass diese Bilder alle kurz vor dem Tod der Personen aufgenommen wurden", sagte Louis. „Ich habe Sylvias Foto gefunden. Es passt ins Muster."

„Lasst uns keine Zeit damit verschwenden und hier verschwinden!"

Sina hatte recht. Leider war sie nicht besonders überrascht, als Louis an der Tür rüttelte und sie sich nicht bewegte.

„Wir müssen durch diese Tür. Sie führt nach draußen", beharrte Judy. „Es ist mir egal, ob wir die Tür einschlagen oder stundenlang an den Scharnieren herumhämmern, bis sie nachgeben, aber wir müssen irgendwie durchkommen."

„Glaubst du, wir haben dafür genug Zeit?"

Judy dachte einen Moment über Louis' Frage nach. „Es ist klar, dass Snake nicht für das hier verantwortlich war. Er hatte keine Zeit dafür, Sina und ich auch nicht."

„Aber dann bleibt nur noch Marie.“ Louis schüttelte ungläubig den Kopf. „Du kannst mir nicht erzählen, dass Marie all diese Dinge getan hat.“

„Sie ist eine furchtbare Nervensäge“, kommentierte Sina trocken.

„Ich glaube nicht eine Sekunde, dass sie die Meisterin der Arena sein könnte“, sagte Louis. „Was ist mit Michael?“

Judy schüttelte den Kopf. „Nein, ich bin absolut sicher, dass er tot ist. Allerdings ist das hier ein Beweis, dass es den Meister der Arena immer noch gibt und er uns an der Flucht hindert.“

„Warum macht er das alles?“ Sina machte eine ausladende Geste in Richtung der gruseligen Sammlung an Bildern und Eingeweiden auf dem Boden. „Warum verschwendet er seine Zeit damit?“

Oder *sie*, fügte Judy in Gedanken hinzu.

„Vielleicht will er uns einfach nur aufhalten“, überlegte Louis. „Er verunsichert uns, und unsere Verwirrung bedeutet, dass wir Zeit verschwenden, anstatt die Tür einzutreten.“

„Vielleicht“, sagte Judy nachdenklich. „Ich glaube nicht, dass das der einzige Grund ist. Er braucht weiterhin schockierende Videoaufnahmen, um seine Kunden zufriedenzustellen.“

„Und das soll seine Videos ansprechender machen?“ Sina deutete auf das Arrangement vor ihnen.

„In gewisser Weise, ist es ein Beweis seiner Schwäche.“

„Inwiefern?“ Louis schien nicht sehr überzeugt. „Im Moment hat er noch alle Trümpfe in der Hand.“

Judy schüttelte den Kopf. „Nein, das tut er nicht. Ich glaube, unser Entführer gerät in Panik. Ihm gefällt es gar nicht, dass wir einen der echten Ausgänge gefunden haben.“ Sie deutete auf die Tür.

„Wenn er den Eingang wirklich hätte verbarrikadieren können, hätte er das getan, anstatt sich die Mühe mit diesen Gegenständen zu machen. Ich bin mir sicher, dass er dieses ganze Zeug eigentlich in einem seiner Kabinette des Horrors stecken wollte. Dass er es hier abgeladen hat, zeigt, dass er nervös geworden ist. Er will uns davon abhalten, durch diese Tür zu kommen."

„Du meinst, er macht uns Angst und hofft, dass wir es nicht weiter versuchen?"

„Ich glaube, das ist Teil seines Plans", stimmte Judy Louis zu. „Wenn er keine Angst vor uns hätte, wäre er jetzt hier und würde uns einfach umbringen. Doch er traut sich nicht und muss uns auf andere Art loswerden."

„Vielleicht steht noch mehr in dem Brief", sagte Sina und zog ein gefaltetes Blatt aus der Sammlung von Horrorbildern, das Judy bisher nicht aufgefallen war.

„An jene, die mit Blut getauft wurden,

Ihr seid alle Mörder, und eure Taten haben mich sehr unterhalten. Aber glaubt nicht, ihr könntet mich verraten. Ihr wisst, was mit denen passiert, die sich nicht an die Regeln halten. In diesem Spiel gibt es keine Verbündeten. Nur einer von euch wird überleben. Jeder, der versucht zu betrügen und mit einem anderen Spieler zu fliehen, stirbt. Ihr wisst, was ihr zu tun habt.

Der Meister der Arena."

Louis rüttelte erneut an der Tür. „Er versucht uns wieder gegeneinander auszuspielen. Wahrscheinlich hat er wirklich Angst, dass wir durch die Tür kommen, aber im Moment weiß ich nicht, wie. Das sieht nach Stahl aus. Er ist etwas rostig und vielleicht nicht besonders dick, aber es wird trotzdem sehr schwer, die Tür zu zerstören." Er zog die Pistole. „In Deckung!"

Er schoss zweimal auf die Tür, dann auf die Scharniere und schließlich auf das Schloss neben der Klinke.

„Ich fürchte, das war der letzte Schuss."

„Und?", fragte Sina. „Hat es etwas gebracht?"

Louis rüttelte erneut an der Tür. „Die Tür ist immer noch verschlossen. Aber sie ist nicht so stabil, wie ich dachte. Schau mal hier!" Er zeigte auf die Einschusslöcher. „Das ist Stahl, aber ich glaube, der Schuss ist tatsächlich hier durchgegangen."

Judy untersuchte das winzige Loch. Es war zu klein, um einen Finger hindurchzustecken. Trotzdem starrten alle wie verzaubert, als ein Sonnenstrahl durch die winzige Öffnung fiel.

„Was ist mit den Scharnieren? Glaubst du, wir können sie kaputtmachen? Ich habe immer noch die Pistole des Polizisten."

„Das bezweifle ich", sagte Louis, „aber wir können es versuchen."

„In Deckung." Sie hob die Waffe und zielte auf eines der beiden Türscharniere. Der Knall war ohrenbetäubend, und sie hätte beinahe die Pistole verloren, weil ihr Arm durch den Rückstoß so heftig nach hinten geschleudert wurde. Es war das erste Mal, dass sie eine Pistole abfeuerte.

Die Kugel hatte nicht genau die Stelle getroffen, auf die sie gezielt hatte, also versuchte sie es noch einmal. Diesmal traf sie die richtige Stelle, richtete aber auch keinen größeren Schaden an als zuvor.

„Vielleicht etwas höher?“, schlug Louis vor. „Schließlich sind diese Metallteile schon ziemlich verbogen.“

Beim nächsten Schuss flog ein kleines Metallstück vom Scharnier ab und mit einem leicht verzögerten Knall löste sich das Scharnier von der Tür. „Es hat geklappt!“, rief sie aufgeregt. Die Tür wurde zwar noch vom zweiten Scharnier gehalten, aber sie hatten bewiesen, dass es möglich war. Sie zielte auf das zweite Scharnier und drückte ab. Nichts. Selbst als sie noch einmal abdrückte, erklang nur ein frustrierendes Klicken.

„Nicht weit von hier habe ich in einem Raum Munition entdeckt. Ich weiß nicht, ob dort noch mehr ist, als ich mitgenommen habe, aber es könnten auch andere Werkzeuge dort gewesen sein“, sagte Louis.

„Ich weiß nicht, ob es so eine gute Idee war, alle Patronen an der Tür zu verschwenden“, sagte Sina.

Louis zuckte mit den Achseln. „Wenn wir draußen sind, brauchen wir sie nicht mehr.“

In diesem Moment erklangen Schreie.

Kapitel Achtundvierzig

16 Stunden bis zur Abrechnung

„Habt ihr das gehört?“

„Ich bin nicht taub“, antwortete Sina auf Louis’ Frage. „Es ist offensichtlich Marie. Sonst ist ja keiner mehr am Leben.“

Außer, es ist nur eine alte Aufnahme, um uns hier wegzulocken. Das wäre ja nicht das erste Mal“, sagte Judy. Instinktiv hatte sie sich an die Wand hinter einem Felsvorsprung gedrückt und starrte in die Richtung, aus der die Schreie kamen. „Ich war mir so sicher, dass der Meister der Arena einer von uns ist, aber es sieht so aus, als hätte ich mich geirrt.“

Es war ein langer Tunnel bis zu ihrer Tür, mit einigen Windungen und Felsspalten in den Wänden. Theoretisch konnte sich Marie ganz in der Nähe aufhalten, aber wahrscheinlich war es nur wieder ein Lautsprecher.

„Das ist offensichtlich eine Falle.“ Auch Sina blickte nervös in den Tunnel.

„Und was, wenn nicht?“ Louis schaltete das Licht seines Handys aus und hüllte sie in fast völlige Dunkelheit.

„Ich glaube, ich sehe ein Licht am Ende des Tunnels.“

„Wie poetisch“, bemerkte Sina.

Louis schaltete sein Handy wieder ein. „Wir sollten nachsehen, woher das Licht kommt. Falle hin oder her, Marie steckt in Schwierigkeiten.“

„Oder sie ist die Schwierigkeit.“ Sina verschränkte trotzig die Arme.

Es war schwer vorstellbar, dass Marie der Meister der Arena sein sollte, aber tatsächlich konnte sie selbst das nicht ausschließen. Judy schlug frustriert mit der Hand gegen die Tür. „Also laufen wir schon wieder Schreien aus einem Lautsprecher hinterher. Der Marionettenspieler ist nicht einmal besonders kreativ in der Art, wie er an unseren Schnüren zieht. Das Frustrierende ist, dass es auch noch funktioniert. Wir können die Tür hier ohne Werkzeug nicht öffnen und der Tunnel führt nun mal nur zurück in Richtung der Schreie.“

Louis’ Augen weiteten sich, als er auf sein Handy blickte. „Warte - ich hatte gerade Empfang!“ Er trat näher an die Tür heran. „Für einen Hilferuf reicht es nicht, aber vielleicht für eine SMS.“

Vielleicht hatten die kleinen Einschusslöcher geholfen, ein Signal zu bekommen? „Dann schreib doch eine Nachricht. Du kannst das Handy hierlassen, und wenn die Signalstärke irgendwann wieder besser wird, wird sie verschickt.“

„Ich möchte ungern mein Handy verlieren…“ Er seufzte, folgte aber Judys Vorschlag.

Eine der letzten beiden Lichtquellen aufzugeben, war schmerzhaft, aber es war den Versuch wert.

„Also wollen wir ernsthaft versuchen, Marie zu retten?“, fragte Sina zweifelnd. „Du weißt doch schon, dass es höchstwahrscheinlich eine Falle ist.“

„Vermutlich ja. Oder vielleicht hatte Marie einfach Pech. So oder so, können wir sie nicht ihrem Schicksal überlassen.“ Judy wartete die Antwort nicht ab und machte sich auf den Rückweg.

Sinas Stimme hallte hinter ihr durch den Tunnel. „Marie würde dich ohne zu zögern zurücklassen. Außerdem ist sie die letzte aus unserer Gruppe und damit vermutlich selbst die Meisterin dieser Arena.“

Judy blieb noch einmal stehen. „Du meinst, Marie tut nur so, als ob sie in Gefahr wäre, um uns zu ihr zu locken?“

Louis schüttelte den Kopf. „Ich kann mir nicht vorstellen, dass sie für all das hier verantwortlich ist.“

„Weil du dir in deinem altmodischen Verstand nicht vorstellen kannst, dass der Täter eine Frau ist!“, sagte Sina.

„Nein, das wäre natürlich theoretisch möglich, aber diese zierliche Dame?“

„Diese Dame?“ Sina verdrehte die Augen. „Marie hat von Anfang an nur Ärger gemacht und war nicht die geringste Hilfe. Ich glaube nicht, dass sie das geringste Problem damit hätte, wenn wir uns gegenseitig umbringen würden.“

„Man kann es sich wirklich schwer vorstellen“, gab Judy zu. „Andererseits wollte sie mich in eine Schlucht stürzen lassen.“

„Dann könnte sie die Mörderin sein.“ Sina blickte triumphierend drein, als wäre damit die Frage geklärt. „Wir sollten uns nicht unnötig in Gefahr begeben. Sie hätte es auch nicht für uns getan.“

„Wir sind auch Mörder“, erinnerte Judy sie leise. „Ich würde ihr natürlich nicht trauen, aber ich kann mir nicht vorstellen, dass sie eine eiskalte Killerin ist, die alles hier organisiert hat. Kannst du dir ernsthaft vorstellen, dass Marie freiwillig hier herumläuft und diese Fallen stellt?"

„Alle ihre Ängste sind nur gespielt", behauptete Sina.

Judy hingegen war sich nicht so sicher. „Nach allem, was wir über sie wissen, würde es nicht zu ihrem Charakter passen. Es könnte sein, dass sie unter Druck gesetzt wird, dem Meister der Arena zu helfen. Ich würde sagen, wir sollten versuchen, sie zu befreien."

„Da kann ich sowieso nicht helfen." Sina zeigte auf ihr verletztes Bein.

„Du solltest trotzdem nicht alleine hier zurückbleiben."

„Vermutlich war es leider wirklich nicht so klug von uns, unsere gesamte Munition zu verfeuern", sagte Louis nachdenklich. „Sonst hätten wir dich mit der Waffe hier zurücklassen können."

Sina zuckte mit den Schultern. „Ich habe noch nie geschossen, also hätte ich mit der letzten Patrone wahrscheinlich eh verfehlt."

„Komm, ich stütze dich und Louis geht zuerst." Judy löste Sinas Schulterlampe und gab sie Louis.

Mit einem mulmigen Gefühl folgte sie Louis durch den Korridor. Es fühlte sich falsch an. Der Ausgang war so nah, und jetzt entfernten sie sich davon.

Louis bewegte sich langsam vorwärts. Das Licht auf seiner Schulter warf unruhige Strahlen auf die rauen Wände des Tunnels.

Der Geruch von feuchtem, kaltem Stein lag schwer in der stickigen Luft. Der Korridor fühlte sich endlos an, jeder Schritt hallte in ihren Ohren wider wie ein entfernter Trommelschlag. Und doch, immer noch keine Spur von Marie. Die Schreie hatten aufgehört. Zu plötzlich, um kein schlechtes Omen zu sein.

„Wie weit ist es von hier, zu dem Werkzeugraum, den du gefunden hattest?“ Sina humpelte hinter Louis her und stützte sich auf ihre Schulter. Ihre Stimme war dünn vor Erschöpfung. „Glaubst du ernsthaft, wir finden sie lebend?“

„Pst!“ So sehr sie Sinas schlechte Laune auch verstehen konnte, jetzt war nicht der richtige Zeitpunkt. „Konzentrieren wir uns lieber darauf, sie zu finden.“

Sina nahm ihren Arm von der Schulter und lehnte sich an die Wand. „Ich habe jetzt schon eine Weile nichts mehr von ihr gehört.“

„Wenn die Schreie nicht schon wieder aus einem Lautsprecher kamen, dann muss sie ganz in der Nähe sein“, sagte Louis.

„Der Werkzeugraum war nah an diesem Tunneleingang, richtig?“, fragte Judy, die bereits den Eingang sehen konnte, bei dem sie abgebogen waren.

Louis zuckte mit den Achseln. „Vielleicht zweihundert Meter?“ Er deutete nach vorne. „Wir sind jetzt am Anfang des Ausgangstunnels. Hier war irgendwo eine Treppe an der rechten Seite.“

Sie verließen den Tunnel und fanden sich an einer Kreuzung wieder. Louis ging ein paar Schritte nach rechts und blieb dann stehen. „Wartet, ich glaube, ich habe etwas gesehen.“

Judy ignorierte seine Anweisung und folgte ihm, während Sina an die Wand gelehnt zurückblieb.

Er leuchtete mit seiner Taschenlampe an der Wand entlang. „Nichts, ich muss mich geirrt haben.“

In die Felswand waren vereinzelt Metallstreben eingearbeitet, deren Zweck sie nur erahnen konnte. Vielleicht gab es hier einst eine zweite eingezogene Decke oder sie dienten einem anderen Mechanismus. „Ich glaube, hier ist niemand, lasst uns weitergehen."

Louis nickte und sie warteten, bis Sina aufgeholt hatte.

Das Licht spiegelte sich auf dem schwarzen Metall der Streben und erweckte manchmal den Eindruck, als würde jemand mit einer Taschenlampe zurückleuchten. Sie befanden sich nun in einem Teil des Tunnels, den sie noch nie zuvor betreten hatte.

Der gedämpfte Klang einer Stimme riss sie aus ihren Gedanken.

„Marie?"

„Wahrscheinlich", stimmte Louis zu. Dann ging seine Schulterlampe aus.

„Oh nein..."

Sie hörte, wie er die Lampe schüttelte, und im Dunkeln herumhantierte. Wie durch ein Wunder aktivierte sich die Lampe erneut, wenn auch schwächer.

„Ich fürchte, wir haben nicht mehr viel Zeit. Ich hatte noch eine Batterie der Taschenlampe, aber auch die ist nahezu leer. Ich schätze, uns bleiben nur noch Minuten."

„Da!", flüsterte Sina nur, doch es klang wie ein Schuss in ihren Ohren.

Sie blickte auf und sah die Bewegung an der Höhlenwand. Ihr Gang endete in einem langgestreckten Raum mit der von Louis angekündigten Treppe in eine tiefere Ebene. Die Decke des Raumes stieg schräg an wie ein Dachboden, dessen höchster Punkt sich etwa fünf Meter über dem Boden an der gegenüberliegenden Wand befand. Dort hing Marie. Judy erkannte sie, als Louis sie mit der Taschenlampe anstrahlte.

„Ich glaube, sie lebt noch!“ Als wolle sie Louis’ Worte bestätigen, regte sich Marie in ihren Fesseln und stieß einen erstickten Schrei aus, der durch den Knebel in ihrem Mund gedämpft wurde.

Maries Kleidung war zerrissen und blutgetränkt. Sie hing gefesselt und kopfüber, mit einem Seil an einem Haken an der Wand. Ihre langen Haare hingen herunter und schimmerten bläulich im Licht der schwachen Lampe. Immerhin war sie bei Bewusstsein und starrte sie mit entsetzt aufgerissenen Augen an.

„Bleiben Sie ruhig, Marie“, sagte Louis. „Wir holen Sie da runter.“

„Hier!“ Judy reichte Louis das Messer, um die Fesseln zu lösen.

Er nahm es und näherte sich zuerst Marie. Als er das Seil packte, warf Marie erschrocken den Kopf zur Seite und schrie etwas, was durch den Knebel aber nicht zu verstehen war.

„Nimm ihr zuerst den Knebel ab“, sagte Sina, die nicht weniger mitgenommen wirkte als Marie.

Louis entfernte vorsichtig das Klebeband von Maries Gesicht. Sie spuckte den Knebel aus und holte panisch Luft. „Warte!“, keuchte sie. „Das ist eine Falle!“

Judy war mit Sina etwas zurückgeblieben und sah sich blitzschnell um. Louis hatte nur ein Licht dabei, und so konnte sie nichts als Schwärze um sich herum erkennen. Kein anderes Licht, keine schemenhafte Bewegung und kein Geräusch verrieten die Anwesenheit einer anderen Person. War Marie vielleicht durch Panik verwirrt?

„Weißt du, worum es sich hierbei handelt?“

Erst verstand sie Louis' Frage nicht. Doch als sie näher trat, erkannte sie die Kiste unter Maries Kopf. Ein Draht führte von dort zu Maries gefesselten Füßen.

„Ich weiß es nicht, aber ich glaube, es ist eine Bombe", sagte Marie panisch. „Die Drähte verlaufen am Seil entlang bis zum Haken an der Wand. Wenn du mich losschneidest, und den Draht durchtrennst, explodiert die Bombe."

„Bist du sicher?" Louis' Frage zeigte seine Hilflosigkeit.

„Das hat er gesagt, als er mich hier festgebunden hat. Zumindest glaube ich, dass er das gesagt hat." Sie versuchte, den Kopf zu heben, um Louis ins Gesicht zu sehen, aber es gelang ihr nicht.

„Wer ist er?", fragte Louis.

„Der Meister der Arena, nehme ich an. Ich wurde am Kopf getroffen und habe nicht alles mitbekommen, aber ich kann dir später davon erzählen. Du musst mich hier rausholen, ohne den Draht zu durchschneiden!"

Hatte ihr Entführer hier wirklich eine Bombe platziert? Unbewusst wich sie ein paar Schritte zurück. Die Metallkiste sah alt und an sich nicht besonders gefährlich aus, aber was wusste sie schon darüber, wie eine Bombe aus dem Zweiten Weltkrieg aussah oder wie der Zünder funktionierte?

„Also gut, ich schneide nur das Seil durch und passe auf, dass der Draht intakt bleibt."

„Nein!" Sina war im Gegensatz zu Judy näher getreten und untersuchte jetzt die Konstruktion. „Wenn du das Seil durchschneidest, wird sie runterfallen und den Draht zerreißen. Guck, der Draht ist mehrfach um das Seil herumgewickelt, mit dem

Marie gefesselt ist, und verläuft dann um das Seil zwischen ihren Füßen, an dem sie aufgehängt ist."

„Was machen wir jetzt?", fragte Louis. „Ich habe keine Ahnung, wie man Bomben entschärft."

Sie dachte fieberhaft nach, aber ihr fiel nichts ein.

„Wir müssen ja nur dafür sorgen, dass Marie nicht nach unten stürzt und dabei den Draht zerreißt. Das wäre für ihren Kopf ja eh besser. Wir müssten sie irgendwie abstützen, um sie vom Haken zu heben", schlug Sina vor. Ihre Stimme zitterte leicht und Judy glaubte nicht, dass es nur an ihren Schmerzen lag.

„Wir müssten eine Art Plattform bauen, auf der sie liegen kann, während wir das Seil durchschneiden", sagte Louis zweifelnd. „Selbst wenn wir etwas finden, das sie stützt, wird es sehr schwierig."

Sina schüttelte den Kopf. „Wir können unmöglich anfangen, hier eine Plattform zu bauen."

Judy betrachtete die Metallbox genauer. Viel zu sehen war nicht. Neben der Box entdeckte sie ein Handy. Gehörte es Marie? Sie nahm es und musste es nicht einmal entsperren. Sie aktivierte die Taschenlampenfunktion des ungesicherten Handys. Endlich ein weiteres Licht!

Sie richtete ihre Lampe auf die rostige Eisenbox, aus deren zwei Schlitzen Drähte nach oben führten. In Filmen gab es immer ein rotes und ein grünes Kabel, aber in diesem Fall waren beide rot, und selbst wenn nicht, hätte sie es nicht gewagt, eines davon durchzuschneiden. Es sah ziemlich hoffnungslos aus.

„Es gibt noch eine andere Möglichkeit", sagte Sina nachdenklich. „Du kannst das Seil durchschneiden, aber nur an der Stelle hier."

„Hast du nicht gerade gesagt, dass ich fallen und das Kabel zerstören würde?“, fragte Marie besorgt.

„Wenn wir das Seil zerschneiden, das dich an den Haken bindet, schon.“ Sina wackelte prüfend an dem Seil, das Maries Hände fesselte. „Das Seil hier an deinen Händen, verläuft nur zweimal um die Hände herum und dann um deinen Bauch.“

„Sie haben ein gutes Auge für Details. Ich verstehe, was Sie meinen“, sagt Louis nachdenklich. „Wenigstens kann Marie dann ihre Arme wieder bewegen, aber wie hilft es uns weiter, um sie zu befreien?“ Er machte sich trotzdem daran, das Seil zwischen ihren Händen zu durchsägen.

„Bisher noch gar nicht“, gab Sina zu. „Aber wir könnten das Seilstück für eine andere Idee brauchen, die ich habe.“

Sina humpelte zu Judy. „Pass auf, ich bin mir nicht sicher, ob das funktioniert, und es wird ziemlich gefährlich, aber ich will Marie nicht noch mehr in Panik versetzen.“ Sie warf einen Blick über die Schulter, doch Marie konzentrierte sich voll und ganz auf Louis und ermahnte ihn, vorsichtiger zu sein. Dabei hatte Sina durchaus recht und das Seil, an dem er arbeitete, war nicht einmal in der Nähe des Drahtes.

„Wie willst du sie befreien?“, fragte Judy.

„Ich nicht“, sagte Sina. „Ich kann kaum stehen und das allein tut schon höllisch weh. Das ist deine Aufgabe.“

Judy schluckte schwer. „Selbst wenn ihr mir helft, könnte ich sie nicht so hoch in der Luft heben, um den Draht sicher zu entfernen. Das Risiko ist zu groß, dass der Draht reißt.“

„Das meine ich auch nicht", sagte Sina. „Es ist Maries Gewicht an dem Seil, das uns daran hindert, den Draht einfach zu entwirren. Er ist zu straff gespannt, deshalb ja auch die Idee mit der Plattform. Eine Plattform können wir nicht bauen, aber wenn wir das andere Seil an Maries Fuß befestigen, sollte es klappen."

"Was sollte klappen?"

„Das zweite Seil müsste Marie an den Haken binden, sodass wir die Spannung von dem ersten, drahtumwickelten Seil nehmen."

Endlich verstand sie. „Du willst Marie mit dem anderen Seil hochheben, und dann das zweite Seil zerschneiden und den Draht lösen."

Sina nickte. „Louis kann Marie ein paar Sekunden hochheben, bis du das neue Seil befestigt hast, aber nur du kannst bis zum Haken an der Decke hochklettern. Ich binde vorher eine Schlinge, du musst sie dann aber über den Haken legen. Ach ja, und natürlich achte darauf, dass du den Draht nicht versehentlich zerreißt."

Judy stand auf und ging näher an die Wand heran. „Na gut, ich versuche es." Der Fels bot genügend Vorsprünge. Theoretisch sollte sie bis zum Haken an der Wand hochklettern können.

Sina setzte sich hin, erschöpft vor Schmerzen, aber immer noch konzentriert. „Okay, Marie, Louis wird dich gleich hochheben. Du darfst dich nicht bewegen, bis wir dich mit dem zweiten Seil gesichert haben. Dann können wir das erste Seil mit dem Draht, der dich gerade festhält, lösen. Hast du das verstanden?"

„Ich will gar nicht hinsehen", sagte Marie und kniff die Augen zusammen. Sina nickte Judy zu und gab ihr das zweite Seil, dessen

Ende an Marie befestigt war. Mit ihrer Verletzung konnte Sina nicht mehr viel tun, um zu helfen.

Judy nahm die Schlinge zwischen die Zähne und tastete den rauen Fels ab. Ihre Finger fanden Halt, und sie schob ihren Fuß auf einen kleinen Vorsprung. Mit einer langsamen Bewegung stemmte sie sich nach oben. Die ersten Schritte waren relativ leicht. Erst als der Haken eine Armlänge von ihr entfernt war, spürte sie den Widerstand des Seils. Sie löste einen Arm von der Wand und nahm das Seil aus dem Mund. So sehr sie auch zog, sie konnte die Schlinge nicht einmal in die Nähe des Hakens bringen.

„Ich brauche mehr Seil, sonst kann ich es nicht über den Haken legen."

„Na gut, ich versuche, Marie höher zu heben."

Sie konnte nur hoffen, dass Louis nicht die Kraft verlor. Wenn sie Marie jetzt fallen ließen, würde der Ruck den Draht zerreißen. Sie packte einen weiteren Vorsprung und zog sich hoch. Der Haken, der aus der Wand ragte, war jetzt in ihrer Reichweite. Sie schwang ein Bein darüber und hielt sich fest, bevor sie die Schlinge über den äußeren Teil des Hakens zog.

„Alles in Ordnung?", fragte Sina. Ihre Stimme zitterte vor Anspannung.

Das drahtumwickelte Seil wurde locker, als Maries Gewicht komplett auf dem neuen, kürzeren Seil lastete.

„Kannst du Marie noch ein bisschen hochheben?"

„Wie lange?", keuchte Louis.

„Noch ein paar Sekunden, ich bin fast fertig!"

Das Seil mit dem Draht war nur lose über den Haken gelegt, und so konnte Judy es ohne Probleme herunternehmen.

„In Ordnung, du kannst sie jetzt langsam herunterlassen."

Das neu befestigte Seil hielt. Erleichtert kletterte Judy ein Stück nach unten und reichte Louis das mit Draht umwickelte Seil.

„Hier, Vorsicht!"

Louis nahm es und legte es vorsichtig auf den Boden.

„Okay, du kannst runterkommen", sagte Sina. „Wir schneiden das erste Seil durch und wickeln den Draht ab."

Als Judy neben Marie ankam, war sie bereits von einem Teil des Seils befreit.

„Gut gemacht!", sagte Sina mit einem Anflug eines Lächelns. „Marie, du bist fast frei. Sobald wir den Draht komplett weggeräumt haben, holen wir dich dort runter."

Judy trat näher an die drei heran, und Marie öffnete wieder die Augen. Ihr Gesicht verzog sich zu einer Maske intensiven Hasses. Ihre Lippen waren zu einem schmalen Strich zusammengepresst, während ihre Kiefermuskeln unter ihrer straffen Haut zuckten.

Vermutlich galt die Wut dem Meister der Arena, aber Judy fühlte sich trotzdem von den Augen verfolgt.

Die nächsten Worte, die aus Maries Mund kamen, trafen sie wie Faustschläge.

„Warum hast du das getan?"

In ihrer Stimme lag so viel Hass, dass Judy einen Schritt zurückwich. Sina ließ das Kabel fallen und tauschte einen überraschten Blick mit Judy.

„Was meinst du? Ich habe dich von dem Haken befreit."

„Du weißt genau, was ich meine“, fauchte Marie und drehte ihren Kopf, so weit es ging, zu Louis und Sina. „Vertraut ihr nicht! Sie hat das alles organisiert. Judy ist die Meisterin der Arena!“

Kapitel Neunundvierzig

15 Stunden bis zur Abrechnung

Fassungslos starrte Judy sie an. „Was? Das ist Absurd!"

Marie antwortete nicht, sondern konzentrierte sich nur auf Sina und Louis. „Ich kann es beweisen!"

„Mit Verlaub, wie meinen Sie das?", fragte Louis irritiert.

„Ich habe ihr Geständnis", sagte Marie. „Der Grund, warum ich hier aufgehängt wurde."

„Judy war die ganze Zeit bei uns. Sie hätte dich hier nicht aufhängen können", sagte Sina.

„Ich glaube, du bringst da irgendetwas durcheinander, Marie. Ich bin definitiv nicht der Meister der Arena", sagte Judy. „Vielleicht kannst du uns, wenn du wieder auf dem Boden bist, in Ruhe erzählen, was passiert ist."

Sina löste das letzte Stück Draht und legte es mit dem Rest des Seils auf die Kiste. „Alles klar, Marie, wir holen dich runter."

Marie ließ Judy nicht aus den Augen, während Sina und Louis das zweite Seil lösten und Marie endgültig aus ihrer Position befreiten.

„Sie hat es nicht allein getan. Es gibt einen Helfer", beharrte Marie, sobald sie auf dem Boden saß, und streckte nun vorwurfsvoll ihren Zeigefinger in Judys Richtung. „Sie hat das Handy eingesteckt. Es ist alles darauf."

„Welches Handy?", wollte Louis wissen.

„Das Handy, das neben der Bombe lag."

Zögernd reichte Judy ihr das Handy.

„Das hier hat mir Judys Helfer gegeben“, behauptete Marie.

„Welcher Helfer?“, fragte Louis. „Von unserer Gruppe ist niemand mehr am Leben, und selbst wenn, was lässt Sie glauben, dass der Meister der Arena mit Judy zusammenarbeitet?“

„Ich denke eher, dass sie die Meisterin ist. Was den Helfer angeht, ich glaube, es war Paul“, behauptete Marie.

„Das ergibt alles keinen Sinn!“, rief Sina.

„Ach nein? Und was sagt ihr dazu?“ Marie hielt ihnen das Handy hin, auf dem nun ein Video zu sehen war. Judy erkannte ihr eigenes Gesicht in dem vertrauten Badezimmer.

„Du fragst dich, wer dir das angetan hat und wer hinter allem steckt“, sagte die Judy im Display. „Du wolltest dich vorzeitig aus der Arena schleichen, dich ich gegen die Regeln stellen. Das kann ich nicht zulassen. Ich hoffe, du hast aus deiner Strafe gelernt. Niemand wird glauben, dass ich es war. Du weißt, was du tun musst, um zu überleben.“

Einen Moment lang war sie viel zu überrascht, um zu begreifen, was geschah. Dann erinnerte sie sich plötzlich an das Video, zu dem der Entführer sie gezwungen hatte.

Wie sollte sie das glaubwürdig erklären? Sinas Blick schwankte zwischen ungläubig und feindselig.

Louis sah aus, als hätte man ihm den Boden unter den Füßen weggezogen. Ihr wurde schmerzhaft bewusst, dass sie ihm ihr Messer gegeben hatte.

Hoffentlich handelte hier niemand Kopflos

„Ist das ein Fake-Video?“, fragte Louis, eher verwirrt als wütend. Tatsächlich reagierten sowohl er als auch Sina eher nachdenklich. Marie dagegen nicht.

Bevor Louis reagieren konnte, riss sie ihm das Messer aus der Hand.

Judy sprang zurück. Sie war auf einen möglichen Angriff vorbereitet, doch Marie war viel schneller als gedacht. Dem ersten Stoß konnte sie ausweichen, doch der zweite verfehlte ihren Hals so knapp, dass sie den Hauch der Klinge spürte.

Judy schlug mit der Faust zu, in der Hoffnung, Marie außer Gefecht zu setzen oder wenigstens abzulenken.

Doch ihre Gegnerin überraschte sie erneut, als sie ihren Schlag gekonnt abwehrte und ihr so hart in den Bauch trat, dass sie zu Boden ging. Langsam dämmerte ihr, dass dies nicht Maries erster Kampf war.

Erfahrung mit Messern hatte Marie aber zum Glück nicht. Sie holte zu weit aus und gab Judy die Gelegenheit, auszuweichen.

„Sofort aufhören!“ Louis’ Autorität wurde durch die Pistole unterstrichen, die jetzt auf Marie zielte.

Sie hielt inne, zumindest für einen Moment. Die Zahnräder in ihrem Kopf waren förmlich sichtbar, als sie darüber nachdachte, ob Louis wirklich abdrücken würde. Nach ein oder zwei Herzschlägen schien sie zu dem Schluss gekommen zu sein, dass er es nicht tun würde.

Judy sah es in Maries Gesichtsausdruck, noch bevor das Messer erneut in ihre Richtung stach. Der kurze Moment der Unaufmerksamkeit genügte ihr jedoch. Sie trat Marie gegen das

Schienbein, eine Aktion, die wenig Wirkung zeigte, aber ausreichte, um Marie abzulenken und die Hand mit dem Messer zu packen.

Ihre Gegner gab nicht auf. Eine Faust, hämmerte gegen Judys Kopf.

Es tat weh, mehr als sie erwartet hätte. Sie biss die Zähne zusammen und ließ das Handgelenk mit dem Messer nicht los. Ihre Gegnerin hatte offensichtlich mehr Kampferfahrung, und verteilte schmerzhafte Tritte und Hiebe. Etwas, das Judy nie gelernt hatte.

Trotzdem war sie stärker. Judy erhielt einen weiteren Schlag, doch im nächsten Moment hatte sie das Handgelenk so weit verdreht, dass sie Marie das Messer entreißen konnte.

Das änderte alles.

„Es ist vorbei!“, rief sie, doch Marie hörte nicht auf sie. Ihr Bein schnellte hoch für den nächsten Tritt.

Noch bevor er landete, schnitt die Klinge einen Halbkreis durch die Luft und streifte in einer schnellen Bewegung über Maries Bein. Eine geradezu sanfte Bewegung, doch mit erschreckenden Konsequenzen.

Marie schrie auf und der Tritt ging ins Leere. Danach strauchelte sie und brach zusammen wie eine Marionette, der man die Fäden durchtrennte. Ihr Adrenalinschub war vorbei. Marie lag stöhnend am Boden und hielt sich ihr Bein, obwohl der Schnitt vermutlich nur oberflächlich war.

„Schieß!“, schrie Marie und wandte sich an Louis. „Erschieß sie!“

Louis senkte die Waffe und näherte sich ihr langsam.

„Du verdammter Idiot!“, fluchte Marie. „Sie wird uns alle umbringen!“

„Beruhigen Sie sich. Judy wird Ihnen nichts tun. Schon gar nicht, solange Sina und ich hier sind. Davon abgesehen, hatte ich sowieso keine Patrone in der Waffe“, sagte Louis und wandte sich an Judy. „Ich habe eine Weile gebraucht, um mich zu erinnern. Das war das Video aus Christines Badezimmer, oder? Der Entführer hat dich ein zweites Video aufnehmen lassen.“

Judy nickte und steckte das Messer wieder weg. „Ja, ich hätte es selbst fast vergessen.“

Sina schüttelte sich fröstelnd, bevor sie sich hinkend neben Marie auf den Boden setzte. „Ich verstehe gar nichts mehr.“

„Der Entführer zwang Judy, zwei Videos von sich zu drehen und einen von ihm vorbereiteten Text vorzulesen. Wahrscheinlich hoffte er, dass wir uns hier gegenseitig umbringen würden. Ich weiß auch nicht, wie es ausgegangen wäre, wenn ich mich nicht an das Video erinnert hätte.“

„Okay, aber wenn Judy es nicht getan hat, wer hat Marie dann hier aufgehängt?“

„Paul“, sagte Marie, bevor sie stöhnte und ihr Bein hielt.

„Marie, ich fürchte, das kann nicht sein“, sagte Louis sanft. „Wir haben Paul sterben sehen. Sind Sie sicher, dass Sie ihn gesehen haben?“

„Er trug eine Maske“, gab Marie zu.

„Wie glaubst du dann, ihn erkannt zu haben?“, fragte Judy. „Hatte er die gleiche Statur? Die gleiche Stimme?“

Marie zögerte, bevor sie antwortete. „Nein, nicht wirklich. Er war dünner als Paul. Vielleicht hat er einen Bruder. Die Stimme klang ähnlich, aber nicht ganz. Es war eher, als hätte er seine Stimme verstellt oder als hätte er schon immer mit verstellter Stimme gesprochen."

„Das ist doch völliger Unsinn!", explodierte Sina wütend. „Du hast zu viel Blut im Kopf und außerdem eine ziemliche Beule. Aber selbst dir muss klar sein, dass nichts von dem auf Paul hinweist!"

„Er roch nach Zigaretten", verteidigte sich Marie. Judy erinnerte sich nun auch an den starken Zigarettengeruch, der Paul umgeben hatte. Plötzlich fiel ihr noch mehr ein. Auch an der verschlossenen Ausgangstür hatte es nach Rauch gerochen. Sie hatte ihn nicht bewusst wahrgenommen, da er vom Blutgeruch überlagert worden war, doch jetzt, wo Marie ihn erwähnte, erinnerte sie sich an den Zigarettengeruch.

„Idiotin! Weißt du, wie viele Leute rauchen?", fragte Sina. „Paul ist tot, war zu dick und hatte nur eine ähnliche Stimme wie dein Angreifer. Bist du dir sicher, dass er es gewesen sein muss?"

„Ich bin mir nicht sicher, okay?", rief Marie zurück. „Ich hatte das Gefühl, dass er es war. Er war der einzige Raucher in unserer Gruppe."

Zu wissen, dass ihr Gegner Raucher war, half zwar nicht viel, aber es war ein Anfang. Vielleicht führte das nicht automatisch zum Marionettenspieler, aber es konnte andere Personen ausschließen.

„Ich denke, wir sollten uns beeilen", sagte Louis. „Der Raum mit den Werkzeugen ist hier unten. Vielleicht finden wir etwas Nützliches, um die Tür zu öffnen."

Sina und Marie, beide jetzt schlecht zu Fuß, warteten an der Treppe, während Louis sie zum Geräteraum führte. Zum Glück war es nicht weit und es gab keine weiteren verschlossenen Türen, als sie den Raum betraten.

„Ich hatte es fast befürchtet", sagte Louis.

„Was?" Sie standen vor einigen Regalen und Schränken.

„Hier lag die Munition für die Pistole. Aber falls es noch mehr gab, hat jemand anderes sie mitgenommen."

„Hier sind ein Hammer und ein Schraubenzieher", bemerkte Judy.

„Ohne zu pessimistisch sein zu wollen, leicht wird es nicht, die Tür damit zu öffnen."

Trotzdem mussten sie es versuchen. Judy nahm das Werkzeug mit. Selbst wenn es Stunden dauerte, sie würde diese Tür aufbrechen!

Ihr Blick fiel auf das letzte Regal. „Hast du das gesehen?"

Vorsichtig öffnete sie die Metallbox und hob eines der Bündel heraus.

„Ist das…?"

Judy nickte. „Ja, es sieht aus wie Dynamit!" Sie las das Etikett auf der Schachtel. „Da steht Ammonit. Ich habe keine Ahnung, ob es noch funktioniert, aber es hat eine Zündschnur. Mal sehen, ob wir die Tür aufsprengen können."

„Wenn es nicht funktioniert, haben wir vielleicht immer noch eine Bombe", sagte Louis.

Sie schleppten ihren Fund die Treppe hinauf. Sina und Marie saßen in völliger Dunkelheit zusammengekauert auf dem Boden.

„Es war alles umsonst", sagte Marie verbittert.

„Was meinst du?", fragte Judy.

Marie zeigte auf die Bombe und den Kabelhaufen. „Wir haben den Draht auf die andere Seite des Raumes geschleift und dann durchgeschnitten. Die Bombe ist nicht explodiert. Dann haben wir die Kiste geöffnet. Sie war leer, bis auf ein paar Steine." Sie seufzte. „So viel Panik für gar nichts. Nur eine leere Kiste mit einem roten Kabel. Dann war auch noch der Akku des Handys leer." Sina und Marie sahen beide sehr niedergeschlagen aus.

Sie waren alle getäuscht worden. Dabei hätte sie es wissen müssen, wenn sie nur länger als eine Sekunde darüber nachgedacht hätte. Eine solche Bombe funktionierte nur in Filmen. Es wäre schwer, sie zu bauen, und viel aufwendiger als die anderen Konstruktionen des Arenameisters. Jetzt hatten sie wertvolle Zeit verloren. Zeit, die ihr Gegner dafür nutzen konnte, um ihren Ausbruch zu verhindern.

„In Ordnung", sagte Louis. „Wir haben keine Munition, wir sind verletzt und wir wissen mit Sicherheit, dass der Meister der Arena in der Nähe ist und uns an der Flucht hindern will. Aber wir haben den Ausgang gefunden und haben Werkzeug und sogar notfalls Sprengstoff, um ihn zu öffnen. Wir müssen nur zusammenarbeiten und die Augen offenhalten, dann schaffen wir es mit etwas Glück alle lebend hier raus. Seid ihr bereit?"

Louis' Rede war wohl nicht die mitreißendste, dafür wirkte er zu erschöpft, und ihre Zukunft klang nicht besonders rosig. Trotzdem nickten alle und so etwas wie Hoffnung leuchtete in ihren Augen.

Eine Hoffnung, die gedämpft wurde, als sie den Tunnel erreichten, der zum Ausgang führte.

„Was ist das für ein Geruch?", fragte Marie hustend.

„Das ist Benzin“, sagte Louis. „Seid vorsichtig.“ Sie hörten das Platschen, als er in die Pfütze trat.

Marie, die jetzt ihre Schulterlampe trug, richtete den Strahl auf den Boden. Ein Rinnsal zog sich tief in den Tunnel hinein. „Das wird uns doch nicht aufhalten, oder?“

„Wenn du nicht wie eine Fackel brennen willst, dann leider schon“, sagte Sina. „Selbst wenn wir unverletzt zur Tür gelangen, was sollen wir tun? Sobald wir die Lunte anzünden, gehen wir alle in Flammen auf.“

„Wir könnten den Sprengstoff an der Tür anbringen und stattdessen das Benzin anzünden“, sagte Judy, aber Louis schüttelte den Kopf.

„Selbst wenn das klappen würde, wer kann denn sagen, dass der Arenameister nicht schon irgendwo sitzt und das Benzin anzündet, sobald wir ein paar Schritte in den Tunnel gehen? Er wird uns in Brand stecken, bevor wir die Tür erreichen.“

„Warum können wir das Benzin nicht erst anzünden und den Tunnel betreten, wenn es abgebrannt ist?“, wollte Marie wissen.

„Möglich, aber sehr unsicher“, sagte Louis. „Hitze könnte den Tunnel zum Einsturz bringen und der Rauch könnte uns vergiften. Ich würde es lieber nicht versuchen, wenn es nicht unbedingt sein muss.“

Judy spürte förmlich, wie in ihr die Alarmglocken läuteten. „Er weiß, dass wir hier sind und auch, dass wir Sprengstoff haben.“

„Woher soll er das wissen?“, fragte Marie.

„Natürlich!“, erwiderte Sina. „Er hat uns die ganze Zeit belauscht oder sogar auf Kameras gesehen. Wahrscheinlich hat er genau gehört, was wir mit dem Sprengstoff vorhatten, und dann das Benzin hier abgeladen."

„Aber das bedeutet auch, dass er weiß, dass wir keine Munition mehr haben", sagte Judy. „Er braucht also keine Angst mehr vor uns zu haben und er weiß, dass wir hierherkommen."

Einen Augenblick lang sahen sie sich entsetzt an. „Lauft!", rief Judy und sie rannten zum Tunnelausgang. Hoffentlich war es noch nicht zu spät. Hoffentlich waren sie nicht direkt in die Falle des Marionettenspielers getappt.

Sie rannte los, doch schon nach wenigen Schritten wurde ihr klar, wie aussichtslos das Unterfangen war. Weder Marie noch Sina konnten in ihrem Zustand rennen. Louis konnte zwar rennen, aber während er die Werkzeuge trug, hielt Marie ihr einziges Licht.

Sollten sich trennen? „Wir schaffen es nicht rechtzeitig!"

Louis nickte zustimmend, wusste aber offensichtlich auch nicht, was sie machen sollten.

„Da, die Felsspalte!" Die Idee kam ihr, als sie die Felsspalte entdeckte, in der sie sich vor Louis versteckt hatte. Sie war an mehreren dieser Art vorbeigekommen und ein paar mussten tiefer sein als die, in der sie ausgeharrt hatte. „Marie, Sina, versteckt euch in dieser Spalte. Kriecht so weit hinein, wie ihr könnt."

„Ist das sicher?", fragte Marie und ihre Augen weiteten sich vor Angst.

Nein, das war es ganz sicher nicht, aber sie würde Marie keine ehrliche Antwort geben. Leider waren ihre Überlebenschancen äußerst gering. Bei einem Feuer könnten sie im Tunnel ersticken. Wenn der Meister der Arena sie fände, würde er sie töten. Wenn der

Sprengstoff noch funktionierte, könnte er den Tunnel zum Einsturz bringen und sie begraben. Es gab hundert Möglichkeiten zu sterben und nur sehr wenige, zu überleben. Aber von alledem, sagte sie nichts.

„Marie, wenn der Entführer den Tunnelausgang schneller erreicht als wir, erschießt er uns wahrscheinlich einfach", versuchte sie, so ruhig zu sagen, wie sie konnte, doch ihr eigenes Herz hämmerte heftig. „Du bist nicht schnell genug, um wegzurennen. In dieser Spalte wird dich das Feuer aber nicht erreichen, und der Meister der Arena weiß auch nicht genau, wo du bist. Versteck dich hier. Louis und ich werden versuchen, ihn zu überwältigen."

„Wie willst du das machen?", fragte Sina, trotz ihrer Schmerzen überraschend ruhig. „Wenn der Kerl nicht völlig bescheuert ist, wird er auch eine Schusswaffe haben und dich nicht an sich heranlassen."

„Zuerst einmal brauche ich die Schulterlampe. Wenn ich schneller aus dem Tunnel komme als er, werde ich versuchen, ihn irgendwo zu überraschen." Selbst, falls er sie nicht auf einer der Kameras gesehen hatte, würde es schwierig werden, sich an ihren Gegner heranzuschleichen. Ihn zu überwältigen, klang auch in ihren Ohren nahezu unmöglich, aber sie musste es versuchen.

Sina nickte nur, nahm Marie die Lampe aus der Hand und reichte sie Louis. „Viel Glück!" Mit diesen Worten zog sie Marie, die angesichts des engen, dunklen Spalts bereits in einen Schockzustand verfallen war, in das Versteck.

„Lauf!", sagte sie erneut zu Louis, und diesmal rannten sie so schnell sie konnten zum Tunneleingang. Am liebsten hätte sie alles fallen lassen, um sich leichter bewegen zu können, doch sie folgte Louis' Beispiel und ließ nur die Werkzeuge zurück. Nervös fragte sie sich, ob Ammonit dasselbe Material war wie Ammoniumnitrat, die

Substanz, die vor einigen Jahren den Hafen von Beirut in die Luft gesprengt hatte. Aber hier lassen, konnte sie die Ammonitstäbe auch nicht. Sonst könnte sie versehentlich den Tunnel sprengen.

„Da, das Ende des Tunnels!“

Louis hatte recht. Sie hatten den Ausgang des Tunnels fast erreicht, und bisher sah er leer aus. Natürlich konnte es auch eine Falle sein. Hatte der Meister der Arena gewartet, bis er sie auf einem Bildschirm sah, bevor er sein Versteck verließ? Oder war er in der Nähe geblieben und hatte riskiert, entdeckt zu werden? Darüber nachzudenken half nichts, sie mussten versuchen zu fliehen. Auch hier war der Benzingeruch allgegenwärtig, und sie fragte sich, ob es Wasserpfützen oder Benzinlachen auf dem Boden waren. Entweder war der Geruch nicht mehr so intensiv, oder sie hatte sich einfach so daran gewöhnt, dass sie ihn nicht mehr wahrnahm.

Louis warf sich kurz vor dem Ausgang auf den Boden. Damit hatte sie nicht gerechnet. Stolpernd versuchte sie, zum Stehen zu kommen, verlor aber das Gleichgewicht. Wenigstens stürzte sie nicht schwer und konnte sich fast sofort wieder aufrappeln. Sie hätten ihren Plan vorher absprechen sollen. Jetzt war es dafür zu spät. Ganz schwach nahm sie den Geruch von Zigarettenrauch wahr.

Louis hatte einen Stein vom Boden aufgehoben und dann sein Licht gelöscht. Er warf ihn in die angrenzende Höhle. Es knallte, als der Stein auf ein Hindernis traf, und der Knall wurde noch lauter, als kurz darauf ein Schuss fiel. Ihre Befürchtungen hatten sich bewahrheitet!

Sie drückte sich in eine Nische in der Wand, etwa zehn Schritte vom Eingang des Tunnels entfernt. Louis hingegen rannte los, dem

Klang der Schritte nach in Richtung Ausgang. War er lebensmüde geworden?

Es folgte kein zweiter Schuss. Stattdessen fluchte jemand und schaltete ein Licht an. Vielleicht hatte Louis den Angreifer gesehen, oder war einfach davon ausgegangen, dass er in der völligen Dunkelheit keine Patronen verschwenden würde. Als das Licht aufleuchtete, war er auf jeden Fall bereits um die Ecke verschwunden.

Dafür folgte allerdings das Geräusch von Schritten. Der Meister der Arena stand vor einer Entscheidung. Entweder würde er Louis verfolgen oder hierbleiben, um sie und die anderen zu erledigen. Als der Strahl der Taschenlampe sich dem Tunneleingang zuwandte, wusste sie, dass die Entscheidung gefallen war.

Schritte hallten durch den Tunnel und wurden stetig lauter. Die Nische, in der sie kauerte, bot Deckung, aber nicht genug.

Sie musste zurück. Geduckt, eilte sie tiefer in den Tunnel zurück, in der Hoffnung, wie Sina und Marie einen Seitenspalt zu erreichen. Ohne Licht kam sie jedoch nicht weit und duckte sich eilig hinter den nächsten Vorsprung, als der Lichtstrahl suchend über ihr Versteck wanderte. Ihre rechte Hand hielt das Messer. Die andere schloss sich um einen kalten Gegenstand in ihrer Tasche. Als sie es herauszog, erkannte sie das Feuerzeug. Hinter ihr, erklang das platschende Geräusch, der sich nähernden Schritte. Sie wusste, was zu tun war.

Augenblicke später brach die Hölle los.

Kapitel Fünfzig

15 Stunden bis zur Abrechnung

Trotz der langen Lagerzeit fing die Zündschnur augenblicklich Feuer. Für einen Moment waren die sprühenden Funken das Einzige, was die Dunkelheit erhellte. Dann drang der Lichtstrahl ihres Verfolgers erneut suchend in den Tunnel ein.

Sie schleuderte das Ammonit mit aller Kraft.

„Scheiße!“, war alles, was der Mann noch sagte, bevor er sich zu Boden warf.

Wenn sie nur ein bisschen besser werfen könnte, hätte sie die Katastrophe vielleicht verhindern können. Für ihre Verhältnisse war der Wurf nicht mal schlecht, und doch verfehlte er sein Ziel.

Anstatt vor seinen Füßen, landete das Ammonit meterweit hinter ihm und versperrte den Rückweg.

Die Explosion verschluckte ihren Schrei. Es war die Hölle.

Staub und Steinsplitter regneten herab und hüllten den Tunnel in eine so dichte Wolke, dass sie das Licht der Lampe völlig verschluckte.

Sie sprang auf und rannte los. Der Staub um sie herum begann gelb-orange zu leuchten, aber sie schenkte ihm keine Beachtung.

Ihr Körper bewegte sich wie von selbst und ließ ihr nicht einmal Zeit, zu zögern. Eine Reaktion, die ihr das Leben rettete. Zumindest für den Augenblick.

Eine Stichflamme stieß an der Stelle empor, an der sie eben noch gestanden hatte. Steinstaub in der Luft vermischte sich mit schwarzem Ruß.

Sie musste weiter. Keuchend und hustend schleppte sie sich vorwärts. Sie rannte, obwohl sie im glühend, roten Nebel kaum etwas erkennen konnte. Der Boden unter ihren Füßen fing Feuer.

Wie in einem absurden Wettrennen jagte ihr ein Teppich aus bläulichen Flammen hinterher, gewann an Höhe und griff mit blaugelben Armen nach ihr.

Verdammt, sie hatte das Versteck verpasst! Der Felsspalt hätte hier irgendwo sein müssen. Doch jetzt konnte sie nicht mehr zurück. Hustend und mit gesenktem Kopf rannte sie weiter. Die Flammen breiteten sich in Bodennähe aus, doch der Rauch schien sich über ihrem Kopf zu sammeln.

Unerwartet spürte sie eine kühlere Brise. In diesem Teil des Tunnels wurde der Rauch lichter. Sie blickte hoch. Über ihr zog sich ein Riss durch die Decke. Die hellen Flammen hinter ihr enthüllten einen natürlichen Belüftungsschacht, durch den Sauerstoff in den Tunnel gelangte. Leider war er zu eng, um hinaufzuklettern.

Ein schmaler Flammenstreifen sauste an ihren Füßen vorbei und erlosch. Wie auf einer Insel, stand sie auf einem leicht erhöhten Boden, den das Benzin nicht erreicht hatte. Gefangen im Auge des Orkans.

Hinter ihr loderte noch immer das Feuer. Vor ihr flammte eine glühende, orangefarbene Wand auf, wo sich die nächste Benzinlache gesammelt hatte. Ihr Gesicht brannte vor Hitze. *Sie war eingeschlossen!*

Keuchend presste sie sich gegen die Wand. Es gab keinen Weg vorwärts. Hinter ihr toste eine Wolke aus Feuer, schwarzem Ruß und glühendem Steinstaub.

Der Rauch brannte in ihren Augen. Sie blinzelte einmal, dann noch einmal, um ihre Sicht zu klären. Als sie aufblickte, traf sie ein heftiger Schlag. Durch einen Tränenschleier tauchte der Umriss einer schwarzen Gestalt aus der glühenden Wolke auf. Wie ein Dämon direkt aus der Hölle, taumelte ihr Verfolger aus dem Flammeninferno. Er brannte. Nicht wie eine Fackel, aber ein paar Flammen flackerten auf seiner Kleidung. Warum lebte er noch?

Mit einem Schrei riss sich der Mann die Skimaske vom Kopf. Fassungslos starrte sie auf das entblößte Gesicht. Wie war das möglich? Die gerötete Haut, die von der Hitze teilweise Blasen geworfen hatte, hatte sich verändert. Er hatte seinen falschen Schnurrbart verloren, und doch, erkannte sie den Mann sofort.

Kapitel Einundfünfzig

15 Stunden bis zur Abrechnung

„Paul!“, flüsterte sie. Marie hatte recht gehabt. Die Maske und sein langer Mantel hatten ihn teilweise vor dem Feuer geschützt, doch jetzt stand beides in Flammen.

Paul, falls das überhaupt sein richtiger Name war, schrie noch einmal auf und warf dann auch den brennenden Mantel ab, der eine dicke, kugelsichere Weste zum Vorschein brachte.

Sein vermeintlicher Bauch war nur die versteckte Schutzweste gewesen, an der geplatzte Beutel mit Kunstblut hingen. Die ganze Szene seines Todes im Aufzugkäfig war nichts als Theater gewesen. Kein Wunder, dass er beim Schleppen des Gewichts immer so geschwitzt hatte.

Sie löste sich aus ihrer Lähmung und reagierte einen Sekundenbruchteil schneller als der Mann, den sie für tot gehalten hatte. Ihr Messer durchbohrte die Weste, Reste aus Kunstblut spritzten über sie. Einen Moment lang war sie entsetzt, wie leicht ihr dieser Angriff gefallen war.

Dann war der Moment vorbei und Paul hob seine Pistole. Sie griff danach und versuchte, die Waffe zur Seite zu drücken. Sie entkam dem ersten Schuss, nicht aber der Gefahr.

Paul hielt die Pistole fest, so sehr sie auch daran zerrte. Er hätte es beinahe geschafft, den Lauf in ihre Richtung zu drehen, doch sie stach ihm in den Arm.

Die Waffe verschwand aus ihrem Sichtfeld. Ihre Augen tränten. In dem dichten Rauch und den Flammen konnte sie selbst ihr Gegenüber nicht mehr erkennen. Blind zog sie das Messer zurück und stach noch einmal in Richtung des Schemens.

Die Faust eines Titanen traf ihren Unterleib und alles wurde schwarz.

Als sie die Augen wieder öffnete, konnten nur wenige Sekunden vergangen sein. Irgendwie musste sie gestürzt sein, denn der felsige Boden des Tunnels lag vor ihren Augen. Die Luft flimmerte vor Hitze, doch sie spürte eine unnatürliche Kälte.

Wo war Paul? Irgendwie musste sie ihr Messer verloren haben. Denn ihre Hand war leer.

Die Flammen waren etwas schwächer geworden und hatten sich in Pfützen aus brennendem Benzin zurückgezogen.

Sie rang nach Luft, obwohl der Rauch in Bodennähe nicht mehr so dicht war. Beim Versuch aufzustehen, brach sie zusammen. Eine überwältigende Welle aus Pein übermannte sie und erstickte selbst den Schmerzensschrei, der sich als Keuchen aus ihrer Kehle löste. Sie griff nach ihrem Bauch, und der Schmerz wurde unerträglich. Ihre Kleidung klebte nass an ihrem Leib. Als sie ihre Hand zurückzog, war sie voller Blut.

Panik machte sich in ihr breit und das Adrenalin, das durch ihren Körper schoss, verdrängte den Schmerz für einen Augenblick, bis es ihr gelang, den Kopf zu heben.

Ihr Bauch war eine einzige riesige Wunde. *So viel Blut.* Auch ohne ihre medizinische Ausbildung hätte sie gewusst, dass diese Verletzung tödlich war.

Die tanzenden Flammen verschwammen zu einem verschmierten Gemälde in Gelb und Orange.

Was war aus den anderen geworden? Hatten sie es wenigstens geschafft? Sie versuchte, einen Blick zurück in den Tunnel zu werfen. War das ein Schuh?

Mit ein wenig Mühe klärte sich ihre Sicht. Der Schuh gehörte einem Mann. *Paul.* Dem Meister der Arena. Er bewegte sich nicht.

Sie musste kurz wieder das Bewusstsein verloren haben. Ihre Lunge brannte, ihre Kehle ebenso. *Wasser.* Sie brauchte Wasser. Ihr Blick wanderte an dem Schuh entlang und blieb am Gesicht des Mannes hängen, der all diesen Schrecken verursacht hatte.

Ein Messer ragte aus seinem Hals und steckte bis zum Heft in seiner Kehle. *Wie brutal.* Der Gedanke schoss zusammenhanglos durch ihren Kopf. Erst danach begriff sie, dass dies ihr eigenes Werk sein musste. Erneut trübte sich ihre Sicht. Die Flammen wurden schwächer. Vielleicht waren sie gerade dabei, zu erlöschen.

„Du wirst verbluten, Judy“, sagte eine Stimme, und sie hatte recht, doch die Stimme existierte nur in ihrem Kopf. Das Leben rann in einem roten Strom aus ihrem Körper. Hatte sie erwartet, hier zu sterben? Von hier aus war es nicht mehr weit. Immerhin war dieser Ort bereits der erste Kreis der Hölle. Bald würde sie herausfinden, ob es eine Welt jenseits des Lebens gab. Wahrscheinlich nicht.

„Das ist zu gefährlich! Komm zurück. Du wirst noch umkommen!“

Hatte sie sich diese Stimme auch eingebildet? Vielleicht hatte einer der anderen überlebt. Diesmal hatte sie kein Glück gehabt, aber es war beruhigend, dass es wenigstens irgendjemand geschafft hatte. Vielleicht würde die Welt erfahren, was hier vorgefallen war.

„Sie verblutet. Ich brauche sofort Unterstützung!"

Über ihr erschien ein Gesicht. War es heller geworden?

„Nein. Bitte halt durch!", rief der Mann, den sie nicht kannte.

Jemand drückte auf ihre Wunde, doch sie spürte den Schmerz kaum noch. Das Gesicht über ihr war so voller Sorge und Mitgefühl. Aufrichtig. Zutiefst menschlich.

„Oh Gott, bitte stirb nicht!" Die Stimme des jungen Mannes zitterte vor Verzweiflung.

Es rührte sie, dass sich jemand so sehr um ihr Leben sorgte. Vor nicht allzu langer Zeit hatten so viele, die sie kannten, ihr den Tod gewünscht. War es möglich, dass ein völlig Fremder sein Leben riskierte, nur um ihr zu helfen?

Vielleicht gab es doch noch Hoffnung für die Menschheit.

Auch wenn sie es nicht mehr erleben würde. Der Mann rief noch etwas, doch sie konnte es schon nicht mehr hören. Alles wurde schwarz.

Kapitel Zweiundfünfzig

5 Stunden bis zur Abrechnung

Piep, piep, piep.

Das Geräusch passte überhaupt nicht zu der brennenden Hölle, in der sie sich gerade befunden hatte. Wenn dies das Jenseits war, dann hatte sich jemand geirrt, denn sie hatte definitiv noch Schmerzen. Ihr ganzer Unterleib brannte. Judy versuchte, die Augen zu öffnen, musste sie aber wieder zukneifen, da sie vom brennenden Licht geblendet war.

„Ich glaube, sie ist wach!“

Sie erkannte die Stimme. *Louis?* Noch einmal versuchte sie, die Augen zu öffnen. Nur einen kleinen Spalt. Es genügte, um Louis zu erkennen, der neben ihrem Krankenhausbett stand.

„Hey“, sagte er und beugte sich über sie. Er sah erschöpft aus und hatte ein paar Kratzer im Gesicht. Ansonsten wirkte er gesund. Was ihr allerdings nicht gefiel, waren die besorgt zusammengekniffenen Augen und die leicht nach unten gezogenen Mundwinkel, die das versuchte Lächeln als Lüge entlarvten.

"Wie fühlst du dich?"

„Was ist passiert?“, fragte sie, anstatt zu antworten.

„Du erinnerst dich nicht?“ Louis hob leicht eine Augenbraue.

Sie versuchte, den Kopf zu schütteln, aber es gelang ihr nicht. Eine ihr unbekannte Schwäche hielt sie fest.

Louis fuhr fort, ohne eine Antwort abzuwarten. „Die Nachricht von meinem Handy an die Rettungskräfte ging raus. Irgendwann muss es wieder Empfang gegeben haben, und sie konnten es orten. Die Explosion führte sie zum Eingang. Du hattest definitiv Glück, dass ein engagierter Sanitäter nicht auf Verstärkung gewartet und trotz der Gefahr mit dem Verarzten begonnen hat. Ich fürchte allerdings, wir haben nicht viel Zeit zum Reden. Die Operation ist nicht so gut verlaufen, wie wir es uns erhofft hatten."

Sie verstand überhaupt nichts. Was für eine Operation? Ihr Kopf fühlte sich an, als wäre er in Watte gewickelt. Watte, die ihre Gedanken verlangsamte.

„Sina?", flüsterte sie. Sina war ins Bein geschossen worden. Meinte er ihre Operation?

„Marie, Sina und ich haben überlebt. Uns allen geht es den Umständen entsprechend gut, und das haben wir dir zu verdanken." Diesmal war sein Lächeln echt, bevor es schnell wieder verschwand. „Du hingegen bist schwer verletzt. Du hattest starke innere Blutungen, vielleicht hast du sie immer noch. Ich weiß nicht, wie viele Liter sie schon in dich hineingepumpt haben, aber es sah überhaupt nicht gut aus."

Er blickte über seine Schulter, als jemand im Hintergrund etwas sagte, das sie nicht gehört hatte.

Offenbar waren Louis und sie nicht allein im Raum. „Ach so, einen Moment", sagte Louis zu dem Fremden außerhalb ihres Blickfelds, bevor sie sich wieder zu ihr umdrehte. „Sie bereiten den Operationssaal vor. Die Wunde ist noch nicht zu, und die Nähte halten nicht oder so. Ich bin kein Arzt und weiß nicht, was genau los ist. So wie ich es verstehe, hat die Kugel viel zerstört. Ich habe Dr. Langer einfliegen lassen. Er ist ein guter Bekannter und eine echte

Koryphäe der Unfallchirurgie. Einen besseren Experten gibt es nicht."

Wahrscheinlich auch keinen teureren. Trotz der schlechten Nachrichten verspürte sie eine Welle der Dankbarkeit.

„Paul...", brachte sie heraus.

„Er ist tot. Es ist vorbei", sagte Louis. „Warte, da ist noch jemand, der etwas sagen möchte."

Irgendetwas passte nicht, doch sie schaffte es nicht, ihre Gedanken zu ordnen. Sie hatte das sichere Gefühl, einen unglaublich wichtigen Zusammenhang zu verpassen, doch der Gedanke entwischte ihr wieder, als Sina in ihrem Blickfeld erschien.

„Ehrlich gesagt weiß ich nicht, ob du das, was ich sage, wirklich verstehen kannst. Du wurdest für die Operation mit Medikamenten vollgepumpt, aber ich wollte mich trotzdem bei dir bedanken." Sina wirkte etwas unsicher. „Ich bin ziemlich glimpflich davongekommen. Offiziell darf ich dich noch nicht besuchen, aber ich habe Louis überredet, meinen Rollstuhl herzuschieben. Mein Bein ist nicht so schwer verletzt, wie ich dachte. Marie geht es auch gut, aber ich glaube, sie steht etwas unter Schock." Sie seufzte. „Vor allem wollte ich mich entschuldigen. An deiner Stelle hätte ich mich nicht gerettet, nachdem ich versucht hatte, dich zu töten. Nun, ich weiß nicht, ob ich es irgendwie wiedergutmachen kann. Ich hoffe, deine Operation verläuft gut."

Judy überlegte, was sie sagen sollte, aber Sina schien keine Antwort zu erwarten und sprach nach einer kurzen Pause weiter.

„Es ist schon merkwürdig, hier Patient zu sein, wo alle meine Kollegen arbeiten. Na ja, für dich ist es wahrscheinlich noch schlimmer."

„Warum?", krächzte Judy.

Sina hob die Augenbrauen, als hätte sie nicht mit einer Antwort gerechnet. „Na, wenn die rausfinden, wer du bist, wirst du der Tratsch der ganzen Station. Schließlich haben hier früher Mark und Susanne gearbeitet. Die meisten werden deinen Namen schon aus dem Explorer oder den Nachrichten kennen. Noch schlimmer wird es, wenn sie erfahren, dass Laura ebenfalls bei dieser Geschichte dabei war. Sie hatte erst vor Kurzem hier angefangen. Neben mir sind hier so einige Schicksale mit deinem verknüpft."

Da war es wieder. Die schrillende Alarmsirene in ihrem Kopf signalisierte, dass sie etwas übersehen hatte. Etwas so unglaublich Wichtiges, dass ihr Leben davon abhängen könnte. Was hatten Mark und Susanne mit der Arena in den Höhlen zu tun?

Bolt hatte geglaubt, sie hätte Thomas und Mark getötet. Vermutlich dank der Lügen in Michaels Artikel. Paul Koslowski war vermutlich in Wirklichkeit eine ganz andere Person, deren tiefere Motive sie noch nicht kennen konnte. Sina wiederum hatte hier mit Susanne und Mark zusammengearbeitet. Sie konnte bisher keine Verbindung zu Louis, Marie und Sylvia erkennen. Blieb noch Laura.

Die Frau, die Emma für das Spiel entführt hatte und die Marks Schwester war…

„Wo ist Laura?", fragte Judy. Die Worte waren so klar vor ihrem geistigen Auge, doch ihre taube Zunge brachte sie nur undeutlich hervor.

„Was?“ Sina tauschte einen Blick mit Louis. Es war nicht schwer zu erraten, was das bedeutete. Sie dachten, sie wäre vielleicht im Delirium.

Im Gegenteil, alles fügte sich zusammen. Sie hatte es gerade geschafft! Jetzt vernebelte der Schleier der Medikamente ihren Verstand. Sie musste wach bleiben!

„Laura, Marks Schwester – wo ist ihre Leiche?“

Ihre Stimme war noch immer undeutlich, aber Sina schien sie verstanden zu haben. „Sie ist in die Schlucht gefallen, richtig? Die Ärzte haben die Polizei größtenteils von uns ferngehalten. Wir wissen noch keine Details. Wir reden nach deiner Operation weiter.“

Nein! Sie wollte schreien, aber ihr fehlte die Kraft. Sie musste es Sina sagen!

Die Gedanken rasten durch ihren Kopf. Ein Kleidungsstück in der Schlucht. Nur ein Kleidungsstück, kein Körper! Das Foto von Lauras Hand am Rande des Abgrunds. *Pauls Hand.* Die Hand, die sie festhielt, damit sie nicht fiel, keine Hand, die sie in die Schlucht stieß. Warum war ihr das nicht vorher aufgefallen?

Wie konnte der Mörder nur diesen kurzen Moment so deutlich fotografieren? Laura, die dachte, Judy hätte Mark getötet. Laura, die sich gleich zu Beginn des Spiels mit Paul zusammengetan hatte, um so schnell wie möglich aus der Arena zu kommen. Laura, die Babysitterin, die das Geld gar nicht brauchte. Und wo waren Christine und Emma? Warum hatte Christine nicht um Hilfe gerufen?

Angst stieg in ihr auf und sie kämpfte gegen die bleierne Müdigkeit an, die die Medikamente verursachten.

Wie hatte sie nur so dumm sein können? Sie wollte schreien, wollte weinen, alles in ihr kämpfte darum, die Kontrolle über ihren Körper zurückzugewinnen, doch sie konnte nichts mehr sehen, denn ihre Augen hatten sich geschlossen.

Das waren ihre letzten Gedanken, bevor sie wieder das Bewusstsein verlor.

Kapitel Dreiundfünfzig

Der Meister der Arena

Genussvoll riss er das Bein vom winzigen Körper der Fliege. Leid hatte ihn schon immer fasziniert. Das Insekt lag regungslos da. Es konnte nicht anders. Da er bereits beide Flügel und die anderen Beine entfernt hatte, blieben dem Wesen keine weiteren Möglichkeiten, seinen Schmerz auszudrücken. Etwas enttäuscht schob er den Körper des gequälten Tieres in den Mülleimer. Dabei achtete er darauf, die Fliege nicht zu zerquetschen. Das Wissen, dass sie noch immer litt, erregte ihn. Doch Insekten zu quälen, reichte nicht aus, um diese Leidenschaft zu befriedigen. Er richtete seinen Blick auf die Milchglastür, auf der sich ein Schatten abzeichnete.

Die Frau, die sein Büro betrat, war nervös. Man musste kein Psychologe sein, um zu erkennen, wie unwohl sie sich fühlte. Sie wirkte so fehl am Platz wie eine Prinzessin im schäbigsten Slum. Dieser Gedanke war wahrscheinlich näher an der Wahrheit, als er zugeben wollte.

Seine Detektei hatte schon bessere Zeiten gesehen, aber nur geringfügig bessere. Er mochte seinen Job, doch selbst wenn sich ab und zu Kunden in seinen Laden verirrt hatten, reichte es nicht zum Leben. Eigens für das heutige Interview hatte er die heruntergekommenen Geschäftsräume aufgeräumt und geputzt.

Seine neue Klientin musste schließlich nicht wissen, dass er in dieser Bruchbude schlief und sie aufgrund des Geldmangels in diesem heruntergekommenen Zustand hielt. Der abfällige Blick, mit dem sie seinen besten und einzigen Anzug musterte, sprach Bände.

Außerdem war sie wahrscheinlich Nichtraucherin, danach zu urteilen, wie sie ihre hübsche Nase rümpfte, als sie sein Büro betrat.

Laura Edgeman war reich, schön und naiv. Eine bessere Kombination hätte es kaum geben können. Verzweifelt, hätte er auch noch hinzufügen können, sonst wäre sie nicht in sein Büro gekommen. Sie brauchte Hilfe. Ihr Blick blieb einen Moment auf dem Messingschild mit der Aufschrift „PJ Wagner, Privatdetektiv" hängen.

Ein gewöhnlicher Name hatte durchaus Vorteile. Sein richtiger Name war Paul Wagner, aber er hatte das J. an seinen Namen angehängt, nachdem er mit dem weitaus erfolgreicheren Detektiv Phillip Joachim Wagner verwechselt worden war.

Der ältere Kollege hatte zwar den besseren Ruf, doch Paul war in der digitalen Welt zu Hause. Fast alle Suchanfragen führten zu seiner Website statt zu der seines Kollegen. Frau Edgeman hatte sich mit ziemlicher Sicherheit digital verirrt, als sie ihm ihre Anfrage schickte.

„Haben Sie keine Sekretärin?", brach sie zum ersten Mal das Schweigen.

Was für eine dumme Frage, die erneut zeigte, dass Laura keine Ahnung von der Welt hatte, die sie betreten hatte. Wie viele Klienten suchten ihrer Meinung nach seine Hilfe? Er ignorierte ihre Bemerkung.

„Dr. Edgeman, schön, Sie persönlich kennenzulernen." Er ersparte sich die Mühe, ihr die Hand zu reichen. Ihre nervösen Blicke und der Abstand, den sie zu seinem Schreibtisch einhielt, deuteten darauf hin, dass sie ihm nicht zu nahekommen wollte. Ihr Ekel war fast körperlich spürbar. Wahrscheinlich fragte sie sich, ob das Ganze nicht ein Fehler gewesen war.

„Sie haben Ihren Fall ja bereits in der E-Mail dargelegt. Darf ich ihn so zusammenfassen, dass Sie die seltsamen Umstände des Todes Ihres Bruders erneut untersuchen lassen möchten?"

Laura zögerte, dann nickte sie energisch. „Ja, die Polizei hat mir fast nichts gesagt." Etwas leiser fügte sie hinzu: „Ich will, dass die Leute, die für seinen Tod verantwortlich sind, bestraft werden!"

„Soweit ich weiß, ist diese Prof. Link die einzige Überlebende, und die Polizei geht von ihrer Unschuld aus."

„Weil sie den Fall nicht richtig untersucht haben!", sagte Edgeman hitzig und knallte einen Artikel auf den Tisch.

Er griff ganz langsam danach, während sie weiterredete. „Link hat meinen Bruder getötet, und die Polizei tut so, als wäre es kein Mord gewesen. Die Ermittler haben wahrscheinlich so schlampig gearbeitet, dass Link etwas gegen sie in der Hand hat."

Der *Explorer.* Er kannte längst den Artikel, den Laura ihm auf den Schreibtisch geworfen hatte. Nach kurzer Recherche hatte er bereits herausgefunden, dass Holm mindestens die Hälfte seiner Enthüllungen erfunden hatte. „Ich kann die Wahrheit für Sie herausfinden, wenn Sie das wirklich wollen."

„Wie viel wird das kosten?", fragte Laura und klang zum ersten Mal eher misstrauisch als naiv.

Er lächelte. „Noch nichts. Zumindest bis ich Informationen gefunden habe, die Sie zufriedenstellen. Ich habe gute Kontakte, ich kann Ihnen wahrscheinlich in ein paar Tagen mehr erzählen." Laura würde bald lernen, dass kostenlos schnell sehr teuer werden konnte.

Er verbrachte die nächsten Tage damit, sich mit dem Fall vertraut zu machen. Im Nachhinein konnte er nicht sagen, warum, aber von

Anfang an hatte er das Gefühl, einen großen Fisch an der Angel zu haben. Die Geschichte von Judy Link faszinierte ihn. Jemand, der sich an seinen Peinigern rächte, indem er sie in einer Arena bis zum Tod gegeneinander hetzte – er hatte auch eine Liste von Leuten, denen er das wünschen würde.

Spontan dachte er an seine Ex-Frau oder an Snake. Seit kurzem hatte es auch der Wichtigtuer von Aaken auf seine Liste geschafft, indem er diesen Häuserblock kaufte und alles abreißen wollte. Natürlich hatte der reiche Snob keinen Moment daran gedacht, dass sich Leute wie er die Miete nicht mehr leisten konnten. Seine Detektei müsste dann wohl umziehen, wahrscheinlicher war jedoch, dass er sie ganz schließen würde. Schon jetzt diente sie eigentlich nur noch der Geldwäsche und als guter Vorwand für seine eigentlichen Aktivitäten.

Das Problem bestand nicht darin, die Informationen zu bekommen, die Dr. Edgeman brauchte, sondern darin, den Auftrag hinauszuzögern. Der Fall war so klar wie nur möglich. Judy Link hatte in Notwehr gehandelt und war ganz sicher nicht die Mörderin von Edgemans Bruder. Andererseits war die attraktive Laura eine Klientin, die er sich nicht verlieren durfte.

Vielleicht war es eine Laune des Schicksals, dass ihm sein weitaus lukrativerer Zweitjob dabei geholfen hatte, an die Informationen zu kommen, die er brauchte.

Er stellte makabre Videos von Gewalt oder intimen Szenen, die er während seiner Arbeit filmte, online. Er verließ nie das Haus ohne Kamera, und seine Beobachtungen untreuer Ehemänner führten oft zu noch interessanteren Szenen, oder einem Bestechungsgeld, das sein Honorar bei weitem übertraf.

In diesem Fall fand er über seine Kontakte bald heraus, dass jemand bei der Polizei eine ähnliche Leidenschaft hatte oder vielleicht einfach nur ein bisschen Geld dazuverdienen wollte. Aus irgendeinem Grund war ein Großteil des Filmmaterials der Überwachungskameras von Judy Links Drama im Darknet veröffentlicht worden. Es wurde sofort ein viraler Hit.

Sein Problem war: Wenn er Frau Edgeman diese Aufnahmen gab, würden sie Links Unschuld beweisen, und sein Job wäre erledigt. Konnte er stattdessen ihren Verdacht irgendwie erhärten? Seine Klientin dachte bereits über Rache nach. Vielleicht würde sie ihn dann engagieren, um Judy länger zu beobachten. Oder vielleicht sogar, um sich an ihr zu rächen? Nichts war ausgeschlossen. Er hatte gespürt, wie sehr Edgeman litt und wie sehr sie nach einem Schuldigen suchte.

Paul sah sich das Video an. Was für ein tolles Material! Selbst mit diesen unscharfen Überwachungskameras musste hier jemand ein Vermögen gemacht haben. Die Leute zahlten gutes Geld für echte Aufnahmen. Wenn er doch nur so ein beeindruckendes Material hinbekommen könnte. Mit seiner Ausrüstung und dem richtigen Schnitt könnte er Spielfilmqualität erreichen.

Einem Impuls folgend lud er die Videos in ein Schnittprogramm. Er wollte die Qualität verbessern und sie auf seine Website stellen. Natürlich waren sie nicht neu, aber dank der besseren Qualität würde sich seine Version trotzdem verkaufen. Beim Schneiden kam ihm ein Gedanke. Wenn er die Videos etwas kürzte und anders zusammenschnitt, würde es aussehen, als hätte Judy tatsächlich Lauras Bruder getötet. Langsam reifte ein Plan.

Als er das Video beendet hatte, sah es so aus, als hätte Judy gemütlich in ihrem Zimmer gesessen, während Mark und die anderen Qualen erlitten, bis sie ihn schließlich umbrachte.

Einige Tage später saß Dr. Edgeman wieder in seinem Büro.

„Sie müssen sich das nicht ansehen", sagte er ruhig zu Laura und machte ein besorgtes Gesicht, als täte es ihm leid, seinen Klienten mit solch schrecklichen Aufnahmen schockieren zu müssen.

Laura wischte sich eine Träne aus dem Auge und unterdrückte ein Schluchzen. Doch dann nickte sie heftig. „Doch", sagte sie, „ich muss mir ansehen, was mit Mark passiert ist."

Er seufzte schwer und war mit seiner Schauspielkunst zufrieden. Dann ließ er seinen Finger auf der Pause-Taste verweilen. Das Bild war eingefroren und zeigte einen jungen Mann, der Lauras Bruder sein musste. Ohne Zweifel hatte der Mann schon bessere Tage gesehen, denn selbst auf dem kleinen Bildschirm waren seine Verletzungen deutlich zu erkennen. Wagner kämpfte darum, die Scharade aufrechtzuerhalten. „Das sind keine schönen Bilder", sagte er, als zögere er noch immer, ihr das Video zu zeigen. Dabei brannte er so darauf. Nicht nur würde er sich an ihrem schockierten Gesichtsausdruck weiden, Lauras hübsches Gesicht würde ihm auch ein paar extra Klicks einbringen.

Es war eine ganz besondere Kategorie: die Reaktionen von Menschen auf schlechte Nachrichten oder schockierende Erlebnisse zu filmen. Manche Psychopathen im Internet genossen nichts mehr, als zuzusehen, wie die Welt eines Menschen zusammenbrach. Eine gutaussehende junge Frau wie Laura würde bei seinen Zuschauern sogar noch viel besser ankommen. Reich und schön – das erweckte natürlich viel Neid und machte diesen Zusammenbruch noch befriedigender. Auch wenn Laura es nicht wusste, stand sie nun im Mittelpunkt seiner versteckten Kameras, die ständig alles in seiner Umgebung beobachteten.

Laura wirkte gefasst, als sie ihm zunickte. „Spielen Sie es ab!“

Wagner, innerlich vor Freude hüpfend, startete das Video. Er beobachtete Lauras Reaktion mit der Erwartung und Spannung eines Regiedebütanten. Sie enttäuschte ihn nicht. Im Gegenteil, sie begann zu schluchzen, als sie die Aufnahmen der wandelnden Leiche sah, die einst ihr Bruder gewesen war. Er stoppte den Film genau in dem Moment, als Marks Körper auf dem Boden des Salons zusammenbrach. „Selbst hier, als Judy nicht mehr in Gefahr war, von irgendjemandem angegriffen zu werden, weigerte sie sich, Ihren Bruder zu retten.“

„Was meinen Sie?“, fragte Laura mit tränenerstickter Stimme.

„Herr Edgeman war bewusstlos und schwer verletzt, aber noch nicht tot.“ Er deutete auf das eingefrorene Bild, obwohl er nichts von dem, was er sagte, beweisen konnte. „Sie hätte ihn nur mit nach draußen tragen müssen. Sie hat ihn nicht nur in einem Kampf tödlich verletzt, was die Polizei als Selbstverteidigung bezeichnet, sondern ihn auch sterbend zurückgelassen.“

Es bereitete ihm große Befriedigung, ein wenig Salz in ihre Wunde zu streuen. Außerdem verfehlten seine Worte ihr Ziel nicht.

„Aber wie kann sie ungestraft davonkommen?“ Diesmal klang Laura wütend und ihre Stimme zitterte vor Hass.

„Ich kann Ihnen nur die Fakten aufzeigen. Alles andere ist reine Spekulation. Vielleicht wollte die Polizei von ihrem eigenen Versagen ablenken und alles unter den Teppich kehren. So oder so, in

Deutschland ist die Sache damit erledigt. Die Juristen nennen es ‚*ne bis in idem*'. Das heißt, niemand kann für etwas belangt werden, was bereits verhandelt wurde. Judy Link wurde freigesprochen. Da kann man nichts machen, auch nicht, wenn wir neue Beweise vorlegen könnten."

„Dann gibt es keine Gerechtigkeit", sagte Laura bitter.

War das der richtige Moment? Er tat so, als blicke er nachdenklich auf den Bildschirm. „Vielleicht können wir doch noch für Gerechtigkeit sorgen."

Kapitel Vierundfünfzig

Planung der Arena

Als Laura dieses Mal in sein Büro stürmte, schien sie vor Wut zu Funken zu sprühen. Nichts erinnerte an die verängstigte junge Frau, die bei ihrer ersten Begegnung sein Büro betreten hatte.

„Es hat nichts geholfen!“, blaffte sie und ging vor seinem Schreibtisch auf und ab. „Dieser Holm schreibt einen Artikel nach dem anderen, jeder weiß, dass Judy die Schuldige ist, und niemanden interessiert es!“

Dieser Fall war eine wahre Goldgrube. Edgeman zahlte ihm nicht nur einen ordentlichen Stundensatz für seine Recherche, sondern die frisch bearbeiteten Bilder aus der ersten Arena hatten seiner Website auch einen deutlichen Anstieg des Datenverkehrs beschert. Wenn eine einfache Kopie schon so viel Geld einbrachte, wie viel mehr würde dann erst Originalmaterial in dieser Qualität einbringen? Er wagte es kaum, es sich vorzustellen.

Seine Website war lange Zeit nahezu inaktiv gewesen, während sein größter Konkurrent, der nur als „Snake“ bekannt war, weiterhin fast täglich grausame Clips veröffentlichte.

Er wünschte nur, Laura würde aufhören, die Verrückten und Verschwörungstheoretiker in obskuren Foren zu provozieren. Sie hatte ihre Version von Judys Geschichte auf jeder Website veröffentlicht, die sie finden konnte, um so die Aufmerksamkeit wieder auf den Fall zu lenken. Dabei war Aufmerksamkeit, das Letzte, was er brauchte.

„Statt im Gefängnis zu sitzen, lebt sie ihr Leben. Und wissen Sie, was noch schlimmer ist? Sie hat ein Buch veröffentlicht und ihren Ruhm in Profit verwandelt.“ Lauras Stimme zitterte vor Wut.

Paul ließ sie Dampf ablassen. Es gab sicher nicht viele Menschen in ihrem Leben, denen sie ihren ehrlichen Hass auf Prof. Link zeigen konnte. Vielleicht war das ein weiterer Grund, warum dieses Miststück ihre erfundene Version von Judys Geschichte auf jeder Website mit einem Forum veröffentlichte. Er achtete nicht auf ihre Worte. Stattdessen verweilte sein Blick auf Lauras Dekolleté, das bei den aktuellen frühlingshaften Temperaturen noch tiefer ausgeschnitten war als bei ihrem letzten Treffen.

Bei diesem Anblick musste er an die K.-o.-Tropfen denken, die noch in einem seiner Schränke lagerten. Das Zeug landete immer wieder unbemerkt in den Getränken feiernder Frauen. Jemand wie Laura war außerhalb seiner Liga und würde jemanden wie ihn niemals freiwillig ranlassen. Konnte er es riskieren, ihr etwas ins Getränk zu mischen? Es war so verlockend. Aber nein, wäre leider zu auffällig, wenn sie nach dem Termin mit ihm irgendwo ohne Erinnerung aufwachen würde.

„Ich sollte sie töten!“

Lauras letzter Satz lenkte seine Aufmerksamkeit zum ersten Mal von ihren Brüsten zurück auf ihre Worte.

„Es gibt andere, die das für Sie tun könnten.“

Sie starrte ihn erschrocken an. „Das war metaphorisch gemeint.“ Die nervöse Art, wie sie mit ihrer Kette spielte, verriet ihm allerdings, dass sie darüber nachdachte. Schließlich schien sie zu einem Schluss gekommen zu sein. „Ich werde keinen Auftragsmörder anheuern und den Rest meines Lebens im Gefängnis verbringen.“

„Aber was wäre, wenn sie plötzlich einen Unfall hätte? Eine Art göttliche Gerechtigkeit? Darüber wären Sie doch sicher nicht traurig, oder?“

Laura lachte unecht auf, nur ein weiterer Beweis ihrer Anspannung. „Sie haben zu viele schlechte Filme gesehen. Ein Unfall? Das klingt wie ein Euphemismus aus einem Mafiastreifen.“

„Zufällig sind Sie nicht die Einzige, die Judys Tod wünschen. Ist Ihnen das bewusst?“ Damit schien er sie aus dem Konzept gebracht zu haben. Vermutlich gehörte es ohnehin nicht zu ihren Fähigkeiten, sich über die Wünsche von anderen Menschen Gedanken zu machen. „Was wäre, wenn wir einfach dafür sorgen würden, dass Judy und die Leute, die ihr etwas antun wollen, an einem Ort zusammenkommen? Natürlich kann ich nicht garantieren, dass diese Leute sie tatsächlich töten, aber zumindest wäre sie gezwungen, sich mit ihren Opfern auseinanderzusetzen.“

„Wovon, oder besser gesagt, von wem, sprechen Sie?“

„Ich spreche von Menschen mit einem ausgeprägten Gerechtigkeitssinn. Zum Beispiel diejenigen, die wie Sie selbst den Fall im Internet diskutieren. Oder noch besser, Verwandte anderer Opfer, die Judy in der Arena getötet hat.“

Bei ihrem nächsten Treffen ging ihm Edgeman sogar noch mehr auf die Nerven.

„Ich habe Thomas’ Vater ausfindig gemacht. Er ist extrem gewalttätig und leicht provozierbar. Ich glaube, er würde Judy töten, wenn er die Chance dazu hätte.“ Er schob seinem Mandanten das Foto des Mannes über den Tisch.

„Ist das alles, was Sie finden konnten?“

Einen Moment lang spürte er, wie die Wut in ihm hochkochte. Wie konnte es dieses verwöhnte Miststück wagen! Er hatte alles Nötige über Judy Link zusammengetragen. Sein Schreibtisch war voller Ordner und Fotos über Judys Leben, ihre Freunde und Feinde, aber auch über den angeblichen Verlauf der Ereignisse, nachdem Judy ihren Brief des Todes erhalten hatte.

„Er ist der beste Kandidat, aber ich könnte noch andere finden, falls es ihm nicht gelingt, Link zu töten." Er kämpfte darum, seinen Ärger zu unterdrücken.

Laura betrachtete die Fotos, tief in Gedanken versunken und über den Tisch gebeugt.

Von der anderen Seite des Tisches aus, betrachtete er wieder ihr Dekolleté. Es war ein kleiner Ausgleich zu den ansonsten nervenzehrenden Treffen mit dieser Klientin, die sich längst in einen ungesunden Rachedurst hineingesteigert hatte.

„Wer ist das?", fragte Laura und zeigte auf das Foto eines weißhaarigen Mannes.

Wagner stöhnte innerlich auf. Es gab Leute, die lange über ein Problem nachdachten, alle Details wissen wollten und dann plötzlich brillante Einfälle hatten. Laura gehörte nicht zu diesen Menschen. Wenn überhaupt, schien sie alles nur in die Länge zu ziehen und völlig unwichtige Fragen zu stellen.

„Professor Konrad Hoffmann, ein Kollege und Co-Autor der letzten Studie von Professor Link. Er ist einer der wenigen Menschen, die sie persönlich trifft. Ansonsten lebt sie äußerst zurückgezogen und scheut öffentliche Auftritte."

Laura strich sich eine Haarsträhne aus dem Gesicht. Ihre Augen waren rot. Offensichtlich hatte sie schon länger nicht ausreichend geschlafen. Sie schien seiner Erklärung überhaupt nicht zuzuhören. „Ich möchte nicht, dass Judy einfach so getötet wird. Ich möchte, dass sie versteht, was mein Bruder und die anderen erleiden mussten, während sie einfach nur herumsaß."

Wahrscheinlich hatte sie mit ihrer Frage nur etwas Zeit gewinnen wollen, um herauszufinden, was sie wirklich wollte. Nun schien sie eine Entscheidung getroffen zu haben.

„Also, was ist Ihr Plan?", fragte er ungeduldig. Er hatte noch nie viel Geduld mit Frauen gehabt. Im Gegensatz zu seiner Ex-Frau konnte er es sich jedoch nicht leisten, Laura eine Ohrfeige zu geben, um endlich die Antwort zu bekommen.

„Sie soll das gleiche Schicksal erleiden wie mein Bruder." Lauras Blick war nun auf eines der vielen Fotos gerichtet, die Marks Leiche dokumentierten. „Gejagt, verletzt und am Ende von einem der Gruppe verraten und ermordet. Ich will eine neue Arena. Dort bringen wir diese Leute, die Judy hassen, mit ihr zusammen."

So etwas hatte er nicht einmal zu träumen gewagt. Wie sehr hatte er Laura unterschätzt! Ob es nun der Schlafentzug oder der langsam kochende Hass war – diese Idee war genial! Ihre Rachepläne würden ihm ein gutes Einkommen und nebenbei jede Menge Filmmaterial bescheren. Außerdem freute er sich darauf, etwas so Großes auf die Beine zu stellen, etwas, das seine Website und ihn in Insiderkreisen berühmt machen würde.

„Wenn wir es gut machen wollen, wird das nicht billig."

Laura zuckte mit den Achseln. „Geld spielt keine Rolle. Können Sie garantieren, dass niemand es auf mich zurückführen kann?"

Er lächelte flüchtig. „Ja, wenn Sie bestimmte Bedingungen einhalten."

„Welches wäre das?"

„Sie müssen mir vertrauen. Ich brauche freie Hand. Ich kann Ihnen keine Einzelheiten nennen. Solange Sie nichts wissen, kann Sie niemand belangen. Ich brauche das Geld im Voraus, um eine Arena vorzubereiten und die Spieler anzulocken."

„Ich möchte, dass Judy einen Brief bekommt", sagte Laura. „Einen Brief, der sie zum gleichen Schicksal verurteilt wie meinen Bruder."

„Die Briefe sind unterwegs", sagte Paul ein paar Wochen später, nachdem Laura ihn in Christines Haus gelassen und im Wohnzimmer Platz genommen hatte. „Judy sollte ihren Brief jeden Moment bekommen."

„Was ist, wenn sie einfach zur Polizei geht?", fragte Laura.

„Das wird sie nicht", behauptete Paul. „Genau deshalb müssen wir das Kind mitnehmen. Judy wird es nicht wagen, die Geisel in Gefahr zu bringen."

„Herr Wagner, ich bin nicht sicher, ob –"

„Paul Koslowski", unterbrach er sie barsch. „Sie müssen sich an den Decknamen gewöhnen. Je eher, desto besser. Wir haben darüber gesprochen."

Er hatte in seinen Jahren als Detektiv drei falsche Identitäten eingeübt. Es hatte sich mehr als einmal ausgezahlt, die Rolle zu wechseln und als jemand ganz anderes aufzutreten. Die Identität von

Paul Koslowski war für ihn so vertraut wie ein altes Kleidungsstück. Er würde diese Scharade eine ganze Weile aufrechterhalten können.

Nervös blickte er durch das Fenster in Christines Garten. Laura hatte keine Ahnung von der Gefahr, die von dem Internetmob ausging. Dabei hatte dieses Miststück den Mob überhaupt erst angestachelt. Diese Leute konnten leicht zu einer ernsthaften Bedrohung werden. Seine eigene Website und alles, was mit den Videos zu tun hatte, hatte er vor ihr geheim gehalten. Sie musste einfach nur endlich ihren Hintern in Bewegung setzen und dem Plan folgen.

Als Laura weiterhin zögerte, schüttelte er ungeduldig den Kopf. „Werden Sie Judy in die Falle locken oder nicht?"

„Emma wurde bereits sediert. Wohin genau bringen Sie sie?"

„Machen Sie sich darüber keine Sorgen. Ich habe einen anderen Babysitter organisiert. Jeder bekommt seinen Brief und wird in die Arena gesperrt, die ich vorbereitet habe. Je weniger Sie wissen, desto besser. Sie werden später einen genauen Bericht über alle Details inklusive Videoaufnahmen bekommen."

„Okay, ich gehe." Laura stand auf und blickte nervös aus dem Fenster.

Emma war in ihrem Zimmer nicht aufgewacht. Hoffentlich hatte Laura ihr die korrekte Dosis des Betäubungsmittels verabreicht, sonst würde er seine Geisel verlieren.

Als Laura die schlafende Emma aus ihrem Bettchen nahm, begann die Arena.

Kapitel Fünfundfünfzig

0 Stunden bis zur Abrechnung

Warum war es so hell? Wo war sie? Die Erinnerungen strömten ihr in den Kopf, zähflüssig wie Honig. Sie war operiert worden. *Laura!* Bei dem Gedanken kehrte die Panik zurück, doch nicht ihre Beweglichkeit. Sie erhaschte einen kurzen Blick auf die Frau im Arztkittel, die mit ihrem Krankenhausausweis die Glastür zum Aufwachraum aufschloss. Eigentlich sollte sie nicht mehr am Leben sein.

Laura warf ihr einen kurzen, hasserfüllten Blick zu. Er war deshalb kurz, weil ihr im nächsten Moment die Sicht durch ein Kissen versperrt wurde, das Laura ihr ins Gesicht drückte.

Judy versuchte, ihre Arme zu heben. Die Narkose schwächte sie noch immer so sehr, dass ihre Gliedmaßen ihr einfach nicht gehorchten. Hätte sie es doch nur geschafft, den anderen von ihrem Verdacht zu erzählen! Nach dieser zweiten Operation würde niemand Verdacht schöpfen, wenn sie sterben würde. Sie versuchte verzweifelt zu atmen, doch das Kissen drückte ihr fest ins Gesicht. Gleichzeitig spürte sie, wie sich von ihrem Arm ausgehend eine seltsame Kälte durch ihren Körper ausbreitete. Im nächsten Moment ließ der Druck etwas nach. Eine Hand zog das Kissen weg, und kurz darauf stürmten mehrere Menschen in den Raum.

Als Judy zum dritten Mal die Augen öffnete, war sie immer noch im Aufwachraum.

Louis stand grinsend vor ihr.

„Wie bist du hereingekommen?“, fragte sie, immer noch verwirrt.

„Mit Sinas Ausweis."

„Ich verstehe nicht..." Sie fühlte sich noch immer benommen.

„Sina arbeitet hier als OP-Schwester, konnte aber nicht selbst kommen. Sie erholt sich noch von ihrer Verletzung. Aber nachdem du so explizit nach Laura gefragt hast, haben wir es endlich verstanden. Es war fast zu spät." Er schüttelte bedauernd den Kopf. „Ich hätte früher daran denken sollen."

„Wie ist Laura hier reingekommen? Hat sie sich unbemerkt ins Krankenhaus geschlichen?"

Louis schüttelte erneut den Kopf. „Nein, ganz im Gegenteil. Die Polizei ermittelt noch, und niemand hat das Krankenhaus informiert. Zugegeben, den Arbeitgeber zu informieren, ist nicht das Erste, was sie tun. Sie haben wahrscheinlich nur versucht, Lauras Familie zu kontaktieren. Laura ging einfach ihrer regulären Schicht nach, und niemand ahnte etwas."

„Woher wusstet ihr, was Laura vorhatte?"

„Ich wusste es nicht, aber Sina hat eine ihrer Kolleginnen nach Laura gefragt. Die Kollegin hat ihr gesagt, dass Laura heute Dienst hat. Das hat uns natürlich sofort alarmiert. Sina wusste, dass du alleine im Aufwachraum sein würdest, und hat mir ihre Karte gegeben, damit ich schnell dahinrennen konnte."

„Und da hast du Laura dabei erwischt, wie sie versucht hat, mich zu würgen?"

„Nein", widersprach Louis. „Sie hat dir eine Überdosis Narkosemittel gegeben und dir ein Kissen aufs Gesicht gedrückt, damit man deine Schreie nicht hört."

Das leuchtete ein. Ein Tod durch Ersticken wäre wahrscheinlich viel auffälliger gewesen als eine Überdosis Medikamente. Man hätte ihren Tod sogar einfach als Behandlungsfehler abtun oder dem Anästhesisten die Schuld geben können. „Und warum habe ich überlebt?“

„Zuerst habe ich Laura überwältigt. Dann habe ich die Ärzte gerufen, und die haben sich um dich gekümmert. Die Intensivstation ist definitiv der beste Ort, wenn jemand eine Überdosis hat. Sie haben dir ein Gegenmittel gegeben.“

Judy versuchte, ihre Gedanken wieder zu ordnen. „Was ist mit Christine?“

„Ihr geht es den Umständen entsprechend gut. Laura gestand den eintreffenden Polizisten, dass sie Christine gefangen gehalten hatte. Offenbar schafften es Christine und Emma nie vom Berg herunter. Sie musste ja zu Fuß zurückgehen, da sie kein Auto hatte, und Laura fand sie auf der Straße. Christine vertraute ihr zunächst und ging mit ihr mit, da sie sich kannten. Schließlich sperrte Laura sie mit vorgehaltener Waffe in ihren Keller.“

„Woher weißt du das alles?“, fragte Judy.

„Nun, du warst fast eine Stunde unter Narkose. Selbst mit dem Gegenmittel hat dich das Medikament eine Weile ausgeknockt.“

Obwohl noch viele Fragen offen blieben, legte sich endlich das ständige Gefühl, in Gefahr zu sein.

Epilog

Ihr Rollstuhl rollte mit leisem Quietschen den Krankenhausflur entlang. An die neugierigen Blicke hatte sie sich gewöhnt, an ihre Schwäche jedoch nicht. Neid stieg in ihr auf, als sie Sina den Aufzugsknopf drücken sah. Es grenzte an ein Wunder, wie schnell sie sich erholt hatte.

„Mein Anwalt meint übrigens, die Chancen auf einen Freispruch stünden schlecht. Er drängt mich, den Deal anzunehmen." Ihr Ton war leicht, doch ihre Augen verrieten sie. Der übliche Funke war erloschen, getrübt durch die Angst.

„Die Staatsanwaltschaft ist mit meinem Fall völlig überfordert. Und im Gegensatz zu dir ist klar, dass ich nicht in Notwehr gehandelt habe."

„Du standest unter extremem psychischen Druck. Dein Leben war in Gefahr." Judy wollte noch mehr zu ihrer Verteidigung sagen, aber die Tatsache blieb: Sina hatte Michael getötet.

Sina zuckte mit den Achseln. „Das haben sie alles schon berücksichtigt. Ich würde ein Jahr bekommen, das ist anscheinend das Minimum. Wegen der Schwangerschaft muss ich noch nicht ins Gefängnis. Es wird nicht leicht, aber ich werde es schaffen. In so einem Umfeld wollte ich mein Kind nicht zur Welt bringen." Sie seufzte. „Was mir noch mehr Angst macht, ist der Mob im Internet, der schon jetzt über mich urteilt."

Die Aufzugstüren öffneten sich, und Sina schob sie hinein. Sie drückte den Knopf für den ersten Stock, bevor sie weiterging. „Ich weiß nicht, wie es weitergeht, ob ich als Kriminelle gebrandmarkt oder als Heldin gefeiert werde. Davon hängt ab, ob ich nach diesem Jahr wirklich frei herumlaufen kann. Das Internet vergisst nicht. Auch in zwanzig Jahren werden die Leute die Geschichte noch ausgraben, sich eine Meinung bilden und entscheiden, ob ich Selbstjustiz verdiene."

Judy versuchte, hoffnungsvoll zu klingen. „Wenigstens haben wir überlebt. Vielleicht vergessen die Leute deinen Anteil."

Sina lächelte gequält und legte Judy eine Hand auf die Schulter. „Dass ich auf eigenen Beinen stehe, zeigt, dass ich mehr Glück hatte als die meisten anderen. Das ist ein geringer Preis für die Freiheit."

Judy nickte stumm. Alles in dieser Welt hatte einen Preis. Sie wusste genau, was Sina meinte. Ihr eigener Preis war höher gewesen. Die Aufzugstür öffnete sich erneut und Sina schob Judy ins Foyer. „Jetzt bringe ich dich erstmal zu deinem Date."

„Es ist kein Date!", protestierte Judy, doch sie konnte das schelmische Grinsen auf Sinas Gesicht nicht verschwinden lassen.

Ein Arzt stellte sich ihnen in den Weg. „Höchstens eine Stunde, und sie wird das Krankenhausgelände nicht verlassen, ja?"

Sina willigte ein und schob den Rollstuhl um ihn herum. „Dann gehe ich mal", sagte sie und überließ Judy dem Neuankömmling.

Durch die gläserne Eingangstür konnte sie sehen, wie Louis aus seinem Auto stieg und mit schnellen Schritten die Treppe zum Foyer überquerte.

„Hast du ein neues Auto?", fragte sie ihn zur Begrüßung.

Er schüttelte den Kopf.

„Sieht für mich ziemlich neu aus. Ich dachte, du kaufst dir vielleicht eins, nachdem wir dein letztes ruiniert haben.“ Natürlich war es wieder ein teurer Sportwagen.

„Nicht eins, sondern drei“, korrigierte Louis. „Ich konnte mich nicht entscheiden, welches mir am besten gefällt. Also habe ich alle drei gekauft und warte ab, welches sich auf lange Sicht am besten fährt.“

Er schob ihren Rollstuhl in den Krankenhausgarten, wo sie inmitten einer eher kümmerlichen Sammlung grüner Pflanzen zumindest einigermaßen vor den Ohren anderer geschützt waren.

„Was hast du herausgefunden?“, fragte sie neugierig.

„Eine Menge“, sagte Louis und zog eine dicke Akte aus der Tasche. „Wo soll ich anfangen?“

„Wer war Paul?“

Louis nickte, als hätte er diese Frage erwartet. „Paul Wagner, von Beruf Privatdetektiv. Er wusste viel über die Beobachtung von Menschen und den Einsatz von Spionagetechniken. Er war mehrfach vorbestraft, unter anderem wegen Körperverletzung und Tierquälerei, und entging einmal nur knapp der Einweisung in die Psychiatrie. Offenbar hatte er es versäumt, Erste Hilfe zu leisten.“

„Was hat unterlassene Erste Hilfe mit Psychiatrie zu tun?“

„Laut Aussage eines Zeugen war er fasziniert davon, einem Unfallopfer beim Sterben zuzusehen. Allerdings konnte ihm nie nachgewiesen werden, dass er den Unfall verursacht hatte, oder dass er das Opfer absichtlich sterben ließ. Er plädierte darauf, nur unter Schock gestanden zu haben. Angesichts seiner Haupteinnahmequelle glaube ich jedoch, dass Wagner schon immer vom Leid anderer fasziniert war. Sein Geld verdiente er fast ausschließlich mit seiner Website. Von der Arbeit als Privatdetektiv hätte er sich nie über Wasser halten können."

„Die Website, auf der Leute dafür bezahlen, sich Gewaltvideos anzusehen? Wie finden die Leute überhaupt solche versteckten Seiten?"

„Das ist ziemlich beunruhigend", gab Louis zu. „Die meisten Leute, die sich für diese Seite interessieren, haben sich ganz einfach öffentlich darüber ausgetauscht, zum Beispiel in Facebook-Gruppen. Es ist sehr einfach, solche Kontakte zu knüpfen, und niemand unternimmt etwas dagegen."

„Gehörte die Website nicht Daniel alias Snake?"

„Es gibt zwei. Nein, eigentlich gibt es wahrscheinlich viele ähnliche Websites, aber Snake und Paul waren Konkurrenten. Snake hat sein Hobby zum Beruf gemacht und Unfälle gefilmt und später verursacht. Paul hat weiterhin Videos aus seinem Beruf verwendet. Soweit wir wissen, war Snakes Website deutlich erfolgreicher, was Paul wohl geärgert hat."

„Wen meinst du mit ‚wir'?", fragte Judy.

„Ich habe ein paar gute Ermittler engagiert, um mehr herauszufinden. Die Polizei erzählt mir ja nicht viel." Er hob die schwere Akte hoch. „Jetzt wissen wir eine Menge. Im Gegensatz zu deinen letzten Briefen hat hier einer der Täter oder besser eine Täterin überlebt, und das hilft uns sehr bei der Aufklärung des Falles. Wir wissen zum Beispiel, dass Laura Paul beauftragt hat, den Tod ihres Bruders aufzuklären. Das kann ich so weit verstehen. Allerdings sann sie auf Rache. Sie hatte natürlich von deiner Geschichte in

Michaels *Explorer* gelesen und dachte, du wärst ungeschoren davongekommen."

Da war es wieder. Selbstjustiz. Wie so viele Menschen hatte sich Laura im Internet ihre eigene Meinung gebildet, ohne die Fakten zu kennen. Wie oft hatte sie in Foren gelesen, dass Leute ihr den Tod wünschten? Leider war das, was als Tatsache dargestellt wurde, oft nichts weiter als eine Meinung, eine Vermutung oder, wie im Fall von Michaels Nachrichtenportal, eine Lüge, um Menschen zu manipulieren.

„Wir wissen immer noch nicht genau, wer auf die Idee kam, das Spiel mit den Drohbriefen wiederzubeleben. Es könnte Laura gewesen sein, die dich erneut der Hölle aussetzen wollte, die ihr Bruder durchlebt hat. Ich habe keine Ahnung, wann Paul von den Höhlen erfahren hat, aber es muss ein Ort gewesen sein, der genau seinem Geschmack entsprach."

„Sylvia hat im Internet darüber gepostet. Es war für ihn wahrscheinlich nicht schwer, mit ihr Kontakt aufzunehmen", überlegte Judy. „Vielleicht hat er sie bezahlt, um Zugang zu bekommen?"

„Mittlerweile kennt so ziemlich jeder den Ort", sagte Louis. „Auch wenn nur Teile unserer Erlebnisse öffentlich gemacht wurden, spinnen unzählige Verschwörungstheoretiker Geschichten über den Berg."

Zumindest das hatte sie bereits gewusst. Die Woche nach der Operation hatte sie ans Bett gefesselt, doch seit Louis ihr ein neues Handy geschenkt hatte, verbrachte sie viel zu viel Zeit damit, die angeblichen Erklärungen in den sozialen Medien zu lesen.

„Es wird nie vorbei sein“, flüsterte sie und meinte damit die Verfolgung im Internet durch selbsternannte Richter.

Louis winkte ab. „Ach, die meisten Leute mochten mich schon vorher nicht. Neben all dem Horror hatte die ganze Geschichte auch etwas Positives für mich. Ich habe das Trauma des Autounfalls endlich aufgearbeitet.“

„Und du kannst jetzt besser damit umgehen?“

„Absolut! Vor allem, weil Paul herausgefunden hat, dass ich nur hereingelegt wurde.“

„In wiefern?“

„Es gab nie einen Todesfall! Ich habe dir erzählt, woran ich mich erinnere, aber ich kannte nicht die ganze Geschichte.“

Niemand kannte jemals die ganze Wahrheit, sondern nur seine Sicht der Dinge. Vor allem nicht die Leute, die sie im Internet verurteilten.

Anstatt Louis zu unterbrechen, konzentrierte sie sich wieder auf seine Geschichte.

„Der unbekannte Gast, den ich damals mitnahm, war ein bekannter Trickbetrüger. Zu meiner Schande muss ich gestehen, dass er seinen mit Abstand größten Erfolg bei mir hatte. Ich war unerfahren, leichtsinnig und notorisch reich. Ich war ein ideales Opfer.

Er hat mir etwas in den Cocktail getan, den ich, zugegebenermaßen, sowieso nicht hätte trinken sollen. Ich fühlte mich dadurch viel betrunkener, als ich hätte sein sollen. Das Ding, das ich auf der Straße angefahren habe, war jedoch kein Mensch. Ich weiß nicht, ob es eine Puppe war oder nur ein anderer Gegenstand, aber auf jeden Fall gab es kein Opfer. Ich war viel zu geschockt, um nachzusehen, als mein Beifahrer mir erzählte, dass er die Person kannte, die ich überfahren hätte. Ich hatte damals keinen Grund, daran zu zweifeln, und noch weniger, es mit eigenen Augen anzusehen.

„Stattdessen spielten er und sein Partner die betroffene Familie und kassierten die Entschädigung."

„Das bedeutet, dass du der Einzige in unserer Gruppe bist, der mit weniger Schuldgefühlen aus diesem Spiel herauskommt, als er hineingegangen ist", sagte Judy.

Er errötete leicht und blickte auf seine Schuhe. „Ich weiß, dass diese Erfahrung bei uns allen Narben hinterlassen wird, nicht nur bei dir. Es tut mir leid, dass du..." Er suchte nach Worten, konnte sie aber nicht finden.

„Danke", sagte Judy schlicht. Sie wusste, worauf Louis anspielte.

Im wahren Leben gab es kein Happy End. Ein Erzähler konnte die Geschichte an dem glücklichsten Moment beenden, doch das wirkliche Leben lief weiter, bis zum bitteren Ende.

In ihrem Fall würde eine Entscheidung, die sie in einer Millisekunde getroffen hatte, ihr ganzes Leben beeinflussen. Jeder Kampf hinterließ Narben, selbst beim Sieger. Sie würde irgendwann wieder laufen und klettern können, aber nicht alles, was die Kugel angerichtet hatte, würde heilen. Die Ärzte hatten ihr gesagt, dass sie keine Kinder mehr bekommen könne.

Auch wenn der Wunsch theoretisch und für sie in der Zukunft lag, schmerzte es dennoch, dass ein psychopathischer Mörder ihr die Kontrolle über diese Zukunft genommen hatte. Nicht alles ließ sich durch positives Denken, Planen oder Arbeiten beeinflussen. Die Wellen des Schicksals packten ihre Opfer und warfen sie an unbekannte Küsten. Wohin die Strömung einen trägt, ließ sich nicht vorhersagen, aber man konnte weiterschwimmen, und versuchen, sich über Wasser zu halten.

„Hoffen wir das Beste. Ich befürchte, es wird weitere Nachahmer geben. Ein Fall wie dieser, der so viel mediale Aufmerksamkeit erregt, fasziniert manche Menschen."

„Leider ist sogar die Website noch online", sagte Louis düster. „Trotz all der Abscheulichkeiten, die dort gezeigt werden, haben sie es noch nicht geschafft, die Seite zu sperren. Selbst wenn sie es schaffen, werden die Inhalte wahrscheinlich auf einem anderen geheimen Server gespeichert." Louis versuchte zu lächeln. „Aber hey, immerhin hat dein Buch neue Verkaufsrekorde aufgestellt! Du könntest unser ganzes Abenteuer wahrscheinlich als Feldversuch des Bösen im Menschen veröffentlichen. Ich fürchte, es beweist einmal mehr, dass du recht hattest."

„Ja, teilweise", sagte Judy. „Das Böse steckt im Menschen, und es braucht nicht viel, um es zum Vorschein zu bringen. Aber es gibt Unterschiede. Manche Menschen lassen sich leicht manipulieren und zum Hass aufstacheln, wie der Mob im Internet oder vor Christines Haus. Andere bewahren sich selbst in der dunkelsten Stunde einen Hauch von Menschlichkeit." Sie schwieg einen Moment. „Weißt du eigentlich, wer der Sanitäter war, der als Erster in den Tunnel ging?"

Louis schüttelte den Kopf. „Ich muss zugeben nein, er blieb anonym."

Einen Moment lang dachte sie an den unbekannten Helden, der ihr das Leben gerettet hatte. „Es gibt Böses in der Gesellschaft, aber auch das Gegenteil. Neben all den prominenten Narzissten und Kriminellen gibt es auch einige Menschen, die versuchen, anderen auf völlig altruistische Weise zu helfen. Als Menschen müssen wir nur herausfinden, wie wir die Menschen einer Kategorie in die andere bringen können.“

Vielleicht war es auch gut, dass sie nie mehr über ihn erfahren würde, denn was zählte, war das Wissen, dass es Helden wie ihn gab.

Anmerkung des Autors

Ich möchte den Historikern der KZ-Gedenkstätte Neuengamme[1] für ihre Arbeit bei der Bewahrung der Erinnerung, an die während des Zweiten Weltkriegs begangenen Verbrechen danken und dafür, dass sie einige Aspekte dieses Buchs inspiriert haben.

Es ist wichtig zu beachten, dass meine Darstellung der Höhlen erheblich von dem tatsächlichen Ort abweicht. Dennoch glaube ich, dass diese fiktive Geschichte als Erinnerung an Schrecken dienen kann, die niemals vergessen werden dürfen. Die Bedrohung durch den zunehmenden Faschismus in der heutigen Welt ist real, und ich beobachte sie mit wachsender Besorgnis.

---

[1] https://www.kz-gedenkstaette-neuengamme.de/geschichte/kz-aussenlager/aussenlagerliste/porta-westfalica-barkhausen/

Dies steht im Zusammenhang mit einer weiteren Gefahr unserer Zeit: Online-Hass, Fake News und Massenhysterie, die sich in unseren Gesellschaften ausbreiten. Als ich vom Fall des „Drachenlords“ erfuhr, der in diesem Buch erwähnt wird, wurde er zur Inspiration für den Mob, der Judy jagt.[2] Es zeigt, wie Hass im Internet direkt zu Gewalt in der echten Welt führen kann und wie unvorbereitet unsere Justizsysteme noch immer sind, solche Verbrechen zu verhindern oder auch nur zu bekämpfen.

Wie Judy sagen würde: In uns allen steckt das Böse, und es kostet Mühe, es in Schach zu halten. Das gilt insbesondere, wenn wir glauben, im Recht zu sein. Es ist schwierig, unvoreingenommen zu bleiben, wenn man Menschen gegenübersteht, die unseren Grundüberzeugungen widersprechen.

Dennoch ist dies der einzige Weg nach vorn.

---

[2]https://www.spiegel.de/netzwelt/netzpolitik/der-fall-drachenlord-ein-jahrelanges-martyrium-in-deutschland-und-niemand-haelt-es-auf-kolumne-a-91b94ce3-ab01-4ac1-9286-d85bea144928

Ich hoffe, das Buch hat Ihnen gefallen – und vielleicht lesen wir uns ja noch einmal in einem anderen meiner Bücher.

www.ingramcontent.com/pod-product-compliance
Lightning Source LLC
LaVergne TN
LVHW041052080826
845145LV00007B/1549

* 9 7 8 3 9 1 2 3 4 8 1 0 1 *